Franzi und Lena träumten mit Anfang zwanzig beide den Traum vom großen Ruhm. Sie besuchten eine legendäre Schauspielschule in New York und hatten großartige Pläne für ihre Zukunft. Hinter jeder Ecke wartete ein neues Versprechen. Lena hat tatsächlich Karriere als Schauspielerin gemacht. Franzi fand die große Liebe, gründete eine Familie, arbeitet jetzt im Büro ihres Mannes. Als die zwei Freundinnen sich nach vielen Jahren Funkstille wiedersehen, wird klar, warum die Freundschaft damals zerbrach. Jetzt haben sie eine neue Chance, alles anders zu machen, mit der Freundschaft, der Liebe, mit Kindern, Beruf, Alltag. Eine Chance, noch mal erwachsen zu werden – und glücklich.

Judith Pinnow, geboren 1973 in Tübingen, besuchte die Schauspielschule in Ulm und studierte am Lee Strasberg Theatre Institute in New York. Als Schauspielerin war sie in Fernsehserien und in Filmen zu sehen. Bekannt wurde sie als Fernsehmoderatorin. Mit ihrem Ehemann und Kollegen Stefan Pinnow und ihren drei Kindern lebt die Autorin in der Nähe von Köln. Bei FISCHER Krüger erschienen ›Die Phantasie der Schildkröte‹ und ›Die Prophezeiung der Giraffe‹. Ihr Roman ›Läuft da was?‹ ist als FISCHER Taschenbuch erhältlich.

Weitere Informationen finden Sie auf www.fischerverlage.de

Judith Pinnow

Versprich mir, dass es großartig wird …

Roman

FISCHER Taschenbuch

MIX
Papier aus verantwortungsvollen Quellen
FSC® C014496
FSC
www.fsc.org

Erschienen bei FISCHER Taschenbuch
Frankfurt am Main, Februar 2019

Dieses Werk wurde vermittelt durch die Literarische Agentur
Thomas Schlück GmbH, 30161 Hannover

Druck und Bindung: GGP Media GmbH, Pößneck
Printed in Germany
ISBN 978-3-596-03438-3

Für die »Lenas« in meinem Leben,
für meine Freundinnen

Kapitel 1

Ich erkenne die Stimme sofort. »Hi, hier ist Lena«, sagt sie. Der Satz schießt mir in den Bauch, macht dort eine Menge Unordnung und steigt mir dann in den Kopf. Hitze breitet sich auf meinem Gesicht aus.

»Lena?!«, wiederhole ich, weil keine anderen Wörter zur Verfügung stehen. Sie lacht ihr Lachen. Es klingt genau wie vor zwanzig Jahren, als wir jung und wild waren und noch genau wussten, was wir vom Leben wollten.

Lena und ich – wir waren einfach unschlagbar.

Wir lernten uns 1995 in New York kennen, als Schauspielschülerinnen am Lee Strasberg Theatre Institute. Großes Kino also, oder besser gesagt: großes Theater.

Ich brauche dringend einen Stuhl. Leider stehen in unserer kleinen Küche keine, also lasse ich mich einfach auf die Fliesen sinken. Der brummende Gefrierschrank im Rücken gibt mir etwas Sicherheit.

Die Pause nach meinem »Lena?!« dauert jetzt schon viel zu lange. Gleichzeitig fangen wir an zu reden: »Was machst du, wie …« – »Franzi, ich dachte, ich …«

Wir brechen ab und lachen gemeinsam ein kleines, nervöses Lachen. Aber jetzt haben wir eine Mini-Gemeinsamkeit, an der wir uns entlanghangeln können wie an einem dünnen Seil. »Wie geht es dir?«, fragt sie.

Wie fasst man dreizehn Jahre in einer Antwort zusammen?

»Gut, doch, wirklich gut«, sage ich. »Und dir?«

»Auch, ich … weiß gar nicht, wo ich anfangen soll! Du fragst dich sicher, warum ich plötzlich anrufe.«

»Es ist schön, dass du anrufst«, sage ich schnell. Ich bin nicht bereit, Entschuldigungen zu hören oder womöglich selbst welche aussprechen zu müssen.

»Ich wollte mich so lange schon melden, aber …« Sie bricht unsicher ab.

»Wo wohnst du? Was macht die Schauspielerei?«, helfe ich ihr zurück zu unserem dünnen Seil.

»Ich wohne immer noch in Berlin. Ich bin so froh, dass deine Nummer noch stimmt!«

Lena hat mich auf dem Handy angerufen. Meine Handynummer hat sich noch nie geändert. Es ist immer noch die allererste, die wir damals bekamen, als Bernd und ich unser erstes Handy hatten, eins für uns beide.

»Bist du noch mit Bernd zusammen?«, fragt sie.

»Ja! Und wir …« – sind glücklich, will ich sagen, aber das kommt mir so pathetisch vor – »… wir verstehen uns sehr gut.«

»Schön«, sagt sie. »Was macht Mia?« Sie weiß den Namen meiner Tochter noch. »Wie alt ist sie jetzt?«

»Sie ist gerade vierzehn geworden.«

»Vierzehn?!!!«, wiederholt Lena ungläubig. »Wahnsinn.«

Wahnsinn, wie lange wir nicht gesprochen haben, denke ich.

»Und habt ihr noch mehr Kinder?«, will sie wissen.

»Lukas. Er ist neun.« Wieder eine Zahl, die klarmacht, dass dreizehn Jahre zwischen uns stehen. »Und du? Hast du Kinder?«, frage ich, obwohl ich die Antwort ahne. Ich hätte vermutlich mitbekommen, wenn Lena ein Kind bekommen hätte. In irgendeiner Zeitung wäre es sicher eine kleine Randnotiz gewesen.

»Nein. Keine.« Die Antwort kappt unser dünnes Seil. Ich hätte das nicht fragen sollen, noch nicht. Dafür fällt es ihr jetzt leichter, ihr Anliegen vorzubringen. Ich habe das Gefühl, ihr nun etwas schuldig zu sein, und sage deshalb sofort zu. Als ich schließlich auflege, habe ich Kopfschmerzen.

»Wer ist Lena?«, fragt Mia, als ich Bernd beim Abendessen von dem Anruf erzähle.

»Deine Patentante«, sagt Bernd.

Mia überlegt. »Die mit der Kette?« Ich nicke.

Lena hatte Mia zur Taufe eine silberne Kette geschenkt mit kleinen Flügeln als Anhänger. »Trag du sie, bis sie selbst groß genug ist. Lad sie auf mit Liebe!«, hatte sie zu mir gesagt. Mia hat die Kette zum zwölften Geburtstag von mir bekommen. Viel weiß sie nicht von Lena.

»Wie alt war ich, als ich sie das letzte Mal gesehen habe?«, will sie wissen. Bernd schaut mich grübelnd an.

»Zehn Monate«, sage ich.

»Das weißt du aber ganz schön genau«, sagt Lukas beiläufig und schaufelt sich schnell noch die letzten drei Baguettescheiben auf seinen Teller. Mia merkt es und nimmt ihm kommentarlos zwei weg. Bevor er protestieren kann, nehme ich eins von Mias Teller und platziere es bei Bernd. Der wiederum legt es lächelnd auf meinen Teller.

»Und was genau sollst du jetzt bei diesem Interview sagen?«, fragt er.

Lena spielt demnächst in einer Serie die Hauptrolle. Das ist nichts Besonderes, sie spielt seit Jahren Hauptrollen. Sie ist der geborene Hauptrollentyp, während es bei mir gerade mal zu winzigen Nebenrollen gereicht hatte. Miniwinzige Nebenrollen, die leider auch immer nur ein einziges Mal auftauchten. Lenas neue Serie spielt in einer Schauspielschule. Sie ist die Lehrerin, die ihren Schülern nicht nur die Kunst des Schauspielens beibringt, sondern sie auch alles über das Leben lehrt, oder so ähnlich.

»Der Sender fand das witzig, ein Backstage-Bericht über Lena und ihre eigenen Anfänge auf der Schauspielschule. Ich soll erzählen, dass sie schon immer hervorragend war und dass man damals schon erahnen konnte, dass sie Karriere machen wird.«

»Das hat sie so gesagt?«, fragt Bernd.

»Nein, natürlich nicht.« Ich malträtiere meine Baguettescheibe mit der zu harten Butter. »Aber so läuft das doch. Die wollen sicher nicht hören, dass sie sich vor jeder Szene auf der Bühne erst mal dreißig Minuten im Klo einschloss, weil sie Dünnpfiff hatte.«

Lukas lacht laut. Das trifft genau seinen neunjährigen Humor. »Warum hast du da zugesagt?«, fragt Bernd, der merkt, dass mich die ganze Sache nicht gerade glücklich macht.

»Ja, was hätte ich denn sagen sollen?«, fahre ich ihn an. »Hätte ich sagen sollen, nein, ich mache beim Interview nicht mit, aber nett, dass du dich nach dreizehn Jahren mal wieder meldest?«

Mia schaut mich an. »Meinst du, sie hätte sich auch so gemeldet?«

»Ich denke nicht«, antworte ich wahrheitsgemäß. »Aber nach dreizehn Jahren braucht man auch schon einen Grund, um anzurufen.«

»Und ich bin kein Grund?«, fragt sie.

Ich muss aufstehen und rausgehen. Ich schnappe mir Bernds Jacke, die auf der Sessellehne rumlümmelt, und gehe auf die Terrasse. Die hellen Fliesen glänzen im Mondlicht. Der Aprilhimmel zeigt keine Sterne, aber der Mond hat sich ein kleines freies Stück zwischen den Wolken erkämpft, durch das er scheinen kann. Durch die Terrassentür kann ich sehen, wie meine Familie den Tisch abräumt. Erst noch alle zusammen, kurze Zeit später nur noch Bernd. Ich ziehe die Jacke an und gehe ein paar Schritte durch den kleinen Garten. Meine Hausschuhe werden feucht vom nassen Gras, aber ich gehe immer weiter. Vielleicht kann ich so den Tränen entkommen. Am Apfelbaum bleibe ich stehen. Eine große Kastanie wäre jetzt gut, mit einem dicken Stamm, den man umarmen kann. Stattdessen halte ich mich an einem dünnen, kleinen Bäumchen fest. Sobald ich stehe, haben sie mich. Die Tränen laufen mir über die Wangen. Ich versuche, so zu heulen, dass möglichst wenig Wimperntusche verläuft. Was lernt man nicht alles als Frau in über vierzig Jahren. Plötzlich wünsche ich mir zu rauchen, meinen Fingern eine Aufgabe zu geben. Ich würde meine Taschen abklopfen nach der Zigarettenschachtel. Sie erleichtert finden, eine aus der Packung schütteln, anzünden, den scharfen Rauch einatmen und etwas husten. So wie Lena und ich früher auf der Feuertreppe im East Village in New York …

Die Treppe ist so eng, dass wir nicht nebeneinander, nur hintereinander sitzen können. Wenn es hier echt mal brennt, hat man richtig Pech, wenn ein Lahmarsch vor einem die Treppe runterklettert. Überholen kann man jedenfalls nicht. Eigentlich ist es verboten, die Feuertreppen ohne Notfall zu betreten, oder, wie wir es tun, zu »besitzen«. Wir sind Anfang zwanzig und leben von Verboten, wir ernähren uns geradezu davon. Mein Apartment liegt im East Village, einer bunten, von Künstlern inspirierten Gegend. Also, jetzt nicht so schick und cool wie SoHo, mehr so undergroundmäßig. Im East Village wohnst du, wenn du dein Talent entdeckt hast und entwickelst, in SoHo, wenn du es dann geschafft hast.

Mein kleines Apartment ist ein Riesenglück. Kein Mensch kann es sich hier leisten, allein zu wohnen. Ich habe die Wohnung von Winnie bekommen.

Winnie hat mich auch auf die Idee gebracht, in New York auf die Schauspielschule zu gehen. Als wir uns beim Abitreffen wiedersahen, hatte sie gerade zwei Jahre Lee Strasberg hinter sich und war begeistert. Den ganzen Abend hat sie mir von der tollen Schule vorgeschwärmt, was man da alles lernt und wie cool die Lehrer sind, und natürlich, wie genial es ist, in New York zu sein. Sie erzählte so begeistert, dass ich sogar meinen Plan vergaß, mit

Hannes zu knutschen, obwohl ich mir das fest vorgenommen hatte.

In den letzten zwei Jahren nach dem Abi hatte ich blöde Jobs angenommen, um Geld zu verdienen. Eigentlich wollte ich mit dem Geld eine Weltreise machen, aber da mir meine Eltern im Nacken saßen mit der großen Frage, wann ich denn nun endlich ein Studium oder eine Ausbildung beginnen würde, traf Winnies Vorschlag genau ins Schwarze. Die Welt sehen, also New York UND ein Studium anfangen. Perfekt. Ich hielt mich nicht für eine geborene Schauspielerin, obwohl ich natürlich in der Schultheatergruppe war und da auch die eine oder andere Hauptrolle bekommen hatte. Es machte mir Spaß, auf einer Bühne zu stehen, und auf ein Hochschulstudium hatte ich so gar keine Lust. Wieder rumsitzen und lernen? Und was sollte ich bitte studieren? Ich habe weder besondere Fähigkeiten noch besonderes Interesse an den üblichen Fächern, die meine Klassenkameraden alle belegen.

Winnie brauchte nicht lange, um mich zu überzeugen. Meine Eltern waren zwar nur mittelmäßig begeistert, erklärten sich dann aber doch bereit, mir die Flüge zu bezahlen. Wenn ich gut haushalte, müsste mein Geld für neun Monate hier reichen. Zur Not ziehe ich einfach zu Lena.

Lena wohnt auf der Upper West Side, bei einer durchgeknallten Frau. Sie heißt Lorie, aber wir nennen sie nur Messie. Lena muss abends ihr Zimmer abschließen und sich das Telefon neben das Bett legen. »9-1-1, du wählst sofort 9-1-1, wenn sie nachts mit einem Messer in der Hand bei dir im Zimmer steht!«, bläue ich ihr ein. Lena lacht ihr Lachen. Es purzelt aus ihr heraus, viel tiefer als ihre Sprechstimme. »Nein, im Ernst, die Frau macht mir Angst!«, sage ich und blase den Rauch links durch das Gitter der Feuertreppe, um es ihr nicht in die Haare zu pusten.

Sie sitzt vor mir, so dicht, dass wir uns berühren. Meine Knie an ihrem Rücken. Unser Blick schweift über die Straße und die gegenüberliegenden Häuser. Im East Village gibt es keine Wolkenkratzer. Ich wohne im dritten Stock. 506 East 5th Street, zwischen Avenue A und B, Apartment 3 b.

Winnie hat mir lange Listen geschrieben, wo ich was einkaufen kann und wo man abends hingeht und sogar, wen ich anrufen soll, wenn ich Pot rauchen will. Dann kommt angeblich so ein Pizzatyp und liefert das.

Einmal haben Lena und ich da angerufen, haben aber nur einen Anrufbeantworter erreicht. Kichernd haben wir dann meine Nummer hinterlassen, und der Idiot hat mich mitten in der Nacht zurückgerufen. Nachts aufzuwachen ist immer scheiße, weil man so lange braucht, um wieder einzuschlafen, überall jaulen die Sirenen. Kein vernünftiges Tatütata wie in Deutschland, sondern ein unregelmäßiges Uuuuuuip, uip, uiupipipipipip, uuuuuuuuuip. Als würde man ein Kind mit einer kaputten Hupe spielen lassen.

»Lorie ist schon okay«, sagt Lena. Okay ist jetzt nicht das Wort, das mir als Erstes zu ihr einfällt. Obwohl sie schon einen sehr guten Eindruck machen kann, wenn sie will. Ich war dabei, als Lena sich das Zimmer anschaute. Man kann sich in New York nicht allein mit jemandem, den man nicht kennt, in einer fremden Wohnung treffen, das weiß jeder, auch Lorie. Sie hatte aufgeräumt, und ihre winzige Zweizimmerwohnung sah top aus. Also, sie war jetzt nicht supersauber, das nicht. Aber aufgeräumt. Lenas Zimmer überzeugte uns sofort. Es hat ein großes Fenster zur Straße raus im ersten Stock. Also hoch genug, dass niemand einsteigen kann. Das Bett steht auf einem Podest, man muss ein bisschen hochklettern, dann liegt man da wie eine Prinzessin. Vor einem die Zimmertür, was gut ist, falls die durchgeknallte Messie echt mal nachts reinkommt, rechts vom Bett das schöne Fenster, und links gibt es eine Nische in der Wand, auf der Lenas ganzer Kram steht. Lippenbalsam, ohne den sie keinen Schritt macht. Wahrscheinlich schleppt sie das Zeug sogar immer mit auf die Toilette. Fotos, Textbücher, Haargummis, Wasserflaschen.

Beim Besichtigungstermin hat uns Messie Kekse angeboten, Tee gekocht, es brannte sogar eine Kerze auf dem winzigen Tisch in ihrem Zimmer. Sie nannte Lena dauernd »Dear« und »Darling« und »Sweetie«, was jetzt nicht furchtbar unüblich ist in New York, aber von einer älteren Frau, ich glaub Messie ist so Mitte dreißig, war das irgendwie spooky. Sie war jedenfalls hin und weg von Lena, das kannte ich ja schon. Das geht jedem so, sogar mir.

Auf Lena passt das Wort *amazing*. Sie ist groß, das bin ich auch, und blond, auch das bin ich. Sie hat eine tolle Figur, sogar da kann ich mithalten, aber alles an ihr ist irgendwie sinnlich. Die Art, wie sie redet, wie sie den Kopf schief hält. Wie sie gedankenverloren mit den Eiswürfeln in ihrem Glas spielt. Einfach alles. Bis ich Lena traf, dachte ich immer, ich hätte das gewisse Etwas, aber wenn man das dann an einer anderen Person plötzlich sieht, kommt man schon ins Zweifeln.

»Hast du in letzter Zeit mal wieder in ihr Zimmer geschaut?«, frage ich und schaue zu, wie meine Zigarette wegglimmt. Lena und ich rauchen nicht richtig, aber wir finden, es gehört zum New-York-Feeling, ab und zu auf der Feuertreppe zu sitzen und zu rauchen. In allen Filmen tun sie das, also müssen wir das auch. Wenn man selten raucht, braucht man auch nur ein, zwei Züge, die man mühsam in der Lunge behalten muss, damit es wirkt. Dann macht einen das Nikotin ein bisschen schwindelig und leicht. Genauso sollte man sich in New York fühlen, finden wir.

Sie legt den Kopf zurück, so dass er auf meinem Schoß liegt, und blinzelt mich unter ihrem langen Pony an.

»Nö. Ich will es gar nicht sehen.«

»Ich wette, sie hat wieder alle Schuhe auf dem Bett!«, sage ich und streiche Lenas weiche Haare zur Seite, damit ich ihre Augen sehen kann. Braune Augen mit dichten schwarzen Wimpern, in krassem Kontrast zu ihren hellen Haaren.

»Ob sie die Pflanzen wieder eingetopft hat?«

Als wir das letzte Mal durch einen Türspalt in Messies Zimmer gelinst hatten, sah es aus, als hätte ein Drogenabhängiger nach Stoff gesucht. Herausgerissene Topfpflanzen lagen in einem wilden Durcheinander aus Klamotten, Schuhen und sogar Bratpfannen auf dem Boden, dem Tisch und auch auf dem Sofa, auf dem Messie schläft. Wie sie in all dem Chaos überhaupt schlafen kann, ist uns ein Rätsel.

Lena dreht sich zu mir um. Sie will nicht länger über ihre durchgeknallte Vermieterin sprechen. »Gehen wir los?«, fragt sie und steht auf.

Ich frage nicht, wohin, und klettere durch das Fenster in meine kleine Wohnung.

In New York brauchst du kein Ziel. Egal, wo du ankommst, es lohnt sich, dort zu sein.

»Franzi?« Bernd steht in der Terrassentür und späht angestrengt in den dunklen Garten. Der Mond ist weg, hat sich hinter die Wolken verzogen. Ich antworte nicht, gehe aber langsam mit meinen nassen Hausschuhen auf ihn zu. Er will etwas sagen, irgendeine Familieninfo. Vielleicht sucht Mia ihr Französischbuch, oder Lukas braucht noch einen Gutenachtkuss. Als er mich sieht, sagt er nichts und umarmt mich stattdessen lange und fest. Dann hebt er mich ein kleines Stück hoch und schleppt mich über die Kante der Terrassentür ins Wohnzimmer. Dabei schnauft und stöhnt er, als müsste er eine Elefantenkuh tragen.

»Wer braucht noch was?«, frage ich, als ich mich von ihm löse.

»Lukas möchte, dass du ihm vorliest.« Er schaut mich fragend an.

Ich weiß, ich könnte nein sagen, und er würde für mich einspringen. Aber manchmal sind die *13½ Leben des Käpt'n Blaubär* genau das, was man braucht, um runterzukommen. Wenn ich schon nicht rauchen kann.

Ich gehe rüber in den »Kindertrakt« unseres Bungalows. Unser Haus ist in L-Form gebaut. Die beiden haben ihr Zimmer im unteren L-Ende. Erst kommt Mias Zimmer. Es ist ein bisschen größer als das von Lukas. Dann kommt das Kinderbad, in dem es keine Badewanne, sondern nur eine Dusche gibt, und die dritte Tür führt in Lukas' Zimmer. Er sitzt auf dem Boden und baut an einem Legoding. Könnte ein Raumschiff sein oder ein Kran. Ich frage nicht nach, um keine ausführliche Erklärung zu bekommen, sondern scheuche ihn ins Bett und kuschele mich daneben in seine Meerbettwäsche. Kleine Krabben, Fische und Leuchttürme umhüllen uns. Lukas ist im Meeresfieber. Über seinem Bett hängt ein echtes Fischernetz. Er hat es im Urlaub in Holland zerrissen am Strand gefunden. Am liebsten hätte er es noch mit toten Krebshüllen dekoriert, aber das Netz stank so schon genug. Nach zweimal Waschen ging es, aber ich bilde mir ein, immer noch was zu riechen, wenn ich bei ihm im Bett genau darunterliege. Während ich lese, fuchtelt Lukas mit seinem Kescher, der immer griffbereit neben dem Bett liegt, in der Luft herum. Ich bin daran gewöhnt, dass er immer rumhampelt.

Mia war ganz anders. Schon als Baby liebte sie es, wenn man ihr Bücher vorlas. Andächtig saß sie auf meinem Schoß und tippte mit ihrem kleinen Finger die Seiten an. »Dida«, forderte sie mich auf, die Seite zu lesen. Bei Lukas versuchten wir es gar nicht erst. Bücher musste man ganz weit oben verstecken, weil er mit großer Begeisterung die Seiten herausriss. Stillsitzen und zuhören ist nichts für ihn. Als er fast drei war, sagte ich zu Bernd, dass das so nicht geht. Man müsse dem Kind doch auch mal was vorlesen. Also nahm ich eins der Traktorbücher, die Lukas sonst zum Weitwurf benutzte, setzte mir den kleinen Typ auf den Schoß und begann zu lesen. Nach zwei Sätzen versuchte er, von meinem Schoß zu klettern. Ich hielt ihn fest und las weiter. Es wurde ein richtiger Ringkampf daraus. Mit einer Hand bekämpfte ich meinen Dreijährigen, mit der anderen hielt ich das Buch und las.

Dagegen ist das heute schon tiefenentspannt, wenn man nur

ab und zu ein von Lukas im Kescher gefangenes Stofftier auf den Kopf bekommt.

Ich lese scitenlang, wie der Blaubär von der furchterregenden Waldspinnenhexe verfolgt wird.

»Lukas?«

»Hm?«

»Wenn ich dich jetzt gleich die letzte Seite im Kapitel lesen lasse, kannst du dann heute mal das Stöhnen und Jammern weglassen?« »Aber warum MUSS ich denn immer lesen?«, jammert er.

»Da ist schon das Jammern«, stelle ich fest. »Kommt jetzt das Stöhnen?«

Er stöhnt und kichert dabei. Ich kitzele ihn, und das Kichern wird ein Kreischen. Wir toben eine Weile auf der Meerbettwäsche herum, bis er sich ausgezappelt hat. Dann nimmt er anstandslos das Buch und liest fast flüssig die letzte Seite von Kapitel sieben.

Ich mache das Licht aus, küsse ihn auf die Stirn, checke, ob sein Wecker gestellt ist, und umlaufe all seine Legobauwerke auf dem Boden.

»Pass auf, dass du nicht in ein Dimensionsloch fällst!«, sagt Lukas.

»Ich gebe mir Mühe. Obwohl wir ja gerade gelesen haben, dass das sehr praktisch ist, wenn man vor der Waldspinnenhexe flüchten muss.«

Er spielt nach, wie er auf der Flucht in ein Dimensionsloch fällt, und lässt sich krachend auf seine Matratze plumpsen.

»Schlaf!«, befehle ich und verlasse sein Zimmer.

Mia höre ich durch die geschlossene Zimmertür leise reden. Sie telefoniert, also gehe ich ohne Zwischenstopp bei ihr direkt ins Wohnzimmer.

Bernd hat uns Tee gekocht. Er kocht uns jeden Abend Tee. Wir trinken selten Alkohol. Er mag ihn nicht, und ich vertrage ihn nicht so gut. Trotzdem hätte ich jetzt lieber ein Glas Wein. Ich nehme den Kräutertee entgegen und setze mich auf unser neues Sofa. Früher hatten wir eine große Liegewiese, auf der Kinder erst gezeugt und später dann gestillt wurden. Der Bezug war waschbar, was praktisch ist, aber irgendwann wollten wir kein praktisches, waschbares Sofa mehr, keine lümmelige Liegewiese, auf der man mit Freunden kaum sitzen kann.

Die Kinder sind jetzt groß, und wir fühlten uns alt genug für eine Couch, die nicht von Ikea ist. Im Internet fand ich den hilfreichen Hinweis, dass ein Sofa zu deiner Lebenssituation passen muss. Ich machte also eine Tabelle zu unserer Lebenssituation:

Person:	Braucht das Sofa überwiegend für:
Franziska, 43 Jahre, 1,75 m, 66 kg	– lesen, fernsehen, um mit Freunden drauf zu quatschen
Bernd, 44 Jahre, 1,88 m, 90 kg	– fernsehen, Laptop benutzen, zum Vögeln
Mia, 14 Jahre, 1,69 m, 52 kg	– chatten, Filme gucken, telefonieren, chillen
Lukas, 9 Jahre, 1,36 m, 35 kg	– rumkrümeln, toben, um über die Prärie zu reiten, Höhlen bauen, Kissenschlachten

Der Liste nach habe ich das langweiligste Leben. Bernd hat noch handschriftlich »zum Vögeln« hinzugefügt, und ich schrieb dann wenigstens noch »zum Nägel lackieren« in meine Spalte, um nicht so völlig spießig dazustehen.

Wir zogen los, um ein Sofa zu finden, auf dem man mit

Freunden gut sitzen kann und auf das wir auch alle vier passen, wenn wir zusammen Filme gucken.

Nach vielem Probesitzen bestellten wir »Gortan«. Bernd störte, dass der Name doch wieder nach Ikea klang. Mich störte eher die lange Lieferzeit von Gortan – acht bis dreizehn Wochen –, aber der Verkäufer versprach uns, dass es eigentlich doch immer schneller gehe. Nach fünfzehn Wochen warten wurde Gortan endlich geliefert, und die Lümmelwiese flog raus. Jetzt sitzen wir kerzengerade auf der hellblauen Couch und vermissen unser altes Ikeading. Das können wir natürlich nicht zugeben, weil wir viertausend Euro gezahlt haben für Gortan. Und das bei zwanzig Prozent Abzug wegen des »Frühbucherrabatts«. So hat es Bernd genannt. Eigentlich war das Jahresschlussverkauf oder so etwas. Man fragt nicht so genau nach, warum, wenn man zwanzig Prozent angeboten bekommt. Viertausend Euro für eine unserer Lebenssituation angepasste Couch. Vielleicht hätten wir lieber unsere Lebenssituation an die alte Couch anpassen sollen.

»Zu spät«, sage ich laut.

»Wofür?«, fragt Bernd.

»Für alles«, sage ich theatralisch.

»Wirft dich das so um?«, fragt er.

»Was?«

»Na, die Sache mit Lena?«

Ich weiß nicht, was ich antworten soll.

»Was ist denn das für ein Tee?«, frage ich.

»Schlaf-gut-Kräutermischung.«

»Schmeckt wie alte, nasse Handtücher.«

»Den hast du gekauft«, brummt Bernd. Schweigend sitzen wir auf Gortan und schlürfen alte, nasse Handtücher.

»Ich komme mir einfach blöd vor bei dem Interview.«

»Dann mach's nicht.«

Ich seufze. Für Bernd ist immer alles so einfach. »Ich kann das Interview nicht absagen. Ich hab da heute zugesagt, und dann mach ich das auch.« Entschlossen stehe ich auf und kippe den furchtbaren Tee in den Ausguss. Bernd trottet mir hinterher und macht das Gleiche. Die Verpackung liegt neben dem Wasserkocher. Den Tee habe tatsächlich ich gekauft: »Schlaf gut«. Unter dem Schriftzug ist ein Kissen mit Lavendelblüten bestreut. Über dem Kissen wehende Vorhänge. Sieht wirklich beruhigend aus. Das nächste Mal nehme ich mir eine Thermoskanne mit heißem Wasser mit in den Supermarkt und nehme Proben. Und wenn dann ein Verkäufer im Kittel kommt und mich fragt, was ich mache, antworte ich ganz cool: Wonach sieht's denn aus? Und der Kittelmann stottert dann rum, dass ich hier nicht einfach die Teebeutel testen kann. Und dann halte ich ihm meinen Becher hin und sage: Trinken Sie das! Er traut sich nicht, zu widersprechen, trinkt und sagt: Mein Gott, das schmeckt wie alte, nasse Handtücher. Eben, werde ich sagen. Eben. Und dann den Laden verlassen und mein Teewasser noch wortlos vorne an der Kasse in die Schnittblumen schütten.

Ich werfe die ganze Packung weg, einfach in die Mülltonne für alles.

Bernd holt sie wieder raus und wirft die Teebeutel in den Biomüll, den Karton in den Papiermüll.

»Da sind kleine Metallklammern dran, an den Beuteln. Und auch noch ein Papierzettelchen.«

»Das passt schon«, sagt Bernd entspannt. »Und dein Interview wird auch gut laufen.« Er küsst mich kurz auf den Mund, dann lässt er mich in meinen immer noch nassen Hausschuhen in der Küche stehen. Kurze Zeit später höre ich, wie im Wohnzimmer der Fernseher angeht.

Ich wollte nie ein Schlafzimmer im Keller. Als wir den alten Bungalow vor zehn Jahren kauften, wollten wir unser Schlafzimmer in Lukas' heutigem Zimmer einrichten. Kurze Zeit später war ich schwanger. Jedes Kind sollte ein eigenes Zimmer bekommen, also gab es plötzlich eins zu wenig. Wir überlegten hin und her. Schließlich schien es am vernünftigsten zu sein, wenn wir in den Keller ziehen. Es ist auch ganz hübsch geworden hier unten. Wir haben große Fenster, und der Lichtgraben ist schön bewachsen. Außerdem haben wir jetzt ein eigenes Bad, was besonders vorteilhaft ist, wenn man eine Tochter im Teenageralter hat. Lukas badet oft unten, und ich habe eine zweite Zahnbürste für ihn bei uns geparkt, weil Mia oben oft stundenlang das Badezimmer besetzt. Mit dieser Version, drei unten, eine oben, leben wir sehr gut. Problematisch wird es erst, wenn Lukas auch anfangen sollte, stundenlange Badezimmersessions einzulegen. Da kauft man sich ein Haus, und es endet damit, dass man keins der zwei Badezimmer, die man hat, benutzen kann und selbst im Keller schlafen muss.

Heute Nacht nutze ich den Vorteil, den Kellerschlafzimmer haben, sie liegen direkt neben der Vorratskammer. Zwischen Dosentomaten, Apfelmus und Marmeladengläsern finde ich eine Flasche Rotwein, die uns irgendwann mal irgendjemand geschenkt hat. Auf dem Etikett sind kleine Rosen.

»Roses«, so heißt die Bar, in die Lena und ich manchmal gehen. Alle Welt trinkt Cosmopolitan, als wäre man selbst automatisch ein Kosmopolit, wenn man das bestellt. Alkohol ist echt teuer, deshalb haben Lena und ich einen voll coolen Trick. Wir bestellen Rotwein. Eine kleine, hübsche Kellnerin mit kurzen braunen Haaren bringt uns die großen bauchigen Gläser. Sie sieht aus wie Winona Ryder. Wer weiß, vielleicht ist sie es auch. Offenbar sehen wir alt genug aus, denn uns hat noch nie jemand nach unserem Ausweis gefragt. Es ist nie wirklich voll hier, man bekommt immer einen Platz in den plüschigen Sesseln. Es ist so witzig, dass manche Orte in Manhattan ganz genauso aussehen, wie man sie sich vorstellt. Wir sitzen also tatsächlich in roten Plüschsesseln, Wände und Tische sind ganz schwarz. Große Kronleuchter hängen von der Decke, und es gibt sogar eine Galerie. Aber da oben waren wir noch nie. Wir suchen uns immer

einen Tisch mitten im Raum aus, so kann man alles am besten sehen. Die Bar ist auch schwarz und natürlich beleuchtet. Auf unserem Tisch steht eine kleine Kerze, an der Lena ständig rumspielt. Sie hat auf jeder Fingerspitze einen kleinen Wachshut, als Winona Ryder uns den Wein bringt. Blitzschnell stellt sie die Gläser ab, weist uns an, das Getränk zu genießen – *enjoy* –, und ist sofort wieder weg. Lena greift mit den Wachshütchen an den Fingern nach dem Glas, kann es aber nicht richtig halten und stellt es wieder ab. Es wird sowieso nicht sofort getrunken. Erst mal riechen wir nur dran und fahren mit nassen Fingern über den Rand, um ein Geräusch zu erzeugen.

»Triffst du dich noch mit Daniel?«, fragt sie mich. Sie spricht seinen Namen englisch aus – Däniel. Daniel ist aus Texas. Er ist mir irgendwie zugelaufen. Wie ein kleines Hündchen, das man nur schwer wieder loswird. Er ruft mich ständig an oder wartet vor meinem Haus und tut dann so, als wäre er nur gerade zufällig dort langgekommen.

»Gestern waren wir zusammen im Riverside Park picknicken. War ganz okay.«

»Knutscht ihr noch?«

»Nur wenn's dunkel wird«, sage ich und grinse. Daniel küsst ziemlich gut, und solange er sich damit zufrieden gibt, warum nicht?

»Woll'n wir?«, fragt Lena und hebt erwartungsvoll ihr Glas. Die Wachsdinger hat sie sich inzwischen abgeknibbelt. Wie kleine Schiffe liegen sie halbrund um die Kerze herum.

»Auf was trinken wir?«, frage ich. Wir trinken immer auf irgendwas, weil das viel feierlicher ist, als einfach nur so anzustoßen.

»Auf ...«, überlegt Lena.

»Auf die Waffeln im Seven A!«, fällt mir ein. Das Seven A ist ein Café auf der Siebten Straße, Ecke Avenue A, also ganz bei mir in der Nähe. Ab und zu gönnen wir uns sonntags ein Frühstück dort. Die Waffeln mit Erdbeeren sind bombastisch.

»Auf die genialen Waffeln im Seven A!«, wiederholt sie.

Wir stoßen an, halten kurz inne, zählen bis drei und kippen das ganze Glas Rotwein auf einmal runter. Wenn man das macht, passiert erst mal nix. Außer, dass es sich im Bauch ein bisschen komisch anfühlt. Und ein paar Minuten später – WOOOSH – bist du von einer Sekunde auf die andere *tipsy*. Ich mag dieses Wort. Ich glaube, es ist mein Lieblingswort in Englisch. Tipsy heißt angetrunken, »angetüddelt« ist vielleicht die beste Übersetzung. Wenn du mit unserem Trick tipsy wirst, ist alles lustig, und Küssen macht noch mehr Spaß. Trotzdem hat man am nächsten Tag keine Kopfschmerzen, weil es ja nur ein einziges Glas Wein war. Hält auch nicht so super lange, aber auf dem Weg zur U-Bahn wieder nüchtern zu sein ist auch nicht das Schlechteste.

Lena nimmt mit einer geübten Bewegung ihr Lippenzeug aus ihrer Tasche und schmiert es sich auf den Mund. Ich wette, sie hat nicht mal bemerkt, dass sie das gerade gemacht hat.

»Du bist süchtig!«, sage ich.

»Wonach?«, fragt sie und schaut auf ihr leeres Weinglas.

»Nach deiner kleinen Carmex-Dose da.« Ich zeige auf das kleine gelbe Döschen, das sie nicht wieder in ihrer Tasche verstaut hat.

»Absolut«, gibt sie zu, öffnet es und riecht andächtig dran. »Und nach dir!«, sagt sie, und da passiert es. Das »WOOOSH«, mein Rotwein haut rein. Lenas Hand liegt auf meinem Arm. Ich schaue in ihre braunen Augen, die sich plötzlich verändern, weicher werden. Auch ihr WOOOSH ist angekommen. Wir nehmen uns an den Händen und kichern rum. Winona sieht etwas irritiert zu uns rüber, dabei machen wir genau das, was sie uns empfohlen hat. *Enjoy.*

Ob ich mich traue, ein ganzes Glas Rotwein zu kippen? Da macht mir sicher mein Magen Probleme. Der ist ja schon angesäuert, wenn ich mal im Restaurant ein Glas zum Abendessen trinke. Ich könnte aber so gut ein WOOOSH brauchen.

Das ganze Haus schläft, und ich schleiche lautlos mit meiner Flasche die Treppe hoch. Komme mir vor wie eine alte Alkoholikerin, die im Nachthemd heimlich ihren Stoff nach oben transportiert, um ihn dann an diversen Stellen im Erdgeschoss zu verstecken. Unheimlich, so durch das dunkle Haus zu schleichen. War da ein Geräusch? Ich bleibe stehen und lausche. Hört sich fast so an, als ob da einer langschlurft.

Die Flasche in meiner Hand fühlt sich wie eine Waffe an. Falls hier ein Einbrecher rumgeistern sollte, könnte ich ihn ausknocken. Oben angekommen, mache ich im Flur probeweise ein paar Schwünge.

Als ich dann in der Küche wirklich eine schmale Gestalt sehe, setzt mein Herz aus. Völlig bewegungsunfähig bleibe ich in der Türöffnung stehen, was sicher dumm ist, weil ich dem Einbrecher so den Weg in die Freiheit abschneide. Der dreht sich um, sieht mich und kreischt wie eine Vierzehnjährige.

»Mia! Pschschscht! Du weckst alle auf! Ich bin's nur – Mama!«

Erleichtert fällt sie mir in den Arm.

»Ich dachte, du wärst ein Einbrecher!«, flüstert sie in meine Haare.

»Ja, dachte ich auch, als ich dich gesehen habe. Was machst du hier?«

Wir sind keine Familie, die nachts rumgeistert. Normalerweise schlafen wir alle wie Bären im Winterschlaf. Jedenfalls seit ein paar Jahren. Mit kleinen Kindern war das natürlich anders. Nächtliche Ausflüge über Flure, in andere Betten oder auf die Sofalümmelwiese waren normal.

»Ich hab schlecht geträumt und wollte mir ein Glas Wasser holen. Und du?« Sie zeigt fragend auf die Weinflasche, die man im Mondlicht gut erkennen kann.

»Ich konnte nicht schlafen«, sage ich wahrheitsgemäß und verschweige meinen Wunsch nach einem WOOOSH. Ich stelle die Weinflasche weg und nehme mir auch ein Glas Wasser. Mia füllt ihres noch mal neu, die Hälfte hat sie vor Schreck, mich zu sehen, auf die Fliesen verschüttet. Halbherzig wischt sie mit einem Küchentuch den Boden.

»Ist nur Wasser«, sage ich, und sie hört auf.

»Kommst du noch kurz mit zu mir?«, bittet sie mit großen Augen.

Nachts ist sie viel kleiner als tagsüber. Wir balancieren unser Wasser über den Flur bis zu ihrem Zimmer. Ihre Lichterkette über dem großen weißen Metallbett ist an und verströmt ein gemütliches, warmes Licht, das an Weihnachten erinnert. Ich lasse sie zuerst ins Bett schlüpfen und lege mich dann neben sie. Eifrig baut sie mir ein paar Kissen in den Rücken.

Als sie zehn wurde, haben wir die Tapeten mit den kleinen Elfen abgerissen und stattdessen blaue Wellen an die Wände geklebt. Die neue Tapete hat einen leichten 3-D-Effekt. Dir wird etwas schwindelig, wenn du zu lange hinschaust. Mia hatte nie Probleme mit Schwindel, weil sie die Wände sowieso zuhängt. Ich schaue mich um und sehe, dass fast alle Tierposter durch Popstars ersetzt wurden in letzter Zeit. Ich kenne fast keinen von ihnen. Über Mias Bett hängt kein Fischernetz, aber kreuz und quer sind Schnüre gespannt, an die sie mit meinen Wäscheklammern – aha, jetzt weiß ich auch, wohin die alle verschwinden – Postkarten, Zettelchen und kleine Dinge klammert, die ihr wichtig sind. Ich entdecke den Schuhanhänger, den Lukas ihr mal zum Geburtstag geschenkt hat, und bin etwas gerührt, dass sie ihn aufgehoben hat.

»Was hast du denn geträumt?«, frage ich sie.

Sie lehnt den Kopf an meine Schulter und sagt: »Weiß ich gar nicht mehr.« Ich gebe ihr einen Kuss auf ihre gelockten Haare. Die wilden Haare ihres Vaters. Ich liebe die Locken von Bernd und Mia. Was würde ich für Locken geben. Wenn ich ihr das sage, beschwert sie sich nur über ihre »Scheißfarbe«, ein helles Braun, an dem nichts auszusetzen ist. »Und warum kannst du nicht schlafen?«

»Ich denke an Lena.«

»Wart ihr gute Freundinnen früher?«

»Die besten!«

»Wie habt ihr euch kennengelernt?« Ich trinke einen großen Schluck Wasser und erzähle es ihr.

Ich hatte echt keine Ahnung, wie teuer New York ist. Als Winnie mir ihre Wohnung anbot und ich den Preis hörte, dachte ich an eine Dreizimmerwohnung, die absolut phantastisch sein musste. So mit Whirlpool und Dachterrasse und einer Küche, die mit Glasbausteinen abgetrennt ist vom Wohnzimmer. Als ich dann schließlich aufgeregt die Tür aufschloss und mit einem Schritt schon in der Mitte des Raumes stand, konnte ich es nicht glauben. Ich war mir sicher, es musste irgendwo noch eine Tür geben. Dieser kaum zwanzig Quadratmeter große Raum mit einer wackeligen Küchenzeile drin konnte unmöglich alles sein. War es auch nicht. Es gibt schließlich noch ein ganz kleines Bad, in dem die Heizung immer auf Volldampf läuft und der Wasserhahn kaputt ist. Er tropft nicht. Er läuft praktisch. Die ersten Wochen habe ich dann immer den Haupthahn zugedreht, wenn ich ging, aber weil man dazu sehr unbequem unter das kleine Waschbecken kriechen muss, habe ich das irgendwann aufgegeben. Es stank auch seltsam in der kleinen Wohnung. Trotzdem fühlte ich mich nach dem ersten Schock über die »Größe« ziemlich wohl, was sicher an Winnies schöner Möblierung lag. Sie hat es geschafft, dem kleinen Zimmer mit einem herrlichen Durcheinander aus Flohmarktmöbeln einen ganz eigenen Charme zu verleihen. Das breite Bett steht mit der Stirnseite zur Wand, links vom Bett kommt dann bald das Fenster, aus dem wir immer auf die Feuertreppe klettern, daneben der kleine blaue Schreibtisch, an dem ich esse, aber niemals lerne, und gegenüber vom Bett gibt es ein barock geschwungenes, beigefarbenes Sofachen mit braunen Holzverzierungen. Dazu ein knallrotes Regal rechts neben dem Bett, in dem all meine Klamotten lagern. Das war's.

Das reicht auch. Obwohl ein Whirlpool und eine Dachterrasse natürlich schon cool gewesen wären.

Bei meiner Ankunft in New York lagen auf dem blauen Schreibtisch seitenweise Tipps und Hinweise von Winnie. Jede Seite hatte einen Titel – *Where to go, What to eat, How to pay your rent.* Leider gab es keine Seite mit dem Titel How to order at a coffee shop.

Dass man vorne an der Theke bestellen muss, habe ich dann bald gemerkt. Erst mal hab ich mich natürlich wie eine Idiotin an einen Tisch gesetzt und gewartet, bis mir ein älterer Typ etwas in kryptischem Englisch zuraunte, das ich nicht verstand, aber die Handbewegung zur Theke war eindeutig.

Während der ersten Tage hier dachte ich, mein Englisch sei so unterirdisch schlecht – und das trotz Englisch-Leistungskurs –, dass ich sofort wieder nach Hause fliegen müsse. Nach und nach merkte ich dann aber, dass in New York eigentlich kaum jemand perfekt Englisch spricht. Akzente aus aller Welt mischen sich. Taxifahrer verstehst du generell nie, die Typen in den kleinen Läden (Delis) auch nicht. Trotzdem reden alle miteinander. Ich erinnere mich noch an einen Mann, mit dem ich an einer Ampel wartete und der mich anquatschte. Ich habe wohl etwas pikiert geschaut, jedenfalls sagte er zu mir: »*This is New York, we communicate!*« Und nach und nach traute ich mich auch, mit meinem deutschen Akzent mitzumischen. Ryan, der Verkäufer aus dem Deli auf der Avenue A, und ich, wir quatschen immer, obwohl ich ihn überhaupt nicht verstehe. Er ist Inder, und ich kann nur jedes achte Wort erraten. Vielleicht geht es ihm mit mir genauso?

Das half mir aber alles nichts, als ich vorne an der Theke stand und einfach einen Kaffee bestellen wollte. Auf den großen Tafeln konnte ich zwar alles Mögliche lesen, verstand aber nichts davon. Moccachino, Java Chip Frappuccino, Decaf Pike Plate Roast, Chai Tea Latte, eigentlich verstand ich nur Hot Chocolate, aber da ist ja nun gar kein Kaffee drin.

Eine dicke farbige Frau forderte mich viel zu schnell auf, etwas zu bestellen. Sie klang, als hätte sie gerade drei Donuts im Mund, aber ich konnte immerhin das Wort *order* aufschnappen.

»*One coffee, please*«, versuchte ich mein Glück.

»*Hot or mellow?*«, glaubte ich zu verstehen. Gott, was hieß jetzt *mellow* noch mal?

Ich nickte einfach vorsichtig, was der Dame gar nicht gefiel.

»*Today or Idaho?!*«, fragte sie nachdrücklich, und ich kam ins Schwitzen. Ich beschloss einfach, das erste Wort nuschelig zu wiederholen. »*Today.*« Sie nickte zufrieden, und die nächste Frage verstand ich sogar. Leider konnte ich sie nicht beantworten. Welchen Kaffee ich möchte?

»Einen mit Milch?«, fragte ich vorsichtig zurück und bekam als Antwort eine Salve aufgesagter Wörter von den Tafeln entgegengeworfen. Ich wiederholte einfach das letzte davon. Mit dieser Technik kam ich dann auch durch die letzten drei Fragen, bezahlte und bekam nichts.

Meine Verkäuferin, die jetzt ganz glücklich war, weil wir die Bestellung so gut zusammen geschafft hatten, schenkte mir noch einen Satz, der mit Darling anfing und wieder eine hilfreiche Handbewegung enthielt, die mir zeigte, dass ich mein Getränk irgendwo am Ende der Theke abholen konnte.

Völlig erschöpft kehrte ich zu meinem Platz zurück. Neben mir saß jetzt eine Frau in meinem Alter. Sie hatte sich anmutig in ihren Sessel gefaltet und las ein Buch.

Sie trug eine enge Cargohose, braune Stiefel und einen Kapuzenpulli in derselben Farbe. Perfekt abgestimmt auf ihre Augen, die hinter einem viel zu langen, hellblonden Pony verschwanden. Ihre Haare waren schulterlang und fransig geschnitten. Eins ihrer langen Beine hatte sie hochgezogen, was ich mich niemals getraut hätte, denn so lag ihr Stiefel auf dem Sessel, was ja sicher nicht erlaubt war. Ich stellte meinen hart erkämpften Kaffee, falls es überhaupt einer war, auf dem Tisch vor uns ab und ließ mich in meinen Sessel fallen, unsicher, ob ich die Frau grüßen sollte oder nicht. In New York kommuniziert man, aber man lässt sich auch in Ruhe, wenn man spürt, dass der andere gerade für sich sein möchte.

Die Frau schaute erst mich an, dann mein Getränk. Ich nahm einen Schluck. Es war sehr heiß, aber richtig lecker. Was auch immer ich da bestellt hatte, es war eine gute Wahl gewesen. Blöd nur, dass ich den Namen nicht mehr wusste, den ich einfach der Dicken nachgeplappert hatte.

Die Frau neben mir schaute mich immer noch an und fragte dann auf Englisch, was ich da trinke.

»*I have no idea*«, gab ich zu, und sie lachte. Ein tiefes albernes Lachen. Ich fing an sie zu mögen.

»*I never manage to* … was heißt: bestellen …«, fragte sie sich selbst auf Deutsch, und ich sagte:

»Bestellen heißt: *to order.*«

»Ah ja, danke! *I never manage to order here* …«, dann fiel ihr auf, dass ich deutsch gesprochen hatte.

»Du bist Deutsche?«

»Ich bin Franzi.«

»Lena.« Wir gaben uns die Hand.

»Das war harte Arbeit, den Kaffee zu bestellen«, gab ich zu. »Ich hab die Hälfte der Fragen nicht verstanden.«

Sie nickte eifrig. »Nie verstehe ich die. Ich hab es einmal probiert, und das war mir so peinlich, dass ich jetzt immer Angst vorm Bestellen habe.«

»Dann sitzt du nur hier und liest.«

»Genau.«

»Magst du?«, fragte ich sie und bot ihr mein Getränk an.

Ihre Augen blitzten dankbar auf, und sie sagte sofort ja. Auch Lena schmeckte mein namenloser Kaffee.

Wir teilten ihn und stellten fest, dass wir beide auf dieselbe Schule gingen. Als wir den Coffeeshop schließlich verließen, war es fast Mitternacht.

»Und von da an wart ihr Freundinnen?«, fragt Mia.

»Ja«, sage ich und wundere mich, wie einfach das damals ging.

»Habt ihr es dann noch gelernt, wie man einen Kaffee bestellt?«, will sie wissen.

»Ja, haben wir. Als wir das nächste Mal in den Coffeeshop gingen, haben wir uns an einen Tisch ganz nah an der Theke gesetzt und den anderen Leuten beim Bestellen zugehört. Irgendwann haben wir dann auch verstanden, dass die erste Frage nicht *»hot or mellow«* oder *»today or Idaho«* lautet, sondern ...«

»To stay or to go?«, vervollständigt Mia.

»Damals gab es noch keine Coffeeshops in Deutschland«, erkläre ich.

»Wie war Lena? Was mochtest du an ihr, als ihr euch kennengelernt habt?«

Ich muss kurz überlegen. »Sie war so natürlich. Sie passte einfach immer genau dahin, wo sie gerade war. Wenn sie in einem Sessel saß, dann hatte man das Gefühl, jemand hätte ihn genau für sie gebaut. Und sie lachte immer, auch wenn es gar nicht passte. Kennst du das, wenn Leute dich so anschauen, als ob du der wichtigste Mensch auf der Welt wärst?« Mia nickt. »So hat Lena einen angeschaut. Ihre ganze Aufmerksamkeit war dann bei dir. Und sie hat immer eine riesige Tasche mit sich rumgeschleppt.«

Mia beugt sich über mich und stellt ihr leeres Glas auf dem Nachttisch ab. »Was war da drin?«, fragt sie interessiert.

»Kram. Jede Menge Kram. Und immer eine große Flasche Wasser und Lippenbalsam.« Ich schaue auf die Uhr. Es ist halb zwei. »Superspät, Mäuschen. Schlaf jetzt!«, ordne ich an und steige aus dem Bett.

Mia sieht überhaupt nicht müde aus. Ihre Locken umrahmen ihr junges Gesicht, und ihre grünen Augen sind fragend auf mich gerichtet.

»Aber ich will noch mehr von Lena wissen! Warum ist eure Freundschaft auseinandergegangen?«

»Morgen!«, vertröste ich sie und beuge mich zu ihr runter, um ihr einen Kuss zu geben.

Morgen, denke ich auf dem Flur, als ich ihre Tür leise geschlossen habe. Als ob ich morgen eine Antwort darauf hätte.

Kapitel 2

Die Sonne scheint, und der Himmel ist knallblau. Glaube ich jedenfalls, so viel sieht man ja nicht von ihm.

Ich springe unter die Dusche, und spätestens jetzt weiß ich, es wird ein guter Tag, das heiße Wasser geht nämlich! Mit nassen Haaren stelle ich mein kleines Radio auf 95,5 ein. Der Sender PLJ spielt klasse Musik. Ich frühstücke Lucky Charms und stelle entsetzt fest, dass die Packung fast leer ist. Ich muss mir also ganz dringend Nachschub von meinen Lieblingscornflakes besorgen. Lucky Charms gibt es leider nicht in jedem Deli, dafür natürlich zwölftausend andere Sorten. Ich hab sie nicht alle probiert, aber es geht nix über meine Luckys. Da sind so kleine Marshmellows drin. Wenn man sie lange genug in der Milch schwimmen lässt, schmelzen sie einem auf der Zunge.

Ich bin schon etwas spät dran, möchte aber trotzdem lieber laufen als den Bus nehmen. Ich mag die Busse nicht. Sie sind immer total voll, und man muss sich fast prügeln, um an der richtigen Haltestelle rauszukommen. Meine Schule ist am Union Square, 115 East 15th Street. Die zehn Blocks kann ich gut laufen. Ich ziehe meine Jacke an und werfe mir den Gurt meiner Tasche über die Schulter.

Ich klettere die enge schwarze Treppe mit den ausgetretenen Stufen runter. Drei Stockwerke, dann bin ich unten. Von der letzten Stufe falle ich praktisch aus der Haustür. Ich gehe links die East 5th Street entlang, bis ich auf die Avenue A komme. Vorbei am Waschsalon, der mich daran erinnert, dass ich dringend mal wieder waschen müsste, ich hab kaum noch was anzuziehen. Es gibt viele Wege, um zur Schule zu kommen, ich nehme immer gerne die 7th Street, weil es dort ganz verrückte Läden gibt, die um diese Uhrzeit zwar alle noch zu haben, aber man kann die Graffiti an den Häuserwänden bewundern, und ich mag die schweren eisernen Rollläden, die mit mehreren Schlössern gesichert sind. Es gibt Manhattan so was Verwegenes, Gefährliches.

Ein vertrauter scharfer Geruch steigt mir in die Nase. Ich habe lange gebraucht, um herauszufinden, was das ist. Man riecht ihn nämlich nur am Anfang oder ganz am Ende eines langen Tages in New York. Früh morgens kommen Reinigungsfahrzeuge, die die Straßen mit einem vermutlich ätzenden Zeug reinigen. Es riecht, als würde es alle Bakterien der Welt killen. Hinterher sehen die Straßen noch genauso schmutzig aus wie vorher. Dafür sind sie aber nass und glänzend, mit diesem speziellen Geruch.

Ich biege um die Ecke auf die Second Avenue ein und bin plötzlich mitten im Trubel. Die Straße ist voller Fußgänger, und die Autos rauschen an uns vorbei. Ich frage mich immer, welche Idioten tatsächlich glauben, sie könnten mit einem Auto durch die Innenstadt fahren. An die gelben Taxis habe ich mich immer noch nicht gewöhnt. Jedes Mal wenn ich sie sehe, wie sie da so selbstbewusst zwischen den anderen rumfahren, als wäre die Straße nur für sie da, muss ich an all die Filme denken, die in New York spielen. Vielleicht werden Lena und ich auch mal in einem mitspielen. Das wäre schon sehr cool!

Ich wechsele die Straßenseite, um an der schönen alten Kirche vorbeizugehen. An der Ampel warte ich, dass das lustige Männchen von *Don't walk* auf *Walk* umspringt. Man sieht dann einen kleinen grünen Typ, der walked. Sobald er zu sehen ist, setzt sich der ganze Pulk Menschen um mich herum in Bewegung, und ich werde automatisch auf die andere Seite gespült. Jede Stadt hat einen bestimmten Beat. In New York ist er schnell und laut. Aber wenn du ihn zu deinem Herzschlag machst, dann bist du plötzlich ein Teil dieser Stadt.

Kurz vor neun bin ich an der roten Tür, vor der alle Schüler mindestens ein Foto von sich gemacht haben. Immer mal wieder sieht man auch Touristen, die das kleine Schild knipsen, auf dem zwei Masken zu sehen sind und die Schrift: **The Lee Strasberg Theatre Institute,** INC.

Die gucken uns dann immer ganz ehrfürchtig an, weil wir da raus- und reingehen, und dann kommen wir uns vor wie Stars. Ist schon mal 'ne gute Übung für später!

Jetzt ist aber erst mal *Speech Class* dran, dazu muss ich die Treppen hoch bis ganz unters Dach. Ein schöner Raum mit einer Holzbühne, alles in Blautönen gestrichen. Unser Speech-Lehrer heißt Marc Winter. Mr Winter ist total nett, und sein Unterricht macht Spaß. Ich sehe mich schnell um, keine Spur von Lena. Die Tröte kommt bestimmt wieder zu spät. Ich ziehe Jacke und Schuhe aus und suche mir schon mal einen guten Platz.

Lena kommt tatsächlich erst zehn Minuten später, als wir alle schon auf dem Boden liegen und »Patica-Bodega, Patica-Bodega« rufen, um unser Zwerchfell zu lockern. Ich rutsche ein Stück zur Seite, um ihr Platz zu machen.

»Verschlafen?«, flüstere ich zwischen »Patica-Bodega« zu ihr rüber.

Sie schüttelt, auf dem Rücken liegend, den Kopf und fängt auch an, die zwei Wörter zu rufen. »Stress mit Messie«, flüstert sie nach einer Weile zurück.

Ich bin jetzt superneugierig und will sofort wissen, ob Messie nachts mit einem Messer an Lenas Bett stand, aber wir haben keine Zeit zu quatschen, müssen aufstehen, uns im Kreis aufstellen, »Ha!« und »Ho!« schreien und uns dabei ein Kissen zuwerfen.

Erst in der Pause haben wir Zeit zu reden.

»Ich will alles wissen! Aber können wir schnell rüber ins *Cor-*

rado's gehen? Ich brauch unbedingt ein Egg Sandwich!« Lena ist einverstanden. Wir traben nebeneinander die Treppe runter.

»Erzähl!«

»Heute Nacht wache ich auf, weil ich so ganz komische Geräusche höre …«

»O Gott!«

»Ja, es klang, wie wenn jemand schluchzt und dann wieder schreit.«

»Messie?«

»Ja, wer denn sonst?«

»Keine Ahnung, wer da nachts bei euch schreit und schluchzt! Okay, Messie also, und was hast du gemacht?«

»Ich bin vorsichtig aus meinem Zimmer raus, Messies Tür war zu und abgeschlossen. Eine Weile lang war kein Geräusch zu hören, deshalb hab ich vorsichtig an ihrer Tür geklopft.«

»Bist du denn bescheuert?!« Wir überqueren die Straße und gehen die paar Meter rüber zu dem Selbstbedienungscafé.

»Ich dachte, ich kann ihr vielleicht helfen.«

»Helfen???« Jetzt rege ich mich echt auf. »Lena, du weißt, die Frau ist nicht normal! Wenn die da nachts in ihrem Zimmer einen Anfall hat, dann ist es nicht besonders schlau, anzuklopfen und sie auf die Idee zu bringen, dass sie dir ja was antun könnte.«

»Ich glaube nicht, dass Messie mir was antun würde.«

»So schräg, wie die drauf ist, wäre ich mir da mal nicht so sicher! Hat sie denn aufgemacht?«, frage ich leiser, weil wir jetzt in der Schlange stehen.

»Nein.«

»Gott sei Dank!«

»Sie hat noch eine Weile lang geschluchzt und geschrien, und dann war Ruhe. Heute Morgen war sie schon weg, als ich aufgestanden bin.«

»Na, dann ist doch alles okay«, sage ich und freu mich auf mein Egg Sandwich.

»Eben nicht. In der Küche habe ich ein paar rote Flecken auf dem Boden gefunden.«

»Blut?«, frage ich entsetzt.

Lena kann nicht gleich antworten, weil ich dran bin und mein Sandwich bestellen muss. Dann ist sie dran und bestellt das Gleiche.

»Ich weiß es nicht. Vielleicht war es auch Traubensaft. Jedenfalls war das voll gruselig!«

»Glaubst du, sie kommt wieder?«, frage ich.

Unsere Pause ist leider gleich vorbei. Wir müssen zurück durch die rote Tür. In der Schule darf man nichts essen, also beißen wir nur einmal ab und stecken unsere Sandwiches in Lenas Riesentasche.

»Vielleicht hat sie sich verletzt in den Riverside Park geschleppt, um dort zu sterben?«, überlegt Lena.

»Klar, idealer Ort, um zu sterben«, bestätige ich. »Oder«, phantasiere ich, »das Blut war von jemand anderem, und sie ist jetzt auf der Flucht! Stand die Haustür offen?«

Lena lacht laut: »Nein!«

»Hast du nachts noch was gehört? Rumpeln? Türenschlagen?«

»Kann sein …«, sagt sie zögernd.

Unser Gespräch wird von einer dicken, kleinen Frau unterbrochen. Mrs Chanderline, unsere »Singing«-Lehrerin. Die gibt immer richtig Gas, hält sich nicht auf mit *Good morning* und Smalltalk. Noch bevor wir alle auf der Bühne stehen, geht es schon los. Der Klavierspieler fängt an zu spielen, und wir singen uns ein, während die Hälfte der Klasse noch damit beschäftigt ist, Taschen und Jacken abzulegen.

Der Raum ist groß und ganz schwarz gestrichen. Boden, Wände, Decke, alles schwarz, wie in einer Black Box. Eine Hälfte des Raumes ist mit ansteigenden Stühlen möbliert. So richtige schöne Theaterstühle mit Samtbezug, die sich automatisch zuklappen, wenn keiner auf ihnen sitzt. Der Boden des Raumes wird durch die Stühle automatisch zur Bühne. Auf der Bühne steht fast nichts. An den Wänden lehnen Klappstühle, in der Ecke steht ein Klavier.

Nach dem Einsingen ist Cinzia dran mit Vorsingen. Ich freue mich darauf, denn mit Cinzia haben wir alle immer einen Riesenspaß. Sie ist eine ein Meter fünfzig kleine Italienerin. Etwas pummelig mit einem harten Gesicht, das sie unheimlich gut in empörte Mienen verziehen kann. Braune, lange Locken, die Hände ständig in den Hüften.

Als Cinzia hier ankam, habe ich sie in ihrer WG besucht und konnte nicht glauben, was ich sah, obwohl sie es mir vorher mit ihrem lustigen italienischen Akzent erzählt hatte. Cinzia war mit sechs Koffern angereist. Mit SECHS! Ich weiß nicht, ob ihre Familie in Italien sie loswerden wollte und ihr deshalb alles eingepackt hatte, was sie besaß, oder ob sie selbst wirklich so bescheuert war. Vermutlich Letzteres. Italienische Familien wollen niemanden loswerden. Die liegen sich doch bei jedem Abschied heulend in den Armen.

Es war für Cinzia also schon echt ein Ding, am JFK-Flughafen einen Cab Driver zu finden, der sie mit sechs Koffern mitnahm. Die passen nämlich unmöglich in den Kofferraum. Sie hatte dann wohl Glück, und ein Grieche erbarmte sich. Der griechische Taxifahrer schleppte ihr dann sogar die sechs knallvoll gepackten Riesenkoffer hoch in den sechsten Stock.

Es gibt zwar in Cinzias Haus einen Aufzug, aber den kann man sinnvollerweise nur ohne Gepäck benutzen oder höchstens mit einer winzigen Einkaufstasche. Ich nehme den nie, ich bekomme darin Platzangst. Cinzia hatte natürlich, genau wie ich vorher, keine Vorstellung von der Größe New Yorker Apartments. Sie bekam in der WG ein Zimmerchen zugewiesen, das nicht mehr als acht Quadratmeter hatte. Und auf zwei Quadratmetern stand schon das Bett. Also stellte Cinzia alle Koffer der Reihe nach auf die restliche Fläche, und damit war das Zimmer voll. Wenn sie jetzt ins Bett wollte, musste sie über die Koffer kriechen. »Ich kann nicht mal auspacken!«, beschwerte sie sich.

»Kein Platz!« Eine Weile lang lebte sie dann aus einem Koffer, den sie irgendwie auf die übrigen gezerrt und geöffnet hatte. Ich bot ihr an, gemeinsam das Kofferproblem anzugehen. Deutsch und lösungsorientiert erklärte ich ihr, wie wir in der winzigen Küche alles auspacken und dann im Zimmer stapeln könnten. Aber sie schüttelte nur den Kopf und machte eine typisch italienische Handbewegung. »Passte mir sowieso nix mehr«, seufzte sie und klopfte sich auf ihre ausladenden Hüften.

Cinzia hat sich ein sehr passendes Lied ausgesucht. »I will survive« von Gloria Gaynor. Der Reihe nach sind wir alle mal dran mit Vorsingen. Die Lieder suchen wir uns selbst aus und besorgen uns dann die Noten dazu. Der Pianist spielt uns das Lied vor, und wir nehmen uns das auf einer Kassette auf. So können wir dann zu Hause üben.

Cinzia hatte wohl nicht genug geübt, vielleicht steckt ihr Kassettenrecorder auch noch in den Koffern fest, jedenfalls macht sie heute auf der Bühne gar keine gute Performance. Mrs Chanderline gibt ihr diesen und jenen Tipp, dann dreht sie sich zu uns auf unseren Stühlen um und fragt: *»Can we help her?«* Und das können wir.

Wir stürmen alle auf die Bühne und singen mit.

Cinzia macht die perfekten Gesten zum Text, und wir singen wie die Wahnsinnigen, nicht schön, aber so laut, dass man den Klavierspieler gar nicht mehr hört. Mrs Chanderline schüttelt nur lachend den Kopf, und als wir fertig sind, beknien wir den Klavierspieler, noch *Fame* anzustimmen. Die Hymne aller Schauspielschüler.

Ich schaue Lena an, die ganz rote Wangen hat vom Singen. Plötzlich weiß ich, dass dies ein ganz besonderer Moment ist, weil ich gerade nirgends lieber wäre als hier in dieser Stadt, in dieser Schule, auf dieser Bühne, zusammen mit Lena.

Ich weiß, dass wir es schaffen werden. Aus uns wird mal was ganz Großes, und dann werden wir uns erinnern, wie wir angefangen haben, mit einem angebissenen Egg Sandwich in der Tasche.

Lena und ich schauen uns an und zeigen mit dem Zeigefinger aufeinander, bevor wir bedeutungsvoll die letzten Worte singen: *»Baby, remember my name!«*

Ich kann mich weder an den Namen erinnern, noch finde ich den Zettel, auf dem ich ihn notiert habe.

Das gibt es doch nicht! Kommt davon, wenn das Bürotelefon auf mein Handy umgestellt ist und ich dann auch noch drangehe, obwohl ich gerade nass aus der Dusche komme. Bernd ist schon im Büro, und da muss ich auch ganz dringend hin, kann aber den verflixten Zettel nicht finden! Dann muss er eben noch mal anrufen, wenn er unsere Gummiringe unbedingt haben will. Bernd ist Ingenieur und hat eine kleine Firma, die Sanitärfachbetriebe beliefert. Außerdem vertreibt er diese speziellen Dichtungsringe für Rohrverschraubungen, die besser abdichten und viel haltbarer sind als die herkömmlichen. Es spricht sich langsam rum, dass wir diese Ringe verkaufen, und wir bräuchten dringend einen Onlineshop dafür. Stattdessen bin ich jetzt, obwohl ich mit dem normalen Bürokram schon genug am Hals habe, auch noch der Onlineshop. Ich berate die Kunden so gut ich kann, nehme die Bestellungen auf und leite sie weiter an unseren Einkäufer.

Ich fahre die kurze Strecke zur Arbeit mit dem Auto, obwohl ich mir vorgenommen hatte, immer das Fahrrad zu nehmen. Aber es ist einfach schweinekalt heute Morgen. Die Bäume und Sträucher sind mit Raureif überzogen. Ich stelle die Heizung auf volle Pulle und wünsche mir Schnee. Diesen Winter hatten wir noch gar keinen.

Unsere Firma liegt mitten im Gewerbegebiet Hürth-Kahlscheuren. Das ist genauso unsexy, wie es klingt.

Ich parke auf dem Hof vor dem großen Gebäude mit der Nummer 14 und gehe um das Haus herum auf die Hinterseite. Unser Büro liegt, genau wie unser Schlafzimmer, im Keller. Eine ungewöhnlich breite Treppe führt zur Eingangstür. Ich schließe auf und betrete einen langen, schmalen Flur. Ganz am Ende des Flures öffne ich die große Feuerschutztür. Der kleine Vorraum führt direkt in die Küche.

Ohne Bernd und die anderen hinter der Glastür zu begrüßen, gehe ich direkt in die Miniküche und mache mir einen Latte macchiato. Zu Hause haben wir nur eine alte Filterkaffeemaschine. Aber hier steht ein tolles Teil, mit dem man Milch aufschäumen und jede Menge Müll produzieren kann.

Wie erwartet, quillt der Mülleimer über vor leeren Kaffeepads, in denen ein Rest Flüssigkeit schwimmt. Wie winzige Swimmingpools sehen sie aus. Ich muss an Mimi und Murks denken. Mimi und Murks waren Mias Freunde, als sie klein war. Imaginäre Freunde und außerdem Mäuse. Als Mia vier war, ging nichts ohne die beiden. Zum Essen stellten wir ihnen winzige Schälchen hin, und sie schliefen auf gefalteten Kleenex-Tüchern auf Mias Kopfkissen. Jeden Abend brauchten die beiden ein frisches Kleenex-Tuch zum Schlafen. Was hätten sie sich über diese kleinen Swimmingpools gefreut, die wir jetzt in rauen Mengen wegwerfen. Mia hätte sie ihnen mit Wasser gefüllt und vermutlich unsere Waschlappen zerschnitten, um ihnen winzige Handtücher an den Rand zu legen, damit sie nicht frieren, wenn sie aus dem Pool kommen. Seltsam, dass mit älteren Kindern plötzlich einige Dinge wertlos werden. Ich werfe noch zwei Pads oben auf den Stapel, wohl wissend, dass am Ende doch ich diejenige sein werde, die den Müll rausbringt, aber so muss ich das wenigstens nicht vor dem ersten Kaffee erledigen.

Die Spüle steht wieder voller Geschirr. Es ist offensichtlich niemandem zuzumuten, die saubere Spülmaschine erst auszuräumen, um dann das schmutzige Geschirr da reinzustellen. Noch ein Job, den ich mir für später aufhebe.

Mit dem Kaffee setze ich mich an meinen Schreibtisch am Fenster. Freie Sicht auf eine Betonmauer, das Fenster wird nur von einem Lichtschacht erhellt. Ich angele mir einen Keks aus meiner Schreibtischschublade. Am Anfang unserer Bürozeit hatte ich die Kekse in der Küche, und immer, wenn ich mir einen nehmen wollte, war die Packung leer. Ich frage mich, wie viele Menschen in ihren Schreibtischschubladen geheime Vorräte aufbewahren. Wer weiß, was da alles gelagert wird. Sicher nicht nur Kekse. Frauen horten dort vielleicht Notfalltampons, Lipgloss, Diätpläne oder gute Romane. Männer vielleicht Zweitrasierapparate, Kondome, Deo und Taschenmesser. Ich hätte gerne etwas Spannendes in meiner Schublade. Am liebsten ein kleines Universum, wie bei *Men in Black*. Dann würden mich so kleine Wurmwesen anschauen, mit großen Stielaugen. Einmal die Woche müsste ich sie wässern mit einem Wasserzerstäuber, damit sie schön frisch blieben. Ich würde ihnen Namen geben, die keiner aussprechen kann. Nawhgschprki oder Zwng.

Ich packe die Kekspackung zurück in die Schublade, in der ich auch ein Notreservoir an Kaffeepads habe. Die kauft natürlich außer mir auch keiner nach, und so kann ich die Männer im Büro wenigstens ein klein bisschen darben lassen, während ich noch für ein paar Tage Pads übrig habe. Die Männer sind Bernd und unsere zwei Mitarbeiter Werner und Michael. Werner ist unser IT-Spezialist und außerdem für den Einkauf zuständig. Michael ist zusammen mit Bernd im Vertrieb, und ich mache den Rest. Den ganzen Rest.

Michael und Werner sind gerade unterwegs, und Bernd ist in einem Kundengespräch, also muss ich mit niemandem sprechen und kann gleich meine E-Mails checken. Zwischen all den Anfragen für Dichtungsringe ist eine von der Produktionsfirma Dante Film GmbH & Co. dabei. Ein Herr Schomaker schreibt mir, dass ich mich sobald wie möglich mit ihm in Verbindung setzen soll wegen des Interviews. Plötzlich schmeckt mir mein Kaffee nicht mehr.

Ich geh erst mal den Müll rausbringen und die Spülmaschine aus- und einräumen.

»Franzi«, ruft Bernd aus dem Großraumbüro rüber in die

Küche, »kannst du schnell ins Lager gehen? Der Kopierer hat kein Papier mehr!« Normalerweise hätte ich jetzt protestiert. Ich mag das Lager nicht, und so ein Karton mit 2500 Blättern Papier wiegt auch ordentlich. Das kann ja wirklich auch mal einer der Männer machen. Aber erstens telefoniert Bernd schon wieder, und zweitens muss ich mich dringend beschäftigen, um nicht den Herrn Schomaker zurückrufen zu müssen.

Ich gehe also durch die Feuerschutztür auf den kalten Flur raus, und wie so oft fällt mir erst im Flur ein, dass ich ja einen Schlüssel fürs Lager brauche. Also noch mal zurück. Bernd telefoniert immer noch und nimmt keine Notiz von mir. Feuerschutztür aufstemmen, den kalten Flur langgehen, den richtigen Schlüssel finden, aufschließen. Das Lager ist ein kleiner, muffiger, fensterloser Raum ohne jeden Charme. Eigentlich ist es sogar ein bösartiger kleiner Raum, weil einem immer irgendetwas entgegenfällt, wenn man ihn betritt. Diesmal ist es der Wischmopp, der wie auf Kommando auf meine Schulter zurast, sobald er mich sieht. Ich wehre ihn ab, so gut ich kann, und registriere genervt, dass ich die Putzlappen mal mitnehmen und waschen müsste. Aber nicht heute, denke ich, während ich den Wischmopp unsanft zurück in seinen Eimer stopfe. Eigentlich könnte das auch mal Sonja machen. Sonja ist die Frau von Werner, einmal die Woche putzt sie bei uns im Büro. Das war natürlich von Anfang an eine blöde Idee, aber Bernd hatte es Werner ganz schnell versprochen, weil er froh war, jemanden zu haben. Anfangs war ich auch froh, denn so bleibt weniger an mir hängen. Allerdings putzt Sonja nicht besonders gründlich, aber weil sie die Frau von Werner ist, kann man ihr das weder sagen noch sie einfach rauswerfen. Ich hab mal ganz vorsichtig versucht, ein paar Listen zu schreiben, was wann gemacht werden sollte, könnte, eventuell, falls sie Zeit hat … aber sie war sofort beleidigt und sagte, sie müsse das hier nicht machen, sie wolle uns eigentlich nur einen Gefallen tun. Der Gefallen kostet uns allerdings hundertsechzig Euro im Monat.

Ich räume ein paar Putzschwämme und Reinigungsmittel zur Seite. Der Essigreiniger ist schon wieder leer. Meine Güte, trinkt die den, oder was macht die mit dem Zeug? »Essigreiniger kaufen«, notiere ich innerlich auf der Liste, auf der auch schon »Putzlappen waschen« steht. Lena hat sicher nicht so eine langweilige, doofe Liste im Kopf. Auf ihrer Liste stehen bestimmt Dinge wie Augenbrauen zupfen oder coole Schuhe für die nächste Premierenfeier kaufen.

Ich muss auch einkaufen gehen. Und zwar keinen Essigreiniger, sondern Klamotten für das Interview. Ich geh da sicher nicht in meiner alten Jeans und dem Kapuzenpulli hin.

Ich stapele mir gleich zwei Kartons Druckerpapier übereinander, werfe dem Wischmopp noch einen bösen Blick zu und breche auf dem Flur fast zusammen. Dass Papier so viel wiegen kann! Um die dicke Feuerschutztür aufzustemmen, muss ich die Kartons absetzen.

Gerade als ich die Tür aufgestemmt habe, spaziert Michael pfeifend hindurch.

»Halt!«, pfeife ich ihn zurück. Er schaut mich fragend an. Ich deute auf die zwei Kartons Papier auf dem Boden. Er beugt sich stöhnend runter und schleppt sie mit einem vorwurfsvollen Gesicht bis zum Kopierer.

Michael ist 36 und Single, was bedeutet, dass er nur ganz wenig Zeit zum Arbeiten hat. Mittwochs beginnt praktisch schon das Wochenende mit irgendeiner Happy Hour in irgendeinem Club. Montags ist er überhaupt nicht ansprechbar, weil er sich ja von seinem harten Wochenende erholen muss, das er meistens durchgefeiert hat. Also bleibt nur der Dienstag als echter Arbeitstag übrig, das muss man verstehen. Heute ist leider nicht Dienstag. Da es erst halb zehn ist, braucht er auch noch eine Stunde, um wach zu werden, was gut ist, weil ich so noch etwas Ruhe habe. Wenn er dann nämlich mal wach ist, entwickelt er eine unheimliche Energie, die er gerne in Gespräche investiert. Nicht zwingend in Kundengespräche. Am liebsten redet er mit mir und will die »weibliche Sicht der Dinge« wissen. Ich muss zugeben, dass ich seine Geschichten mag, auch wenn sie mich von der Arbeit abhalten. Es ist einfach eine komplett andere Welt, voller Frauengeschichten und Alkohol und seltsamen Begebenheiten, die er entweder tatsächlich dauernd anzieht oder ziemlich gut erfindet. Michael ist nicht besonders groß für einen Mann. Er hat braune Haare und braune Augen und eine Figur, die ganz okay ist. Trotzdem kann er sich vor Frauen nicht retten. Ich denke, das liegt wohl an seiner Ausstrahlung. Er hat so etwas Jungenhaftes, manchmal fast etwas Hilfloses. Damit kriegt er sie alle rum. Bei mir kann er mit der Nummer nicht landen, da kann er noch so hilflos gucken, seinen Kaffee muss er sich schon selber holen, auch wenn sein Blick sagt, dass er weder die Maschine finden noch bedienen kann, der Arme!

Um nicht den Schomaker-Anruf erledigen zu müssen, bringe ich Bernd einen Kaffee. Er telefoniert wie üblich. Ich stelle den Kaffee leise auf seinen Schreibtisch, und er schaut mich lächelnd an. Ich fahre ihm durch seine dichten, lockigen blonden Haare, obwohl ich weiß, dass er solche Berührungen im Büro absolut nicht leiden kann. Ich finde, es bricht ihm als Chef keinen Zacken aus der Krone, von seiner Frau kurz verwuschelt zu werden, aber ich bin natürlich auch kein Mann.

Zurück an meinem Schreibtisch, gebe ich mir endlich einen Ruck und wähle die Berliner Nummer.

Als ich wieder auflege, bin ich aufgeregt. Das Gespräch lief gut. Sie wollen mir den Flug nach Berlin bezahlen (ich hatte eigentlich vor, mit der Bahn zu fahren) und auch eine Übernachtung im Hotel dort, weil Frau Wiesebach (das ist Lena) und ich sicher viel zu reden hätten. Das Interview selbst wird nicht lange dauern, mit Maske und Besprechung vorher etwa zwei Stunden. Eigentlich hätten sie mich auch am gleichen Tag wieder nach Hause fliegen lassen können. Ob Lena dahintersteckt, dass ich eine Nacht bleiben darf?

Mein Bauch fühlt sich an, als hätte ich Lukas' ganzen Vorrat an Brausepulver gegessen. Ich muss hier mal raus.

»Gehe Dinge besorgen!«, informiere ich die Männer im Vorbeigehen und renne zur Tür, bevor mir jemand Briefe oder Pakete in die Hand drückt, die dringend zur Post müssen. Die sollen ihre Kataloge mal schön selber verschicken. Zur Post zu gehen ist ein Strafjob, für den man eigentlich einen Praktikanten einstellen sollte. Aber den hätte ich dann auch noch am Hals. Man kann nirgends an der Post parken, natürlich nicht, man kann ja seine fünf bis acht Katalogpakete auch super achthundert Meter weit durch Wind und Nieselregen schleppen und dann gleich noch etwas Armtraining dranhängen, weil die Schlange vor den zwei Schaltern, von denen nur ein einziger geöffnet ist, fast bis auf die Straße reicht.

Ich starte die Familienkutsche, einen alten Ford, und fahre einfach drauflos. Ein Spaziergang wäre jetzt gut, aber wo geht man im Gewerbegebiet Hürth spazieren? Zweimal abbiegen, und schon bin ich auf der Luxemburger Straße. Wenn ich hier schon mal bin, kann ich auch gleich nach Köln reinfahren. Ich mag Köln, und das, obwohl ich in Heidelberg aufgewachsen bin. Weder in Köln noch in Hürth gibt es sanfte grüne Hügel oder kleine wunderschöne Fachwerkhäuser. Nur der Fluss ist mir geblieben, aber auch der sieht hier völlig anders aus. Seine Schwünge sind nicht malerisch, ihm fehlt die dreidimensionale Landschaft. Köln muss seine ganze Energie aus dem Dom ziehen. Deshalb drucken die auch die zwei Spitzen überall drauf, auf T-Shirts, Tassen und Mousepads. Bernd ist in Köln aufgewachsen und kann sich ein Leben woanders gar nicht vorstellen. Das würde er nie zugeben, weil das ja kleinbürgerlich und spießig klingen würde, aber ich weiß, dass es stimmt. Schlimm genug für ihn, dass wir jetzt in Hürth wohnen. Alle Familien wohnen in Hürth oder in Frechen, weil man sich in Köln kein Eigenheim leisten kann, außer man hat geerbt. Bei Bernd und meinen Eltern ist nix zu erben, also wurde es eben der alte Bungalow.

Wir fahren aber ziemlich oft nach Köln, das tröstet Bernd.

Ob ich am Aachener Weiher eine Runde spazieren gehe? Bevor ich mich entschieden habe, bin ich schon daran vorbeigefahren. Kurze Zeit später finde ich mich in der Innenstadt wieder. Ich könnte als Alibi Essigreiniger kaufen und so ganz nebenher noch ein Outfit für das Interview. Ich parke im Parkhaus an der Aral-Tankstelle am Neumarkt und stürze mich ins Getümmel.

Bald merke ich, es ist ziemlich schwer, etwas zu finden, wenn man nicht weiß, was man sucht.

Ich stehe in einer Kabine, verkleidet mit einem Blazer, und betrachte mich im Spiegel.

Ich würde gerne gut aussehen bei dem Interview. So, dass man denkt: Mann, die hat aber Stil! Ich suche meinen Stil seit zwanzig Jahren. Irgendwie ende ich immer bei Jeans, Kapuzenpullis oder gestreiften Oberteilen. Damals in New York war Lena mein *Style Guru*. Wir hatten eine ähnliche Figur, und so konnte ich mir immer ein bisschen was abgucken. Meine Figur ist eigentlich noch ganz okay. Angezogen jedenfalls. Ich halte mir den Arm unter den Hals und betrachte meinen Körper ohne Kopf. Sieht wunderbar aus. Ich hab es geahnt, es ist der Kopf, der nicht ins Bild passt. Ich löse meinen Pferdeschwanz. Meine Haare fallen mir aschblond über die Schultern. Kritisch beäuge ich den angegrauten Ansatz. Da müsste mal Farbe rein und eine bessere Frisur. Eigentlich trage ich immer einen Zopf. Schwarzes Haargummi rein, ein weiches natürlich, das die Haare nicht kaputt macht. Von denen kaufe ich immer bestimmt zwanzig Stück, und nach zwei Monaten brauche ich neue. Haargummis entmaterialisieren sich nach einiger Zeit. Ich vermute, sie zerfallen zu Staub. Schade, dass sie nicht zu Brausepulver werden, dann könnte Lukas sie erben.

Ich muss auf alle Fälle erst den Kopf tunen und dann den Rest. Wie bekommt man bei einem guten Friseur spontan einen Termin? Noch dazu, wenn man nicht nur einen Haarschnitt, sondern auch noch Farbe möchte? Ich stehe vor dem schicken Laden und spreche mir Mut zu. Okay, das ist jetzt einfach eine Schauspielübung. Wie früher, alles klar. Ich stelle mir die wichtigsten Fragen, die man sich vor einer Szene als Schauspieler stellen sollte, wie ich es vor zwanzig Jahren gelernt habe. Wer bin ich?

Ich bin Frau Müller, weil Müller ein häufiger Name ist, und habe einen Termin bei diesem Friseur.

Was will ich?

Ganz klar, einen Schnitt und Farbe.

Wo komme ich gerade her?

Ähhh, wo komme ich her, ah ja, ich komme aus dem Büro extra angehetzt, um den Termin wahrzunehmen, und habe auch nicht ewig Zeit. Genau diese *attitude* brauche ich, wunderbar. Ich schüttele mich kurz und betrete selbstbewusst den Laden.

Schon im Gehen ziehe ich mir meinen Mantel aus. Eigentlich ist es eine Daunenjacke, aber ein Mantel passt besser zu meiner Rolle. Mit dem Mantel über dem Arm werfe ich meine Haare zurück, die bei meiner Rolle, Frau Müller, auch länger sind als meine, und sage: »Tut mir leid, ich bin etwas spät. Tanja Müller, ich hatte um elf einen Termin.«

Die Frau am Tresen hat rote kurze Haare, die ihr alle tentakelartig ins Gesicht hängen. Sieht aus, als hätte sie einen Tintenfisch auf dem Kopf. Sie schaut in dem großen Buch nach. Ihr Finger fährt suchend über den Mittwoch. Leider habe ich kein Glück, es steht nicht zufällig eine Frau Müller drin.

»Bei wem?«

O Gott, shit, bei wem bloß? »Hab den Namen vergessen, bei …«, ich linse in den Laden, ob mehr Männer oder mehr Frauen Haare schneiden, »bei einem Mann, der hieß …« Ich hoffe, sie schlägt mir einen Namen vor, und das tut sie tatsächlich.

»Levin?«

»Ja!«, strahle ich. »Bei Levin.«

Die Rothaarige sucht die Levin-Spalte ab und findet natürlich auch dort keinen Eintrag. »Moment.« Sie geht nach hinten.

Ich erinnere mich an meine *attitude* und daran, was ich hier will. Ungeduldig trommelt Frau Müller mit den Fingern auf die Theke.

Die Rothaarige kommt mit einem kleinen Mann wieder, der sehr athletisch gebaut ist, etwa Ende zwanzig, mit einem Bart, der überall anfängt und überall aufhört und aussieht wie ein Tattoo im Gesicht. Ich schätze, dass das Levin ist.

»Levin! Ich freu mich so auf den neuen Schnitt, die letzte Woche war eine Qual, das geht ja gar nicht mehr mit meinen Haaren. Aber Sie kriegen das wieder hin, stimmt's?« Ich reiche ihm den Mantel, und er tut brav so, als hätten wir uns schon mal gesehen.

Er nickt der Rothaarigen zu, und ich weiß, ich habe gewonnen, er wird mich jetzt irgendwie dazwischenschieben.

Zweieinhalb Stunden später verlässt Frau Müller glücklich den Salon. Draußen werde ich wieder Franzi und bewundere mich im nächsten Schaufenster in der Scheibe. Meine Haare sind jetzt nur noch knapp schulterlang, fransig geschnitten, mit einem langen Pony. Ich habe mir die junge Lena als Vorbild genommen und bin total zufrieden. Die hellen Strähnchen lassen mich viel jünger aussehen. Ich muss unbedingt Bernd anrufen, der mir schon drei SMS geschickt hat, wo ich bitte bleibe. Ich gestehe ihm meinen Versuch, mich vor dem Interview noch umzustylen, und er brummelt zwar etwas rum, weil im Büro jetzt einiges liegenbleibt, aber er versteht mich.

Beschwingt kaufe ich mir eine schwarze Röhrenjeans und eine braune Wildlederjacke, da kann ich ein schönes Top drunter anziehen. Ich finde das zwar reichlich übertrieben, so viel Geld für das blöde Interview auszugeben, für das ich ja gar kein Honorar bekomme, aber ich lasse mich von einem Bild in dem Laden verführen, auf dem ein Model genau diese Lederjacke zu schwarzen Jeans trägt. Das hat Stil, und genau den brauche ich. Das weiße Top drunter kaufe ich nicht, so eins müsste ich noch im Schrank haben.

Leider finde ich im Vorbeigehen noch Stiefeletten genau in dem Braunton der Jacke. Die kosten jetzt auch nicht die Welt, passen super und müssen mit. Ich könnte mich gerade so in Rage shoppen. Ohrringe wären jetzt noch gut, oder eine feingliedrige Uhr, aber ich reiße mich zusammen und kaufe stattdessen ein Schokocroissant in einem Coffeeshop neben meinem Parkhaus. Ich habe keine Zeit, das Croissant dort zu genießen, und lasse es mir einpacken, was sehr schade ist. Seit meiner New-York-Zeit geben mir Coffeeshops einfach ein ganz heimeliges Gefühl. Wenn du da sitzt und dir die Leute anschaust, in der beruhigenden Geräuschkulisse des Milchaufschäumens, bedauere ich immer, dass ich nicht in so einem Laden arbeite. Das wäre schön. Ich würde morgens liebevoll die Tafeln beschriften und die Leckereien in den Fenstern der Theke anrichten. Kaffeebohnen und Milch in die Maschinen nachfüllen und dann den ganzen Tag Kunden glücklich machen. Die Welt wäre in Ordnung.

Ich weiß natürlich, dass sie das nicht wäre. Auch in Coffeeshops gibt es sicher ein Lager. Einen kleinen bösartigen Raum, der dir Wischer an den Kopf wirft und Essigreiniger verdunsten lässt. Und Kunden sind generell nie glücklich, egal ob sie nun Dichtungsringe oder Latte macchiato bestellen. Aber Latte macchiato wäre wenigstens etwas sexy.

Sobald ich das Auto in unserer Garage abgestellt habe, bin ich sofort im Zu-Hause-Arbeitsmodus. Ich lade schnell die Tüten aus und bringe sie gleich runter ins Schlafzimmer, weil ich nicht will, dass Mia sieht, was ich alles gekauft habe. »Was hat das gekostet?«, will sie immer wissen. Sie sammelt dann Argumente für ihre nächste Shoppingtour. Wenn mir der Pulli, den sie sich ausgesucht hat, zu teuer ist, haut sie mir um die Ohren, was ich neulich für meine Klamotten bezahlt habe.

Ich gehe rüber ins Bad, um mich im Spiegel anzuschauen. Mit den Fingern streiche ich über meine neuen Haare und zupfe ein bisschen an den Spitzen herum. Anders, neu, aber schön. Hat er wirklich gut gemacht, der Levin. Ich dreh mich einmal um mich selbst. Meine Frisur fliegt um mich herum. Einmal kurz schütteln, schon ist alles wieder am richtigen Platz. Ich hätte richtig Lust, jetzt ein paar Sachen mit meinen neuen Haaren auszuprobieren und mich vielleicht ein bisschen zu schminken. Aber eigentlich muss ich jetzt den Nudelauflauf fürs Abendessen vorbereiten und dringend die Wäsche aufhängen, die seit gestern nass in der Maschine liegt. Ich mache mit dem Handy ein Foto von mir im Spiegel. Ich muss es zweimal machen, weil beim ersten Mal der Blitz alles überstrahlt.

Ich schaue mir das Foto an, auf dem ich fremd aussehe. Ich vergrößere es mit den Fingern auf dem kleinen Display des Handys. Jetzt sehe ich nicht mehr fremd aus. Das bin ich, Franzi, dreiundvierzig Jahre alt. Glatte blonde Haare, blaugraugrüne Augen. Ich hätte lieber ganz blitzeblaue Augen, so wie Bernd und Lukas. Meine sind eben eine Mischung.

Ich vergrößere das Foto, bis es nicht mehr geht. Ich sehe meine Fältchen um Augen und Mund. Mir fällt der Spruch ein: Ab dreißig bist du für dein Gesicht verantwortlich. Mit sechsunddreißig bildest du dir noch ein, dass das Alter an dir vorübergeht. Du hast einfach gute Gene, sagst du dir. Aber dann wirst du Ende dreißig, und eines Tages wachst du auf und bist nicht mehr glatt. Anfangs fand ich jede Veränderung, die darauf hindeutete, dass ich doch anfange, älter zu werden, beängstigend. Ich habe jeden Abend jedes Fältchen kontrolliert, ob es schon tiefer oder länger geworden ist. Du fängst an, diese ganzen blöden Produkte zu kaufen, die Hautstraffung versprechen und Feuchtigkeit. Deine Nachtcreme wird zum ersten Mal im Leben nicht nur auf das Gesicht, sondern auch auf Hals und Dekolleté geschmiert, weil du merkst, dass auch da alles nicht mehr so glatt läuft. Dann wirst du auch noch vierzig. Dein

Aussehen hat einen Namen beziehungsweise eine Zahl. Statt Glückwünschen bekommst du Mitleidsbekundungen.

Irgendwann in dieser Zeit habe ich alte Fotos gefunden. Bernd und ich. Ich und Bernd. Ende zwanzig, noch kinderlos. Ich konnte es gar nicht glauben. Wir waren so jung, so … hübsch! Hatte ich damals nicht schon gejammert, dass ich bald dreißig werde und dann alt bin? Ich glaubte, erste Orangenhaut zu entdecken und dicke Oberschenkel zu haben. Ich hatte ja keine Ahnung. Plötzlich wurde mir klar, dass ich, wenn ich Anfang fünfzig sein werde, Bilder von heute anschauen und dann genau dasselbe denken werde: Was war ich jung, was war ich schön …

Seitdem versuche ich, die Perspektive zu wechseln. Ich habe mich an meine kleinen Fältchen gewöhnt, und ich creme mir nicht mehr ständig den Hals und mein Dekolleté ein. Das mache ich dann mit fünfzig, wenn es wirklich nötig ist.

Ich streiche mit meinen Fingern über den Touchscreen, und das Foto wird wieder normal groß. Ich schicke es per WhatsApp an meine Freundin Jo. Jo heißt eigentlich Josephine, aber sie sagt, mit dieser Strafe von einem Namen kann sie sich nicht identifizieren, also nennt sie sich Jo.

Als ich die Spülmaschine ausräume, kommt ihre Antwort: »Hallo! Neue Frisur! Steht Dir super – wann gehen wir endlich essen?«

Statt eine Antwort zu tippen, rufe ich sie an. Ich erzähle ihr von Lena und dem Interview, meinem Shoppingtrip und der Nummer mit Frau Müller beim Friseur.

»Das muss ich auch mal probieren!«

»Da musst du vorher aber schnell noch nach New York auf die Schauspielschule!«

»Keine schlechte Idee, komm ich mal raus aus dem Wahnsinn hier.«

Jo hat drei Kinder. Zwei davon sind so alt wie meine, Maja (vierzehn) und Luis (neun), und dann gibt es noch ein »Zwischenkind«, Emmi, die ist elf. Jo ist völlig wahnsinnig. Eine Powerfrau, die alles schafft. Natürlich hat sie nicht nur drei Kinder, sondern auch noch einen echten Traumjob. Sie ist Osteopathin für Pferde. Vor den Kindern hat sie ihren Fachtierarzt für Pferde gemacht und fuhr von Stall zu Stall, um Pferde, Kühe, Ziegen, Schweine und was ihr sonst noch so entgegenkam, zu behandeln. Aber das war ein echter Vollzeitjob, weil bei jedem kranken Pferd noch mindestens drei Tiere dazukamen, die sie auch noch eben mal anschauen sollte. Ganz zu schweigen von den Notfällen, die sie rund um die Uhr erreichten. Kühe kalben, wann sie wollen, und Pferde melden ihre Koliken und Verstopfungen auch nicht an. Nach der Geburt von Maja hat sie also eben mal schnell ein Jahr Osteopathie für Pferde gelernt und hat jetzt einen vollen Terminkalender, aber keine Notfälle mehr.

Neben ihr komme ich mir immer vor wie eine energielose Weinbergschnecke, die schon genug damit zu tun hat, ihr Häuschen von A nach B zu schleppen, und deshalb »nur zwei Kinder« in die Welt setzte und nicht auch noch nebenher Karriere machen konnte.

»Wann fliegst du eigentlich?«, will Jo wissen.

»Nächste Woche Montag schon. Ich muss das Bernd heute Abend beibringen, dass ich dann zwei Tage im Büro fehle.«

»Glaubst du, das ist ein Problem? Bernd ist da doch entspannt, oder?« Gegen ihren Mann ist Bernd tiefenentspannt. Jo ist mit Mike verheiratet, der eigentlich Michael heißt. Vielleicht ist das auch eine Strafe, mit der er sich nicht identifizieren kann, jedenfalls nennen wir ihn alle Mike, weil er das so möchte. Mike ist jetzt nicht gerade das, was man einen modernen Mann nennt. Er engagiert sich kaum im Haushalt, und um die Kinder kümmert er sich auch nur, wenn er gerade mal Lust hat. Eigentlich bleibt das alles an Jo hängen. Ich weiß, dass sie ihm sogar das Essen vorkocht, wenn sie mal zwei Tage lang nicht da ist, weil sie mit den Kindern ihre Mutter besucht. Ich wundere mich immer darüber, dass so eine Powerfrau so einen Macho zu Hause hat.

»Mia und Lukas sind alt genug, um mal zwei Tage lang tagsüber allein klarzukommen. Und im Büro bleibt die Arbeit dann liegen, und ich muss sie eben nachholen. Bernd wird das sicher verstehen.«

Ich irrte mich gewaltig. Als beide Kinder im Bett sind, führe ich ihm erst mein neues Outfit vor und mache ihn auf meine neue Frisur aufmerksam. »Hab ich sofort gesehen, als ich reinkam«, verteidigt er sich, als ich erwähne, dass er noch nichts zu meiner neuen Frisur gesagt hat.

»Ja und, gefällt sie dir?« Ich bestehe auf einem Kompliment.

»Ja. Sicher. Sieht gut aus. Alles sieht gut aus«, er deutet auf meine Klamotten.

»Aber?«, frage ich nach.

»Wann soll das Interview denn stattfinden?«, fragt er zurück.

»Ich fliege Montag ganz früh und bin Dienstag wieder da.«

»Und Mia und Lukas?«

»Gehen in die Schule wie jeden Montag und Dienstag«, entgegne ich, schon leicht genervt.

»Und nachmittags?«, fragt er weiter.

»Sehen sie fern, streiten sie sich, veranstalten sie Chaos. Genau das, was sie tun würden, wenn ich da wäre.«

»Und wer fährt Lukas zum Judo am Montag?«

»Ich frag Sabine, ob sie ihn mitnimmt. Sonst geht er halt mal nicht hin.«

»Jahrelang mussten wir ihn überreden zu gehen – und ausgerechnet jetzt, wo er endlich gerne hingeht, soll er nicht gehen, weil seine Mutter zu einem sinnlosen Interview nach Berlin fliegen muss?«

»Mein Gott Bernd, was soll das? Fahr du ihn halt! Judo ist um halb sechs, da musst du nur einmal eine Stunde früher Schluss machen, daran kann es doch nicht scheitern.«

»Und Mia hat dann die ganze Verantwortung? Mit vierzehn? Findest du das nicht ein bisschen früh?«

»Mia hat überhaupt nicht die ganze Verantwortung. Es gibt nämlich noch einen Vater, der selbständig ist und sich die letzten Jahre immer sehr gut freinehmen konnte, wenn er wollte.«

Das stimmt. Bernd hat sich immer freigemacht, wenn es erforderlich war. Wenn ich krank bin, bleibt er zu Hause, oder wenn ich mal ein paar Tage mit Freundinnen wegfahre, nie hatten wir deshalb so eine Diskussion.

»Bernd, was ist los?«

»Ich finde es einfach ...«, er sucht nach Worten. »Ich finde es nicht gut, dass du dieses Interview machst. Warum? Warum willst du das machen?« Darauf weiß ich keine Antwort. Ich weiß ja nicht einmal, ob ich es überhaupt machen will. Aber ich habe zugesagt und mich spontan entschieden, darum muss ich da jetzt durch.

Statt das zu erklären, frage ich: »Warum soll ich es nicht machen?«

Seine blauen Augen schauen mich an, und mir wird flau im Bauch, weil ich weiß, was er gleich sagen wird.

»Weil es sein könnte, dass dich das unglücklich macht.«

Kapitel 3

Um sechs Uhr morgens stehe ich am Kölner Flughafen und versuche, den Schalter zu finden, an dem ich mein Gepäck »off droppen« kann. Ein Blick auf die Abflugtafel verrät mir, dass hier irgendwas nicht stimmt. Jeder dritte Flug ist gecancelt. Bitte nicht. Mein Reisepech schlägt wieder zu. Es ist wirklich so, egal in welchem Zug ich sitze, er hat Verspätung. Keine zehn, fünfzehn Minuten, sondern richtig. Unter vierzig Minuten Verspätung mache ich es nicht. Und Flugzeuge, die ich nehmen will, fliegen oft erst gar nicht oder kehren mitten auf dem Weg um, weil irgendeine Enteisungsklappe nicht geht oder leider keine Landeerlaubnis erteilt wurde. Diesmal ist also der ganze Flughafen gesperrt, weil irgendein Idiot ein Flugzeug entführt hat und den Piloten zwang, in Köln zu landen. Hätte er sich nicht Düsseldorf aussuchen können? Der Typ ist inzwischen verhaftet, und alle Passagiere sind in Sicherheit, aber wann der Flughafen seinen normalen Betrieb wieder aufnehmen kann, ist unklar. Ich gönne mir erst mal einen überteuerten Kaffee und warte unentspannt ab. Ich weiß nicht, wie man das macht, in solchen Situationen cool zu bleiben. Bei mir löst das ein komplettes Dominosystem an Gedanken aus. Ich komme zu spät, was denken die dann in der Produktion? Sicher kann ich nichts für die Sperrung eines Flughafens, aber trotzdem bin ich der Depp, der nicht pünktlich ist. Sie müssen das ganze Interview nach hinten verschieben, samt Maskentermin und allem. Vielleicht geht mein Flug überhaupt nicht! Dann muss ich doch mit dem Zug fahren.

Ich bemühe mein Handy. Wenn ich gegen acht am Hauptbahnhof losfahren würde, wäre ich erst um 12:43 Uhr in Berlin. Mein Reisepech obendrauf gerechnet, ist es dann vierzehn Uhr. Dann müssen wir das Interview ohne Maskentermin machen, und dann bin ich nicht nur die erfolglose Freundin, sondern auch noch die hässliche, erfolglose Freundin. Die hässliche, erfolglose, viel zu spät ankommende Freundin der Hauptdarstellerin.

Eine Durchsage ertönt, die man kaum versteht, aber ich errate, dass der Drop-off-Schalter wieder geöffnet wurde. Ich werde also fliegen, mit Verspätung natürlich. Man sollte nicht fliegen an einem Tag, an dem schon ein Flugzeug entführt wurde. Das war doch jetzt überall in den Nachrichten, und alle potentiellen Flugzeugentführer sind jetzt angefixt und denken sich: *»Haha – today is a good day to die«*, und schwuppsdiwupps sitze ich in einer Maschine, die in die Spitze des Kölner Doms rast. Kurz erwäge ich die Idee, den Herrn Schomaker anzurufen und ihm mitzuteilen, dass ich noch viel zu jung bin, um zu sterben, und außerdem nie vorhatte, das im Winter zu tun. Ich wollte mit dem Sterben auf den Frühling warten und achtundneunzig Jahre alt sein und keine Rauchschwade werden, die meine Familie sich im Fernsehen angucken muss, alles nur wegen eines blöden Interviews, das ich sowieso nie machen wollte.

Mein Handy piept, und ich habe eine SMS von einer unbekannten Nummer: »Freu mich so auf Dich. Konnte die ganze Nacht nicht schlafen vor Aufregung. Lena.« Darunter ein Link, der mich zu einem YouTube-Video führt: *Ain't no montain high enough*. Das war unser Lied.

Mir wird ganz warm im Bauch. Nicht das Interview, Lena ist der Grund, warum ich heute nach Berlin fliegen werde, erinnere ich mich. Ich freu mich auch auf sie, und auch ich habe kaum geschlafen letzte Nacht. Wir werden uns wiedersehen, schlaflos in Berlin, so wie damals *sleepless in New York*.

Cinzia ist schuld, dass wir jetzt hier, in dieser Seitenstraße in Brooklyn, in eine Klappe in der Tür sprechen. Hinter der Klappe ist ein schwarzer Vorhang, der von uns wissen will, wer wir sind und wie das Passwort lautet. Vermutlich fragt er uns gleich auch noch, ob wir die Drogen *to stay* or *to go* haben wollen.

Cinzia rief mich letzte Woche Sonntag um acht Uhr morgens an. So was macht man nur in absoluten Notfällen oder wenn man betrunken ist. Bei Cinzia war es kein Notfall. Sie war tipsy und hatte Redebedarf. »Francesca!«, so nennt sie mich, *»I just came home. I have been to places I didn't even know they exist!«* Und diese Places will sie uns jetzt zeigen, Lena, Daniel und mir. Daniel ist ehrlich gesagt nur dabei, weil ich dachte, ein Mann an der Seite könne in solchen Etablissements hilfreich sein, oder auch nicht, wir werden sehen. Cinzia kennt in dem Laden einen gewissen Alfredo, der uns auch fünf Minuten, nachdem wir das richtige Passwort (Triplehorn) in den Vorhang gesprochen haben, die Tür öffnet. Alfredo ist einen ganzen Kopf kleiner als Lena und ich, also einen Kopf größer als Cinzia. Er sieht aus wie ein Mafiaboss im Anzug, mit Rolexuhr am Handgelenk, streng zurückgegelten langen Haaren und Goldkette um den Hals.

Er küsst uns mit großer Geste dreimal auf beide Wangen und überschlägt sich mit italienischen Komplimenten, die ja leicht zu verstehen sind, weil alles einfach *bellissima* ist.

Mir ist unwohl. Ich weiß nicht, ob ich wirklich in diese Hölle da hoch will, aber Lena nimmt meine Hand und zieht mich die steile Treppe hoch. Im ersten Stock nehmen wir den Aufzug, der erstaunlich groß ist. Wir fahren zum vierzehnten Stock hoch. Als wir aussteigen, stehen wir mitten in einem großen, stilvoll eingerichteten Wohnzimmer.

Es sieht fast aus wie eine Privatwohnung, nur die Größe und

die Bar sind etwas irritierend. Der Raum ist voller großer, dicker Ledersessel und Sofas. Überall sitzen gutangezogene Menschen, die alle etwas älter sind als wir. Sieht mir fast aus wie die New Yorker High Society, wobei ich immer dachte, die hängen ausschließlich an der Wallstreet rum. Auf blitzeblanken Glastischen stehen Cocktails, ich erkenne einige Cosmopolitans, und mir wird klar, dass wir hier mit einem Glas Wein und dem WOOOSH-Trick nicht sehr weit kommen werden.

»Cinzia, das ist doch sicher sauteuer, hier was zu trinken«, raune ich unserer kleinen Italienerin zu, die sich durch den Raum bewegt, als wäre sie zu Hause.

»Stupidina«, sagt sie zu mir, »das zahlen doch nicht wir!«

Staunend lassen wir uns von Alfredo in eine Sofanische führen, in der wir sofort Erdbeeren und Champagner serviert bekommen. Eine langbeinige Frau mit unanständig langen Haaren und einem ebenso unanständig kurzen Rock auf High Heels setzt sich zu uns und »kümmert« sich um Daniel, vermutlich damit wir für die Männer frei sind. Frauen sind hier eindeutig in der Unterzahl.

Mir wird wieder etwas mulmig. Ich schaue Lena an, der es genauso geht. »Nur ein Glas!«, warne ich sie.

Wir haben vorher ausgemacht, dass wir aufeinander aufpassen. Einigermaßen nüchtern bleiben ist die Regel Nummer eins. Regel Nummer zwei lautet: Nie irgendwo allein hingehen, schon gar nicht aufs Klo. Alfredo hat uns allein gelassen, die Langhaarfrau beflirtet Daniel, was mir ganz recht ist, weil ich ihn dann nicht am Hals habe. Ich kenne mich jetzt nicht so mit Champagner aus, aber das hier muss ein guter sein, er schmeckt phantastisch. Ich nehme eine Erdbeere und verstehe plötzlich, warum man das in Filmen immer zusammen sieht – Champagner und Erdbeeren. Es ist ein kleiner Geschmacksorgasmus, der sich da im Mund abspielt.

Nach und nach entspannen wir uns und fangen an, das Ganze zu genießen. Ich sehe mich um, ob hier zufällig ein paar Promis sind, kann aber keine entdecken. In New York triffst du eigentlich immer irgendeine »Celebrity«. Neulich saßen wir im Blue-Water-Grill am Union Square und hatten freie Sicht auf Lenny Kravitz, der an einem Tisch uns gegenübersaß.

Ein Mann mit grauen Schläfen hat sich zu Cinzia gesetzt und redet leise mit ihr. An der Bar stehen zwei Männer in Anzügen, die mir ganz gut gefallen. Auch Lena hat die beiden entdeckt.

»Guck da nicht so hin, die kommen sonst gleich rüber«, warne ich sie.

Mit Lena an der Seite hat man zwar immer eine gewisse Bannmeile um sich herum, weil sie einfach einen Tick zu schön ist, als dass Männer sich trauen würden, sie anzusprechen. Aber manchmal habe ich auch Pech und bin dann der Anker, über den sie an sie rankommen wollen. Lena meint, das sei Quatsch, und die Männer quatschen mich an, weil ICH so hübsch bin. Sei's drum, mir reicht eigentlich ein bisschen Geknutsche mit Daniel. Meine letzte Beziehung war so eine Katastrophe, dass ich mir vorgenommen habe, in New York auf keinen Fall etwas Ernsthaftes mit einem Kerl anzufangen.

Ein Kellner kommt und stellt uns zwei exotisch aussehende Cocktails hin. »Von den beiden Herren an der Bar«, erklärt er. Die prosten uns stilvoll zu, und wir fühlen uns wie echte Ladys. Der Cocktail schmeckt gut, fast könnte man glauben, da wäre gar kein Alkohol drin, aber ich spüre langsam das verführerische Gefühl, das man bekommt, wenn man so langsam *tipsy* wird und dann einfach weitertrinken möchte.

»Du trinkst den nicht aus!«, warnt mich meine Freundin und deutet auf Cinzia, die sich gerade von den grauen Schläfen in die Kissen knutschen lässt.

Daniel und die Tussi sind verschwunden. Ich kann sie nirgends im Raum entdecken.

Mir ist aufgefallen, dass es hier eine Tür gibt, hinter der ab und zu mal Leute verschwinden und nicht wiederauftauchen.

Lena und ich überlassen Cinzia und ihrem alten Mann die Nische und schlendern an der geheimnisvollen Tür vorbei. Rechts neben der Tür befindet sich ein kleiner Kasten. Offensichtlich muss man einen Zahlencode eingeben, um hinter diese Tür zu kommen.

»Rede was!«, fordert Lena mich auf, als eine Frau in grünem Kleid auf die Tür zusteuert.

Ich weiß nicht, was ich reden soll, hoffe einfach, dass hier keiner Deutsch versteht, und labere etwas von einem Ponyhof, den wir unbedingt mal besuchen müssten, weil es da so niedliche Ponys gibt, die man mit Gras füttern kann, und die trinken auch ganz gerne mal Champagner, aber nur, wenn genügend Erdbeeren vorhanden sind.

Lena nickt ernsthaft und schaut dabei angeblich gelangweilt über meine Schulter auf die Frau, die jetzt die Zahlenkombination eingibt. »Zwei – drei – acht – zwei«, murmelt sie, und ich merke mir die Zahlen.

»Rede weiter!«, fordert Lena mich auf und schlendert langsam zur Tür rüber.

Ich werfe einen Blick auf Cinzia, die immer noch gut beschäftigt ist. »Manchmal sind wenige Ponys da, nur so zwei – drei …«

Lena gibt die Zahlen ein.

»Aber donnerstags sind es immer acht, und die tragen dann alle zwei Handtaschen …«

Lena prustet los und gibt den Rest des Codes ein. Die Tür öffnet sich, und wir huschen lachend durch.

Auf der anderen Seite der Tür müssen sich unsere Augen erst mal an die Dunkelheit gewöhnen. Vor uns liegt eine Treppe, die nur mit kleinen Lampen an der Seite der Stufen beleuchtet ist.

»Das ist der Abstieg zur Hölle!«, witzelt Lena und nimmt kichernd die ersten Stufen.

Ich prüfe erst, ob man die Tür von dieser Seite wieder aufbekommt. Es geht, das beruhigt mich, und ich folge Lena die Treppe nach unten. Dort angekommen, geht es um eine Ecke herum in einen ganz langen, schmalen Gang. Nach einigen Schritten habe ich das Gefühl, in einem sehr seltsamen Film gelandet zu sein. Rechts und links vom Gang sind kleine, türenlose Räume, die alle gefüllt sind mit zwei oder drei Menschen. Offensichtlich gibt es hier unten in der Hölle nur zwei Beschäftigungen: Sex und Drogen.

Mein Blick fällt auf eine Frau, die sich gerade im Stehen von einem Typ mit wilden Locken poppen lässt. Ihre Augen bleiben an mir hängen, und ich gucke schnell auf den Boden. Je weiter wir den Gang entlanggehen, desto weniger weiß ich, wo ich hinschauen soll. Lena scheint das hemmungslose Treiben weniger auszumachen. Neugierig bleibt sie an einem Türrahmen stehen und sieht zu, wie ein Pärchen sich auf einem Glastisch zwei lange Linien aus weißem Pulver zusammenschiebt. Sie tun das tatsächlich mit einer Kreditkarte. Ich dachte, das wäre ein echtes Filmklischee.

Jetzt muss ich auch stehen bleiben und kann nicht mehr weggucken. Im Hintergrund läuft laute rhythmische Musik. Mit einem zusammengerollten Papier, wenigstens ist das jetzt kein Hundertdollarschein, zieht sich erst der Mann, dann die Frau das weiße Zeug in die Nase. Sie tun das mit so einer Selbstverständlichkeit, als würden sie gerade einen Apfel schälen. Wir gehen schnell weiter, bevor sie uns einen Apfelschnitz anbieten können. Ich habe ein bisschen Angst davor, was passiert, wenn wir am Ende vom Gang ankommen. Da sitzt ein Mann auf einem Barhocker mit einem Kasten auf dem Schoß. Ich habe keine Ahnung, ob man hier mitmachen muss oder ob es okay ist, wie zwei neugierige Touristen nur zu gucken.

Unsicher bummeln wir langsam weiter. Wenn wir nicht irgendwo mal stehen bleiben, sind wir gleich bei dem Barhockermann angekommen. Also bleiben wir an der nächsten Türöffnung einfach mal stehen und schauen uns einen Dreier an, zwei Männer und die Frau im grünen Kleid, von der wir uns den Code abgeschaut haben. Na, die war aber schnell. Ihr Kleid hat sie noch an, aber die Stellung lässt vermuten, dass sie jetzt unten ohne ist. Ein relativ attraktiver Mann, Typ junger Banker, sitzt auch ziemlich bekleidet auf einem Stuhl und genießt die Frau im grünen Kleid, die auf ihm reitet. Der zweite Mann steht mit freiem Oberkörper hinter ihr, küsst ihren Nacken und greift von oben in ihr Kleid. Das Ganze ist so absurd und gleichzeitig ästhetisch, dass Lena und ich gar nicht weggucken können. Es ist hier wohl normal, all diese Dinge zu tun, und das auch noch ohne Tür und mit Publikum. Einerseits will ich mir, peinlich berührt, am liebsten die Hände vor das Gesicht schlagen, andererseits will ich unbedingt sehen, was passiert. Lena hat sich ganz klar entschieden, und so lasse ich mich auch darauf ein und schaue fasziniert zu, wie die drei in dem Raum langsam in Ekstase geraten. Der Nackter-Oberkörper-Typ ist gutgebaut und hat ein japanisches Schriftzeichen auf dem linken, uns zugewandten Oberarm tätowiert. Ich ertappe mich bei dem Wunsch, es zu berühren. Wir stehen nur zwei Meter von den Dreien entfernt, und ihre Erregung ist wie eine Welle, die uns langsam überrollt. Als Lena mich weiterzieht, bin ich erleichtert und enttäuscht zugleich.

Wir kommen bei dem Mann auf dem Barhocker an, der zusätzlich zum obligatorischen Anzug auch noch eine Sonnenbrille trägt. Wir beobachten, wie aus einem der Räume ein Typ ohne Schuhe kommt. Geldscheine und kleine weiße Päckchen gehen von einer Hand in die andere. Der Barhockermann checkt die Dollarnoten, indem er sie unter eine Art Schwarzlichtlampe hält und dann kaum merklich nickt. Auch hier kann ich wieder nicht wegschauen, und wieder ist es Lena, die mich energisch weiterzieht, diesmal zurück zur Treppe.

Fast erwarte ich, dass uns einer zurückruft, jemand, der schreit: »Halt, stopp, ihr habt noch nix gekauft und noch nicht gevögelt!« Aber wir kommen ungehindert an allen Räumen wieder vorbei.

Plötzlich kommt mir der Gedanke, dass Daniel ja hier sein

könnte. Ich schaue verstohlen einmal in jeden Raum und sehe Dinge, die ich gar nicht sehen wollte, entdecke ihn aber nirgends. Ich gehe schnell weiter und bleibe nur bei dem Dreier noch einmal stehen. Das grüne Kleid ist Geschichte. Die Frau trägt nur noch einen wunderschönen Spitzen-BH, bestimmt von *Victoria's Secret*, aus dem hinteren Teil des Ladens, dem teuren. Praktischerweise steht in diesem Raum ein Himmelbett, auf dem sie wie eine Göttin am Fußende thront und sich mit beiden Armen links und rechts an den Metallstangen festhält. Ihre Hochsteckfrisur hat sich aufgelöst, und einzelne dunkle Haarsträhnen fallen ihr bis auf den Busen. Der Typ mit nacktem Oberkörper ist jetzt dran und darf sie beglücken, während der attraktive Banker angezogen danebensteht und zuschaut. Nur seine Erektion schaut aus seiner Anzughose, als würde er ein großes Schild hochhalten, auf dem »Bravo« steht. Die Frau sieht so stark und schön aus, obwohl sie sicher schon Ende dreißig ist.

Ich ziehe Lena zurück, die weitergehen will. »Werden wir mal so?«, frage ich sie. Lenas Blick gleitet ebenfalls bewundernd über die Frau. Sie schaut mich mit glitzernden Augen an: »Absolut! Allerdings werden wir uns nicht mit zwei Männern zufriedengeben!«

Es kommt mir vor wie eine Ewigkeit, bis wir endlich boarden können. Der Flug hat vierzig Minuten Verspätung, ich hatte mit Schlimmerem gerechnet. Trotzdem blasen sich die Minuten zu riesigen Kugeln auf, die sich alle in meinem Kopf festsetzen und leichte Schmerzen in der Augengegend verursachen. Leider müssen wir uns, als es endlich losgeht, alle in einen Bus quetschen, um zum Flugzeug zu kommen. Ich hasse das. Eigentlich hasse ich Reisen an sich. Ich bin zwar gerne weg und sehe andere Städte und Länder, aber ich mag den Weg dorthin nicht. Ich finde alles unbequem, und es dauert mir viel zu lange. Alle um mich rum tragen Businessoutfits, und ich komme mir mit Jeans und Daunenjacke underdressed vor, was natürlich albern ist.

Als ob es einen Dresscode in Flughafenbussen gäbe. Der Fahrer lässt ewig die Türen offen, bis er ganz sicher sein kann, dass die Innentemperatur auf sechs Grad runtergekühlt ist. Erst dann startet er gnädig den Motor und fährt uns zu einer kleinen Wackelmaschine, in der mir garantiert schlecht werden wird.

Ich dachte, um diese Uhrzeit fliegen alle nach Berlin, und unser Bus ist auch ziemlich voll. Seltsamerweise passen wir dann doch alle in die kleine Maschine, aber der Platz neben mir bleibt natürlich nicht frei. Ganz am Ende kommt noch ein korpulenter Herr und wirft sich so schwungvoll in den Sitz neben mir, dass ich mit meiner Zeitschrift in der Hand von der Druckwelle fast gegen das Fenster geworfen werde. Ich bleibe gleich freiwillig auf der einen Hälfte meines Sitzes und überlasse den Rest von meinem Platz ergeben dem Mann, der fröhlich seinen Arm und Teile seines Oberkörpers auf meiner Hälfte parkt, weil seine schlicht nicht ausreicht.

Ich mache die Augen zu und ziehe mir fröstelnd meinen warmen Schal um die Schultern.

Zu viert haben wir diesen seltsamen Ort betreten, zu zweit kommen wir aus dem Haus wieder heraus. Sowohl Daniel als auch Cinzia haben wir nicht wiedergefunden. Wer weiß, vielleicht gab es noch eine geheime Tür, hinter der sie sich jetzt vergnügen. Als wir von der Sex- und Drogenhölle wieder in das Wohnzimmer zurückkamen, erschien uns dort alles plötzlich langweilig. Trinken durften wir ja auch nichts mehr, also stehen wir jetzt unschlüssig auf der Straße. Die Nacht ist noch jung.

»Guck mal, wer da kommt«, raunt Lena mir zu.

Die zwei Anzugjungs von der Bar, die uns den Cocktail spendiert haben, steuern zielstrebig auf uns zu. Offenbar haben die Männer uns schon unter sich aufgeteilt. Der Blonde quatscht Lena an, der Dunkelhaarige mich. Wir Mädchen verständigen uns mit einem Blick, der sagt, die sind in Ordnung, und schnell wird beschlossen, in einen Salsa-Club zu gehen.

Der Dunkelhaarige heißt Evan. Ich finde, das klingt wie Heaven, und so nenne ich ihn den Rest des Abends auch. Die beiden sind Amerikaner. Es ist richtig angenehm, mal ein schönes sattes amerikanisches Englisch zu hören. Ohne Fehler, ohne Akzent. Amerikanerinnen höre ich nicht so gerne reden, weil bei ihnen alles immer nur *gorgeous*, *terrific* und *great* ist. Dazu benutzen sie eine unnatürlich hohe Sprechlage, was mir, seit wir Speech-Unterricht bei Mr Winter haben, bei vielen Frauen negativ auffällt. Wenn du testen willst, was deine natürliche Sprechlage ist, musst du nur »hm« vor dich hinmurmeln, so als würde dir etwas besonders gut schmecken. Genau in dieser Tonlage solltest du auch sprechen. Seitdem ich das mache, bekomme ich oft Komplimente für meine Stimme.

»I love your voice«, sagt Evan, als wir uns im Salsa-Club unterhalten und wegen der Lautstärke ganz nah bei dem anderen ins Ohr sprechen müssen. Meine Haare berühren dabei seine Wange, und er hält ganz still und bewegt sich keinen Millimeter von mir weg.

Lena und ich haben unser Trinkverbot aufgehoben. Wir haben beschlossen, dass uns mit Evan und Steve in dem Salsa-Club, den wir kennen, keine Gefahr droht. Außerdem wäre es ja auch ziemlich unhöflich, die von den beiden für uns gekauften Drinks einfach stehen zu lassen. In Deutschland war das nie so klar, wer bezahlt, und einige Männer halten es für Emanzipation, wenn sie nur ihre eigene Rechnung begleichen oder sich sogar gleich von der Frau einladen lassen. Ein Typ, mit dem ich mal essen war, fragte auch noch frech: »Möchtest du?«, als der Kellner die Rechnung brachte. Völlig überfordert, hab ich blöde Kuh auch noch schnell genickt und für ihn mitbezahlt. Das passiert dir in New York niemals. Es ist so was von klar, dass die Männer für alles aufkommen, was man an dem Abend trinkt oder isst. Ich finde das schön. Es ist nicht nur finanziell praktisch, es gibt einem auch ein bisschen das Gefühl, eine Prinzessin zu sein.

Prinzessin Lena tanzt gerade mit Steve. Keiner von den beiden kann zwar Salsa tanzen, aber sie hopsen einfach ein bisschen gemeinsam rum. Alles tanzt hier, und die meisten Paare sind wirklich gut. Evan und ich stoppen unsere Unterhaltung und sehen den anderen zu, wie sie übermütig zur Musik über die Tanzfläche fegen. »Möchtest du auch?«, fragt Evan-Heaven. Aber ich genieße es gerade, ganz nah neben ihm zu stehen und nur zuzuschauen. Wir sind eine kleine statische Insel im Meer von sich bewegenden Menschen.

Irgendwann tanzen wir doch. Heaven bestellt uns Wasser in blauen Flaschen, mit dem wir uns danach atemlos an eine Wand lehnen. Mit dem Strohhalm im Mund, schaue ich ihn an. Er nähert sich meinem Ohr, um etwas zu sagen. »You are so much fun.« Das ist nicht das beste Kompliment, was ich je bekommen habe, aber ich küsse ihn trotzdem auf den Mund. Er ist etwas überrascht. In Amerika gilt die Regel: Nichts passiert beim ersten Date, dafür allerdings beim zweiten, sonst lohnt es sich nicht, sich weiterhin zu treffen.

Ich habe jetzt nicht die Wahnsinnserfahrung mit Männern, weiß aber, wenn du einen Kuss willst, schieb es lieber selbst an, sonst gehst du womöglich ungeküsst nach Hause, egal ob in Deutschland oder in New York. Heaven versteht die Aufforderung und stellt sein Wasser weg. Er nimmt mir meine Flasche sanft aus der Hand, platziert sie neben seine auf einem Tisch neben uns. Dann schaut er mir tief in die Augen, nimmt meinen Kopf in seine Hände und küsst mich entschlossen. *Gorgeous, terrific, great.* Er weiß einfach, wie es geht. So will eine Prinzessin geküsst werden. Mit der Wand im Rücken und dem ganzen Saal voller tanzender Menschen vor uns. Heaven schmeckt nach Kirschen und riecht nach Regen.

Der Kirschjoghurt schmeckt überhaupt nicht. Vielleicht bilde ich mir das auch nur ein. Seit ich mal in einem Bericht gesehen habe, dass die da Sägemehl in Joghurts rühren und das dann mit Geschmacksstoffen anreichern, damit wir glauben, es wären Fruchtstücke, kann ich keine Fruchtjoghurts mehr genießen. Dein Leben ist die Summe deiner Erfahrungen. Wenn ich nicht aufpasse, kann ich mit siebzig gar nichts mehr essen. Ich lasse ihn stehen, trinke meinen Plastikbecher leer und schaue aus dem kleinen Flugzeugfenster. Regen prasselt an die Scheibe. »Wir haben bereits mit dem Landeanflug begonnen«, sagt der Pilot aus einem Lautsprecher über meinem Ohr. Wie beginnt man wohl einen Landeanflug? Was mache ich hier? Tu ich das Richtige? Und warum ist heute der einzige Kirschgeschmack in meinem Leben der von aromatisierten Sägemehlfrüchten? Wie soll ich das Lena erklären, es war doch kein Berg hoch und kein Fluss breit genug.

Um fünf Uhr morgens in einem Diner in Manhattan schmeckt ein Hamburger am allerallerbesten. Lena und ich sitzen allein an einem Tisch auf dicken weinroten Plastikbänken. Gemeinsam wehren wir immer wieder die Kellnerin ab, die uns unbedingt einen Kaffee einschenken will, obwohl wir keinen bestellt haben. Lena liegt halb auf dem Tisch und spielt mit dem Serviettenspender. Bei jedem Wort, das sie sagt, zieht sie energisch eine Serviette aus dem Schlitz.

»HE – WAS – AWFUL!«, beschwert sie sich auf Englisch über Steve, der, anders als sein Kumpel Heaven, gar nicht küssen konnte.

»Meiner war echt gut –, und er hat nach Kirschen geschmeckt«, sage ich und versuche sie daran zu hindern, noch mehr Servietten aus dem Spender zu reißen. Ich füttere sie mit meinen restlichen Pommes.

»Ich will auch einen Kirschkuss!«, jammert sie, und ich habe eine Idee.

Ich gehe rüber an die Theke und bestelle bei der Kaffeekellnerin einen Strawberry-Cherry-Smoothie. Kurz darauf stellt sie uns zwei große Gläser hin, die mit Schirmchen dekoriert sind.

Lena und ich stecken uns die bunten Schirmchen ins Haar und prosten uns zu: »Auf die Sex- und Drogenhöllen dieser Stadt!«, sagt Prinzessin Lena. Wir kichern und trinken. Im Radio läuft *Ain't no montain high enough*. Wir singen mit, und der Typ hinter der Theke stellt die Musik lauter, als er merkt, dass wir das Lied mögen.

Immer noch singend, kommen wir später aus dem Diner. Es regnet ganz leicht, und der Morgen bricht an. Bald werden die Reinigungsfahrzeuge ihren typischen Geruch verströmen. Der Himmel über uns ist schon blau. »*Enough* Kirschgeschmack für heute?«, frage ich Lena. Sie schaut mich unter ihren Ponyfransen an mit ihren braunen, abenteuerlustigen Augen. »Der Kuss fehlt mir noch«, sagt sie und küsst mich einfach. Ziemlich überrumpelt lasse ich es geschehen. Ich habe noch nie eine Frau geküsst. Sie fühlt sich ganz weich an. Es ist schön und lustig. Es passt zu dieser Nacht.

»Und?«, fragt sie, als wir aufhören.

»War okay. Aber Heaven war besser«, sage ich und renne weg.

Kreischend flitzt sie mir hinterher, die Treppe runter zur U-Bahn.

Mein Koffer ist der letzte, wirklich der allerletzte, den das Gepäckband ausspuckt. Ich zerre ihn vom Band und laufe allen anderen zum Ausgang hinterher. Hinter mir schließen sich die Glastüren. Suchend blicke ich mich um. Alle Businessmenschen vor mir eilen schnell nach rechts und links weg, nur ich steh dusselig im Weg rum. Ich soll mir ein Taxi nehmen, war die Anweisung von Herrn Schomaker. Meine Augen suchen die Decke ab nach einem Schild. Ein Pfeil deutet nach links.

Ohne groß zu gucken, nehme ich meinen Koffer und gehe los, dabei stoße ich fast mit einer Frau zusammen, die mir in den Weg läuft.

Ein tiefes albernes Lachen. Lena.

Wir umarmen uns, kurz, schnell, förmlich. Erst danach

schauen wir uns richtig an. Lena hat jetzt kürzere Haare. Ein Bob mit einem Seitenscheitel. Weich und wellig fallen ihr die blonden Haare ins Gesicht. Ein Gesicht, das seltsamerweise nicht viel älter aussieht, als ich es kannte, oder doch? Dasselbe Strahlen wie früher. Lena sieht immer noch aus wie ein frischer Pfirsich. Ihre Augen sind dezent geschminkt, und sie trägt einen nudefarbenen Lippenstift. Ob der jetzt ihr Carmex-Ersatz ist?

Sie schaut mich genauso forschend an wie ich sie. Was sie wohl denkt? »Gut siehst du aus, Franzi!«

»Du auch!«

»Ich wollte dich unbedingt abholen, zwei Tage sind so kurz, da müssen wir jede Minute nutzen!«

»Toll«, sage ich und folge ihr.

Mein Kopf ist rot, meine Hände schwitzen. Plötzlich wünschte ich, sie hätte mich nicht abgeholt. Irgendwie überfordert mich das alles. Ich weiß nicht, was ich sagen soll, ich weiß nicht, was ich fühlen soll, ich wünschte, ich könnte einfach in ein Taxi steigen und schweigen.

Wir laufen nebeneinanderher zum Parkplatz. Ein kalter Wind zerzaust unsere Haare. Lena trägt einen langen, blauen Mantel. Sie sieht gut aus, so erwachsen. Sie öffnet den Kofferraum eines schicken, neuen Käfers. Ich wuchte den Koffer hinten rein und setze mich schnell auf den Beifahrersitz. Lena startet den Motor und dreht die Heizung voll auf.

»Ist das dein Auto?«, frage ich, als ich keine persönlichen Dinge entdecken kann. Vielleicht sind Autos von Menschen ohne Kinder ja so aufgeräumt, sauber und unpersönlich, aber die Lena, die ich kannte, hatte immer die ganze Rückbank voller Sachen.

»Nein, das ist ein *Car to go* – die kann man sich überall mitnehmen und mieten, wenn man angemeldet ist.«

Ich muss kichern. Lena schaut mich fragend an.

»*Hot or mellow?*«, sage ich, und sie fängt auch an zu lachen.

»Jetzt gibt es schon Autos *to go*. Ich glaube wir werden alt.«

Sie stellt den Scheibenwischer an. Wir fahren durch nasse Berliner Straßen, die genauso trist aussehen wie nasse Kölner Straßen.

»Hast du lange gewartet? Die haben in Köln den ganzen Flughafen gesperrt.«

»Ich hab es früh genug gehört und bin dann erst später los. Was für ein Glück, dass dein Flug noch ging!«

Ich nicke. »Ist das sehr schlimm, dass ich jetzt zu spät bin?«

»Quatsch«, sagt Lena. »Beim Fernsehen fängt nie was pünktlich an. Die haben noch jede Menge anderer Sachen zu tun.«

Es klingelt im Auto. Lena drückt einen Knopf, und wir hören die Stimme von Herrn Schomaker über die Freisprechanlage.

»Hi, Lena, alles klar? Hast du sie?«

»Ja, sie ist an Bord!«

»Super, wann seid ihr hier?«

Zu meiner Überraschung antwortet Lena: »Das kann ich schwer sagen, die ganze Schönefelder Allee ist voll. Wir stehen praktisch.«

»Okay, dann rechne ich erst in einer Stunde mit euch.«

Es klickt in der Leitung, und wir sind wieder allein im Auto.

Ich deute auf die leere Straße vor uns. »Wirklich dichter Verkehr …«, sage ich.

Lena gibt Gas und biegt die nächste links ab. Wir rumpeln über Kopfsteinpflaster, bis sie eine Parklücke entdeckt und geschickt einparkt. »Jetzt zeige ich dir mein Lieblingscafé.«

»Aber die warten auf uns.«

Sie schaut mich ernst an und sagt dann: »Ich kann das aber nicht. So Smalltalk mit dir machen, und dann zack das Interview. Ich finde, wir sollten erst mal eine Stunde für uns haben.«

Es rührt mich, dass sie das sagt. Ich nicke und will schnell aussteigen, aber sie hält mich am Arm fest. »Es ist schön, dass du gekommen bist.«

Jetzt steigen mir die Tränen in die Augen und ihr auch. Wir umarmen uns schnell, diesmal richtig. Sie riecht nach Zimt.

Verlegen bringen wir uns wieder in Fassung, als wir uns loslassen.

Im Café Anna Blume ist es warm und herrlich. Wir setzen uns ganz hinten an einen winzigen Tisch mit einer Marmorplatte, auf ein Sofa mit einer altmodischen hohen Lehne. An der Decke hängt ein roter Kronleuchter mit Fransen. Lena bestellt ein richtig tolles Frühstück mit allem, was man sich wünschen kann. Frisch gepressten Orangensaft, Croissants, Rührei, Schinken, Käse, Marmelade. Da es nur so winzige Tische gibt, kommen all die Köstlichkeiten auf einer Etagere. Der Latte macchiato ist spitze. Wir sitzen mit gutem Blick auf den Blumenladen, der dem Café angeschlossen ist. Der Duft von Frühlingsblumen schwebt um uns rum und mischt sich mit dem Geruch von Kaffee und Rührei.

»Das ist genau das, was ich gerade brauche. Was für eine gute Idee!«, seufze ich.

»Nach der Nacht brauche ich das auch«, sagt Lena. »Franzi, ich habe so ein schlechtes Gewissen wegen all der Jahre.«

Ich will ihr ins Wort fallen, habe aber den Mund voller Ei.

»Es tut mir so leid, dass ich mich nicht mehr bei euch gemeldet habe. Je länger ich es nicht tat, umso schwieriger wurde es.«

Sie stopft sich ihren ausgezogenen, schwarzen Pulli um die Hüfte, genauso wie ich es von früher von ihr kenne.

»Das ging mir auch so. Ich hätte ja auch anrufen können«, sage ich.

»Aber so als Patentante von Mia wäre das schon meine Pflicht gewesen, Kontakt zu halten.«

»Nein«, sage ich entschieden. »Pflicht im Zusammenhang mit Freundschaft gibt es nicht. Niemand sollte aus Pflichtgefühl Kontakt halten.«

»So meine ich das nicht. Ich meine, Mia konnte sich ja noch nicht bei mir melden, also wäre es schon mein Job gewesen, mich bei ihr, bei euch zu melden.«

Ich sage nichts, weil ich denke, dass sie recht hat.

»Und jetzt ist sie vierzehn. Ich hab so viel verpasst.«

Wir essen eine Weile vor uns hin.

»Wie ist sie jetzt?«

»Mia?«

»Ja.«

»Sie ist … halt vierzehn. Manchmal unerträglich, manchmal lieb wie eine kleine Katze.«

»Hat sie schon einen Freund?«

»Nein, aber ich glaube, sie ist in einen Typen verknallt, der auf ihre Schule geht.«

»Süß! Hast du Bilder von ihr?«

Was für eine Frage an eine Mutter. Mein Handy ist voll mit Bildern von meinen Kindern. Lena schaut sie interessiert an.

»So viele Locken! Keine Frage, wer ihr Vater ist!«

»Das sagen alle! Aber vielleicht ist Bernd ja gar nicht der Vater!«

Lena schaut mich kurz prüfend an, um zu sehen, ob das ein Scherz war. Ich versuche ein Pokerface, was mir nicht gelingt, und schlemme noch etwas von dem leckeren Käse.

Sie stupst mich in die Seite. »Lukas sieht dir total ähnlich!«

»Lukas ist ein echter Junge. Es ist witzig, aber er ist genauso, wie ich mir immer einen Jungen vorgestellt habe. Laut, wild, ungestüm und zärtlich.« Ich merke, wie ich ins Schwärmen gerate, und stoppe mich. Ich will Lena nicht mit meinen Muttergefühlen langweilen. Aber sie kann gar nicht genug von den Fotos sehen und stellt viele Fragen.

»Liest du ihm noch vor?«

»Ja, eigentlich jeden Abend.«

»Und, wie ist das?«, fragt sie gespannt.

Ich verstehe die Frage nicht. »Wie soll das sein?«

Sie fuchtelt mit den Händen in der Luft herum und wirft fast ihren Orangensaft vom Tisch. »Na, ist das so, wie man sich das immer vorstellt – liegt er dann frisch gebadet und kuschelig bei dir im Arm, und du liest, bis er einschläft, und schleichst dich dann leise aus dem Zimmer, und vorher gibst du ihm noch ein Küsschen auf seine warme Wange?«

Ich muss grinsen bei der Vorstellung, dass Lukas, frisch gebadet, ruhig, brav und lieb in meinem Arm liegen könnte.

»Nein. Eigentlich kriege ich ihn nur zweimal die Woche zum Baden, und dann haben wir keine Zeit mehr zum Lesen, weil es genauso lange dauert, ihn wieder aus der Wanne zu kriegen, wie ihn dazu zu überreden reinzugehen.«

Lena lächelt.

»Und er liegt nie in meinem Arm beim Lesen, weil er viel zu viel rumhampelt währenddessen. Ich könnte ihm die ganze Nacht vorlesen, er würde niemals einschlafen, eher ich!« Jetzt lachen wir beide. »Aber ich weiß, was du meinst – dieses Gefühl von Geborgenheit, ja, das habe ich, wenn ich ihm vorlese. Und den Kuss, den bekommt er auch jeden Abend, ob er nun will oder nicht!«

Vielleicht habe ich jetzt zu viel gesagt. Lenas Blick wird unergründlich, und sie blättert weiter durch meine Bilder, bis sie an einem Foto von Bernd und mir hängen bleibt.

»Er sieht immer noch gut aus«, stellt sie fest.

Ich rühre in meinem Latte macchiato. Wir denken beide an dieselbe Sache – an eine Nacht, die wir zu dritt verbracht hatten, Lena, Bernd und ich. Die Erinnerung ist so nah, als könnten wir sie anfassen und zu unserem Croissant auf den Teller legen, mit Nutella bestreichen und aufessen.

»So, und jetzt will ich was aus deinem Leben sehen!«

Sie zeigt mir ein Foto von Linus, der Leinäs ausgesprochen wird. Ich muss sofort an Daniel (Däniel) denken, ich habe ewig nichts mehr von ihm gehört. Linus ist Ende dreißig und ein unverschämt gutaussehender Kerl. Braune Haare, braune Augen, die intensiv in die Kamera blicken. Das Wort »kernig« fällt mir ein, wenn ich ihn sehe.

»Wie habt ihr euch kennengelernt?«, will ich wissen.

»Das war witzig. Ich war mit meinem Fahrrad unterwegs.«

»Das alte blaue?«

»Ja, genau das.«

»Das hast du immer noch?«

»Ich liebe mein altes blaues Fahrrad!« Sie lacht und erzählt weiter. »Ich bin wohl durch Glasscherben gefahren, ohne es zu merken, jedenfalls hatte ich plötzlich einen Platten. Also bin ich abgestiegen und hab mir das angeschaut. Wie ich da so auf dem Boden hocke und an meinem Rad rummache, kommt Linus an und fragt, ob er mir helfen könnte. Ich hab ihn gefragt, ob er das kann, und er sagte ganz cool, ja klar, er sei Radmechaniker.«

»Radmechaniker?«, frage ich, weil ich diese Berufsbezeichnung noch nie gehört habe.

»Wart's ab. Ich gehe also mit diesem Radmechaniker mit, der behauptet, seine Werkstatt wäre gleich hier um die Ecke. Er schiebt mein Fahrrad und redet witziges Zeug, aber je weiter wir gehen, desto seltsamer finde ich das. Ich meine, der sah echt nicht aus wie ein Radmechaniker.«

»Wie sieht denn ein Radmechaniker aus?«, frage ich.

»Na, irgendwie so – mit Karohemd und Jeans und weißen Lappen mit schwarzen Flecken drauf, die ihm aus der Hosentasche gucken.«

»Du drehst zu viele Filme«, stelle ich fest.

»Linus sah jedenfalls ganz anders aus. Er trug schwarze Jeans und ein weißes Hemd und saubere, glänzende Schuhe. Dann wollte er plötzlich auch gar nicht mehr direkt in die Werkstatt, sondern erst mal einen Kaffee trinken gehen mit mir.«

»Und? Bist du mitgegangen?«

»Ich hab ihm gesagt, dass ich genau wüsste, dass er kein Radmechaniker ist, und was die ganze Nummer hier soll. Und dann hat er gesagt: Das stimmt. Er hat mein Fahrrad abgestellt, ist zu mir rübergekommen und hat mir einen Handkuss gegeben. Ich habe mich gerade unsterblich in dich verliebt, hat er gesagt.«

»Echt?!«

»Echt.«

»Und was hast du dann gesagt?«

»Ich fand das sehr süß und sehr mutig. Und ich hab gesagt, wir könnten ja mal mit einem Kaffee anfangen. Eine Woche später ist er bei mir eingezogen. Nur mein Fahrrad hat er nie repariert.«

»Das ist eine schöne Kennenlerngeschichte«, sage ich. »Und was macht er wirklich, dein Radmechaniker?«

»Er ist Werbetexter.«

»Jetzt macht alles Sinn. Nur Webetexter tragen weiße Hemden und schwarze Jeans!« Wir kichern.

Auf Lenas Handy sind ganz viele Fotos von Linus und ihr zusammen. Ich habe auf meinem Handy mit Mühe und Not mal eins von Bernd und mir. Aber wen soll man auch fotografieren, wenn man keine Kinder hat. Die beiden sind ein schönes Paar. Zwei sehr gutaussehende Menschen. Ihre Kinder wären sicher hübsch. Ich zwinge mich, nicht zu fragen, warum die beiden keine Kinder haben. Schließlich ist das nur mein ganz persönlicher Filter, der ein Leben ohne Nachkommen seltsam leer aussehen lässt.

Dann zeigt Lena mir ihre neue Wohnung. Ein altes Backsteingebäude, das sie lange renoviert haben. So ganz verstehe ich nicht, ob es nun ein Haus ist oder eine Wohnung. Aber was ich verstehe, ist, dass die zwei sich da ein außergewöhnlich schönes Nest gebaut haben. Ein riesiger Raum mit Stahlträgern an der Decke. Eine freischwebende Treppe, die auf eine Galerie ohne Geländer führt. Sofort spuckt mir mein Filter ungefragt aus, dass diese Wohnung absolut nicht kindertauglich ist. Wie will man an dieser Treppe ein Treppenschutzgitter anbauen?

Das Schlafzimmer ist ein Traum. Es gibt einen begehbaren Kleiderschrank, und man kann vom Bett auf die Badewanne schauen, die natürlich freistehend ist und aussieht wie ein übergroßes Ei. Ich überlege, ob wir uns von allen Ostergeschenken und Eiern, die wir den Kindern jedes Jahr verstecken, so eine Badewanne leisten könnten. Eher nicht. Vielleicht, wenn man die Weihnachtsgeschenke dazu nimmt.

»Über der Badewanne haben wir ein Fenster einbauen lassen – so kann man nachts in der Wanne liegen und die Sterne anschauen!« Sie zeigt mir ein Foto von einem runden Bullauge in der Zimmerdecke.

»Lena, das ist irre schön. Leider werde ich dir jetzt ganz sicher niemals Bilder von meinem Kellerschlafzimmer zeigen.«

Sie schaut mich mit ihren braunen Augen warmherzig an. »Das brauchst du auch nicht, das würde ich nämlich gerne selbst sehen, wenn ich euch besuchen komme … wenn ich darf.«

»*You are very welcome!*«, sage ich feierlich und meine es auch so.

Viel zu bald müssen wir los. Lena besteht darauf, mich einzuladen. Ich nehme an und bedanke mich herzlich. Ich finde das immer albern, wenn man so rumzickt, wenn man eingeladen wird. Jo zum Beispiel kann man gar nicht einladen. Sie stirbt, wenn man ihre Rechnung bezahlt. Umgekehrt lädt sie mich oft ein, macht aber jedes Mal ein Riesentheater, wenn ich mich revanchieren möchte. Inzwischen habe ich eine gute Methode: Wenn ich vor habe zu bezahlen, sage ich, bevor der Kellner kommt: »Jo, ich werde dich jetzt einladen, und du hältst die Klappe. Sobald du rumdiskutierst oder es wagst, dem Kellner Geld in die Hand zu drücken, erzähle ich, dass du Extensions und Silikontitten hast.« Eigentlich hat Jo keins von beidem, aber sie wird von neidischen Frauen manchmal gefragt, ob ihre tollen langen Haare und ihr großer Busen wirklich echt sind. Sie hasst diese Fragen und würde niemals etwas in dieser Richtung an sich machen lassen. Also lässt sie mich brav bezahlen.

Zum Studio ist es jetzt nicht mehr weit. Lena parkt das Auto und meldet sich bei Car to go ab. Dazu hält sie eine kleine Karte vor die Windschutzscheibe. Jetzt kann sich jemand anders den schicken Käfer leihen.

Wir betreten ein großes weißes Haus. Lampenfieber steigt in mir hoch. Ich bin wirklich froh, dass wir gerade so gut gefrühstückt haben, sonst wäre mir jetzt richtig schlecht. Schlafmangel, Aufregung UND ein leerer Magen, das geht nicht. Nur ein Interview, nur ein paar Fragen beantworten, beruhige ich mich selbst im Kopf.

Sobald wir eintraten, war mein »Wir-Gefühl« mit Lena weg, als wäre es draußen auf den Stufen geblieben. Vermutlich lungert es jetzt da rum und raucht eine Zigarette, während ich verloren neben Lena hergehe, die jetzt eine Fremde ist.

Selbstbewusst rauscht sie zum Aufzug. Ich schleiche, den Koffer hinter mir herziehend, über den blanken Parkettboden. Warum haben die hier im Eingangsbereich überhaupt Parkett? Der ganze Eingang ist eine Verschwendung. Ein riesiger Raum, der vermutlich nur ganz selten mal genutzt wird.

Der Aufzug kommt, wir steigen ein. Die Fahrt dauert nur kurz. Lena fragt: »Aufgeregt?«, aber bevor ich antworten kann, sind wir schon oben.

In diesem Flur ist richtig was los. Drei Menschen auf einmal begrüßen Lena mit Küsschen rechts und links. Ich werde von ihr als alte Freundin vorgestellt, was passt, weil ich mich tatsächlich ziemlich alt fühle gerade. Bevor ich versuchen kann, mir zu merken, wer hier wer ist und wer was macht, sind alle drei schon wieder verschwunden.

Lena schiebt mich in ein Büro, neben dessen Tür auf einem Schild »Produktion« steht. Ein komisches Bild hängt an der Tür: Ein Mann steht in einem Eimer und hält einen aufgespannten Regenschirm in der Hand. Darunter steht: »Günni wartet auf Manna.« Aha. Muss ein Insider sein.

»Thorsten, ich bringe dir meine Freundin Franzi!«, sagt Lena, und ein erschreckend großer Mann wühlt sich hinter seinem Schreibtisch hervor und gibt mir die Hand.

»Thorsten Schomaker, willkommen bei Pearl Production.«

»Franziska Keller«, stelle ich mich vor und schüttle seine Hand, die angenehm warm ist. Ich starre ihn etwas an, weil ich ihn mir ganz anders vorgestellt hatte. Kleiner, jünger, mit stylisch geschnittenen Haaren. Dieser Mann ist groß, Ende vierzig und trägt eine Glatze.

Wir smalltalken über den geschlossenen Flughafen, dann schaut er auf seine lächerlich winzige Uhr an seinem großen Handgelenk und schickt mich in die Maske.

»Ich bring sie hin«, sagt Lena und dirigiert mich wieder zum Aufzug. Wir fahren ins Untergeschoss, laufen durch ein Labyrinth von Gängen und stehen plötzlich vor einer Tür, an der »Maske« steht.

Wir treten ein, und ich fühle mich sofort wohl. An den Wänden sind beleuchtete Spiegel mit großen Stühlen davor, wie beim Friseur. Alles erinnert ein bisschen an einen Friseursalon, auch die Waschbecken in der Mitte des Raumes mit Ausbuchtungen, um sich bequem die Haare waschen zu lassen. Vor den Spiegeln liegt ausgebreitet jede Menge Make-up. Pinsel, ganze Paletten mit Farben für Lidschatten, glaube ich zumindest, vielleicht sind das auch Rougefarben?

Eine Frau um die fünfzig mit kurzen roten Haaren gibt mir die Hand.

»Rosi«, stellt sie sich vor. »Ich bin die Maske!«

Sie sagt tatsächlich, sie ist die Maske, nicht die Maskenbildnerin oder die Make-up-Artistin. Die Maske! Sofort muss ich mir vorstellen, dass ich diese Frau als Maske aufgesetzt bekomme. Wahrscheinlich gibt es hier so breite Sessel, da setze ich mich dann rein, und schwupps kommt die Maske auf meinen Schoß, und dann seh ich aus wie eine Fünfzigjährige mit dick getuschten Wimpern.

Ich muss fast grinsen, aber außer mir scheint niemand die Formulierung seltsam zu finden, also reiße ich mich zusammen.

In der hinteren Ecke des Raumes wäscht eine Frau vor einem

Waschbecken gerade Schwämmchen aus. »Hallo, ich bin Jenny, die Maske von Lena!«

Natürlich ist Lenas Maske jünger als meine und hat lange blonde Haare. Leichter ist sie sicher auch, wenn man sie später im Sessel auf dem Schoß hat.

»So, Prinzessin«, benutzt Lena unser altes Kosewort, das ich fast vergessen hatte. »Ich komme gleich wieder, ich geh uns mal eben 'ne Runde Kaffee holen.«

Ich will nicht, dass sie geht. Ohne sie komme ich mir verloren vor. Trotzdem nicke ich tapfer und begrabe endlich die alberne Maske-auf-dem-Schoß-Vorstellung. Rosie weist mir einen Stuhl zu und wickelt geschickt einen Frisierumhang um mich herum. Vorsichtig kämmt sie zur Einstimmung meine Haare und stellt mir ein paar Fragen. Wo ich wohne, wie lange ich Lena schon kenne, ob ich Kinder habe.

Ich entspanne mich. Rosie macht das alles gut. Sie lobt meine neue Frisur und bürstet dann an meinen Augenbrauen herum.

»Soll ich die etwas in Form zupfen?«, fragt sie höflich. Sobald ich einwillige, legt sie mit einer Pinzette los. Wie ein elektrischer Epilierer wirbelt sie über meine Augenbrauen, so dass ich Angst bekomme, ob überhaupt noch Haare übrig bleiben, wenn sie mit mir fertig ist.

Kurze Zeit später legt sie die Pinzette weg und kriecht fast komplett in einen kleinen Kühlschrank, der links von mir auf dem Boden steht. Sie taucht mit einer Tube in der Hand wieder auf und trägt ein eiskaltes Gelee auf meine gezupften Brauen auf, und weil sie gerade dabei ist, kommt auch etwas unter die Augen.

Dann schminkt sie mich zügig und sicher. Wo Lena nur bleibt?

Langsam verwandle ich mich in eine sehr schöne Frau. Ich kann gar nicht mehr weggucken. Rosie hat mir einen ebenmäßigen Teint gezaubert und strahlend blaue Augen, fast so wie die von Bernd und Lukas. Ich muss nachher unbedingt ein Foto machen und es Bernd und Jo schicken.

Als meine Haare dran sind, kommt Lena endlich. Sie trägt vier Pappbecher in einer Hand, was dank dieser Eierkartonhalterung funktioniert.

»Warst du extra beim Coffeeshop?«, fragt Jenny und nimmt begeistert ihren Becher in Empfang.

»Mir war so nach einem echten Kaffee«, erklärt Lena und verteilt weiter die Becher.

»Latte macchiato für dich Rosie, und für Prinzessin Franzi einen Chai Tea Latte.«

Chai Tea Latte war früher in New York unser Lieblingsgetränk, und ich liebe es immer noch. Ich sehe in Lenas erwartungsvolles Gesicht und muss einfach kurz aufstehen und sie umarmen. Sie gibt sich so viel Mühe, alles richtig zu machen.

Mitten in unserer schönen Umarmerei platzt Herr Schomaker in den Raum und will wissen, wie lange wir noch brauchen.

Sofort setze ich mich wieder auf den Stuhl und lasse Rosie mit einem Glätteisen meine Haare bearbeiten. Zum Schluss wuschelt sie mir noch ein Pulver in die Haare und nebelt mich dann mit Haarspray ein, was meiner Meinung nach gar nicht nötig wäre, weil alles, was meine Haare tun müssen, ist glatt nach unten hängen. Das werden sie ja wohl schaffen. Weil ich aus dem kleinen Plastikloch meinen Chai Tea Latte geschlürft habe, muss Rosie mir noch einmal die Lippen nachmalen. Dann geht es los.

Also, es könnte losgehen, wenn mir nicht plötzlich einfallen würde, dass ich mich ja noch umziehen wollte. Mein schickes, extra gekauftes Outfit liegt ja noch in meinem Koffer! Ob ich einfach so bleibe? Kann ich das jetzt echt bringen, mich noch umzuziehen? Herr Schomaker steht schon in der Tür. Lena merkt, dass ich zögere.

»Brauchst du noch was?«, fragt sie aufmerksam.

»Äh, ja, ich hab leider ganz vergessen, mich umzuziehen.«

Kurz herrscht Schweigen im Raum.

Gerade will ich schon beschwichtigen und sagen, dass ich auch so gehen kann, als Lena eine Tür öffnet und sagt: »Na, dann husch!«

Ich haste mit meinem Koffer in den Nebenraum.

»Kann ich die Sachen hier drin lassen?«, frage ich, als ich in Rekordzeit umgezogen wieder auftauche.

Alle stimmen zu, und ich laufe schnell dem großen Mann nach, der mich jetzt ins Studio führt.

»Viel Spaß!«, ruft mir Lena hinterher, die erst für den zweiten Teil des Interviews dazu kommen wird.

Ich werde verkabelt und frage mich, ob man mein lautes Herzklopfen mit dem Mikrophon hören kann, das mir der Tontechniker an meiner Lederjacke befestigt hat.

Ich nehme auf dem beleuchteten Sofa Platz. Ein älterer Herr kommt, grüßt mich kurz und hält mir dann ein seltsames Ding vor die Nase, mit dem er wohl irgendetwas ausmisst. Eine große, böse aussehende Kamera ist auf mich gerichtet wie eine Kanone. Jetzt ist mir trotz guter Rühreigrundlage schlecht. Der Orangensaft lauert irgendwo unten in meiner Speiseröhre, bereit, jederzeit sauer hochzukriechen. Wieso hab ich gerade auch noch den Chai Tea Latte getrunken? All die Getränke zanken sich jetzt in meinem Magen um den letzten Rest an Platz, angestachelt durch mein Lampenfieber.

Jetzt ist bestimmt all mein Blut im Magen und nicht im Kopf, wo ich es dringend benötigen würde. Ich wollte mir im Flugzeug eigentlich eine Liste machen mit allen möglichen Fragen und möglichen Antworten dazu. Hab ich aber nicht, und jetzt sitze ich hier unvorbereitet wie in der achten Klasse bei einer Geschichtsarbeit. Hoffentlich hört man wirklich nicht mein Herz klopfen, so nah wie der das Mikro in der Herzgegend platziert hat. Und wo kotze ich am besten hin, wenn ich muss? Ich brauche einen Notfallplan. Suchend sehe ich mich nach einem Mülleimer um. Weit und breit keiner zu sehen. Hinters

Sofa, beschließe ich. Wenn ich es nicht mehr schaffe, rauszurennen, dann spucke ich einfach hinter die Couch.

Der Kameramann hat seinen Platz hinter der Kanone eingenommen und zoomt mich ran. Mein Magen krampft sich zusammen, und ich spüre, wie ich jetzt auch noch immer dringender muss. Wieso kommt denn keiner und redet mit mir? Warum stellen sie mich hier ab unter den Scheinwerfern, vor der Kamera?

Ich muss mich dringend zusammenreißen, sonst muss ich gleich nicht nur mit meiner Blase und meinem Magen kämpfen, sondern auch noch mit den Tränendrüsen.

Herr Schomaker kommt zum Sofa und informiert mich, dass es noch etwas dauern wird, bis der Redakteur kommt, der mir die Fragen stellt. Dann fragt er mich, ob ich ein Glas Wasser möchte oder noch mal zur Toilette gehen will. Ob er mir ansieht, wie gequält ich hier rumsitze? Ich nehme beide Angebote dankend an. Der Tonmann nimmt mir noch mal das Mikro ab.

In der Toilette atme ich tief durch. Ich erinnere mich an die »Relaxation«, die wir in der Schauspielschule immer gemacht haben. Dazu hat sich jeder einen der verbeulten Klappstühle aus Metall geholt. Draufsetzten, Augen zumachen. Ich habe keinen Klappstuhl zur Hand und klappe deshalb den Klodeckel zu und setze mich drauf. Meine Füße fest auf dem Boden. Atmen. Ich muss nicht überlegen, wie die Entspannung funktionierte, so oft haben wir sie gemacht.

Man fängt mit dem Kopf an, lässt ihn kreisen. Dann sind die Arme dran, die man in die Luft hebt und fallen lässt. Bei dem Versuch hau ich mir die Hand an der Kabinentür an. Das wird so nichts. Außerdem musste man dazu Geräusche machen, die ich hier auf der Toilette garantiert nicht machen werde.

Ich sitze eine Weile einfach mit geschlossenen Augen da. Die beste Entspannung machte damals John McAlister.

McAlister ist einer der strengsten Lehrer auf der Schule. Wenn man in seinem Unterricht eine Szene vorspielt, dann ist man besser gut, sonst wird man nämlich von ihm an die Wand genagelt.

Anfänger dürfen gar nicht in seinen heiligen Unterricht. Erst nach sechs Monaten hat man die Chance, aufgenommen zu werden. Für alle, die sich die Schule gar nicht so lange leisten können, macht er einmal im Monat eine »audition«. Wenn man dieses Casting besteht, darf man auch schon früher seinen Unterricht genießen. Lena hat damals in der Szene, die wir vorgespielt haben, einen Lachflash bekommen, die blöde Wurst. Ich musste uns dann den Arsch retten und den Lachanfall in unsere Szene einbauen. Hab mir da einen abgerödelt, während sie sich wirklich vor Lachen auf dem Boden rumrollte. Anschließend hat uns der McAlister lange mit seinen kalten grünen Augen angestarrt. Ich glaube, das ist so ein Trick von ihm. Mit diesem Starren bekommt er alle Leute dazu, genau das zu tun, was er möchte. Er starrt jeden eigenen Willen aus einem heraus, bis man nur noch eine Hülle ist. Als er uns so weit hatte, sagte er: *»Okay. That was good work.«*

Good work!!! Das größte Kompliment, das man von ihm bekommen kann. *»It was real«*, fügte er hinzu. Dann schaute er lange auf seine Hände, betrachtete sie von allen Seiten, bevor er uns sagte, wir könnten Donnerstag in seinem Unterricht erscheinen.

Als wir erleichtert den Raum verließen, hielt er Lena noch mal an:

»You«, sagte er, *»grow up.«* Dann rauschte er vor uns durch die Tür davon. Seitdem ist das unser Lieblingssatz: *You – grow up!*

Von seinem Unterricht kann man halten, was man will. Meiner Meinung nach hat er ganz klare Lieblingsschüler, und der Rest der Klasse sind eigentlich Komparsen, die kaum drankommen. Lena behauptet, ich sei eine seiner Lieblingsschülerinnen, und da könnte was dran sein.

In den Genuss der Relaxation kommen aber glücklicherweise alle. Lee Strasberg war der Ansicht, dass ein Schauspieler nur dann gut Emotionen abrufen und auf die Bühne bringen kann, wenn er entspannt ist, deshalb beginnt jeder Unterricht mit einer Entspannung.

Sobald wir auf den unbequemen Klappstühlen sitzen, geht es los. Mit seiner faszinierenden Stimme leitet McAlister uns durch die Relaxation. Es ist, als würde er da einen langen, langen Zauberspruch aufsagen, dessen Wirkung man sich einfach nicht entziehen kann. Cinzia glaubt, er hypnotisiert uns. Vielleicht hat sie recht. Er hat dann eine ganz bestimmte Art zu sprechen. Betont manche Wörter so, dass sie unwiderstehlich werden.

»Startet am oberen Ende eures Kopfes, an den Haarspitzen. Entspannt die Augenbrauen, die Wimpern, eure Schläfen. Entspannt die Ohrmuscheln und die Nase, die Wangen, die Lippen und die Zähne. Der Kiefermuskel ist der stärkste Muskel in eurem Körper. Erlaubt ihm loszulassen. Entspannt ihn.«

Die Art und Weise, wie er *»relax«* sagt, ist kein Vorschlag, es ist ein Befehl. Man kann nicht anders. Man entspannt Bereiche, von denen man gar nicht wusste, dass sie Muskeln haben! Ich kann bei McAlister tatsächlich meine Haare entspannen, ohne Witz!

Nach kurzer Zeit schwimmen wir alle auf seiner Stimme durch den Raum. Ganz präzise leitet er uns durch unseren Körper. Da ist kein Platz, um abzuschweifen, der Mann hat ein Tempo drauf. Alle bemühen sich, konzentriert dabeizubleiben, weil man als Belohnung am Ende, wenn er uns befiehlt, mit einem lauten AAAAAAAAA eine blaue Farbe mit unserem Atem in die Luft zu sprühen, mit einem ganz neuen Körpergefühl die Augen wieder öffnet. Jedes Mal wundere ich mich heimlich, dass die Decke nicht wirklich blau ist von unserem AAAAAAAAA.

Ich öffne die Augen und schaue an die Toilettendecke. Grau, kein Blau. Mir geht es besser. Ich wasche die Hände und fühle mich bereit.

Inzwischen ist der Redakteur da und Lena auch. Ich soll jetzt doch nicht allein vor die Kamera, weil sie es viel besser finden, wenn Lena neben mir sitzt, während ich meine überraschenden, schlagfertigen und witzigen Antworten gebe.

Mit Lena an der Seite fühle ich mich viel entspannter auf dem grauen Sofa, auch wenn die Kanone immer noch auf mich gerichtet ist.

Der Redakteur nimmt direkt neben der Kamera Platz. Bei den ersten Fragen bin ich weit entfernt von witzig und schlagfertig. Eigentlich bin ich schon froh, wenn ich mich bei den Antworten nicht verhaspele.

»Franziska, wie lange kennen Sie Lena schon?«

»Hm. Ich habe Lena kennengelernt, da waren wir Anfang zwanzig, also etwa zwanzig Jahre lang.«

Uups, durfte ich das sagen? Vielleicht macht Lena sich viel jünger, als sie ist?

»Und wie war Lena damals, wie würden Sie die junge Lena beschreiben?«

Ich denke an die Beschreibung, die ich Mia gegeben habe. Ob die fernsehtauglich ist? Ich schaue zu Lena rüber, die mich gespannt ansieht.

»Sie war … verrückt und unbestechlich. Lena konnte man nicht kaufen. Wenn sie etwas nicht wollte, hatte man keine Chance, sie umzustimmen. Sie ist immer mit einer riesigen Tasche rumgelaufen …«

Lena lacht laut.

»Und sie hat immer laut gelacht, auch wenn es gar nicht gepasst hat.«

»In welchen Situationen zum Beispiel?«

»Einmal in einer Szene, die wir zusammen vorgespielt haben.«

»Stimmt«, mischt sich Lena ein »Das war witzig! Ich hab mich totgelacht!«

»Worüber?«

»Über eine Stirnfalte von dir!«

»Was?« Das wusste ich nicht.

»Lena, Sie haben sich über die Stirnfalte Ihrer Freundin amüsiert? Erklären Sie uns das.«

»Immer, wenn Franzi so konzentriert schaut, hat sie so eine lustige Stirnfalte. Da – jetzt schon wieder!« Sie zeigt auf meine Stirn.

O nein, bitte nicht. Die Kanone zoomt meine Stirn ran. Ich will keine Spielverderberin sein, schlage mir aber automatisch die Hände vors Gesicht.

»Je mehr ich lachen musste, desto tiefer wurde Franzis Falte, und umso mehr musste ich lachen. Ich konnte sie gar nicht mehr anschauen, so witzig fand ich das.«

»Und wie war das für Sie, Franzi?«

»Ähm. Weniger witzig, ehrlich gesagt. Wir mussten ja trotzdem die Szene spielen. Das blieb dann irgendwie an mir hängen.«

»Wie war Lena damals auf der Bühne?«

»Also, wenn sie sich nicht gerade totgelacht hat, war sie gut.«

Der Redakteur schaut mich erwartungsvoll an, und ich merke, dass ich noch mehr sagen soll.

»Sie war echt. Bei ihr klang nie etwas aufgesagt oder künstlich. Und wenn sie nicht das richtige Gefühl für die Szene hatte, dann spielte sie es eben anders.«

»Haben Sie ein Beispiel?«

»Wir mussten einmal als Übung ein Telefongespräch spielen, bei dem unser Freund mit uns Schluss macht. Alle Mädchen gaben sich große Mühe, ein paar Tränen rauszuquetschen oder wütend rumzukreischen. Aber Lena blieb einfach cool. Als sie den fiktiven Hörer auflegte, fragte der Lehrer, warum sie nicht ausgeflippt sei und warum es ihr nichts ausmache, dass ihr Freund mit ihr Schluss macht. Sie sagte: Ich wollte ihn sowieso loswerden!«

Lena lächelt zu mir rüber.

»Lena, und wie war Ihre Freundin Franzi auf der Bühne damals?«

»Franzi war wie ein Fels in der Brandung. Sie wusste immer den Text, und zwar Wort für Wort. Ich glaube, sie hatte nie einen Hänger. Sie konnte sich super konzentrieren und hat mich oft gerettet, wenn ich mich hoffnungslos verfranst hatte. Und so ist sie auch im Leben. Auf Franzi kann man sich hundertprozentig verlassen.«

»Was machen Sie heute, Franziska, arbeiten Sie noch als Schauspielerin?«

Die Frage musste kommen, deshalb habe ich auch eine Antwort darauf. Jetzt nur cool bleiben und ganz normal weitersprechen, nicht mit der Stimme hochgehen.

»Nein, seit unsere Kinder auf der Welt sind, arbeite ich in der Firma meines Mannes.«

Bitte stell mir eine Frage zu den Kindern, nicht zu der Firma, bitte!

»Und in dieser Firma üben Sie sicher auch einen kreativen Beruf aus, oder?«

Ja, klar. Ich denke mir jedes Mal einen neuen Notfall aus, wenn der Kopierer mal wieder kaputt ist, damit die an der Servicehotline mir nicht erst in zwei Wochen jemand schicken, der ihn repariert.

»Nein. Na ja. Es geht so.« Na super, das klang ja überzeugend.

»Franzi ist da stellvertretende Geschäftsführerin. Ohne sie läuft nichts in dem Laden. Das ist wie früher auf der Bühne«, kommt Lena mir schnell zur Hilfe.

»Wie ist Lena heute im Vergleich zu früher?«

Tja, wenn ich das nur wüsste.

»Älter«, improvisiere ich, »sie ist einfach erwachsen geworden, und wenn ich sie jetzt irgendwo im Fernsehen sehe, bin ich immer ganz stolz auf sie.« Das war jetzt eine richtig dicke Lüge. Die Wahrheit ist, dass ich ganz schnell wegschalte, wenn ich Lena irgendwo im Fernsehen sehe, weil ich es nicht aushalte zu sehen, wie erfolgreich sie ist.

»Und wie schafft ihr es, dass eure Freundschaft jetzt schon so lange hält?«

Gar nicht. Ich schaue Lena fragend an und hoffe, sie springt ein.

»Wir lassen uns einfach genug Freiraum. Es gibt keine Verpflichtung, sich zu melden, aber wenn wir uns dann sehen, ist es immer ganz genau wie früher.« Sie strahlt mich an, und ich strahle automatisch zurück. Das hat sie gut hinbekommen, die Antwort.

»In der Serie spielt Lena eine Schauspiellehrerin. Könnten Sie sich das gut vorstellen, eignet sich Lena als Lehrerin? Ist sie ein Vorbild für junge Menschen?«

Kommt wohl sehr darauf an, was man lernen möchte. »Ja, sicher. Von Lena kann man eine Menge lernen!«

»Was haben Sie von ihr gelernt?«

O Gott. Wie man einen Joint dreht. Wie man eine Frau küsst. Wie man zu zweit einen Mann … »So viel. Das kann ich gar nicht alles aufzählen.«

»Zum Beispiel?«

Wie man New Yorker Taxifahrer richtig beschimpft, wenn sie einen vierzig Minuten lang in die Irre fahren und sich dann noch beschweren, weil sie kein Trinkgeld bekommen.

»Geduld. Ich bin ein sehr ungeduldiger Mensch, und Lena

hatte schon damals oft die Ruhe weg. Sie kann warten, und sie findet dann auch immer den richtigen Zeitpunkt. Aber das werde ich wohl nie lernen. Das kann man nicht lernen, das ist ein Talent!«

»Wenn Sie ihr eine Sache wünschen könnten, was wäre das?«

»Kinder.« Shit. Das ist mir rausgerutscht. Jetzt nicht die Hand vor den Mund schlagen. Lächeln.

Lena lacht und sagt: »Ach, du bist ja süß!«

Der Redakteur ist sehr zufrieden. Jemand kommt und nimmt uns die Mikros ab. Ich wünschte, er könnte auch den Felsen mitnehmen, den meine letzte Antwort zwischen uns gerollt hat.

Kapitel 4

Mein Hotelzimmer ist klein und praktisch. Alles hier sieht abwischbar aus, sogar das Bett.

Ich telefoniere mit Bernd und beruhige ihn wegen des Interviews.

»Und Lena?«, fragt er nach.

»Ja«, sage ich, »Lena.« Ich weiß, dass das keine Antwort ist auf seine Frage, aber mehr kann ich im Moment dazu nicht sagen.

»Kommt ihr klar?«, hakt er nach.

»Ja. Sie ist süß und gibt sich ganz viel Mühe. Viel mehr als ich.«

Bernd schweigt. Wir legen bald auf.

Jo ist nicht erreichbar. Vermutlich drückt sie gerade an einem lahmen Pferd herum. Ich schicke das Foto, das ich nach dem Interview schnell noch in der Maske von mir gemacht habe, an Jo und an Mia, dann lege ich mich aufs Bett.

Es ist seltsam, tagsüber auf einem Bett zu liegen. Zu Hause mache ich das nur, wenn ich richtig krank bin. Ich stehe noch mal auf, ziehe mir die Hose aus und schlüpfe unter die Decke. Bis Lena mich abholen kommt, sind es noch drei Stunden. Drei Stunden, die ganz allein mir gehören. Ich könnte baden oder durch Berlin laufen und ein paar Läden entdecken. Ich könnte das Buch in meiner Handtasche lesen, das ich noch nicht einmal angefangen habe. Ich könnte schlafen oder Fernsehen gucken. Der Fernseher steht direkt gegenüber auf dem hotelpraktischen Sideboard. Überfordert von all den Möglichkeiten, bleibe ich liegen und gucke ein bisschen an die Decke. Ich versuche, sie mit meinem Atem blau anzusprühen, vergeblich.

Ich bin froh, weil ich das Interview geschafft habe. Das hatte ich mir viel schlimmer vorgestellt. Gut, die Frage nach dem kreativen Job in Bernds Firma war doof. Was haben nur alle immer mit kreativen Jobs? Was ist das bloß für eine Macke in unserer Generation? Das ging mir schon nach dem Abi auf die Nerven. Man musste sich entscheiden zwischen Selbstverwirklichung – dann studierte man Kunst – und Geld – dann studierte man BWL. Eigentlich war ganz klar, wer was macht. Die Frauen malten und bastelten an ihren Mappen, die sie dann an verschiedenen Kunstschulen vorstellten, und die Männer schlugen die Monate tot, bis der Numerus clausus passte und sie sich für BWL einschreiben konnten. Sehr emanzipiert das Ganze. Heute bekomme ich dreimal im Jahr seltsame E-Mails von ehemaligen Klassenkameradinnen, die mir ihre neue Homepage schicken, auf der sie sich als Produktdesigner anbieten, mit skurrilen Logos und einem Menü, in dem alles kleingeschrieben ist. Ob das jetzt so viel besser ist als die Hilfsjobs, die ich gemacht habe, weiß ich nicht.

Lena hat es geschafft. Sie kann von ihrem kreativen Job leben, und Spaß macht er ihr auch. In der Maske hing eine Autogrammkarte von ihr. Wie das wohl ist, wenn dich die Leute auf der Straße anquatschen und deine Unterschrift wollen? Ich werde sie fragen heute Abend. Ob sie glücklich ist? Sie sieht so aus.

Wäre ich glücklich mit ihrem Leben? Ich vergrabe diese Frage ganz schnell unter dem Kopfkissen, weil ein Teil von mir viel zu laut »Jaaa« brüllt. Ob Bernd Angst vor diesem Teil von mir hat?

Plötzlich vermisse ich ihn. Heute Morgen beim Frühstück hat Lena mich gefragt, wie das ist, mit Bernd und mir.

»Wie nach Hause kommen«, habe ich gesagt. Und gerade

jetzt fehlt mir mein Zuhause ein bisschen. Ich ziehe die Decke ganz hoch, vergrabe mich in der Wärme und schließe die Augen.

Sheryl Crow spielt heute im Central Park. Open Air und umsonst, Wahnsinn! Um einen guten Platz zu bekommen, sind wir alle schon seit heute Mittag da. Mit Picknickdecken haben wir uns einen guten Platz gesichert. Leider waren unsere Vorräte schon ziemlich bald aufgefuttert, und so haben wir abwechselnd die Jungs losgeschickt, um Nachschub zu besorgen. Big Pit kam natürlich nur mit Bier wieder, also mussten wir Daniel noch mal schicken, damit er uns ein paar Eggsandwiches und Cookies holt.

Big Pit ist Japaner und heißt eigentlich Chiuang Lit, oder so ähnlich. Aber weil das hier keiner aussprechen kann, ist daraus einfach Big Pit geworden, was lustig ist, weil Big Pit mir gerade mal bis zur Nasenspitze geht. Außerdem ist er so dünn, dass ich glaube, ich könnte ihn unter einem Arm wegtragen. Bier verträgt er überhaupt nicht. Trotzdem trinkt er es dauernd und verfällt dann in eine Art Wachkoma. Muss er selber wissen.

Ich will Sheryl Crow auf keinen Fall verpassen, deshalb halte ich mich an meiner Literflasche Cola fest. Lena trinkt Pepsi, Cinzia Sprite, Daniel, Big Pit, Rob und Sarah Bier. Sarah ist eine laute, fröhliche Amerikanerin, die hier in Manhattan in irgendeinem Büro arbeitet. Was genau, hab ich vergessen. Der Rest ist von unserer Schule.

Rob steht auf Lena und versucht ständig, einen Platz neben ihr zu ergattern, was schwierig ist, weil Cinzia uns mit einer wilden Geschichte nach der anderen vollquatscht und er immer ihren weit ausholenden Gesten ausweichen muss.

Daniel ist mir auch etwas zu anhänglich. Ich hab ihn in den letzten Tagen oft vertröstet, weil ich nicht so richtig Lust hatte, mich mit ihm zu treffen. Das will er heute offensichtlich alles

nachholen. Ständig spüre ich eine Hand von ihm in meinem Nacken, die da herumstreichelt oder massiert.

Aber dann geht es endlich los. Sheryl Crow fängt mit dem Einsetzen der Blue Hour an zu singen. Die Blaue Stunde nennt man hier in New York die Dämmerung. Angeblich ist die hier besonders blau, verglichen mit anderen Orten auf der Welt. Wir springen alle auf, um etwas zu sehen, aber weil die vor uns das genauso machen, sehen wir nicht mehr als ein paar Scheinwerfer. Egal, man hört ja alles.

Wir singen mit und tanzen ein bisschen. Ich lasse zu, dass Daniel von hinten seine Arme um mich legt, obwohl er mir mit seiner Sehnsucht nach Körperkontakt heute ziemlich auf die Nerven geht. Eigentlich wartet er immer ab, bis er von mir eine Einladung bekommt. Ich mag ihn ja auch, aber ich könnte mich niemals in ihn verlieben. Lena schimpft manchmal mit mir, sie sagt, ich halte ihn hin. Das stimmt aber so nicht. Er weiß ganz genau, dass ich keine großen Gefühle für ihn habe, da bin ich schon sehr deutlich geworden. Aber er gibt die Hoffnung nicht auf, dass sich das ändern könnte. Und ich finde es ganz schön, ab und zu jemanden zu haben, mit dem ich knutschen kann und der bisher nicht unbedingt mehr wollte. Keine Ahnung, was heute mit ihm los ist. Ich will die gute Stimmung nicht zerstören, deshalb lasse ich seine Arme, wo sie sind.

Rob hat sich daran ein Beispiel genommen und sich auch tintenfischartig um Lena geschlungen. Sie wirft mir einen verzweifelten Blick zu. Ich gucke ganz ähnlich, und wir müssen beide lachen.

Als bei einem ruhigen Stück auf den Decken rechts und links von uns geknutscht wird und Big Pit versucht, die einen Kopf größere und doppelt so breite Sarah abzulecken, gehe ich auf die Toilette, damit Daniel nicht auf blöde Gedanken kommt. Mir ist zwar sehr wohl nach Rumknutschen, aber leider nicht mit ihm.

Als ich wieder herauskomme, sehe ich IHN.

Sein Gesicht ist erleuchtet vom Scheinwerferlicht. Er wippt im Takt und geht ganz und gar in der Musik auf. Ich mag das Lied, das gerade läuft, auch sehr, *Strong enough to be my man*. Er ist groß, schlank, Mitte zwanzig, definitiv gutaussehend. Kein Amerikaner. Vielleicht sogar Deutscher. Blonde Locken, braune Lederjacke. Ich stelle mich zwei Meter entfernt neben ihn und gucke ebenfalls Richtung Bühne, auch wenn ich nicht so viel sehe wie er, weil er größer ist. Kurze Zeit später wirft er einen ersten Blick zu mir herüber. Ich gebe vor, weiter interessiert zur Bühne zu gucken. Den zweiten Blick von ihm erwidere ich. Blue Hour – blaue Augen treffen meinen Blick. Er lächelt. Ich lächele zurück und schaue weg, weil das Spiel nun mal so geht. Gerade als ich glaube, er kommt jetzt zu mir rüber, taucht Daniel plötzlich neben mir auf und legt einen Arm um mich.

»Here you are, Darling«, sagt er und zieht mich an sich heran, glücklich, mich gefunden zu haben. Ich schüttele wütend seinen Arm ab und zische ihm leise zu, dass ich gern allein wäre. Er versteht überhaupt nichts und streichelt besorgt an mir herum und fragt viel zu laut, was denn los sei. Klasse, jetzt sieht das so aus, als hätte ich Streit mit meinem Freund. Ich schaue rüber zu meinem gutaussehenden Blonden und sehe, dass er weg ist. Zurück auf unserer Decke, erzähle ich Lena leise, dass mir Daniel gerade den Flirt meines Lebens versaut hat.

»Der Blonde wird ja noch irgendwo sein. Komm, wir suchen ihn!«, sagt sie sofort.

»Ja super, und was sage ich, wenn ich ihn tatsächlich hier unter den tausend Menschen wiederfinde? Komm, lass uns weiterflirten, der Typ da eben, das war nur mein Haustier?!«

Lena lacht, dann drückt sie mir eine Flasche Bier in die Hand. Sie zeigt auf Rob, der auf dem Rücken auf der Decke liegt. »Den hab ich auch mit Bier geheilt, guck. Jetzt isser ganz harmlos.« Sie kichert. Ich versuche, mich wieder auf die Musik einzulassen, aber irgendwie ist die Luft raus.

Suchend sehe ich mich um, ob ich den Blonden irgendwo entdecken kann. Daniel wirft mir traurige Blicke zu wie ein verlassener Dobermannwelpe. Der geht mir vielleicht auf die Nerven. Ich schaue ihn böse an und trinke mein Bier in großen Schlucken aus.

Während der nächsten Stunde gehe ich doch noch ein paarmal die Strecke von unserer Decke zu den Toiletten, aber mein schöner Unbekannter bleibt verschwunden.

Nach dem Konzert will Lena unbedingt noch auf eine Party. Ich will bleiben, ich habe die Hoffnung noch nicht ganz aufgegeben, ihn doch noch zu finden.

»Jetzt komm schon, die Party wird sicher super!«, drängt sie mich. Ich weiß, es hat wenig Zweck, ihr zu widersprechen, denn wenn Lena sich etwas in den Kopf gesetzt hat, kann niemand sie davon abbringen.

Ergeben trabe ich hinter ihr her zur 63rd Street, wo sich ihr Apartment befindet. Wir haben ja noch die Picknickdecke und den ganzen Kram, den wir erst mal loswerden müssen. Ich lasse Lena allein die Treppe hochrennen und warte vor dem Haus.

»Was ist das eigentlich für ein Typ, der die Party schmeißt?«, frage ich Lena, als sie wieder aus der Haustür kommt.

»Der war bei meinem Bruder im Jahrgang. Studiert irgendetwas mit Ingenieurwesen und besucht gerade ein paar Wochen lang hier in New York seinen reichen Onkel. Der hat wohl so eine irre Penthousewohnung mit Dachterrasse und allem, deshalb will ich da unbedingt hin.«

»Hm«, brumme ich lustlos. Immerhin sind wir die anderen losgeworden. Zwei Straßen weiter treffen wir sie leider wieder. Daniel traut sich nicht mehr, mich anzuschauen, aber seine bloße Anwesenheit macht mich sauer. Ich überlege, ob ich einfach nach Hause fahre. Aber Lena nimmt meine Hand und zischt mir ins Ohr:

»Das wird deine Party heute Abend. Ich fühle es.«

»You – grow up!«, erwidere ich und hake mich bei Rob ein, der ein Kinderlied auf Russisch singt.

Um die Ecke vom Museum of Natural History gehen wir in ein prunkvolles Gebäude mit der glorreichen Adresse Central Park West. Ein Doorman meldet uns oben an, und unsere Truppe nimmt gutgelaunt den Fahrstuhl, in dem ein Liftboy die richtigen Knöpfe drückt.

Wir steigen aus und sind, wie von Lena versprochen, in einer hammergeilen Penthousewohnung. Bevor wir den Gastgeber suchen, müssen wir erst mal gucken und staunen.

Das Wohnzimmer wird von einer sehr großen Couch aus weichem Leder dominiert. Riesige, aneinandergereihte Quader formen sich zu einer Liege-Sitz-Landschaft. Die Couch hat keine klassische Lehne, sondern nur eine lange Rolle, die wie zufällig irgendwo in der Mitte der weichen Landschaft platziert wurde. Ein paar Frauen jeder Altersklasse lümmeln mit Cocktails in der Hand darauf herum. Ich glaube, ich trinke hier nur Wasser, dann ist das nicht so eine Katastrophe, wenn man etwas verschüttet.

Langsam laufen wir über einen Teppich, der aus vielen kleinen Wollbällen besteht und sich lustig anfühlt. An den Wänden hängen viele Bücherregale und teure Kunstwerke. In der Küche, die ins Wohnzimmer übergeht, ist, wie immer auf Partys, am meisten los.

Lena und ich trennen uns vom Rest der Gruppe und schlängeln uns durch die Menge. Ähnlich groß wie die Flächencouch ist die Kücheninsel, auf der viele Leckereien stehen und die von einem ganzen Pulk von Menschen umrundet wird.

Erst jetzt merke ich, dass die Musik nicht aus einer Anlage kommt, sondern von einer Live-Band, die selbstverständlich auch noch Platz hat in diesem nicht nur für New Yorker Verhältnisse unverschämt großen Apartment. Eine farbige Frau in langem Glitzerkleid singt rauchig in ein Mikrophon, unterstützt von Gitarrist und Saxophonist. Der Percussion-Typ hat bei diesem Song gerade Pause und schlürft ein Getränk aus einem Glas voller Eiswürfel.

Lena hat die Gastgeber gefunden. Matt fällt ihr um den Hals, als wären sie die besten Freunde, aber das ist normal, wenn man sich in New York trifft. Sie stellt mich vor, ich umarme artig erst Matt, dann den reichen Onkel, Typ Richard Gere. Die Männer drücken uns Getränke in die Hand, und Matt will uns unbedingt seinen besten Freund vorstellen, der irgendwo auf der Dachterrasse sein muss.

Gegen den Rest der Wohnung ist die Dachterrasse fast enttäuschend klein. Dafür haben die Gastgeber mit vielen Lichterketten, Liegestühlen und kleinen Feuerschalen, die garantiert nicht erlaubt sind (offenes Feuer in Manhattan, o Gott), für die richtige Stimmung gesorgt. Ich kann sehen, dass Lena ziemlich angetan ist von Matt. Matt sieht auch ganz gut aus mit seinen etwas längeren braunen Haaren und der passenden Augenfarbe dazu. Aber wir sind auch echt nicht verwöhnt, stelle ich mit einem Blick auf den Rest der Truppe fest, die ich durch die bodentiefen Fenster unentschlossen in der Nähe der Band rumstehen sehe.

Big Pit, der kleine Japaner, Rob, der blasse Russe, und Daniel, der unauffällige Amerikaner mit leicht rötlichen Haaren. Alle zusammen sind sie nun nicht gerade das, was man good looking nennt.

Ich hoffe, dass Matts Freund was hergibt, denn so wie es aussieht, werden Matt und Lena den Abend über beschäftigt sein. Lena kichert über alles, was er sagt, und vergisst völlig, ihre Lippen ständig nachzufetten.

Ich trete vorsichtig an die Brüstung der Terrasse. Der Blick ist phantastisch. Man schaut über den Central Park, der jetzt im Dunkeln geheimnisvoll mit seinen Bäumen rauscht. Hinter dem Grün reihen sich hübsch beleuchtete Gebäude. Ich glaube, das Guggenheim-Museum zu erkennen.

Ich wage einen vorsichtigen Blick auf die Straße, dazu muss ich mich leicht vorbeugen. Weil die Brüstung so hoch ist, sehe ich nichts, also stelle ich mich auf die Zehenspitzen und ziehe mich vor bis zum Rand. Ich tue das übervorsichtig, die Brüstung geht mir bis zur Brust, es kann also nichts passieren, aber ab einer gewissen Höhe bekomme ich immer so ein Ziehen. Es beginnt in den Zehenspitzen und geht dann durch meinen ganzen Körper. Obwohl das unangenehm ist, muss ich es jedes Mal provozieren, wenn ich mich weit oben befinde. Ich muss mir vorstellen, wie die Brüstung abbricht und ich ungebremst in die Tiefe stürze. In Zeitlupe sehe ich mich, wie ich den Boden unter den Füßen verliere, mit den Armen noch verzweifelt nach hinten rudere und dann mit Todesangst im Gesicht ins Nichts stürze.

Jemand packt mich an der Schulter und zieht mich wieder in die Senkrechte zurück. Die Berührung erschreckt mich. Genervt drehe ich mich zu der Person herum, der die Hand gehört, und sehe in ein Paar blaue Augen. Der Blonde steht vor mir und erklärt:

»Ich kann das nicht sehen, wenn du dich da so rüberbeugst.«

Bevor ich etwas sagen kann, ist Matt da und stellt uns vor:

»Franzi, das ist mein bester Freund Bernd, Bernd das ist die beste Freundin meiner … äh, Bekannten Lena.«

Bernd und ich gucken uns an. Schließlich gibt er mir die Hand.

»Nice to meet you again«, sagt er und grinst.

Lena und Matt legen sich auf zwei Liegestühle und versuchen, die Sterne über uns zu erkennen, was fast unmöglich ist in New York, weil es viel zu hell ist.

Bernd fragt mich, wo ich herkomme, was ich hier studiere und ob ich gerne für immer bleiben möchte.

»Nein«, sage ich entschieden. »Ich könnte nie für immer in einer Stadt leben, in der man nachts die Sterne nicht sieht.«

»Und dein Freund, bleibt der dann allein hier?«, erkundigt er sich.

»Das ist nicht mein Freund. Das ist nur einer, der es gerne wäre«, versuche ich zu erklären, was er vorhin im Park gesehen hat.

»Ach, nur einer, der es gerne wäre, ja? Gibt es mehrere davon?«, fragt er und zieht die Augenbrauen witzig hoch.

»Na klar.« Ich drehe ihn zur Fensterfront, hinter der immer noch unsere verlorene Truppe steht. Cinzia und Sarah haben die Jungs auch stehen lassen. »Darf ich vorstellen, mein Männerharem!«, sage ich und deute auf die drei abgebrochenen Gestalten, die sich gerade offensichtlich betrinken und dabei der Sängerin auf die Titten glotzen.

»Und du?«, will ich jetzt wissen, »wo ist dein Harem?«

»In Deutschland«, sagt er unbestimmt. »Ich bin ja nur zu Besuch hier.«

»Wie lange noch?«, frage ich und hoffe, er sagt: »mehrere Wochen«.

»Zu kurz, glaube ich«, antwortet er und schaut mir tief in die Augen.

Eine Stunde später knutschen Lena und Matt, während Bernd und ich immer noch reden. Er ist witzig und gibt auf Fragen ungewöhnliche Antworten. Ich finde heraus, dass er nicht BWL studiert, sondern Ingenieurwesen.

»Nicht gerade das, was Frauen so sexy finden«, sagt er, und ich kann nicht anders und nicke. Er lacht, dann sagt er: »Können wir reingehen? Ich habe Höhenangst.«

Ich schaue ihn an, um zu sehen, ob das ein Scherz ist. »Echt jetzt?« Er nickt. »Und das sagst du erst jetzt, nach über einer Stunde auf der Dachterrasse? Warum?«

»Weil, ähm, das eher uncool ist. Ich dachte, ich kann dich auch sicher besser hier unter dem Sternenhimmel verführen …«

»… der gar nicht richtig zu sehen ist«, unterbreche ich ihn grinsend.

»… der gar nicht richtig zu sehen, aber trotzdem über uns ist«, wiederholt er und legt einen Arm um mich.

Wir schauen beide nach oben. »Ich dachte, so ein erster Kuss auf der Dachterrasse wäre toll«, redet er weiter, »aber ich fürchte, ich kann ihn nicht wirklich genießen, wenn ein Teil von meinem

Gehirn dauernd ausrechnen muss, wie hoch die Wahrscheinlichkeit ist, dass wir hier in die Tiefe stürzen.«

Ich schaue neben mir über die Brüstung, und das seltsame Ziehen, an das ich die ganze Zeit nicht gedacht habe, kommt wieder.

»Uncool, ich weiß«, sagt er gespielt geknickt. Sein Arm um meine Schulter fühlt sich gut an. Warm, beschützend, prickelnd. Ganz anders als die Tintenfischumarmungen von Daniel.

»Dann bekomme ich also keinen ersten Kuss von dir unter dem Sternenhimmel, den wir nicht sehen können?«

»Nope«, sagt er bestimmt und schaut mir wieder direkt in die Augen.

»Na, dann lass dir mal was ähnlich Gutes einfallen!«, sage ich, löse mich aus seinem Arm und gehe rein.

Er lässt sich tatsächlich etwas sehr Gutes einfallen.

Kurze Zeit später sagt die schöne Sängerin in ihr Mikrophon: »The next song is for Franzi (Fränsi)«, und dann spielen sie von Sheryl Crow *Are you strong enough to be my man.*

»Darf ich bitten?«, fragt er und führt mich auf die Tanzfläche. Unsere Hände greifen ineinander, er legt einen Arm um meinen Rücken, und wir tanzen langsam. Einige andere Pärchen kommen auch dazu und tanzen neben uns, enger umschlungen als wir. Den ganzen Tanz lang sehen wir uns in die Augen. Was für ein ungewöhnlicher Mann, dieser Bernd. Definitiv strong enough to be my man. Irgendetwas in meiner Mitte schmilzt, von dem ich gar nicht wusste, dass es da ist.

»Was willst du jetzt machen?«, fragt er nach dem Tanz.

»So viele Chips mit Salsa essen, bis mir schlecht wird«, sage ich, und das tun wir dann auch.

Auf dem Weg nach Hause schaue ich auf meine Uhr und zähle die Stunden, bis Bernd und ich im Café Lalo zum Frühstück verabredet sind. Sechs Stunden. Viel zu viele. Was soll ich bloß so lange tun? Matts Onkel hat darauf bestanden, dass wir in seiner Limousine nach Hause gebracht werden.

Lena und ich schauen schweigend aus dem Fenster, jede in ihre eigenen Gedanken versunken. Big Pit schläft uns gegenüber auf der Bank. Wir haben uns bereit erklärt, ihn »zu entsorgen«, damit Matts Onkel ihn nicht auf dem Sofa liegen hat.

Lena holt ihr Carmex-Döschen raus und fettet sich die Lippen.

»Ihr habt gar nicht geknutscht«, sagt sie plötzlich.

»Nein.«

»Jetzt weißt du nicht, ob er nach Kirschen schmeckt.«

»Nein.«

»O Gott«, sie schaut mich mit weit aufgerissenen Augen an, »du bist verknallt!«

Ich komme glücklicherweise um eine Antwort herum, weil Big Pit aus seinem Koma erwacht, und bevor er das Fenster öffnet, um rauszukotzen, noch in seinem seltsamen Singsangenglisch fragt: »How de fuck did I end up in a Limo?«

Lena biegt sich vor Lachen.

»Noch mal«, bringt sie heraus.

Ich mache ein dämliches Gesicht und sage: »How de fuck did I end up in a Limo?«, wobei ich die einzelnen Wörter fast singe und bei »Limo« mit der Stimme erstaunt hochgehe.

Wir schwelgen in Tacos mit Salsa, Wein und Erinnerungen. Erst gab es Sushi und vorsichtiges Wiederannähern, dann haben wir mit einem Glas Wein unseren WOOOSH-Trick versucht (er funktioniert noch, auch wenn sich mein Magen jetzt etwas verknautscht anfühlt!), und jetzt liegen wir auf ihrem dicken, flauschigen Teppich in ihrer wunderschönen Wohnung am Prenzlauer Berg und erzählen uns alte Geschichten.

Über New York zu reden fällt uns leicht. Die Sternstunden unserer Freundschaft haben wir dort erlebt. Der Kamin knistert neben uns. Der Teppich fühlt sich an wie eine dicke Wolke unter meinem Rücken. Ich schaue nach oben an die weißgestrichenen Stahlträger und hauche in die Luft.

»Sag mal, spinnst du? Hör auf, mir die Decke blau zu machen!« Ich lache, obwohl das nicht gut geht, wenn man auf dem Rücken liegt.

»Es ist schön, mit jemandem zu reden, der genauso seltsam ist wie ich.« Lena dreht den Kopf zu mir rüber und schaut mich an.

Der Moment wird zu intensiv, und wir schauen beide schnell weg.

»Ich hab dich vermisst«, sagt sie zur Decke gewandt.

»Du hättest bloß anrufen müssen«, sage ich auch zur Decke.

»Ich war mir nicht sicher, ob du dich über einen Anruf gefreut hättest.«

»Ich auch nicht«, gebe ich zu.

Unsere Freundschaft war nach Mias Taufe zerbrochen. Kein lauter Bruch mit Streit und Tränen, dabei wäre das uns beiden sicher sehr viel lieber gewesen. Es lief anders ab, lautlos. Ein stillschweigendes Übereinkommen, sich nicht mehr zu sehen. Es gab keinen Vorfall, der das rechtfertigte. Es war einfach so. Als wäre während der Taufe ein ständiger Subtext abgelaufen, der uns mehr und mehr voneinander entfernte. Und wir gaben dem nach. Kampflos hatten wir unsere Freundschaft aufgelöst. Wenn wir eine zweite Chance wollen, müssen wir darüber reden.

Ich hole tief Luft und fange an: »Ich war neidisch auf dich, Lena. Wir hatten denselben Start in New York, und als wir zurück waren, klappte bei dir ein Ding nach dem anderen, als hätte es jemand perfekt für dich geplant. Erst hattest du diese tolle Agentur, wo sie meine Unterlagen nicht mal durchgelesen haben. Dann klappte bei dir einfach jedes Casting, zu dem du gegangen bist. Anfangs hab ich mich noch mitgefreut. Aber wenn man selbst bei zwanzig Castings war und nie ein Job dabei rausspringt, wird man irgendwann ...«, ich suche nach dem richtigen Wort.

»... frustriert?«, hilft sie mir.

»Ja, frustriert und … biestig irgendwie. Man hasst alle, die diese Jobs bekommen, man kann nicht mehr Fernsehen gucken, weil man nur noch diese Rollen sieht, die alle anderen haben. Ich hab mich so bemüht, blöde Workshops mitgemacht, um besser zu werden, tausendmal mein Demoband neu zusammengeschnitten aus dem bisschen Material, was ich hatte, und dir schien das alles so in den Schoß zu fallen.«

Mein Gesicht glüht. Ich lege mir die Hände auf die Augen, um nicht zu heulen.

»Und dann war Mia auf der Welt, und ich dachte an unsere gemeinsame Zeit in New York. Du warst dabei, als Bernd und ich uns kennenlernten. Du hast zu unserer Familie gehört, und ich dachte, du wirst die beste Patentante der Welt. Eine, die Muffins backt und sie dann auf kleinen Schiffen auf einem See aussetzt, nur um mit Mia zusammen eine Lösung zu finden, wie ihr wieder an den Kuchen kommt. Die mit einem Schlauchboot hinterherrudert. Die Mia zeigen kann, wie man sich einen französischen Zopf flicht. Eine, die zuhört, wenn Mia von mir genervt ist, und ihr Geschichten erzählt, wie bescheuert ihre Mama früher war.«

Lena hat sich aufgesetzt, und auch ich setze mich hin. Tränen tropfen auf Lenas Hände, die sie im Schoß gefaltet hat. Ich rede einfach weiter.

»Und bei der Taufe hatte ich ständig das Gefühl, du willst gar nicht da sein. Wenn du Mia auf dem Arm hattest, warst du lieb mit ihr, aber es war so seltsam. Ich meine, das war mein Kind. Großartiger als jedes Casting und jeder Job, aber du hast mir das Gefühl gegeben, als hätte ich die falsche Wahl getroffen.«

Jetzt heulen wir beide. Als alles nass ist, steht Lena auf und holt eine Packung Kleenex-Tücher.

»Das Schlimme ist«, sagt sie nach einer Weile, »dass ich nicht mal sagen kann, das stimmt nicht. Ich hab mich riesig gefreut, als ihr mich gefragt habt, ob ich Patentante werden will. Aber als Mia dann da war, konnte ich das nicht so fühlen wir ihr.

Plötzlich hattet ihr ein Baby, alles drehte sich um das Kind. Ich hab dich nicht wiedergefunden nach der Schwangerschaft. Du warst einfach verschwunden. Unser gemeinsames Ziel hattest du aufgegeben. Ich war mir so sicher, es hätte bei dir auch noch geklappt, du hättest einfach noch etwas durchhalten müssen, aber dann wurdest du schwanger.«

»Und plötzlich kamen die Rollenangebote«, sage ich sauer. »Plötzlich, plötzlich gewann ich alle Scheißcastings und konnte dann aber keine der Rollen annehmen. Wie bescheuert ist das Leben eigentlich?«

Lena schaut mich zum ersten Mal nach unserer Heulerei an.

»You – grow up!«, sagt sie, und ich schaffe ein kleines Lächeln. »Aber es tut mir so leid, dass ich nicht für Mia da war.«

Sie nimmt meine Hand. Ich nicke nur, weil wir beide schon wieder mit den Tränen kämpfen. Lange sagen wir nichts und starren gemeinsam ins Feuer, Lenas Hand in meiner.

»Das wird aber nichts mit Papierschiffen. Man müsste ein Floß bauen und dann Alufolie drauf machen.«

Ich schaue sie verständnislos an.

»Die Muffins auf dem See«, erklärt sie.

Ich lasse ihre Hand los und knuffe sie in die Seite.

»Hast du das je bereut?«, fragt sie.

»Mia?«

»Dass du die Schauspielerei aufgegeben hast.«

»Ich weiß es nicht. Ich glaube nicht. Die Rollen kamen, glaube ich, nur WEIL ich schwanger war und sie gar nicht annehmen konnte. Es war ja auch vor New York nie mein dringender Wunsch gewesen, Schauspielerin zu werden. Also, klar hätte ich es nach der Schauspielschule gerne gemacht, sehr gerne, aber es lief eben nicht.«

»Bist du glücklich?«

»Glücklich? Als was? Als Mutter? Ja, sehr. Als Ehefrau? Ja, auch sehr. Als Frau ohne Karriere, ganz klar nein.«

Ich finde, jetzt könnten wir auch mal über Lena sprechen.

Ich breite hier mein ganzes Seelenleben aus, und sie bleibt schön bedeckt.

»Warum hast du keine Kinder?«, frage ich geradeheraus.

»Es hat sich nicht ergeben.«

»Wie meinst du das? So was ergibt sich doch nicht, das entscheidet man doch.«

»Na ja, nicht unbedingt. Lange hatte ich nicht den richtigen Mann dazu. Und als ich Linus dann hatte, war immer etwas anderes gerade wichtig. Ich dachte, wenn die Serie abgedreht ist, dann können wir es versuchen. Aber als die Serie zu Ende war, kam eine andere. Wir haben auch manchmal nicht allzu gut verhütet, aber es ist nie etwas passiert. Und ich habe immer geglaubt, ich hab ja noch Zeit. Eigentlich denke ich das immer noch.«

»Mit dreiundvierzig?!«

Sie nickt und presst die Lippen zusammen, als sie merkt, dass ich das ziemlich unrealistisch finde.

»Denkst du denn, ich könnte noch als Schauspielerin Karriere machen?«, frage ich sie.

Sie atmet tief ein und aus. »Möglich«, sagt sie.

»Aber nicht wahrscheinlich«, sage ich.

Sie nickt.

»Bist du glücklich?«, frage ich sie.

»Als Noch-nicht-Ehefrau, sehr. Als Frau mit Karriere auch sehr. Als Nichtmutter eher nicht.«

»Das haben wir ja ganz großartig hinbekommen«, sage ich und schenke uns noch zwei Gläser Wein ein.

»Finde ich schon«, sagt Lena und nimmt ein Glas entgegen. »Die eine hat Karriere gemacht, die andere hat eine Familie.«

»Und auf was trinken wir jetzt? Auf die Karriere oder auf die Familie?«

»Auf die Träume, die wir noch nicht gelebt haben!«

Ich will gerade mit ihr anstoßen, da schreit sie: »Haaa! Das hab ich ganz vergessen!«

Sie stellt ihr Glas ab und verschwindet in einer Tür in der Küchenzeile, die mit Tafellack gestrichen ist und in eine Abstellkammer führt.

Als sie eine Weile lang nicht wiederkommt, gehe ich ihr hinterher. In der Abstellkammer stapeln sich jede Menge Kartons. Putzsachen stehen in einer Reihe an der Wand. Mir fallen die dreckigen Lappen im Büro ein, die ich dringend mal waschen muss. Von Lena ist nichts zu sehen, ich höre aber, wie sie zwischen den Kartonbergen herumwühlt.

»Haha!«, ruft sie kurze Zeit später. »Ich hab's!«

Zurück auf dem Teppich, zeigt sie mir ihren Fund. Ein DIN-A4-großes blaues Buch. Auf dem Umschlag sind Fotos und Postkarten von New York aufgeklebt. Ihr Studentenausweis, auf dem »Lena Wiesebach« steht. Die Schrift, die wohl mal schwarz war, ist inzwischen gelb. Eine Metrocard, ein Ausweis von »Kim's Video«, auf dem ein Datum steht, wie lange er gültig ist. Nein, wie lange er gültig war, muss es heißen, denn er ist seit neunzehn Jahren abgelaufen.

»Mein altes Tagebuch«, sagt Lena zärtlich und schlägt es auf. Hundert Zettel fallen ihr entgegen. Postkarten, die sie von Freunden bekommen hat, alte Kinokarten. Eintrittskarten von Museen. Briefe, herausgerissene Seiten vom *Time Magazine*. Es gibt ganz viel zu sehen und zu lesen. Lenas Einträge sind wirr, sie schreibt auf Deutsch und auf Englisch gemischt. Während sie mir vorliest, gehen in meinem Kopf die Erinnerungen auf wie kleine Krokusse im Frühling. Von manchen Dingen weiß ich gar nichts mehr und staune, wie ich das so vollständig vergessen konnte. Nach welchem Schema behält ein Gehirn Erinnerungen? Warum weiß ich noch, welche Farbe der Regenschirm einer Frau in der U-Bahn hatte, als ich zu einem Casting am Times Square fuhr, kann mich aber kaum an Lenas Geburtstagsfeier im kleinen Restaurant um die Ecke ihrer Wohnung erinnern?

»Mir kommt diese Zeit so dicht vor«, sage ich.

Lena macht eine Handbewegung, die heißen soll: Erklär das.

»Das Leben war so intensiv. Wir haben immer etwas erlebt, wenn wir unterwegs waren. Jeder Tag war voller Eindrücke. Wir haben keine einzige Stunde verschwendet. Es war Leben pur. Wenn ich das mit heute vergleiche, sind da Welten dazwischen.«

»Bei mir auch«, sagt Lena.

»Ja? Echt, bei dir auch?« Vielleicht hat Lena doch auch dreckige Lappen auf ihrer inneren Liste, die sie am Leben hindern.

»Die Tage sind sich einfach zu ähnlich. Man steht auf, macht seinen Job, geht nach Hause und macht dann, was man halt so abends macht.«

»In New York gab es das alles nicht. Jeder Tag war anders – unique!«

»Aber woran lag das? Dass wir jung waren? Oder dass wir in New York lebten?«

»Das war, glaube ich, das Gesamtpaket. Die Studienzeit eben. Davon schwärmt ja jeder. Und diese Zeit bekommt man einfach nie mehr wieder.« Meine letzten Worte fallen wie Staub auf uns herunter.

»Was fehlt dir am meisten?«, fragt Lena.

»Von damals?«

Sie nickt.

Ich überlege. »Alles. Nein, ich weiß es nicht. Das kann man gar nicht vergleichen. Es war eben ein komplett anderes Leben.«

»Aber wenn du eine Sache wiederbekommen könntest – was würdest du dir dann wünschen?«

»O Gott, nur eine?«

»Von mir aus auch mehrere.«

Ich versuche, den Gefühlen, die in mir herumschwirren, Namen zu geben, was gar nicht so leicht ist.

»Also, dass ich machen konnte, was ich wollte.«

»Freiheit«, fasst Lena zusammen.

»Und dass alles wie ein großes Spiel war, ich hatte das Gefühl, nichts hat wirklich Konsequenzen.«

Lena denkt nach und sagt dann: »Leichtigkeit.«

»Und ... diese Euphorie, die wir hatten. Wir wollten Schauspielerin werden und zweifelten keine Sekunde, dass das klappen würde.«

»Begeisterung.« Sie springt auf und wischt die Einkaufsliste von der großen Tafeltür. In großen wilden Buchstaben schreibt sie:

Freiheit
Leichtigkeit
Begeisterung

»Wird das jetzt ein Motivationsseminar?«, frage ich amüsiert.

»Das«, sagt Lena und zeigt mit großer Geste auf die Wörter an der Tafel, »ist der New-York-Glückscode.«

»Aha«, sage ich.

»Ja, nix aha. Jetzt mal ehrlich, Franzi, das ist der Schlüssel.«

»Der Schlüssel wozu?«, frage ich und komme mir vor wie ein minderbemittelter Schüler, der nichts versteht.

»Wir haben uns gefragt, was diese Zeit so besonders gemacht hat. Das ist der Kern. Das ist das, was uns heute in unserem Leben fehlt!«

»Dir oder nur mir?«, frage ich zynisch.

»Wieso nur dir?«

»Na, weil du das alles doch hast. Freiheit. Ohne Kinder ist man frei. Und wie! Du kannst alles tun, du kannst überall leben. Du hast genug Geld, um da Urlaub zu machen, wo du willst.«

»Nur leider habe ich nie die Gewissheit, dass ich dann auch Urlaub machen kann. Wenn du für, sagen wir mal, dreizehn Drehtage im Monat gebucht bist, heißt das auch gleichzeitig, dass du dreißig Tage im Monat zur Verfügung stehen musst.

Sie ändern den Plan, und, zack, ist dein Wochenende im Eimer. Es gibt nämlich kein Wochenende in dem Business. Ob man nun Samstag, Sonntag oder Montag dreht, Hauptsache das Wetter stimmt. Und wenn ich gerade nicht drehe, renne ich zu Castings, und die sind in der Regel genau dann, wenn ich mal wegfahren wollte oder gerade irgendwo im Urlaub sitze. Aber weil davon immer ein großer nächster Job abhängt, nehme ich den nächsten Flieger und komme zurück. Weil mir ständig die Angst im Nacken sitzt, die Rollenangebote könnten irgendwann nicht mehr kommen. Eines Tages werde ich vielleicht nicht mehr gebucht, weil mein Typ nicht mehr in ist oder ich schlicht zu alt bin. Freiheit ist für jeden etwas anderes und muss nicht immer zwingend etwas Großes sein. Für mich wäre es Freiheit, einfach zum Friseur zu gehen und mir eine komplett andere Frisur machen zu lassen.«

»Kannst du nicht wegen der Produktion?«, rate ich.

»Richtig. Ich darf meine Frisur nicht einfach ändern, weil dann nichts mehr stimmt. Und nach dem Dreh gibt es eine andere Produktion, die dann über meine Haare bestimmt. Die mir sagen, sie wollen mich mit Pony oder ohne, mit hellblonden Strähnen oder mit dunkelblonden. Ich bin mir sicher, dass man mit Kindern noch mehr fremdbestimmt ist, aber die Freiheit von früher gibt es auch bei mir nicht mehr.«

»Wenn wir das gewusst hätten …«, seufze ich.

»Dann?«

»Dann hätten wir McAlister, der zu dir gesagt hat: ›You – grow up‹, geantwortet: ›Never!‹«

»Wir hätten einfach andere Entscheidungen treffen können«, überlegt Lena. »Welche?«

»Na, andere einfach. Keine Kinder bekommen, nicht Schauspielerin werden.«

»Und dann wären wir Single und würden uns sehr viele Liebhaber halten und jeden Tag neu entscheiden, wie wir unser Geld verdienen?«

»Zum Beispiel!«

»Wären wir dann glücklicher?«

»Wenn die Formel stimmt …«, antwortet Lena und zeigt wieder auf die drei Wörter auf der Tafel.

»Das ist doch Schwachsinn. Bernd und Lukas und Mia machen mich sehr, sehr glücklich. Wo sind die denn in der Formel?«

Lena tippt auf das unterste Wort. Begeisterung.

»Nein, das passt nicht«, finde ich.

»Das kann auch gar nicht passen, weil wir nur das aufgeschrieben haben, was dir heute aus der New-York-Zeit FEHLT, nicht das, was dein Leben jetzt ausmacht, was dich heute glücklich macht.«

Sie hat recht. Die drei Wörter sind kein Rezept für ein glückliches Leben, aber sie könnten die Zutaten sein, um mein Leben zu optimieren, um wieder etwas Zauber reinzubringen.

»Okay«, ich stehe auf und gehe zur Tafel. »Hinsetzen«, befehle ich Lena. »Jetzt bist du dran. Was fehlt dir in deinem Leben?«

»Na ja, verglichen mit früher, auch diese drei Sachen. Freiheit habe ich schon erklärt. Leichtigkeit geht, glaube ich, einfach mit dem Alter flöten. Ich mache mir ständig Gedanken um Dinge, die noch gar nicht eingetreten sind.«

»Zum Beispiel?«

»Ich habe zum Beispiel immer eine Riesenangst davor, krank zu werden. Wenn du krank bist, musst du nämlich trotzdem drehen. Du kannst einem Team von siebzig Leuten nicht sagen, ich hab Halsweh, ich komme nicht. Und dann habe ich Angst, dass das meiner Gesundheit schaden könnte, wenn ich krank arbeite.«

Ich muss grinsen. Es ist irgendwie schön zu hören, dass meine alte Freundin auch seltsame Ängste hat.

»Aber Begeisterung müsste es doch in deinem Leben geben, oder?«, frage ich nach dem letzten Wort.

»Ja. Na ja. Es ist eben eine abgenutzte Begeisterung.«

»Eine abgenutzte Begeisterung«, wiederhole ich lachend.

»Ja. Es nutzt sich ab, wenn man seinen Traumjob macht. Am Anfang ist das alles toll und aufregend. Jetzt ist es nur eine weitere Lesung, eine weitere Kostümprobe, eben eine weitere Rolle, die ich mache.«

»Dann tausch mal mit mir. Meine Begeisterung ist noch nicht abgenutzt. Ich hätte gerne all die Lesungen und Proben, die dich langweilen. Vielleicht könntest du dich ja in Bernds Büro neu begeistern, wenn du das Druckerpapier auswechselst und vierzehn verschiedene Dichtungsringe bestellen darfst?«

Lena schaut mich seltsam an. »Ich glaube, ich könnte mich eher für die Muffins am See begeistern. Und ich würde Mia gerne mal was vorlesen.«

»Prinzessin, da biste aber zu spät dran!«, sage ich nachtragend. »Sie ist vierzehn! Aber du könntest Lukas was vorlesen«, räume ich ein.

»Das mache ich!«, sagt sie strahlend.

»Also, Frau Wiesebach«, spiele ich die Lehrerin, »Sie halten also auch an diesen drei Wörtern fest, ja?«

»Ja!«, sagt Lena feierlich. »Und wenn ich darf, möchte ich noch eins hinzufügen: Sinn. Manchmal kommt mir alles, was ich tue, so leer vor. Ich frage mich, was hat es für einen Sinn, dass ich das alles mache. Für wen?«

Ich schreibe groß

Sinn

auf die Tafel. Und dahinter in Klammern

(Lena).

»O nein, ich bin die Einzige mit einem sinnlosen Leben«, schreit sie theatralisch und begräbt ihren Kopf unter einem Kissen.

»Ja«, sage ich grausam, »kinderlos und sinnlos ist dein Leben!«

Sie wirft mir mit Wucht das Kissen an den Kopf. Ich schnappe ein anderes vom Sofa und werfe es nach ihr. Sie steht kreischend auf und sichert sich mehrere Kissen, woraufhin ich kreischend weglaufe und im Schlafzimmer einen Kissenvorrat anhäufe. Von der Tür aus werde ich beschossen und feuere zurück. Erst werfen wir noch etwas halbherzig und lachend, aber nach und nach kloppen wir uns die Kissen richtig um die Ohren. Lena erwischt mich hart an meinem linken Ohr, und ich feuere zurück und treffe sie in den Bauch, so dass sie fast umfällt. Sie schießt scharf zurück, und ich krieg das Kissen diesmal voll an meine Schulter. Das wird sie mir büßen. Ich werfe zwei Kissen hintereinander, beide treffen sie am Hals. Ui, jetzt ist sie richtig sauer, das kann ich sehen. Sie wirft zurück, verfehlt mich, wirft wieder und trifft meine Nase. Mir reicht es, und ich mach ein paar Schritte auf sie zu und haue ihr das Kissen direkt auf den Kopf. Sie kloppt zurück. Wir kämpfen jetzt atemlos und verbissen gegeneinander, jede mit einer Kissenwaffe.

»Was ist denn hier los?!« Linus steht plötzlich mit uns im Schlafzimmer. Wir lassen erschöpft die Kissen sinken.

»Ist das ein modernes Work-out, oder streitet ihr euch hier richtig?«, fragt er und schaut abwechselnd auf den Boden, auf dem alles voller Kissen liegt, und in unsere roten Gesichter. Wir sind beide viel zu sehr außer Atem, um ihm zu antworten.

»Du musst Franzi sein«, sagt Linus und geht auf mich zu.

Es ist mir peinlich, mich ihm in diesem Zustand zu präsentieren. Er gibt mir die Hand, und ich keuche kurz: »Hi.«

Dann geht er zu Lena, küsst sie auf den Mund und sagt in der Tür zu uns: »Ich mache mal Tee für alle. Vielleicht einen mit Baldrian drin?«

Wir nicken beide. Als er das Zimmer verlassen hat, stehen wir uns eine Weile gegenüber.

»Frieden?«, fragt Lena schließlich und wedelt mit ihrem weißen Nachthemd, das bei dem Kampf auf den Boden gefallen ist.

»Frieden«, willige ich ein. Wir geben uns die Hand, da sehe ich es das erste Mal wieder nach so vielen Jahren: ein abenteuerliches Funkeln in Lenas braunen Augen.

»Das tat richtig gut!«, sagt sie.

»Begeisterung«, antworte ich.

»Oder auch Freiheit«, antwortet sie.

Wir gönnen Linus keine Aufwärmphase. Nach unseren wichtigen Erkenntnissen heute Abend können wir keinen Smalltalk mit ihm machen. Mit Teetassen in der Hand sitzen wir auf dem gemütlichen Sofa und schauen auf die Wörter auf der Tafel.

»Wir loten unser Leben aus«, erklärt Lena. »Wir haben herausgefunden, was uns in New York so glücklich gemacht hat und was uns heute fehlt.«

Linus liest die Wörter laut vor. »Sinn?«, fragt er, zu Lena gewandt, und sie errötet.

»Linus, wie glücklich schätzt du dein Leben ein?«, frage ich ihn, damit Lena ihm nicht ihre Sinnfrage erklären muss.

»Ähm, also das ist ja mal 'ne Frage«, sagt er, sichtlich überfordert. Er schaut hilfesuchend Lena an, als hoffe er, sie würde ihn von einer Antwort befreien. Lena lacht ihr tiefes Lachen.

»Ich will das auch wissen. Wie glücklich bist du, Linus?«

»Ich bin glücklich«, antwortet er knapp.

»In jedem Bereich deines Lebens?«, hake ich nach.

»Ja«, sagt er zögernd, »ich denke, wenn man den Job macht, den man machen möchte, und den Partner hat, den man sich wünscht, dann ist das schon ziemlich nah dran am Glücklichsein.«

Der Satz hätte von Bernd sein können. Männer sind da einfach pragmatischer als wir Frauen.

»Aber wenn du etwas verbessern könntest, was wäre das?«, bohrt Lena weiter.

»Viel mehr Sex mit viel mehr Frauen«, sagt er schmunzelnd.

»Ernsthaft«, verlangt Lena.

»Das war Ernst«, sagt er und merkt dann, dass er endlich eine Antwort liefern muss, die uns zufriedenstellt. Er stellt seine Teetasse auf dem niedrigen Holztisch mit den großen Rollen drunter ab.

»Also, ich denke, glücklich ist man dann, wenn man nicht darüber nachdenkt oder nicht darüber nachdenken muss, weil eben alles so läuft, wie man sich das wünscht. Und damit meine ich die grundsätzlichen Dinge, nicht den Stau auf dem Weg zur Arbeit oder solche Kleinigkeiten. Eine Sache, die mir immer wieder durch den Kopf geht, ist der Wohnort.«

Lena schaut ihn erstaunt an. »Ich dachte, du liebst Berlin?«

»Tu ich auch, aber da gibt es einen kleinen unzufriedenen Mann in meinem Kopf, der immer glaubt, woanders wäre mein Leben NOCH besser.«

Ich nicke verständnisvoll, denn das Gefühl kenne ich auch.

»Und wo?«, fragt Lena.

»Tja, wenn ich das wüsste. Irgendwo am Meer, irgendwo, wo es warm ist. Australien, Spanien …«

»Und was wäre dort besser an deinem Leben?«, will ich wissen.

»Ich würde morgens aufstehen und nicht auf andere Häuser gucken. Ich könnte barfuß die Zeitung holen und würde vor der Arbeit noch schnell am Meer entlangjoggen. Und …«, sein Gesicht bekommt etwas Jungenhaftes, »… ich würde einen Motorradführerschein machen und mir eine coole Maschine kaufen.«

»Und dich damit um den nächsten Baum wickeln«, zerstört Lena sofort seine Männerphantasie.

Er holt sich seine Teetasse wieder und sagt: »Ich weiß, die Realität wäre ganz anders. Vermutlich müsste ich in Spanien so viel arbeiten, dass ich nie dazu kommen würde, am Meer entlangzujoggen.«

»Falls du überhaupt einen Job hättest – sehr viele Spanier sind nämlich arbeitslos«, belehrt ihn Lena.

Mich frustriert das Gespräch plötzlich. »Das heißt also, dass man Glück immer nur in Teilbereichen erfährt und das Leben eigentlich ein großer Kompromiss ist«, stelle ich fest.

»Je nachdem, aus welcher Perspektive man es betrachtet«, sagt Linus.

Ich kenne ihn erst weniger als eine Stunde, sonst würde ich ihm jetzt an den Kopf knallen, dass mich dieser Perspektivenquatsch unheimlich nervt. Wenn ein Glas halb leer ist, dann sind das noch drei Schlucke, und es ist ganz leer, das ist keine Frage der Perspektive!

»Mein Tee ist leer«, sage ich stattdessen.

»Willst du noch einen?«, fragt Linus sofort.

»Sie meint das symbolisch« erklärt Lena, die mich versteht.

»Ich lass euch Mädels weiter über die große Glücksfrage philosophieren und geh jetzt ins Bett«, entscheidet Linus klug und verschwindet.

Plötzlich sind wir seltsam allein mit unseren Lebensfragen. Das Feuer ist heruntergebrannt, und wir haben nur noch die Glut, in die wir starren können.

»Kann ich dich etwas Seltsames fragen?«, bricht Lena das Schweigen.

»Ja, ich hab deine seltsamen Fragen sehr vermisst«, sage ich lächelnd.

In New York hatte Lena täglich Hunderte von seltsamen Fragen. Sie wollte wissen, ob ich lieber mit einer Robbe oder mit einem Seehund duschen würde, wenn ich müsste, und ob der Busfahrer wohl ein ganz abgedrehtes Hobby ausübt, wenn er Feierabend hat. Ich bin deshalb sehr gespannt, welche seltsamen Fragen die erwachsene Lena stellt.

»Bevor wir uns trafen, fand ich mein Leben wirklich perfekt. Aber mit jedem Foto, das du mir im Café gezeigt hast, bröckelte das Gefühl. Damals bei Mias Taufe dachte ich wirklich, du hast die falsche Entscheidung getroffen. Jetzt frage ich mich ernsthaft, ob ich nicht diejenige bin, die die falschen Entscheidungen traf.«

Ich kann nicht so recht glauben, was sie gerade sagt. »Das sind ziemlich genau meine Gedanken«, gebe ich zu. »Allerdings umgekehrt.«

Wir lächeln uns an.

»Aber jetzt kommt meine seltsame Frage«, sagt Lena. »Hast du nur einen Wunsch in mir geweckt, den ich immer schon hatte, oder ist eigentlich alles gut so, wie es ist, und nur der Blick auf das, was du hast, nämlich Familie, gibt mir plötzlich das Gefühl, dass etwas fehlt?«

Ich muss erst mal über diesen Satz nachdenken, bevor ich antworten kann:

»Würde es denn einen Unterschied machen?«

»Ja.«

»Warum?«

»Weil ich bei der ersten Version, also wenn es mein Wunsch war, der nun geweckt wurde, dringend handeln und mein letztes bisschen Fruchtbarkeit zusammenraffen und mich von Linus befruchten lassen müsste. Am besten noch diese Nacht!«

Ich muss grinsen bei der Vorstellung, wie Lena sich *last minute* befruchten lässt.

»Und bei der zweiten Version?«

»Bei der müsste ich mich nur durchlockern und mir sagen, dass das Gras auf der anderen Seite immer grüner ist.«

»Hm. Also ich habe dich immer beneidet um deine Rollen. Das tue ich immer noch. Aber damals war die Entscheidung, die Schauspielerei aufzugeben, richtig.«

»Woher weißt du das? Vielleicht hätten wir beide beides haben können. Du hättest einfach nicht aufgeben dürfen, und ich hätte einfach mal mutig sein müssen – eine Serie sausen lassen und schwanger werden.«

»Es wäre nicht nur eine Serie gewesen, Lena. Ein Kind verändert alles.«

»Ja, aber es ist ja nicht unmöglich, Kinder zu haben und trotzdem Karriere zu machen. Tausend andere Frauen schaffen das ja auch.«

»Ich glaube, wenn du wirklich ein Kind gewollt hättest – dann hättest du jetzt eins. Und wenn ich unbedingt Schauspielerin hätte werden wollen, wäre ich es jetzt.«

Lena schüttelt energisch den Kopf. »Du wolltest doch unbedingt Schauspielerin werden, Franzi. Du hast mich nach jeder Absage heulend angerufen!«

»Genau deshalb habe ich es ja auch irgendwann aufgegeben. Ich wollte mich nicht mehr so fühlen!«, werde ich laut.

»Ja, das versteh ich. Aber dann kann man nicht sagen, hätten wir gewollt, hätten wir es jetzt! Vielleicht haben wir die falschen Entscheidungen getroffen!«

»Wieso sagst du das immer wieder?«

»Weil mir diese Vorstellung Angst macht.«

»Jede Entscheidung, die man trifft, ist die richtige.«

»Wieso das?!«

»Weil man sie nur in diesem einen Moment treffen kann, mit dem Wissen und den Gefühlen, die man zum Zeitpunkt der Entscheidung hat. Wenn sich später im Leben herausstellt, dass man diese Entscheidung besser anders hätte treffen sollen, dann nur, weil man inzwischen mehr Informationen hat.«

Lena macht ein verständnisloses Gesicht. »Aber dann war die Entscheidung doch trotzdem falsch!«

»Wenn du so willst, ja, aber du hättest sie nicht besser treffen können. Zum damaligen Zeitpunkt war sie richtig.«

Lena sagt nichts und sortiert das alles in ihrem Kopf.

»Ich denke, du hast recht«, sagt sie schließlich.

Wir gähnen beide. Es ist unglaublich spät geworden. »Willst du hier auf dem Sofa schlafen?«, fragt Lena, und ich nehme dankbar an.

Als ich kurze Zeit später in einem ihrer T-Shirts in der Dunkelheit liege, flüstere ich vor mich hin: »Jede Entscheidung war richtig. Jede Entscheidung war richtig.«

So wirklich glauben kann ich mir das nicht.

Kapitel 5

Meine Lucky Charms sind schon wieder leer. Ich gehe also, ohne zu frühstücken, los. Auf dem Weg zur U-Bahn nehme ich mir einen Coffee to go und einen Bagel mit. Ich hoffe, das Casting wird nicht so ewig dauern, denn ich will danach noch unbedingt Bernd treffen. Er ist nur noch drei Tage in New York. Lena hatte natürlich recht, seit dem Frühstück im Café Lalo musste ich zugeben – ich hab mich tatsächlich total verknallt in ihn. Ich mag alles an ihm. Wie er seinen Kaffee umrührt und danach den Löffel irgendwo anders ablegt, aber nie zurück auf seinen Platz auf der Untertasse. Wie seine Augen bei allem, was er sagt, mitreden, und bei allem, was ich sage, zuhören. Wie er seine warme Hand auf meinen Arm legt und mich dabei nicht zuerst mit den Fingerspitzen, sondern mit seinem Handteller berührt, entschlossen, ohne zu zögern, als wüsste er ganz genau, dass diese Berührung hier und jetzt richtig ist. Wir haben viele Gründe gefunden, uns während des Frühstücks zu berühren. Allerdings hat er mich immer noch nicht geküsst.

Die U-Bahn fährt ein. Warme, klebrige Luft lässt meine Haare fliegen. Alle treten schnell ein und setzen sich nach der Reihe hin, als hätten wir das bei einer militärischen Übung wochenlang geprobt. Ich liebe das an New York, wenn alles so im Fluss ist. Ich muss die ganze Zeit auf einen giftgrünen Regenschirm gucken, den eine ältere Frau umklammert, als hätte sie darin Hundertdollarscheine eingenäht. Sowieso komisch, dass sie mit einem Schirm rumläuft bei dem Wetter. Ich habe nicht einmal eine Jacke an, so warm ist es heute. Das Casting findet irgendwo am Times Square statt, ich muss also am Union Square umsteigen. Die Regenschirmfrau steigt mit aus und nimmt die gleichen langen unterirdischen Gänge wie ich.

Ein Typ mit Geige steht an der Stelle, an der meistens Musiker stehen. Er fiedelt begeistert vor sich hin. Obwohl ich keine Zeit habe, bleibe ich kurz stehen. Keine Ahnung, ob er wirklich gut ist, aber er hängt sich richtig rein, das gefällt mir. Ich krame einen Quarter aus meiner Tasche, werfe ihn in den Hut und gehe weiter.

Das Casting ist für eine Musiksendung, wenn ich das richtig verstanden habe. Sie suchen einen Video-Jockey. Mir ist schon klar, dass sie da niemand mit ausländischem Akzent nehmen, trotzdem rennt die halbe Schule zu dieser Audition. Es ist eine gute Übung.

Obwohl ich zehn Minuten zu spät bin, ist Lena noch nicht da. Eine Schlange hat sich vor dem Gebäude mit der Nummer 2013 gebildet, und ich stelle mich einfach schon mal an. Aber wenn das zu lange dauert, gehe ich, ich will Bernd nicht verpassen.

Lena kommt atemlos angerannt und sieht umwerfend aus. Seltsamerweise werde aber ich zwanzig Minuten später beim Vorgespräch rausgepickt und darf in einen der Video-Räume. Die sind richtig gut organisiert hier. Vor dem Raum muss ich nur kurz warten. Lena zeigt mir zwei nach oben gerichtete Daumen, dann steh ich auch schon dumm vor einem Stativ mit einer Videokamera. »Erst mal machen wir ein Interview«, sagt der eine Mann hinter der Kamera, der sich als Steve vorgestellt hat. Es gibt noch einen zweiten, der heißt Jordan oder Jason, das habe ich nicht genau verstanden. Ich gebe mir Mühe, auf alle Fragen in einem möglichst sauberen Englisch zu antworten, was meine Reaktionen etwas einsilbig und langweilig macht. Steve will wissen, welche Musik ich so mag und ob es eine Musikrichtung gibt, mit der ich nichts anfangen kann.

»Heavy Metal«, antworte ich, ohne zu überlegen.

»Okay«, sagt Steve und schaut Jordan bedeutungsvoll an. Der steht jetzt von seinem Hocker auf und sagt: »Wir suchen jemand für ein neues Heavy-Metal-Magazin.«

Fuck. Ich werde rot und versuche zurückzurudern, sage, dass ich einige Heavy-Metal-Bands doch nicht so schlecht finde.

»Welche?«, will er wissen.

O Gott, lass mir eine einfallen, bitte!

»Rammstein«, sage ich, ohne sicher zu wissen, ob die Heavy Metal spielen, jedenfalls ist das Nervmusik, und jemand schreit dazu Wörter.

Ich hab wohl ins Schwarze getroffen, denn Steve und Jordan sind jetzt ganz begeistert, wie gut ich Rammstein aussprechen kann.

»*It sounds like* German!«, sagt Steve immer wieder.

Ich wiederhole also »Rammstein« ein paarmal für ihn, dann fragt er mich, welche Gruppen ich noch kenne und mag.

Ich versuche mich herauszureden, dass ich nur deutsche Gruppen kenne, die die beiden sicher nicht kennen, aber er besteht darauf, dass ich ihm einige nenne.

»Die Pink Spiders«, erfinde ich.

Steve nickt wissend, und auch Jordan sagt: »Doch, ja, die kennen wir.«

Ich erfinde also weiter: »Die Fucking Devils.« Auch die nicken beide ab und bestätigen, von der Gruppe hätten sie schon gehört.

»Hahahaha!« Lena lacht sich tot, als ich ihr später auf der Straße erzähle, was ich da drin in dem Raum machen musste.

»Und die haben echt gesagt, jaja, die kennen sie?!«

Ich nicke grinsend.

»Und wann bekommst du Bescheid, ob sie dich nehmen?«, fragt sie aufgeregt.

»Die nehmen mich nie im Leben«, sage ich, aber heimlich stelle ich mir vor, wie es wäre, in New York zu bleiben und ein cooles Heavy-Metal-Magazin zu moderieren. Ob Bernd sich vorstellen könnte, eine Weile in New York zu leben?

»Wie läuft es eigentlich mit deinem Bernd?«, fragt sie, als hätte sie meine Gedanken erraten.

»Gut. Ich treffe ihn gleich noch!«

Lena zieht einen Schmollmund. »Ich dachte, wir könnten heute noch etwas unternehmen.«

Wir haben heute schulfrei, weil irgendein amerikanischer Feiertag ist.

»Lass uns doch heute Abend etwas zusammen machen«, schlage ich vor. Bevor Lena antworten kann, kommt Cinzia schreiend um die Ecke. Sie kann sich gar nicht beruhigen. Soviel ich weiß, war sie auch bei den Auserwählten und durfte in einen Video-Raum.

»Cinzi, was ist los?« Sie schreit in ihrem italienischen Akzent immer wieder einen Satz, der echt schwer zu verstehen ist. Lena und ich schauen uns ratlos an.

»Ich versteh immer: *I had to vacuum clean him*«, sage ich zu Lena.

Cinzia zeigt aufgeregt mit ihrem ganzen Arm auf mich.

»Ja!«, schreit sie. »Genau das!«

»Du musstest ihn absaugen?«, fragt Lena nach.

»Ja! Ich musste ihn absaugen, mit einem Staubsauger!«

Wir prusten los. Cinzia lacht mit, ist aber immer noch völlig aus dem Häuschen.

»Warum?«, frage ich.

»Ja, was weiß ich! Ich kam in diesen Raum rein mit der Videokamera, und da stand dieser Typ, gab mir einen Staubsauger in die Hand, legte sich auf den Boden und ließ sich von mir absaugen.«

»Nein!«

»Ja!! Absaugen!«, wiederholt sie jetzt zum zehnten Mal und wirft ihre Arme in die Luft.

»Gib ihr was zu essen«, sage ich auf Deutsch zu Lena, »das wird sie etwas beruhigen.«

Ich muss los. Lena schaut mich hilflos an, die hyperventilierende Cinzia an ihrem Arm.

»Du machst das schon!«, rufe ich ihr zu. »Du hast doch Erfahrung mit Durchgeknallten!«

»Was ist aus Messie eigentlich geworden?«, frage ich Lena beim Frühstück an ihrem herrlichen Holztisch, bei dem man jede Riffelung der alten Holzplanken spürt, wenn man die Hand neben den Teller legt.

»Ich hab keine Ahnung. Ich bin ja dann ausgezogen und hab nie wieder etwas von ihr gehört.«

»Aber sie hat damals geheult bei deinem Auszug«, erinnere ich mich.

»O Gott, ja, und ich musste ihr versprechen, einmal die Woche vorbeizukommen!«

»Und bist du …«

»Nie«, sagen wir beide gleichzeitig.

»Wir waren auch nicht gerade immer besonders nett damals«, überlege ich laut. »Weißt du noch, was wir mit Heidi gemacht haben?!«

»Ja«, Lena kichert. »Aber die war auch doof.«

Ich nicke zustimmend.

»Tut dir das mit Daniel leid?«, fragt Lena mich.

Ich versenke meine Nase im Latte macchiato, bevor ich antworte. »Nein, richtig leid tut es mir nicht, aber ich würde das heute natürlich anders machen.«

»Wie?«

»Na, ich würde noch klarer sagen, du, das hat echt keine Zukunft mit uns, und ich wäre konsequenter.«

»Also kein Rumknutschen mehr?«

»Nein, kein Rumknutschen mehr.«

»Und fehlt dir das?«

Ich weiß nicht, was ich antworten soll. »Dir?«, stelle ich deshalb die Gegenfrage.

In ihren Augen taucht wieder dieses Glitzern auf.

»Lena?!«

Sie schaut mich funkelnd an.

»O Gott, ich will es gar nicht wissen!«, sage ich, frage dann aber natürlich doch nach: »Du knutschst also fremd?«

»Ab und zu.«

»Und Linus?«

»Weiß das.«

»Und das findet er?«

»Okay, denke ich.«

»Und er?«

»Was, und er?«

»Knutscht er auch fremd?«

»Er ist mehr so der straighte Typ. Aber wer weiß.«

»Und du bist also nicht der straighte Typ?«

»Eher nicht.«

»Du machst das einfach immer noch wie früher?« Ich kann es gar nicht glauben.

»Wenn sich die Gelegenheit ergibt.«

»Ah ja. Und die Gelegenheit ergibt sich hin und wieder so als Schauspielerin, nehme ich mal an.« Ich weiß selber nicht, warum ich plötzlich so sauer bin.

»Und das ist vermutlich dann auch mehr als bloß rumknutschen, oder?«, verhöre ich sie weiter.

Statt sauer zu werden, schaut sie mich nur an mit ihren abenteuerlustigen braunen Augen. Sie macht das McAlister-Ding. Starrt so lange, bis ich nur noch eine Hülle bin.

Dann wiederholt sie ihre erste Frage: »Fehlt dir das?«

»Du kannst mich mal, Lena«, sage ich und gehe auf die Toilette, weil ich nicht weiß, wohin ich sonst soll.

Als ich die Tür abschließe, komme ich mir albern vor. Meine Güte, soll Lena doch schlafen, mit wem sie will, schließlich ist sie nicht verheiratet und hat auch keine Familie. Warum regt mich das so auf?

Ich wasche mir die Hände und creme sie mir anschließend mit einer Handcreme ein, die neben dem Waschbecken auf dem Waschtisch aus Holz steht. Ich stelle mir vor, wie so ein Waschtisch aussieht, nachdem Lukas sich da die Hände gewaschen hat. Mit tausend Spritzern auf dem Holz, die alle kleine Wasserränder hinterlassen würden. Ich wische mit dem türkisfarbenen Handtuch zwei Tropfen von dem Holz. Die Handcreme riecht super. Ich schnuppere an meinen Händen und frage mich, wie lange ich mich hier drin wohl noch verstecken kann, da wird ein Zettel unter der Tür durchgeschoben.

»Wenn ich verlängere, garantierst du mir dann, dass ich Dich jeden Tag sehen kann?«

Vor Freude wird mir ganz heiß. Bernd will meinetwegen länger in New York bleiben!!!

Ich wasche mir schnell die Hände und verlasse die kleine Toilette. Hier sind Damen- und Herrentoiletten oft nicht getrennt, sondern nur ein einziger kleiner Raum mit Toilette und Waschbecken. Weil ich das in den ersten Tagen hier nicht wusste, ist mir etwas super Peinliches passiert.

Ich war in einem Restaurant und folgte dem Schild *Restrooms*. Ein Mann war vor mir, und wir liefen durch einige Gänge, bis wir an eine Tür kamen. Der Mann öffnete diese Tür, und ich folgte ihm in der Annahme, das sei der Vorraum, von dem dann die getrennten Damen- und Herrentoiletten abgehen. Plötzlich blieb der Mann stehen, drehte sich zu mir um und sagte: *»Sorry, this is just for one person!«* Ich verstand überhaupt nicht, was hier nur für eine Person sein sollte, bis ich mich umsah und bemerkte, dass ich ihm in den einzigen kleinen Toilettenraum gefolgt war! Ich verließ hochrot die Minitoilette für eine Person und konnte gar nicht schnell genug meine Rechnung bezahlen und aus dem Restaurant flüchten.

Bernd wartet nicht vor der Toilettentür, sondern sitzt auf dem

Barhocker an unserem kleinen Tisch, als wäre nicht er es gewesen, der mir den Zettel unter der Tür durchgeschoben hat. Die Bar, in der wir hier sind, ist laut und voll. Ich muss mich ganz nah zu ihm hinüberbeugen, um mit ihm zu sprechen.

»Ich soll dir also garantieren, dass du mich jeden Tag sehen kannst?«

Er nickt langsam.

»Obwohl ich nicht mal weiß, ob du küssen kannst!«

Er lächelt. »Ich arbeite noch am ersten Kuss. Es ist nicht so leicht, eine Schauspielschülerin zu beeindrucken, und du wolltest etwas Besonderes …«

Ich nicke bedeutungsvoll und nippe an meinem Cocktail.

Entschlossen steht er auf und bedeutet mir mit den Händen, dass ich hier warten soll.

Was hat er vor? Es dauert etwas, und als er zurückkommt, ist er nicht allein. Ein gutaussehender Farbiger steht neben ihm.

Sie stellen sich mit dem Rücken zu mir. Ich habe keine Ahnung, was das werden soll, und warte gespannt ab. Bernd dreht sich als Erster um und singt etwas schräg, aber tapfer in ein Mikrophon. Dann fällt sein Partner ein und singt mit. Die beiden sind über die Lautsprecheranlage in der ganzen Bar zu hören, und die anderen Leute begreifen viel schneller als ich, was die beiden da veranstalten. Beim Refrain von *You've lost that loving feeling* singt die ganze Bar mit. Langsam dämmert mir, dass Bernd eine Szene aus dem Film *Top Gun* nachspielt, in der Tom Cruise in einer Bar genau dieses Lied für Kellie McGillis singt.

Das hätte ich ihm wirklich nicht zugetraut. Guck an, der Ingenieur traut sich, vor Publikum zu singen.

Ich bin hin- und hergerissen zwischen Begeisterung und Scham. Bevor ich mich für eins entscheiden kann, kommt Bernd auf mich zu, und während die ganze Bar johlt, klatscht und weitersingt, küsst er mich vor allen Leuten.

»You – grow up!«, steht auf dem Zettel, den Lena mir in ihr Gäste-WC schiebt. Sie hat recht. Ich weiß, dass sie recht hat. Ich reiße den Zettel in winzige Fetzen, bis das Papier wie kleine Schneeflocken in meinen Händen liegt.

Dann verlasse ich hocherhobenen Hauptes die Gästetoilette und streue Lena den Schnee über den Kopf. Sie lässt es geschehen. Wir grinsen uns an und räumen dann schnell den Frühstückstisch ab, damit keine peinliche Lücke entsteht. Wenn man Gefühle doch auch so einfach wegräumen könnte wie Butter und Marmelade.

Auf dem Weg zum Flughafen ist die Zeit der Versprechungen. Lena verspricht, uns ganz, ganz bald besuchen zu kommen.

»Vielleicht schon übernächstes Wochenende oder das danach, je nachdem, wie wir mit dem Drehen vorankommen.«

Ich nicke verständnisvoll.

»Grüß Bernd ganz lieb von mir!«

Ich verspreche es.

»Und Mia ganz besonders lieb!«

Auch das verspreche ich.

»Und Lukas, auch wenn er mich nicht kennt!«

Versprochen.

Lena verspricht, ein Muffinfloß zu bauen. Ich verspreche, den entsprechenden See dazu zu finden, was in der Umgebung von Köln nicht allzu schwer ist.

Es ist voll am Berliner Flughafen. Nirgends kann man parken.

»Schmeiß mich einfach hier raus!«, sage ich.

Lena parkt in zweiter Reihe. Ihr petrolfarbener Mantel weht hinter ihr her, als sie zum Kofferraum rennt, um mein Gepäck rauszuholen. Hinter uns hupt schon einer. Es ist saukalt, wir umarmen uns ganz schnell. Lenas Haare an meiner Wange. Der Geruch von Zimt. Dann ist sie weg.

Ich sehe dem kleinen, diesmal blauen Auto nach. Meine Daunenjacke bauscht sich tröstend um mich herum, aber ich hätte lieber auch einen schönen Mantel an und einen Koffer mit besseren Rollen. Ich zerre ihn unsanft die Bordsteinkante hoch, und mein Koffer rächt sich sofort mit einer verklemmten Rolle. Ich muss ein paarmal dagegen treten, damit sie sich löst. Eine Mutter mit einem brüllenden Kleinkind quetscht sich zu mir in die Drehtür. Das Kind schreit so laut und schrill, dass ich Angst habe, das Glas der Tür zerbricht gleich durch die Schallwellen.

Mein Flug ist zwar pünktlich, o Wunder, aber dafür sitzt die Frau mit dem Brüllkind neben mir. Man sollte meinen, dass man als Mutter toleranter ist und es einem leichter fällt, neben anderen Nervkindern zu sitzen, als Kinderlosen. Bei mir ist das leider nicht so.

Je älter meine Kinder werden, desto weniger kann ich Kleinkinder aushalten. Ich bin einfach raus aus dem Gequäke, Geheule, Geschleppe und Getüddel.

Bei den eigenen Kindern hat mich diese Zeit schon so genervt. Ich bin für Kleinkinder nicht besonders geeignet. Mein Nervenkostüm ist nicht gebaut für Trotzphasen und sinnlose Heulattacken, nur weil das Müsli nicht in der einzig richtigen, hässlichen roten Plastikschale serviert wird, sondern, Himmel hilf, in der blauen. Mia hat mich mit solchen Dingen an den Rand der Verzweiflung gebracht. Bernd hat in ihren ersten drei Lebensjahren oft gesagt: »Da liegt ganz klar eine Fehlprogrammierung vor, ich geh mal fragen, ob wir sie umtauschen können.« Er ging nie fragen. Wen auch? Und keiner von uns hätte unser erstes Baby jemals getauscht, aber meine Güte, hatte sie Macken!

Es gab bei uns, als sie klein war, eine ganz strenge Sitzordnung, und es wurde höchst kompliziert, wenn wir Besuch hatten, weil Mias Welt zusammenbrach, wenn nicht jeder auf seinem Stuhl an seinem Platz saß. Ihr Wasserglas musste immer ganz nah am Teller stehen, durfte ihn aber nicht berühren! Ihre Bettdecke mussten wir vor dem Schlafengehen dreimal aufschütteln, sonst konnte sie darunter nicht liegen. Klamotten waren ein ganz heikles Thema. Zuerst fand ich es noch süß, dass Mia schon mit anderthalb Jahren genau wusste, was sie anziehen wollte und was nicht. Aber als die Was-nicht-Sachen mehr und mehr zunahmen und am Ende nur noch weiche, rosa Leggins mit Rüschenoberteilen und dazu Badeschuhe in ihre engere Auswahl kamen, fing es an zu nerven. Überhaupt, diese Badeschuhe! In einem Urlaub in Holland hatte ich ihr so durchsichtige Plastiksandalen gekauft, mit denen man ins Wasser gehen kann. Im Urlaub wollte sie die leider nie anziehen. Dafür nach dem Urlaub. Mia ging nirgends mehr hin ohne ihre Badeschuhe. Jo hat mich damals ausgelacht, weil ich das so nervig fand. Sie meinte, das sei eine gute Übung für die Pubertät. Ich dagegen war mir sicher, schlimmer könne es gar nicht mehr werden. Doch dann kam bei Mia die Phase, in der sie ihre Unterhose ÜBER der Jeans tragen MUSSTE. Sonst sei ihr Popo »nicht richtig«! Auch ihre Füße waren nicht richtig mit den falschen Socken. Socken musste sie sich ganz stramm über den Knöchel hochziehen können, dabei mussten aber gleichzeitig die Zehen vorn genügend Bewegungsfreiheit haben, und auf gar keinen Fall durften die Socken vorn Nähte oder Knubbel haben, weil das sofort einen Wutanfall auslöste, den man bis nach Bonn hören konnte.

All das musste Lena nie mitmachen. Nach unserem Wiedersehen habe ich ein neues Bild von ihr. Die neue Wohnung steht ihr gut. Ich kannte sie nur in kleinen, schrammeligen, gemieteten Altbauwohnungen. Ohne Betonestrich, ohne eiförmige Badewanne und ohne tollen, langen Holztisch auf Metallfüßen. Ich muss an unser Haus denken. Mit der Ikea-Küche, ganz ohne Kochinsel mit Stahlplatte und Wahnsinnsherd, der eine integrierte Dunstabzugshaube hat. Ein Spalt, der sich öffnet und absaugt. Lena hat extra Wasser aufgekocht, um es mir zu zeigen. Ich war echt beeindruckt. Eine kleine Stimme in mir fragt sich, ob ich auch tolle Tische hätte und absaugende

Schlitze, wenn ich nicht Kinderzimmer hätte bauen müssen und selbst in den Keller ziehen, damit wir überhaupt alle Platz haben in unserem Bungalow. Vielleicht hätte ich dann auch einen blauen Mantel und würde nach Zimt riechen.

Ich würde gerne ein bisschen von so einem Leben träumen, aber das Kleinkind neben mir hat andere Pläne. Es ist ganz groß in Wutanfällen. Erst bekam es einen, weil es beim Start angeschnallt auf Mamas Schoß sitzen bleiben musste, dann einen, weil Mama die falschen Kekse mithatte, und kurze Zeit später noch einen, weil ich, nachdem es zwanzigmal MEINEN Klapptisch hoch- und runterklappte, sagte, jetzt würde es reichen. Das kleine Mädchen heult und kreischt, und die Mutter wiederholt mit einem gewissen Unterton ständig: »Nein, Janina, die Frau möchte das nicht.« Die Frau (also ich) möchte am liebsten ihre Ruhe. Was war der Dicke auf dem Hinflug doch angenehm. Ich lehne meinen Kopf gegen das Fenster und wünsche mir, ich hätte den schnaufenden Mann neben mir, der zwar die Hälfte meines Platzes beanspruchte, aber dafür meinen Klapptisch in Ruhe ließ und auch kaum heulte und schrie während des Fluges.

Manchmal glaube ich, wir sind nur auf der Schule, um mal wieder so richtig zu heulen. Als Winnie mir damals von Lee Strasberg und *method acting* erzählte, hatte ich keine Ahnung, was das eigentlich ist und worauf ich mich da einließ. Grundsätzlich hat Strasberg die Methode von Stanislawski benutzt und weiter entwickelt. Man soll als Schauspieler lernen, echte Gefühle auf der Bühne zu empfinden. Es ist tatsächlich ein Unterschied, ob man nur so tut, als ob man sich freut, oder ob man es schafft, sich tatsächlich zu freuen. Aber wie freut man sich sechzigmal hintereinander, wenn man ein Stück aufführt?

Das lernen wir hier mit Übungen. Wobei der Fokus da scheinbar eher auf dem Heulen als auf dem Freuen liegt. Manchmal frage ich mich schon, ob eine Szene wirklich *»good work«* war, nur weil da einer der Schüler ordentlich rumgeweint hat.

Mir fällt das alles ziemlich schwer. Sogar die ersten Übungen in *sense memory*. Da sollst du nichts weiter tun, als dich an eine körperliche Empfindung zu erinnern. Zum Beispiel bekommst du die Aufgabe, unter der Dusche zu stehen oder in der Badewanne zu liegen. Es geht dabei aber nicht darum, dass du perfekt einen imaginären Wasserhahn aufdrehst, sondern dass du dich wirklich an das Gefühl erinnerst, wie es ist, unter der Dusche zu stehen.

Die Badewannenaufgabe schaffe ich gerade noch, aber als wir eines Tages einen scharfen Schmerz nachfühlen sollten, war ich verloren. Alles um mich herum krümmte sich und atmete schwer, während ich auf meinem Klappstuhl saß und die Erinnerung an meine Mandeloperation vor dreizehn Jahren aus meinem Gedächtnis kramte. Ich versuchte mir vorzustellen, wie der Schmerz sich in meinem Hals ausbreitet, wie das Schlucken fast unmöglich wird und alles, was man sich wünscht, ein Stück Eis ist. Aber mein Hals blieb einfach, wie er ist, ganz normal. Ich fühlte kein bisschen Schmerz, nicht einen Hauch. Ganz anders natürlich Lena. Sie steigerte sich so in ihren Schmerz am Knöchel rein, den sie sich mal übel verknackst hatte, dass sie noch den ganzen Nachmittag neben mir her humpelte.

»Mann, du HAST nichts Lena!«, sagte ich genervt.

»Ich weiß, aber es tut so weh!«, jammerte sie.

»Dann hast du die Übung falsch gemacht. Du musst den Schmerz fühlen und ihn dann aber wieder gehen lassen. Das werden sonst sehr qualvolle Wochen für dich, wenn du in einem Theaterstück mal jemanden mit gebrochenem Bein spielen musst.«

Sie nickte und humpelte weiter.

Heute haben wir eine schöne Aufgabe bekommen. Die alte Mrs Rose hat uns mit ihrer markanten amerikanischen Ladystimme angewiesen, *»getting drunk«* zu spielen. Jetzt sitzen Lena und ich uns gegenüber und stoßen mit imaginären Weingläsern an. Weil ich nicht weiß, ob der WOOOSH-Trick auch im *sense* *memory* klappt, trinke ich lieber Schluck für Schluck. Ich stelle mir vor, wie das Getränk sich auf meiner Zunge anfühlt. Erst etwas sauer, dann pelzig. Schluck für Schluck trinke ich mein Glas leer. Nach einer Weile schenkt Lena uns aus einer imaginären Flasche nach. Ich glaube so langsam, eine Leichtigkeit im oberen Teil meines Kopfes zu spüren. Ich schaue Lena an, die vor sich hin summt und mit den Fingern in ihr Weinglas dippt. Lena ist für solche Sachen unheimlich empfänglich. Mit einer beneidenswerten Sicherheit kann sie eigentlich jedes Gefühl, jede Empfindung abrufen. Es dauert auch nicht lange, und sie beginnt herumzukichern. Ich lasse mich von ihr anstecken, und bald liegen wir vor Lachen auf dem Boden. Mrs Rose kommt bei uns vorbei. »*That's good, girls, go on!*« Angefeuert von der Lehrerin trinken wir noch ein Glas. Lena sitzt auf ihren Knien und lässt sich jetzt vornüber kippen. Ihr Oberkörper und ihre Schienbeine liegen auf dem Boden. Ihr Popo ragt in die Luft. Sie schiebt sich ein paar Meter vorwärts und singt dabei »99 Luftballons«. Ich nehme einen Schluck aus der Flasche und hoffe, dass ich dadurch besser betrunken werde. Viel mehr als das leichte Gefühl ist bei mir nämlich noch nicht angekommen.

Vielleicht versuche ich es mal mit Vor-mich-Hinstarren. Ich starre auf den Boden vor mir, der eine Menge Kratzer und Risse hat. Ein Kratzer sieht aus wie eine Fünf. Fünf Tage noch, dann ist Bernds Verlängerung auch vorbei. Ich möchte nicht, dass er wegfliegt. Wir haben uns tatsächlich jeden Tag gesehen und auch schon einige Nächte zusammen verbracht. Allerdings kam er immer zu mir, weil wir uns in der superschicken Wohnung von Matts Onkel nicht so wohl fühlen. Ein paarmal haben wir uns auch zu viert getroffen, aber Lena und Matt haben sich dann wegen irgendeiner Kleinigkeit gestritten, und das war's dann. Es ist so ein Glück, dass ich das kleine Apartment ganz für mich allein habe. Einmal ist Bernd sogar mitten in der Nacht über die Feuerleiter zu mir hochgeklettert und hat leise an mein Fenster geklopft. Zuerst habe ich mich zu Tode erschreckt und hatte schon den Telefonhörer in der Hand, um 911 anzurufen.

»Franzi, ich bin's!« Ich öffnete das Fenster und ließ ihn rein.

»Wie bist du da hoch gekommen«, fragte ich, denn die Feuerleiter beginnt erst zwei Meter über dem Boden, eben damit keiner von unten hochsteigen kann.

»Gesprungen«, antwortete er. »Ich weiß, wir hatten gesagt, wir schlafen mal wieder eine Nacht, aber ich hab es nicht mehr ausgehalten ohne dich!«

Er stand mit dem Rücken zum Fenster, durch das die Straßenlaternen schienen. Ich sah nur eine Silhouette von ihm mit wilden Locken. Wir küssten uns. Erst langsam, dann immer fordernder. Zum Bett waren es nur zwei Schritte. Ich schubste ihn sachte, und er ließ sich nach hinten auf die Matratze fallen und zog mich auf sich drauf. Durch mein Schlafshirt spürte ich seine Erektion unter seiner Jeans.

»Du hast viel zu viel an«, murmelte ich zwischen zwei Küssen.

»Du auch«, konterte er und kickte sich die Schuhe von den Füßen. Wir lösten uns voneinander, damit er sich ausziehen konnte.

Als er nackt auf dem Bett lag, stand ich auf und zog mir vor dem Bett erst schnell mein Höschen aus und dann langsam mein Schlafshirt.

»Komm her«, flüsterte Bernd, als er meine nackte Silhouette sah.

»Nein, ich geh mir erst schnell etwas zu trinken holen«, sagte ich und stolzierte am Fenster entlang um das Bett herum zum Kühlschrank.

Er stöhnte, blieb aber ergeben auf dem Bett liegen, nur sein Blick folgte mir. Ich öffnete die Kühlschranktür, wohl wissend, dass ich jetzt von vorne beleuchtet wurde. Ich fand die Flasche Sprite und trank vor der geöffneten Tür. »Willst du auch?«, fragte ich meinen nackten Mann auf dem Bett.

»Ich will dich«, antwortete er aus der Dunkelheit.

Irgendwo stritt sich ein Pärchen, die Stimmen schallten hoch in meine Wohnung. Eine Sirene war in der Ferne zu hören.

Ich stellte die Flasche zurück, schloss die Kühlschranktür, blieb aber, wo ich war. Meine Augen mussten sich erst wieder an die Dunkelheit gewöhnen.

Plötzlich stand er vor mir und öffnete wieder die Tür. Das Licht aus dem Kühlschrank machte mich wieder sichtbar. »Du bist schön«, sagte er und malte mit den Fingerspitzen kleine Kreise um meine Brustwarzen. »So schön«, wiederholte er und ließ die Kreise größer werden, bis er schließlich die Konturen meiner Brüste nachfuhr. Erregt wollte ich ihn zum Bett zurückschieben, aber er stellte mich zurück ins Kühlschranklicht und sagte: »Ich will dich erst zeichnen.« Und dann zeichnete er langsam und zärtlich mit den Fingern meinen ganzen Körper nach. Einen ganz speziellen Bereich bewahrte er sich bis ganz zum Schluss auf. Ich musste mich an der Kühlschranktür festhalten, als er endlich dort ankam. Ich fühlte mich wie der Kühlschrank, der inzwischen vibrierte und piepte, weil seine Tür offen stand. Bernd nahm sich alle Zeit der Welt und zeichnete, bis ich es nicht mehr aushielt. »Wie wär's«, sagte ich stöhnend, »wenn du jetzt mal den dicken Stift nimmst?« Ich zeigte auf seinen Penis. Bernd schloss mit einem Ruck die Kühlschranktür, lehnte mich dagegen und drang in mich ein. Das Piepen verstummte, und auch die Geräusche des Streits und der Sirenen vor dem Fenster hörten wir nicht mehr.

Ich kenne ihn erst seit zwei Wochen, aber ich kann mir ein Leben ohne ihn gar nicht mehr vorstellen. Mein Schulvertrag läuft noch zwei Monate, und eigentlich wollte ich ihn noch mal um drei verlängern. Aber fünf Monate, bis ich Bernd wiedersehe, kommen mir so absurd lang vor. Noch ist er nicht weg, beruhige ich mich. Aber fünf Tage minus heute sind nur noch vier. Mein Herz beginnt schneller zu klopfen. Panik steigt in mir auf. Mein Hals wird zu eng. Ich presse meine Hände auf mein Herz, das weh tut, und gebe den Tränen nach.

Heulend sitze ich auf dem schwarzen Fußboden, während Lena neben mir auf Knien schlecht und laut *»We will, we will rock you!«* singt und dazu mit den flachen Händen zweimal auf den Boden und einmal in die Hände klatscht, wie wir es auf unzähligen Partys früher alle gemacht haben. Mrs Rose' Stimme dringt zu mir durch, die verlangt, dass wir die Übung jetzt beenden. Dazu schütteln wir uns aus und machen ein paar laute Aaaahs, um die Empfindungen loszuwerden, die wir uns gerade mühevoll erarbeitet haben. Mein leichtes *Tipsy*-Gefühl verschwindet. Die Traurigkeit bleibt.

Ich treffe Bernd im Büro. So wirklich lohnt es sich nicht, hier noch einzulaufen, weil in anderthalb Stunden schon Lukas wieder vor der Tür steht, aber ich will guten Willen zeigen, und außerdem tut es mir gut, Bernd zu umarmen.

»Na, wie war deine Reise in die Vergangenheit?«, will er wissen.

Ich schaue ihn vielsagend an, und er versteht, dass ich nicht im Büro darüber sprechen kann. Ich begrüße Michael und Werner und fahre dann schnell meinen Computer hoch, um zu sehen, was ich befürchtet hatte: zweiundfünfzig neue E-Mails.

Michael kommt und setzt sich auf meinen Schreibtisch. Ich hab wenig Lust, meine Mails zu beantworten, darum höre ich ihm bereitwillig zu, als er anfängt, mir eine seiner wilden Frauengeschichten zu erzählen. Er endet damit, dass die Braut immer noch in seiner Wohnung sitzt, seit zwei Tagen jetzt, und sich weigert, wieder zu gehen.

Ich muss lachen.

»Das ist nicht witzig, was mach ich denn jetzt?«

»Wirf sie raus!«

»Hab ich versucht. Sie überhört das einfach!«

»Dann erzähl ihr, dass du eine ziemlich fiese Geschlechtskrankheit hast, bei dir alles juckt und sie sich lieber mal untersuchen lassen soll, und zwar gleich, weil sie sonst …« – ich überlege kurz – »… unfruchtbar werden kann!«

»Das ist gut. Das probiere ich. Danke!«

Weg ist er, und ich öffne seufzend mein Postfach. 52 ungelesene E-Mails.

Die Zahl krabbelt aus dem Bildschirm und baut sich riesig vor mir auf.

»So, du hast also gedacht, du kannst mal eben so weg sein, ja?«, tadelt mich die Fünf und stemmt ihre Hände mit weißen Handschuhen in die Seiten. »Nach Berliiin fliiiegen zu einem wiiichtigen Iiinterviiiiew!«, höhnt die Zwei, die offenbar Spaß daran hat, alle »is« ewig in die Länge zu ziehen. »Haha, sie dachte, sie kann jetzt auch noch Schauspielerin werden«, sagt die Fünf böse. »In iiihrem Alter?«, fragt die Zwei. Beide sehen sich an und lachen laut. Ich starre auf die 52. Zweiundfünfzig Mails in zwei Tagen. Wenn ich wirklich einmal ein paar Drehtage hätte, würde ich hier in ernste Schwierigkeiten kommen. »Sie glaubt, sie könnte iiirgendwo noch ein paar Drehtage bekommen!«, witzelt die Zwei, die meine Gedanken gelesen hat. Die Fünf schlägt sich mit den Handschuhhänden auf den runden Bauch, beide schütten sich aus vor Lachen. Ich schließe mein Postfach unverrichteter Dinge und flüchte ins Lager.

Wie immer fällt mir erst im Flur ein, dass ich einen Schlüssel brauche.

»Ach, Franzi, wenn du ins Lager gehst, bring doch bitte einen Stapel Bestellformulare mit. Hier sind keine mehr«, sagt Werner, als ich mit dem Schlüssel in der Hand an ihm vorbeirausche.

»Ach, und dann wartet ihr, bis ich wieder da bin, statt sie euch eben selbst aus dem Lager zu holen?«, gifte ich ihn an.

Er sieht erschrocken aus und stottert: »Nein, also, die sind ja erst seit heute leer, also ich kann die natürlich auch selbst, ich dachte, du gehst eh …«

Ohne eine Antwort rausche ich zur Stahltür raus, weg von Werner, an Bernd vorbei, der stirnrunzelnd aus der Küche kommt. Das Rausrauschen ist gar nicht so einfach, weil man sehr viel Kraft aufwenden muss, um die Stahltür schnell zu öffnen.

Meine Wut hält, bis ich den kleinen Lagerraum betrete. Der Wischmopp saust wie immer hinterhältig auf mich zu, aber ich bin vorbereitet, fange ihn auf und werfe ihn zurück in seine Ecke. »In die Ecke, Besen, Besen«, zitiere ich aus dem *Zauberlehrling*. War das überhaupt aus diesem Gedicht? Ich glaube doch, ja. Wie es weitergeht, weiß ich nicht mehr genau. Irgendwas mit »gewesen« und dass der olle Besen da warten muss, bis ihn der Meister wieder aus der Ecke holt. »Da kannst du mal schön warten auf Meister Sonja«, sage ich zu dem Wischmopp. Leider wird Meister Sonja nicht die schmutzigen Lappen waschen, also sammle ich mit spitzen Fingern die eingetrockneten Lappen zusammen. Sie sehen aus wie seltsame Tiere. Eingefroren in dem Zustand, in dem sie nass über den Rand des Eimers gehängt wurden. Ich lege sie vor mir auf den Boden. Ein Haufen vergurkter, hässlicher Typen. Fast kann ich hören, was sie für Geräusche machten, könnten sie welche machen. Was ist bloß heute los? Erst lass ich mich von einer Zweiundfünfzig eintüten, dann zitiere ich Goethe für einen Wischmopp, und jetzt höre ich auch noch Putzlappen klagen!

Ich lehne meine Stirn an ein Regalbrett in Augenhöhe. Vermutlich ist die kreative Seite in mir so lange eingesperrt gewesen, dass sie sich jetzt gewaltsam einen Ausgang sucht. Vielleicht werde ich nun wahnsinnig und fange an, Dinge zu sehen, die gar nicht da sind.

Die Tür geht auf, und Bernd kommt herein. Er trägt eine leere Bierkiste auf dem Kopf. O Gott, es fängt schon an!

Ich strecke meine Hand aus und berühre ihn vorsichtig. Für eine Halluzination fühlt er sich ziemlich echt an.

»Ich dachte, ich guck mal nach, wie es dir geht«, sagt er, ohne mich anzuschauen, und räumt die Kiste von seinem Kopf in ein Regal ein.

»Die Lappen müssen gewaschen werden«, sage ich. »Und man muss hier mal aufräumen, das ist ein totales Chaos, und es geht auch nicht, dass alles einfach hier reingestopft wird. Die Kiste da muss man wegbringen.«

»Ziemlich viel müssen in all deinen Sätzen«, sagt Bernd und dreht sich zu mir um.

»Jaha, aber einer muss es eben machen, und das bin leider immer ich ...« Ich hole Luft, um noch mehr zu sagen, aber Bernd hält meine beiden Hände fest und schaut mich an.

»Irgendjemand muss jetzt diese hübsche Frau küssen, und ich fürchte, das muss ich wohl machen«, sagt er leise und beugt sich vor.

Ich bin überhaupt nicht in der Stimmung, ihn zu küssen. Früher wäre ich ihm jetzt quietschend um den Hals gefallen. Nun haftet meine Unzufriedenheit an mir wie ein Raumanzug, der mich von ihm trennt. Ich will mich aus seiner Umarmung winden, etwas Blödes sagen und den kleinen Raum verlassen, aber ich weiß, dass ich diesen Raumanzug überwinden muss. Schon wieder ein Muss. Ich muss nicht, ich WILL, korrigiere ich mich und komme Bernd endlich ein kleines bisschen entgegen mit meinem Kopf. Unsere Lippen berühren sich, meine noch widerwillig und spröde, seine weich und bereit. Er küsst geduldig meinen Widerstand weg. Ich umarme ihn küssend, bin so dankbar, dass er mich durch meinen Raumanzug hindurch findet und nie aufhört, mich zu suchen. Wir gönnen uns eine kurze, sehr kontrollierte leidenschaftliche Phase. Beide wissen wir, dass es beim Kuss bleibt und nicht die schnelle Nummer im Lagerraum wird. Er wird gleich wieder an seinen Schreibtisch zurückkehren, und ich werde nach Hause fahren und Mittagessen für die Kinder kochen.

Als er mich loslässt, flüstere ich ein kleines »Danke«. Er

streicht mir zärtlich über die Wange, dann holt er aus einem Regal über uns die Bestellformulare. Ich hebe die seltsamen Tiere vom Boden auf und werfe sie in den Eimer.

Beim Abendbrot spielen wir unser Spiel: Wer kann am besten bescheuert lachen?

Man muss sich eine möglichst blöde Lache ausdenken und mit dieser Lache lachen. Wenn man das gut genug macht, muss man selbst über die bescheuerte Lache lachen. Dann gibt es nur die Schwierigkeit, in der ausgedachten Lache weiterzulachen und nicht in die eigene zu verfallen. Lukas schafft das nie. Er startet mit einem ganz tiefen, brummigen HoHohHoHoHooo, dann biegt er sich vor Vergnügen und kichert in seiner Lukaslache weiter. Mia verdreht die Augen und piekst sich mit der Gabel eine kleine Essiggurke aus dem Glas. Ihr ist unser Spiel zu albern.

»Jetzt Papa«, fordert Lukas.

In einer hohen, schrillen Tonlage kichert Bernd: »Hihihihihiii, Hihihihihiii!« Lukas und ich lachen mit, und sogar Mias Mundwinkel zucken verdächtig.

»Jetzt Mama!«, sagt Lukas. Alle schauen mich erwartungsvoll an. Normalerweise bin ich die Heldin im »Bescheuertlachen-Wettbewerb«. Ich kämpfe immer noch mit meinem Raumanzug aus Unzufriedenheit, aber Lukas' blue-hour-blaue Augen sehen mich so vertrauensvoll an. Entschlossen stelle ich mir eine affektierte, reiche Frau vor, die einen Pelzmantel trägt, mit einer langen Zigarettenspitze raucht und knallrote Lippen hat. Ich werfe den Kopf nach hinten und wiehere

»Ahuhhuhuhuhuhuhuhuhuhuuu!«

Jetzt lacht sogar Mia mit.

»Jetzt ich, jetzt ich!«, ruft sie und versucht dann ein Grusellachen. Ihr gelingen aber immer nur drei unheimliche Hahahas, bevor sie dann ins Kichern abbricht. Lukas versucht es auch.

Während die Kinder sich mit Grusellachen gegenseitig überbieten, treffen sich Bernds und meine Blicke. Wir lächeln uns kurz zu, stolz auf die zwei jungen Menschen an unserem Tisch, die so herrlich albern lachen können.

Ich lese Lukas vom Blaubär-Leben im Dimensionsloch vor und schenke ihm die letzte Seite, die er sonst immer selbst lesen soll, um noch kurz Zeit mit Mia zu haben.

Sie sitzt auf ihrem Bett mitten im größten geordneten Chaos. Auf den ersten Blick ist Mias Zimmer so unordentlich, wie Teenagerzimmer eben sind. Aber unter dem Chaos hat sie ein gut funktionierendes System. Sie stapelt gerne. Es gibt den »Schulbücherstapel«, der auf dem Schreibtisch und auf dem Boden wohnt. Der »Kreativstapel«, der aus Zeitschriften, Zeichnungen und angefangenen Geschichten und Gedichten besteht, muss immer auf dem Bett liegen, kann deshalb nicht so hoch sein und wird darum eher flächig verteilt. Über dem Stuhl hängen alle Lieblingspullis, die haben vielleicht alle Angst im dunklen Schrank. Auf einer alten Holzleiter, die sie mal vom Sperrmüll angeschleppt hat, hängen alle Klamotten, die sie bald mal anziehen möchte oder gerade ausgezogen hat. Schmutzige Wäsche ist glücklicherweise da, wo sie hingehört, im Wäschekorb. Das muss Lukas noch üben.

Mia sitzt auf dem Bett, ihr Tablet auf den angezogenen Knien. Sobald ich mich ihr nähere, legt sie es schnell weg und schiebt Teile des Kreativstapels zur Seite, damit ich mich hinsetzen kann.

»Na, Maus, wie lief es hier bei dir und Lukas?« Sie pustet sich entrüstet eine Locke aus der Stirn. »Ich musste den ganzen Tisch allein abbräumen, obwohl ich auch gekocht habe, und dann hat er nachmittags auch noch alle Kekse gefressen. Alle! Ich hatte nur zwei, und er hat die ganzen restlichen zwölf gegessen!«

Mia weiß immer ganz genau, wie viele Süßigkeiten in einer Packung sind, und zählt dann genau mit, wer in unserer Familie wie viele davon gegessen hat. Nicht nur Lukas, sondern auch Bernd wird das oft zum Verhängnis, wenn Mia ihm dann vorrechnet, wie viele Schokoriegel er tatsächlich gefuttert hat, nämlich nicht nur die ein oder zwei, die er zugibt. Er bekommt dann regelmäßig doppelt Ärger. Einmal von Mia, der Wächterin der angebrochenen Süßigkeitenpackungen, und von mir, der Wächterin des Bauchspecks bei Männern über vierzig. Bernd macht kaum Sport und hat sich in den letzten Jahren den typischen kleinen Speckring um den Bauch angefuttert. Ich lasse ihn das nicht vergessen und kneife immer fleißig rein, wenn Mia ihm vorrechnet, wie viel Schokokekse er heimlich aus der geöffneten Packung gemampft hat. Es würde mich nicht wundern, wenn er sich demnächst im Büro einen geheimen Vorrat anlegt, bei so viel weiblicher Kontrolle zu Hause.

Ich höre mir verständnisvoll alle Vergehen von Lukas an.

»Wie war es bei dir? Hast du dich mit Lena wieder vertragen?«, will sie dann wissen.

»Ja, hab ich.«

»Und warum habt ihr euch nun gestritten damals?«

»Wir haben uns gar nicht wirklich gestritten. Es hat einfach nicht mehr so zusammengepasst. Ich hatte dich, und Lena hatte sehr viele Rollen – da lebt man ein sehr unterschiedliches Leben, weißt du.«

Mia nickt langsam. »Hm. Aber jetzt ist euer Leben doch immer noch ganz unterschiedlich, oder?«

»Ja«, gebe ich zu. »Aber jetzt sind wir älter und können vielleicht besser damit umgehen.« Vielleicht, vielleicht, vielleicht. *Perhaps, perhaps, perhaps.*

»Ja«, sagt Mia zuversichtlich. »Ihr könntet voneinander lernen.«

Ich sehe sie erstaunt an. So habe ich das noch gar nicht gesehen. Mia lässt mir keine Zeit, lange nachzudenken.

»Kommt sie uns mal besuchen? Bald? Kann ich dann mit

ihr was machen? Möchte sie mich sehen?« Ihre Augen glänzen hoffnungsvoll.

»Lena hat tatsächlich vor, zu kommen«, sage ich vorsichtig, »sie ist ganz neugierig auf dich, aber freu dich mal nicht zu früh. Ich weiß nicht, ob sie es wirklich macht.«

»Doch! Sie kommt bestimmt!« Mia glaubt an ihre Patentante und ist ganz aufgeregt bei dem Gedanken, sie endlich kennenzulernen. Ich schwöre mir innerlich, dass ich Lena den Arm brechen werde, wenn sie meine Tochter jetzt hängenlässt. Sie war noch nie die Zuverlässigste. Das musste sie auch nicht sein, denn das war ja ich. Aber jetzt, mit Kindern, ist es anders. Mit Kindern ist alles anders. Kinder zwingen dich ständig dazu, ein besserer Mensch zu sein, als du es eigentlich bist. Sie sind darauf angewiesen, dass du dich beherrschst und souveräner reagierst, als du dich fühlst. Wie oft hätte ich Lukas, als er klein war, am liebsten quer durch den Raum geworfen. Ich meine das ganz wörtlich. Ich wollte das Kind nehmen und es WERFEN! Man könnte sicher eine Menge Geld machen, wenn man Eltern von Kleinkindern Seminare anbieten würde, in denen sie ihre verzweifelten Phantasien auf harmlose Weise ausleben dürften. Man könnte dann die nervigen Zweijährigen durch ein paar scheppernde Dosen hindurch auf weiche Matten werfen. Die Zwerge hätten dabei Spaß, und die Eltern könnten sich etwas abreagieren. Das Schwierige ist, dass man nämlich keine Pause bekommt. Jahr um Jahr muss man ein besserer Mensch sein, als man ist, und nie darf man seine Kinder durch den Raum werfen. Ich nehme ab und zu als Ersatz Stifte, aber die fliegen nicht satt und schwer, sondern so leicht und unbefriedigend. Vielleicht sollte ich mir ein paar Gänse halten. Wenn Mia und Lukas mich wahnsinnig machen, nehme ich einfach eine Gans und werfe sie. Die muss dann nur ihre Flügel ausbreiten und elegant zu Boden segeln und dabei etwas empört rumschnattern. Einmal habe ich in Ermangelung einer Gans Mias Englischbuch gegen den Kühlschrank geworfen. Eine satte gute Flugbahn, bis es mit den geöffneten Seiten hart am Kühlschrank aufschlug, alle Postkarten und Merkzettel herunterriss und ziemlich zerknickt am Boden ankam. Das kann man auch nur ganz schwer einem Lehrer erklären.

Und Lena kann ich das alles auch nur schwer erklären. Ich kann sie nicht dazu zwingen, mich und meine Tochter nicht hängenzulassen. Ich kann nur hoffen und Lena genug Raum geben, damit sie sich frei entscheiden kann, ob sie uns in ihrem Leben haben möchte oder nicht.

»Möchtest du denn Lena wieder in deinem Leben haben?«, fragt mich Bernd, als wir später zusammen auf Gortan sitzen und ich ihm von meinem Berlin-Trip erzähle.

»Ja«, sage ich spontan. »Auch wenn sie mich an ganz viel erinnert, was mir fehlt.«

»Zum Beispiel?«, will er wissen.

»Freiheit, Leichtigkeit, Begeisterung«, zitiere ich Lena und meine »New Yorker Glücksformel«.

»Klingt wie die Französische Revolution«, brummt Bernd. Ich weiß nicht, wie ich ihm das erklären soll. Mit Lena war alles so klar, jetzt klingen die drei Schlagwörter leer.

»Kannst du dich noch an unsere gemeinsamen Wochen in New York erinnern?«, frage ich ihn.

»Ja, sicher. Wir waren jung und verliebt, und alles war phantastisch. Franzi, aber das kann man doch nicht als Maßstab für sein Leben nehmen!«

»Warum nicht?«

»Weil es unrealistisch ist. Das Leben ist kein andauerndes Highlight.«

»Aber es kann doch auch kein andauerndes Tief sein!«, entgegne ich trotzig.

»Empfindest du das so?«

»Nein, natürlich nicht. Aber die Hochs sind mir eindeutig zu wenig.«

»Ich wusste es!« Er steht vom Sofa auf und beginnt herumzulaufen. Wenn Bernd etwas nahgeht, muss er sich bewegen. Er verschränkt die Hände hinter dem Kopf und geht ein paar lange Schritte hin und her. So viel Platz ist nicht, deshalb muss er dauernd die Richtung wechseln.

»Ich hab es dir gleich gesagt. Du kommst von diesem Interview wieder und bist unglücklich.«

Unglücklich, was für ein bedeutungsschweres Wort. Ich bin nicht unglücklich.

»Erstens stimmt das nicht, und zweitens klingt das wie ein Vorwurf«, sage ich, während ich versuche, eine bequemere Position auf dem Sofa zu finden. Ich stopfe mir ein paar kleine karierte Kissen in den Rücken, zerre sie aber kurze Zeit später wieder hervor und lege sie mir auf den Schoß.

Bernd fährt sich mit beiden Händen durch die Haare und setzt sich wieder hin.

»Ich finde es einfach unfair. Wir haben uns hier gemeinsam ein wirklich gutes Leben aufgebaut. Wir haben zwei gesunde Kinder, ein schönes Haus, eine gut laufende Firma. Wir lieben uns, alles ist gut, und dann fliegst du nach Berlin zu diesem schwachsinnigen Interview und kommst wieder mit lauter unrealistischen Erwartungen, die dir diese Fernsehfritzen eingeredet haben!«

Ich weiß nicht, warum er so laut wird, und verstehe überhaupt nicht, was er meint. »Was haben mir die Fernsehfritzen eingeredet?«

»Na, die Nummer mit dem kreativen Job in der Firma!«, regt er sich auf. »Das hast du mir doch gerade erzählt. Und das passt auch wunderbar zu deinem Verhalten heute im Büro.«

»Ach ja?« Jetzt werde ich langsam sauer. »Wie war denn mein Verhalten im Büro? Nicht angemessen für die Frau vom Chef?!«

Er funkelt mich wütend an. »Auf diesem Niveau unterhalte ich mich nicht weiter mit dir!«, sagt er und geht in die Küche.

Ich folge ihm, weil ich mich gerne weiterstreiten möchte. Auf keinen Fall will ich mit all der Wut im Bauch jetzt allein mit den karierten Kissen auf dem Sofa hocken.

»Welches Niveau und welches Verhalten hättest du denn gerne, Bernd Bergmann?!« Er hasst es, wenn ich ihn mit seinem Vor- und Nachnamen anspreche. Er findet diese Alliteration, die sich seine Eltern für ihn ausgedacht hatten, immer etwas peinlich.

Schweigend stellt er den Wasserkocher an.

»Und wenn wir schon mal dabei sind«, rede ich wütend weiter, weil er nichts sagt, »dieses bescheuerte Teetrinken abends geht mir auch auf die Nerven.«

Bernd öffnet in aller Seelenruhe die Teeschublade, holt sich einen Beutel raus und hängt ihn in seine leere Tasse. Es macht mich wahnsinnig, dass er nichts sagt.

»Hier!«, schreie ich, schnappe mir seinen Teebeutel und zerreiße ihn in kleine Fetzen, die ich dann alle in seine Tasse werfe und mit dem kochenden Wasser übergieße. »Geh deinen langweiligen Tee auf unserem spießigen Sofa trinken!« Hab ich ihn jetzt endlich genug provoziert?

Er verlässt die Küche, geht in den Flur und zieht sich seine Jacke und seine Schuhe an. Seine Bewegungen verraten mir, dass er jetzt nicht mehr so seelenruhig ist und meine Worte ihre Wirkung getan haben.

»Ruf mich an, wenn du wieder normal bist«, sagt er und verlässt das Haus.

Ich höre, wie er draußen den Motor startet und wegfährt, dann ist es still. Ich stehe im Flur, die Arme um meinen Körper gewickelt, als müsste ich mich selbst festhalten, und warte, bis eines der Gefühle in mir drin die Oberhand gewinnt. Eigentlich würde ich gerne ein bisschen rumheulen, aber es stehen keine Tränen zur Verfügung. Die Stille breitet sich unangenehm aus. Wie giftiges Efeu wächst sie um mich herum, macht mich bewegungs- und empfindungsunfähig. Schließlich kämpfe ich mich vom Flur in die Küche und schütte den Tee in den Ausguss. Wird wohl mein neues Hobby. Tee wegschütten.

Sinnloserweise habe ich jetzt wirklich Lust auf einen Tee. Ich bestrafe mich selbst, indem ich mir keinen mache und mich zurück auf Gortan setze. Alles fühlt sich plötzlich fremd an. Als wäre das nicht mein Sofa und mein Zuhause, sondern das einer anderen Frau. Das Sofa ist hart und unbequem. Wieso, um Himmels willen, haben wir das damals bestellt? Ich stehe auf und hole mir Papier und einen Bleistift. Ich hoffe, mit einer Liste etwas Ordnung in meine Gedanken zu bekommen.

»Was ich will«,

schreibe ich oben auf die Liste. Dann denke ich lange nach und klopfe dabei mit dem Stift auf das Papier. Nach einer Weile streiche ich die Überschrift durch und schreibe stattdessen:

»Was ich nicht will«,

auf das Blatt. Das ist viel einfacher. Unzensiert schreibe ich alles auf, was mir in den Sinn kommt.

Das bescheuerte, unbequeme Gortan-Sofa
Tee, der nicht schmeckt
Koffer mit kaputten Rollen
Streit mit Bernd
Einen Waschtisch aus Holz
Stinkende Fischernetze im Haus
Hausaufgaben kontrollieren
Einkaufen
Lappentiere aus dem Büro waschen
Essigreiniger einkaufen
52 E-Mails beantworten
Bestellformulare aus dem Lager holen

Papier aus dem Lager holen
Überhaupt das ganze blöde Lager
Meinen Job

Den letzten Punkt auf der Liste streiche ich wieder durch und schreibe stattdessen:

Teile von meinem Job

Auch damit bin ich aber nicht zufrieden. Ich streiche es wieder durch und schreibe:

Das meiste an meinem Job

Ich zerknülle die ganze Liste und schreibe Bernd eine SMS. »Wo bist du?«

»Tinas Stube«, schreibt er zurück. Das ist nicht weit von uns entfernt. Irgendwie beruhigt es mich, dass er um die Ecke ist und nicht irgendwo in Köln hängt. Ich beschließe, ihm hinterherzufahren. Vorher schaue ich schnell, ob die Kinder auch richtig schlafen.

Lukas liegt auf der Seite, die Decke hat er sich weggestrampelt, seine Hand umklammert im Schlaf eine brennende Taschenlampe. Ich nehme sie ihm sanft weg, schalte sie aus und decke ihn zu. Ich stecke meine Nase in seine Haare und atme tief ein. Er riecht so gut, wenn er schläft. Mia liegt auf dem Rücken, bis unters Kinn zugedeckt. Ihre Locken liegen ordentlich um ihr schlafendes Gesicht herum. Mia bekommt kein Küsschen, weil ich Angst habe, sie zu wecken. Ihr Schlaf ist nicht so tief wie der ihres Bruders. Leise räume ich nur ein paar Bücher und Hefte zur Seite, damit sie sich im Schlaf nicht darüberrollt.

Ich schreibe einen Zettel, den ich in den Flur lege:

Sind kurz weg, ruft uns an, wenn was ist. Mama

Tinas Stube ist eine typische Hürther Eckkneipe. Ich öffne die Eingangstür mit der welligen Glasscheibe, durch die das gelbe Licht auf die Straße dringt. Bernd sitzt nicht an der langen Theke, sondern an einem der Hochtische. Ich schwinge mich auf einen Hocker neben ihn, und er schiebt mir wortlos ein Glas Kölsch rüber. Das Glas, das vor ihm steht, ist noch ziemlich voll.

»Wusstest du, dass ich komme?«, frage ich.

»Ein bisschen«, antwortet er geheimnisvoll.

»Seit wann trinkst du Bier?«, frage ich.

»Seit meine Frau Teetrinken nervig und spießig findet«, antwortet er, nimmt einen Schluck und verzieht dann kaum merklich das Gesicht. Ich nehme auch einen Schluck und finde es ganz lecker. Ich zögere noch ein bisschen heraus, was ich gleich sagen werde. Umständlich ziehe ich mir meine Jacke aus, klettere von meinem Hocker, um sie aufzuhängen.

Als ich wieder sitze, hole ich tief Luft.

»Es tut mir leid. Ich war doof«, sage ich.

Er nickt zustimmend. »Die Kinder?«, fragt er.

»Schlafen«, ergänze ich. Es ist nicht voll hier in Tinas Stube. Wer wohl Tina ist? Ich sehe nur einen Typ, der hinter der Theke ein paar Gläser mit einem Geschirrtuch routiniert abtrocknet und in ein Regal einräumt. An der Theke sitzen zwei Männer, jeder allein, und zwei Tische sind mit kleinen Gruppen von Leuten besetzt. Es läuft alte Achtziger-Jahre-Musik. Ich fühle mich erstaunlich wohl hier.

»Wie kamst du auf Tinas Stube?«

»Bin vorbeigefahren.« Besonders gesprächig ist Bernd nicht.

Wir trinken unser Kölsch und lassen die Kneipenstimmung in uns hineinsickern. Die kleinen länglichen Lampen, die von der Decke hängen, machen ein weiches, orangefarbenes Licht. Meine Hände finden ein paar Bierdeckel, und ich versuche, eine kleine Pyramide zu bauen. Ich lehne zwei Bierdeckel aneinander. Dann noch mal zwei. Jetzt stehen zwei kleine Hütten nebeneinander. Bernd nimmt einen Bierdeckel und legt ihn vorsichtig oben auf die zwei kleinen Hütten.

»Warum machen wir das nicht öfters?«, frage ich und baue vorsichtig eine kleine Hütte oben auf Bernds Bierdeckel. Jetzt habe ich eine Minipyramide. »Das Wort gibt es nicht«, belehrt mich Bernd.

»Öfters?«, frage ich.

Er nickt. »Wie sagt man dann? Warum machen wir das nicht so oft?«

Er nickt wieder, gibt mir aber keine Antwort auf meine Frage.

»Wir sollten das öfters machen.« Ich komme ohne das Wort nicht aus, auch wenn es falsch ist. »Nun nick schon!«, sage ich, und er lächelt ein winziges Lächeln, nickt und schnippst mit den Finger gegen die Minipyramide. Sie stürzt ein.

Ich schaue eine Weile auf die Trümmer. Stelle mir kleine Männchen vor, die verzweifelt hin und her rennen und ihren Kumpel Mirschan suchen, der unter den Bierdeckelwänden begraben liegt. Alle tragen so kleine Kappen, die sie jetzt sorgenvoll in ihren Händen knüllen. Ich hebe einen Bierdeckel an, und Mirschan kriecht quicklebendig hervor und wird von allen umarmt. Happy End, so einfach geht das. Mich interessiert immer, was nach dem Happy End in Filmen und Büchern passiert. Den ganzen Film lang schaut man sich an, wie der Stadtmensch und die Landfrau sich verlieben, aber keine Zukunft haben. Am Ende klappt es dann doch irgendwie, weil sich einer verbiegt, der Liebe wegen. Wie leben die beiden jetzt zusammen, wenn der eine doch New York liebt und die andere mitten in der Pampa leben möchte? Wie viel geht dem, der verzichtet, verloren? Wie viel bleibt von ihm übrig? Was passiert mit dem verliebten Paar, wenn es das erste Schreibaby bekommt und die Nächte nur noch Schnipselschlaf hergeben, wenn überhaupt?

Trägt sie dann immer noch diese sexy Unterwäsche? Oder nur noch U-Boot-Schlüpfer und Still-BHs?

Ich genieße Happy Ends, absolut. Aber ich würde gerne sehen, wie diese glücklichen Paare das Leben bewältigen. Das Leben nach dem Happy Ending.

Ich drücke meinen Daumenfingernagel in einen Bierdeckel und mache lauter kleine Halbmonde.

»Ist Lenas Leben so viel besser?«, fragt Bernd.

Mich stört das Wort besser. »Anders. Es ist einfach anders.«

»Ja, aber ist es besser?«, beharrt er auf einer Wertung.

»Ja, in Teilen sicher. In anderen Teilen wieder nicht. Ich würde nicht ohne Kinder leben wollen.« Wir trinken von unserem Kölsch.

»Warum hat sie keine Kinder?«

»Sie sagt, es wäre irgendwie nicht dazu gekommen.«

»Mhm«, brummt er. »Und du wärst jetzt auch gern Schauspielerin?«

Ich finde diese Frage so plump und unpassend und anklagend, dass ich am liebsten antworte möchte: »Nein, Bernd. Mein Traum war es immer, bei dir im Büro die Idiotenarbeit zu machen.« Stattdessen schweige ich.

Bernd hält das eine Weile aus, dann fragt er versöhnlicher: »Sollen wir mal wieder auf ein Sheryl-Crow-Konzert gehen? Ich glaube, sie spielt im Sommer in Düsseldorf.«

Ich nicke tapfer und versuche ein Lächeln.

»Tja, Düsseldorf ist natürlich nicht der Central Park«, errät er meine Gedanken.

»Und Tinas Stube ist nicht das Seven A«, ergänze ich.

Jetzt schweigt Bernd.

»Ich glaube das ist nur eine Phase«, versuche ich zu erklären. »Ich erinnere mich eben gerade an sehr viele Dinge von meinem Studium in New York. Mir erscheint diese Zeit im Nachhinein so einzigartig und toll. Wenn ich dann den Vergleich ziehe zu unserem Leben heute, dann kommt mir das meiste farblos und langweilig vor, obwohl ich weiß, dass es nicht so ist.«

»Das meiste kommt dir farblos und langweilig vor?« Bernd schaut mich sorgenvoll an.

»Jetzt leg doch nicht jedes Wort von mir auf die Goldwaage! Nimm mich doch nicht so ernst! Das ist, wie gesagt, eine Phase, die geht auch wieder vorbei.«

»Midlifecrisis nennt man diese Phase«, sagt er spöttisch.

»Von mir aus. Lena hat das übrigens auch. Die springt auch nicht vor Glück über ihr Leben im Dreieck. Das ist normal«, finde ich.

»Vielleicht spielt sie nur dir zuliebe mit.«

»Quatsch. Ich denke, jede Frau ohne Kinder fragt sich mit Anfang vierzig, ob das jetzt so in Ordnung ist.«

»Ich finde solche Fragen vor allem unnötig. Man kann sich seine Probleme auch machen.«

»Warum reagierst du eigentlich so aggressiv?«, will ich wissen.

»Ich bin überhaupt nicht aggressiv.«

»Doch. Ich kann nichts sagen, ohne dass du dich gleich aufregst.«

»Ich reg mich überhaupt nicht auf. Du bist diejenige, die meinen Teebeutel in Fetzen gerissen hat.«

Ich seufze und baue die Pyramide neu. Jetzt können Mirschan und die anderen kleinen Männchen wieder einziehen.

Bernd zahlt, und wir fahren mit zwei Autos die vier Straßen bis zu unserem Haus.

Als wir im Bett liegen, flüstert Bernd in die Dunkelheit: »Franzi?«

»Hm?«

»Ich hol uns trotzdem zwei Tickets fürs Sheryl-Crow-Konzert. Und nach New York fliegen wir auch mal wieder, vielleicht wenn Lukas noch zwei Jahre älter ist und wir die zwei allein zu Hause lassen können, okay?«

Statt einer Antwort gebe ich ihm einen Kuss.

Kapitel 6

Ich musste Jo einfach sehen, auch wenn ich dafür jetzt fast fünfundvierzig Minuten Auto gefahren bin. Ich holpere über einen Feldweg und parke vor dem Hof neben Jos Landrover. Die Sonne scheint endlich mal, und ich beschließe mutig, die Jacke im Auto zu lassen.

Keine Jo, kein Pferd. Nur ein paar Kühe grasen auf der Weide und glotzen gelangweilt zu mir herüber. Eine davon ist ziemlich dick und unförmig. Ich nehme an, sie ist schwanger. Sie sieht überhaupt nicht glücklich aus und ist auch die einzige Kuh, die nicht grast. Wahrscheinlich passt einfach nix mehr rein, weil das Kälbchen so viel Platz wegnimmt. Sie tut mir leid. Ich erinnere mich gut an diesen Zustand. Die Kuh hat Glück, weil sie keine Ahnung hat, dass sie das Ding in ihrem Bauch irgendwann unter Schmerzen rauspressen muss. Oder tut das bei Kühen nicht so weh? Das muss ich Jo mal fragen.

Ich gehe um das niedrige Hofhaus herum. Kies knirscht unter meinen Schuhen. Die Stalltür ist weitgeöffnet. Ein Huhn rennt gackernd weg, als ich komme.

»Hallo?«, rufe ich in den dunklen Stall hinein. Keine Antwort. Ich betrete die Stallgasse. Es dauert einen Moment, bis sich meine Augen an den Wechsel von hellem Sonnenlicht zu dunkler Stallbeleuchtung gewöhnt haben. Rechts und links von mir schieben sich neugierige Pferdeköpfe aus den Boxen. Ich bleibe stehen, um sie zu streicheln. Vorsichtig, damit sich kein Pferd erschrickt und niemand schimpft, fahre ich erst dem einen schwarzen Tier links, dann dem anderen, das rechts aus der Box hängt, über die Stirn und streichele die weichen Nüstern. Der Braune versucht mit seiner Lippe, meine Hand zu schnappen, und ich ziehe sie schnell weg. Hier im Stall will ich nicht laut rufen, also laufe ich einmal ganz durch. Keine Jo. Auf dem Rückweg streichele ich noch mal das schwarze Pferd. Ich kraule seine weiße Blesse auf der Stirn und schiebe meine Hand unter seine Mähne. Wunderbar warm ist es da. Als Kind war ich in den Ferien manchmal auf einem Ponyhof. Das war damals pure Glückseligkeit für mich. Wir durften den ganzen Tag mit den Ponys verbringen und, wenn es nachts warm genug war, sogar im Heu schlafen. Es gab unzählige Kätzchen zum Streicheln, Leitern, die auf Heuböden führten, und einen Traktor, den wir manchmal ein Stück lenken durften. Beim ersten Mal hätte ich ihn fast in den Straßengraben gefahren. Seltsam, wie klar manche Kindheitserinnerungen sind. Ich weiß noch genau, wie es sich anfühlte, auf dem ruckelnden, lauten Ding zu sitzen und zu lenken. Damals war ich elf, seitdem bin ich nie wieder Traktor gefahren. Schade eigentlich. Ob ich es noch schaffen würde, eine Kuh zu melken? Auch das lernte ich damals. Man muss die Hand um die Zitze legen und dann mit einem Finger nach dem anderen leichten Druck ausüben. Ich war richtig gut im Melken. Reiten lernten wir nicht wirklich. Wir setzten uns einfach auf die Ponys, und los ging es. Ich erinnere mich an einen Abend, an dem ich mit der Tochter der Besitzerin des Ponyhofs die Tiere von der Weide holte. Wir liefen die ganze Koppel entlang. Es war kühl, und ich hatte keine Jacke an. Ich war so aufgeregt, dass das ältere Mädchen mich ausgewählt hatte, die Pferde mit ihr in den Stall zu holen. Sie schwang sich auf ein Pony und rief mir zu, ich solle das Gleiche tun. Meine Hände griffen in die störrische Mähne, und ich zog mich auf den Ponyrücken. Zu meiner Verwunderung fand das Pony das wohl ganz okay und trabte mit mir auf dem Rücken einfach seinem Kumpel hinterher. Nach und nach folgte uns die ganze Herde. Ich saß ohne Sattel auf dem Pferd, den Wind im Haar, meine Hände in der Mähne. Die Sonne ging hinter uns unter. Ich spürte keine Kälte, nur reines Glück.

Als ich aus dem Stall trete, blendet mich das Sonnenlicht. Eine dünne Frau mit Daunenweste kommt mir entgegen.

»Kann ich Ihnen helfen?«, fragt sie.

»Ja, ich suche Frau Schreiber.«

»Die Tierärztin? Die ist da hinten auf dem Paddock.«

Ich habe keine Ahnung, was ein Paddock ist, will aber nicht wie eine blöde Stadtpflanze dastehen und gehe einfach mal in die Richtung »da hinten«. Auf dem Weg sinke ich mit meinen Stiefeletten im Matsch ein. Gummistiefel wären schlau gewesen. Neulich habe ich total schöne in einem Laden gesehen, knallpink waren die. Aber es macht nicht wirklich Sinn, sich Gummistiefel zu kaufen, nur um damit drei Schritte durch den kleinen Garten zu wandern bis zum Kirschbaum und wieder zurück.

Jo hat sicher Gummistiefel. Bei ihr lohnt es sich. Der matschige Weg macht eine Kurve. Hinter Büschen kann ich auf einem kleinen eingezäunten Platz ein Pferd erahnen. Das muss der Paddock sein.

Als ich näher komme, sehe ich Jo, die tatsächlich in geblümten Gummistiefeln das Pferd longiert. Ich lehne mich mit den Armen oben auf den Zaun und schaue ihr zu. Ihre lockige Mähne hat sie zu einem Zopf gebunden. Mit ruhigen Bewegungen dirigiert sie das Pferd im Kreis herum. Es ist ein schönes Bild. Es scheint dem Tier wieder gutzugehen. Soweit ich das beurteilen kann, läuft es jedenfalls ganz gleichmäßig.

Jo dreht sich in der Mitte der Weide langsam im Kreis, um das Pferd im Blick zu behalten. Jetzt sieht sie mich und winkt. Dann zeigt sie auf meine Haare und hält den Daumen nach oben. Ihr gefällt meine neue Frisur. Eine Weile lässt sie das Pferd noch kreisen, dann hält sie es an, nimmt es am Zügel und führt es zu mir an den Zaun. Wir umarmen uns über das Holz hinweg, so gut es geht. Ihr Patient wirft ungeduldig den Kopf hoch und runter.

»Der braucht Bewegung, aber das ist jetzt nicht mehr mein Job«, erklärt Jo.

»Ist er wieder okay?«

»Ja, das war jetzt nur noch mal die Endkontrolle. Alles ist wieder am rechten Platz, und er läuft wie 'ne Eins. Ich bring ihn eben rüber auf die Weide. Kommst du mit?«

Ich laufe den matschigen Weg zurück neben Jo her, das große Tier in unserer Mitte.

»Und?«, fragt Jo. Ich weiß gar nicht, wo ich anfangen soll, und erzähle erst Mal vom Interview.

»Wie war das für dich, vor der Kamera zu stehen?«

»Ich stand ja nicht, ich saß«, witzele ich.

»Wie war das für dich, vor der Kamera zu sitzen«, fragt Jo unbeirrt noch mal. Ich überlege. »Erst ganz schrecklich und dann eigentlich schön. Schwierig fand ich nur meine Rolle.«

»Deine Rolle?«

»Ja, die Rolle der Freundin, die damals mit dem Star, also mit Lena, auf der Schauspielschule war. Wir hatten den gleichen Start, und jetzt ist sie erfolgreich und ich … nicht.«

Die Hufe des Pferdes machen ein beruhigendes rhythmisches Matschgeräusch auf dem Weg. Meine Schuhe sind komplett eingesaut, und ich gebe mir keine Mühe mehr, möglichst saubere Stellen zu finden, wohin ich treten kann. Ich laufe einfach wie Jo durch alles durch, als hätte ich auch Gummistiefel an.

»Aber du machst etwas komplett anderes. Ich finde, nicht erfolgreich wärst du nur, wenn du immer noch verzweifelt versuchen würdest, Rollen zu bekommen, und den achten Komparsen von links im Hürther Kammertheater spielen müsstest.«

»Ja, sicher, aber es fühlte sich trotzdem die ganze Zeit so an, als müsste ich ständig ausstrahlen, wie wenig mir die Schauspielerei inzwischen bedeutet.«

»Bedeutet sie dir denn was?« Jo schaut mich an, unsere Blicke treffen sich kurz, dann schiebt sich das große Pferd wieder zwischen uns. »Entschuldige, wenn ich da so blöd nachfrage, aber du hast nie groß davon geredet, seit wir uns kennen.«

Das stimmt. Als Jo und ich uns kennenlernten, war ich mit Lukas schwanger und sie mit Luis. Ich parkte meinen Kugelbauch gerade auf einer Parkbank an einem Spielplatz auf der anderen Rheinseite, der Schäl Sick. Die »falsche Seite« heißt auf Kölsch die Seite vom Rhein, auf der sich NICHT der Dom befindet. Mia spielte ein paar Meter vor mir im Sand. Die Sonne schien, alles war friedlich, und mein einziger Wunsch war der nach einem Kaffee mit viel Milch. In der ersten Schwangerschaft trinkt man ja keinen Kaffee mehr, weil das Koffein dem Baby schaden könnte. In der zweiten Schwangerschaft muss man dann regelmäßig Kaffee trinken, weil man ohne Koffein sonst gar nicht über den Tag kommt. Statt Kaffee kam dann Jo. Eine unglaublich bauchige Frau mit ihren zwei kleinen Mädchen, die sich, sobald sie im Sand saßen, kreischend um eine Schaufel stritten. »Wenn jetzt nicht sofort Ruhe ist, werfe ich diese bescheuerte Schaufel in den Rhein! Und da wird sie dann von Haien gefressen!«, schrie die Schwangere die beiden an und ließ sich stöhnend neben mir auf der Bank nieder.

»Von Schaufelhaien?«, fragte ich sie grinsend.

Sie lachte. »Auf alle Fälle von Schaufelhaien. Die schwimmen hier doch überall rum. Außerdem hab ich das Gefühl, ich brüte gerade einen aus! Wie weit bist du?«, fragte sie mit einem Blick auf meine Kugel.

»Noch sechs Wochen. Und du?« Ich war sicher ihre Antwort wäre »morgen«, bei der Bauchgröße.

»Noch acht«, jammerte sie.

»Tage?«, fragte ich.

»Wochen!«, antwortete sie.

»Oh.«

»Ja, ich weiß, ich sehe aus, als ob ich jeden Moment aufplatze, und genauso fühlt es sich auch an. Drittes Kind eben.«

Ich nickte mitfühlend und beschloss im Stillen, dass unsere Familienplanung nach diesem Baby abgeschlossen sein würde. Wir redeten über alles Mögliche, und ich merkte schnell, dass Jo sehr viel anregender als ein Kaffee war. Beide brüteten wir einen Jungen aus, und wir freuten uns darüber, denn Mädchen hatten wir ja schon. Damals ahnten wir ja noch nicht, was uns bevorstand.

Jo und ich sehen uns heute manchmal noch fragend an, wenn Luis und Lukas kein Stück Weg gemeinsam gehen können, ohne dass es ein Wettbewerb wird, wer schneller, höher, weiter oder wenigstens lauter rennt oder springt oder rülpst. Es ist schön, eine Freundin zu haben, die das Wunder Junge genauso staunend erlebt wie ich.

Ich kenne Jo jetzt seit zehn Jahren, und wir haben tatsächlich kaum über meine nicht vorhandene Schauspielkarriere gesprochen. Es war einfach nie wichtig. Bedeutet mir die Schauspielerei jetzt noch etwas?

»Ich weiß es nicht«, antworte ich ehrlich. »Vielleicht ist es einfach der Klassiker, dass man plötzlich auch Kuchen will, wenn man sieht, dass der am Nachbartisch welchen hat.«

Wir sind an der Weide angekommen. Ich öffne das Tor. Jo nimmt dem Pferd das Zaumzeug ab und entlässt es mit einem Klaps auf den Popo. Die dünne Daunenweste, die ich vorhin im Stall getroffen habe, kommt auf uns zu. Sie ist die Besitzerin des Pferdes und lässt sich von Jo erklären, was sie jetzt mit dem geheilten Bein machen muss und was sie vermeiden soll. Ich hoffe, dass sie dann schnell wieder geht und Jo und ich unser Gespräch fortsetzen können. Tatsächlich verabschiedet sie sich bald, steigt in ein rotes Auto und verschwindet.

Jo und ich setzen uns auf den Zaun. Es ist gar nicht so einfach, da hochzuklettern, aber als ich endlich oben bin, fühle ich mich wie früher mit elf auf dem Ponyhof. Die Luft ist klar, die Vögel zwitschern in den Büschen und Bäumen. Die Sonne wärmt meine Oberschenkel. In meiner schwarzen Hose wird mir fast zu heiß. In einigen Metern Entfernung grasen die Kühe, die mich vorhin so gelangweilt angeschaut haben. Die Unförmige hat sich hingelegt. Jo klettert noch mal vom Zaun und zaubert aus ihrer Arzttasche, die auf dem Boden steht, zwei Schokoriegel.

Ich zeige auf die schöne alte Ledertasche. »Ich dachte, die hast du nur mit zum Angeben! Ich hatte keine Ahnung, dass da so sinnvolle Dinge drin sind!«

»Ich bin Tierärztin, liebe Franzi. Ich hab 'ne ganze Menge sinnvoller Dinge in meiner Arzttasche.«

»Hase, du bist Pferde-Osteopathin, du brauchst gar keine Arzttasche, die schleppst du bloß rum, weil sie so schön ist.« Ich beiße in meinen Schokoriegel.

Jo streichelt ihre bauchige Ledertasche. Sie ist wirklich wunderschön. Genauso, wie man sich eine Arzttasche vorstellt, aus weichem Leder mit vielen Rissen und einem schönen bronzefarbenen Schnappverschluss oben. Allein nur wegen der Tasche könnte man sofort Tiermedizin studieren.

»Also«, sagt Jo, als sie wieder neben mir sitzt und den Mund voller Schokolade hat. »Du hast in Berlin plötzlich gesehen, wie viel Kuchen Lena hat, und jetzt willst du auch ein Stück, hab ich das richtig verstanden?«

Ich seufze. »Nein, ganz so einfach ist es nicht. Es gab mal 'ne Zeit, da war ich wirklich neidisch auf Lena. Das ist jetzt nicht mehr so, denke ich«, füge ich etwas unsicher hinzu. »Aber Lena erinnert mich an die schöne, wilde Zeit in New York. Und wenn ich diese Zeit mit heute vergleiche, dann …«

Jo ist vom Zaun gesprungen und ein paar Meter weggegangen.

»Hab ich was Falsches gesagt?«

»Die Kuh kalbt.«

Mit dieser Metapher kann ich nichts anfangen. Wer ist die Kuh? Lena oder ich? Erst als Jo mit langen Schritten auf die gegenüberliegende Weide eilt, verstehe ich. Die Kuh ist die Kuh, die Unförmige, die sich hingelegt hat.

Ich folge ihr und bin nicht sicher, wie nah ich herankommen darf. Noch bevor ich unter dem Zaun durchschlüpfen kann, ruft Jo mir zu:

»Hol Heu oder Stroh, was du finden kannst!« Sie deutet auf den Stall und geht dann runter in die Hocke, um die Kuh zu untersuchen.

Ich weiß nicht, wohin mit dem Rest von meinem Schokoriegel, und lass ihn deshalb einfach fallen. Ich renne zum Stall. Heu, Stroh, wo finde ich das? Keine Leiter zu einem Heuboden. In den Boxen! Die erste Box ist voller Pferdeäpfel, auf denen kann man doch kein Kälbchen zur Welt bringen. Die Zweite auch, macht denn hier nie jemand den Stall sauber? Was ist das überhaupt für ein Laden? Wo ist die Bäuerin? Wenn das die dünne Daunenjacke war, ist sie gerade weggefahren. Die beiden Pferde strecken neugierig ihre Köpfe raus. Ihre Boxen sehen einigermaßen sauber aus, aber ich traue mich nicht, zu ihnen reinzugehen. Verzweifelt drehe ich mich einmal im Kreis.

Denk nach, Franzi, du wirst doch wohl einen Arm voller Stroh oder Heu auftreiben in einem STALL! Es muss eine Kiste geben. Es gibt immer eine Kiste voller Heu. Ich find eine große Holzkiste, reiße sie auf und finde Kiloweise Hafer. Na, super. Dann nehme ich eben doch das Pferdeäpfelstroh aus der Box. Ich reiße die Tür auf, schiebe sie zur Seite. Ich will mich gerade bücken, um etwas Stroh aufzusammeln, da fällt mein Blick auf den Futtertrog in der Box, gefüllt mit frischem Heu. Ich jubele innerlich und raffe so viel zusammen, wie ich tragen kann.

Auf dem Rückweg trete ich fast auf ein blödes Huhn, das sich laut gackernd in Sicherheit bringt.

»Wohin?«, frage ich, als ich außer Atem bei der Kuh ankomme. »Direkt hier unten hin«, antwortet Jo. Ihre Arme sind beide in der Kuh verschwunden. Als Jo sie wieder rauszieht, sind sie nass und schleimig. »Guck nicht so angewidert, bring mir meine Tasche.«

Ich tue, was sie mir sagt.

»Stimmt was nicht?«, frage ich.

Jo wischt sich gerade die Arme mit Heu ab. »Das Kalb liegt falsch rum. Das ist nicht dramatisch, aber die Lady hier braucht etwas Hilfe.«

Wie aufs Stichwort steht die Kuh plötzlich auf und muht.

»Mach die Tasche auf und such den Strick.«

Ich öffne den Schnappverschluss und wühle mich durch Instrumente und Spritzen in sterilen Verpackungen. In einer kleinen Tüte finde ich tatsächlich einen Strick.

»Du ziehst das Kalb raus, und ich dehne den Muttermund.«

»Was?«

»Wir können es auch andersrum machen. Ich muss erst mal die Hufe finden.«

Jos Arme verschwinden wieder in der Kuh, die so unbeteiligt dasteht, als ginge sie die ganze Geburt gar nix an. Kurze Zeit später spannt sich das Muttertier an, und Jos Arme tauchen mit kleinen, unnatürlich weißen Hufen auf. »Strick«, befiehlt sie, und ich reiche ihn ihr. Sie bindet ihn um die kleinen nassen Beinchen und hält ihn mir hin. Ich atme tief ein, greife nach dem Strick und frage: »Und jetzt?«

»Warten wir auf die nächste Wehe.«

Ein paar endlose Minuten oder Sekunden lang passiert nichts. Ich wickele mir den Strick um beide Hände und sehe, wie sich die Kuh anspannt. Jo greift in die Öffnung und weitet sie mit beiden Händen.

»Jetzt, zieh!«, sagt sie.

Ich ziehe behutsam, und es passiert gar nichts.

»Feste!«

Ich ziehe so fest, wie ich mich traue, und bekomme das Kälbchen keinen Zentimeter weit aus der Kuhöffnung. Die werdende Mutter schlägt ungeduldig mit dem Schwanz. Jo fuhrwerkt mit ihren Händen am Loch herum.

»Okay, wir warten die nächste Wehe ab. Franzi, du musst so fest ziehen, wie du kannst.«

»Ich hab Angst, ich tu ihr weh!«

»Erinnere dich doch mal. Nichts tut so weh wie die Presswehen, und man ist für jede Hilfe dankbar, also zieh!«

Die nächste Wehe rollt an, und ich ziehe wie eine Verrückte, als Jo »Jetzt« ruft. Die Kuh stößt ein Dauermuhen aus, und endlich spüre ich, wie sich das Kälbchen bewegt.

»Weiter, weiter!«

Ich ziehe. Die Kuh möchte sich plötzlich hinlegen, tut es, und wir bewegen uns mit ihr Richtung Erde. Der Körper des Kälbchens ist jetzt da, aber der Kopf und die Vorderhufe stecken noch in der Kuh. Alles ist von der Fruchtblase bedeckt. Unter der schleimigen Flüssigkeit sieht das Kalb unheimlich aus. Ich hoffe, es lebt überhaupt noch. Die Kuh muht und muht. Ich weiß genau, wie sie sich fühlt. Lukas war ein echter Brocken. Wir warten auf die nächste Wehe. Endlos.

»Es erstickt uns doch!« Ich kann es nicht aushalten, dass das Köpfchen so lange in der Kuh steckt, während die Hinterläufe am Strick ab und zu hilflos zucken.

Jo schüttelt nur mit dem Kopf. Noch eine Presswehe, und der Kopf wird geboren. Das Kalb ist so lang, dass ich ein paar Schritte nach hinten gehen muss, um weiterzuziehen. Die Vorderläufe flutschen ohne meine Hilfe raus. Leblos liegt das Kleine unter der Hülle in der Fruchtblase. Jo hat ihre Hände wieder, aber sie steht da und tut nichts. Einen verzweifelten Moment lang denke ich, das Kalb ist tot, da beginnt es, sich energisch die Hülle weg zu strampeln. Ich kann nicht anders, gehe auf die Knie und helfe dem kleinen Ding. Jo lässt mich etwas gewähren und schiebt mich dann sanft zur Seite.

»Lass sie das machen«, sagt sie und deutet auf die Kuh, die gerade Mutter geworden ist. Die liegt da allerdings ziemlich ungerührt rum. Das Kälbchen ist schwarzweiß, wie seine Mama. Ich bin erstaunt, wie groß es ist. Es hebt den Kopf und blinzelt überrascht in die sonnige Welt. Sein Fell ist nass, es friert bestimmt. Jo bindet ihm den Strick von den Fesseln ab.

»Sollen wir es nicht etwas mit Heu abrubbeln?«, frage ich.

Sie schüttelt den Kopf. »Komm mit, Hände waschen, lassen wir Mutter und Kind ein bisschen allein.«

Nur schwer kann ich mich von dem kleinen, frisch geschlüpften Wesen trennen. »Kümmere dich!«, sage ich mahnend zu der Kuh, die im Liegen ein paar Halme Gras ausrupft. Ich sammele meinen Schokoriegel vom Boden auf und folge Jo in den Stall.

Wir waschen uns ziemlich lange, bis wir einigermaßen wieder sauber sind. Als wir zur Weide zurückkehren, wird das Kälbchen von seiner Mutter saubergeleckt. Es möchte nicht warten, bis sie damit fertig ist, und versucht, schon aufzustehen. Unglaublich, wenn man das mit einem hilflosen Säugling vergleicht, den wir so zur Welt bringen. Das Kälbchen schafft es nicht, auf seine Beine zu kommen, was aber an der Kuh liegt, die es eifrig leckend immer wieder umschubst. Schließlich ist sie fertig. Mit einer holprigen, aber sehr entschlossenen Bewegung steht das Kälbchen auf. Ich würde am liebsten Beifall klatschen.

Ich schaue zu Jo rüber, die neben mir steht und lächelt. Die ersten unsicheren Schritte, und wir sind dabei, dürfen das Wunder bestaunen. »Wahnsinn, es ist keine zehn Minuten alt und läuft!«, sage ich.

»Das muss es auch, die Mutter kann es ja nicht tragen«, sagt Jo oberschlau. Ich muss mir sofort vorstellen, wie die Kuh auf zwei Hinterbeinen versucht, mit ihren vorderen Hufen das Kälbchen hochzunehmen, und es sich dann über die Schulter wirft und auf zwei Beinen über die Weide stolziert.

»Du warst super«, sagt Jo und sammelt am Zaun ihre Arzttasche auf. »Danke, jederzeit gerne wieder!«, sage ich stolz. Ich fand mich auch gut. Immerhin war das meine erste Kuhgeburt überhaupt, und dann gleich das Kälbchen aus der Kuh ziehen, das ist schon was.

»Wie wollen wir es nennen?«, frage ich Jo.

»Die Kühe kriegen hier, glaube ich, keine Namen.«

»Umso besser, dann haben wir freie Wahl.«

Sie grinst und überlegt. »Dienstag?«, schlägt sie vor. »Weil heute Dienstag ist.«

»Willst du Dienstag heißen?«

»Was ist mit April?« Sie spricht den Monat Englisch aus.

»April ist schön! So nennen wir sie! Ist es überhaupt eine Sie?«, frage ich Jo. Sie schaut kurz nach und nickt. Dann schaut sie noch nach der Kuh. »Kommt da nicht noch die Plazenta?«, will ich wissen.

»Ja, das nennt man bei Tieren Nachgeburt. Ich warte noch, bis sie da ist, muss mal draufschauen, ob sie vollständig ist.«

Ich schüttele den Kopf. »Witzig, wie bei uns.«

»Aber so fit war ich nach der Geburt nie.« Jo zeigt auf die Kuh, die fröhlich neben ihrem Kälbchen grast.

Ich muss lachen. »O Gott, ich auch nicht! Fällt es Tieren so viel leichter als uns?«

»Ich weiß es, ehrlich gesagt, nicht. Ich glaube, ihr Vorteil ist einfach, dass sie sich keine Gedanken machen. Die Kuh dachte nicht: Scheiße, Scheiße, mein Kalb liegt falsch rum, wenn das mal gutgeht. Und sie macht sich auch jetzt keine Gedanken darüber, was hätte schiefgehen können und ob ihr Kalb auch gesund ist, ob sie wohl genug Milch hat, um es zu säugen, und wann es wohl endlich trinkt. Und ob das weh tun wird, wenn es an ihren Zitzen nuckelt, und ob die dann vielleicht wund werden, und, o Gott, sie hat ja überhaupt keine Brustwarzensalbe auf Vorrat in ihrem Schuppen!«

»Sie denkt wohl auch nicht drüber nach, ob sie jemals ihre alte Figur wiederbekommt und dass das Kälbchen ihr total ihren Euter ausleiern wird?« Wir lachen beide.

»Kuh müsste man sein!«, sage ich. Dann schaue ich auf die Uhr und sehe, dass ich eigentlich seit einer halben Stunde schon zu Hause sein müsste. »O Gott, ich muss los! Das war toll mit dir, Jo! Vielen Dank für das Erlebnis!« Ich umarme sie.

»Bedank dich bei der Lady hier!«

»Danke, Kuh. Tschüs, April, ich komm dich mal besuchen. Schön Milch trinken!«

Ich steige mit matschigen Schuhen in mein Auto. Stroh in meinen Haaren, alles riecht nach Kuh. Seltsam glücklich fahre ich nach Hause.

Kapitel 7

Ich wache auf und weiß sofort, das wird ein richtiger Scheißtag. Manchmal ahnt man es einfach. Mein Nacken fühlt sich an, als hätte ich heute Nacht die Schlafzimmerdecke über Kopf gestrichen. Alles ist verspannt, und ich kann den Kopf nicht richtig nach links drehen. Meine Schulter tut auch weh. Ich wünschte, ich wäre ein Pferd und könnte zu Jo in die Sprechstunde. Beide Kinder vergessen ihre blöden Zettel, auf denen ich eintragen musste, wann ich Zeit für ein Elterngespräch habe. Ich hab das gestern extra noch mit dem Kalender verglichen und zwei Termine gefunden, und dann lassen sie den Zettel liegen, und wir sind wieder die blöde Familie, die es nicht auf die Reihe bekommt, so einen Wisch pünktlich abzugeben. Am liebsten würde ich mir sowieso alle Elterngespräche sparen. Was kann ich dafür, dass Lukas im Unterricht unkonzentriert ist und Mia zu viel mit ihrer Sitznachbarin quatscht?

Als ich im Büro ankomme, stelle ich fest, dass ich die zwei Kästen Wasser zu Hause vergessen habe. Jemand muss ja dafür sorgen, dass wir im Büro nicht vertrocknen. Die alten Kästen sind leer und stehen immer noch in der Küche herum. Jeden Tag versucht jemand aufs Neue, noch eine volle Flasche zu finden, indem er jede Flasche in der Kiste einmal anhebt. Plock, plock, plock macht es dann, und kurze Zeit später schreit jemand: »Franziska, Wasser ist alle!« Ja, dann fahr verdammt nochmal welches holen, will ich zurückschreien, aber dann gibt es wieder böse Blicke von Bernd, und das will ich nicht.

Also fahr ich noch mal zurück und schleppe schlechtgelaunt die zwei Kästen Wasser vom Flur in den Kofferraum. Ich weiß, Bernd hätte es auch sofort getan, wenn ich ihn darum gebeten hätte. Aber warum muss ich eigentlich allen Menschen, mit denen ich zusammenlebe, ständig alles sagen?! Bin ich denn die Einzige, die ihr Gehirn benutzt? Bernd kann wochenlang über Wasserkästen im Flur steigen, ohne auch nur einen Gedanken daran zu verschwenden, warum die da wohl stehen. Und die Kinder gucken beim Frühstück auf die ausgefüllten Zettel, aber solange keine Mama rumtrötet, dass sie die bitte einpacken sollen, ist es für sie einfach nur eine Tischdeko.

Mein Nacken tut nach dem Einladen doppelt so weh wie vorher. Ich fahre zum Büro und bemitleide mich sehr. Dort angekommen, verdonnere ich Werner, noch bevor er guten Morgen sagen kann, die Kästen reinzutragen. Er sieht mich vorwurfsvoll an, nuschelt was von Bandscheibe und trägt den ersten langsam und gequält den langen Flur entlang bis zur Stahltür. Ich schließe auf und teile Werner ungerührt mit, dass der zweite Kasten noch im Auto ist. Leidend schlurft er an mir vorbei.

In der Küche muss ich feststellen, dass auch die Kaffeepads leer sind. Wieso habe ich die gestern nicht gleich mitgekauft? Jetzt darf ich nachher noch mal zum Supermarkt. Ich muss zwar für uns zu Hause sowieso einkaufen, aber es nervt mich, immer zwei Rechnungen zu verlangen und mit zwei verschiedenen Kreditkarten zu bezahlen. Bernd macht sich solche Sachen immer einfach. Er nimmt eben die Karte, die er gerade zur Hand hat. Ich kann das dann alles mühevoll auseinanderrechnen und zickzack hin und her überweisen, vom Privat- auf das Bürokonto.

Michael kommt mir im Jackett entgegen.

»Wo willst du hin?«, frage ich ihn.

»Hab ein Date!«, sagt er bedeutungsvoll.

»Jetzt?«

Er nickt und grinst wie ein kleiner Junge. Man müsste hier Mitarbeiter sein und nicht die Frau vom Chef, die für den ganzen Scheiß verantwortlich ist.

»Bist du die andere losgeworden, mit der vorgetäuschten Geschlechtskrankheit?«, frage ich, obwohl er schon an der Tür ist.

Er dreht sich noch mal um. »Ja, danke, das war ein toller Tipp!«

»Gerne doch«, brumme ich zu der Tür, die hinter ihm ins Schloss gefallen ist. Das spannende Leben von anderen Leuten kann ich wunderbar in Ordnung bringen. Nur mein eigenes, ödes Leben, das krieg ich nicht so auf die Reihe.

Ich schlurfe zu meinem Schreibtisch und nehme mir heimlich ein Kaffeepad aus meiner Schublade. Ohne Kaffee kann ich gar nicht heute. Etwas getröstet sitze ich kurze Zeit später mit dem heißen Getränk an meinem Arbeitsplatz. Mein Handy brummt.

Lena teilt mir in einer SMS mit, dass sie zwar ein paar Tage fernsehfrei hat, aber jetzt leider erst mal nach Dubai fliegt, um einen Werbespot zu drehen. Linus hat das wohl irgendwie arrangiert und fliegt auch gleich mit. Es sei zwar alles etwas stressig, aber ein paar Tage Sonne würden ihr sicher auch guttun.

Ja klar. Ganz sicher werden ihr ein paar Tage Sonne in DUBAI guttun. Es ist wieder superkalt geworden, ich habe heute Morgen meine Daunenjacke angezogen, die jetzt hinter mir über dem Stuhl hängt. Der Himmel ist grau in grau mit Aussicht auf Regen. Ich glaube, MIR würden ein paar Tage Sonne in Dubai auch ganz guttun. Wem nicht?

Dieser letzte Satz ist eigentlich eine unfassbare Unverschämtheit von ihr. Aber vermutlich hat sie keine Ahnung, was sie damit auslöst. Vermutlich ist es für Lena gar nichts Besonderes, in die Sonne zu fliegen. Sie weiß nicht, wie es ist, wenn man sich das jahrelang wünscht und es dann doch wieder Holland wird, weil ein Flug in der Hauptreisezeit für vier Personen einfach zu teuer ist. Sie bekommt den Flug bezahlt und das Hotel und bekommt auch noch Geld dafür, in der Sonne zu stehen und lächelnd irgendeine Limonade zu trinken oder was auch immer sie da verkaufen soll.

Ich google Bilder von Dubai, um mein Elend noch ein bisschen zu steigern. Sonne, Meer, wahnwitzige Hochhäuser mit Pools und Palmen und Einkaufszentren. Ich sehe Lena vor mir, wie sie majestätisch durch den Pool schwimmt. Als sie aus dem Wasser gleitet, eilt ein Mann herbei und umhüllt sie mit einem Bademantel. Sie schüttelt ihre perfekte Frisur zurecht und streckt sich auf einer Liege aus. Eine große Sonnenbrille im Gesicht, einen Cocktail in der Hand. Ihre langen, gebräunten und selbstverständlich glattrasierten Beine ragen aus dem strahlend weißen Bademantel. Ein Aufnahmeleiter flüstert ihr zu, dass jetzt gleich weitergedreht wird. »Gib mir noch eine Minute, John«, sagt Lena, lehnt sich zurück und trinkt ihren Cocktail.

»Hättest du das nicht schon gestern Abend wissen können, dass du umziehst? Dann hätte ich weniger getrunken und mehr geschlafen!«

Mein Kopf brummt, während wir Lenas Kram die Treppen runterschleppen. Das waren eindeutig zu viele Cocktails gestern Nacht. Außerdem ist so viel passiert, über das ich erst mal nachdenken müsste, aber Lena lässt mir keine Zeit. Vielleicht dient der ganze Hauruck-Umzug überhaupt nur dazu, dass wir nicht drüber nachdenken, was letzte Nacht geschehen ist.

»Das ist eine einmalige Gelegenheit. Heidi hat ein Zimmer frei, und wenn ich da nicht heute einziehe, ist es weg. Du wolltest doch immer, dass ich bei Messie ausziehe.«

Lena wuchtet ihren Koffer die letzte Treppe runter und lässt ihn einfach vor der Tür stehen. Da ist sowieso kein Platz, und jetzt kann niemand mehr raus oder rein. Aber mit solchen Kleinigkeiten können wir uns nicht aufhalten. Unser Plan ist, schnell auszuziehen, bevor Messie überhaupt aufwacht. Wie

die Einbrecher schleichen wir rein und raus und schleppen etwa zweihundert Plastiktüten die Treppen runter. Was für ein Glück, dass man hier an jeder Ecke alles in Plastik verpackt bekommt, sonst hätten wir jetzt echt ein Problem, Lenas ganzen Krempel zu verpacken. Der eine Koffer war sofort voll, und Umzugskisten gibt es natürlich nicht, wenn man morgens um acht ruckartig beschließt umzuziehen. Ich schaufle mit den Händen hundert Zettel und kleine Bücher, die wir im Dramatic Bookstore um die Ecke vom Times Square gekauft haben, in eine Tüte.

Dieser Laden ist ein echtes Abenteuer. Man muss eine so steile Treppe hochklettern, dass man das Gefühl bekommt, das Betreten des Ladens ist eigentlich schon ein Casting, weil es nicht alle schaffen. Dann betritt man zwei kleine Räume, die bis unter die Decke vollgestopft sind mit Büchern, und wenn man Pech hat, auch mit Menschen. Alles ist so chaotisch angeordnet, man kann unmöglich irgendetwas finden. Darum suchen Lena und ich immer sofort den Typen, der hier arbeitet.

»Hi, how can I help youuu«, sagt er jedes Mal so schwul, dass man denkt, er selbst spiele gerade den Kerl aus *Ein Käfig voller Narren* nach. Aber er kennt alle, ich schwöre, alle Stücke auswendig. Man kann ihm zum Beispiel sagen, ich suche eine dramatische Szene, in der ich eine leicht durchgeknallte Frau spielen kann, dann drückt er einem *Endstation Sehnsucht* in die Hand. Oder man verlangt eine Szene, die auf dem Empire State Building spielt, dann hat man die Wahl zwischen modern – *Schlaflos in Seattle* – oder antik – *Ruhelose Liebe*. Der Mann ist eine Wunderwaffe. Falls er nicht selbst der Ladenbesitzer ist, dann hat der Dramatic Bookstore den besten Mitarbeiter der Welt.

»Okay, das ist die letzte Fuhre«, motiviert mich Lena und geht, mit drei Tüten bepackt, voraus.

Als hätte sie es geahnt, höre ich durch das Treppenhaus plötzlich Messies Stimme, die nach Lena ruft. Wir erstarren beide.

Ein Blick auf die vielen Tüten, die uns den Ausgang versperren, macht uns klar, dass Lena jetzt nicht um ein Gespräch mit ihr herumkommen wird.

»Geh hoch, ich räum das schon mal auf die Straße«, biete ich an.

Lena macht ein unglückliches Gesicht und steigt seufzend die Treppe hoch. Ich beeile mich, irgendwie die Haustür aufzustemmen und alles rauszuschieben.

Kurze Zeit später kommt Lena. Sie sieht nicht so zerknittert aus, wie ich es erwartet hätte.

»Was hast du ihr gesagt?«

Jetzt kommt Leben in ihre braunen Augen. Sie beginnen zu funkeln. »Etwas, was man ihr längst mal hätte sagen sollen.«

Ich lache, und gleichzeitig sagen wir: *»You – grow up!«*

Der Taxifahrer, den wir heranwinken, ist nicht begeistert, dass er nicht nur zwei hübsche Frauen mitnehmen soll, sondern auch den ganzen »Müll« hinter uns, den er wohl nicht gesehen hat. Er bleibt sitzen und schimpft vor sich hin und lässt Lena und mich allein alles in den Kofferraum laden. Das wird ihn das Trinkgeld kosten.

Ich hatte gar nicht gefragt, wo Lenas neue Wohnung ist, und auch nicht zugehört, als sie dem Taxifahrer die neue Adresse nannte. Deshalb bin ich auch nicht verwundert, als er plötzlich in den Central Park abbiegt.

»What the …« Lena schaut nervös aus dem Fenster. *»Sorry, Sir, this is the wrong way.«* Sie zieht die Plastikscheibe auf, die uns vom Fahrer trennt. Der Fahrer tut so, als hätte er nichts gehört, und fährt weiter in den Central Park. Ich sehe ein paar Leute in kurzen Hosen joggen. Bernd taucht vor meinem inneren Auge auf in seiner kurzen Hose.

Lena stupst mich in die Seite. »Franzi, der fährt total falsch!«

Ich weiß, das sollte mich jetzt beunruhigen oder sogar alarmieren, aber ich bin irgendwie gerade weit weg. Meine Gefühle sind noch bei dieser besonderen Nacht, und die Lena, die jetzt neben mir sitzt, passt nicht zu der Lena, die ich heute Nacht erlebt habe.

Da ich nicht reagiere, versucht sie es wieder bei dem Taxifahrer.

»Sie fahren falsch!«

»Richtiger Weg«, antwortet er. Plötzlich spricht er nur noch ein gebrochenes Englisch. Gute Masche, wenn der so weitermacht, kriegt er gar kein Geld.

Sie nennt ihm noch mal die Adresse auf der Westside, der Seite des Parks, die wir gerade verlassen haben.

Er antwortet nicht und fährt weiter, drosselt aber die Geschwindigkeit. Langsam tauche ich aus meinem Nebel auf. Er setzt den Blinker und fährt rechts ins Gebüsch. Ruckartig bin ich in der Wirklichkeit, Adrenalin überschwemmt meinen Körper. Ich sehe Lena, die mit entsetzten Augen versucht, unsere Fluchtmöglichkeiten abzuchecken. Der Typ muss völlig irre sein. Man ist sonntags morgens um halb neun ganz und gar nicht allein im Park. Aber wer weiß, wie schnell er ist. Vielleicht reicht die Zeit, bis uns ein Jogger bemerkt, um eine von uns zu vergewaltigen und umzubringen. Er stellt den Motor ab. Ich sehe mich verzweifelt nach einer Waffe um. Mein Schlüssel! Wo ist mein Haustürschlüssel?! Warum hab ich kein CS-Gas in meiner Tasche? Wie kann man überhaupt in Manhattan wohnen ohne CS-Gas in der Tasche?

Ich finde meine Schlüssel und schließe meine Hand fest um den Ring, der Schlüssel ragt jetzt wie ein viel zu kurzes Schwert durch meine Finger. Lena, die dumme Nuss, kommt gar nicht auf die Idee, sich zu wehren, und sitzt nur da und presst sich angstvoll die Hände vor den Mund. Warum sind wir nicht längst losgerannt? Einfach Tür auf und raus aus dem Auto, in den Park rennen. Wie hypnotisiert kleben wir auf unseren Sitzen. Der Fahrer dreht sich langsam zu uns um. Ich erwarte, gleich in eine schwarze Pistolenmündung zu blicken. Man sollte sich seine Kennnummer merken oder wenigstens seinen Namen. Falls wir das überleben, können wir ... ich weiß nicht, was wir dann können.

»Hasan Wlukanowa«, lese ich auf der Plastikscheibe neben seinem Foto und versuche fieberhaft, mir den Namen zu merken. Er sieht auf dem Bild aus wie ein Verbrecher, genau so sehen Killer aus, warum haben wir nichts gemerkt? Warum sind wir in dieses Todestaxi gestiegen?

Hasan lässt sich Zeit mit der Pistolenmündung. *»Wait here«*, befiehlt er uns und steigt aus. Lena, die auf der Fahrerseite sitzt, nimmt ihre Hände vom Mund und raunt mir zu: »Renn weg, Franzi, renn und hol Hilfe!«

Ich fingere kraftlos an der Tür herum. Ich bekomme sie nicht auf.

»Was macht der?«, fragt Lena, und ich stoppe meine sinnlosen Fluchtversuche und schaue aus dem Fenster.

Der Typ geht ein paar Schritte ins Gebüsch. Vielleicht hat er da ein Waffenlager.

»Mach so leise, wie du kannst, die Tür auf, wir schleichen raus und hauen ab!«

Lena hat eine gute Idee nach der anderen, nur leider bin ich außerstande, die Tür zu öffnen, und schon gar nicht leise. Sie rutscht zu mir rüber und findet den richtigen Hebel.

Ich schaue rüber zum Killer, ob er schon mit einer Kalaschnikow auf dem Rückweg ist, da sehe ich, dass er jetzt vor einem Baum steht und ... pinkelt!

Wir sehen uns ratlos an. »Raus!«, befiehlt Lena, und ich gehorche.

Statt wegzurennen, packt Lena wütend ihren Kram aus dem Kofferraum. Hasan, der Killerpinkler, kommt zum Auto zurück. Mir geht das alles zu schnell. Ich bin eigentlich noch im Wegrennen-und-Hilfe-holen-Modus und stehe tatenlos rum.

»Franzi, Tüten ausladen!« Lena hat erkannt, dass ich nur auf glasklare Ansage reagiere. Ich packe also Tüten aus, obwohl Killer-Hasan jetzt auf uns zukommt. *»He, what's up? Get back in car!«*

»Vergiss es, Baby«, sagt Lena auf Deutsch und zerrt ihren Koffer auf die Wiese. Ich nehme mir so viele Tüten, wie ich nur tragen kann, und stiefle einfach los. Weg vom Auto, weg vom Gebüsch, dem Waffenlager, dem bescheuerten Taxifahrer, der uns Todesangst einjagt, weil er mal muss. Ich laufe und laufe, bis meine Arme fast abfallen und ich nicht mehr kann. Dann lass ich mich mit allen Tüten einfach auf die Wiese unter einen Baum fallen. Hundert Meter hinter mir ist Lena, die, mit Koffer und noch mehr Tüten bepackt, nur ganz langsam vorankommt. Ich suche den Park nach dem Killer ab, aber der ist nirgends zu sehen. Vermutlich ist er mit seinem Taxi weggefahren, um die nächsten Fahrgäste zu schocken. Lena erreicht mich schwer atmend, wirft erst den ganzen Kram hin und dann sich selbst neben mich. Außer Atem liegen wir auf dem Rücken nebeneinander. Über uns tanzen ein paar Blätter im Wind.

»Was war das?«, frage ich nach einer Weile.

»Schön war das«, antwortet sie, und ich weiß, dass sie nicht das Todestaxi, sondern unsere Nacht meint.

»Und jetzt?«, frage ich und richte mich auf. Wir sitzen vor neun Uhr an einem Sonntagmorgen mit Lenas komplettem Besitz, in Plastiktüten verpackt, mitten im Central Park.

»Jetzt heiratest du Bernd, und ihr lebt glücklich, bis dass der Tod euch scheidet.«

»So was darf einfach nicht passieren!« Bernd knallt mir die falsche Bestellung auf den Tisch. Ein Großkunde von uns hat pünktlich seine georderten 200 000 Dichtungsringe bekommen, allerdings in der falschen Größe. Die richtige Größe brauchte er praktisch gestern, aber bei einer so großen Bestellung wird es mindestens vier Wochen dauern, bis wir ihm die richtigen Ringe liefern können. Dazu kommt, dass wir jetzt auf 200 000 Dichtungsringen sitzen, die in einer Größe angefertigt wurden, die kaum einer je bestellt. Und ich bin schuld. Ich habe diese falsche Bestellung aufgegeben.

»Gib mir die Kontaktdaten, ich ruf an und klär das«, sage ich tapfer.

Bernd ist richtig sauer. Er versucht, seine Wut unter Kontrolle zu halten, aber ich kenne ihn gut und sehe, wie er sich zusammenreißen muss. Am liebsten würde er mich jetzt eine halbe Stunde am Stück anschreien.

Das möchte der Großkunde auch, und der reißt sich nicht zusammen, als er mich in der Leitung hat und ich meine dünnen Entschuldigungen vorbringe. Ich muss ihm dann auch noch verkaufen, dass er die Ringe frühestens in vier Wochen bekommt. Ich hätte zwei Wochen sagen können, das hätte viel besser geklungen, aber ich mag diese Hinhalte-Techniken nicht. Ein weiterer Wutschwall prasselt durch den Hörer. Ich verstehe ihn ja, er hat auch Kunden, die ihm jetzt auf den Füßen stehen, und Aufträge, die er vielleicht meinetwegen verliert. Es war doch nur ein ganz kleiner Fehler. In der Excel-Tabelle eine falsche Zahl eingetippt. Menschlich, kann passieren. Passiert Mia in jeder Mathearbeit. Aber im echten Leben kann man sich solche Fehler nicht leisten. Im echten Leben kosten sie dich nicht einen Punkt, sondern Zigtausende Euro. Als ich endlich auflege, möchte ich am liebsten heulen.

Aber ich bin noch nicht durch mit den Beschimpfungen. Bernd erwischt mich in der Kaffeeküche, schließt die Tür und legt mit einer leisen, wütenden Stimme los. Es fallen Formulierungen wie: die einfachsten Aufgaben – Praktikanten-Niveau – einfach mal konzentrieren – wenn ich so arbeiten würde …

Eigentlich habe ich schon beim ersten Satz abgeschaltet. Der Satz, in dem vorkam, dass ich anscheinend nicht in der Lage bin, die einfachsten Aufgaben zu erledigen. Eine Art WOOOSH setzt bei mir ein, nur nicht so angenehm. Alles füllt sich von innen mit dichtem Nebel. Mein Gehirn schaltet vom Normalprogramm auf »funktionieren« um.

Mechanisch mache ich mir einen Kaffee, den ich nicht trinken werde. Ich schmeiße kleine Pads weg, wische die Arbeitsplatte sauber und trage den Müll raus, als Bernd schließlich fertig ist und die Küche verlässt.

Ohne Jacke rausche ich um das Gebäude herum zu den Müllcontainern. Ich werfe den Müllsack in einen der großen, silbernen Container. Zwischen den stinkenden Ungetümen bleibe ich reglos stehen. Eine Weile starre ich meine Schuhe an, die immer noch etwas schmutzig sind von den matschigen Feldwegen auf dem Hof, auf dem ich vor kurzem geholfen habe, das kleine Aprilkälbchen zur Welt zu bringen. Diese Aufgabe habe ich gut gemeistert, und es fühlte sich so viel besser an, als Zahlen in eine Tabelle einzugeben. Ich hab die verdammte falsche Größe bestellt. Zweihunderttausend Stück. Ein kleiner dummer Fehler mit riesigen Folgen.

Wenn Jo einen kleinen Fehler macht, stirbt dann ein Tier? Und erntet sie dann auch Wut oder sogar Tränen?

Plötzlich knallt die Sonne auf meine Schultern. Ich blicke nach oben. Es ist windig, Wolken jagen am Himmel. Blaue Fetzen Himmel werden sofort wieder bedeckt. Die Sonne geht hinter einer Wolke unter und taucht kurze Zeit später wieder auf. So hell und gleißend, ich muss die Augen schließen. Eine Weile stehe ich so zwischen den Containern. Die Arme vor dem Körper verschränkt. Die Augen geschlossen. Einerseits bin ich so wütend auf mich selbst: So eine große Bestellung haben wir nicht jeden Tag. Die muss man kontrollieren. Doppelt, dreifach, bevor man sie rausschickt. Ich erinnere mich, das sogar gemacht zu haben. Alle Kontrolle hilft nicht, wenn man den Fehler einfach nicht bemerkt. Andererseits bin ich unglaublich verletzt und fühle mich ungerecht behandelt. Ich mache alles in dem Laden, alles. Und dann geht eine winzige Kleinigkeit schief, und ich werde angeschrien, ich sei nicht in der Lage, die einfachsten Aufgaben konzentriert zu erledigen.

Ich mache die Augen wieder auf und schaue noch mal hoch in die Wolken, auf der Suche nach einem Stück Himmel. Lena fällt mir wieder ein, die gerade sicher am Pool sitzt mit dem Cocktail, und ich steh hier in der Kälte zwischen Müllcontainern und lass mich von meinem Mann blöd anmachen wegen einer falschen Zahl in einer Tabelle. Ich sehe mich um, ob jemand in der Nähe ist. Als ich niemanden entdecke, schreie ich ein lautes »HAAA!« gegen den Wolkenhimmel. In meinem Kopf höre ich Mrs Rose' Stimme: *»Make a sound, the big sound!«*, dazu hat sie uns immer aufgefordert, wenn wir nach einer Übung ein blödes Gefühl nicht loswerden konnten. Ich schreie kurze, stakkato-artige »Has« in den Himmel. Dann wieder ein langes tiefes »HAAA«. Besser als die kurzen, also gleich noch mal eins hinterher. Der Himmel reißt auf von meinem Geschrei. Ganz viel Blau ist auf einmal zu sehen. Ich versuche, alles in mir mit diesem Blau aufzufüllen. Es gelingt mir irgendwie nicht, und ich komme mir plötzlich blöd vor, hinter dem Haus am Müll zu stehen und mir mit »Has« und einem Stück blauem Himmel mein Leben zu reparieren.

Jos Sofa ist ein guter Ort, um sich zu trösten. Jo und Mike haben sich kein Gortan bestellt. Ihr Sofa ist selbstkreiert. Wenn ich das versuchen würde, wäre das garantiert eine wackelige, unbequeme und dazu noch hässliche Konstruktion. Aber Jo kann das. Das Unterteil ist ein einfaches Ding, ohne Lehne. Den weißen Stoff hat sie in ein rauchiges Grau gefärbt. Dann hat sie das Teil an die Wand gestellt und unendlich viele große dicke Kissen draufgelegt, in denen man sich vor der Welt verstecken kann. Und genau das brauche ich jetzt. Jo ist noch oben bei den Kindern. Mike ist natürlich nicht da. Ich denke an Bernd, der zu Hause bei uns jetzt auch die Kinder allein ins Bett bringen muss. Ich bin wortlos gegangen, nachdem mich unser Schweigen fast erdrückt hat.

»Mach doch schon mal Tee!«, ruft Jo aus dem oberen Stockwerk ihres Reihenhauses nach unten.

Von außen sieht das Haus ganz normal aus. Es fällt nicht

aus dem Rahmen. Wie alle seine Nachbarn auch ist es hübsch hellblau gestrichen. Es steht eine Bank vor dem Haus, und früher lagen vor dem Eingang Bobbycars, Schaufeln und eine Sandkiste in Muschelform aus Plastik herum. Inzwischen ist das Bobbycar einem Stuntscooter gewichen, und den Muschelsandkasten gibt es nicht mehr. So ist es auch bei den Nachbarhäusern. Die Mütter sitzen nicht mehr gemeinsam beim Kaffee im Vorgarten und beaufsichtigen ihre kleinen Kinder. Heute trifft man sich vermutlich abends auf dem Sofa, versteckt sich zwischen den Sofakissen vor der Welt und jammert über sein Leben. Wenn man genau hinschaut, kann man schon von außen sehen, dass bei Jo etwas anders ist als bei den anderen Häusern. Vor den Fenstern sind in den Kästen keine Blumen, sondern Gräser. Jo findet sie schön, und vor allem muss man sie nicht so oft gießen. Innen ist dann alles anders als erwartet. Jo hat ihren ganz eigenen Stil. Sie macht sich nichts aus dem modischen Kram, den man überall im Internet sieht. In ihrem Haus findet man keine Metallschilder mit witzigen Sprüchen oder bunte Tassen mit Sternchen drauf. Hier ist alles so, wie es Jo gefällt, und das ist überhaupt nicht *mainstream*. Der Boden ist schwarz gefliest und mit roten und grünen Teppichen belegt, so dass man keine kalten Füße bekommt.

Ich gehe vom Wohnzimmer in die offene Küche. Glänzende, knallrote Fronten strahlen mir entgegen. Ich finde den verkalkten Wasserkocher, schalte ihn an, und er macht sich ächzend an die schwere Aufgabe, das Wasser zum Kochen zu bringen. Während ich warte, räume ich eben das Geschirr vom Abendbrot in die Spülmaschine. Ich verstaue Butter und Käse in den Kühlschrank und werfe Brotreste in den Müll. Normalerweise sind diese Orte sehr privat. Wenn man bei Freunden in den Kühlschrank oder den Müll schaut, hat man meistens das Gefühl, irgendwie etwas Unrechtes zu tun. Bei Jo geht mir das nicht so. Wir haben so viele intime Details von unseren Geburten besprochen, uns so oft beim Stillen zugeschaut, dass mir alles andere auch seltsam vertraut ist. Obwohl Mike hier natürlich auch wohnt, ist es für mich ganz klar Jos Haus. Jos unaufgeräumte Küche, Jos Kühlschrank mit literweise Milch darin. Vielleicht, weil Mike kaum da ist?

Ich finde zwei große schwarze Tassen im Schrank und wähle für uns einen Tee mit Himbeergeschmack aus, in der Hoffnung, dass er nicht nach alten nassen Handtüchern schmeckt. Der Wasserkocher hat seine schwere Aufgabe bewältigt, und ich gieße heißes Wasser über die Teebeutel. Wie bei einer plötzlichen Flutwelle wird die Tasse überschwemmt. Ein dunkles, gefährliches Meer bahnt sich unbarmherzig den Weg. Ich stelle mir kleine Teebeuteltiere vor, die jetzt um ihr Leben rennen. Ich gieße das Wasser ganz langsam ein, damit die kleinen Teebeuteltiere Zeit haben, sich an dem Faden nach oben zu hangeln und in Sicherheit zu bringen. Sie finden alle Platz auf dem Henkel und verschwinden, sobald ich die Tasse hochhebe und zum Sofa trage. Jo kommt von oben runter, in Jogginghose und Schlabberoberteil. Sie umarmt mich schnell und kramt dann mit seltsamen Bewegungen unter ihrem Shirt rum. Mit einem Seufzer zieht sie ihren großen BH aus dem Ärmel, wirft ihn oben auf die Wäschekörbe, die mitten im Wohnzimmer stehen, und lässt sich in die Kissen aufs Sofa fallen. Wie tot bleibt sie dort liegen.

»Muss ich jetzt auch meinen BH ausziehen?«, frage ich und setze mich neben die tote Frau.

»Ja, bitte«, nuschelt sie zwischen den Kissen. Ich krame unter meinem Oberteil rum, und Jo Kopf taucht neugierig zwischen den Kissen auf. Erst tue ich nur so, als ob, dann hab ich plötzlich Lust, tatsächlich meinen BH auszuziehen und irgendwohin zu werfen. Es dauert eine Weile, bis ich es schaffe, aus den Schlaufen zu schlüpfen. Schwungvoll werfe ich ihn in Richtung Wäschekorb, er landet einen Meter daneben. Meine Schulter tut wieder weh. Seufzend lasse ich mich jetzt auch vorsichtig rückwärts in die Kissen fallen. Ein paar Sekunden liegen wir beide reglos nebeneinander. Es fühlt sich gut an, so ohne BH.

»Erzähl«, fordert Jo mich auf, und ich fange an zu reden. Von den zweihunderttausend Dichtungsringen, von Bernd, nur die Müllcontainer lasse ich weg.

»Ich bin es leid, immer das zu tun, was von mir erwartet wird«, sage ich am Ende.

»Deshalb hast du aber nicht die falschen Gummiringe bestellt?«, fragt Jo lächelnd.

»Es geht vielleicht gar nicht um die Ringe oder um Bernd, der mich da so blöd angemacht hat. Es geht irgendwie um alles!«

»Franzi, was ist los?«

»Ich weiß es nicht! Ich will mein Leben zurück.«

»Welches?«

»Das weiß ich auch nicht. Das mit Kirschgeschmack vielleicht. Ich weiß nur, dass ich da, wo ich gerade bin, gar nicht sein will.«

»Dann setz dich auf den Sessel!«

Ich schaue sie an, und sie lacht. Jo sieht müde aus, aber zufrieden. Wie macht sie das bloß?!

»Wieso bist du so zufrieden?«, frage ich.

»Bin ich?«, fragt sie erstaunt zurück.

»Ich will einfach … mehr!« Ich mache große Gesten in die Luft. »Ich will nicht dauernd machen müssen, was ich soll!«

»Du klingst wie Lukas und Luis!«

»So fühle ich mich auch gerade.«

Jo rutscht näher an mich heran. Sie streichelt mir mit der Hand über den Rücken, als wäre ich ein krankes Pferd. »Erklär's mir mal«, fordert sie mich auf. Ihre langen braunen Locken hängen struppig über ihre Schulter und sehen aus wie ein weicher Vorhang, in dem sich die Teebeuteltiere verstecken könnten. Ihre dunklen Augen schauen mich abwartend an. Ich muss aufstehen. Wenn ich mich weiter von ihr streicheln lasse, fange ich an zu heulen.

»Ganz viel stimmt in meinem Leben«, beginne ich. »Mann, Kinder, Haus, sogar mit dem Job kann ich eigentlich gut leben.«

Ich laufe langsam eine Acht um die zwei Wäschekörbe herum. »Aber ... alles zwischendrin ist so unspannend, langweilig und ...«, ich suche nach Worten, »... vernünftig geworden.«

»Was zum Beispiel«, fordert Jo mich auf.

»Ich trinke Tee statt Alkohol, weil ich den nicht so gut vertrage und sich, wenn ich was trinke, sofort mein Magen verknotet. Ich gehe früh ins Bett, weil ich weiß, dass der nächste Tag sonst schrecklich ist. Ich kaufe nicht so viel Schokolade ein, damit ich nicht so viel Schokolade esse. Ich trage meistens flache Schuhe, weil mir in hohen immer der Rücken weh tut. Alles ist so ...«

»Erwachsen?«, fragt Jo.

»Beschissen«, sage ich und lasse mich wieder rückwärts in die Kissen fallen.

»Alles ist so beschissen erwachsen.«

»Tja, willkommen im Leben.«

»Ach komm, Jo, du musst jetzt schlaue Dinge sagen!«

»Was für schlaue Dinge?«

»Na, dass das nur eine Phase ist, die jeder mal durchmacht, und dass alles besser wird. Irgendwann. Bald.«

»Franzi, es ist nur eine Phase, die jeder mal durchmacht, und alles wird besser. Bald.«

Sie steht auf und geht in die Küche. Ich bleibe liegen und zupfe an einer Kissenhülle herum. Der Leinenstoff ist so genäht, dass er ausfranst. Ich franse ihn noch ein bisschen mehr aus. Jo kommt mit sechs Packungen Mousse au Chocolat zurück. Sie lässt den kleinen Stapel auf den Tisch fallen. »Nachtisch für morgen. Den essen wir jetzt.«

»Komplett?«

»So was von komplett!«

Sie öffnet für jeden ein Plastikschälchen und schiebt mir noch zwei hin. »Bist du sicher? Ihr habt dann morgen nichts.«

»Wollte ich immer schon mal machen!«, grinst sie und taucht

genussvoll den Löffel ein. Wir löffeln – BH-los – Mousse au Chocolat in wirklich rauen Mengen.

»Fühlst du dich jetzt verwegen und unerwachsen?«, fragt Jo, als wir bei der dritten Portion angekommen sind.

»Ja, etwas«, gebe ich zu. »Verwegen, unerwachsen und fett«, ich klopfe auf meinen Bauch.

Ich räume den Berg leerer Schälchen in den Müll. Jo dimmt das Licht und zündet zwei Kerzen an.

»Willst du eine ehrliche Meinung hören?«, fragt sie mich. Ich nicke.

»Ich glaube, es ist nicht nur eine Phase, Franzi. Ich glaube, du musst dir diesen Teil da mal genau anschauen. Vielleicht fehlt dir ja wirklich was.«

Ich weiß nicht, was ich sagen soll. Eine sarkastische Antwort liegt mir auf der Zunge, aber etwas in mir hält sie zurück.

»Vielleicht muss ich darüber mal nachdenken.«

Jo nickt. Wir fahren zusammen, als jemand plötzlich laut an die Tür klopft. »Hat Mike seinen Schlüssel vergessen?«

»Der ist eigentlich bis morgen in London.«

Wir schleichen beide in den Flur, und Jo späht durch den Spion.

»Ein Mann«, flüstert sie. »Blonde Locken, zerknirschtes Gesicht.«

Sie öffnet die Tür, und Bernd kommt herein. Er umarmt Jo zur Begrüßung. Ich bleibe mit verschränkten Armen stehen.

»Ich wollte dich abholen«, sagt er unbeholfen.

»Und mein Auto?«, frage ich.

»Das holen wir morgen.«

Ich zucke mit den Achseln.

»Sie freut sich«, sagt Jo zu Bernd.

Königsdorf ist fünfundzwanzig Minuten von Hürth entfernt. Es wird uns morgen eine Dreiviertelstunde kosten, meinen Wagen zu holen.

»Vergiss deinen BH nicht«, sagt sie, zu mir gewandt. Bernd

guckt mich fragend an. Ich verdrehe die Augen und gehe ihn holen.

Sie küsst mich zum Abschied auf die Wange.

»Danke!«, sage ich. »Tut mir leid, dass ihr morgen keinen Nachtisch habt.«

Sie winkt ab. Ich winke zurück mit meinem BH.

In Bernds Auto ist es warm. Es ist schön, von ihm abgeholt zu werden. Er wird sich gleich entschuldigen. Ich werde ihm sagen, wie sehr mich sein Satz verletzt hat. Er wird sagen, dass es nicht so gemeint war und dass ich einen tollen Job mache und dass zweihunderttausend falsch bestellte Ringe mal passieren können. Dann werden wir gemeinsam auf Gortan einen Tee trinken und ins Bett gehen.

Ich schnalle mich wieder ab. »Ich fahre«, sage ich bestimmt.

Er schaut mich verwundert an und schnallt sich dann auch ab. Wir wechseln die Plätze. Ich starte den Motor und fahre los.

»Franzi, ich …«, fängt er seine Entschuldigung an. Ich lege ihm meinen Zeigefinger auf die Lippen. Er schweigt überrascht und sieht mich von der Seite an, um herauszufinden, ob ich noch sauer bin.

»Was hast du vor?«, fragt er, als ich nicht links abbiege auf die A4 nach Hürth, sondern weiter geradeaus fahre.

»Ich fahre ans Meer«, sage ich.

Wieder schaut er mich an, ob ich das ernst meine. Er ist sich nicht sicher, kein Wunder, ich bin mir selbst nicht sicher. Ich nehme die A4 in die Gegenrichtung, Richtung Aachen. Aachen liegt links, und links ist Richtung Meer. Eine Weile lang rutscht Bernd nervös auf seinem Sitz herum. Dann schafft er es nicht länger, nichts zu sagen.

»Franzi, wohin fährst du?«

»Ans Meer«, antworte ich trotzig, wohl wissend, dass das nicht geht.

»Wir können jetzt nicht ans Meer fahren«, sagt er sanft, als würde er mit einem Kind sprechen. Also antworte ich wie ein Kind:

»Warum nicht?«

»Weil«, sagt Bernd, »wir zu Hause zwei Krokodile im Wohnzimmer halten, die immer um zwei Uhr nachts ihr Futter bekommen. Und wenn niemand sie füttert, fressen sie den Fernseher.«

Ich muss lächeln. Ich bin ihm dankbar, dass er nicht gesagt hat, weil wir Kinder haben. Eine Weile fahren wir schweigend weiter Richtung Meer.

»Bernd?«

»Ja«

»Wenn wir keine Krokodile hätten ... würden wir dann ans Meer fahren? Einfach so, ungeplant, heute Nacht?«

»Nein«, sagt er leise.

»Warum nicht?«, frage ich wieder.

Er zuckt die Achseln. »Weil wir beide morgen arbeiten müssen.«

»Und wenn wir keine Krokodile und keine Jobs hätten?«

»Dann ja. Wir müssten dann vermutlich trampen, weil wir uns kein Auto leisten könnten ... aber wir würden ans Meer fahren.«

»Würden wir nicht«, sage ich.

»Warum nicht?«

»Weil es immer einen Grund gibt, nicht ans Meer zu fahren. Tausend Gründe. Man muss gerade den Kühlschrank auswischen oder E-Mails schreiben oder sich die Fußnägel schneiden oder ...«

»Oder man hat gerade Sex«, fällt er mir ins Wort.

»Ja, genau«, sage ich. »Hunderte von Paaren werden Nacht für Nacht daran gehindert, ans Meer zu fahren, weil sie gerade Sex haben. Das ist ganz bekannt!«

»Hier kannst du rausfahren und umdrehen.«

»Nein.«

Er seufzt. »Auch nicht, wenn wir dann Sex haben?«

»Nein.«

»Du fährst also lieber ans Meer, als mit mir zu schlafen?«

»Heute Nacht, ja.«

»Warum?«

»Na, Sex hab ich dauernd. Am Meer war ich schon lange nicht mehr.«

»Dauernd, ja?«

Ich fahre schweigend an der Ausfahrt vorbei.

»Wie wäre es damit: Du fährst jetzt nach Hause zu unseren Krokodilen. Und nächstes Wochenende kriegst du Sex und Meer. Sex am Meer, wenn du willst.«

»Und die Krokodile?«

»Nehmen wir natürlich mit.«

»Und die zweihunderttausend Dichtungsringe?«

»Vergessen wir.« Er nimmt meine Hand, die auf dem Lenkrad liegt, und hält sie fest.

Ich nehme die nächste Ausfahrt, halte an und lasse Bernd fahren. Plötzlich bin ich furchtbar müde. Ich lehne meinen Kopf an die kalte Scheibe und stelle mir vor, wie es gewesen wäre, wirklich ans Meer zu fahren. An irgendeinen breiten holländischen Strand. Auf einem Damm parken und zuschauen, wie langsam die Sonne aufgeht. Den Möwen hinterherwinken. Mit den Füßen in der Gischt spazieren gehen. Einen ganz langen Morgenspaziergang machen, bis man so richtig Hunger hat. Und dann in einem kleinen süßen Café frühstücken. Waffeln mit Erdbeeren und Rührei, wie früher in New York.

Und spätestens dann wäre man hundemüde. Die Kälte der Scheibe kriecht in meine Stirn und verursacht da einen ziehenden Schmerz. Ich erlaube mir, mich ein bisschen auf mein Bett zu freuen, auch wenn das spießig und langweilig ist.

Bernd hält vor unserem Bungalow. Er schaut mich an. »Sehr enttäuscht?«

Ich schüttele den Kopf.
»Nächstes Wochenende, Franzi, versprochen.«
Ich nicke, und er gibt mir einen kleinen Kuss auf die Nasenspitze.

Kapitel 8

In drei Minuten fährt angeblich der Zug ein. Das behauptet die Anzeigentafel, aber ich kann es immer noch nicht glauben, dass sie wirklich kommt. Der Dreh wurde spontan verschoben. In jeder Mail oder SMS von Lena lese ich das. Die verschieben ständig ihr Leben, nichts ist wirklich planbar. Jetzt hat sie eine Lücke und will uns besuchen. Allerdings sind wir nicht zu Hause, sondern in den Niederlanden, in Groede. Das spricht man nicht Gröde aus, sondern Chchchchuuude. Das ist so ein flatterndes Ch mit ganz viel Luft, nicht so ein Schweizer Ch hinten im Hals. Bernd hat Wort gehalten und uns spontan ein kleines Häuschen am Strand gebucht. *»Slaapen op strand«* nennen das die Niederländer. Das war nur möglich, weil im Mai noch Vorsaison ist, sonst sind die nämlich alle lange vorher ausgebucht oder *»volgeboekt«*, wie es auf Niederländisch heißt. Ich weiß nicht, wie Bernd immer solche Sachen findet. Es ist wie Magie, sobald er sich ins Internet einloggt. Aber diesmal hat er sich selbst übertroffen. Ein Häuschen direkt am Strand klingt ja schon wirklich gut, aber ich hatte keine Ahnung *wie* gut.

In einer Reihe steht ein schickes Ding neben dem anderen. Kleine Pultdachhäuser aus Holz mit einer riesigen Fensterfront zum Meer hin. Auf der Terrasse stehen jeweils zwei Liegestühle, ein großer Holztisch mit einer Bank mit Kissen und drei stabilen Holzhockern, die an eine Chill-out-Lounge erinnern.

Der Name des *Husjes* ist jeweils auf die Holzterrasse gedruckt und auch auf die Beistelltische. Cool. Megacool. Unser *Strandloper* ist ziemlich weit hinten. Wir mussten fast die ganze Häuserreihe ablaufen.

Die Häuser stehen auf Stelzen, so dass die Terrasse anderthalb Meter über dem Sand beginnt. Eine schräge Rampe führt hoch zur Eingangstür. Bernd schloss die Tür auf, die Kinder stürmten ins Haus. »Wow«, schnaufte ich, als ich es endlich auch die Rampe hoch geschafft hatte. Bernd präsentierte stolz das Häuschen, weil er es gefunden hatte. Ich staunte und lobte bereitwillig. Die zwanzig Quadratmeter sind sehr geschickt aufgeteilt in eine kleine Schlafkammer mit Stockbett, ein Minibad mit Dusche, Toilette und Waschbecken, eine Küche, ein Sofa, ein Tisch und als Highlight ein Himmelbett, dass man über eine steile Leiter an der Wand erreicht. Das Beste ist der atemberaubende Blick auf das Meer. Die riesige Fensterfront sorgt dafür, dass man von überall im *Husje* das Meer sieht. Meer in der Küche, Meer vor dem Sofa, Meer vor dem Tisch. »Genug Meer für dich?«, fragte mich Bernd lachend und zog mich in seinen Arm. »Von der Toilette aus hat man KEINEN Meerblick«, frotzelte ich und gab ihm einen Kuss auf den Mund. »Das hast du ganz phantastisch ausgesucht, wie immer!«, lobte ich ihn schnell noch.

Die Kinder eroberten jubelnd ihre Stockbetten. Mia war sogar so überschäumend glücklich, dass sie dem kleinen Bruder das Bett oben überließ. Von Lena habe ich ihnen nichts erzählt. Ich war nicht sicher, ob sie wirklich kommt.

Noch zwei Minuten. Ich stehe in meiner Daunenjacke unter einem kleinen Unterstand in Groede am Bahnhof. Bernd sagte, er freue sich. Ich weiß noch nicht, wo Lena in unserem Miniquartier schlafen wird. Die Hüttchen sind für vier Personen. Alles ist immer für vier Personen. Jo jammert, wenn sie mal versucht, mit ihrer Familie etwas zu buchen. »Wir sind einer zu viel!«, klagt sie dann. Lena sagte sofort, sie würde sich in der Nähe ein Hotelzimmer buchen. Ihre Stimme klang fröhlich und aufgekratzt.

»Wann kommst du?«, fragte ich.

»Heute, jetzt gleich. Ich setz mich in den nächsten Zug und bin da!« Lena, meine alte Lena. Kein »nächstes Wochenende«, kein »morgen«. Ein Jetzt. Noch eine Minute, dann ist sie da.

Ich will nicht, dass Lena in ein Hotel geht. Sie soll Lukas vorlesen können, und ich will mit ihr auf der Terrasse sitzen und das Meer rauschen hören und ihr spät noch meine schlafenden Kinder zeigen. Etwas Kribbeliges in meinem Bauch sagt mir, dass es noch andere Gründe gibt, warum sie bei uns bleiben soll über Nacht.

Null Minuten und kein Zug. Ich wage mich ein paar Schritte in den Regen und spähe den Bahnsteig entlang. Nichts. Es wartet auch sonst niemand hier. Ich bin weit und breit der einzige Mensch.

Ich lese zum dritten Mal die SMS von Lena: »Bin um 16.47 Uhr am Bahnhof in Groede. Freu mich! Kuss L.«

Es ist 16.48 Uhr. Die Anzeigentafel zeigt weiter null Minuten an, bis der Zug kommt. Schade, dass sie keine Minusminuten haben. Minusminuten wären der Renner bei der Bahn. Wie viele Minusminuten hattest du auf der Fahrt? – Ach, nur neunundzwanzig, das geht.

Ob ich jetzt noch achtundzwanzig Minusminuten hier im Regen stehen muss? Ich überlege, Lena eine SMS zu schreiben, lasse es dann aber und vergrabe Handy und Hände tief in meinen Taschen. Lukas hatte so hoffnungsvoll seine Flossen und die Taucherbrille mitgenommen. Für die Kinder ist Meer gleich Sommer. Ich glaube, auch ich bin das erste Mal nicht im Sommer am Meer. Dabei ist man wirklich schnell da. Wir haben keine drei Stunden gebraucht. Mir wird kalt. Ich hüpfe ein bisschen von links nach rechts. Sieht sicher bescheuert aus. Okay, ich zähle bis zehn, dann kommt der Zug. Ich zähle. Bei acht werde ich langsamer. Neuuun. Neuneinhalb. Neundreiviertel. Zehn. Nichts.

16.50 Uhr. Ich rufe Lena an. Mailbox. Was, wenn sie gar nicht kommt? Was, wenn doch wieder ein Dreh dazwischenkam? Dann hätte sie doch angerufen. Oder? Ich höre ein leises Rauschen. Der Zug! Ich wappne mich innerlich, dass nur drei alte Männer aussteigen werden, aber kein leuchtend blauer Mantel.

Der Zug macht beim Anhalten einen Krach, als käme er direkt aus den achtziger Jahren. Quietschen, Zischen, dann spuckt er erstaunlich viele Leute aus. Ich sehe sie trotzdem sofort. Kein blauer Mantel, ein Parka, aber ihre hellen Haare würde ich überall erkennen. Wir fallen uns in die Arme. Diesmal stürmisch und voller Freude, nicht so zaghaft und vorsichtig wie bei unserer letzten Begegnung.

»Endlich«, sagt sie, »ich dachte der Bahnhof kommt nie!«

Wir laden ihre kleine schöne Tasche hinten ins Auto. »Weekender« heißen die immer in den Bestellzeitschriften. Taschen, die kinderlose Menschen packen können. Klein, handlich, nur mit ihren eigenen Sachen drin.

»Musst du eigentlich auch im Nieselregen und nach sieben Stunden Zugfahrt noch gut aussehen?«, frage ich Lena, die sich auf dem Beifahrersitz sofort zu Hause fühlt und aus einer kleinen Tube durchsichtig glänzendes Zeug auf ihre Lippen schmiert. Das ganze Auto riecht plötzlich nach Himbeeren.

»Willst du auch?«, fragt sie mich, als wären wir fünfzehn, und hält mir die Tube hin. Jenseits der dreißig schmiert man sich nicht mehr mit dem Zeug der Freundin die Lippen ein. Man trinkt auch nur noch im größten Notfall aus der Flasche einer Freundin. Aber gerade habe ich richtig Lust, allen Bedenken an Keimübertragungen zum Trotz ihr Angebot anzunehmen. Ich nicke, schmiere und werde von Himbeerduft überflutet.

»Franzi, sag mal, sind deine Kinder schon zu alt für Überraschungseier?«

Ich muss lachen. »Für Überraschungseier ist man nie zu alt. Hoffe, du hast für mich auch eins.«

Sie guckt zufrieden. »Ich hab sogar für Bernd eins. Wie ist das Häuschen?«

»Hammer! Ich weiß nicht, wie Bernd so was immer findet. Er ist ein Buchungswunder. Vielleicht sollte er ein Reisebüro aufmachen. Wir wohnen wirklich direkt am Meer. Wirst du ja gleich sehen. Und wie war Dubai?«

Aus den Augenwinkeln checke ich, ob sie braun geworden ist, eher nicht, stelle ich erleichtert fest. Vielleicht stimmte meine Poolphantasie doch nicht so ganz mit der Realität überein.

»Toll und anstrengend. Alles dort ist riesig, nur mein Hotelzimmer war eine kleine Schachtel ohne Fenster. Nachts hab ich immer Platzangst bekommen und musste ein paarmal auf den Flur rausgehen. Und dann war das noch so ein Theater, ob ich überhaupt bezahlt werde. Es hieß, ich soll das bar bekommen, dann kam angeblich der Typ nicht, der das Geld vorbeibringen sollte, und eine Weile hab ich echt gezittert, ob ich am Ende sogar auf den Hotelkosten sitzenbleibe.«

»Echt? In meiner Phantasie bist du elfengleich durch einen Pool auf einer Dachterrasse geschwommen.«

Lena lacht erstaunt. »Das bin ich auch! Für die Werbung. Zweihundertmal. Und jedes Mal musste ich mich so elegant, wie es geht, aus dem Pool hieven und dabei den Bauch einziehen. Nach dem zehnten Mal wurde das echt schwer. Ich hab jetzt noch Muskelkater. Wissen die Kinder, dass ich komme?«

Ich verschönere mein Nein, indem ich sage: »Bernd weiß, dass du kommst.«

Es hat aufgehört zu regnen. Die Wolkendecke reißt ein bisschen auf. Man kann kleine blaue Inseln entdecken. Ich parke auf dem Parkplatz des Campingplatzes, und wir laufen erst durch das nasse Gras, dann den Muschelweg entlang und schließlich über nassen Sand auf einem kleinen Pfad durch die Dünen. Als wir endlich das Meer sehen, bleibt Lena stehen. »Schön!« Sie wirft die Arme in die Luft. »Wart ihr schon drin?«

»Nein.«

»Aber wir müssen reingehen nachher! Unbedingt!«

Zweifelnd schaue ich in die kalten Wellen. Wir setzen uns wieder in Bewegung. Ich schaue Lena von der Seite an, die jetzt plötzlich nichts mehr sagt. Ich erinnere mich an den Weg ins Studio zu dem Interview. Da war mir auch nicht nach Reden zumute. Diesmal sind wir auf dem Weg in meine Welt. Ich frage sie dasselbe, was sie in Berlin auf dem Flur von mir wissen wollte: »Aufgeregt?«

Sie nickt. »Total.«

Ich lege einen Arm um sie.

»Was, wenn sie mich nicht mögen?«, fragt sie leise.

Es berührt mich, dass sie sich solche Gedanken macht.

»Sie werden dich mögen«, sage ich überzeugt.

Unser Häuschen ist nicht abgeschlossen, aber leer. Lena stellt ihre Tasche ins Wohnzimmer und geht schnell auf Toilette.

»Das ist irre hier!« Sie schaut sich staunend um und zeigt dann auf die Wand, auf der riesig eine Fototapete von einem Vogel am Strand zu sehen ist. »Ist das der Strandläufer?«

»Vermutlich. Jede Hütte hat hier einen anderen Namen und ein anderes Bild.« Das kann man gut von außen sehen, wenn man an den Häusern vorbeigeht.

»Wo sind alle?«, fragt Lena, als ich die Terrassentür öffne.

Ich deute nach links. Ein ganzes Stück entfernt von uns sehe ich drei Gestalten am Wasser. Es ist noch Ebbe, und das Wasser ist weit weg. Ich ziehe meine Schuhe aus, und Lena macht es mir nach.

»Komm«, sage ich und nehme ihre Hand.

Erst gehen wir noch langsam über den kalten Sand, der an unseren Füßen kleben bleibt. Wie auf ein geheimes Zeichen hin rennen wir beide gleichzeitig los. Außer Atem kommen wir bei meiner Familie an. Während Bernd Lena umarmt, erkläre ich den Kindern, wer die Frau ist.

Lena fängt mit Lukas an, der in voller Montur mit Flossen und Taucherbrille in Badehose in der Gischt steht. Sie gibt ihm die Hand. Er schüttelt sie artig und schaut sie neugierig an.

Dann ist Mia dran. Meine sonst so zurückhaltende Große umarmt sie einfach, obwohl Lena ihr nur vorsichtig die Hand entgegengestreckt hat.

»Wurde auch Zeit!«, sagt sie, als sie sich voneinander lösen. Lena lacht ihr tiefes Bollerlachen, aber ich sehe, dass sie sich ein paar Tränen verkneifen muss, und auch ich muss etwas kämpfen.

»Und, wie kalt ist es?«, fragt Lena Lukas. Bernd macht eine Kopfbewegung Richtung Haus, und wir schlendern los und lassen die Kinder mit der neuen Patentante allein. Ich schau noch mal zurück, ob Lena mir einen hilfesuchenden Blick zuwirft. Aber sie ist schon mit Lukas bis zum Rand ihrer hochgekrempelten Jeans im Wasser. Mia springt aufgeregt um sie herum, als wäre sie fünf.

Wir bleiben nicht lange allein am Strandhaus. Mia und Lena kommen hinterher, um sich ihre Badesachen anzuziehen.

»Ist Lukas allein am Wasser?«, fragt Bernd besorgt.

Lena bietet sofort an, zu ihm zurückzulaufen. Sie möchte doch keine Fehler machen als Patentante.

»Der kann schwimmen, und wir sind ja gleich wieder bei ihm«, sage ich und pelle mich entschlossen aus meinen Klamotten. Der Wind ist komplett eingeschlafen, und der Himmel beschert uns etwas Abendsonne.

»Wenn wir reingehen, dann jetzt«, sage ich mutig. Lena verschwindet im Bad und kommt kurze Zeit später im schicken Bikini wieder raus. So sieht man also mit Anfang vierzig aus, wenn man sich die Figur nicht mit Kindern versaut hat, denke ich kurz, verscheuche den Gedanken aber sofort. Bernd scheint allerdings Ähnliches zu denken. Sein Blick bleibt lange an ihr hängen.

»He, Augen nach links!«, fordere ich. Er schaut nach links, sieht mich im Badeanzug und zieht mich zu sich in den Arm.

»Na, und wann darf ich deinen Bauch sehen? Kommst du nicht mit?«, fragt Lena Bernd.

»Einer muss ja hier Spaghetti Carbonara kochen«, redet er sich raus. Er bleibt auf der Terrasse stehen und winkt uns hinterher.

Der Strand ist fast menschenleer. Wir haben das Meer für uns. Die Sonne steht über dem Wasser und lässt es glitzern und funkeln. Wir wandern barfuß über einen Streifen aus zerkleinerten Muscheln. Bevor wir das Meer erreichen, müssen wir durch einen kleinen See, der sich bei der Ebbe gebildet hat.

»Gar nicht so kalt«, sagt Mia.

»Warte ab, das ist ja nur das Babybecken«, sage ich.

Ein paar Meter vor dem Wasser schälen wir uns aus unseren Handtüchern. Ich suche nach einer trockenen Stelle im Sand, finde keine und werfe mein Handtuch schließlich einfach so hin. Mia legt ihres auf meines. Lena ist schon mit den Füßen im Wasser. Es sieht gar nicht so kalt aus.

»Einfach reingehen!«, ordne ich an, und wir setzen uns alle in Bewegung.

»Es ist so arschkalt«, stellt Mia treffend fest. Unsere wilde Entschlossenheit hat nur bis zu den Oberschenkeln gereicht. Glücklicherweise wird es auch ganz lange nicht tiefer. Das ist ein idealer Strand, um sich ins Wasser zu memmen. Wir wandern weit, weit raus ins Meer, bis es langsam mit jedem Schritt tiefer wird. Mit verschränkten Armen bleiben wir stehen und stellen uns bei jeder kleinen Welle, die kommt, auf die Zehenspitzen. Lukas steht mit den Flossen im Wasser und versucht im Stehen, sein Gesicht mit der Taucherbrille einzutauchen. Er schafft es, wird aber von einer kleinen Welle überschwappt. Entsetzt kommt er hoch und verlässt das Wasser.

»Ich glaub, ich geh doch nicht«, ruft er und stapft zurück Richtung Hütte. »Männer!«, sage ich und gehe noch ein kleines Stückchen tiefer rein. Jetzt muss ich komische Geräusche machen. »Mama, du klingst wie eine verstopfte Ente!«, sagt Mia charmant. Wir kichern alle, und Mia und Lena gehen auch ein Stückchen weiter rein und machen auch ein paar Entengeräusche.

»Boah, das tut richtig weh!«, jammert Mia.

»Okay, bei drei tauchen wir alle einmal rein, und dann waren wir drin«, schlägt Lena vor. Mia und ich nicken.

»Eins, zwei …«

»Halt«, schrei ich, »ich kann nicht!«

»Ich kann auch nicht!«, schreit Mia.

Wir stehen schlotternd mit den Beinen im Wasser und müssen uns biegen vor Lachen.

»Zusammenreißen«, fordere ich. »Jetzt aber, bei fünf, okay?«

Mia und Lena nicken. Ich zähle bis vier, dann folgt wieder ein Abbruch und sinnloses Rumkichern.

»Ich mach es euch jetzt vor. Passt auf!« Mia breitet die Arme aus wie ein Vogel seine Flügel. »Eins, zwei, drei«, zählt sie schnell und taucht dann todesmutig ins Wasser und sofort wieder raus. Wir klatschen Beifall.

»Jetzt ihr!«

Lena und ich halten uns an beiden Händen fest. Alle zusammen zählen wir: »Eins, zwei.« Ich sehe das abenteuerlustige Glitzern in Lenas Augen. Bei drei ziehe ich sie mit unter Wasser. Nadelstiche. Herzklopfen. Leben. »Noch mal alle zusammen«, schreit Mia.

Ihre Locken sind unten nass. Wassertropfen perlen aus den Korkenzieherhaarsträhnen. Wir machen einen kleinen Kreis, zählen und tauchen ein. Lena und Mia spritzen sich Wasser ins Gesicht. Ich bekomme auch einen Schwall Eiswasser an den Kopf. Jetzt haben wir alle nasse Haare. Es gibt kaum noch Wellen. Das Meer liegt ruhig und glatt vor uns. Es ist ganz windstill.

Bevor wir uns in die Handtücher mummeln, stehen wir eine Weile im flachen Wasser, das uns jetzt fast warm vorkommt.

Ich mache einen Fußabdruck in den Sand. Lena drückt ihren Fuß daneben. »Gleich groß«, sagt sie. »Immer noch.«

»Haha«, ruft Mia und stampft jetzt noch einen Abdruck in den Sand.

»Meiner ist der Größte.«

Das stimmt. Mia hat Schuhgröße 41, Lena und ich 39. Ich bin ganz froh, dass Mias Füße mich vor zwei Jahren überholt haben. Jetzt kann sie nämlich nicht mehr meine Schuhe leihen.

Das Licht wird immer goldener, und ich wünschte, Bernd käme mit einem Fotoapparat. Lena kuschelt Mia in ihr Handtuch. Beide stellen sich dabei etwas an, weil Mia für so was eigentlich zu groß ist.

»*We could be heroes, just for one day*«, denke ich, als wir drei engumschlungen vom Meer zurück ins Strandhaus laufen. Mia in der Mitte.

Am Strandhaus angekommen, bekomme ich noch mein Foto.

Bernd springt tatsächlich raus und knipst uns drei im Abendlicht.

»Jetzt nur Mia und Lena«, sage ich und klettere auf die Veranda.

Bernd macht viele Bilder von den beiden. Mia strahlt.

»Und jetzt eins von uns beiden!«, wünscht sich Lena.

Ich springe zurück in den Sand.

»Ich geh schon mal schnell duschen«, sagt Mia und verschwindet mit sandigen Füßen im Häuschen.

Lena umarmt mich für das Foto. Unsere Köpfe sind ganz nah zusammen. Bernd fotografiert, und beim zweiten Bild küsst mich Lena auf den Mund. Sie schmeckt salzig.

»Ja! Schön, noch mal!« Bernd ist hinter seiner Kamera ganz begeistert.

Ich werfe einen Blick zum Häuschen. Mia ist unter der Dusche und Lukas in der Schlafkammer mit dem Stockbett.

Entschlossen drehe ich mich zu Lena um und küsse sie. Richtig. Sie hält erst überrascht inne, dann erwidert sie meinen Kuss. Bernd knipst.

Wir essen die Spaghetti im Haus. Alle warm eingepackt in Jogginghose und Kapuzenpullis, die nassen Haare in Handtücher gewickelt. Wir mussten alle mit zehn Minuten Abstand duschen. So lange dauert es, bis wieder warmes Wasser kommt. Und man hat nur sechs Minuten warmes Wasser, dann ist Schluss. Neben der Dusche läuft eine kleine rote Digitalanzeige rückwärts. Ich hab mich total beeilt und festgestellt, dass ich dann fast noch vier Minuten Zeit übrig hatte. Vier Minuten einfach nur unter dem herrlich heißen Wasser stehen und an nix denken. Oder nur ein kleines bisschen denken. An New York und unsere Nacht zu dritt.

Wir sehen lustig aus, wir Frauen mit unseren Handtüchern auf dem Kopf. An einen Föhn hat leider niemand gedacht.

Es schmeckt phantastisch. Vielleicht liegt das nicht nur an Bernds Kochkünsten, sondern auch am Blick aufs Meer. Die Sonne steht ganz tief, ist aber immer noch am Himmel. Schon nach neun. Wir essen und reden alle durcheinander. Die Kinder trinken Almdudler und wir Erwachsenen auch. Bernd hat die Kräuterlimonade im Supermarkt hier entdeckt. Unsere ganze Familie liebt das Zeug, aber wir kaufen es immer nur im Urlaub. Zu Hause gibt es nur Wasser und Apfelschorle.

Nach dem Essen zwinge ich die Kinder, den Tisch abzuräumen und zu spülen. Dazu muss ich peinlicherweise erst mal eine grundsätzliche Einweisung machen. Zu Hause spülen wir nie etwas, wir hauen alles in die Maschine.

Lena belohnt ihren Einsatz mit Überraschungseiern. Auch Bernd, ich und sie selbst kriegen eins. Lena bastelt mit Lukas eine seltsame Ballwurfmaschine zusammen. Nach zweimal Schießen ist der kleine Ball verschwunden. Sie schenkt Lukas ihre kleine Dinofigur.

Bernd sitzt neben Lena, seinen Arm an ihrer Stuhllehne. Ich fange einen Blick von ihm auf und versuche zu lesen, was er denkt, aber er bleibt undurchsichtig. Ich stehe auf, um Wasser zu holen. Ich brauche etwas Neutrales nach dem süßen Getränk und dem Schokoei. Flut. Wir schauen uns an, wie das Meer zurückkommt, den kleinen See überschwemmt und immer weiter zu uns hochschwappt.

»Stehen wir gleich unter Wasser?«, fragt Lukas ein bisschen ängstlich. »Nein«, beruhigt ihn Bernd. »Sehr viel näher kommt es nicht.«

Überall ist Sand. Ich schau mich in der Küche nach einem Besen um, finde einen, beschließe dann aber, dass es sich gar nicht lohnt, zu fegen, weil sicher noch mehr Sand dazukommen wird.

»Lukas, Zähne putzen und dann ab ins Bett«, sage ich nach einem Blick auf die Uhr.

»Och neee«, protestiert er, »und was ist mit Mia?«

»Die ist fünf Jahre älter«, gebe ich meine Standardantwort.

Er schmollt. Niemand kann so schmollen wie er. Sein ganzer Körper schmollt dann, sogar seine hellen Haare sehen auf einmal dunkler aus. »Wenn du möchtest, lese ich dir was vor«, bietet Lena an.

Das möchte Lukas. Er flitzt ins Bad und ist ruckzuck bettfertig.

Mia geht mit in die Schlafkammer, und es gibt etwas Krach, weil Lukas Lena für sich allein haben will. Lena löst das Problem, indem sie ihr verspricht, gleich noch einen Strandspaziergang mit ihr zu machen.

»Aber erst lesen wir ein ganzes Blaubär-Leben!«, fordert Lukas aus dem oberen Stockbett. Lena klettert dazu, und wir lassen die zwei alleine.

Ich räume die Küche auf, Mia hilft mir. Bernd fotografiert draußen den Sonnenuntergang.

»Ich finde sie toll«, flüstert Mia. »Ich bin froh dass ihr euch wieder vertragen habt.«

Ich weiß nicht, was ich sagen soll, und brumme zustimmend. Es ist schön, Lena hier zu haben, und ich freue mich, wie gut sie sich mit den Kindern versteht, aber ich habe auch etwas Angst. Lena ist ein Paradiesvogel, bei dem man nie weiß, wann er wieder wegfliegt. Ich möchte nicht, dass Mia dann traurig zurückbleibt. Je älter Kinder werden, umso weniger kann man sie beschützen. Eine schwere Lektion, die man lernen muss.

Ich mache alle Herdplatten an, ziehe mir das Handtuch vom Kopf und halte meine Haare in die aufsteigende warme Luft. Mia ahmt mich nach.

»Nicht so wuscheln«, sage ich, als sie sich mit den Fingern durch die Haare fährt und gefühlte fünfzig Haare auf den Herd fallen. »Nur so trocknen«, ich halte meinen Kopf über die Herdplatten, wobei ich meinen Oberkörper ganz verbiegen muss. Mia kichert.

»Mama, das ist voll hobbylos.«

»Wahrscheinlich. Aber besser als nasse Haare.«

Ganz trocken kriegen wir sie so nicht. Trotzdem ist Mia nicht davon abzubringen, mit Lena noch einen Strandspaziergang zu machen. Die ist inzwischen fertig mit Lesen und zaubert aus ihrem Weekender-Täschchen eine coole Wollmütze.

»Die setzt du auf.« Sie reicht Mia die Mütze.

»Und du?«

»Ich geh mit Handtuch.«

»Warte mal«, mischt sich jetzt Bernd ein. »Ich hab auch eine mit.«

Er findet sie und setzt sie Lena auf. Fürsorglich schiebt er noch alle Haarsträhnen, die rausgucken, unter die Mütze. Seine Hände ruhen danach kurz auf ihren Schultern.

Warm in Jacken eingepackt, verlassen die zwei Mützenmädchen das Häuschen.

Ich geh Lukas gute Nacht sagen. Danach soll Bernd noch zu ihm kommen. Ich setze mich auf das kleine Sofa mit Blick zum Meer. Man hört es leise rauschen. Der Himmel ist jetzt rot.

Vereinzelt sind schon ein paar Sterne sichtbar. Bernd kommt aus der Schlafkammer und bleibt hinter mir stehen. Seine Hände massieren meinen Nacken. Wir schauen durch die Scheibe auf den Strand und das immer dunkler werdende Meer.

»Wollen wir das?«, fragt er.

Ich muss nicht fragen, ich weiß, dass er Lena meint.

»Willst du?«, frage ich zurück.

Er antwortet nicht. Ich drehe mich zu ihm um. Sein Gesicht ist nur schwach beleuchtet. Wir haben kein Licht an, um besser rausschauen zu können. Ein Blick von ihm gibt mir die Antwort. Ich drehe mich wieder um. Er massiert weiter, seine Hände wandern meinen Hals entlang und streicheln eine Weile lang mein Dekolleté, bevor sie sich in meinen BH trauen.

Ich halte seine Hand fest, bevor er meine Brust berühren kann, und drehe mich zu ihm um. »Wenn, dann nur so wie in New York.«

Er nickt und lächelt.

Die Party ist viel besser, als ich vermutet hatte. Eigentlich wollte ich lieber mit Bernd alleine sein. Die Tage mit ihm schmelzen wie die Marshmellows in meinen Lucky Charms. Lena hat darauf bestanden, dass wir mitkommen. Cinzias WG feiert. Ihre Geschichte vom Casting, wie sie den Typen absaugen musste, ist heute Abend das Gesprächsthema.

»Stimmt das denn?«, fragt mich Bernd.

Wir stehen in der vollen Küche und haben einen Platz am Fenster ergattert. Auf dem Fensterbrett haben wir gerade so zu zweit Platz. Er hat einen Arm um mich gelegt und streichelt ab und zu meinen Oberarm, was mir wohlige Schauer über den Rücken jagt. Alles, was wir zusammen unternehmen, ist eine Art Vorspiel für den Hauptakt des Tages, der in meinem Bett stattfinden wird.

»Keine Ahnung, aber es könnte schon sein. Ist sogar wahrscheinlicher, als dass man so was Seltsames erfindet«, sage ich.

»Dann will ich aber nicht, dass du weiter hier zu Castings gehst«, sagt er sanft an meinem Ohr.

»Nein?«, frage ich und suche seine blauen Augen.

»Nein«, sagt er und schaut mich lange mit seinem ganz speziellen Blick an. »Was willst du dann?«, frage ich.

»Ich will ein Leben mit dir in Deutschland.«

Mir wird ganz heiß vor Glück. Ich weiß, dass sein Zuhause in Köln ist. Köln, Heidelberg, das ist keine Entfernung. Wobei ich vermutlich sowieso nicht in Heidelberg bleiben kann, außer ich will dort ans Theater. Köln ist die Medienstadt, ein guter Ort, um als Schauspielerin anzufangen. Auch wenn alle hier behaupten, nach New York käme eigentlich nur Berlin in Frage. Für mich kommt momentan sowieso nur Bernd in Frage.

»Komm schon, du musst was sagen!« Bernd stupst mich an.

»Ich …« Ich weiß nicht, wie ich es formulieren soll, also sage ich einfach: »Ich will das auch.«

Er senkt seine Lippen auf meine und küsst mich.

»So, Leute, genug geknutscht!« Lena steht neben uns. »Ihr müsst mit ins Wohnzimmer kommen!«

Das ist leichter gesagt als getan. Das Wohnzimmer ist nämlich schon proppenvoll. Musik erklingt. Jemand hat sich an das alte, klapperige Klavier gesetzt und holt alles aus den Tasten raus, was geht. Die Meute drum herum singt dazu. Lena nimmt Bernds Hand und drängelt sich entschlossen durch den Türrahmen. Er zieht mich hinter sich her. Wir finden eine Ecke, die etwas leerer ist.

»Let it be« von den Beatles ist gerade dran. Wir haben gar keine Wahl, wer hier im Raum ist, muss einfach mitsingen. Anfangs bewegt Bernd nur die Lippen, aber nach und nach traut er sich auch. Er singt sogar richtig gut! Der Typ am Klavier ist genial – offensichtlich kann er jedes Lied, das gewünscht wird, aus dem Ärmel schütteln. So müsste man ein Instrument spielen können. Ich hatte auch mal Klavierunterricht, mit zwölf oder so, aber ich hab es nie über so blöde Etüden hinaus gebracht. Jetzt würde ich gerade noch den Flohwalzer hinbekommen. Wir singen »Mrs Robinson«, »Angel of Harlem« und »Hotel California«. Irgendwann macht jemand das Licht aus und ein paar Kerzen auf dem Klavier an. Es wird ganz feierlich und schön. Lena nimmt mich in den Arm. Gemeinsam singen wir »Fame«.

Je mehr wir singen, desto größer wird das Glücksgefühl in mir. Ich sehe Bernds blaue und Lenas braune Augen schimmern. Wir halten uns zu dritt im Arm. Als dann »Leavin on a jet plane« dran ist, heule ich ein bisschen bei Bernd und Lena an der Schulter, teils vor Glück und teils vor bevorstehendem Abschiedsschmerz. Aber noch ist Bernd nicht weg, noch haben wir drei Tage und Nächte. Und diese Nacht ist noch lange nicht vorbei.

Als wir die Party verlassen, bin ich ziemlich tipsy.

»Du darfst nicht weggehen, Lena, du musst mitkommen!«

Wir stehen vor meinem Haus, und ich hänge mich an Lena, die sich ein Taxi heranwinken will. Auch sie ist nicht mehr nüchtern.

»Ich komm auch gar nicht mehr allein die Treppe hoch«, beschließt sie. »Du schläfst mit uns«, verspricht sich Bernd, und wir lachen laut, bis jemand auf der anderen Straßenseite ein Fenster aufmacht und *»Shut up, Idiots!«* runterbrüllt. Kichernd stolpern wir die Treppe hoch.

Lena klopft laut an jede Tür und schreit: »He, ich schlafe mit den beiden!«, woraufhin wir uns alle erneut ausschütten müssen vor Lachen. Glücklicherweise macht keiner auf und haut uns in die Fresse. Vor meiner Tür reiche ich Bernd die Schlüssel. Ihm traue ich noch am ehesten zu, dass er es schafft, sie zu öffnen.

Drinnen angekommen, lasse ich das Licht aus, mache nur das Radio an, und wir werfen uns alle drei aufs Bett. Lena steht noch mal auf und zieht sich ihr Oberteil und ihren BH aus. Das fühlt sich so normal an, dass ich mich daneben stelle und mich auch ausziehe. Bernd pfeift vom Bett aus. »Hallo, Ladys! Kann ich auch mitmachen?«

Er erwartet keine Antwort, steht ebenfalls auf und zieht sich sein Hemd aus. Jetzt stehen wir oben ohne nackt in einer Reihe vor dem Bett. Lena, die gerade noch vor sich hin gesungen hat, verstummt. PLJ spielt schmusige Nachtmusik. Lena dreht sich zu mir um, nimmt meine Hände und legt sie auf ihren Busen. Ich muss etwas kichern, aber dann tritt Bernd hinter mich und umschließt sanft mit den Händen meine Brüste. Er streichelt mich, und ich übertrage sein Streicheln auf Lenas Brust. Es fühlt sich ungewohnt an, einen fremden Busen zu berühren. Ihre Haut ist ganz weich. Bernd tippt sacht an meine Brustwarzen, und ich mache das Gleiche bei Lena. Sie schließt die Augen. Es ist einfach, eine Frau zu erregen, weil man ja selbst genau weiß, wo es schön ist. Eine Weile lang führt Bernd. Er streichelt mich, ich streichele Lena. Dann fange ich an, Lena dort zu berühren, wo ich es mir selbst wünsche, und Bernd folgt meinem Beispiel. Es ist, wie gemeinsam zu tanzen. Bernds Erektion ist deutlich durch die Hose zu sehen. Ich fahre mit meinen Fingern in seine Unterhose. Er erschauert, Lena kommt näher zu uns heran. Fragend schauen mich die beiden an, bevor sie sich küssen. Ich nicke und kümmere mich weiter um den Schwanz, der gerne aus der Hose herausmöchte. Noch mehr ausziehen. Alles ausziehen. Ohne Hosen klettern wir zusammen ins Bett. Nackte Haut. Fingerspitzen, ganz sanfte, auf meinem Körper. Bernd über mir. Lenas Haare in meinem Gesicht. »Langsam«, stöhnt Bernd, »ich kann gleich nicht mehr«, als wir einen kleinen Wettbewerb daraus machen, wer ihn mehr erregen kann. Wir gönnen ihm eine kleine Pause. Lenas Finger wissen, was ich mag. Zum Finale ziehe ich Bernd auf mich, und wir kommen gleichzeitig.

Eng umschlungen schlafen wir zu dritt ein.

Als das Telefon mich ein paar Stunden später weckt, brauche ich eine ganze Weile, um zu verstehen, dass Lena nicht mehr neben mir liegt, sondern am Apparat ist.

Es ist schon nach elf, als Mia endlich auch im Bett ist. Bernd und Lena reden, ich sitze daneben, höre aber nicht zu. Meine Gedanken kreisen um die Nacht in New York. Kann man so etwas überhaupt wiederholen? Kann man das jetzt, wo wir alle erwachsen sind, verheiratet, Jobs haben, Kinder haben. Können wir? Dürfen wir das? »Willst du das?«, fragt eine Stimme in meinem Kopf. Ich schaue mir Lena an, die mit geröteten Wangen von ihrer Serie erzählt und von Linus, von der Wohnung mit Dachterrasse, und Bernd, der aufmerksam zuhört, als sei jedes Wort von ihr kostbar. Die beiden sind mir so nah. Mit Lena ist unsere Familie glänzender. Sie gibt mir das Gefühl, dass Mutter von Mia und Lukas zu sein etwas Besonderes ist, etwas Erstrebenswertes. Normale Momente, wie ein gemeinsames Abendessen, werden mit ihr auf einmal wertvoll, weil ich plötzlich mit anderen Augen draufschaue. Sie ändert meine Sichtweise auf mein Leben. In Berlin war ich die, der so viel im Leben fehlte. Ein toller, kreativer Job, eine lässige Wohnung. Hier bin ich jetzt auf einmal die, die einen großen Schatz hat. »Deine Familie ist toll!«, hat sie mir in der Küche zugeflüstert, und mit jeder Zeile, die sie Lukas vorliest, und mit jedem Schritt, den sie mit Mia am Strand macht, bestätigt sie mein Leben. Seit Lena heute aus dem Zug gestiegen ist, bin ich glücklich. Ich will nicht mit dem Teil von mir diskutieren, der Angst hat, der mich vor Konsequenzen warnt, der lieber misstrauisch abwarten will, wie sich alles entwickelt. Alles fühlt sich richtig an. Endlich ein Jetzt und Hier.

»Bist du sicher, dass ich nicht in ein Hotel fahren soll?«, fragt mich Lena, sobald Bernd kurz verschwunden ist.

»Ja«, antworte ich.

»Und bist du auch sicher, dass ihr das wirklich wollt, beide?«, fragt sie weiter.

Eigentlich ist es toll, dass sie das fragt, aber ich fühle mich sofort wie ihre kleine Schwester, darum nicke ich nur und versuche, nicht rot zu werden. Wir haben nie darüber gesprochen. Abgesehen von den zwei Sätzen im Park nach der Fahrt im Todestaxi haben wir diese Nacht nie wieder erwähnt.

»Okay.« Sie nickt. »Aber wir brauchen ein paar Regeln.«

Bernd kommt zurück und nimmt hilfesuchend meine Hand, als Lena mutig mit uns bespricht, was für wen okay ist und was nicht.

»Und Linus?«, will ich wissen.

»Ist leider nicht hier«, antwortet sie, und es folgt ein Lena-Lachen. »Das nächste Mal«, sagt sie vielversprechend.

Ich werde wieder rot und bin froh, dass wir nicht viel Licht anhaben. »Aber ist das okay für ihn?« Ich muss das einfach wissen.

»Ja«, sagt Lena.

Jetzt ist zwar alles geklärt, aber die Stimmung ist jetzt nüchtern und sachlich.

»Und jetzt?«, frage ich und schaue Lena an, die ja hier so etwas wie die Anführerin ist. Unsere Nachhilfelehrerin in Sachen Dreier für Anfänger. Sie kramt etwas aus ihrer Tasche.

»Das ist ein Joint«, stellt Bernd fest. Er schaut mich fragend an. Statt einer Antwort stehe ich auf und gehe nach den Kindern gucken, in der Hoffnung, dass er für uns eine Entscheidung trifft.

Lukas und Mia schlafen tief und fest. Als ich wiederkomme, liegt der Joint unangetastet auf dem Tisch. Lena lächelt mich an und wartet ab. Bernd schaut mich erwartungsvoll an. Ich atme tief durch.

»Aber nur draußen und nur ganz kurz«, beschließe ich und werfe mich in Lenas Parka, den ich unbedingt mal anziehen will. Er hat innen ein weiches Fell und fühlt sich groß und kuschelig an. Sie schlüpft in meine Daunenjacke, Bernd in seine, und wir verdrücken uns wie die Teenager heimlich auf die Terrasse. Das Meer ist nur zehn Meter von uns entfernt und erfüllt alles mit seinem Rauschen. Bernd guckt nach rechts und links, als würde gleich die Polizei um die Ecke kommen, bevor er das Ding anzündet.

»Ey, wir sind hier in Holland«, erinnere ich ihn. Auf den anderen Terrassen ist niemand zu sehen.

»Wartet«, sagt Lena, verschwindet im Haus und kommt mit den Mützen wieder. »Wir müssen uns erst Kiffermützen aufziehen.«

Ich kichere und stülpe mir ihre über, sie zieht Bernds an und wedelt ihm dann zu, dass er anfangen soll.

Wir setzen uns zusammen auf die Lounge-Bank mit Blick aufs Meer. Ich sitze in der Mitte. Er brennt den Joint an, nimmt einen tiefen Zug und schafft es, ohne zu husten, zu inhalieren. Dann bin ich dran. Der Rauch brennt in meinem Hals, aber ich halte ihn entschlossen ein paar Sekunden in meinen Lungen. Als ich den Joint an Lena weiterreiche, muss ich doch etwas husten. Süßlicher Geruch breitet sich aus, und ich schaue noch mal nach, ob die Terrassentür auch wirklich geschlossen ist. Lena zieht und reicht wieder an Bernd weiter. Sie macht das irgendwie lässig, lässt ihn zwischen ihren Fingern stecken, und Bernd nimmt nicht den Joint, sondern ihre ganze Hand und führt sie zu seinem Mund.

Über uns ziehen ein paar Wolken. Ein kalter Wind streift durch meine Haare. Ab und zu sieht man die Sterne. Ich warte, bis das WOOOSH kommt, und als es da ist, wird die Welt ein bisschen weicher und das Meeresrauschen ein bisschen lauter.

Wir klettern leise die senkrechte Leiter hoch und liegen dann unter den Sternen, weil die Fensterfront bis hier oben in den Giebel reicht. Man kann vom Bett aus das Meer sehen.

Die Himmelskoje reicht gut für drei. Aber vermutlich schlafen hier normalerweise normale Eltern mit einem Kind in der Mitte. Normale, langweilige Eltern, wie wir es sonst auch sind. Heute Nacht machen wir Urlaub vom Langweiligsein. Heute Nacht sind wir wieder Anfang zwanzig, wie damals in meinem Mini-Apartment im East Village.

Aber diesmal ist es anders als in New York. Geplanter, vorsichtiger, aber irgendwie auch schöner. Nur die Musik von PLJ fehlt. Durch den Joint kann ich herrlich abschalten und muss nicht dauernd denken, was passieren würde, wenn Lukas oder Mia wach werden und die Leiter zu uns hochklettern. Ich bin einfach nur Franzi. Eine Frau, die schöne und ein bisschen wilde Dinge tut mit ihrem Mann und ihrer Freundin. Hier oben sind wir fernab von allem. Es gibt nur uns und das Meer. Alle Berührungen empfinde ich intensiver. Küsse dauern endlos. Die Zeit macht eine Pause für uns drei.

Kapitel 9

Beim Frühstück lassen wir die Kinder reden. Es ist warm genug, um im Pulli auf der Terrasse zu sitzen. Brötchen und Croissants hingen, wie bestellt, an unserer Türklinke. Wolkenloser Himmel über dem Meer, eine Tasse heißen Kaffee in der Hand. So müsste jeder Tag beginnen.

Das Wasser ist wieder auf dem Weg zu uns. Der flache See wird immer größer, bald wird die ganze Mulde überschwemmt sein.

Während Mia und Lukas viele Pläne für die nächsten Stunden machen, grinsen wir Erwachsenen uns heimlich an. Wir sind noch ganz woanders. Bernd fragte, wie ich mich fühle, als wir zusammen im Bad waren, und Lena stellte die gleiche Frage später in der Küche, wo wir im Nachthemd mit Jogginghosen und nackten Füßen standen und Kaffee kochten. »Ich weiß es noch gar nicht«, habe ich beiden geantwortet.

Es geht mir gut, und ich will, dass das so bleibt. Darum erlaube ich mir nicht, über alles nachzudenken. Ich will alles so genießen, wie es jetzt ist. Aus dem Wohnzimmer hören wir das Radio. Einer dieser Sänger, deren Name mir nie einfällt, singt: »Ich hab getanzt, als gäb's kein Morgen mehr …«

Das trifft es für mich. Wir haben zu dritt »getanzt«, als gäb's kein Morgen mehr. Aber welch ein Glück, dass es ein Morgen gibt. Am Meer frühstücken ist unwirklich und schön. Bernd checkt das Wetter mit seinem Handy.

»Es wird super heute«, verspricht er uns. Das hätte ich, mit einem Blick auf den Himmel, auch vorhersagen können. Es wird richtig warm in der Sonne. Die Kinder ziehen sich Badesachen an. Ich wechsle von der Frau, die einen aufregenden Dreier in einem Strandhäuschen hatte, in den Mamamodus.

»Eincremen!«, schreie ich und geh die Sonnenmilch suchen.

Erst ist der kleine Zappelmann Lukas dran. Ihm dauert es immer zu lange, dabei creme ich schon, so zügig ich kann. Bei jeder neuen Körperstelle stöhnt er, als wollte er sagen: »nicht da auch noch«.

Mia schleicht um uns rum. »Rücken kann ich nicht. Und Gesicht wäre mir auch lieber, wenn du das machst …«

»Soll ich?«, fragt Lena.

Mia strahlt. Ich bin mit dem hampeligen Kerl fertig und reiche die Tube weiter. Lena cremt erst Mia ein, dann meinen Rücken. Ihre Finger zeichnen Kreise und Spiralen. Sie hält sich länger als nötig an meinen Schultern auf, und ich genieße es in wohliger Erinnerung. Es ist, wie die Reste vom Kuchenteig aus der Schüssel zu naschen. Bernd schaut uns zu.

»Jetzt er«, sagt Lena lächelnd und macht eine auffordernde Geste zu mir. »Mach du, du bist gerade so in Übung.« Ich bleibe faul auf meiner Bank sitzen, weil ich von dort aus den ganzen Strand im Blick habe.

Mia und Lukas sind losgerannt und balancieren über die »Pönkel«, so nennen wir die Holzpfähle, die in regelmäßigen Abständen überall eingepflockt sind, um den Sand davor zu bewahren, vom Meer weggespült zu werden. Buhnen heißen die eigentlich.

Sie ragen etwa dreißig Meter ins Meer rein. Die Hälfte von ihnen ist jetzt bei Flut knapp unter Wasser. Mia und Lukas balancieren bis zum Ende, und es sieht von hier so aus, als würden sie über das Wasser gehen.

Ich werfe einen Blick auf Lena und Bernd. Er hat die Augen geschlossen, und sie massiert seinen Nacken. Ich spüre in meinen Bauch hinein. Warte auf eine kleine Welle Eifersucht. Aber mein inneres Meer ist genauso friedlich wie das, auf dem meine Kinder gerade übers Wasser schweben.

Wir bleiben alle einfach, wo wir sind, und lassen den Tag passieren. Bücher werden ausgepackt, Liegestühle in die Sonne gerückt. Ich muss nicht wissen, wie Groede aussieht, wenn ich einen Platz am Meer in der ersten Reihe habe. Außerdem kenne ich den Bahnhof, das sollte reichen.

Irgendwann machen Lena und ich einen Spaziergang. Wir blicken zurück auf die Reihe der Strandhäuschen.

»Wer hatte wohl den Mut, die hierhin zu stellen?«, frage ich.

»Jemand mit viel Geld?«

»Oder jemand mit großen Ideen.«

»Jemand, der unsere goldenen Regeln befolgt«, sagt Lena.

»Leichtigkeit, Freiheit, Begeisterung«, sagen wir feierlich zusammen.

»Ein super Konzept«, finde ich. »Man hat alles, was man braucht, in der Hütte und ist genau da, wo man sein möchte. Direkt am Meer.«

»Aber es ist nicht billig, das zu mieten, oder?«, fragt Lena und malt mit den Füßen Herzen in den Sand.

»Ich glaube, es ist sogar sauteuer, das zu mieten. Geht nur für zwei Nächte.«

»Ich zahl euch was dazu«, sagt Lena und schaut mich treuherzig an. »Quatsch«, brumme ich.

»Oder ich buche es für uns das nächste Mal!«, schlägt sie vor.

Ein nächstes Mal wäre schön, aber ich will das Jetzt weiter festhalten. »Heute ist erst Samstag«, sage ich deshalb.

»Alles, was schön ist, geht immer nur kurz«, seufzt sie.

»Ja. Oder planen wir einfach schlecht? Müssten wir einfach am Meer wohnen?«

Sie zuckt mit den Schultern. »Das ist ja immer Linus' Thema. Der glaubt auch, wenn er am Meer wohnen würde, wäre alles besser.«

»Wäre es doch auch, oder nicht?«

Lena überlegt. Ich male jetzt auch ein paar Herzen mit der Zehenspitze. Mein rechter Fuß malt. Lustig, ich bin nicht nur Rechtshänderin, sondern auch Rechtsfüßerin. Ob mein Linker das auch so gut kann? Ich zeichne mit links ein Herz, es wird etwas eckig.

»Es hat ja keinen Sinn, darüber nachzudenken, ob es besser wäre, am Meer zu wohnen. Niemand hat einen Job am Meer.«

»Du müsstest nur eine Serie am Meer bekommen«, wende ich ein.

»Ja, genau, nur.« Sie lacht. »Als wäre es nicht schwer genug, überhaupt eine Rolle zu kriegen, in einer guten Produktion, die dir nicht erst vierzehn Folgen verspricht, und dann werden doch nur fünf gedreht. Nein, da kann ich natürlich auch noch wählerisch sein und sagen: Ähm, Leute, ich mach das natürlich nur, wenn wir am Meer drehen. Ach, das spielt in den Bergen? Egal, dann baut ihr eben am Meer Bergkulissen auf, das passt schon.«

Wir kichern bei dem Gedanken, wie Leute hier Bergkulissen zwischen den Dünen aufbauen. Lena im Dirndl. Drunter immer den Bikini, und in den Drehpausen schnell ins Meer hüpfen.

»In New York dachten wir noch, das sei alles so einfach«, seufzt sie und verwischt ihre Herzen.

»In New York hab ich überhaupt nicht drüber nachgedacht, am Meer zu wohnen. Ich dachte, ich wohne dort, wo Bernd ist, und bin glücklich.«

»Und, bist du es nicht?«, fragt sie.

Wir gehen weiter, den Blick auf das Wasser geheftet.

»Pah, Glück. Glücklich. Was für ein blöder Begriff«, schimpfe ich plötzlich. »Glück ist … was für Anfänger!«

»Haha.« Lena patscht durchs Wasser. »Glück ist was für Anfänger, das ist gut. Und was bleibt uns dann?«

»Uns bleibt immer die Konsequenz unserer getroffenen Entscheidungen.« Ich fühle mich sehr erwachsen und weise, während ich mich das sagen höre.

»Frau Bergmann, ich bin da ganz bei Ihnen. Selbstverständlich. Wir sind die Summe unserer Konsequenzen. Je konsequenter, desto entschiedener.«

Ich schubse sie, und sie fällt fast ins Wasser. Sie kreischt und springt dann auf meinen Rücken. Ich galoppiere ein paar Meter mit ihr über den harten Sand.

»Boah, du bist viel schwerer, als du aussiehst«, schnaufe ich und lasse sie von meinem Rücken rutschen.

»Soll das ein Kompliment sein?«

»Das soll heißen, dass du mehr wiegst als Lukas, den ich sonst so auf dem Rücken trage.«

Lenas Gesicht verdunkelt sich ganz kurz.

»Was?«, frage ich.

Sie schüttelt den Kopf. »Nichts. Nur … ich trage niemanden auf meinem Rücken durchs Leben.« Sie wählt jetzt ähnlich theatralische Worte wie ich vorhin. Aber das Thema ist zu ernst, um darüber zu witzeln. Ich hake mich bei ihr ein und ziehe sie weiter.

Später bauen Lena und Lukas eine Sandburg am flachen See. In sechs Stunden wird die Flut sie wieder mitnehmen, aber die zwei geben sich so viel Mühe, als würden sie selbst dort einziehen. Es gibt Türme, Schießscharten, einen Burggraben, einen Balkon, der immer abbröckelt und schließlich mit Steinen unterstützt wird, und einen Innenhof.

Das wäre ein schönes Zuhause für meine Teebeuteltiere oder für die kleinen Typen mit Mirschek, die sonst in Kartenhäusern leben. Vielleicht brauchen sie immer eine Behausung, die nur für kurze Zeit steht und dann in sich zusammenklappt oder vom Meer weggespült wird. Ein Leben mit Adrenalin. Ein Leben für die nächsten sechs Minuten oder Stunden. Ein Leben im Jetzt.

Heute gelingt uns das auch. Wir nehmen jede Stunde so, wie

sie kommt, und genießen sie. Bernd, Mia, Lukas, ich und Lena. Sie fügt sich in unsere Familie ein, als wäre sie ein Teil von ihr. Aus Mias Lockenmähne zaubert sie eine Flechtfrisur. Bernds Rücken wurde noch nie so oft eingecremt. Aus ihrer kleinen Wochenendtasche zaubert sie einen Zitronen-Rooibostee, den sie erst kocht und dann kalt stellt. Wir prügeln uns fast drum, wer ein zweites Glas davon haben darf.

Wir vergessen das Mittagessen. Es gibt so viel zu tun. Lange aufs Meer gucken. Füße im Sand vergraben. Handtuch abwechselnd über Liegestühle oder hinter das Häuschen zwischen die Dünen legen. Sonnenhut so aufsetzen, dass er auch im Liegen hält, was gar nicht so leicht ist. Eine Seite lesen und dann wieder von vorn anfangen, weil man ganz vergessen hat, was man gerade gelesen hat.

Nachmittags haben alle Hunger. Ich mache mit Lukas zusammen Sandwiches. Richtig leckere mit gebratenem Speck und ganz viel Remouladensoße. Wir machen einen riesigen Berg und müssen sie auf zwei Teller stapeln, weil wir kein Brett oder Tablett haben. Es bleibt keines übrig. Mia macht freiwillig mit Lena den Abwasch.

Der Himmel bleibt blau, nur das Meer verändert sich ständig.

Bernd und ich sitzen auf der Terrasse an der Kante und lassen die Beine baumeln. Wir gucken unseren Kindern zu, die mit Lena zusammen mit dem Strandbollerwagen über den harten Sand ziehen, durch die kleinen Seen hindurch.

»Sie ist wie gutes Wetter«, sagt Bernd und nimmt meine Hand. Das ist ein sehr schönes Kompliment an eine andere Frau. Er schaut mich an. Seine Nase ist ein bisschen rot.

»Sie hat vergessen, dich hier einzucremen«, sage ich und tippe auf seine Nasenspitze.

»Ist das nicht dein Job?«, fragt er mich.

Ich schüttle den Kopf. »Nein, danke. Ich hab schon zwei Kinder.«

Er lächelt und streichelt meinen Arm. »Unsere Krokodile sind hier sehr glücklich«, sagt er und schaut zu, wie Lukas Mia, so schnell er kann, durchs Wasser zieht. Lena steht ein paar Meter entfernt, die Hände zum Schutz vor der Sonne über die Augen gelegt.

»Warum kann es nicht immer so sein?«, frage ich ihn.

»Weil das nicht der Alltag ist.«

»Aber könnte der Alltag nicht schöner sein?«

»Wie, schöner?«

»Na, schöner. Nicht in einem Kellerbüro.«

»Du meinst, es wäre ein besserer Alltag, wenn unser Büro in so einem Strandhäuschen wäre?«

»Ja«, sage ich.

»Und die Krokodile?«

»Würden Holländisch lernen und hier zur Schule gehen.«

»Und alles wäre gut«, grinst er.

»Ja«, sage ich trotzig.

»Und du müsstest trotzdem noch vierundfünfzig Mails am Tag beantworten und Dichtungsringe bestellen. Nur Werner würde dann Ture heißen und Michael Klarson.«

»Ture und Klarson, ja? Sollen das jetzt holländische Namen sein?«

Ich hänge mich an den Namen auf, weil ich mit ihm nicht über den Inhalt meiner Arbeit diskutieren möchte. Zu gefährlich, zu nah am Wasser.

»Wir könnten das hier mal wieder buchen, regelmäßig«, schlägt er vor, bemüht, eine realistische Lösung zu finden.

Ich seufze. »Ja, sicher. Aber im Sommer wird es immer ausgebucht sein, und dann bekommen wir noch ein Wochenende im Herbst und haben dann nur Regen.«

»Natürlich«, sagt Bernd. »Aber wenn wir hier leben würden, wäre immer gutes Wetter.«

»Das brauchen wir nicht, solange Lena dabei ist«, sage ich mit Anspielung auf sein Kompliment. Es wäre wirklich schön, wenn Lena in der Nähe wohnen würde. Ich weiß, dass sie nach diesem Wochenende wieder abtauchen wird in ihre Welt, in der jeder Tag ein Drehtag sein kann. Wie schön wäre es, wenn sie nebenan wohnen würde. Mia könnte an Regentagen, an denen drehfrei ist, mit ihr shoppen gehen, und ich könnte regelmäßig früh morgens mit ihr laufen gehen. In New York haben wir das mal versucht, weil wir dachten, das sei doch cool, jeden Tag so sportlich zu beginnen. Wir haben es keine Woche durchgehalten.

Zu viele Wünsche, ermahne ich mich selbst. Ich wollte doch das Jetzt genießen.

Abends haben wir alle unsere Vorräte aufgefuttert und müssen essen gehen. Am Campingplatz gibt es ein kleines Restaurant zwischen den Dünen. Obwohl es kühl ist, setzen wir uns tapfer nach draußen, einfach weil wir schon den ganzen Tag draußen leben. Wie schnell man sich an schöne Dinge gewöhnt. Wir rätseln ein bisschen an der Speisekarte herum, die auf Holländisch ist. Mia übersetzt: »Kaas ist Käse, Pannenkoek ist Pfannkuchen, aber was sind Poffertjes?«

Die Kellnerin muss erst mal zehn Fragen beantworten, bevor wir unsere Bestellung aufgeben. Aber sie bleibt geduldig und nett, vermutlich kennt sie das schon. Neben dem Restaurant ist eine kleine Weide, auf der ein paar Ziegen stehen. Lukas kann Mia überreden, mit ihm dorthin zu laufen, während wir auf das Essen warten. Wir schauen den beiden hinterher. »Ihr habt ganz tolle Kinder«, sagt Lena. Bernd und ich nicken und lächeln.

»Was macht Linus jetzt, so allein?«, fragt Bernd.

»Der muss einen Auftrag fertig kriegen. Wahrscheinlich arbeitet er Tag und Nacht, bis sie am Montag die Präsentation haben. Dann legt er sich zwei Tage ins Bett und ist nicht ansprechbar. Das hab ich schon ein paarmal mitgemacht. Aber ich glaube, ich bin auch nicht besser, wenn ich mit einem Dreh fertig bin. Dann brauche ich ebenfalls ein paar Tage, um mich wieder zu erholen und wieder Mensch zu werden.«

Unzufriedenheit blüht in meinem Bauch auf wie eine schnell wachsende Schlingpflanze. Linus und Lena haben Jobs, die sie zu hundert Prozent beanspruchen, und sie können alles geben und sich dann danach einfach ins Bett legen. Ich könnte so einen Job gar nicht machen. Ich müsste immer gucken, wann und wo die Kinder betreut sind. Und abends käme ich weder zum Textlernen noch könnte ich Präsentationen vorbereiten, weil ich Hausaufgaben kontrollieren muss, Streit schlichten, Probleme mit Schulfreunden lösen, Star-Wars-Poster aufhängen, Wäscheberge bewältigen, ich könnte die Liste endlos fortführen. Mia ist vierzehn Jahre alt, und genauso lange gab es keinen Sonntag mehr im Bett. Man kann sich als Eltern keine Auszeit nehmen. Vielleicht mal zwei Stunden, wenn man sehr geschickt plant oder eine gute DVD einlegt. Aber selbst dann kann es sein, dass es nach zwölf Minuten Streit gibt um die Sofadecke oder die Fernbedienung. Dann kann man wieder aus dem Bett springen und ein bisschen rumschreien, damit wieder Ruhe einkehrt. Es gibt natürlich ein paar Ausnahmen. Solche Familien haben Oma und Opa um die Ecke. Die springen dann immer ein. Holen alle Kinder überall ab und nehmen sie auch am Wochenende, damit die Eltern mal ausschlafen können. Ich kenne keine dieser Ausnahmen gut, weil ich einen großen Bogen um sie mache. Die Gefahr ist zu groß, sie vor Neid aus Versehen zu erwürgen. Meine Eltern sind geschieden und haben beide neue Partner, die nur eins gemeinsam haben: Sie können mich nicht ausstehen. Mit Enkeln muss ich ihnen schon gar nicht kommen. Meine Mama freut sich zwar schon, wenn sie die Kinder einmal im Jahr sieht, aber ich muss mir dann die ganze Zeit anhören, warum Herbert, das ist ihr Freund, nicht so gerne reist und sie uns deshalb leider nie besuchen können. Herbert kann kein Kindergeschrei oder -lachen ertragen und keine Eier. Er kann den Herbst nicht ertragen und den Winter erst recht nicht, deshalb verbringen sie diese Zeit meistens auf Teneriffa. Herbert erträgt Deutschland generell kaum und mich schon gar nicht. Meine Mutter geht den Weg des geringsten Widerstandes, also sehen wir uns kaum. Ich bin fast froh darüber, weil ich dann nicht mit ansehen muss, wie meine Mutter ihr ganzes Leben für diesen Trottel aufgibt. Wenn sie wenigstens glücklich dabei wäre. Ich glaube, heimlich wartet sie sogar darauf, dass er stirbt. Mir steht es nicht zu, darüber zu urteilen. Vielleicht hat man nur einmal im Leben Kraft für eine schmerzvolle Trennung, und diese Energie ist bei meinem Papa draufgegangen. Und der, der lebt einfach sein Leben, so wie das nur Männer können. Die Rolle Opa passt weder zu seinen schwarzgefärbten Haaren noch zu seiner jüngeren Freundin. Ich bin jedes Jahr froh, wenn ich mit der obligatorischen Weihnachtskarte nicht die Nachricht bekomme, dass ich noch eine Halbschwester zu erwarten habe.

Bernds Vater lebt nicht mehr, und Bernds Mutter ist viel älter, als sie sein müsste. Mit ihren fast siebzig Jahren wirkt sie wie Ende achtzig. Bei ihr könnte man die Kinder keine Stunde lassen.

Ich stochere in meinem Eistee rum, der mit Eiswürfeln und einem Stäbchen aus Plastik zum Umrühren oder eben zum Stochern gekommen ist. Ich wollte nicht so werden, denke ich. So missgünstig. Als ich mit Mia schwanger war, hatte ich mir das fest vorgenommen, wenn uns andere Eltern mit sauren Gesichtern klarmachten, dass unser Leben nun bald vorbei sein würde. Ich habe mich damals gefragt, warum sie so auf den negativen Seiten herumhackten. Warum sie immerzu betonen mussten, dass sie seit Jahren nicht mehr schlafen. Das nervt doch. Und jetzt bin ich ganz genau so. Der ganze Kram bringt einen irgendwann so ins Minus, dass man den anderen keine Minute allein auf dem Sofa gönnt. Und ich gönne Lena ihre Erholungstage nach einem Dreh nicht. Mal ganz abgesehen davon, dass ich es lächerlich finde, sich von der Arbeit erholen zu müssen. Kein Job schreit einen nächtelang wach. Ich hab noch nie gehört, dass Eltern, wenn ihre Kinder drei werden und dann angeblich aus dem Gröbsten raus sind, sagen: »So, jetzt müssen wir uns aber erst mal ordentlich erholen von den eintausendfünfundneunzig anstrengenden Tagen und Nächten, die wir hinter uns haben.« Wäre ja auch eh nicht drin. Nicht mal bei den Ausnahmefamilien mit Oma und Opa. Ich denke nicht, dass da ein Wochenende ausschlafen reichen würde. Außerdem ist dann ja bei den meisten auch schon Kind Nummer zwei unterwegs.

»Was ist los?«, fragt Bernd leise.

»Nichts, ich hab mich nur falsch entschieden«, sage ich seufzend.

»Du kannst mein Essen haben«, bietet er sofort an, weil er glaubt, mein Satz beziehe sich auf den Hawaiitoast, der gerade vor mich hingestellt wurde.

»Du kannst auch von meinen Pommes haben, Mama«, sagt Lukas eifrig, und ich schäme mich, dass ich so einen schlimmen Satz gesagt, ja überhaupt gedacht habe.

»Ihr seid mein größtes Glück!«, sage ich, um ihn ungeschehen zu machen, und nehme mir schnell ein paar Pommes von Lukas, bevor jemand die Tränen in meinen Augen bemerkt.

Der Sonnenuntergang ist noch gigantischer als gestern. Der Himmel hat sich ein paar Wolken zur Hilfe geholt, mit denen er jetzt sein pompöses Schauspiel durchzieht. Sonne, die rot hinter den Wolken hervorbricht. Glitzerndes Meer darunter. Rosafarbener Himmel, der durch die wunderbaren Wolkenrequisiten stellenweise sogar lila aussieht. Mia und Lukas sind wenig beeindruckt. Nachdem Mia ein paar Bilder mit ihrem Tablet geschossen hat, will sie Karten spielen. Lukas und Bernd machen mit. Lena und ich gehen ans Wasser. Wir möchten Teil des Sonnenuntergangs sein. Die Abendstimmung ist so schön. Lena legt den Arm um mich. Wir stehen da, mit dem Gesicht zum Meer, und sind plötzlich gleich. Völlig egal, wer welchen Job macht und wer Kinder hat und wer nicht. Zwei Frauen mit den Füßen im Wasser, die vor so etwas Banalem wie einem wunderschönen Sonnenuntergang beinahe in die Knie gehen.

»*Here we are*«, sagt Lena feierlich.

»*Here we are*«, wiederhole ich.

»*Here we are*«, sage ich, nachdem wir eine Weile schweigend in den Park gestarrt haben, und zeige auf all die verknitterten Tüten und Lenas Koffer. Ein Jogger läuft vorbei und lacht, als er uns so dasitzen sieht unter dem Baum.

»Bernd hat mir einen Heiratsantrag gemacht.«

Lena fährt herum. Diese Information holt sie sofort aus ihrer Lethargie. »Was?! Wann?«

»Heute Morgen, direkt nach deinem Anruf.«

Sie presst sich aufgeregt die Hände vor den Mund. Ihre Augen sprühen. Sie schüttelt mich.

»Franzi, das ist ja sooo cool! Erzähl! Alles! Sofort!«

Ihre Aufgeregtheit tut so gut. Ich hatte mein Gefühl erst mal im hintersten Winkel versteckt, um mich später damit zu beschäftigen, wenn der Umzug geschafft ist und ich Zeit habe. Mein Gehirn schafft es nicht, alles, was in den letzten zwölf Stunden passiert ist, zu verarbeiten. Die gemeinsame Nacht, der Antrag, Abschied von Messie und dann Killer-Hasan, der Todestaxifahrer. Erst jetzt, da ich in Lenas sprühende Augen gucke, blubbert so etwas wie große Freude in mir hoch.

»Es ging so schnell und war irgendwie so unspektakulär. Ich bin nach deinem Anruf aus dem Bett gesprungen und hab mich angezogen. Bernd hat mich gefragt, wo ich denn so dringend hin will, und ich hab ihm gesagt, du ziehst in einer Hauruckaktion um, und ich muss dir helfen.«

Lena wedelt ungeduldig mit den Händen, sie will, dass ich zum wichtigen Teil der Geschichte komme.

»Na ja, und dann hat er auf die Uhr geguckt und ist plötzlich auch aufgesprungen, weil er ein Treffen mit dem reichen Onkel

hat. Er hat ihm wohl versprochen, bei so einem Meeting dabei zu sein, irgendwo in Soho bei einer Galerie oder so …«

Lena stirbt fast vor Ungeduld, biegt sich vor und zurück. Sie bringt mich ganz aus dem Konzept. Ich muss doch selbst erst mal langsam ordnen, wie es dazu kam.

»Er springt in seine Hose, ich ziehe mir gerade mein Shirt über den Kopf, und als ich es anhabe, steht er ganz dicht vor mir. Er hat mich angeschaut und ganz einfach gesagt: Willst du mich heiraten?«

Lena macht ein quietschendes Geräusch.

»Und als ich nichts gesagt habe, ist er auf die Knie gegangen …«

Lenas Quietschen wird lauter.

»… und hat gesagt, Franziska Huber, willst du meine Frau werden?«

»Ja, und was hast du geantwortet?!«

»Ich, ich …« Jetzt stottere ich vor Aufregung. »Ich war total perplex. Ich hab einfach gesagt: Ja.«

Lena fällt mir kreischend um den Hals. »Und dann?!«

»Dann hat er gesagt: Okay, und sich die Schuhe angezogen.«

»Und dann??!«

»Dann hab ich mir die Schuhe angezogen, und wir sind aus dem Haus, als wäre nichts gewesen.«

»Gab es keinen Kuss?«, will sie wissen.

»Doch. Als wir unten waren. Er sagte ›Ich liebe dich‹ und hat mich geküsst. Und zack, war er weg.«

»Wahnsinn«, findet Lena. »Erst der Heiratsantrag und dann das Liebesgeständnis. Das muss man erst mal so bringen.«

Ich lasse mich rückwärts auf die Wiese fallen. Lena räumt ein paar Tüten zur Seite und legt sich neben mich.

»Der Mann ist was Besonderes, du hast echt Glück«, sagt sie leise, dicht an meinem Ohr.

»Ich hab einfach ja gesagt«, wird mir plötzlich klar.

»Bereust du das jetzt?«, fragt Lena alarmiert.

Ich schüttle den Kopf. Sie dreht sich auf die Seite zu mir. Ich mache das Gleiche und schaue in ihr vertrautes Gesicht. Blonde Ponyfransen hängen ihr in die Augen.

»Schade«, sagt sie.

»Warum?«, frage ich jetzt alarmiert.

»Jetzt können wir nicht mehr heiraten!« Sie kichert, als wäre sie zwölf. Ich kichere mit und kitzele sie.

»Hast du das geahnt?«, frage ich.

»Nein, wieso?«

»Weil du vorhin gesagt hast: ›Jetzt heiratest du Bernd, und ihr lebt glücklich bis an euer Lebensende.‹«

Sie schaut mich überrascht an. »Hab ich das gesagt?«

»Ja.«

»Wahrscheinlich hab ich es doch geahnt.«

»Klar.«

Plötzlich steht Lena auf. »Komm, ich brauche einen Eistee!«

Bei dem Wort Eistee merke ich, wie trocken meine Kehle ist. Mein Shirt ist nassgeschwitzt, und ein Eistee ist so ziemlich das Herrlichste, was ich mir gerade vorstellen kann. Lena läuft pfeifend los.

»He, deine Klamotten!«, rufe ich ihr hinterher und beginne mühsam, so viele Tüten, wie ich tragen kann, zusammenzuraffen.

»Ach, lass den ganzen Kram einfach liegen!«

Das klingt so verlockend, dass ich es tue und neben ihr herlaufe. Seltsam leicht, ohne jedes Gepäck.

»Du weißt aber schon, dass das Zeug nachher nicht mehr da ist?«

»Na, das will ich hoffen«, sagt sie mit einem seltsamen Gesichtsausdruck. »Ich fange ein neues Leben an. Genau jetzt. Da kann ich keine Altlasten brauchen.« Mit einer äußerst geraden Körperhaltung marschiert sie in schnellerem Tempo weiter.

Ich falle ein bisschen zurück und schaue mich einmal um nach ihrem Hab und Gut, das da verloren unter dem Baum zurück-

gelassen wurde. Dann hole ich auf und sage: »Solange ich keine deiner Altlasten bin …«

Sie hakt sich bei mir ein. *»Never«*, sagt sie aus tiefstem Herzen.

»Erinnerst du dich?«, frage ich sie. Wir können beide den Blick nicht vom Meer abwenden.

»Ja, klar. Diese Geschichte erzähle ich heute immer, wenn ich angeben will. Um zu sagen, guckt mal, so verrückt, wild und frei war ich mal!«

Ich muss lächeln. Eine unerwartet hohe Welle schwappt bis zu unseren hochgezogenen Hosen und macht uns nass. Wir weichen ein paar Schritte zurück.

»Dabei war das leicht, damals in New York.«

»Ein neues Leben anzufangen?«

»Meine Klamotten da im Central Park zu lassen. Die Hälfte der Sachen war mir eh zu eng. Die Waffeln im Seven A …«

»Ich fand das trotzdem mutig von dir.«

»Nicht so mutig, wie zu einem Heiratsantrag ja zu sagen, den ein Typ macht, den man erst drei Wochen kennt.«

»Mutig oder bescheuert?«

»Auf alle Fälle richtig, wie man heute sieht.«

Das Meer hat sich passend zum Himmel rosa gefärbt. Die Wolken spielen mit der untergehenden Sonne. Verdecken sie halb und geben sie wieder frei. Das Meer glitzert erst verführerisch, dann liegt es wieder unergründlich und dunkel da.

»Schade, dass man immer erst im Nachhinein weiß, welche Entscheidung richtig war«, sage ich.

»Was würdest du heute anders entscheiden?«, fragt Lena. Sie nimmt den Blick vom Wasser und schaut mich an. Ihre braunen Augen können so ernsthaft gucken. Fest heftet sie den Blick auf mich, schaut bis auf meine Seele. Ich kann nichts sagen, aber das muss ich auch gar nicht.

»Am Ende wird alles gut«, zitiert Lena.

»Und wenn es nicht gut ist, ist es noch nicht das Ende«, ergänze ich. Ich will ihr sagen, dass sie bleiben soll, für immer. Ich will ihr sagen, dass ich Angst habe, dass das Leben wieder zwischen uns kommt, wenn sie morgen nach Berlin zurückfährt. Ich will ihr sagen, dass sie jetzt Verantwortung hat, weil Mia sie mag und Lukas auch. Aber ich schweige und schaue zu, wie die rote Sonne im Meer ertrinkt.

Kapitel 10

Bernd ist völlig außer sich. Seine Locken stehen wild ab. Immer wieder fährt er sich noch mal durch die Haare und bringt damit alles noch mehr durcheinander. Mit langen Schritten flitzt er vor mir auf und ab.

»Franzi«, sagt er, weiß dann aber nicht, wie er den Satz zu Ende bringen soll. »Franzi …«, wieder vier lange Schritte, bis unser Büro zu Ende ist. Dann muss er umdrehen und aufgeregt in die andere Richtung laufen. Ich schaue ihm dabei zu und sehe sicher aus wie eine Comicfigur, die ein langsames Tischtennismatch verfolgt. Die Teebeuteltiere folgen ihm wie eine kleine Prozession. Von rechts nach links, von links nach rechts. Zwischendurch raufen sie ihr Fell.

Ich weiß nicht, wieso ich mir ausgerechnet jetzt Teebeuteltiere vorstellen muss. In so einem wichtigen Moment. Bernd und ich stehen vor einer großen Entscheidung, und alles was mir einfällt, sind Phantasietiere, die sich ihr Fell raufen.

»Franzi, das ist unsere Chance!« Endlich hat er den Satz zu Ende gebracht. Deine Chance, denke ich.

Ein Herr Albermann will Bernd kennenlernen, weil er einen Nachfolger für seine Firma sucht. Das bedeutet, Bernd könnte Geschäftsführer einer dreimal so großen Firma werden.

»Lass uns das mal konkret durchdenken«, höre ich mich erwachsen sagen. »Nehmen wir an, du sagst ja. Was heißt das dann im Alltag? Du müsstest mehr arbeiten, richtig?«

»Wir, Franzi, wir müssten mehr arbeiten. Ich brauche dich

dann in Vollzeit. Wir müssten uns ja erst mal einarbeiten. Herr Albermann hat Frau und Sohn vor drei Jahren bei einem Verkehrsunfall verloren. Eigentlich sollte der Sohn die Firma übernehmen. Seine Frau war praktisch seine rechte Hand. Er wünscht sich, dass er seine Firma an ein nettes, kompetentes Ehepaar übergeben kann.« Er lächelt und deutet erst auf sich und dann auf mich. »Er war ganz begeistert, als ich erzählt habe, dass du praktisch meine rechte Hand bist und wir die Firma quasi gemeinsam leiten.«

Aha. Mir ist neu, dass ich die Firma »quasi« mit Bernd zusammen leite. Ich mache ein dämliches Gesicht, aber er achtet gar nicht auf mich und redet weiter:

»Wir brauchen eine Lösung für die Kinder. Ganztagsbetreuung und vielleicht noch einen Babysitter. Aber das dürfte alles kein Problem sein, denn es ist nicht nur mehr Arbeit, es ist vor allem mehr Geld!«

Seine blauen Augen leuchten. Er weicht von seiner Links-rechts-Route ab, kommt auf mich zu, nimmt meinen Kopf in seine Hände und küsst mich glücklich auf den Mund.

»Dann mieten wir das Strandhaus, sooft wir wollen!«

Er hebt mich hoch und wirbelt mich herum. Den Teebeuteltieren wird ganz schwindelig.

»Eigentlich ist es doch keine Frage, dass wir zusagen, wenn er uns tatsächlich will, oder?«

Er schaut mich so erwartungsfroh an. Ich muss weggucken.

»Lass uns erst mal abwarten, ob es so weit kommt.«

»Das kriegen wir hin, Franzi. Heute Abend gehen wir mit dem Albermann essen. Du ziehst dein schönes blaues Kleid an, bist eloquent und entzückend wie immer, und ich werde ihm unsere Firma in den schönsten Farben präsentieren. Da kann er gar nicht anders als zusagen!«

»Heute Abend schon?«, frage ich einigermaßen entsetzt über das Tempo, in dem sich hier gerade unser Leben ändern soll. »Bernd, willst du denn wirklich deine eigene Firma aufgeben?

All das hier?« Ich deute wenig überzeugend auf unsere Kellerräume.

»Ich muss gar nichts aufgeben. Im Prinzip wird das eine Fusion. Wir nehmen natürlich all unsere Kunden mit und haben gleichzeitig einen Konkurrenten weniger, weil wir dann mit Albermann gemeinsame Sache machen.«

Ich will noch etwas einwerfen, aber bis ich neue Argumente habe, ist Bernd schon wieder abwesend und plant im Kopf seinen kometenhaften Aufstieg. Ich bin froh, dass Werner und Michael heute nicht da sind. Dienstag ist Feiertag, und die Mitarbeiter nehmen natürlich den Brückentag frei. Können sie auch, nur wir leider nicht. Dabei haben Mia und Lukas heute auch frei. Wir hätten also bis Dienstag in unserer Oase am Meer bleiben können, wenn wir nicht selbständig wären, wenn das Büro nicht wäre. Und jetzt soll das Ganze noch größer, noch zeitraubender, noch einnehmender werden. Mir ist schlecht. Meine Zunge schmeckt nach altem Kaffee. Es dringt kaum Tageslicht in unser Kellerbüro, plötzlich fehlt mir die Luft zum Atmen. Bernd nimmt beschwingt ein Gespräch entgegen. Zwischendurch lächelt er mir begeistert zu. Ich lächle tapfer zurück, ordne Papiere von A nach B und wieder zurück.

Bernd fand, es sei Fügung, dass wir heute im Büro sind und sofort auf das Angebot reagieren können. Er hat lange mit Herrn Albermann am Telefon gesprochen und dann erklärt, er würde das mit seiner Stellvertreterin durchsprechen. Plötzlich bin ich Stellvertreterin. Chefin in spe. Eine kalte Hand hat nach meinem Magen gegriffen und drückt zu.

Viel zu schnell ist es Abend, und wir sitzen im Auto auf dem Weg zu einem schicken Restaurant in Köln. Während Bernd mir kribbelig aufgeregt hundert Anweisungen gibt, was ich sagen soll und was ich auf keinen Fall sagen darf, schiele ich auf die Uhr. Viertel vor acht. Wir werden pünktlich sein. Wenn ich Glück habe, ist in drei Stunden alles vorbei. Vielleicht entscheidet sich der Albermann auch gar nicht für Bernd, und alles bleibt beim Alten.

»Hat er eigentlich nur dich im Auge, oder gibt es mehrere potentielle Nachfolger?«, unterbreche ich den Redeschwall meines Mannes. Ich weiß, dass Herr Albermann Bernd letztes Jahr auf der Messe kennengelernt hat. Offensichtlich hat er da einen bleibenden Eindruck hinterlassen. Aber wer weiß, wen der Albermann noch auf der Liste hat.

Bernd schüttelt vehement den Kopf. »Das ist doch kein Casting!«, sagt er lachend.

Die Chancen stehen also gut. Ich sterbe. Ob ich mich heimlich etwas dämlich oder unsympathisch benehmen kann? So dass Bernd es nicht merkt, aber der Albermann?

Ich stelle mir vor, wie ich laut rülpse, wenn Bernd auf der Toilette ist, oder erzähle, dass ich so froh bin, dass mein Mann jetzt sein Alkoholproblem in den Griff bekommen hat oder so. In Serien läuft das so. Könnte glatt in einem von Lenas Drehbüchern stehen.

Ich klappe die Sonnenblende oben an der Scheibe runter und schaue mich in dem kleinen Spiegel an. »Reiß dich zusammen! Das hier ist wichtig für Bernd!«, ermahne ich mich selbst mit einem Blick.

Herr Albermann ist so sympathisch, dass man gar nicht anders kann, man muss ihn mögen. Als er mit ein paar knappen Sätzen den Unfall erwähnt, bei dem seine Familie umgekommen ist, hat er Tränen in den Augen, und auch ich muss ganz schnell meine Serviette benutzen.

Bernd drückt meine Hand, was meiner Meinung nach die ganze Situation noch verschlimmert. Aber Herr Albermann legt seine Hand oben auf unsere und sagt: »Seien Sie froh, dass Sie sich haben. Genießen Sie jeden Tag.«

Jetzt sind wir alle kurz vorm Heulen, und er bricht die Stimmung, indem er hustet und lacht und dann sagt, daran würde er merken, dass er alt wird, denn solche Dinge sagen immer nur die alten Männer. »Sie sind doch nicht alt!«, widerspreche ich ihm.

Das muss man zwar in solchen Situationen sagen, aber Herr Albermann wirkt tatsächlich kein bisschen alt. Seine Haare sind perfekt dunkel gefärbt, nur sein weißer Schnäuzer verrät ihn.

»Sechsundsechzig«, sagt er stolz. »Ich hatte mir immer vorgenommen, mit fünfundsechzig aufzuhören. Mein Sohn Karl sollte dann seine Chance bekommen, und Amanda und ich, wir wollten eine kleine Finca auf Mallorca kaufen. Dann kam ja alles anders, und ich war froh, die Firma und die Arbeit zu haben. Aber jetzt denke ich, warum soll ich mir den Traum von der Finca nicht doch erfüllen. Sie müssten also keine Angst haben, dass ich ständig anwesend bin und alle Entscheidungen von Ihnen überwache. Man muss auch loslassen können. Nichts ist schlimmer als ein ehemaliger Chef in Rente, der ständig noch in seiner alten Firma herumspaziert.«

Er lacht wieder, hebt sein Glas und trinkt. Wir lächeln artig und trinken ebenfalls. Herr Albermann hat Weißwein bestellt, den weder Bernd noch ich mögen. Jetzt nippen wir an unseren Gläsern herum und schenken uns ständig Wasser nach.

Das Essen kommt. Ich habe Ente bestellt, die ganz hervorragend schmeckt. Herr Albermann kommt jetzt langsam richtig zur Sache und prüft Bernd, als wäre er ein Gebrauchtwagen, den er kaufen möchte. Er will alles wissen: wo er studiert hat, wie lange er die Firma schon hat, warum die Zahlen 2013 so schlecht waren, welches Bestellsystem wir verwenden, wie er sich die Zukunft vorstellt, wo seine Prioritäten liegen und, und, und.

Bernd schlägt sich sehr tapfer. Er kann lückenlos die Bilanzen der letzten Jahre erklären, die Herr Albermann alle schon per Mail bekommen und ganz offensichtlich auswendig gelernt hat. Der hat echt was drauf, der Mann. Ich habe ein bisschen Angst, dass ich gleich drankomme und darauf getestet werde, wie gut ich als rechte Hand meines Mannes funktioniere. Bevor ich zugeben muss, dass meine Ausbildung aus einem halben Jahr Schauspielschule in New York besteht, starte ich einen Gegenangriff und stelle jetzt umgekehrt Fragen zu seiner Firma. Wer fragt, führt, hat mir mein Vater früher beigebracht. Diese Technik hat mir schon einige Male den Hintern gerettet. Bernd springt auf und übernimmt geschickt die Fragen auf den Gebieten, auf denen ich mich gar nicht auskenne. Wir trinken tapfer unser Glas Wein aus und wenden ein weiteres ab, indem wir sagen, wir müssten noch fahren und morgen auch früh raus.

Schneller, als ich dachte, ist das Abendessen vorbei. Herr Albermann verabschiedet sich höflich von uns und sagt, er müsse sich das ja eigentlich kaum noch durch den Kopf gehen lassen, wir würden ja so wunderbar zusammenpassen. Er klopft Bernd heftig auf die Schulter und verschwindet winkend in einem Taxi.

Sobald er außer Sichtweite ist, hebt Bernd mich hoch und wirbelt mich herum. Ich wünschte, ich könnte mich so freuen wie er. Oder wenigstens ein ganz kleines bisschen.

Am nächsten Tag rauscht alles an mir vorbei. Herr Albermann hat eine offizielle Mail geschickt. Er schreibt, er freue sich, uns mitzuteilen, dass er Bernd gern als Geschäftsführer in seiner Firma einsetzen will. Ein Vertrag soll nächste Woche folgen. Die reizende Gattin soll herzlich gegrüßt werden. Werner und Michael werden eingeweiht. Während sie viele Fragen stellen, starrt die reizende Gattin nur auf ihren Bildschirm. Mittags stehle ich mich schnell weg.

Ich möchte so gerne Jo sehen, aber sie geht nicht an ihr Handy. Ich grabe in meinem Gedächtnis in der Hoffnung, mich zu erinnern, wo sie dienstags Pferde geradebiegt. Hallerhof? Ob ich da einfach mal hinfahre? Ich versuche, ihn in mein Navi einzugeben, aber natürlich findet das blöde Ding keinen Hallerhof ohne Straßennamen. Erfolglos google ich eine Weile und entscheide dann, nach Gedächtnis zu fahren. Meine Erinnerung an Routen ist sehr bescheiden. Manchmal glaube ich, Navigationssysteme wurden meinetwegen erfunden. Vielleicht ist jemand mal in den neunziger Jahren bei mir mitgefahren und hat sich gedacht: O Gott, das geht ja gar nicht, diese Frau wird nicht überleben, wenn ich nicht ein Ding erfinde, das ihr den Weg vorsagt.

Ohne Navi fahre ich nirgends hin. Allerdings müsste die Technik für mich noch verbessert werden. Ich müsste einfach sagen können: »Finde Jo«, und dann müsste mich mein Navi zu Jo leiten. Oder: »Finde den nächsten Burgerladen.« Jaja, ich weiß, dass man das eingeben kann. Ziele in der Nähe, Ziele auf der Route, und dann tippt man da blöd auf dem Bildschirm rum, und nix passiert. Außer, dass man die ganze Kartenansicht verändert und man plötzlich nur noch die Straße sieht, die man schon gefahren ist, aber nicht mehr die, auf der man aktuell gerade fährt. Navigationssysteme sind missgünstige, heimtückische Geräte, die einen gerne mal ans Ende der Welt leiten, wenn man einen wirklich wichtigen Termin hat. Trotzdem geht es für mich nicht ohne. Auch jetzt nicht. Ich gurke unsicher über Landstraßen. War das hier? Das kommt mir bekannt vor. Oder bin ich schon zu weit? Ich wende und fahre zurück, finde die Abbiegung nicht. Wende wieder. Halte schließlich entnervt und rufe Mia an.

»Mia, google für mich mal eben die Adresse vom Hallerhof. Ich bin unterwegs und hab immer nur sporadisch Internet.«

Mia gibt mir in weniger als zwanzig Sekunden die Adresse durch. Ich tippe sie in das Gerät an meiner Windschutzscheibe ein. »So, ja, jetzt hast du alles, auch die Straße und sogar die Hausnummer.«

»Hausnummer nicht existent«, memmt das Gerät und gibt statt der 23 die 48 ein. Ich bin tatsächlich ganz in der Nähe, finde die richtige Abbiegung und würge die Navistimme ab, sobald ich das Schild »Hallerhof« sehe.

Als ich aussteige, fällt mir auf, dass ich wieder die falschen

Schuhe anhabe. Mann! Ich werde mir Gummistiefel kaufen und sie im Wagen deponieren, nehme ich mir vor. Ich trippele durch den Kies auf den Stall zu. Diesmal bin ich schlauer und suche gar nicht erst im Stall, sondern gehe außen herum. Da sehe ich Jo schon auf einem abgezäunten Stück Weide, wie sie an einem riesigen Tier herumstreichelt, so sieht es jedenfalls aus. Die Besitzerin steht daneben, und ich will nicht stören, also setze ich mich auf eine Bank in die Sonne. Ich brauche nicht in meiner Handtasche nach einer Sonnenbrille zu suchen, ich weiß, da ist keine. Eine Sonnenbrille ist das Letzte, was ich in unser Kellerbüro mitnehme. Vielleicht können wir ja umziehen, wenn die Investorsache läuft. Und dann? Dann bestelle ich Dichtungsringe mit Aussicht. Toll.

Jo ist unter dem Pferd verschwunden. Der Schwarze steht ganz ruhig da und scheint es zu genießen, was Jo mit ihm macht. Erschrocken zucke ich zusammen, weil mich etwas am Bein berührt. Eine kleine Katze schmiegt sich an mich. Sie ist weiß mit braunen Flecken. Ich bücke mich, um sie vorsichtig zu streicheln. Ungeduldig stupst sie mich mit ihrem Köpfchen an.

»Ich soll nicht so vorsichtig sein? Lieber richtig streicheln, was?«

Die Katze springt zur Antwort auf meinen Schoß und schnurrt, als ich jetzt mutiger und fester über ihr Fell streiche. Das kleine Tier schmust mit mir, als wäre ich ihr lang vermisster Mensch, der ihr jeden Morgen Futter hinstellt. Während ich sie streichele, lässt mein Bauchweh etwas nach. Es ist fast unmöglich, eine Katze zu streicheln und dabei schlechte Gedanken zu haben.

»Und wie heißt du?«

Sie schaut mich aus grünen Augen an und blinzelt.

»Du bist eine Hofkatze, stimmt's? Hofkatzen haben keine Namen. Ich nenn dich einfach Gut-dass-du-da-bist.«

Die Katze rollt sich zustimmend auf meinem Schoß ein. Jo ist mit dem Pferd fertig und wirft mir einen Gruß zu. Ich bleibe mit dem kleinen Fell auf dem Schoß sitzen und streichele weiter. Gut-dass-du-da-bist schnurrt mein ganzes Bauchweh weg. Ich kann wieder atmen.

Nach einer Weile kommt Jo und lässt sich neben uns auf die Bank plumpsen. »Oh – Oh«, sagt sie mit einem Blick auf mich.

»So offensichtlich?«, frage ich. Sie nickt und trinkt einen großen Schluck aus der Wasserflasche, die sie aus ihrer Arzttasche zieht.

»Lena?«, fragt sie.

»Nein. Nicht Lena. Im Gegenteil, das Wochenende im Strandhaus war toll. Das müsst ihr auch mal machen, Jo, diese Häuser sind direkt am Wasser. Du hast einen unglaublichen Panoramablick!«

Jo will Fotos sehen. Ich zeige ihr meine Handybilder, und sie sagt oh und ah und findet das *Husje* phantastisch. Ich bin froh, dass die Kussbilder von Lena und mir auf der Kamera sind und nicht auf meinem Handy. Ich wüsste nicht, wie ich Jo das erklären sollte.

»Und mit Lena, das war alles … okay?«, fragt sie seltsam hartnäckig nach. »Jaha!«, sage ich genervt. »Warum reitest du so darauf rum?«

Jo zuckt die Schultern. »Vielleicht bin ich eifersüchtig. Oder aber mein Bauchgefühl sagt mir, dass da irgendwas nicht stimmt.«

»Was soll da nicht stimmen?«, frage ich gereizt. Das Gespräch nervt mich, und ich fühle, wie meine Bauchschmerzen zurückkommen. Schnell packe ich mein Handy weg und streichele Gut-dass-du-da-bist. Auch Jo fährt ihr sanft über das etwas struppige Fell.

»Franzi, dann lass mich nicht doof rumraten. Was ist los? Du siehst aus, als hättest du einen Poltergeist verschluckt.«

»Der Poltergeist heißt Herr Albermann und will Bernd als Nachfolger seiner Firma.«

»Ach, du Scheiße!« Jo erfasst sofort die Lage. »Und jetzt?«

»Und jetzt?! Bernd ist total im Glück und hat Dollarzeichen in den Augen. Er plant mich Vollzeit ein und will die Kinder rund um die Uhr fremdbetreuen lassen und glaubt, dass wir dann alle happy sind.«

»Du musst ihm sagen, dass das nicht geht.«

»Ich soll ihm sagen, dass ich bei seinem großen Traum leider nicht mitmachen kann?«

»Ja.«

Ich will jetzt aufstehen und kann nicht, weil die Katze auf meinem Schoß liegt. Sie spürt meine Erregung, streckt sich und schreitet zu Jo rüber. Jo krault sie mit dem Zeigefinger hinter den Ohren. Ich springe auf und fange an hin und her zu laufen, so wie Bernd das immer macht.

»Jo, das kann ich nicht. Das ist völlig unmöglich. Der Albermann will ein Ehepaar. Ich soll Bernds rechte Hand sein, so wie seine Frau früher bei ihm. Ich verrate Bernd, wenn ich ihm sage, dass ich den Job nicht machen will. Damit sage ich doch praktisch, dass ich ihn nicht will. Dass ich seinen Traum nicht teile, dass ich Dichtungsringe bestellen, egal in welcher Firma, unsexy und sinnlos finde.«

»Aber du kannst dich auch nicht Vollzeit zu einem Leben verpflichten, dass nicht deins ist, Franzi.«

Sie hat recht, natürlich hat sie recht.

»Aber ich sehe keinen Ausweg!«, sage ich verzweifelt. »Ich kann nicht aussteigen, weil ich damit Bernds Aufstieg gefährde. Ich hab gar keine Alternative, als mitzumachen.«

»Doch.«

»Welche?«

»Sag's ihm.«

»Das kann ich nicht.«

»Wir drehen uns im Kreis.«

Ich setze mich wieder hin, und Gut-dass-du-da-bist klettert sofort wieder auf meinen Schoß. Entschlossen schnurrt sie gegen meine Aufregung an. »Was würde Lena tun?«, fragt Jo.

»Lena wäre überhaupt nicht in meiner Situation. Lena hätte nie so ihr Leben abgegeben.«

»Wenn sie Kinder hätte?«

»Hast du dein Leben abgegeben, weil du Kinder hast?«, frage ich sie heftig. Bevor sie antworten kann, rede ich weiter: »Nein, hast du nicht. Du machst das, was du gerne machst. Du lebst dein Talent. Du machst es richtig … und ich …«

»Franzi«, sagt sie warnend, »jetzt nicht das große Selbstmitleid. Du hast das alles in vollem Bewusstsein so entschieden. Und jetzt steht eine Veränderung an, und du kannst neu entscheiden.«

»Kann ich nicht«, sage ich bockig und höre selbst, dass ich wie ein Kind klinge. Ich weiß, dass Lena jetzt sagen würde: *»You – grow up!«* Wir würden lachen, und ich würde mich besser fühlen. Jo lacht nicht mit mir. Sie schaut mich ernst an.

»Weißt du, es ist für niemanden leicht. Jeder kämpft gegen seine eigenen Widerstände. Mike hätte sich fast von mir getrennt, als ich das Jahr Pferde-Osteopathie studiert habe.«

»Was? Das hast du nie erzählt!«

»Wir kannten uns damals ja auch noch nicht. Mike wollte, dass ich nach Majas Geburt gar nicht mehr arbeite. Ich sollte einfach zu Hause sitzen und das tun, was eine Frau seiner Meinung nach zu tun hat. Alles stand auf der Kippe. Ich dachte, ich muss mich entscheiden zwischen Mann und Job.«

»So krass war das?«

»Ja.«

»Aber dann hast du gewonnen. Mike hat seine Meinung geändert.«

Sie schüttelt den Kopf und greift nach ihrem geflochtenen Zopf. Sie löst die Haare und beginnt, sie neu zu flechten. Ihre Bewegungen verraten mir, dass wir uns mit diesem Thema auf dünnem Eis bewegen.

»Mike hat bekommen, was er will. Ich bin allein für Kinder und Haushalt zuständig. Dass ich arbeite, ist eine Art Hobby für ihn. Ich muss eben zusehen, dass trotz meines ›Hobbys‹ alles rund läuft. Solange das der Fall ist, sind alle glücklich.«

»Du auch?«

Jo ist mit ihrem Zopf fertig und braucht etwas Neues zu tun. Sie hebt Gut-dass-du-da-bist von meinem Schoß und untersucht sie sanft.

»Ein kleiner Kater«, stellt sie fest. Dann seufzt sie und sagt: »Ja. Ich denke, ich hab mich gut arrangiert mit allem.«

»Gut arrangiert. Gut arrangiert?! Jo? Das klingt … furchtbar!«

Ich strecke die Arme nach dem kleinen Kater aus, ich will ihn wiederhaben. Aber sie setzt ihn mit Schwung auf dem Boden ab, und er läuft weg.

»Und du meinst, bei dir ist das anders, Franzi? Du hast dich doch auch arrangiert mit dem Job, den du nicht machen willst bei Bernd in der Firma. Wir arrangieren uns alle. Müssen wir.«

Ich wage mich aufs Eis. Trippel langsam nach vorn wie ein Pinguin, der weiß, dass er jeden Augenblick einbrechen kann. »Aber du hättest dich damals auch trennen können von Mike.« Nur in Gedanken füge ich hinzu: Ein Mann mit dieser Einstellung passt so gar nicht zu dir, Jo.

»Ja, klar. Hätte ich. Dann wäre ich jetzt alleinerziehend mit Maja, und es gäbe keine Emmi und keinen Luis. DAS wäre furchtbar. Sich zu arrangieren ist nicht furchtbar, Franzi.«

Wir schauen beide auf den kleinen Kater, der sich ein paar Meter vor uns in der Sonne aalt.

»Aber trotzdem rätst du mir, mit Bernd zu sprechen und ihn so dermaßen vor den Kopf zu stoßen. Warum?«

»Weil das nicht mehr Sich-Arrangieren ist, Vollzeit Gummiringe zu bestellen. Irgendwann ist es Verrat an sich selbst.«

»Und wo ist genau die Grenze zwischen Arrangement und Verrat? Das ist doch Ansichtssache.«

»Ja. Sicher. Die Grenze muss jeder selber spüren. Und du

siehst nicht gerade so aus, als wäre das alles noch in deinem Toleranzbereich.«

Ich lege mein Gesicht in meine Hände und bleibe eine Weile so sitzen. Irgendwo zwitschern Vögel.

»Hast du Schokolade?«

Sie reicht mir wortlos einen Riegel rüber und öffnet sich selbst einen.

»Wieso hast du immer zwei mit?«

»Ich rechne eben mit dir.« Endlich lächelt sie mich an.

Langsam schlendern wir zu unseren Autos zurück. Jos Gummistiefel machen satte, laute Geräusche auf dem Kies. Bevor jeder in seinen Wagen steigt, umarmen wir uns.

»Danke«, sage ich.

»Du schaffst das schon«, sagt sie.

Ich nicke und denke: auf keinen Fall.

Meine Ausrede, dass ich dringend einkaufen müsste, entspricht leider der Wahrheit, also halte ich beim Supermarkt und werfe, ohne groß nachzudenken, die üblichen Verdächtigen in den Einkaufswagen. Bezahlen, alles in den Kofferraum laden, den Einkaufswagen wegbringen. Ich beschließe, mir die volle Tour zu geben und auch noch im Gemüseladen vorbeizufahren. Eigentlich macht da Einkaufen richtig Spaß. Alles sieht frisch, knackig und gesund aus. Der Verkäufer, ein unscheinbarer Mann, ist immer unheimlich freundlich und bemüht, mir die besten Tomaten rauszusuchen. Aber heute habe ich weder Hunger noch Lust, überhaupt mit einem Menschen zu sprechen. Knapp bestelle ich nur, was ich brauche, und lasse die Weintrauben-hier-und-Blaubeeren-da-Lustkäufe weg, als müsste ich mich selbst und außerdem meine ganze Familie für irgendetwas bestrafen.

Bemüht wie immer, packt mir der Unauffällige alles sorgfältig in Tüten. Als ich ihm das Geld über die Theke reiche, fragt er leise:

»Ist alles in Ordnung mit Ihnen?«

Auf diese persönliche Frage bin ich so gar nicht vorbereitet. Ich schaue ihn an und zucke mit den Schultern.

»Das Leben ist einfach manchmal bescheuert!«, sage ich spontan und nehme die Tüte entgegen.

Er hält sie eine Sekunde länger fest als nötig und sagt: »Sie sind wunderschön, sogar wenn Sie traurig sind.« Dann dreht er sich abrupt um und sortiert Kartoffeln in ein Fach.

Einen Moment stehe ich mit meiner Tüte in der Hand unbeweglich da, den Arm noch in der Luft. Hat er gerade wirklich gesagt, ich sei wunderschön, oder spinn ich jetzt? Er lässt sich nichts anmerken. Wurschtelt jetzt an den Zwiebeln rum und würdigt mich keines Blickes. Hab ich mir das eingebildet?

Hat er gerade wirklich gesagt, dass er mich liebt und nicht ohne mich leben kann? O Gott, das fehlt mir jetzt noch. Ich will dringend los und mich mit Bernd treffen, und jetzt hab ich Daniel hier im Hausflur stehen, der mir, ohne ein Hallo abzuwarten, seine unendliche Liebe gesteht. Auch noch in kurzer Hose, wie unangebracht.

Ich weiß nicht, was ich sagen soll. »Du, das passt jetzt so gar nicht«, wäre selbst für eine Deutsche ziemlich »rude«, also unverschämt. Den Ruf habe ich zwar sowieso schon, aber ich glaube, auf eine Liebeserklärung sollte man einfach etwas sensibler reagieren. Daniel hat mir schon so oft gesagt, *»you are so rude«*, weil ich ihm gegenüber nicht mit meiner Meinung hinterm Berg halte. Vielleicht bin ich da tatsächlich sehr deutsch. Ich habe nie darüber nachgedacht, aber hier in New York werde ich schon oft darauf angesprochen, dass die Deutschen alles immer so unhöflich formulieren. Wir eiern nicht rum mit *Maybe, Perhaps* und *That would be nice*. Wir sagen eben Ja oder Nein.

Und was sage ich jetzt? Daniel schaut mich erwartungsvoll an. »Das ist total süß von dir, aber …«

Er lässt kein Aber gelten. Diese kleine, nette Mini-Einleitung

zu einem »Nein, danke« nutzt er geschickt und geht auf die Knie.

O Gott, bitte nicht! »Daniel, nein … hör mal …«

Er lässt sich nicht beirren. Ich spüre, wie er meine Hand nimmt und ich meinen zweiten Heiratsantrag an diesem Tag bekomme. Diesmal auf Englisch. So wird es wenigstens nicht langweilig. Wäre ja mal lustig rauszufinden, welche Frau da den Rekord hält. Ob es Frauen gibt, die mehr als zwei Heiratsanträge an einem Tag bekommen? Stars vielleicht. Die bekommen dann jeden Tag fünfzig oder so, aber normale Frauen? Ich müsste dringend was sagen. Daniel ist auf den Knien. Sein Hundeblick ist von da unten noch unerträglicher als sonst.

»Nein. Daniel. Es tut mir wirklich leid, aber … ich liebe Bernd, und ich werde ihn heiraten.«

»But he ist not here to ask you.«

»Doch, also er war hier, und er hat auch schon gefragt, vor …«, ich schaue auf die Uhr, »… ungefähr sechs Stunden.«

Ein paar Sekunden lang schaut mich Daniel einfach nur fassungslos an. Dann springt er auf die Füße und stürmt in meine Wohnung.

Was hat er jetzt vor? Will er sich an mein Bett ketten? Ein Blick auf die Uhr, ich müsste dringend los. Kurz überlege ich, ob ich Daniel einfach allein in meiner Wohnung lassen und gehen kann. Er könnte seinen Kummer in Lucky Charms und Sprite ertränken und ein bisschen in mein Kopfkissen heulen. Das ginge doch, oder? Unsicher schaue ich nach, wo er sich auf meinen knapp zwanzig Quadratmetern aufhält. Ich sehe ihn nicht, was sicher kein gutes Zeichen ist. Ich hoffe, er hat sich nicht im Bad eingeschlossen.

»Daniel?« Mein Fenster ist geöffnet. Ich beuge mich raus und schaue auf die Straße. Warum kommt er erst rein, wenn er sofort wieder geht? »Daniel?« Kein Daniel auf der Straße, dafür knirscht es über mir verdächtig – der Typ klettert die Feuerleiter hoch zum Dach.

»Was soll das?«, schreie ich hoch.

»Ich springe!«, schreit er runter.

»Fuck«, sage ich zu mir selber und schwinge mich aus dem Fenster. Das darf doch alles nicht wahr sein. Ich hatte drei Stunden Schlaf nach einer wirklich aufregenden Nacht, dann der unerwartete Heiratsantrag von Bernd, Lenas Chaosumzug, der Killertaxifahrer und jetzt ein durchgeknallter Liebeskranker, der meinetwegen vom Dach springen will. Es ist eng und anstrengend, auf der Feuerleiter hoch bis aufs Dach zu klettern. Außerdem komme ich natürlich in jedem Stockwerk an einem anderen Fenster vorbei. In Manhattan ist ja 'ne ganze Menge normal, aber zwei Leute, die direkt an deinem Fenster vorbeiklettern, könnten schon für einen Anruf bei der Polizei reichen.

Ich sehe einen dicken Kerl, der im Bademantel durch seine Wohnung schlurft, und klettere schnell weiter.

»Verdammt, Daniel, jetzt bleib doch mal stehen«, keuche ich.

Ich schaue nach oben. Über mir klettert keiner mehr, also ist er bereits auf dem Dach. Ich hieve mich über die Kante des Dachs. Ermahne mich, nicht runterzuschauen.

»Bleib wo du bist«, schreit Daniel. Er steht gefährlich nah an der Kante.

»Okay, okay, ich hab jetzt gesehen, wie verletzt du bist. Und es tut mir wirklich leid! Komm runter, dann reden wir!«

»Keine Chance!« Er schüttelt langsam den Kopf »Sag, dass du ihn nicht heiraten wirst, oder ich springe!«

»Daniel, was soll der Scheiß?«

»Sag es, oder ich springe!«

Ich entscheide, ihm den Wind aus den Segeln zu nehmen, um die Sache hier abzukürzen.

»Ich werde Bernd nicht heiraten.«

Irritiert schaut er mich an und schwankt dabei etwas.

Ich verkneife mir, die Hand vor den Mund zu halten, und schaue ihn fest an.

»Komm runter jetzt!«

»Nein, du musst es auch so meinen!«, sagt er trotzig, geht aber einen Schritt von der Kante zurück.

»Daniel?«, schreit eine Stimme von der Straße. »Bist du das?« Eine Stimme die ich sehr gut kenne. Lena! Ich bin so froh, dass sie da ist.

»Der Idiot will springen, weil ich ihn nicht heirate!«, rufe ich auf Deutsch zu Lena herunter.

»Das hab ich verstanden«, schreit Daniel. »Du hast Idiot gesagt!« Er geht wieder einen Schritt auf die Kante zu. »Weg da unten Lena, ich springe!«

»Das tust du nicht! Und wenn du nicht sofort deinen verfickten Arsch von da oben runterschwingst, ruf ich *nine one one* an, und dann kannst du diesen verfickt teuren Einsatz bezahlen. Ich weiß ganz genau, dass du sowieso nicht die Eier in der Hose hast zu springen, also zahlst du die ganze Scheiße. Mach was du willst, ich geh jetzt hoch und rufe die Scheißnummer an. Also sei lieber vor mir in der verfickten Wohnung!«

Ich bin tief beeindruckt von all den *»shits«* und *»fucks«*, die Lena in ihre Sätze eingebaut hat. Und sie wirken. Daniel klettert gehorsam wie ein Schuljunge, den der Schuldirektor beim Rauchen erwischt hat, zurück in mein Apartment. Lena empfängt ihn mit verschränkten Armen. Daniel sieht aus wie ein Luftballon, aus dem alle Luft gewichen ist. Endlich tut er mir leid. Ich umarme ihn. Er fängt an zu heulen.

»Lucky Charms?«, biete ich unserer kaputten Runde an. Lena und Daniel nicken. Gut, dass man mit ein paar Marshmellows in Milch allen Kummer der Welt ertränken kann.

»Danke«, sage ich zu meinem Gemüsehändler. Diese Antwort passt ja auf alle Fälle, egal was er wirklich zu mir gesagt hat. Er schenkt mir noch ein kleines Lächeln, dann widmet er den Gemüsezwiebeln wieder seine ganze Aufmerksamkeit. Ich räume die Tüten in mein Auto. Seltsam, wie sehr ich mir wünsche, dass er mir das Kompliment wirklich gemacht hat.

Wann genau sind Komplimente von anderen Männern eigentlich so rar geworden? Eigentlich auch, seit Mia auf der Welt ist. Bin ich seitdem nicht mehr so attraktiv, oder macht man Müttern keine Komplimente mehr? An der Ampel stelle ich mir den Rückspiegel so ein, dass ich mich sehen kann. Meine Augen, mein Mund, mein Gesicht. Alles wie immer. Meine neue Frisur mag ich immer noch. Jetzt sind die Haare etwas nachgewachsen, der Pony hängt noch tiefer in den Augen. Das finde ich meistens besser als so frisch geschnitten vom Friseur. Der Gemüsehändler findet mich also wunderschön. Trotzdem fehlt etwas in meinem Gesicht. Freiheit, Leichtigkeit, Begeisterung, denke ich und stelle den Rückspiegel wieder so ein, dass ich die Autos hinter mir sehen kann.

Ich denke darüber nach, was Jo gesagt hat. Vermutlich würde ich einer Freundin in meiner Situation dasselbe raten. Aber wie soll ich Bernd das beibringen? Es kommt mir vor wie Verrat. Außerdem war es doch jahrelang okay für mich, Dichtungsringe zu bestellen. Ich hab das doch immer ganz gern gemacht, bei Bernd im Büro zu arbeiten. Eigentlich fällt es mir erst schwer, seit Lena an einem Dienstagnachmittag mit ihrem Anruf wieder in mein Leben getreten ist. Es sind immer die Dienstagnachmittage, die das Leben verändern. Vielleicht hat Jo recht mit ihrem Bauchgefühl, dass Lena nicht gut für mich ist. Oder ist sie wirklich nur eifersüchtig?

Lena und ich, das war schon eine große Sache. Ob es das ist, was Jo spürt? Ist man über vierzig noch so kindisch, dass man die Freundin argwöhnisch bewacht, sobald sich eine Person nähert, die ihr eventuell näherstehen könnte als man selbst? Die Zeit in New York mit Lena war so speziell, wir hatten so viele Möglichkeiten, das Leben auszukosten. Jo habe ich ja auf dem Spielplatz kennengelernt. Ich weiß nicht, wie sie mal war, bevor sie Kinder hatte. Wir haben nie zusammen die Nächte durchgetanzt, dafür haben wir uns gegenseitig unsere wunden Brustwarzen gezeigt und uns manchmal nachts stillend eine SMS geschrieben. Halb drei Uhr morgens mit Texten wie: »Habe bisher nur zehn Minuten geschlafen, kannst du das unterbieten?«

Jo und Lena sind Freundinnen aus unterschiedlichen Lebensphasen, nicht vergleichbar. Seit Lena wieder in meinem Leben ist, will ich zwar keine Dichtungsringe mehr bestellen, aber es gibt endlich wieder Lebendigkeit in meinem Leben. Vielleicht sollte ich sie um Rat fragen. Was würde Lena mir raten? Bevor ich mir eine Antwort auf diese Frage überlegen kann, klingelt mein Handy. Lena ruft an, als könnte sie Gedanken lesen.

»Hi! Na, was macht deine Serie?«

»Super, und ich habe großartige Neuigkeiten!«

»Erzähl!« Ich hoffe sehr, dass sie nicht wieder nach Dubai fliegt. Momentan kann ich keine Dachterrassen-Swimmingpool-Phantasien ertragen.

»Ich hab eine Rolle für dich!«

»Was?!« Mir wird heiß, und ich wünschte, ich könnte irgendwo rechts ranfahren.

»Keine große, eine ganz kleine, aber immerhin zwei Drehtage! Du spielst die Aushilfslehrerin …«

Lena redet noch weiter, aber ich kann nichts mehr aufnehmen. In mir drin schlägt alles Purzelbaum. Ich habe so viele Gefühle und Gedanken auf einmal, die alle völlig unsortiert durcheinanderwirbeln. Ich darf schauspielern! In Lenas Serie! Lena hat an mich gedacht und das für mich klargemacht! Wie soll ich das bloß Bernd verkaufen? Wie soll ich die zwei Tage freimachen? Ob ich doch noch eine Chance hätte als Schauspielerin? Ich hab gar keine vernünftige Unterwäsche, die ich dann anziehen kann. Da gibt es doch sicher Kostümproben, und dann steh ich da in meinen alten hellblauen Slips von Tchibo mit unpassendem H&M-BH dazu. Das geht nicht! Ich muss also Unterwäsche kaufen und Bernd überzeugen, dass das wichtig ist. Aber nicht zu wichtig, nicht so wichtig, dass er Angst bekommt, dass ich nicht mehr mit im Boot bin. Aber wie soll ich Vollzeit bei Bernd arbeiten und gleichzeitig meine Schauspielkarriere anschieben? Hab ich die Rolle überhaupt sicher, oder muss ich erst zu einem Casting?

»Lena«, unterbreche ich ihren Redeschwall über Einzelheiten zum Drehbuch und meiner Rolle. »Heißt das, ich hab die Rolle einfach so, oder casten die mich noch?«

»Nein, mein Hase, die hast du einfach so. Weil ich weiß, dass du gut bist und meine Produktion mir vertraut. Es gibt allerdings nicht so wahnsinnig viel Gage, die zahlen ja alle nix mehr, und ich konnte natürlich auch nicht mit deinen vorherigen Gagen angeben, das finden die ja sofort raus, dass du seit Jahren nichts gedreht hast, aber dafür hab ich es hingebogen, dass sie dir den Flug zahlen, und wohnen kannst du natürlich bei uns!«

Hinter mir hupt es laut. Die Ampel ist längst grün. Ich hab das zwar gesehen, aber mein Gehirn ist komplett damit beschäftigt, zu überlegen, was ich Bernd sage. Ich sollte wirklich rechts ranfahren.

Lena will jetzt endlich mal Begeisterung ernten: »Was sagst du? Ist das nicht genial?!«

»Ja, total, ich bin nur … etwas überrascht. Damit habe ich nicht gerechnet.«

»Aber du freust dich?«

»Ich freu mich, sehr! Du bist die Beste!«

Sie macht ein zufriedenes Geräusch und muss dann schnell auflegen, weil sie ans Set gerufen wird. Ich biege in unsere Straße ein, parke vor der Garage, schalte den Motor aus und lege meinen Kopf aufs Lenkrad.

»Fuck«, sage ich leise. Das klingt sehr gedämpft, weil ich in den kleinen Hohlraum mitten im Lenkrad spreche, in dem sich die Anzeige für die Tankfüllung befindet. Passend, denke ich. Genauso gedämpft fühle ich mich. Gedämpft und gefangen.

Kapitel 11

Lukas ist im Bett. Captain Blaubär hat sich im nächsten Leben mal wieder gerettet, und ich wünsche mir dringend, auf Gortan zu sitzen, muss aber noch bei Mia vorbei, die etwas Wichtiges mit mir besprechen will. Eifrig räumt sie mir einen Sitzplatz auf ihrem Bett frei, als ich reinkomme. Ihre Lichterkette ist an und taucht das Zimmer in ein warmes Licht. Sie hat ein paar neue Fotos aufgehängt, die sie neulich mit einer Freundin gemacht hat. Mit den Fingern formen sie Herzen und strahlen in die Kamera.

Mia folgt meinem Blick und fragt: »Gibt es von dir und Lena eigentlich Bilder? Aus New York?«

Ich denke nach. »Ja, ein paar gibt es bestimmt, muss ich mal gucken.«

»Habt ihr euch früher nicht dauernd fotografiert?«, fragt sie erstaunt.

Ich schüttele den Kopf. »Es gab noch keine Digitalkameras. Wir mussten teure Filme kaufen, die wir dann noch teurer entwickeln lassen mussten.«

»Ach ja ...«, sagt Mia. »So wie in meinem ersten Fotoalbum als Baby. Das sind doch auch alles alte Fotos mit Film, stimmt's?«

Natürlich, alles alte Filmfotos. Ich fühl mich plötzlich wie sechzig neben meiner Vierzehnjährigen.

»Was wolltest du denn mit mir besprechen, Schatz?«

»Ja, also Lena wohnt ja in Berlin. Und sie ist ja meine Patentante. Und ich war ja noch nie in Berlin.« Sie schaut mich an, als sei damit alles gesagt. Ich tue ihr nicht den Gefallen, die Gedanken für sie zu Ende zu kombinieren, und frage: »Und?«

»Ja, Mama! Da kann ich sie doch mal besuchen in Berlin, oder?«

Ich seufze. Wenn das so weitergeht, sitzt Bernd bald mit Lukas allein hier in Hürth, weil die Frauen in der Familie leider alle in der Hauptstadt rumhängen müssen.

»Da müssen wir Lena mal fragen, ich weiß nicht, ob sie Zeit hat und das überhaupt möchte …«, sage ich ausweichend.

Jetzt strahlt Mia über das ganze Gesicht. »Hab ich schon, sie ist einverstanden und sagt, ich könnte jederzeit kommen!«

»Aha. Und wann genau habt ihr das besprochen?«

»Heute, per SMS!« Sie hält mir ihr Handy hin, und ich sehe lange Schreibblasen im Chat Mia-Lena. Schön, dass ich auch mal informiert werde, was Mia und Lena da planen.

»Komm schon Mama, du hast gesagt, wenn es für Lena okay ist, darf ich. Kann ich nicht jetzt gleich am Wochenende? Ich hab auch schon ganz viel für Englisch gelernt.« Sie reicht mir einen schräg beschriebenen Zettel mit Vokabeln drauf.

»Und wie willst du nach Berlin kommen?«

»Ich fahr mit dem Zug. In viereinhalb Stunden bin ich da, und Lena holt mich ab. 18 Uhr 47 bin ich am Hauptbahnhof.«

Klingt, als wäre das Ganze schon komplett durchgeplant. Lena hätte ja mal ein Wort vorhin am Telefon sagen können. Sie kann doch nicht hinter meinem Rücken mit meiner Tochter einen Aufenthalt in Berlin planen. Was, wenn mir das gar nicht recht ist?

»Was sagst du? Darf ich?« Sie schaut mich an wie ein Welpe mit schiefgelegtem Kopf, die Haare wuschelig, die Augen groß und bittend. Was habe ich für eine Wahl?

»Okay. Aber das nächste Mal möchte ich bitte gefragt werden, bevor du alle Einzelheiten ausgetüftelt hast. Vielleicht direkt, nachdem du die Idee hattest, ja?«

Sie fällt mir um den Hals und verspricht natürlich alles. »Sagst du es Papa?«, fragt sie noch, als ich schon an der Tür bin.

Natürlich. Kann ich Bernd auch noch das sagen. Das wird nämlich sein kleinstes Problem sein, wenn ich ihm eröffne, dass er bei der Chance seines Lebens allein da steht, weil ich leider versuchen möchte, mit Mitte vierzig meine Schauspielkarriere wieder anzukurbeln.

Dreiundvierzig ist gar nicht Mitte vierzig, korrigiere ich mich. Dreiundvierzig ist Anfang vierzig. Und Anfang vierzig hat man noch alle Möglichkeiten.

So ganz kann ich mir das zwar nicht glauben, aber ich rede mir Mut zu, bis ich Gortan erreiche und mich neben Bernd auf das Sofa setze. Er legt einen Arm um mich, und für ein paar herrliche Sekunden schweigen wir.

»Franzi, ich konnte den ganzen Tag nichts essen. Das ist so eine tolle Chance mit dem Albermann. Er sieht wirklich Potential in mir. Endlich mal einer, der an mich glaubt!«

Ich schaue ihn von der Seite an. Er hat ganz feuchte Augen. Etwas rutscht von meinem Herz in meinen Magen und breitet sich dort aus wie heißes Öl.

»Wie kam der Albermann eigentlich auf dich? Die Messe ist doch schon ziemlich lange her.«

»Na, wir sind ja seitdem in Kontakt geblieben. Anfang des Jahres hat er dann zum ersten Mal davon geredet, dass er einen Nachfolger sucht.«

»Wieso hast du mir das nicht erzählt?«

»Weil das ja auch nur ein Spruch hätte sein können.«

Ich rutsche ein Stück von ihm ab, und er nimmt seinen Arm weg.

»Ich finde, das hättest du mir trotzdem erzählen müssen. Ihr plant das schon seit ein paar Wochen, und ich werde einfach so mit dem Ergebnis überrascht.« Scheint, als wäre Mia nicht die Einzige in der Familie, die hinter meinem Rücken Dinge plant.

Bernd lacht. »Franzi, wie albern ist das denn! Also gut, dann frage ich dich jetzt: Möchtest du, dass wir in eine dreimal so große Firma einsteigen und endlich richtig verdienen? So dass es kein Thema ist, ob wir uns ein *Strandhusje* ein Wochenende oder drei Wochen mieten? Oder was ist mit dem Cabrio, das du dir seit Jahren wünschst? Möchtest du Geld verdienen oder glücklich sein?«

Ich starre ihn an. Den letzten Satz hat er sicher nicht so gesagt. »Wie war der letzte Satz?«, frage ich verwirrt.

»Ich hab gefragt, ob du Geld verdienen möchtest oder stehen bleiben willst.« Er schaut mich an. Sein Gesicht glänzt in Erwartung seiner Träume.

»Bernd«, ich muss schlucken, »das ist ganz toll mit dem Albermann. Und natürlich unterstütze ich dich da. Ich mache mir nur Gedanken, wie das mit den Kindern alles klappen soll, und außerdem habe ich von Lena heute ein Angebot bekommen für eine kleine Rolle. Zwei Drehtage, in Berlin. Ich würde das wirklich gerne machen.«

»Das kriegen wir alles hin. Für die Kinder suchen wir uns eine richtig gute Kinderfrau, die auch den Haushalt wuppt, und die zwei Drehtage machst du eben, und dann kannst du dich voll und ganz auf die Firma konzentrieren. Ich brauche dich Franzi. Du bist doch meine rechte Hand!«

Er umarmt mich, und ich vergrabe meinen Kopf an seiner Schulter. Ich bin ihm so nah und gleichzeitig Welten entfernt.

Er hält mich eine Weile fest, dann nimmt er plötzlich mein Gesicht in beide Hände und küsst mich. Ich lasse es zu. Ich hab so viele Gedanken im Kopf, vielleicht kommen sie durch ein bisschen Sex zur Ruhe. Ich klettere beim Küssen auf seinen Schoß und spüre seine Erektion. Routiniert streift er meinen BH vom Busen und streichelt mich.

»Hmmm, du bist genauso weich wie Lena …«

Er macht weiter an mir rum, während ich kurz erstarre. Genauso weich wie Lena, hat er gesagt. Ich weiß nicht genau, was mich an dieser Formulierung stört. Vielleicht einfach nur die Tatsache, dass Lena nichts zu suchen hat in unserem Eheleben. Ich will nicht so weich wie Lena sein. Ich möchte überhaupt nicht, dass er an Lena denkt, während er meinen Busen anfasst. Gleichzeitig weiß ich, dass ich mir das selbst eingebrockt habe. Ich wusste, unser Dreier würde solche Konsequenzen haben. Goethes »Die ich rief, die Geister, werd' ich nun nicht los«, fällt mir spontan dazu ein. Warum kann ich nicht locker darüberstehen und mir denken, was soll's, so kommt wenigstens frischer Wind in unser Sexleben? Bernd hat inzwischen gemerkt, dass etwas nicht stimmt.

»Was ist los?«, fragt er.

Da die Stimmung jetzt sowieso hin ist, setze ich mich aus meiner halb liegenden Position auf. Ich kann mich irgendwie nicht überwinden, die Wahrheit zu sagen. Einmal, weil es so kleinlich klingt, und auch weil es eine lange Diskussion nach sich ziehen würde. Das Schwierigste an einer Ehe ist die Tatsache, dass solche wichtigen Gespräche sich immer abends anbahnen. Abends, wenn man schon zermürbt ist vom Tag, wenn einem schon die Albermänner dieser Welt den Magen mit heißem Öl verbrannt haben. Wenn endlich die Kinder im Bett sind und noch lange nicht alles in der Küche aufgeräumt ist. Dann soll man also wichtige, souveräne, selbstreflektierte Gespräche führen über Sex und dass man sich zum Ausgleich eigentlich einen Dreier mit einem anderen Mann wünscht. Hoppla, tu ich das?

»Franzi?« Bernd schaut mich etwas ungeduldig an. »Was ist denn plötzlich?«

Ich will am liebsten losheulen und sagen, dass ich nicht Vollzeit Gummiringe bestellen will und auch ein spannendes tolles Leben möchte wie Lena. Und das ich es erbärmlich finde, beim Sex mit meinem Mann nur »so weich wie sie« zu sein.

»Ich hab Kopfschmerzen, entschuldige.«

Er nickt, streichelt eine Weile meinen Rücken und ist in Gedanken schon wieder bei seiner Firma.

»Ich geh ins Bett«, sage ich und steuere die Treppe in den Keller an.

»Warte nicht auf mich«, sagt Bernd, während er seinen Laptop aufklappt. »Ich mach noch ein paar Kalkulationen. Ich will dem Albermann morgen unbedingt die Daten schicken können.«

Albermann, Albermann, Albermann, dröhnt es durch meinen Kopf. Vielleicht bekomme ich jetzt von meiner Lüge tatsächlich Kopfschmerzen. Im Bad mache ich nur das Nötigste und krieche, so schnell ich kann, unter die Decke. Ich lösche das Licht und lasse mich dankbar von der Dunkelheit umarmen.

Am nächsten Tag vibriert unser kleines Kellerbüro vor Aufregung. Der Vertrag ist da. Bernd telefoniert mit einem Anwalt, der ihn prüfen soll. Ich lenke mich ab und jage einen Kaffeepad nach dem anderen durch die Maschine, bis ich feststelle, dass jeder jetzt mindestens zwei Kaffee trinken muss, damit alle weggehen. Ich brauche eine neue Beschäftigung und checke Mails. Allerdings lese ich nur eine einzige, nämlich die mit dem vielversprechenden Titel »Drehbuch« von der Produktionsfirma Dante Film GmbH & Co.

Sehr geehrte Frau Bergmann,

wir freuen uns, Sie in der Rolle »Ida Schmitt« in unserer Serie »Best Teacher« begrüßen zu dürfen. Bitte finden Sie sich am 27. Mai zur Kostümprobe in unserem Produktionsbüro ein. Die genaue Uhrzeit werden wir Ihnen noch mitteilen. Wir gehen bis jetzt davon aus, dass ihre Drehtage am 28. und 29. Mai stattfinden werden. Halten Sie sich bitte den Zeitraum vom 20. Mai bis 13. Juni frei, falls Änderungen im Drehplan nötig sein sollten. Anbei das Drehbuch.

Mit freundlichen Grüßen
T. Schomaker

O Gott. Ich hab tatsächlich eine Rolle. Ich hab zwar keine Ahnung, was die mir zahlen, wieso stand das nicht in der Mail? Ich lese sie noch einmal sorgfältig durch, kann aber keinen Hinweis auf die Vergütung finden. Egal, ich würde das sogar umsonst machen. Aber ich soll mir wie lange alles freihalten? Das kann ich unmöglich Bernd verkaufen, dass ich leider drei Wochen lang eventuell jederzeit nach Berlin muss. Lena hatte tatsächlich recht. Eigentlich Wahnsinn, immer so auf Abruf zu leben. Aufgeregt lade ich die angehängte Datei runter und öffne sie. Ich blättere. Suche nach meinen Szenen. Klicke und klicke, bis ich die Erste finde.

»Franzi!«

Ich zucke zusammen, als hätte man mich bei etwas Verbotenem ertappt. »Wir brauchen die Liste unserer Großkunden. Jetzt!«

Ich nicke ergeben, schließe die Datei und suche stattdessen die Adressliste unserer Großkunden raus. Als ich sie ausdrucke und Bernd reiche, fällt mein Blick auf den Namen Wühmeier. Das war der Kunde, für den ich die falsche Größe bestellt hatte. Zweihunderttausendmal. Ich muss unbedingt prüfen, ob die Ware in der richtigen Größe endlich raus ist.

Bis vierzehn Uhr komme ich nicht einmal zum Luftholen, geschweige denn dazu, mein Drehbuch zu lesen. Als ich mal wieder viel zu spät im Auto sitze und nach Hause rase, fällt mir ein, dass ich auch vergessen habe, es auszudrucken. Mist! Ich wollte mir heute Nachmittag einen ruhigen Ort suchen und das Ganze genüsslich bei einem Tee lesen.

Mein Kaffeekontingent ist für heute aufgebraucht. Ich fühle mich total übersäuert. Das hatte ich früher auch nie. Ich lese immer, Vierzig ist das neue Dreißig. Warum fühlt es sich bei mir oft an wie das neue Fünfzig?

Ich wünschte, ich könnte zu Jo fahren. Auf einer Bank in der Sonne sitzen, Gut-dass-du-da-bist streicheln und zuschauen, wie Jo mit einem Pferd arbeitet. Ich muss ihr unbedingt von der

Rolle erzählen. Aber vorher muss ich Mittagessen für die Kinder kochen. Beim Möhrenschälen fällt mir der Gemüsehändler wieder ein. Hat er wirklich gesagt, ich sei wunderschön? Lange kann ich drüber nicht nachdenken. Mia und Lukas sind von der Schule zurück und streiten sich lautstark im Wohnzimmer. Ich verpflichte die beiden zum Ausräumen der Spülmaschine und hole mir so den Krieg direkt in die Küche. Wie ein Löwendompteur stehe ich mit meinem Sparschäler zwischen ihnen und verweise jeden auf seinen Platz. Lukas versucht, Mia in den Rücken zu kneifen, als er an ihr vorbeigeht, um die Teller in den Schrank zu räumen. Ich verdonnere ihn dazu, den Müll rauszubringen, um ihn mal kurz von seiner Schwester zu trennen.

Ohne Lukas hat Mia ganz plötzlich beste Laune.

»Mama, ich freu mich total auf Berlin! Hast du schon mit Papa gesprochen?«

Das hab ich total vergessen. Nicht nur, Bernd Bescheid zu geben, Mias ganze Berlinfahrt. Ich war so mit meiner Rolle beschäftigt.

»Ich sag es ihm heute Abend. Ich glaube auch nicht, dass er etwas dagegen hat.«

»Nein, er mag doch Lena sehr gerne.«

»Woraus schließt du das?«, will ich wissen. »Dass Papa Lena gerne mag?«

»Na, das sieht doch ein Blinder!« Sie lacht und geht aus der Küche.

Ich werfe das Geschirrtuch so heftig gegen ein Glas, dass es umfällt und in tausend Scherben auf dem Boden zerspringt.

Es ist zwanzig Uhr, und Bernd ist immer noch nicht zu Hause. Wir haben ohne ihn Abendbrot gegessen, und ich werde wohl auch ohne ihn die Kinder ins Bett bringen. Ich will ihm gerade eine SMS schreiben, da ruft er an.

»Schatz, tut mir leid. Hier war so viel los, ich kam nicht

dazu, mich zu melden. Ich habe einen Termin mit dem Anwalt gemacht, aber der kann erst nächste Woche. Das wird alles super knapp.«

»Ist okay. Bist du jetzt auf dem Heimweg?«

»Nein.« Er zögert. »Ich würde gerne mit dem Albermann essen gehen. Es ist, glaub ich, ganz gut, wenn ich etwas Zeit mit ihm verbringe.«

Früher hätte ich jetzt einen Witz gemacht. Ich hätte gesagt: »Wie alt ist sie, Bernd?« Aber jetzt habe ich einen metallischen Geschmack im Mund, weil ich weiß, dass dieser Anruf der erste von vielen sein wird. Nicht weil Bernd eine Affäre hätte, sondern weil Bernd jetzt Karriere macht.

Eine Sache, die ich immer so an der Selbständigkeit mochte, war, dass man sich die Arbeitszeiten selbst einteilen kann. Natürlich nicht immer und nur in Maßen, aber man ist doch freier, als wenn man irgendwo Angestellter ist. Jetzt bröckelt diese Freiheit. Plötzlich gibt es eine Art Überchef, den Albermann. Tief in mir drin glaube ich nicht, dass er ein schlechter Kerl ist. Mein Bauchgefühl sagt mir, es wird Bernd nicht schaden, seine Firma zu übernehmen. Im Gegenteil. Aber uns könnte es schaden. Mir. Eigentlich sollten wir jetzt ein Team sein, das Ganze zusammen stemmen. Stattdessen träume ich mich vor die Kamera nach Berlin. Den ganzen Nachmittag war ich in Gedanken in der Kostümprobe und am Set. Ich bin nicht da, wo ich sein sollte, an Bernds Seite.

»Okay, was glaubst du, wann kommst du heim?«

»Spät, warte nicht auf mich.«

Mia macht mir ein paar Zeichen.

»Bernd, du, ich wollte noch was mit dir besprechen.«

»Kann das nicht bis morgen warten?«

»Nein, ist auch nur was Kurzes …«

Er seufzt ungeduldig.

»Mia möchte am Wochenende Lena in Berlin besuchen.«

»Ja, super, soll sie machen.«

»Ja?«

»Ja, sicher, warum nicht? Du, ich muss …«

Er legt auf, und ich fühle mich seltsam allein.

Das Blut rauscht durch meine Adern. Ich sehe dem Taxi nach, wie es sich geschickt in den Verkehr einfädelt und schnell ein Teil der Masse wird. Ein gelber Tupfen zwischen grauen und blauen und anderen gelben Tupfen. Mein gelber Tupfen. Und er fährt weg. Ich starre ihm hinterher und kann nicht glauben, dass der Wagen nicht mit quietschenden Reifen anhält. Bernd müsste aus dem Taxi springen, Autos würden hupend halten, er würde auf mich zurennen, und wir würden uns küssen und uns nie mehr loslassen. So läuft das normalerweise in Filmen. Das hier ist Manhattan. Ich stehe in einer verdammten Filmkulisse, und mein Happy End fährt um die Ecke. Die Tränen wollen nicht kommen. Menschen strömen an mir vorbei. Rumstehen ist ganz schlecht auf dem Broadway. Ein Typ labert mich voll, ob ich eine Uhr kaufen will. Ich töte ihn mit einem Blick, und er geht zum Sterben auf die andere Straßenseite. Ich lasse mich mitreißen vom Menschenstrom und laufe einfach ein paar Blocks, ohne darauf zu achten, in welche Richtung. Als die Masse an der nächsten Ampel stehen bleibt, schenkt mir der Hotdog-Verkäufer an der Ecke eine Wurst.

»You look like you need it, honey!«

Ehe ich mich bedanken kann, wird es grün, und ich werde über die Straße gespült. Ich blicke auf den Hotdog in meiner Hand. Ich hab so wenig Hunger wie noch nie in meinem Leben. Eine tröstende Wärme breitet sich in meinen Händen aus. Ich bin so allein zwischen all diesen Menschen. Einen Block weiter verschenke ich Brot und Wurst an einen der Obdachlosen. Er bedankt sich, und ohne Hotdog in der Hand kommen mir endlich die Tränen. Ich biege vom Broadway links ab Richtung Riverside Park und laufe weiter, bis ich eine leere Bank finde. Es heult sich besser allein.

Inlineskater flitzen an mir vorbei. Der Hudson River glitzert. Die Sonne scheint warm auf meine Schultern. Bernd ist weg, und ich bin so übrig. Das war doch mein New York, bevor er kam, wieso ist es jetzt plötzlich ohne ihn nur noch eine Stadt, der etwas Entscheidendes fehlt?

»Ein Freund hat mir mal gesagt, eine Stadt wird dann erst deine Stadt, wenn du dich dort verliebt hast.« Lena reicht mir einen Becher Chai Tea Latte und setzt sich neben mich mit einer Selbstverständlichkeit, als hätten wir uns hier verabredet. Ich war noch nie so froh, sie zu sehen. Dankbar nehme ich den Pappbecher und die Serviette und putze mir geräuschvoll die Nase.

»Das fühlt sich aber gar nicht so an wie meine Stadt. Es fühlt sich einfach an wie eine verdammt leere Stadt.«

Lena rutscht näher und legt den Arm um mich.

»Weißt du, das sagen ja die meisten über New York. Ist ein großes Problem hier, die Leere.«

Sie schaut mich an und hofft auf ein kleines Lächeln. Stattdessen nehme ich einen großen Schluck Chai.

Wir schauen einem schwulen Pärchen nach, das mit zwei kleinen weißen Hunden spazieren geht.

»War der Abschied schlimm?«, fragt sie nach einer Weile.

»Gestern war schlimm«, sage ich. »Bei allem, was wir taten, musste ich denken, das ist das letzte Mal.«

»Aber das stimmt doch nicht. Ich meine, er hat dir einen Antrag gemacht! Er wartet auf dich in Deutschland!«

Ich nicke. »Ja, aber so wie hier, so wird es nie mehr. Und jetzt ist es so, als hätte er …«, ich muss wieder anfangen zu heulen, »… als hätte er alles, was hier schön war, mitgenommen. Was mach ich denn jetzt noch hier, ohne ihn?«

Lena schaut mich bestürzt an. Ihre braunen Augen sind fast schwarz unter ihrem Pony.

»Sweety, ICH bin doch bei dir! Und wir haben noch so viel zu lernen auf der Schule. Wir werden Schauspielerinnen, und zwar die Besten, schon vergessen?!« Sie schüttelt mich leicht.

Ich versuche ein Lächeln und nicke tapfer. Ich sage nicht, dass mich die ganze Schule und die Schauspielerei plötzlich nicht mehr interessieren. Jetzt, da Bernd weg ist. Jetzt, da die ganze Stadt nur noch ein Wort in meinem Kopf ist: *Gap.* Lücke.

»Liebeskummer ist das Beste, was dir passieren kann!«

Ich schaue sie verständnislos an.

»Na, was glaubst du, wie perfekt du morgen in allen Szenen heulen kannst!«

Ach, Lena, denke ich. Sie trinkt ihren Chai Tea, ich meinen. Ihr Arm liegt immer noch um meine Schulter. Sie ist genau wie immer, so nah, so vertraut. Aber ich passe nicht mehr so perfekt wie noch vor drei Wochen. Es ist als wären mir plötzlich kleine Kanten gewachsen, die nicht mehr in ihre Rundung passen. Vielleicht kann man auch immer nur das perfekte Puzzleteil zu einem einzigen Menschen sein. Und mein Mensch steigt gerade in den Flieger. In sechs Stunden wird uns ein ganzes Meer trennen.

»Komm schon, lass uns auf deiner Feuertreppe eine rauchen!« Lena zieht mich von der Bank hoch. »Und in der U-Bahn denken wir uns Geschichten über die Leute aus.«

Lustlos folge ich ihr.

»Und heute Abend gehen wir tanzen, und du bekommst einen Smoothie mit Kirschgeschmack«, verspricht sie.

Wir werfen die leeren Becher in den Müll. Bernds Flieger startet jetzt, und jede Faser von mir wünscht sich, mit ihm in diesem Flugzeug zu sitzen.

Lena bedeutet mir, auf ihren Rücken zu springen. Ich tue es, und sie rennt mit mir Huckepack Richtung U-Bahn. Ich spüre ihre wippenden Haare in meinem Gesicht und wünsche mir, dass wieder alles so wird wie früher. Vielleicht dauert es bloß. Vielleicht geht das Gap-Gefühl wieder weg. *»You – grow up«*, sag ich zu mir selbst und halte mich an der galoppierenden Lena fest.

Ich habe mich gerade mit Decke, Tee und Laptop auf Gortan drapiert, da klingelt mein Handy. Seufzend strampele ich mich frei und renne suchend durchs Haus. Das Klingeln kommt aus der Küche, aber da liegt kein Handy, oder doch? Bis ich es in der Speisekammer gefunden habe, neben den Nudelpackungen, ist längst die Mailbox drangegangen. Lena war es. Ich kehre zum Sofa zurück, packe mich wieder unter die Decke und rufe sie an.

»Hey, na? Hast du das Drehbuch gelesen?«, fragt sie sofort.

»Hab mich gerade aufs Sofa gesetzt, um genau das zu tun.«

»Sofa, na, du hast es gut. Ich hab jetzt ein olles Geschäftsessen.« Im Hintergrund höre ich Geräusche, Lena muss schon im Restaurant sein.

»Bernd hat auch ein Geschäftsessen. Nur ich muss Käsebrote essen.«

»Sei froh! Ich säße viel lieber in Jogginghosen auf der Couch! Außerdem tust du auch etwas Wichtiges – du liest dein Drehbuch!«

»Apropos wichtig, Mia kommt am Freitag. Das habt ihr ja wohl so ausgetüftelt …«

»Ach, die Süße, toll, klappt das?«

»Ja, ich denke, ihre Patentante wird schon gut auf sie aufpassen.«

»Das wird sie! Versprochen. Und ich zeige ihr Berlin, und wir ziehen ein bisschen um die Häuser!«

»Aber du weißt, dass sie erst vierzehn ist, Lena, ja?«

Ich klinge wie eine alte Mutter. Warum konnte ich nicht einfach sagen: Super, das wird ihr Spaß machen?

»Jaja, weiß ich doch. Wir machen ein Teenagerprogramm. Ich freu mich, sie mal richtig kennenzulernen.«

»Sie ist ganz verrückt nach dir.«

Lena macht ein zufriedenes Geräusch. »Muss ich auf irgendetwas achten? Isst sie alles? Mag sie Sushi?«

»Sie wird dir sagen, was sie nicht mag. Vielleicht schaust du, dass sie nicht allzu spät ins Bett geht …«

O Gott, schon wieder. Ich kann mich einfach nicht durchlockern.

»So ganz traust du mir das aber nicht zu, mit deiner Tochter, was?«

»Ehrliche Antwort?«

»Bitte nicht!«

Wir lachen.

»Du, ich muss mal an den Tisch zurück. Die glauben sonst, ich nehm Drogen auf dem Klo, wenn ich so lange wegbleibe.«

»Tust du das nicht?«

»Nur Smoothies mit Kirschgeschmack.«

»Die fallen unter Drogen.«

»Na dann ... Schreib mir 'ne SMS, wenn du das Drehbuch gelesen hast!«

»Mach ich, schönen Abend.«

»Dir auch!«

Ich lege das Handy weg und öffne am Computer mein Mailprogramm. Ich lade mir das ganze Drehbuch herunter und ärgere mich wieder, weil ich es mir im Büro nicht ausgedruckt habe. Am Bildschirm zu lesen macht einfach keinen Spaß.

Ich öffne das Dokument und schiebe den Laptop ein paar Zentimeter weiter von mir weg. Geht das jetzt schon los? Muss ich mir jetzt Texte immer weiter weg halten, um sie lesen zu können? Bis jetzt habe ich das nur abends. Ich kneife die Augen zusammen. Es ist unbequem, den Computer so auf den Knien balancieren zu müssen. Aber wenn er auf meinen Oberschenkeln liegt, ist er zu nah.

Ich versuche, dem Drang zu widerstehen, bis zu meiner Szene vorzublättern, und lese mich brav durch die Seiten. Lena spielt also eine sehr lässige Schauspiellehrerin, die zu jeder frechen Antwort ihrer Schüler einen guten Spruch hat. Mir gefällt das, es liest sich so schön knackig. Die Schüler nerven allerdings ein bisschen in ihrer Klischeehaftigkeit. Da ist diese Valentina, die schwanger ist, natürlich ist sie das, und dann dieser Orkan, der in Lena verliebt ist und ihr ständig zweideutige Dinge an den Kopf wirft. Sicher hat Lena aber doch auch noch einen echten Lover, oder?

Hat sie. John kommt drei Seiten später ins Klassenzimmer und legt mit den Schülern mal eben einen improvisierten Tanz hin, denn er ist, wer hätte es geahnt, der Tanzlehrer an der Schule. Ich muss an die Serie »Anna« denken, die in den achtziger Jahren lief. Finden Teenager Tanzszenen immer noch cool? Ich muss mal Mia fragen. Ich war damals hin und weg und wollte unbedingt auch auf alten Autos aerobic-artige Bewegungen machen und in Latzhose und Neonlippenstift Handstand-Überschlag. Aber zu mehr als einem Radschlag hat es bei mir nie gereicht. Und selbst den krieg ich nicht mehr hin. Als Mia neun war, hat sie mich mal gefragt, ob ich ein Rad schlagen kann. Ich hab alles in der Küche stehen und liegen gelassen, bin mit ihr in den Garten gegangen und hab aus dem Stand ein Spitzenrad hingelegt. Leider habe ich mir dabei furchtbar was am Oberschenkel gezerrt. Das hat mein lässiges Rad etwas abgewertet. Bernd meinte noch, ich hätte mich vorher aufwärmen müssen. Aber wenn man sich schon aufwärmen muss, um ein läppisches Rad zu schlagen, dann kann man es auch gleich ganz sein lassen!

Gott sei Dank tauche ich in der nächsten Szene nicht als Tanzlehrerin auf, sondern als Ersatzlehrkraft, weil Lena den unheimlich wichtigen Anruf ihres Bruders bekommt, dass ihr Vater, den sie seit zwanzig Jahren nicht gesehen hat, im Sterben liegt. Drama, Drama.

Dann, endlich, komme ich. Frau Schmitt. »Schmitt mit Doppel-t« ist mein erster Satz, nachdem ich meinen Namen an die Tafel geschrieben habe. Seit wann haben Schauspielschulen eine Tafel?

Aha, ich bin wohl streng. Jedenfalls müssen alle stillsitzen und leise sein und mich siezen. Nach zwei weiteren Seiten weiß ich, dass mich niemand auf der Schule leiden kann. Na toll. Ich lese weiter und hoffe auf eine Szene mit Lena zusammen. Es gibt keine. Eigentlich habe ich sowieso nur zwei Szenen. Die eine in der Klasse und dann die andere, in der ich der Schulleitung mitteile, ich könne »so« nicht arbeiten und sie sollten sich bitte einen anderen »Idioten« suchen. Dann steige ich in mein Cabrio und rausche von dannen. Wenigstens ein Abgang mit wehenden Fahnen. Ich spreche die paar Sätze, die ich habe, ein paarmal vor mich hin. Dann stehe ich vom Sofa auf, beginne hin und her zu laufen und die Sätze zu sprechen. »Ich kann SO nicht arbeiten. Ich KANN so nicht arbeiten!«, schreie ich in ein paar Varianten Gortan an, bis mir einfällt, dass zwei Kinder nebenan schlafen. Es macht mir richtig Spaß. Beim Zähneputzen kann ich den kompletten Text schon. Mir gefällt Frau Schmitt mit Doppel-t immer besser. Die weiß nämlich genau, was sie will, beziehungsweise, was sie nicht will.

Ich wünschte, ich wäre ein bisschen wie sie. Ich bin ein harmoniesüchtiges Schaf. Ich hätte mir gewünscht, dass mich alle Schüler lieben. Ich hätte nie nach nur einer Schulstunde alles hingeschmissen. Und ich würde mich nie trauen, jemandem zu sagen, dass ich so nicht arbeiten kann.

»Sag das nicht: nie. Nie ist ein Unwort«, würde Lena jetzt sagen.

Ich schaue noch mal bei den Kindern rein, die tief und fest schlafen. Ich trödele rum, obwohl ich müde bin, weil ich hoffe, dass Bernd gleich nach Hause kommt. Schließlich schlüpfe ich in mein Kellerbett und schreibe zwei SMS-Nachrichten.

»Gute Nacht, bin schon im Bett« an Bernd und »Drehbuch gelesen. Super. Freu mich!« an Lena. Keiner antwortet. Ich rolle mich in meiner Einschlafhaltung zusammen auf die rechte Seite. Gedanken blubbern wie kochender Schokoladenpudding in meinem Kopf. Was ich da wohl anziehen soll als Frau Schmitt? Und wann werden die mir sagen, wann ich drehen muss? Ob Frau Schmitt später noch mal auftauchen wird, in einer anderen Folge? Eher nicht, nach dem Abgang. Trotzdem stelle ich mir eine Weile lang vor, wie es wäre, wenn ich in Lenas Serie eine durchgehende Rolle hätte. Frau Schmitt, die zurückkommt und geläutert wird. Von Lena, die ihr beibringt, wie man besser mit den Schülern klarkommt. Und dann verliebt sich John in mich. Er liebt uns beide, Lena und mich, aber mich liebt er etwas mehr. Das gesteht er mir am Meer. Wir stehen bis zum Bauch in der Brandung. Wir küssen uns. Was für ein Riesenschwachsinn.

Ich denke über Mias Satz nach. Ein Blinder könne sehen, wie sehr Bernd Lena mag. Ich hab bisher nie darüber nachgedacht. Es war immer klar, Bernd und ich, und dann kommt lange nichts. Bis die Kinder kamen. Im *Husje* am Meer ist mir natürlich schon aufgefallen, dass Bernd ihr Blicke zuwirft. Warum auch nicht? Sie ist eine sehr attraktive Frau. Auf eine gewisse Weise sicher attraktiver als ich. Ohne die Spuren, die Schwangerschaften am ganzen Körper hinterlassen. Aber ich habe mich nicht weniger sexy gefühlt neben ihr bei unserem Dreier auf dem Bett unter den Sternen. Lag das am Joint?

Wie war das Ganze für Bernd? Er hatte ja die Luxusposition. Ein Mann, zwei Frauen. Ob Bernd sich das Ganze mit zwei Männern vorstellen könnte? Mit Linus? Dann eher zu viert. Möchte ich das? Mit Lena ist das einfach. Lena fühlt sich an wie Familie. Plötzlich vermisse ich sie. Ich schalte mein Handy noch mal an und schreibe: »Vermisse dich.« Das Licht blendet mich. Schon halb eins. Wo bleibt Bernd bloß? Wie lange kann man mit einem Albermann essen gehen?

»Ich vermisse dich auch, Sweety. Schön, dass du mir deine Tochter ausleihst. Bin schon ganz aufgeregt. Morgen kaufe ich ein. Spaghetti und Schokolade?«

»Damit liegst du genau richtig. Und nein, ich schreibe jetzt nix von gesunder Ernährung ☺«

Sie schickt mir auch einen ☺ zurück. Ich höre, wie jemand die Haustür aufschließt. Bernd ist zurück. Ich höre ihn im Bad Zähne putzen. Kurz darauf schlüpft er zu mir ins Bett und umarmt mich von hinten.

»Hallo, Schatz, schläfst du noch gar nicht?« Er riecht nach Wein.

»Hast du was getrunken?«

»Ein Glas.«

»Und wie war's?«

»Toll. Der Albermann ist einfach ein echter Glücksfall. Er hat so viele Ideen für die Firma. Franzi, das wird alles richtig gut!«

Er gibt mir einen Kuss auf den Mund, legt sich auf seine Betthälfte und schläft in zehn Sekunden ein. Er hat im Bad Licht angelassen und unsere Tür angelehnt. Das macht er immer. Er behauptet, er täte das für Lukas, falls der mal nachts hier unten zur Toilette geht. Aber ich weiß, dass Bernd selbst lieber mit etwas Licht schläft. Ich betrachte meinen erschöpften, glücklichen Mann. Warum bin ich nur das komplette Gegenteil von ihm? Aufgekratzt und unglücklich? Ich schleiche aus dem Bett. Eigentlich will ich nur das Licht im Bad ausmachen, aber dann wandere ich doch noch mal nach oben. Ich stelle mich an die Terrassentür und schaue in den dunklen Garten. Etwas großes Düsteres senkt sich auf meine Schultern. Neben mir steht das Sofa, das ich nicht mag. Da draußen ist der Garten, der mir viel zu klein ist, mit dem mickrigen Apfelbaum. Und morgen muss ich wieder ins Büro und bei dem Spiel mitspielen, das mich einengt und mir alle Luft zum Atmen nimmt. Was in meinem Leben ist eigentlich passend? Was mache ich, nachdem ich Frau Schmitt gespielt habe? Wird es dann nicht noch schwieriger sein, sich mit Haut und Haaren den Gummiringen zu verschreiben? Und dann auch noch in einer ganz neuen Firma. Mit neuen Mitarbeitern, die ich alle noch gar nicht kenne. All das, nachdem ich wieder Schauspielluft geschnuppert habe? Nachdem ich wieder den Satz gehört habe: »Achtung, wir drehen.« Wie bin ich hier hereingeraten? Wann habe ich all die falschen Entscheidungen getroffen? Und warum? Aus Liebe? Aus Unwissenheit? Aus Faulheit?

Das geht alles ... Das geht ALLES nicht. Der Satz wird in mir wird immer lauter. Ich fange an, schneller ein- und auszuatmen. Ich will mich irgendwo hinsetzen, aber nicht auf das blöde Gortan-Sofa. Ich weiß nicht, wohin. Ich laufe ziellos in die Küche. Meine Brust ist zu eng. Meine Zunge plötzlich zu groß. Ich kriege nicht genug Luft. Wird das jetzt eine Panikattacke? Ich hab mal gelesen, man soll sich bei einer Panikattacke auf irgendetwas konzentrieren, das man anfassen kann. Was kann ich anfassen? Hilflos schnappe ich mir eine Salatgurke aus dem Kühlschrank. Ich halte mich an dem Gemüse fest. Es hilft nichts. Ich fahre mit den Fingern über die hubbelige Haut und versuche, mich zu konzentrieren. Vielleicht ist es auch ein Herzinfarkt, und ich verliere wertvolle Sekunden damit, eine Gurke zu streicheln. Ich werfe sie zurück ins Gemüsefach und fahre meinen Laptop hoch, der noch auf dem Sofa liegt. Das Atmen geht etwas besser, aber sobald ich Gortan sehe, fängt mein Herz wieder an zu rasen. Küche, Küche war besser. Ich setze mich mit dem Computer auf den kalten Küchenfußboden. Ich gebe in der Suchmaschine »Herzinfarkt-Symptome« ein. Ich lese:

»Bei einem Herzinfarkt (Myokardinfarkt) gilt es, keine Zeit zu verlieren. Daher ist es besonders wichtig, die Herzinfarkt-Symptome so früh wie möglich zu erkennen. Schon beim geringsten Verdacht für Herzinfarkt-Anzeichen sollten Sie nicht zögern – auch nicht in der Nacht oder am Wochenende.«

Das ist ganz klasse. Ich verliere Zeit, weil mir die Idioten keine Symptome auflisten und ich erst mal lesen muss, dass ich keine Zeit verlieren soll. Mein Herz tut jetzt auch weh, glaube ich, und die Atemnot fängt wieder an. Keuchend scrolle ich nach unten. Wo stehen die Scheißsymptome? Bis ich das alles gelesen habe, bin ich tot! Endlich finde ich, was ich suche:

»**Symptome: Wie man einen Herzinfarkt schnell erkennt**

Plötzlich auftretende, starke oder brennende Schmerzen im vorderen linken Brustbereich oder hinter dem Brustbein.«

Brustbein, wo ist das Brustbein? Ich taste an meiner Brust herum, da wo es sich eng anfühlt. Ist Enge ein Schmerz?

»Weitere Anzeichen für Herzinfarkt: Schmerzen, die auch im Oberbauch, Rücken, Schulter oder Kiefer auftreten. Oft strahlen die Schmerzen in den linken Arm aus.«

Okay, das habe ich alles nicht. Oder doch? Ich bewege den linken Arm. Etwas weh tut er schon. Ob ich mal »Panikattacke« eingebe? Aber damit verliere ich weiter Zeit und erhöhe das Risiko, hier in der Küche zu sterben.

Ich fühle mich wirklich nicht gut. Das Telefon liegt glücklicherweise auf der Küchenzeile. Mit letzter Kraft rufe ich Jo an.

»Bitte geh ran. Bitte geh ran«, bete ich vor mich hin, während mein Herz rast und mein Nachthemd schweißnass ist.

Jo meldet sich. Gott sei Dank! Mit zitternder Stimme sage ich:

»Jo, ich glaub, ich hab einen Herzinfarkt. Mir ist gar nicht gut.«

»Was? Wieso rufst du mich an?«

»Du bist Ärztin.«

»Ich bin TIERÄRZTIN! Wähl 112! Wo ist Bernd?«

»Im Bett, der schläft. Ich bin … ich bin mir halt nicht sicher. Jo, ich will nicht sterben!«

»Du stirbst nicht, Franzi. Hast du Schmerzen am Brustbein?« Brustbein, schon wieder das Brustbein.

»Ich weiß überhaupt nicht, wo das Brustbein ist … Ich hab – ich kann nicht gut atmen …«

»Franzi, ich lege jetzt auf und rufe den Notarzt an, der ist dann in ein paar Minuten bei dir, und du weckst bitte Bernd!«

»Nein! Jo, nein – kein Notarzt.«

Der Gedanke, dass sie den Notruf verständigt, verursacht bei mir nur noch mehr Panik.

»Ich glaube … ich hab nur eine Panikattacke …«

»Was hast du heute Abend gegessen?«

Ich finde die Frage seltsam. Ob ein Herzinfarkt getriggert wird durch bestimmte Lebensmittel? Ich überlege.

»Ähm. Also … Brote mit Käse drauf …«

»Wie viele?«

»Zwei, also zwei halbe. Eigentlich eins. Ich hab sie in der Mitte durchgeschnitten. Ich kann so große Brote nicht leiden, ich schneide sie immer durch.«

»Irgendwas dazu?«

»Ja, Paprika.«

»Am Stück oder wie geschnitten?«

»In Streifen geschnitten. So kann man sie am besten essen. Dann nehmen sich sogar die Kinder ein paar Stücke.«

»Und welche Farbe hatte der Teller?«

Endlich dämmert mir, was Jo mit ihren Fragen bezweckt. Sie lenkt mich ab. Und ich stelle erstaunt fest, dass mein Herzschlag sich fast normalisiert hat. Auch das Atmen geht wieder leicht.

»Mein Teller war weiß. Weiß und langweilig, so wie mein ganzes Leben.«

»Aha, kein Herzinfarkt mehr jetzt?«

»Nein.«

»Wir müssen morgen unbedingt reden! Habt ihr Rescue-Tropfen im Haus?«

»Ja, ich glaube, die haben wir noch. Wie lange sind die haltbar? Könnten schon ein paar Jahre alt sein.«

»Egal, die nimmst du. Und dann ins Bett. Und Franzi, wenn das noch mal kommt heute Nacht, weckst du Bernd! Was sollst du machen?«

Ich seufze und zähle auf: »Alte Rescue-Tropfen nehmen, ins Bett gehen und Bernd wecken, wenn es wieder kommt. Meinst du, es kommt wieder?!«

»Nein! Ich sage das nur für alle Fälle, okay?«

»Okay. Danke.«

»Jederzeit zu Ihren Diensten. Rufen Sie wieder an, falls irgendjemand kalbt.«

Ich lächele und lege auf. Jo ist einfach klasse. Die Rescue-Tropfen finde ich in Lukas' Zimmer. Vor ein, zwei Jahren wachte er nachts oft schreiend auf, da haben die Tropfen immer super gewirkt. Ich tropfe mir das Zeug auf die Zunge. Es schmeckt scharf nach Alkohol.

Dann lege ich mich zurück in mein Bett und komme mir albern vor. Nachts durchs Haus schleichen und eine Panikattacke bekommen. Ja, geht's noch? Wie alt bin ich denn?

Ich kuschele mich an Bernds Rücken. Seine Wärme geht auf mich über, und ich versuche, mich davon einlullen zu lassen, ohne den blubbernden Gedankenschokopudding wieder aufleben zu lassen. Ganz sicher werde ich ihm nichts von meiner nächtlichen Panik erzählen. Augen zu und durch.

Kapitel 12

Im Büro überschlägt sich alles. Bernd ist nicht da, weil er bei Herrn Albermann in der Firma ist. Werner, Michael und ich sollen jetzt alle offenen Bestellungen möglichst schnell abwickeln, aber ich bin eigentlich gar nicht anwesend.

Ich bringe den Vormittag hinter mich und bin froh, um halb zwei nach Hause flüchten zu können. Bernd ruft mich zwar an und meint, oberste Priorität wäre, morgen eine Anzeige für eine Kinderfrau aufzusetzen, aber ich bleibe einfach bei der Augen-zu-und-durch-Taktik, was in meinem Fall heißt, dass ich Tag für Tag überlebe, ohne an das große Ganze zu denken. Denn das große Ganze ist verdammt nah an Panikattacken. Bei der Apotheke hole ich mir eine neue Flasche Rescue-Tropfen, die ich jetzt prophylaktisch regelmäßig einnehme.

Jo will mich unbedingt sehen und »reden«. Also, ich soll reden, und sie will mir dann wieder erzählen, ich müsste Bernds Lebenstraum zerstören, indem ich ihm sage, dass ich nicht mitmachen kann. Das will ich momentan nicht hören, darum vertröste ich sie und täusche vor, unendlich viel zu tun zu haben. Hab ich ja auch. Ich fahre Mia an den Bahnhof. Umarme sie und mahne und wünsche ihr ganz viel Spaß bei Lena. Der Zug fährt ab, und sie winkt mir hinter der Scheibe. Viel zu schnell verschwindet sie aus meinem Blickfeld. Der Zug ist weg. Der Bahnsteig leert sich. Mein Herz fängt an, verdächtig schnell zu schlagen. Das ist ganz normal, wenn man seine Vierzehnjährige für ein Wochenende verabschiedet, beruhige ich mich selbst. Sie fährt zu Lena, alles wird gut.

Nächste Woche werde ich zu Lena fahren und Frau Schmitt spielen, mit Doppel-t, in einer echten Serie, eine richtige kleine Rolle. Verschütteter Ehrgeiz regt sich in mir. Ich will das gut machen. In meiner Phantasie nicken sich alle anerkennend zu hinter den Kameras. Daumen werden nach oben gehalten, und Lena wird stolz lächeln und sagen: »Meine alte Franzi, ich wusste, sie kann es noch.«

Ich war wirklich nicht schlecht damals auf der Schule.

Der Mann fürs Leben. Wie oft begegnet man dem wohl? Und wie lange darf man ihn warten lassen? Lena meint, das Beste, was ich tun könnte, wäre, mich in die Arbeit zu stürzen. Also habe ich mich angemeldet für eine Szene bei McAlister. Ich spiele die jüngere Geliebte einer älteren Frau. Eigentlich bin ich nur mit ihr zusammen, weil sie mir die Miete und alles zahlt. Das ist jetzt die Szene, in der mich mein Freund anruft und mich fragt, ob ich zu ihm nach Zürich fliege. Begeistert bitte ich sie um ein Ticket, und sie macht mir dann eine kleine Szene, bei der wir uns furchtbar streiten. Viel Drama, große Emotionen, genau das, was ich gerade brauche. Ich zelebriere meinen Liebeskummer. Ich wandere durch New Yorks Straßen und höre dazu endlos Sheryl Crow auf meinem tragbaren CD-Player. Die Stadt verändert sich mit dem Musikteppich. Alle Menschen werden zu Statisten in meinem Musikvideo. Der Hotdogverkäufer, die Schlipsträger auf dem Weg zur U-Bahn, die Obdachlosen am Straßenrand mit ihren Pappschildern, die Jogger, die Hundesitter, der Mann, der einen Strauß Blumen trägt, die farbige Frau, die sich die Hände an ihrem Rock abwischt: alle passen immer genau zu meiner Musik. Seltsam, oder? Bernd und ich sorgen jeden Abend dafür, dass seine Telefonrechnung immer höher wird. Jedes Mal fragt er mich: »Wann kommst du, Franzi?«

Ich verbringe Stunden in dem wunderschönen Saal der New York Public Library, um lange E-Mails an ihn zu schreiben. Eine Stunde kann man dort pro Tag umsonst ins Internet. Die Frau am Eingang in dunkelblauer Uniform kennt mich schon. Sie grüßt mich und nimmt freundschaftlich meine Tasche entgegen, die man nicht mit in das Gebäude nehmen darf.

Meine Spielpartnerin für die Szene bei McAlister ist passenderweise schon wirklich alt. Sie ist Französin, um die vierzig und hat zwei große Kinder. Beim Proben hat sie mir erzählt, dass ihr Sohn ihr manchmal Geld schickt und sie das süß findet. Ich weiß nicht. Ich finde das eher schrecklich. Mit vierzig sollte man sein Leben doch so weit auf der Reihe haben, dass man nicht mehr in Schauspielseminaren rumhängen muss. Was glaubt sie denn? Dass sie als Unbekannte in diesem Alter noch Karriere als Schauspielerin machen kann? Julie ist trotzdem sehr nett, und unsere Proberei lief bisher ganz gut.

Gleich sind wir dran. Ich versuche, mich in einen verschlafenen Morgenmodus zu versetzen, weil die Szene damit anfängt, wie wir aufwachen.

Wir räumen unsere paar Requisiten auf die Bühne und gehen auf Position. *»Okay, whenever you're ready«*, sagt McAlister mit einer weichen Stimme. Ich liebe diesen Moment, kurz bevor man anfängt. Wenn die Mitschüler ein letztes Mal ihre Stühle zurechtrücken, um eine bequeme Position zu finden. Wenn sich alle Augen auf die Bühne richten und all die Energie sich genau da konzentriert, wo ich bin. Im Bauch alles durcheinander vor Aufregung, im Kopf plötzliche Leere. Dann darf man einfach keine Panik bekommen und muss darauf vertrauen, dass einem spontan doch noch der erste Satz einfällt. Und nach dem ersten Satz läuft es wie von selbst. *Whenever I am ready.* Ich bin so weit, hebe den Kopf und spreche. Julie spielt gut. Wie sie verletzt dasitzt, sobald der Anruf kommt, und sich schließlich verzweifelt an mich klammert. Ich reiße mich los und werfe sie zu Boden. An ihrer Bluse springt ein Knopf ab, und alle können ihren BH sehen. Einen kurzen Moment sehe ich, wie sie überlegt, die Bluse zuzuhalten, aber das würde nicht zur Rolle passen, also lässt sie es. Ich spreche endlich aus, dass sie mir egal ist und ich verliebt bin, in Vincent. Vincent, der in Zürich auf mich wartet. Ich denke an Bernd, der in Köln auf mich wartet, und flehe sie energisch an, mir ein Ticket zu buchen. Ich setze alles daran. Sie MUSS mir einfach ein Ticket buchen, sofort, heute Abend noch, damit ich Bernd wieder in den Arm nehmen kann, damit diese Lücke endlich gefüllt wird, die jeden Tag größer wird statt kleiner.

Sie gibt auf und greift zum Telefon. Von Glück überschwemmt, packe ich meine Tasche und kann nur noch eins denken: in ein paar Stunden werde ich ihn sehen! Ich rausche von der Bühne, die Szene ist zu Ende. Ich komme zurück, um mich mit Julie zusammen zu verbeugen. Die gespannte Stille löst sich in Applaus und Pfiffe. Langsam tauche ich wieder auf. Meine Tasche ist nur ein Requisit ohne Klamotten drin und das heißersehnte Ticket nach Europa noch nicht mal gebucht.

Lob von McAlister. Leichtigkeit im Kopf, Schwere im Herzen. Lena springt mich in der Pause begeistert an. »Das war irre! Du warst super!«

Ich nicke und frage: »Eggsandwich?«

Wir rennen die Treppen herunter, um möglichst schnell ins *Corrado's* gegenüber zu kommen.

»Wir müssen uns übrigens anmelden.«

Lena nimmt ihre weichen, hellen Haare zusammen und friemelt sich ein Haargummi hinein. Jetzt hat sie einen süßen Minipuschelzopf.

»Wo müssen wir uns anmelden?«, frage ich und reihe mich in die Schlange vor der Theke ein.

»Für das neue Semester, die nächsten drei Monate Schule! Es ist Ende August, bis ersten September musst du dich für Oktober bis Dezember eingeschrieben haben. Aber keine Sorge, die gute Lena hat schon alle Formulare abgeholt. Du musst sie nur noch ausfüllen!«

Sie strahlt mich an und legt mir die kopierten Blätter auf mein Tablett. Wir bestellen und setzen uns an einen leeren Tisch. Ich schieb die Blätter, so weit ich kann, von mir weg an die Tischkante. Aber Lena lässt nicht locker. Sie hält mir einen Stift hin, den sie irgendwie aus ihrer riesigen Tasche gezaubert hat, und fordert mich mit einer Handbewegung auf, die Zettel auszufüllen. Wie soll ich ihr klarmachen, dass schon der September viel zu lang für mich ist? Unsere Augen treffen sich.

»Franzi, das kannst du nicht bringen«, sagt sie leise. »Du wirfst jetzt nicht die Schule hin, um bei Bernd zu sein.«

»Ich werfe gar nichts hin. Hier bleibt jeder so lange, wie er kann und möchte. Vielleicht erinnerst du dich, dass es hier keine abgeschlossene Ausbildung gibt. Man kommt, man lernt etwas und geht wieder.«

»Aber deine Szene gerade, das war so gut! Du hast deinen Liebeskummer genutzt und es so real werden lassen, die ganze Klasse wollte dringend nach Zürich fliegen! Franzi«, sie packt mich am Arm, »das war echt!« Sie funkelt mich mit dunklen Augen an. Ich halte ihrem Blick stand.

»Ja und? Ich lerne noch einen Monat, und dann habe ich genug. Ich bin fertig. Ich kann es jetzt.«

Lena schüttelt wild den Kopf. »Du gehst nicht, weil du genug hast, du gehst wegen Bernd. Und das ist falsch, Franzi. Das ist eine ganz falsche Entscheidung!«

Ich stehe wütend auf. »Erzähl du mir nicht, was eine falsche Entscheidung ist. Das ist mein Leben! Du kannst ja von mir aus hier weiter sitzen und jedes Mal feiern, weil jemand in einer Szene das echte Leben reinbringt und es sich deshalb *»fucking real«* anfühlt. Ich geh lieber raus und lebe das echte Leben!«

Ich schnappe mir mein Eggsandwich und rausche hinaus auf die Straße. Ich laufe am Union Square in den Park und lasse mich auf eine Bank fallen. Der Virgin Record Store leuchtet rot

durch die Bäume. Da drin haben Bernd und ich an den Kopfhörerstationen unser Lied gehört. Ich beiße vom Sandwich ab. Es schmeckt wie immer. Ich bin einfach fertig hier. Ohne Bernd bleibt New York leer. Ohne Bernd bleibt mein Leben leer. Hier auf dieser Bank wird mir plötzlich klar, dass ich mich nicht einfach nur verliebt habe. Dieser Mann mit den blue-hour-blauen Augen ist meiner. So eine Liebe auf Eis legen, bevor sie erfriert? Ich riskiere nichts, wenn ich nicht noch drei Monate hier bleibe. Für den Lebenslauf ist es nur wichtig, dass man überhaupt hier war. Ich denke, ich habe tatsächlich genug gelernt, um in Deutschland als Schauspielerin arbeiten zu können. Aber ich riskiere alles, wenn ich noch vier Monate in New York bleibe. *Whenever you are ready.* Ich denke, ich bin bereit.

Am Wochenende sehe ich Bernd kaum. Er merkt überhaupt nicht mehr, welcher Wochentag ist. Der Albermann arbeitet anscheinend auch rund um die Uhr, und die zwei sind ja inzwischen beste Freunde. Mia ist in Berlin, Bernd bei Albermann im Büro, bleiben nur Lukas und ich. Weil das Wetter schlecht ist, gehen wir in ein Spaßbad. Ich habe gerade bezahlt, als mein Handy klingelt – Bernd.

»Franzi, wir brauchen dich. Kannst du Lukas irgendwo parken und kommen?«

»Äh … nein.«

»Nein?«

»Nein. Bernd, wir sind im Schwimmbad und stehen nackt in der Umkleidekabine.«

Das war etwas geschwindelt, und Lukas schaut mich mit hochgezogenen Augenbrauen von oben bis unten an, die Schwimmtasche über der Schulter.

»Scheiße. Dann zieht euch eben wieder an. Franzi, ich schaffe das hier nicht allein. Ich brauche dich. Wir müssen hundert Listen mit Daten erstellen, um unsere Kunden mitzunehmen, und nur du weißt genau, wo alles gespeichert ist.«

Er sucht einen Depp für die Doofarbeit, und ich soll springen.

»Bernd, ich kann Lukas jetzt nicht aus dem Schwimmbad zerren und ihn irgendwo parken. Andere Eltern haben auch gern ein Wochenende. Ich fahre heute Abend ins Büro und mach euch die Listen. Okay?«

»Okay.« Ohne ein Danke legt er auf.

Lukas stellt keine Fragen. Er hat genug mitbekommen und tut jetzt alles, damit ich wieder gute Laune bekomme. Er rutscht mit mir hundertmal eine Rutsche, die mir wirklich Spaß macht. Während ich in einem Reifen nach unten flitze, das Spritzwasser im Gesicht, denke ich mein Mantra. Augen zu und durch. Augen zu und durch.

Im Badeanzug unter Palmen im Spaßbad scheint vieles möglich, aber als ich dann abends um halb neun im dunklen Büro meinen Computer hochfahre, muss ich schnell zu meinen Rettungstropfen greifen. Vielleicht sollte ich mir eine Extraflasche in meiner Schreibtischschublade deponieren. Ich ziehe die Schublade auf, und hundert kleine Wurmwesen mit Stielaugen schauen mich an. Einer von ihnen separiert sich aus der Menge, faltet die Hände zusammen und sagt mit klarer Stimme:

»Das ist eine ganz falsche Entscheidung.«

»Das ist überhaupt keine Entscheidung, weil ich sie nie getroffen habe«, sage ich missmutig zu dem Wurm, der mit seinem Kopf hin und her wackelt. »Umso schlimmer. Umso schlimmer«, sinniert er.

Ich knalle die Schublade wieder zu und hoffe, ihm dabei eins seiner Stielaugen einzuklemmen. Ich schaue auf meinen Zettel, welche Daten Bernd, sauber aufgelistet, benötigt. Mein Handy piepst, und ich sehe, dass mir Lena lauter Bilder von sich und Mia geschickt hat. Beide mit komischen Mützen auf dem Kopf, beide mit Eis in der Hand. Mia, die über ein Brückengeländer balanciert. Ich schicke einen Smiley zurück und fange an, Daten zu suchen, Daten zu kopieren, Daten schlüssig aufzulisten.

Drei Kaffee und eine Kekspackung später bin ich fertig. Es ist halb zwei. Ich checke auf meinem Handy, wann Mia das letzte Mal online war, und sehe, sie ist es noch.

»Ab ins Bett, Maus!«, texte ich ihr.

»Es ist so schön hier, Mama. Hab dich lieb.«

Ich suche ein Herz, um es ihr zu schicken, aber ich kann nicht wirklich etwas durch meine Tränen sehen.

Der Wurmtyp ist irgendwie aus seiner Schublade gekrochen und sieht mich vorwurfsvoll an. Mit seinen kleinen Armen macht er Gesten, die bedeuten sollen, ich müsste doch jetzt spätestens merken, dass in meinem Leben einiges schiefläuft.

»Ich halte durch, bis ich die Rolle spiele.«

»Und dann?«, fragt er. Seine Stielaugen kommen immer näher. »Und dann?«

Ich weiche ein Stück zurück. »Wiederhol nicht immer alles!«

Er fährt weiter seine Stielaugen aus. Ich schnipse mit meinem Finger gegen die Stiele, und sie schnalzen zurück, was den kleinen Wurm aus dem Gleichgewicht bringt.

»Und dann sehen wir weiter.«

Müde fahre ich durch die leeren Straßen. Ich wundere mich nicht über die Wurmwesen, die ich mir einbilde, sondern über meine Antwort. Durchhalten, bis ich die Rolle spiele, und dann weitersehen? Was sehen? Bilde ich mir tatsächlich ein, ich könnte als Schauspielerin arbeiten? Und nehmen wir für einen Moment an, das ginge wirklich, würde ich das wollen? Ich parke vor unserem dunklen Haus. Es liegt da wie ein plattgedrückter Schuhkarton. Schön ist es nicht. Ich hatte mir immer ein Haus mit einem richtigen Dach gewünscht, kein Flachdach. Efeu, der die Wände hochwächst. Butzenfenster, die etwas klemmen, wenn man sie öffnet, ein bodentiefer Kamin, knarzende Holztreppen und ein Schlafzimmer unter dem Dach. Zeit für Rescue-Tropfen. Ich nehme sie, schleiche in den Keller und lege mich, ohne mir die Zähne zu putzen, neben meinen schlafenden Mann. Bevor ich mir leidtun kann, schlafe ich glücklicherweise ein.

Der Sonntag verläuft friedlich. Ich warte gespannt auf Mia und bin sehr neugierig, wie die zwei Tage bei Lena waren. Sie fliegt uns um den Hals und verschwindet dann bis zum Essen in ihrem Zimmer. Ich widerstehe der Versuchung, ihr hinterherzuschleichen und nachzufragen. Meine Geduld wird später belohnt. Beim Abendessen erzählt sie mit großer Begeisterung, was sie alles mit Lena erlebt hat.

Wir sitzen alle zusammen, bis auf Lukas, der bettelte, seine Lieblingsserie gucken zu dürfen. Je mehr ich von Mia erfahre, umso besser finde ich es, dass Lukas nicht zuhört.

»Ich fasse mal eben zusammen: Du hast Alkohol getrunken, einen Joint geraucht und dich mit Lena über verschiedene Sexpraktiken unterhalten?! Hab ich das richtig verstanden?«

Mia verdreht die Augen. »Boah, Mama, du hast überhaupt nicht zugehört! Es war total schön bei Lena, und wir waren sogar im Museum Checkpoint Charlie. Hast du gewusst, dass die da damals in einem Heißluftballon geflohen sind? Zu acht! Und den haben sie ganz allein gebaut …«

»Ich hab sehr gut zugehört, und ich finde es auch toll, wie gut ihr euch verstanden habt. Aber ich habe eben auch diese drei Dinge herausgehört, die meiner Meinung nach für eine Vierzehnjährige gar nicht gehen.«

Stille.

»Jetzt sag doch auch mal was!«, fahre ich Bernd an, der abwesend ein Brötchen mit Frischkäse bestreicht.

»Ja, mein Gott, was soll ich sagen.«

»Äh, vielleicht, dass du es auch nicht prickelnd findest, dass Mia Drogen genommen hat!«

»Drogen, Mama, du spinnst echt!«

»Alkohol und Marihuana sind Drogen, Mia.«

»Ja, aber ich hab ja kein Heroin gespritzt! Du brauchst gar

nicht so spießig zu tun. Lena hat mir erzählt, ihr hättet in New York damals immer geraucht, und uns drohst du seit Jahren, dass du uns rausschmeißt, wenn wir mit dem Rauchen anfangen.«

»Wir haben nicht geraucht, wir haben gepafft. Und wenn ich mich richtig erinnere, waren wir auch nicht vierzehn, sondern Anfang zwanzig.«

»Tja, nun ist es eben passiert. Was soll's?«

Ich starre Bernd entgeistert an. Das darf doch nicht wahr sein. »Das glaub ich jetzt nicht. Du findest das in Ordnung?«

»Ich finde es nicht in Ordnung, aber ich sehe auch keinen Sinn darin, da jetzt so ein großes Fass aufzumachen wegen einem Alkopopdrink und einmal Ziehen an einem Joint.«

Ich stehe vom Tisch auf. »Du findest, es ist kein Problem, dass Mia jetzt praktisch angefixt wurde mit dem Zeug? Alkopops, Mann, an genau den Dingern sterben Jugendliche! Das kann man jeden Tag in der Zeitung lesen! Schlimm genug, wenn sie das eines Tages mit ihren Freunden anfängt, aber dass sie das jetzt praktisch von ihrer Patentante serviert bekommt, das ist doch wohl das Letze!«

Ich muss mich sehr beherrschen, um nicht zu schreien.

»Lena kann gar nix dafür. Ich wollte das.«

»Ach sooo«, sage ich ironisch. »Na dann. Und wenn du mal 'ne Runde Auto fahren willst, dann lässt sie dich auch?«

»Mama, was glaubst du denn, was wir auf Partys alle trinken? Und kiffen tun auch alle aus meiner Klasse, zumindest die Jungs. Ich hätte das sowieso jetzt bald mal probiert.«

»Na, das tröstet mich jetzt aber extrem!«

»Ist ja vielleicht gar nicht so schlecht, wenn beim ersten Mal ein Erwachsener dabei war«, versucht Bernd, die Wogen zu glätten.

»Was heißt denn hier, beim ersten Mal? Ist das jetzt die Legitimation für Mia, sich fröhlich eine Tüte zu drehen, wenn ihr danach ist?«

»Nein, natürlich nicht.«

»Ihr müsst gar nicht so scheinheilig tun, ihr beide. Ich weiß, dass ihr im Strandhaus auch einen Joint geraucht habt, zusammen mit Lena.«

Wir schauen uns überrascht an. Mia triumphiert: »Lena hat mir das nämlich erzählt!«

»Ich fass es nicht«, sage ich.

»Na klasse«, sagt Bernd.

»Habt ihr oder habt ihr nicht?«, fragt Mia provokativ.

Bernd und ich wechseln einen Blick.

»Ich will wissen, wie es dazu kam, dass DU einen Joint geraucht hast mit Lena, oder bei Lena, oder wie auch immer!«, versuche ich, den Spieß umzudrehen.

Mia geht gar nicht darauf ein. Sie steht jetzt auch vom Tisch auf und baut sich vor mir auf. Ihre Locken stehen wütend in alle Richtungen, sie ist nur noch ein Ministückchen kleiner als ich. Fast auf Augenhöhe.

»Ihr dürft das, ja? Bei euch ist das okay? Und uns predigt ihr immer, dass wir die Finger lassen sollen von Alkohol und Gras und allem. Das ist doch ein Witz!«

Bernd schweigt und überlässt die Antwort mal wieder mir.

»Mia, du bist vierzehn. Mit vierzehn kann man die Folgen solcher Aktionen überhaupt nicht abschätzen. Ich muss dir doch jetzt nicht vorbeten, inwiefern sich Marihuana schädlich auswirkt auf die Entwicklung vom Gehirn!«

»Und was ist mit deinem Gehirn?«, schreit sie.

»Ich bin erwachsen!«, schreie ich zurück.

»Du bist gemein! Und unglaubwürdig!« Sie rennt in ihr Zimmer und knallt die Tür zu.

»Ich bring Lena um, ich bring sie um. Hat sie denn gar kein Verantwortungsbewusstsein?!«

Bernd hebt nur hilflos die Hände »Deine Freundin …«

Okay, jetzt flippe ich aus und schreie so laut ich kann: »Meine Freundin, ja? Sah aber verdammt nach DEINER Freundin aus im Strandhaus!«

Ich muss hier raus. Wütend ziehe ich mir schnell irgendwelche Stiefel an, schnappe mir Jacke und Autoschlüssel und rausche aus dem Haus.

Ohne den Motor zu starten, wähle ich Lena aus meinen Kontakten aus und rufe sie an. Natürlich erwische ich nur die Mailbox. »RUF MICH ZURÜCK«, hinterlasse ich nachdrücklich.

Ich lege kurz den Kopf auf das Lenkrad. Unbequem ist das. Es zieht total im Nacken. Bestimmt bin ich superschlimm verspannt. Das ist lächerlich, hier im Auto rumzusitzen. Ich steige aus und schaue nach oben in den dunklen Himmel. Keine Sterne zu sehen. Ich stehe unentschlossen vor meinem Schuhschachtelhaus, den Schlüssel in der Hand.

Schließlich drehe ich mich um und laufe los. Ich werde einfach ein Bier in Tinas Stube trinken.

Ich rufe noch mal bei Lena an und erwarte, wieder die Mailbox zu erwischen, aber plötzlich meldet sie sich.

»Hi! Wie schön, dass du anrufst! Wie geht es Mia? Sie hat mir ja schon geschrieben, dass sie gut bei euch angekommen ... die ist ja so süß, deine große Tochter ...«

Ich unterbreche sie: »Bist du eigentlich total bescheuert?«

»Wie bitte?«

»Du trinkst mit meiner Vierzehnjährigen Alkohol und lässt sie einen Joint rauchen?!«

»Was?«

»Lena, ich fass es nicht!«

»Franzi, jetzt komm mal runter! Wir haben nicht gekifft, was glaubst du denn?«

Ihre Stimme klingt jetzt aufgebracht.

»Mia hat mir erzählt, sie hätte bei dir einen Joint geraucht.«

»Das stimmt nicht.«

»Ach, ja? Und warum erzählt sie mir das dann?«

»Franzi, ganz ehrlich. Ich würde doch nicht mit Mia rauchen!! Das mit dem Alkohol, das muss ich zugeben, stimmt. Ich habe ihr ein Lemonbier erlaubt. Und das war scheiße, fand ich selber. Aber ich SCHWÖRE, es gab kein Gras. Ich hatte nicht mal was rumliegen, extra nicht!«

Ich schweige verwirrt. Einer von beiden lügt mich hier an.

»Wie war das mit dem Bier?«, forsche ich nach.

Lena seufzt. »Ich hab ihr eine Salsa-Bar gezeigt …«

»Eine Salsa-Bar …«, wiederhole ich sauer.

»Mein Gott, ja. Eine Salsa-Bar, weil es da die besten Nachos der Stadt gibt. Wir haben gegessen und Apfelschorle getrunken und ganz toll geredet. Sie hat mir ganz viel von sich erzählt, und ich fand das so schön. Und dann hat sie mir gestanden, dass sie den Kellner so süß findet. Der kam irgendwann zum Abräumen, und da habe ich dann für mich ein Lemonbier bestellt. Und der Kellner hat gefragt, darf denn die junge Frau hier auch schon eins? Da konnte ich einfach nicht nein sagen. Das wäre ihr sicher superpeinlich gewesen. Ich dachte, komm, wir bestellen das, und ich trinke es dann.«

»Und dann?«, frage ich ungeduldig.

»Dann hat Mia mir gesagt, wie cool sie mich findet und wie locker und alles. Die zwei Flaschen kamen, und sie setzte an zum Trinken, und ich wollte nicht alles kaputt machen und ihr das Bier wieder wegnehmen. Sie hat aber nur die Hälfte getrunken, mehr nicht.«

Ich seufze. »Warum hast du ihr erzählt, dass wir am Strandhaus gekifft haben?«

»Weil … o Gott, ja, das war auch doof, ich weiß. Weil sie mir so vertrauliche Dinge erzählt hat. Und ich wollte ihr etwas davon zurückgeben.«

»Und da erzählst du ihr mal eben, dass ihre Eltern fröhlich kiffen. Hast du eine Ahnung, wie wir jetzt dastehen?«

Lena schweigt betroffen.

»Mann, Lena, das war nicht irgendeine Freundin, die da am Wochenende bei dir war. Das war meine Tochter! Und sie ist vierzehn! Ich versteh dich nicht. So verantwortungslos kannst nicht mal du sein.«

Sie schweigt immer noch.

»Was für ein Glück, dass du keine Kinder hast!«, sage ich bösartig und kappe die Verbindung.

In Tinas Stube bestelle ich mir grimmig ein Lemonbier. Erstaunt stelle ich fest, wie gut es schmeckt. Die Erkenntnis macht mich noch wütender.

Mein Handy blingt. Sicher Lena, die blöde Kuh.

»Wo bist du?«, simst Bernd.

»Tinas Stube«, antworte ich.

»Soll ich kommen?«

Ich bin plötzlich so froh, dass er das fragt.

Ich texte ein Ja mit Ausrufezeichen und bestelle ein zweites Lemonbier. Ich schaue noch mal nach, ob ich nicht doch eine SMS von Lena habe. Müsste sie nicht versuchen, mich zurückzurufen, oder mal »Entschuldigung« schreiben? Ich knibbele an dem Flaschenetikett herum. Das Papier ist leicht feucht. Ich reiße einen kleinen Fetzen davon ab und klebe ihn anschließend wieder auf die Flasche. Man sieht den Riss kaum. Ich nehme noch einen großen Schluck. Vielleicht bin ich zu weit gegangen mit meinem letzten Satz. So was sagt man einfach nicht. Das war unter der Gürtellinie. Aber sie ist auch zu weit gegangen mit Mia. Selbst wenn es stimmt und kein Joint geraucht wurde.

Bernd betritt die Kneipe. Gutgelaunt zieht er sich seine Jacke aus.

»Ist hier noch frei, schöne Frau?«

Wie macht er das bloß? Warum kann er das ganze Leben so leicht nehmen? Er stößt seine Flasche an meine und nimmt einen vorsichtigen Schluck.

»Mann, das Zeug schmeckt ja geil.«

Ich seufze und nicke. Er nimmt mich in den Arm.

»Franzi, das ist der ganz normale Wahnsinn von Teenagereltern – und zwar in der Light-Version. Mia kam nicht betrunken nach Hause, und wir wurden auch nicht von der Schule angerufen, weil sie in ihrer Klasse Gras an andere verkauft hat.«

Ich schlucke »noch nicht« herunter und erzähle stattdessen vom Telefonat mit Lena.

»Sie sagt, sie hätten gar nicht gekifft?«

»Ja. Nur das mit dem Bier, das stimmt. Ach ja, und die unwesentliche Information für Mia, dass ihre Eltern Kiffer sind.«

Bernd fährt sich nachdenklich durch die Haare. »Aber warum erzählt Mia uns, sie hätte gekifft? Das macht doch keinen Sinn.«

Wir schauen uns ratlos an.

»Glaubst du, Lena lügt, weil es ihr so unangenehm ist?«

»Nein«, sage ich. »Dann würde sie Mia ja voll hängenlassen, und das traue ich ihr nun nicht zu. Ich glaube, sie hat sie schon ziemlich gern.«

»Nehmen wir mal an, sie hätten einen Joint geraucht in Berlin«, er macht eine kurze Pause, um seine Gedanken zu ordnen, »wäre es dann nicht viel logischer, dass beide die Klappe halten und wir das nie erfahren hätten?«

Ich stimme zu.

»Das bedeutet, Mia lügt. Aber warum?«

»Aufmerksamkeit?«, fragt Bernd.

Ich zucke mit den Schultern und drehe meinen Kopf etwas hin und her. Mein verspannter Nacken tut weh. Bernd bemerkt es und massiert mich wortlos.

»Schön, dass du da bist«, sage ich, und er küsst mich auf die Wange. »Deine Listen sind übrigens super geworden! Ich wusste, niemand kriegt das so perfekt hin wie du, Franzi.«

Er lobt mich, und ich sollte mich freuen. Aber sobald er die Arbeit erwähnt, geht bei mir ein innerer Rollladen runter, der mich von ihm trennt.

Als hätte er es gespürt, hört er auf, mich zu massieren. Wir trinken den lebensgefährlichen Alkopopdrink aus und fahren in Bernds Auto nach Hause.

Ich schleiche bei Mia ins Zimmer. Sie schläft, und ich streiche ganz sacht über ihre Locken. Einen kurzen Moment fühlt es sich wieder an, als wäre sie erst vier. Wie schnell die letzten zehn Jahre vergangen sind. Jede Mutter weiß, dass man Kinder irgendwann loslassen muss, aber kein Mensch erklärt einem, wie das geht. Wie soll man plötzlich damit aufhören, sein Kind vor allem Übel beschützen zu wollen? Das ist unnatürlich.

»Mein Baby«, flüstere ich und küsse sie auf die Stirn.

Sie lächelt und flüstert mit geschlossenen Augen zurück: »Meine Mami.«

Mit einem warmen Gefühl im Herzen gehe ich ins Bett und verbiete mir alle Gedanken an das Büro, an Lena, an Frau Schmitt mit Doppel-t und daran, dass ich morgen noch mal mit Mia reden muss über die Jointgeschichte. Ich mach es ab sofort wie Bernd. Lässig, locker, fertig.

Kapitel 13

Heute kann ich mich nicht mehr drücken, heute muss ich mit Bernd in Albermanns Büro. Meine Kopf-in-den-Sand-Taktik ist natürlich albern, aber solange ich kein Bild von der Albermann-Firma hatte, konnte ich das Ganze besser verdrängen.

Jetzt stehe ich in ganz normalen Büroräumen in Köln. Ich weiß nicht, was ich erwartet hatte, aber nicht dieses völlig unspektakuläre Büro. Es ist weder besonders schick noch besonders oll. Alles hier ist völlig durchschnittlich. Die Kaffeeküche ist größer als bei uns, und es gibt mehr Räume. Natürlich gibt es mehr Räume, wir haben ja nur einen einzigen. Ich hatte heimlich erwartet, dass mich Albermanns Büro irgendwie beeindrucken würde. Wenn mir das schon nicht inhaltlich gelingt, dann doch wenigstens äußerlich.

Herr Albermann führt uns gewohnt höflich und freundlich herum.

Bernd, der Räume und Mitarbeiter schon kennt, ist von allem begeistert. Er zeigt mir die »Aussicht«. Blick auf eine vielbefahrene Straße, wunderbar. Er sieht meinen Blick und sagt leise: »Na, besser als auf den Lichtschacht!« Ich nicke und schüttele alle Hände der neuen Mitarbeiter. Interessierte Gesichter schauen mich an. Ich spiele Frau vom zukünftigen Chef und komme mir einfach nur elend dabei vor.

In Albermanns Büro wird es noch schlimmer. Überall hängen Bilder von seiner Frau und seinem Sohn. Eine gepflegte Sechzigjährige schaut mich mit strengen Augen an. Ich bin keine würdige Nachfolgerin, und das weiß sie. Plötzlich habe ich das Gefühl, als wäre ihr Geist hier im Raum. Gleich schnappe ich über.

Als Bernd sagt, er müsse noch schnell Unterlagen aus dem Auto holen, biete ich sofort an zu gehen.

Am Auto stütze ich mich kurz am Dach ab und atme tief ein und aus. Ob ich hier schnell Rescue-Tropfen nehmen kann, oder sieht man mich vom Fenster aus?

»Franzi, was ist mit dir los?«

Bernd steht hinter mir mit einer Mischung aus Besorgnis und Ärger im Gesicht. Ohne eine Antwort abzuwarten zischt er mir zu: »Mensch, du solltest da drin besser einen guten Eindruck machen. Das ist unser zukünftiges Team, und du machst ein Gesicht, als müsstest du dir eine Schlange um den Hals legen!«

Gar kein schlechter Vergleich, denke ich.

»Bernd, ich …«

Was soll ich ihm bloß sagen? Ich entscheide mich für einen kleinen Teil der Wahrheit.

»Ich hab einfach Angst. Das sind zehn Mitarbeiter, die eine wahnsinnig kompetente rechte Hand gewohnt waren. Und jetzt komme ich. Ich habe keine Ausbildung, ich verstehe nichts von Betriebswirtschaft. Alles, was ich kann, sind die Hiwi-Arbeiten! Ich fühle mich überhaupt nicht wohl dabei, jetzt in diese riesigen Fußstapfen zu treten! Auch noch Fußstapfen von einer toten Frau!«

Mein letzter Satz klingt leicht hysterisch. Jetzt ist es mir egal, ob wir beobachtet werden, ich reiße mein Fläschchen aus der Handtasche und nehme schnell vier Tropfen.

»Du bist eine sehr kompetente rechte Hand.«

Ich schüttele den Kopf wie ein Kind.

»Hör mir zu!« Er nimmt mich an den Schultern. »Ohne dich würde unser kleiner Laden gar nicht laufen. Und hier wirst du genauso unentbehrlich werden wie bei uns. Kein Mensch erwartet von dir BWL-Kenntnisse. Ich leite die Firma, und du machst all das, was du bisher auch getan hast.«

Er lässt mich los und nimmt schnell die Unterlagen aus dem Auto. Dann gibt er mir einen Klaps auf den Popo.

»Und jetzt gehst du da rein und bist so, wie du bist. Los, verzaubere sie mit dem typischen Franzi-Charme!«

Ob es jetzt die Tropfen waren oder Bernds Motivationsrede, als wir wieder das Büro betreten, fühle ich mich besser. Ich schaffe es sogar, den Mitarbeitern zu sagen, dass ich sehr aufgeregt bin, sie alle zu treffen, und mich auf die baldige Zusammenarbeit freue. Wir reden und trinken Kaffee. Herr Albermann macht ein paar Witze, alle lachen, stehen herum und sind offenbar einverstanden mit dem neuen Chefehepaar.

Auch Bernd ist auf der Rückfahrt gelöst und glücklich. Ich habe wieder mein brennendes Öl im Bauch. Ich sollte mir mal in der Apotheke Magentabletten holen.

Bernd setzt mich zu Hause ab und fährt noch einmal in unser Büro.

Ich koche Mias Lieblingsessen, Spaghetti mit Garnelen. Vielleicht macht das unser Gespräch über Drogen leichter.

Lukas isst heute praktischerweise bei einem Freund.

Mia kommt, und wir essen zu zweit. Ich stelle ein paar Fragen zur Schule, aber sie antwortet nur sehr knapp. Die nächtliche Vertrautheit ist bei Tageslicht komplett verschwunden. Ich gebe mir Mühe. Lobe sie für ein paar Kleinigkeiten und mache ein paar Witze. Sie bleibt verschlossen wie ein Freibad im Winter.

»Wo bist du, Mia?«

»Wieso, ich sitz doch hier.«

»Ja, aber wo bist du, oder wer bist du? Manchmal habe ich das Gefühl, ich kenne dich gar nicht mehr.«

Sie zuckt mit den Schultern. Meinem Bauchgefühl folgend, warte ich ab und sage nichts mehr.

»Du interessierst dich ja auch gar nicht für mich.«

Ich schlucke mein entrüstetes »Was?« hinunter und warte weiter ab.

»Lena, die hat sich wirklich für mich interessiert.«

»Ja, nach dreizehn Jahren dann mal.«

Shit, das hätte ich nicht sagen sollen.

»Das ist schön, einfach ihr die ganze Schuld zu geben. Hast du dir mal überlegt, wie das für Lena war? Sich anzugucken, wie du ein Kind hast, nachdem sie die Fehlgeburt hatte?«

Ich verschlucke mich an meiner Apfelschorle und muss furchtbar husten.

»Was?«

»Das wusstest du gar nicht?«

»Lena hatte eine Fehlgeburt? Sie war schwanger?«

Mia nickt.

»Das hat sie dir erzählt?!« Ich bin so perplex, ich weiß gar nicht, was ich zuerst fragen soll. »Wann hatte sie die Fehlgeburt?«

»Das weiß ich nicht so genau. Ich glaube, als ich noch ziemlich klein war.«

»Von wem war das Kind?«

»Mama, das weiß ich auch nicht. Frag das Lena, nicht mich!«

»Du hast recht, Mia. Ich bin nur völlig überrascht.«

Sie räumt ihren Teller ab. »Sind wir jetzt fertig?«, fragt sie.

»Nein, wir sind noch nicht fertig. Setz dich.«

Sie rollt mit den Augen, tut aber, was ich sage.

»Mia, es stimmt, was du gesagt hast. Es ist nicht allein Lenas Schuld, dass wir so lange keinen Kontakt hatten. Ich finde es toll, dass ihr zwei euch jetzt so gut versteht.«

»Tja, es wäre natürlich schöner gewesen, ich müsste nicht erst mit vierzehn entdecken, dass ich eine tolle Patentante habe. Warum hast du dich nicht bei Lena gemeldet? Warum hast du es so verbockt?«

Sie schaut mich wütend an. Klar. Jetzt bin ich allein plötzlich schuld an der Funkstille. Allerdings wirft die neue Information mit der Fehlgeburt tatsächlich ein ganz anderes Licht auf die Sache.

»Ich hab es nicht ausgehalten, dass Lena so erfolgreich wurde. Bei mir hat nichts geklappt mit der Schauspielerei, ich hab ein Casting nach dem anderen verloren.«

Mia schaut mich jetzt interessiert an. Ich merke, wie ihr Panzer, mit dem sie mich auf Abstand hält, bröckelt.

»Je mehr Castings ich verlor, umso mehr gewann Lena. Einmal hatte ich sogar eine Rolle, endlich, nach so vielen Enttäuschungen und Absagen.«

»Und dann?«

»Dann wurde der ganze Pilotfilm abgesagt. Er wurde einfach nicht produziert. Ich hatte wieder nichts.«

»Lena hatte kein Baby und du keine Rollen. Irgendwie war das bei dir mit der Schauspielerei auch wie eine Fehlgeburt.«

Ich muss lächeln und nicke. »Irgendwie ja.«

»Warum habt ihr nicht drüber gesprochen, Lena und du?«

»Weil man manchmal bestimmte Dinge erst nach Jahren formulieren kann.«

»Erst nach Jahren?!«

Jetzt ist sie aus ihrem Panzer raus, und ich gehe in die Offensive.

»Mia, wieso hast du erzählt, ihr hättet einen Joint geraucht?«

Sie wird rot. »Du hast mit Lena gesprochen?«

»Ich hab sie am Telefon zur Sau gemacht, weil sie mit meiner Tochter kifft!«

»O Gott! Mama!« Sie schlägt sich die Hände vor das Gesicht.

»Lena sagt, ihr hättet nicht gekifft.«

Mia schweigt und bleibt mit den Händen vorm Gesicht sitzen.

»Warum?«, frage ich.

Sie braucht eine Weile, nimmt dann die Hände runter und

sagt, ohne mich anzusehen: »Ich wollte mal sehen, was ihr dann sagt.«

»Warum?«, frage ich weiter.

»Nix warum. Warum sollte ICH fragen! Warum habt ihr gekifft, Mama?«

Ich denke über diese Frage nach.

»Ich glaube, wir haben gekifft, um uns jung zu fühlen.«

»Macht ihr das oft?«

»Nein. Nie.«

»Wie oft nie?«

»Das letzte Mal, bevor du auf der Welt warst. Ich denke alle vierzehn Jahre kann man sich das mal erlauben.«

»Wenn du so rechnest, darf ich jetzt auch. Hab ja schließlich vierzehn Jahre gewartet!« Sie grinst mich listig an.

»Möchtest du mal?«

»Ey, ist das jetzt ein Angebot?!«

»Ich interessiere mich nur für dich. Und ich will dir auch so gut zuhören, wie Lena das am Wochenende gemacht hat.«

»Ach, Mama.«

»Was: ach, Mama?«

»Das geht so nicht. Ich kann dir nicht sagen, ja, ich würde super gerne mal kiffen, trau mich aber nicht wirklich. Das kannst du mir ja schlecht erlauben, als Mutter.«

Ich schau sie an. Mein großes Mädchen mit brennenden Wangen. Die Erste, die immer bemüht ist, alles richtig zu machen.

»Dann sage ich dir jetzt was als Frau, nicht als Mutter, okay?«

»Okay.«

»Bei allem, was du tust, Mia, sei es jetzt kiffen, Alkohol oder Sex …« Ich mache eine bedeutungsvolle Pause und habe plötzlich das Lied »Sex and Drugs and Rock 'n' Roll« im Kopf.

»Mach alles, wann und nur weil du es willst. Nicht, weil es andere auch machen oder weil es cool ist.«

»Und wenn ich es will, dann ist es okay?«

Ich wähle meine Worte sorgfältig aus, bevor ich antworte.

»Ich traue dir absolut zu, dass du das alles gut und klug entscheiden wirst.«

»Die weise Frau hat gesprochen!«, sagt sie und hält mir die Hand für ein *High five* hin. Ich schlage ein.

»Aber erzähl das nicht deiner Mutter!« Wir kichern beide.

Die nächsten Tage sehe ich Bernd nur morgens. Während er schon in der neuen Firma Fuß fasst, muss ich mir das Gejammer von Werner anhören, der die ganze Sache mit der Fusion ablehnt, weil er dann dreizehn Minuten länger zur Arbeit fahren muss. In seiner Welt sind es natürlich dreißig Minuten, und das sei kostbare Lebenszeit, und ob überhaupt mal irgendjemand an die Mitarbeiter denken würde.

»Besprich das mit Bernd«, sage ich knapp und gebe weiter Bestellungen ein. Ich will hier fertig werden. Bernds Zeitplan ist überhaupt nicht realistisch. Er will uns am liebsten nächste Woche schon im neuen Büro haben.

Ich frage mich, wer den ganzen Kram eigentlich packen soll, und ahne schon, dass das an mir hängen bleiben wird. Ich seufze vor mich hin und checke zum achten Mal in dieser Stunde mein Handy. Keine Nachricht von Lena. Sie bleibt eisern bei der Funkstille und ich auch. Übermorgen fahre ich nach Berlin, bis dahin muss ich mich eigentlich bei ihr melden.

Ich weiß auch gar nicht, warum ich mich so anstelle. Ein Gefühl tief im Bauch sagt mir ganz klar, dass ich an der Reihe bin, mich zu melden. Ich hab sie verletzt mit meinem Satz: Gut, dass du keine Kinder hast. Aber sie hat meine Tochter Bier trinken lassen und die blöde Joint-Geschichte erzählt. Vielleicht ist es sowieso besser, wir klären das alles persönlich, wenn ich in Berlin bin.

Ich motiviere mich durch den Bürotag, indem ich mir erlaube, etwas früher zu gehen, um noch schicke Unterwäsche zu shoppen.

Gerade als ich meine Sachen zusammenpacke, klingelt mein Handy:

»Franzi, hier ist Jo.«

»Jo, wie schön, wie geht's dir?«

»Das muss ich dich dringend fragen, ich hör nämlich so gar nix mehr von dir! Du rufst mich nachts an und glaubst, du hast einen Herzinfarkt, und dann hör ich nichts mehr von dir! Ich hab schon die Todesanzeigen im *Kölner Stadtanzeiger* durchgelesen!«

Ich werde ein bisschen rot und bin froh, dass Jo das nicht sehen kann.

Wie gut, dass wir noch nicht so weit sind, dass nur noch über *facetime* telefoniert wird. Allein das Wort. Gesichtszeit. Wer braucht denn ein Gesicht, wenn man telefoniert?

»Du hast recht, das geht gar nicht! War keine Absicht, hier ist nur richtig viel los …«, schummele ich.

Jo weiß genau, dass ich ihr absichtlich aus dem Weg gehe, um mich nicht weiter dafür rechtfertigen zu müssen, dass ich mein Leben nicht richtig lebe.

»Was machst du?«, fragt sie mich.

»Ich wollte gerade losfahren nach Köln, um mir schicke Unterwäsche zu kaufen. Ich hab doch den Dreh in ein paar Tagen.«

»Dreh? Das hast du mir gar nicht erzählt!«

Stimmt. Ich hab ganz vergessen, mit Jo darüber zu reden. Mit ihrer Stimme am Ohr vermisse ich sie plötzlich.

Ich will etwas sagen, aber sie unterbricht mich: »Du, mir hat ein Pferd abgesagt, wenn du magst, komm ich mit in die Stadt.«

»Super, ich freu mich!« Wir verabreden uns in zwanzig Minuten beim Inder.

Beschwingt starte ich den Motor. Ich muss mir vorstellen, wie das Pferd bei Jo anruft. Dazu bedient es ein altmodisches, grünes Telefon mit einem Hörer, der an einem schwarzen, geringelten Kabel hängt. Mit den Hufen hackt es die Nummer in die Tastatur und hängt sich dann den Hörer ans Pferdeohr. Ob sich Pferde mit ihrem Namen und dem Nachnamen des Besitzers melden? Oder sagen sie einfach: »Hallo, hier ist das Pferd von Frau Detter«?

Solche Phantasien kann ich eigentlich nur mit Lukas teilen. Ich frage mich, was ich mache, wenn er älter wird.

Wenn Jo und ich uns mal in der Stadt treffen, was selten genug vorkommt, müssen wir immer indisch essen gehen. Wir beide lieben die indische Küche. Schon von weitem leuchtet mir die orangefarbene Markise des Restaurants entgegen. Jo ist bereits da und hat einen Tisch an der Heizung besetzt. Draußen ist es für Juni schweinekalt. Wahrscheinlich die Schafskälte.

»Hast du Fieber?«, frage ich statt einer Begrüßung. Ihr Kopf ist hochrot

»Nein, aber mir ist heiß.«

»Ist noch ein bisschen früh für Hitzewallungen«, ärgere ich sie.

»Du kannst gerne den Platz hier an der Heizung haben!«

»Stell sie doch ab.«

»Geht nicht, sie haben das Thermostat abmontiert.«

Es ist tatsächlich bullenwarm hier drin. Vermutlich wollten sie sparen, als sie den Temperaturregler abschraubten. Leider hat jemand die Heizung vorher auf volle Pulle gedreht, und jetzt gleicht das Restaurant einer Sauna.

»Setzen wir uns raus?«, fragt Jo hoffnungsvoll.

Wir haben die Wahl zwischen Sauna und Kühlschrank. Da wir beide Jacke und Schal mithaben, entscheiden wir uns tapfer für den Kühlschrank.

Jo wedelt sich mit der Speisekarte die kalte Luft ins Gesicht.

»Besser!«, seufzt sie.

Wir bestellen unser Essen bei dem kleinen, schwitzenden Inder, der sich viel länger als nötig bei uns draußen aufhält. Ich nehme, wie immer, die Nummer 70 – »chicken korma«. Jedes

Mal nehme ich mir vor, etwas anderes zu bestellen, aber dann schaffe ich es doch nicht, nicht das zarte Huhn zu bestellen in dieser phantastischen indischen Soße mit Kokosflocken und zwölftausend Gewürzen.

»Die sind doch in den anderen Gerichten auch drin«, sagt Jo, die experimentierfreudig die Karte rauf und runter bestellt.

»Aber nicht so lecker.«

»Das weißt du gar nicht, weil du es nicht probierst. Du bleibst lieber immer bei dem alten Kram, statt mal etwas Neues zu versuchen.«

»Willst du mir irgendwas sagen, Jo?«

»Nein. Ich will von deinem Dreh hören! Du hast eine Rolle? Wo, was, wie kam das?!«

Ich erzähle ihr von Lenas Anruf und von Frau Schmitt mit Doppel-t, die so nicht arbeiten kann. Jo ist ganz begeistert.

»Das ist genial!«

»Na ja, es sind nur zwei Drehtage, aber ich freu mich.«

»Könnte das ein Anfang sein?«

»Ehrlich gesagt, habe ich mich das auch schon gefragt, aber …«

»Aber?«

»Aber ich glaube nicht. Es ist schon für Frauen, die seit Jahrzehnten in dem Job sind, schwer. Da wartet niemand auf eine, die mit Mitte vierzig da vorbeistolpert.«

»Anfang vierzig«, korrigiert mich Jo. »Außerdem hast du auch Erfahrung und sogar eine Ausbildung dafür.«

»Ja. Trotzdem. Außerdem wäre das gar nicht mit Familie zu vereinbaren.«

»Hm«, macht Jo. Jetzt sind wir beim Thema, und bevor sie fragt, komme ich ihr zuvor.

»Ich hab Bernd nichts gesagt. Ich kann das nicht. Ich zieh das durch. Vielleicht kann ich mich ja nach und nach etwas rausziehen, wenn das mit der neuen Firma erst mal läuft.«

»Und dann? Meldest du dich für einen Ikebana-Kurs an?«

Ich will etwas sagen, aber unser Essen kommt. Der Kellner stellt den Reis und das leckere Brot auf den Tisch und die zwei dampfenden Schälchen mit unserem Essen. Mir läuft das Wasser im Mund zusammen, und eine Weile sind wir nur damit beschäftigt, möglichst schnell Reis, Hühnchen und Okraschoten auf unsere Teller zu schaufeln. Ich tunke das indische Fladenbrot Nan in die Soße und beiße ab.

»Also ist die Schauspielerei nur ein Ausflug?«, hakt Jo noch mal nach.

»Ja. Und ich meine, klar, wenn nach meinem Auftritt plötzlich alle schreien und mir tausend Rollen angeboten werden, dann mach ich das natürlich!«

Jo schaut mich kauend an. »So läuft das nicht.«

»Das weiß ich!« Plötzlich bin ich sauer. »Aber weißt du was, Jo, anders läuft es auch nicht. Ich habe es wirklich versucht. Jetzt lass mich einfach diese zwei Tage genießen, und gut ist.«

»Ich trau es mich ja fast nicht zu fragen ...«

»Frag«, sage ich mürrisch und schaufele mir eine große Portion Hühnchen in den Mund, damit ich erst mal nicht antworten muss.

»Und danach?«

Ihr Gesicht verschwimmt vor meinen Augen, und mich schaut auf einmal das Wurmwesen aus meiner Schublade im Büro an. Auf seinen beiden Stielen sitzen jetzt Jos Augen und starren mich wackelnd an.

»Nix danach. Danach ist alles so wie vorher. Und wenn nicht, sehen wir weiter.«

Ich versuche, lässig zu klingen, und sehne mich dringend danach, ein paar Tropfen einzuwerfen. Das kann ich aber unmöglich vor Jo machen, die liefert mich direkt in die Psychiatrie ein. Das fehlt mir noch, dass mich ein Wurmwesen mit Jos Augen in die geschlossene Anstalt bringt.

Ich blinzele und sehe wieder meine Freundin.

»Du hast recht«, sagt sie zu meiner Überraschung. »Genieß

die zwei Tage einfach, und dann sehen wir weiter.« Sie sieht dabei irritierenderweise sehr zufrieden aus, so als wüsste sie etwas, was ich nicht weiß.

Wir essen auf, bezahlen und gehen shoppen.

In der Umkleidekabine vom Dessous-Laden haben wir richtig Spaß. Jo packt ihre üppige Oberweite in einen roten Push-up-BH.

»Der sieht aus wie ein Nuttenzelt«, kommentiere ich, und Jo drängt mich lispelnd mit seltsamen Akzent gegen den Spiegel.

»Isch liebä Nuttenzeltäää fürrrr meine Tittäääään.«

»Jetzt ist überhaupt kein Platz mehr hier in dem kleinen Kabuff, wenn du deine Dinger so ausladend verpackst«, schimpfe ich kichernd. »Können wir uns jetzt mal MEINEN Problemzonen widmen und eine Verpackung für diese beiden finden?« Ich deute auf meinen Busen.

Jo tut so, als würde sie sich eine Brille zurechtschieben, und sagt: »Isch sähä leider gar nichts ... vielleicht sind sie diärrr auf den Rrrrückän gärutscht?!«

»Ich rutsch dir auch gleich auf den Rücken! Mach dich nützlich, hol mir den in B, C ist zu groß.«

»Isch bringä gleich A mit.«

Ich schiebe sie aus der Kabine. Sie streckt den Kopf noch mal durch den Vorhang rein. »A!«, sagt sie nachdrücklich und verschwindet dann fröhlich.

»A!«, sage ich entrüstet zu meinem Spiegelbild. »Als ob!« Ich fasse probeweise meinen Busen an. Mit einem guten Push-up wird er wunderbar aussehen in einem B-Körbchen. Die Verkäuferin lässt uns glücklicherweise ganz in Ruhe aussuchen und anprobieren.

Ich finde zwei BHs mit passenden Höschen in B. Jo nimmt den Nuttenzelt-BH mit. Ich verabschiede mich schnell von ihr.

»Viel Spaß beim Dreh! Sei brillant!«

»Was sonst?« Ich lächele sie an. »Danke, dass du mitgekommen bist!«

»Sehr gerne. Ruf mich an, ja?!«

»Versprochen!«

Ich renne zurück zum Auto. Lukas ist schon seit zwanzig Minuten zu Hause, hungert und glotzt bestimmt Fernsehen.

Während der Fahrt fällt mir wieder ein, was Mia gesagt hat. Lena hatte eine Fehlgeburt. Warum hat sie mir nie davon erzählt? Und warum erzählt sie es meiner Tochter? Sollte ich das vielleicht von Mia erfahren? Ist das ganze Kinderthema für Lena heikler, als ich dachte?

An einer roten Ampel schreibe ich ihr spontan eine SMS.

»Lena, entschuldige, ich war unfair. Freu mich auf Dich. Darf ich immer noch bei Euch schlafen?«

Jetzt fühle ich mich besser.

»Und du bist dir ganz sicher?« Ich nicke.

»Also haben wir noch einen Monat.« Es ist eher eine Feststellung als eine Frage von Lena. Ich nicke trotzdem.

»Dann lass ihn uns nutzen!« In ihren Augen ist jetzt wieder das Funkeln zu sehen, dass ich so an ihr liebe.

Sie steht auf und zieht mich aus meinem Sessel. Wir stehen auf dem Dach von Lenas neuer WG. Man sieht ein Stück vom Hudson River von hier oben, und auf der anderen Seite könnte man den Central Park sehen, wenn nicht die anderen hohen Häuser im Weg wären. Das ist der beste Ausguck, den wir je hatten. Hier oben ist richtig viel Platz, und es gibt kaum nervige Lüftungen, die einem die Ohren volldröhnen. Wir haben uns sogar zwei dicke aufblasbare Sessel hier hochgeschleppt. Wir mussten sie mit dem Mund aufpusten und wären beinahe ohnmächtig geworden dabei. Man muss echt verdammt viel Luft in so einen Sessel blasen, bis man auf ihm sitzen kann. Meiner ist grün, Lenas blau. Wir lassen die Sessel allein. Lena klettert zuerst die Feuerleiter runter zu ihrer neuen Wohnung. Abgesehen vom tollen Dach hat sie sich nicht groß verbessert. Ihre Mitbewohnerin Heidi ist ähnlich bescheuert wie Messie.

Vielleicht nicht ganz so durchgeknallt, aber dafür jammerig und anhänglich wie eine Klette. Ständig liegt sie uns in den Ohren, wir könnten sie nicht leiden, und nie würde sie mal jemand fragen, ob sie mitgehen möchte, wenn wir abends ausgehen. Was natürlich dazu führt, dass wir sie inzwischen wirklich nicht leiden können und uns lieber erschießen würden, als einen Abend mit ihr zu verbringen. Zwischen Heidi und Lena herrscht gerade Funkstille, weil Heidi glaubt, Lena hätte ihr Shampoo aufgebraucht. »Hab ich gar nicht, ich hab's weggeschüttet. Das Zeug stinkt wie giftige Pflanzen«, hat sie mir erklärt, als ich nachgefragt habe.

»Nervt Heidi immer noch so?«, frage ich, während wir klettern.

»Total. Jetzt hat sie heimlich meine Jeans ausgeleiert!«

»Wie leiert man heimlich eine Jeans aus?«

»Indem man sie mit einem zu dicken Arsch anzieht.«

»Du meinst, Heidi hatte heimlich deine Jeans an?«

»Wieso ist sie sonst ausgeleiert?«

»Meinst du, sie hat sie einfach angezogen, um sie zu tragen oder um sie extra auszuleiern?«

»Also, ich würde mich nicht freiwillig in eine zwei Nummern zu kleine Jeans quetschen, um sie zu tragen. Die Frau ist ein Biest, die hat das genau geplant.«

»Meinst du?«

»Ja, sicher. Bin gespannt, was sie sich als Nächstes einfallen lässt … Fuck!«

»Was ist?«

Ich bin jetzt auf der kleinen Plattform vor dem Wohnungsfenster und sehe selbst, was los ist. Das Fenster ist geschlossen. Wir klopfen eine Weile vergeblich gegen die Scheibe, aber Heidi hat die Wohnung verlassen.

»Was, wenn wir die Feuerleiter bis ganz nach unten klettern?«, schlage ich vor.

»Die endet hier in dem Innenhof ohne Türen«, sagt Lena.

Wir beugen uns beide über das Geländer und starren in die Tiefe.

»Und in zwei Stunden beginnt mein Casting für das Theater am Off Broadway«, seufzt Lena und setzt sich auf die Stufe.

»Das hast du mir noch gar nicht erzählt.«

»Ich dachte, so etwas interessiert dich nicht mehr – Heimfliegerin!« Sie boxt mich in die Seite.

»Dumme!« Ich setze mich neben sie.

»Lass uns checken, ob es eine Möglichkeit gibt, über das Dach wegzukommen.«

»Spidermanmäßig?«

»Nein, türmäßig.« Ich ziehe sie hoch, und sie klettert mir brav hinterher, wieder zurück aufs Dach.

Oben finden wir tatsächlich eine Tür, aber sie ist verschlossen. Wir sitzen in der Falle.

Kapitel 14

Im Zug kann ich mich überhaupt nicht entspannen. Ich hatte mir extra zwei Zeitschriften und ein Buch eingepackt, aber jetzt sitze ich nur da und schaue zu, wie die Landschaft an mir vorbeirauscht. Neben mir sitzt ein Schniefer. Alle zwei Minuten schnieft er. Ich hab noch nicht genau rausgekriegt, ob er die Nase hochzieht oder das Geräusch mit Luft erzeugt. Er scheint gar nicht zu merken, dass er schnieft. Ich hab ihn schon böse angeschaut, mich genervt bewegt und selbst geschnieft. Hat alles nix geholfen. Tief entspannt liest er in seinem Buch, während ich mit angespannten Muskeln neben ihm warte, dass er es wieder macht. Wenn er noch ein einziges Mal schnieft, werde ich aufstehen, ihn auf meinen Sitz werfen, mich auf seinen Brustkorb hocken und seinen Hals mit meinen Knien zudrücken.

»Wenn Sie noch ein einziges Mal dieses Geräusch machen, werde ich Ihre Lunge rausreißen und in kleine Stücke hacken, die ich einzeln hier in den Müll stopfen werde, weil man leider das Fenster nicht öffnen kann, um sie hinauszuwerfen. Ihre Lunge. Nicht Sie! Dann ist Schluss mit dem Scheißschniefen!«

Drei, zwei, eins – er schnieft. Ich stehe ruckartig auf, nehme meine Tasche und suche mir einen anderen Platz, obwohl ich diesen hier reserviert hatte. Er biegt sich nur leicht zur Seite, um mich vorbeizulassen, liest währenddessen weiter. Ich fasse es nicht. Ich hau ihm ein bisschen die Tasche an den Kopf, versehentlich natürlich, aber auch das bringt ihn nicht aus dem Konzept. Er schaut nicht mal auf.

»Schniefer!«, sage ich laut, dreh mich um und gehe. Was man so in einem fahrenden Zug als Gehen bezeichnet. Ich schwanke vorwärts von Sitzreihe zu Sitzreihe und lande fast bei einem jungen Mann auf dem Schoß, als der Zug rasant eine Kurve nimmt.

Endlich ein freier Platz ohne Sitznachbar. Damit das auch so bleibt, platziere ich meine Tasche fett neben mir auf dem Sitz.

Herrlich, ganz ohne Schniefen neben mir. Ich ziehe eine Zeitschrift aus meiner Tasche, lasse sie dann aber, ohne sie aufzuschlagen, auf meinem Schoß liegen. Mein Kopf wird gerade von Gedanken geflutet.

Hoffentlich kann ich das alles noch. Hoffentlich vergesse ich nicht meinen Text. Hoffentlich verhaspele ich mich nicht beim Sprechen. Ich muss langsam reden, nicht so schnell. Aber natürlich auch nicht zu langsam. Ich hole das Drehbuch heraus. Es ist schon etwas zerfleddert. Es gefällt mir ziemlich gut, hier im Zug mit einem Drehbuch zu sitzen. Wenn mich jemand hier so sieht, glaubt er, ich sei Schauspielerin. Ich schau mich verstohlen um, aber niemand guckt zu mir rüber. Ich lese meine Szenen noch einmal durch. Ich könnte eigentlich etwas *scene work* machen. Hab ich schließlich mal gelernt. Ich krame einen Stift aus meiner Tasche und wippe damit erst mal grübelnd auf und ab. Wie ging das noch?

Genau, wo kommt Frau Schmitt her, bevor sie in die Klasse geht? Wie war ihr Tag bisher? Und wo geht sie hin, wenn sie die Klasse verlässt? Wartet jemand zu Hause auf sie? Hat sie vielleicht eine Katze? Frau Schmitt ist der typische Katzencharakter. Nein, ich weiß es, sie hält sich keine Katze, sie hält sich etwas Exotisches. Ein Chinchilla. So ein graues plüschiges Tier mit weichem, buschigem Schwanz. Genau. Das nennt sie Yallayalla, und morgens singt sie ihm immer eine Arie vor aus der Oper ... nein. Das führt alles zu weit. Ich muss mich hier konzentrieren. Wie hab ich das mit Lena damals immer gemacht?

»*What ist your most important line?*«

Die wichtigste Zeile in meiner Szene, die ich vorsprechen will?

Sie überlegt. Ich halte die Hände vor meine Augen zum Schutz gegen die Sonne und drehe den Kopf nach links, um sie anzuschauen. Wir liegen auf dem Rücken auf dem Dach und gucken in den Himmel.

»Ja, ich weiß, die wichtigste Zeile ist die, in der sie erklärt, dass sie nie Metzgerin werden wollte.«

Ich muss lachen. »Was ist das denn für ein Schund? Der Monolog eines Metzgermädchens?«

»Ja ja, mach dich nur lustig. Ich steck eh hier oben fest.«

»Heidi kommt bestimmt gleich wieder.«

»Klar.«

»Jetzt ernsthaft, Lena, ist dein Monolog gut?«

»Keine Ahnung. Eher nicht. Ich wollte etwas Ungewöhnliches machen. Etwas, das nicht jeder macht.«

»Aber es sollte schon etwas sein, in das du dich reinfühlen kannst. Sonst wird das nix.«

»Na toll. Und jetzt?«

»Jetzt machst du deinen eigenen Monolog. Daniel hat mir mal diesen Tipp gegeben. Du redest einfach über eine Sache, die dir am Herzen liegt. Weiß doch keiner, ob das deine Sätze sind oder nicht!«

»Das ist gut!« Sie setzt sich auf.

Ich rappele mich ebenfalls hoch und setze mich ihr gegenüber. »Okay, versuch es!«

»Auf Englisch?«

»Mach es erst mal auf Deutsch.«

»Okay.« Sie schließt die Augen und schüttelt ihre Schultern aus. Als sie die Augen wieder öffnet, ist ihr Blick anders.

»Ob es ihn gibt, von Lena Rooftop«, fängt sie an. Ich grinse und nicke aufmunternd.

»Keine Ahnung, ob es ihn gibt, den Traummann. Alle reden

ständig darüber und machen ein großes Ding aus dieser Sache. Ist das eigentlich so ein Frauending? Ich meine, reden Männer auch ständig darüber, ob und wann sie ihre Traumfrau finden? Eher nicht. Ich weiß gar nicht, ob ich einen Traummann finden möchte. Vielleicht möchte ich lieber allein leben oder mit mehreren Männern, was weiß ich? Warum ist es so wichtig, diesem Ideal hinterherzurennen? Und kann ein Mann dieses Ideal überhaupt je erfüllen? Nehmen wir mal an, ich finde so einen Traummann, ja. Alles ist Brause, wir vögeln ständig, er bringt mir Frühstück ans Bett, macht mir Komplimente, das ganze Programm eben. Und dann, dann stelle ich plötzlich fest, dass er Schweißfüße hat. Oder er wählt die Rechten. Oder er hasst Tiere oder, noch schlimmer, Lucky Charms!«

Ich muss lachen. Lena macht das richtig gut.

»Irgendetwas werde ich finden, was mich an ihm stört. Zuerst werde ich es noch niedlich finden, wie er beim Lesen immer die Lippen bewegt. Dann werde ich irgendwann denken, mein Gott, er ist doch erwachsen, kann er nicht leise lesen, ohne Lippen? Und schließlich, schließlich werde ich ihm ein Scheißkissen auf seine Scheißlippen schlagen müssen oder jedes Mal schnell das Zimmer verlassen, sobald er nach der Zeitung greift. Es wird der Anfang vom Ende sein.«

Sie schüttelt betroffen den Kopf.

»Das möchte ich nicht. Ich möchte frei sein und jeden Tag aufs Neue mein Leben bestimmen können. Ich will schlafen, mit wem ich will, ohne mich festzulegen und ohne Verpflichtungen. Ich möchte wild und gefährlich leben, durch ganz Europa reisen und in jedem Land einen anderen Liebhaber haben. Das wird aufregend und genial. Keine Verpflichtungen, keine Verstrickungen. Nur pures Leben.«

Sie schaut einen langen Moment mit glänzenden Augen in die Ferne. Dann fährt sie fort:

»Aber dann eines Tages, wenn ich alt bin, werde ich mich fragen, ob das jetzt alles war. Der Stuhl neben mir wird leer sein.

Ich werde mich leise fragen, ob ich ihn verpasst habe, meinen Traummann. Ob er einer der Männer war, mit denen ich geschlafen habe? Ob ich Eis essend mit ihm an der Atlantikküste saß oder ob es der Pizzabote war, der für mich kleine Gedichte schrieb? Vielleicht habe ich ihn an einem kalten Februarmorgen verlassen. Bin aus dem Zimmer geschlichen, bevor er erwachte, und verschwand aus seinem Leben. Vielleicht gab es ihn auch einfach nicht. Nicht für mich.«

Sie beendet ihre Performance weinend. Ich sollte klatschen, aber ich nehme sie nur in den Arm.

Lena hat mich abgeholt und wieder in das Café Anna Blume entführt. Ich mag das. Es ist fast so, als hätten wir beide wieder ein gemeinsames Lieblingscafé.

Das Wiedersehen war zum Glück gar nicht seltsam. Wir haben uns umarmt. Nichts stand zwischen uns.

Zurück in Berlin zu sein fühlt sich überhaupt großartig an. Mein Gott, wäre das toll, wenn Frau Schmitt eine durchgehende Rolle würde. Ich könnte dann ein paarmal im Monat hier drehen, in tollen Restaurants essen, Lena treffen. Es wäre genial.

Als könnte sie Gedanken lesen, sagt sie: »Könntest du dir vorstellen, jeden Monat für ein paar Drehtage bei *Best Teacher* herzukommen?«

Ich werde vor Aufregung ganz rot.

»Steht das denn zur Debatte?!«

»Nein. Aber ich könnte das mal zur Sprache bringen …«

Sie schaut mich an und sieht sofort, wie sehr ich mir Hoffnungen mache.

»Ich kann gar nichts versprechen, Franzi. Aber ich könnte es vorschlagen, wenn du das möchtest.«

Ich möchte. Und wie ich möchte. Aber ich kann nicht.

»Ich … weiß nicht, wie ich das organisieren könnte. Aber … ich würde gerne. Richtig gerne!«

»Wir könnten uns dann regelmäßig sehen und zusammen im

Kino alberne Filme gucken, lange aufbleiben und quatschen, trinken – es wäre …«

»Wie früher.«

»Ja, wie früher.« Wir verschränken die Finger unserer rechten Hände ineinander.

»Nur mit dem kleinen Unterschied, dass wir jetzt Antifaltencreme shoppen statt Lucky Charms«, sage ich.

»O Gott, Lucky Charms. Hab ich ewig nicht gegessen! Gibt es die noch?«

»Keine Ahnung. Lena, kann ich dich was fragen?«

»Sicher.«

»Mia hat mir da etwas erzählt …«

»Oje. Wieder das Thema Sex and Drugs and Rock 'n' Roll?«

»Hattest du mal eine Fehlgeburt?«

»Nein.«

»Aber Mia sagte, du …«

»Ich weiß.« Sie rührt energisch den Milchschaum in ihrem Latte macchiato.

»Ich war schwanger, das stimmt.«

Sie wartet ab, bis ich diese Information verstanden habe.

»Dann hast du …«

Ich möchte den Satz nicht zu Ende sprechen. Lena ist mutiger als ich.

»Ich habe abgetrieben.« Sie schaut mich fast trotzig an.

»Wann war das?«

»Mia war noch kein Jahr.«

»Hatten wir da noch Kontakt?«

Sie nickt.

»Warum hast du es nicht erzählt?«

»Hättest du es verstanden?«

Ich zucke mit den Schultern.

»Ich wusste es. Du verstehst es auch jetzt nicht.«

»Gib mal nicht so schnell auf. Erklär es mir. Von wem war das Kind?«, sage ich ganz ruhig und nehme ihr das Zuckerpäckchen weg, mit dem sie ständig herumspielt und das gleich so porös ist, dass es platzt.

»Das Kind war von Frank.«

»Frank? Der Anwalt?«

Ich kann mich noch gut an Lenas Affäre erinnern. Frank war verheiratet. Ein sehr gutaussehender, eloquenter, erfolgreicher Mann. Ich habe ihn nur einmal getroffen, aber er hat echt Eindruck auf mich gemacht.

»Ja. Frank. Es war ein Unfall. Wir hatten zwar verhütet, mit Kondomen, aber eins ist eben geplatzt.«

»Eins?!«

Sie überhört meinen Einwand. »Ich war schwanger und wusste sofort, ich will kein Kind von ihm.«

»Wegen seiner Frau?«

Jetzt wird Lena rot. Sie senkt ihre Stimme, und ich muss genau hinhören, um sie zu verstehen.

»Nein, ich ... wollte nicht nur kein Kind von ihm. Ich wollte überhaupt kein Kind.« Sie sieht mich schuldbewusst an. »Ich konnte mir das damals einfach nicht vorstellen. Ich war gerade so gut im Geschäft. Ich wollte das alles nicht aufgeben. Ich wusste, Frank hätte seine Frau nie verlassen, und alleinerziehende Schauspielerin zu sein ... Ich fand die Vorstellung schlimm, beängstigend. Kinder sollten so aufwachsen wie deine! Mit einer Mutter, die keine Angst vor Verantwortung hat, und einem Vater, der ein Traummann ist.« Sie lächelt mich an. »In mein Leben hätte kein Kind gepasst«, sagt sie abschließend.

»Weiß Frank davon?«, frage ich. Solange ich Fragen stelle, muss ich nichts dazu sagen.

»Nein.«

»Und Linus?«

»Nein.«

Das zweite Nein wiegt schwerer.

»Das ist mein persönliches Waterloo. Das muss niemand wissen.«

Ich nicke. Wir schweigen. Bevor ich fragen kann, sagt sie:

»Ich wollte Mia das gar nicht erzählen. Aber sie wollte unbedingt wissen, warum wir so lange keinen Kontakt hatten.«

»War es deshalb?«, frage ich.

Sie zuckt erst die Schultern, dann nickt sie. »Ich konnte dir das einfach nicht sagen. Du warst so glücklich mit Mia, sie füllte euch so aus. Wie hätte ich erklären können, dass ich mich gerade gegen mein Kind entschieden hatte.«

»Hast du es bereut?«

»Nein. Aber wenn ich mit dir zusammen war, wurde mir klar, dass ich auf diesem Gebiet versagt habe.«

Ich lächle sie an. »Das Gefühl kenne ich ...«

»Und jetzt?«, fragt Lena.

Ich weiß nicht, was sie meint.

»Was machen wir jetzt mit unserem Leben?«

Seltsamerweise macht mich diese Frage bei ihr nicht aggressiv, so wie bei Jo.

»Ich hänge ziemlich fest. Bernd wird Geschäftsführer einer größeren Firma, und ich soll da die rechte Hand werden«, vertraue ich ihr an.

»Willst du das?«

»Das fragt keiner.«

»Doch, ich.«

»Willst du morgens früh aufstehen? Willst du dir die Beine rasieren? Willst du wirklich kein zweites Stück Kuchen essen? Vieles ist keine Frage von wollen.«

Ich funkele sie an. Jetzt bin ich doch wütend geworden, wie bei Jo. Warum versteht eigentlich niemand, dass ich, verdammt nochmal, keine Wahl habe?

»Okay. Dann sei rechte Hand, und nebenher schnitzen wir dir hier eine schöne, kleine durchgehende Rolle.«

»Das klingt so schön einfach.«

»Ist es auch. Leichtigkeit, du erinnerst dich?«

»Leichtigkeit!«, wiederhole ich und hebe mein Kaffeeglas. Sie ahmt mich nach, und wir stoßen mit unseren Latte macchiatos an.

Wir fahren zu Lena nach Hause. Diesmal in einem kleinen weißen Fiat. Das ganze Auto riecht nach einer Weile nach Zimt, nach Lena. Ich sitze neben ihr, lasse mich durch Berlin kutschieren, und wir machen Pläne. Lena meint, ich könnte eine kleine Wohnung hier haben, die dann die Produktion bezahlt, das sei günstiger und schöner als ein Hotelzimmer. Die Wohnung müsste natürlich auch hier im »Prenzelberg« sein, und wir könnten dann laufen gehen, wenn wir beide Drehschluss haben, und uns, nachdem wir zusammen irgendwo essen waren, noch gegenseitig Text abfragen. Zusammen malen wir uns unser gemeinsames Leben aus. Bunt, wild, frei, so wie damals in New York. Je mehr wir uns ausdenken, desto mehr komme ich zu der Überzeugung, dass ich das möglich machen kann. Ich werde mit Bernd zusammen eine Lösung finden. In der neuen Firma wird es ja jemanden geben, der bisher die Rechte-Hand-Aufgaben der verstorbenen Frau Albermann übernommen hat. Dieser Jemand macht dann einfach meinen Job, wenn ich in Berlin drehe. Und für die Kinder will Bernd sowieso eine Kinderfrau engagieren. Dieser Punkt fühlt sich allerdings nach wie vor nicht gut an für mich. Ich finde es schön, dass die Kinder bisher nach Schulschluss nach Hause kommen konnten. Ich weiß nicht, ob eine Kinderfrau weiß, wie man Lukas motivieren muss, damit er Mathe lernt und die blöden Deutschhausaufgaben macht. Ich kenne die genaue Mischung aus Strenge und kleinen Tellern mit Lieblingsschokolade, die ich ihm in winzige Stückchen schneide, damit er nach jeder richtig abgeschriebenen Zeile eins essen kann. Und Mia braucht eigentlich noch dringender jemanden, der da ist, wenn sie nach Hause kommt. Jemand, der sie aus ihrem Zimmer holt, weg von Handy und Tablet, zurück in das reale Leben. Jemand, mit dem sie reden oder den sie anschweigen kann, je nachdem, was sie gerade braucht. Wie soll eine Kinderfrau all das können und wissen?

Aber wenn ich dafür als Schauspielerin arbeiten könnte, hier in Berlin …

Es wären ja nur ein paar Tage im Monat. Das könnte meine Entschuldigung sein, um mich generell etwas aus Bernds Büro zu verabschieden. Dann bräuchten wir die Kinderfrau nur die paar Tage, und ansonsten bliebe alles wie bisher. Ich mache vormittags die Doofarbeiten im Büro und bin nachmittags für die Kinder da. Lena reißt mich aus ihren Gedanken und deutet auf ein paar Läden, an denen wir gerade vorbeifahren.

»*Rubys, Tilly und Tam* und dann natürlich *Butterfly* – da MÜSSEN wir hin!«

Ich werde ganz kribbelig aufgeregt. Das hier könnte bald alles mein neues Leben sein. Aufregend und spannend statt öde und langweilig. Ich müsste keine Würmer mehr in Büroschubladen erfinden und kleine Männchen, die in Teebeuteln leben. Es würde wieder etwas passieren in meinem Leben. Ich muss an den zweiten Punkt auf unserer Liste denken: Begeisterung. Lena parkt ein paar Straßen weiter ein, und ich steige ganz beschwingt aus dem Fiat aus. Lena geht es ähnlich. Arm in Arm laufen wir zu ihrem Hauseingang. Wir rennen sogar übermütig ein Stück, wie Kinder.

»Wir sollten uns einen Kirschsmoothie machen«, sage ich im Treppenhaus. »Jaaa!«, quietscht Lena, und ihre Stimme hallt die Stockwerke hoch und runter.

»Unbedingt! Und dann ruf ich Peter an, unseren Produzenten, und schlage ihm das vor. Franzi, das muss einfach klappen, es muss!«

Ihr Handy klingelt, sie kramt es aus ihrer großen Tasche und meldet sich beschwingt. Der Aufnahmeleiter ist dran. Vielleicht wird sie gerade ans Set geordert, denn ihre gute Stimmung kippt abrupt, nachdem sie eine Weile zugehört hat. Wir bleiben ein paar Stufen vor der Haustür im Flur stehen.

»Das ist jetzt nicht euer Ernst«, sagt Lena.

»Ja, aber das können die doch nicht einfach so machen!«

Sie lauscht in den Hörer.

»Sieben Folgen nur noch? Und das ist endgültig? Beschlossene Sache?«

Ich warte gespannt ab, mit meiner Reisetasche in der Hand. Hört sich alles irgendwie gar nicht gut an.

»Und die Folge mit Franzi?« Sie greift sich an die Stirn. »Und ich soll ihr das jetzt sagen? Sie ist extra aus Köln angereist, Thorsten!«

Ich stelle die Tasche ab und lehne mich an die Wand. In meinem Bauch läuft das heiße Öl zusammen, das ich schon so gut kenne.

»Das könnt ihr nicht einfach so machen. Ich ruf meine Agentur an!« Sie legt auf. Ihr Gesicht ist weiß.

»Sie haben die Serie gekürzt. Es gibt keine vierzehn Folgen mehr, nur noch sieben. Deine Folge wurde gestrichen, und ich habe plötzlich neunundzwanzig Drehtage weniger als geplant. Ich muss sofort meine Agentur anrufen.«

Sie wählt im Stehen, ohne meine Reaktion abzuwarten. Ich lasse mich auf die Stufen sinken.

»Aus der Traum von der tollen Theaterproduktion.«

Lena zupft sauer kleine Fäden aus ihrer abgeschnittenen, ausgefransten Jeans. Ich gucke auf die Uhr, obwohl ich weiß, wie spät es ist. Lena müsste jetzt dringend los, wenn sie es zu dem Casting schaffen will. Wir hängen immer noch auf dem Dach fest oder, besser gesagt, auf der Feuerleiter vor dem geschlossenen Fenster. Heidi glänzt durch Abwesenheit.

»Jetzt hab ich einen Spitzenmonolog und sitze hier fest!«, jammert Lena.

Entschlossen stehe ich auf. »Wir finden einen Weg runter!«

»Wie denn? Aus dem Innenhof kommen wir nicht raus, die Tür am Dach ist abgeschlossen, und das verfickte Fenster hier ist zu, weil meine Scheißmitbewohnerin eine bescheuerte, dicke, jeansausleiernde …«

Ich unterbreche sie: »Wir klopfen an einem anderen Fenster, irgendjemand wird ja wohl zu Hause sein.«

Lena macht ein zischendes Geräusch, was bedeutet, dass sie daran nicht wirklich glaubt.

Trotzdem klettert sie hinter mir her. Wir versuchen es in jedem Stockwerk über ihrer Wohnung. Erst kostet es etwas Überwindung, an fremde Fenster zu klopfen, aber nach dem dritten wird es zur Routine. Leider ist tatsächlich kein Mensch zu Hause. Nur eine schwarze Katze miaut uns bei Fenster Nummer vier von drinnen durch die Scheibe an und schaut uns böse aus ihren grünen, durchdringenden Augen an. Bald haben wir alle Stockwerke nach oben durch.

»Und jetzt?«, fragt Lena und guckt wieder auf die Uhr.

»Jetzt machen wir unten weiter!«, sage ich gespielt hoffnungsvoll, obwohl ich mir inzwischen sicher bin, dass wir da auch kein Glück haben werden.

»Wie kann man in so einer überfüllten Stadt auf einem Dach festsitzen?!«, fragt Lena von unten.

Ich will gerade antworten, als sie mich am Arm nimmt. »Da ist jemand!«, zischt sie.

»Super! Dann klopf!«

»Er ist nackt!«, flüstert sie und zieht mich vom Fenster weg.

»Echt?« Sie nickt eifrig.

»Wie nackt?«

»Was soll die Frage? Nackt halt. Unbekleidet. Ohne was an!«

»Ja, aber eher so nach dem Sex nackt oder vor dem Duschen nackt oder einfach immer nackt?«

»Woher soll ich das wissen? Guck du mal!«

Ich beuge mich vorsichtig vor und linse ins Fenster. Erst sehe ich nur eine relativ unaufgeräumte Wohnung mit einem hässlichen braunen Sofa und einem Couchtisch, auf dem sich Kartons stapeln. Dann sehe ich ihn. Den Nackten. Er ist groß und dick, mit Bart und überhaupt ziemlich behaart und tatsächlich splitternackt.

»Was macht er?«, will Lena aus der Deckung heraus wissen.

»Ich weiß nicht. O Gott, ich glaub, er tanzt!«

Jetzt schiebt sich Lena neben mich und späht durch das Fenster auf den Haarigen, der sich wie ein Bär hin und her wiegt. Musik ist nicht zu hören. Wir schauen uns ratlos an.

»Sieht aus wie Typ C«, sagt Lena.

»Typ C?«

»A, nach dem Sex nackt, B, vor dem Duschen nackt, oder C, einfach immer nackt. Der C-Typ.«

»Klopfen wir jetzt, oder was machen wir?«

Ich muss dringend zur Toilette.

»Was, wenn er gefährlich ist?«

»Oder ein Serienkiller?«

»Oder ein Notgeiler?«

Wir starren auf den Dicken, der mit geschlossenen Augen zu einer imaginären oder sehr leisen Musik tanzt. Sein Pimmel schwingt dabei leicht hin und her.

Lena schaut ein letztes Mal auf die Uhr, dann sieht sie mich an, ich nicke, und sie klopft beherzt an die Scheibe. Der Nackte bekommt fast einen Herzinfarkt vor Schreck. Er starrt uns an, als wären wir Gespenster, und beginnt dann, uns anzuschreien. Mit eindeutigen Handbewegungen fordert er uns auf, sein Fenster zu verlassen. Ich mach mir gleich in die Hose, darum klopfe ich bestimmt gegen die Scheibe und deute ihm an, dass er das Fenster öffnen soll. Ihm fällt plötzlich auf, dass er nackt ist. Er hört mit dem Geschrei auf und steigt in einen der leeren Kartons, die auf dem Tisch gestapelt sind. Praktisch, dass die da liegen, denke ich.

»Go away!«, schreit er durch die Scheibe.

»Open!«, schreien wir zurück, etwas belustigt, weil der gefährliche, notgeile Serienkiller jetzt plötzlich vor uns Angst hat statt umgekehrt. Er sieht ein, dass er uns nicht loswird, und verschwindet in einem anderen Raum.

»Was macht er?«, frage ich nervös.

»Vielleicht zieht er sich an. Oder er ruft die Polizei. Das wäre gar nicht so schlecht. Kann ich Heidi direkt anzeigen wegen Freiheitsberaubung, das hat die verdient, diese blöde Sch…«

»Shit!!!«, schreie ich. »Der hat 'ne Knarre!«

Der Dicke ist zurück. Mit einer Hand hält er seinen Karton fest, mit der anderen zielt er mit einer Pistole auf uns. Statt zu flüchten, geht Lena näher ans Fenster ran.

»Lena, lass uns abhauen. Der ist irre, der schießt gleich durch die Scheibe!«

»Das ist eine Wasserspritzpistole.«

»Was?« Ich zerre an ihrem Arm. »Woher willst du das wissen?! Das ist hier Amerika, New York, hier hat jeder eine Wumme, und die schießen auch alle. Und ich will nicht tot auf einer Feuerleiter enden.«

Ich werde etwas hysterisch, weil sie einfach nicht vom Fenster wegkommt. Der Nackte wird auch hysterisch und brüllt von drinnen etwas, was sich für mich wie »I kill you!« anhört.

»Franzi!«, sagt Lena laut. »Mein Gott, die ist aus Plastik!«

Ich riskiere einen Blick auf den Dicken in seinem Karton. Sein Gesicht ist jetzt rot, er weint fast und fuchtelt verzweifelt mit einer blauen Wasserspritzpistole herum. Mir reicht es jetzt. Wie dämlich ist das denn bitte alles? Ich setze mein Babysittergesicht auf und hocke mich vor das Fenster. Ganz lieb bitte ich ihn mit Gesten, das verdammte Fenster aufzumachen. Lena kniet sich neben mich, legt die Handflächen aneinander und macht ebenfalls Bitte-bitte-Gesten. Der Haarige beruhigt sich. Er wischt sich den Schweiß von der Stirn, dann kommt er langsam auf das Fenster zu und öffnet es, die Spielzeugpistole weiterhin auf uns gerichtet. Kaum ist das Fenster auf, springen wir in sein Zimmer. Lena entschuldigt sich bei ihm im Laufen und rennt sofort aus der Haustür. Ratlos sieht mich der nackte Typ an, in seinem Karton, den er inzwischen zu weit unten festhält, ich kann sein kleines Ding sehen, das von lockigen schwarzen Haaren eingerahmt wird. Er lässt langsam die Pistole sinken und schaut mich

fragend an. Ich sollte irgendetwas sagen, was die Situation erklärt.

»Can I use your bathroom, please?«

Lena spricht lange mit ihrer Agentin hier im Hausflur. Nach einer Weile setzt sie sich telefonierend neben mich. Als sie schließlich auflegt, schweigen wir.

Ich habe genug mitgehört. Sie muss mir nichts erklären. Die Serie wurde einfach gekürzt. Von geplanten vierzehn Folgen auf sieben, ohne Rücksicht auf Verluste. *Business as usual.* Meine Rolle ist ganz weg, ihre halbiert. Eine Fortsetzung von *Best Teacher* ist nicht zu erwarten.

Frau Schmitt mit Doppel-t wird es nie geben. Ebenso wenig wie eine kleine Wohnung in Berlin für mich. Keine gemeinsamen Abendessen mit Lena. Kein Laufen nach Drehschluss. Kein Entkommen aus Bernds neuer Firma.

»Scheißspiel«, sagt Lena. Ich nicke.

Langsam stehen wir auf und betreten die Wohnung. Ich parke meine Tasche, meine Schuhe und die Jacke im Flur. Ich habe Sehnsucht nach Lenas flauschigem dickem Teppich. Er kommt mir vor wie eine Rettungsinsel. Niemand hat mehr Lust, einen Kirschsmoothie zu machen, obwohl wir beide einen brauchen könnten. Ich nehme stattdessen Rescue-Tropfen. Lena streckt die Hand aus, und ich reiche ihr wortlos die Flasche rüber. Auch sie träufelt sich vier Tropfen in den Mund.

»Ich fürchte, das wird nicht reichen«, sagt sie und versucht ein Lächeln.

»Wir brauchen Alkohol«, stelle ich fest und lasse mich auf den Teppich sinken. Mit den Fingern fahre ich über die weichen Fransen, das ist fast so beruhigend, wie Sand durch die Hände rieseln zu lassen.

»Und etwas zu essen. Thai oder Italienisch?« Sie hält mir zwei Speisekarten hin.

»Egal, such du was aus.«

Lena bestellt Ente. »Kommt in zwanzig Minuten.«

Sie setzt sich neben mich auf den Teppich, in der Hand zwei Weingläser und eine Flasche. Sie schenkt uns aus der Flasche Rotwein ein. Wir schauen uns kurz an und kippen dann unser Glas in einem Zug runter. Vielleicht kann uns ein Wooosh heute retten.

Nach dem Essen geht es uns beiden ein bisschen besser. Schlechte Nachrichten sollte man eigentlich niemals mit leerem Magen bekommen.

»Manchmal hasse ich meinen Job.«

Lena legt ihren Kopf auf der Sitzfläche des Sofas ab. Wir haben hier unten auf dem Teppich gegessen. Irgendwie fühlen wir uns auf dem Boden gerade am besten.

»Passiert so was oft?«

Sie überlegt. »Dauernd. Aber so krass – dass wirklich während einer laufenden Produktion sieben Folgen wegbrechen, das hab ich noch nicht erlebt.«

»Liegt vermutlich an mir. Ich hatte noch nie Glück mit Rollen. Tut mir leid, dass ich dir deine Serie versaut habe.«

Lena schaut zu mir rüber, um zu sehen, wie ernst ich das meine. Ich schaffe ein schwaches Grinsen, obwohl mir eigentlich nicht danach ist.

Sie fährt mir tröstend über den Arm.

»Ich weiß, es waren nur zwei Drehtage, aber ich hatte so gehofft, es würde irgendetwas ändern.«

»In deinem Leben?«, fragt sie sanft.

Ich seufze: »Ja, in meinem Leben.«

»Läuft es denn gerade so schief?«

Die Frage lässt ein Bild in mir entstehen. Ich sehe eine schiefe Ebene, auf der alle Dinge fest sind, nur ich muss die ganze Zeit rennen und mich an Bäumen und Autos festhalten, um nicht herunterzurutschen.

»Ich dachte, du bist glücklich mit deiner Familie. Ihr habt so tolle Kinder, es sieht alles so harmonisch aus bei euch …«

»Und das muss dann reichen, ja?«

Ich funkele sie über mein Glas hinweg an. »Wenn man eine tolle Familie hat, dann wiegt das alles andere auf, oder was? Wenn meine Kinder glücklich sind und mein Mann, dann soll ich es automatisch auch sein? So ist es aber nicht!« Aufgebracht stelle ich mein Glas auf dem Couchtisch ab, neben unseren leeren Tellern.

»Ich versuch es ja, ich versuch es wirklich, aber es macht mich nicht glücklich, Gummiringe zu bestellen und Hausaufgaben zu kontrollieren und alle drei Jahre mal vom Gemüsehändler ein Kompliment zu bekommen! Manchmal hab ich das Gefühl, es gibt mich gar nicht mehr. Ich verschwinde hinter all den Aufgaben und Pflichten, ich funktioniere einfach nur. Nie fragt mich einer, was ich will! Und am Ende esse ich Ente, obwohl ich viel lieber Tofu mag!«

»Ich hab dich gefragt, ob du Italienisch oder Thai willst. Du hast gesagt, es sei dir egal.« Lena schaut mich bestürzt an.

»Es geht doch gar nicht um die Ente. Ich bin es so gewohnt, mich nach den Wünschen der anderen zu richten, dass ich schon gar keine eigenen mehr habe! Ich WEISS nicht, ob ich Italienisch oder Thai will!«, schreie ich. »Aber ich weiß, was ich NICHT will!«

»Was willst du nicht?«, fragt Lena mich laut.

Als ich nicht gleich antworte, nimmt sie mich an den Schultern und schreit mich an: »WAS WILLST DU NICHT, FRANZI, WAS?«

»Ich will keine Scheißente essen!«, schreie ich zurück.

Sie nickt. »Was noch?«

»Ich will keine Kinderfrau für Mia und Lukas, ich will nicht in einem Schuhschachtelhaus wohnen, und ich will keine tote Frau ersetzen und rechte Hand von Bernd sein. Ich will das nicht!«

Dicke Tränen laufen mir jetzt übers Gesicht. Verzweifelt versuche ich, sie wegzuwischen, aber es kommen immer neue.

Lena nimmt mich in den Arm und hält mich fest. Ich heule ihr Oberteil nass. Irgendwann steht sie auf und kommt mit einer Packung Taschentücher und ihrem alten New Yorker Tagebuch wieder.

»Guck mal«, sagt sie, als ich mir die Nase geputzt habe. Durch den Tränenschleier sehe ich einen Zettel mit meiner Handschrift.

New York, 30.8.1995

Dinge, die ich in meinem Leben tun/erreichen will
(be careful what you wish for – it might come true)

– Mama werden
– Reiten bei Sonnenaufgang
– Hauptrolle in einem tollen Kinofilm
– Ein Haus am Meer
– Eine Veranda mit einem Schaukelstuhl
– Bernd ein dickes, schönes Buch vorlesen
– Eine Nacht in der Wüste verbringen
– Mit 45 noch eine tolle Figur haben
– Meinen Kindern eine Katze schenken
– Einen Hof mit vielen Tieren im Grünen, mit einem großen Kastanienbaum im Garten

»Wow«, sage ich, nachdem ich alles zweimal gelesen habe.

»Wie kommt die Liste in dein Tagebuch? Hast du deine noch?«

Lena kramt und blättert, findet aber nichts.

»Warte mal«, ich nehme ihr das Tagebuch aus der Hand. »Hast du die nicht direkt ins Buch geschrieben damals?«

Ich blättere durch die Seiten und finde Lenas Liste. Gespannt lesen wir zu zweit, was sie vor zwanzig Jahren geschrieben hat.

New York, 30.08.1995

Dinge, die ich in meinem Leben tun/erreichen will
(dream big)

- Auf einer Bühne ein Lied singen
- Auf einem glücklichen Elefanten reiten
- Erfolgreich als Schauspielerin arbeiten (davon leben können, keinen Scheiß drehen müssen)
- Einen Roman schreiben
- Klavier spielen lernen
- Eine coole Penthousewohnung in einer Weltmetropole
- Einen kleinen Laden haben mit Fahrrädern oder Skateboards, oder einen Surfladen
- Ein ganzes Kerzenmeer um mein Bett herum anzünden und dann die ganze Nacht vögeln, bis alle Kerzen erloschen sind
- Einen Hof mit vielen Tieren, zusammen mit Franzi

Neben Franzi hat sie ein Herzchen gemalt. Wir lächeln uns an.

»Sehr süß«, sage ich.

»Sehr naiv«, sagt Lena.

Ich nicke. »Und so bescheiden, ein Haus am Meer.«

Wir lachen. Das tut gut, und gleichzeitig tut es weh.

»Wie viel von deiner Liste ist wahr geworden?«

Ich zähle: »Mama werden, Bernd das dicke Buch vorlesen und die Nacht in der Wüste. Drei. Und bei dir?«

Lena zählt auch laut: »Das Lied auf der Bühne, erfolgreich als Schauspielerin arbeiten – wenn man mal davon absieht, dass mir gerade eine halbe Serie weggebrochen ist – und ... ist Berlin eine Weltmetropole?«

»Ganz klar.«

»Dann hab ich auch drei.«

»Das ist kein guter Schnitt«, finde ich. »Das ist nicht mal die Hälfte von unseren Listen. Also, wenn du mich mit der Liste trösten wolltest, ist das jetzt nach hinten losgegangen.«

Es fühlt sich an wie ein schlimmer Muskelkater, zu lesen, welche Träume ich mal hatte und was davon heute übrig ist. Nach zwanzig Jahren, in denen ich gelernt habe, dass Wünschen etwas für Weihnachten, aber nicht fürs Leben ist. Nachdenklich halte ich die Listen nebeneinander.

»Guck mal, bei mir steht da oben fast so etwas wie eine Warnung. Sei vorsichtig mit dem, was du dir wünschst, es könnte wahr werden. Und bei dir eine Ermutigung: Träume Großartiges.«

»Stimmt. Trotzdem kann ich auch nur drei Punkte von der Liste abhaken.«

»Aber es zeigt doch, wie unterschiedlich wir schon damals an Sachen herangegangen sind.«

»Ja, wir haben uns ja auch unterschiedliche Dinge gewünscht. Und die großen Sachen sind wahr geworden. Bei dir das Mamawerden, bei mir die Schauspielkiste.«

»Hm. Kann ich die Liste umschreiben?«, frage ich.

»Das willst du gar nicht!« Lena schenkt Wein nach.

»Viel interessanter ist doch: Was ist uns heute noch wichtig von den Dingen?«, fragt sie und nimmt einen Schluck von ihrem Glas.

Ich studiere wieder meine Liste, Lena ihre.

»Tja, die Hauptrolle in einem Kinofilm wäre immer noch nett, aber das ist nicht mehr so wichtig wie damals. Ich glaube, ich wünsche mir noch, meinen Kindern eine Katze zu schenken, und den Hof im Grünen mit dem Kastanienbaum im Garten«, sage ich entschieden. Ich muss sofort an den zu kleinen Apfelbaum in unserem mickrigen Gärtchen denken, und an den kleinen Kater Gut-dass-du-da-bist. Er würde sich sicher nicht wohl fühlen in unserem Bungalow.

»Und bei mir … Den Roman kann ich natürlich noch schreiben. Irgendwann mit achtzig oder so. Ist das nicht das Alter zum Bücherschreiben? Hm, warum ich den Fahrradladen wollte, weiß ich nicht mehr. Was ich wirklich möchte, ist auch der Hof ... mit Franzi zusammen.« Ihre braunen Augen funkeln mich an.

»Und wo suchen wir den? In Berlin oder in Hürth?«

»Na, in der Nähe von Hürth. Dann hab ich eine Zweitwohnung in der Nähe von Köln. Ich muss sowieso etwas mit meinem Geld machen, auf der Bank wird es jeden Tag weniger wert.«

Ich starre sie an. »Du willst mit mir einen Hof kaufen? In der Nähe von Köln? Und da mit Bernd, Mia, Lukas und mir wohnen?«

»Ja. Ich wäre nicht immer da, die Wohnung hier würde ich natürlich behalten. Aber wenn ich dann da bin, dann richtig. Dann könnte ich Lukas zum Biertrinken verführen und mit deinem Mann schlafen.«

Ich schlage sie mit einem Kissen, dabei kippt ihr Rotweinglas um und ergießt sich blutrot auf den schönen fransigen Teppich. Wir rennen in die Küche, um Lappen und Salz zu holen. Lena wischt, ich kippe das Salz auf den Fleck.

»O Gott, ich hoffe, der geht wieder raus«, sage ich schuldbewusst, während ich zusehe, wie sich das Salz langsam rosa färbt.

»Willst du das, Franzi?«

Mir ist klar, dass sie nicht den Fleck auf dem Teppich meint. Mir ist schwindelig von dem schnellen In-die-Küche-Rennen und vom Wein. Ein Hof im Grünen mit einem Kastanienbaum vor dem Haus. Ich kann alles genau vor mir sehen. In seinen Zweigen hängt an ganz langen Seilen eine große Schaukel, auf der Mia mit einer Freundin sitzt und quatscht. Ein paar Hühner laufen auf der Wiese herum. Eine Ziege frisst an einem Busch. Lukas rennt mit einem Fußball im Arm über den Hof. Es riecht nach Apfelkuchen, den irgendjemand gebacken hat.

Lena und ich vielleicht. Kichernd mit Prosecco in der Küche. Und abends, wenn die Kinder im Bett sind und Bernd und Linus von der Arbeit kommen, würden wir unser Strandhausabenteuer wiederholen. Zu viert, auf dem Heuboden.

Ich sollte Serien schreiben. Fürs ZDF, so kitschig, wie meine Phantasie ist.

Ich schüttele leicht den Kopf, um sie loszuwerden. Lena schaut mich immer noch an. Ich sage:

»Ja. Genau das will ich.«

Kapitel 15

Mein Zug rollt langsam über die Hohenzollernbrücke auf den Kölner Hauptbahnhof zu. Ich sehe den Rhein, auf dem sich glitzernde Lichter spiegeln, und den Musicaldom, der jetzt in der Dämmerung schon blau beleuchtet ist. Immer, wenn ich so nach Köln reinfahre, habe ich diese eigenartig schöne Stimmung im Bauch. Es ist ein Nach-Hause-Kommen in meine Wahlheimat. Immer, wenn ich eine der Brücken überquere, merke ich, wie lieb mir das alles hier geworden ist, auch wenn es von der Schönheit her nie an Heidelberg heranreichen wird. Sogar jetzt, da ich aus Berlin komme, der Weltmetropole mit den tausend tollen Cafés, Restaurants und Läden, fühlt sich Köln einfach richtig an.

Ich bleibe einen Moment stehen, bevor ich in Richtung der Straßenbahnen weiterlaufe. Um mich herum schwirren Menschen. Ich atme die Kölner Luft ein, atme mir ein bisschen Mut an, den ich dringend brauchen werde.

Das ist auch gut so, denn ich brauche den Mut viel früher, als ich dachte. Ich komme nämlich gar nicht dazu, eine Straßenbahn zu nehmen. Bernd steht plötzlich vor mir.

»Darf ich Ihnen vielleicht die Tasche abnehmen, schöne Frau?«

Er umarmt und küsst mich. Ich bin zu überrascht, um seinen Kuss richtig zu erwidern.

»Na, du freust dich ja so richtig, mich zu sehen!«, beschwert er sich.

»Ich … doch! Ich hab nicht mit dir gerechnet! Warum holst du mich ab?«

»Die Frau, die man liebt, sollte man ein Leben lang vom Bahnhof abholen.«

»Ist das ein Zitat?«

»Ja.«

»Von wem?«

»Von mir.« Lachend nimmt er erst meine Tasche, dann meine Hand.

»Ich dachte, du kannst ein bisschen Unterstützung brauchen, weil deine Drehtage abgesagt wurden. Und Mia und Lukas übernachten beide bei Freunden. Wir haben also sturmfreie Bude, das müssen wir ausnutzen! Was möchtest du machen? Sollen wir Pizza mitnehmen und im Bett essen, oder willst du in ein schönes Restaurant gehen? Wonach ist dir?«

Zum Heulen ist mir. Ich bin total überfordert, dass Bernd jetzt so plötzlich vor mir steht. Ich wollte heute noch mit ihm reden, über alles, aber ich dachte, ich hätte noch etwas Zeit, bis die Kinder im Bett sind. Jetzt hält er meine Hand, trägt meine Tasche, will mir etwas Gutes tun und ist so voller Freude, mich zu sehen. Mir wird ganz schlecht.

»Bernd ich … Wir müssen reden.«

Jetzt schmiert mir mein Kreislauf auch noch ab. Ich halte mich an seinem Arm fest. Er führt mich behutsam zu einer Bank auf dem Bahnsteig. Er setzt sich neben mich und schaut mich besorgt an.

»Franzi, was ist los?« Ich bin zu beschäftigt mit Atmen, um zu antworten. Panikattacke Nummer zwei rollt auf mich zu. Mein Hals wird eng, mein Herz schlägt wie verrückt. Immerhin weiß ich jetzt, dass es kein Herzinfarkt ist.

»Du bist ganz weiß im Gesicht. Leg dich mal hier hin.«

Mit ruhigen Händen bettet er mich auf die Bank und nimmt meine Beine auf seinen Schoß. Mit seinen warmen Fingern massiert er mein Ohrläppchen, um das Blut wieder in meinen

Kopf zu bekommen. Ich schließe die Augen und versuche, nicht zu denken. Ich konzentriere mich auf die harte Bank unter mir, fühle, wo mein Körper auf den Brettern aufliegt und wo Lücken sind. Jemand fragt, ob er helfen kann. Bernd sagt, es sei alles okay. Ich nehme diesen Satz als Anker und sage ihn in Gedanken vor mich hin. Es ist alles okay. Es ist alles okay. Nach hundert Stunden kann ich wieder normal atmen. Ich öffne die Augen, und Bernd schaut mich an.

»Besser?«

Ich nicke vorsichtig, weil mir noch etwas schwindelig ist. Er zaubert aus dem Nichts eine Flasche Wasser und reicht sie mir. Ich nehme einen Schluck.

»Franzi, du machst mir Angst. Was ist in Berlin passiert?«

Er kennt mich so gut. Er weiß, dass mein Zusammenbruch kein physischer ist.

»Willst du erst nach Hause? Sollen wir da reden? Oder doch was essen?«

Ich setze mich auf. Ich kann jetzt nicht länger warten. Ich muss es hinter mich bringen. Und wenn es bei Gleis sechs im Kölner Hauptbahnhof sein muss, dann eben hier.

»Bernd, ich muss dir was sagen. Und das fällt mir unendlich schwer.«

Jetzt wird er blass. Wer weiß, was er jetzt denkt. Beschwichtigend hebe ich die Hände.

»Nein, ich will mich nicht trennen, ich hab mich auch nicht fremd verliebt, ich hab nicht mal fremd gevögelt, aber … mein Leben ist mir fremd geworden.«

Ich hole tief Luft. »Bernd, ich will nicht mit dir im neuen Büro arbeiten.« Ich trau mich nicht, ihn anzusehen, und rede schnell weiter. »Ich halte dir gerne den Rücken frei zu Hause mit Mia und Lukas, aber nicht im Büro. Ich kann das nicht mehr.« Jetzt steigen mir auch noch Tränen in die Augen. So ein Mist. Energisch kämpfe ich dagegen an. Ich will hier nicht wie ein kleines Frauchen sitzen und rumheulen. Ich räuspere mich, bevor ich mit fester Stimme weiterspreche. »Ich bin da so reingerutscht, und das war auch all die Jahre okay, mit dir zu arbeiten … und auch schön …«, beeile ich mich zu sagen und fixiere weiter eine zerbeulte Bierdose zwischen den Gleisen. »Aber es ist einfach nicht meins. Ich war zu bequem, etwas zu finden, was meins ist, es passte mir ganz gut, dass ich bei dir im Büro helfen konnte, und wir hatten ja auch nie wirklich Geld, um jemanden einzustellen. Aber jetzt habe ich gemerkt, dass ich das nicht mehr will. Und es tut mir so leid, weil ich weiß, es ist dein Traum, diese Firma zu leiten.«

Wieder kommen die blöden Tränen. Ich mache eine kleine Pause, bis es wieder geht, und spreche dann leise weiter.

»Ich hoffe, wir finden eine Möglichkeit, dass du das ohne mich tun kannst.«

Ich bin fertig mit meiner Rede und wage einen schnellen Seitenblick auf Bernds Gesicht. Seine Miene ist unergründlich. Sein Blick folgt einer Maus, die zwischen den Schienen hin und her huscht.

»O Mann«, sagt er schließlich. »Das muss ich erst mal verdauen.«

Eine Lautsprecherdurchsage dröhnt über uns. Irgendwas mit Gleis sechs statt acht. Menschenmassen strömen plötzlich auf unseren Bahnsteig, der bis gerade eben noch ganz verwaist war. Wir können die Maus nicht weiterbeobachten, und auch meine Bierdose kann ich nicht mehr sehen, weil jetzt viele Beine die Sicht auf die Schienen versperren. Zeit, zu gehen.

Schweigend laufen wir zum Auto. Schweigend steigen wir ein.

»Lass uns zum Mexikaner fahren«, schlage ich vor.

Bernd zuckt nur mit den Schultern, lenkt den Wagen aber Richtung Aachener Straße.

Beim Mexikaner kann man einfach nicht schlecht drauf sein. Es läuft knackige Musik, die Kellner sind alle unheimlich nett und die Portionen riesig. Man bekommt Cocktails mit bunten

Strohhalmen, und es ist auch immer Happy Hour. Genau das, was wir jetzt brauchen.

Allerdings sind die vierzehn Minuten bis zum Restaurant endlos. Das Schweigen zwischen uns ist wie tiefer Schnee, der alles Licht und Leben verschluckt. Ich schaue Bernd verstohlen an, sehe seine ernste rechte Gesichtshälfte. Ich wünschte, ich könnte einfach meine Hand auf seine legen, welche die Kupplung umschließt. Doch der Schnee ist zu tief. Jede Bewegung unmöglich.

Er parkt routiniert ein. Wir laufen nebeneinander zum Restaurant. Zweihundert Meilen zwischen uns. Tisch finden, hinsetzen, bestellen.

Bernd möchte nur Wasser, aber ich ordere uns zwei Frozen Strawberry Margaritas, für mich mit Alkohol, für ihn ohne. Als die Getränke kommen und leuchtend rot bei uns abgestellt werden, wünschte ich, ich hätte meinen auch ohne Alkohol bestellt. Früher war das so, Bernd und ich, immer mit Virgin Cocktails. Ich komme mir vor wie eine Verräterin und stochere mit meinem Strohhalm in der gefrorenen Masse. Endlich sagt Bernd etwas:

»Ich hab das immer geahnt, aber gehofft, ich liege falsch.«

Ich trinke von meiner Margarita. Die Kälte schießt mir in den Kopf und bleibt da schmerzend hängen.

»Ich hab mir einfach gewünscht, dass du meine Firma als unsere ansiehst.«

»Das hab ich doch.«

»Ja, arbeitsmäßig vielleicht. Du warst immer da, immer zuverlässig. Aber gefühlsmäßig nicht. Ich hatte gehofft, wir teilen denselben Traum.«

»Es tut mir leid, dass es nicht mein Traumjob ist, Gummiringe zu bestellen.«

Der Satz klatscht ihm wie eine Frozen Margarita an die Stirn. Seine blauen Augen verdunkeln sich.

»Bernd, das tut mir leid, das kam jetzt falsch raus. Aber du sagst genau die Sachen, vor denen ich so Angst hatte! Deshalb hab ich es doch versucht. Ich hab es wirklich versucht.«

Ein netter Kellner stellt uns liebevoll ein paar Nachos auf den Tisch, obwohl wir keine bestellt haben. Dankbar dippen wir sie in die Salsa, froh etwas zu tun zu haben.

»Ich werde das Gefühl nicht los, dass das alles etwas mit Lena zu tun hat«, sagt Bernd. Er vermeidet immer noch, mich anzuschauen.

»Ja. Dein Gefühl ist richtig. Und dann auch wieder nicht. Wäre Lena nicht wieder in meinem Leben aufgetaucht, hätte ich vielleicht länger durchgehalten.«

»Durchgehalten«, wiederholt er frustriert.

»Bernd, das hat eigentlich gar nichts mit dir zu tun. Es tut mir leid, dass du jetzt so davon getroffen bist. Es geht um mich, um mein Leben. Um die Entscheidungen, die ich in New York und danach gefällt habe. Mir ist jetzt klargeworden, dass das meiste davon genau richtig war. Du, die Kinder, das war immer ganz klar meine Priorität. Aber dahinter konnte ich mich auch ganz gut verstecken. Ihr wart mein Alibi, warum ich beruflich nie etwas Eigenes auf die Beine gestellt habe. Das war sehr bequem für mich. Ich war so dankbar, dass ich bei dir im Büro helfen konnte, als ein Casting nach dem anderen den Bach runterging. Ich habe mir eingeredet, du brauchst mich, deshalb konnte ich meine Schauspielkarriere gar nicht weiterverfolgen.«

Jetzt schenkt er mir einen Blick. »Hättest du das gewollt?«

»Ich denke, wenn ich es wirklich gewollt hätte, dann hätte ich es auch gemacht. Ich glaube, man hat einen großen Teil seines Schicksals selbst in der Hand. Aber das zu erkennen heißt auch, dass man eben selber schuld ist, wenn Dinge nicht so laufen, wie man sich das wünscht.«

»Meine Frau sagt mir gerade, dass sie aus meiner Firma aussteigen will. Bin ich da auch schuld dran?«, fragt Bernd zynisch.

»Du hast gesagt, du hättest es immer geahnt, warum hast du mich nie gefragt?«

»Du bist doch erwachsen, warum hast du nie was gesagt?«

»Das versuche ich ja gerade zu erklären.«

Unser Essen kommt. Warme Enchiladas, mit Käse überbacken, dampfen mir entgegen. Ein paar Minuten lang lassen wir uns beide vom Essen trösten.

»Und was willst du jetzt machen?«

Die Antwort auf diese Frage erfordert wieder eine Menge Mut, deshalb stelle ich erst mal eine Gegenfrage.

»Meinst du, du bekommst die Albermann-Firma auch ohne rechte Hand?«

»Du meinst ohne dich?«

Ich nicke.

»Der Vertrag ist so gut wie unterschrieben, und da steht natürlich nichts Ehefrauverpflichtendes drin. Rein rechtlich kein Problem. Und was der Albermann denkt, wenn du aussteigst …« Er zuckt mit den Schultern. »Die Frage ist, wie ich dich ersetzt kriege.«

Ich wage nichts zu sagen. Hoffe, dass er sagt: Das kriegen wir hin. Aber er lässt die letzten Worte in der Luft hängen.

»Ist das denn endgültig, Franzi, keine vorübergehende Laune?«

»Nein, Bernd. Das ist mein voller Ernst. Ich muss einiges ändern, damit ich mir wieder treu werde. Willst du vielleicht auch eine Frozen Margarita mit Rum? Die ist richtig gut, und … ich bin noch nicht fertig. Ich muss dir noch was sagen.«

Er schaut mich schräg an. »Meine Fresse, Franzi, was kommt denn jetzt noch? Dein großes berufliches Coming-out? Planst du einen Beate-Uhse-Laden? Zusammen mit Lena?«

»Nein. Ich plane, einen Hof zu kaufen, zusammen mit Lena. In der Nähe von Hürth, aber im Grünen. Mit einem großen Kastanienbaum im Garten und einer Schaukel in den Zweigen.

Ich will Hühner und eine Katze und vielleicht auch eine Ziege. Und endlich gescheite Gummistiefel.«

Bernd starrt mich an. Dann bestellt er einen Tequila.

»Wirkt schneller«, sagte er und stürzt ihn runter, sobald er kommt.

Dann stützt er sein Gesicht in beide Hände. Er bestellt einen Zweiten, und ich rede einfach weiter.

»Lena hat das Kapital dafür und bekommt eine kleine eigene Wohnung in der Hofanlage. Wir zahlen einen Teil an die Bank und einen Teil an sie, wie genau, das müssen wir natürlich noch mit einem Notar besprechen. Und unser Haus würden wir verkaufen oder vermieten, auch das müsste man mal durchrechnen.«

Bernd fährt sich durch seine Locken.

»Franzi, mir ist das alles zu viel. Was ist das hier gerade?«

»Das ist mein Leben Nummer drei.«

»Nummer drei?«

Er hat zwei Tequilas gekippt und langsam glasige Augen.

»Nummer eins bist du und die Kinder. Nummer zwei die Schauspielkarriere, die nicht geklappt hat, das Leben, das Lena lebt. Und Nummer drei ist das Leben, zu dem wir uns jetzt entscheiden können. Wenn du dabei bist, Bernd. Wenn du das alles auch möchtest. Wenn du meine Hühner-auf-dem-Hof-und-Apfelkuchen-in-der-Küche-Phantasie teilst. Wenn du bereit bist, noch mal von vorne mit mir anzufangen.«

Wir schauen uns an. Er nimmt meine Hände.

»Ich will einen Motorradführerschein machen. Hab ich nie, wollte ich immer.«

Ich krame in meiner Tasche nach Papier und einem Stift und kritzele »Motorradführerschein« auf eine Liste.

Oben drüber schreibe ich:

»Dinge, die wir in Leben Nummer drei tun oder erreichen wollen«

Als wir gehen, ist der Zettel voll und Bernd auch. Ich habe

zwar nur eine Margarita getrunken, fühle mich aber ähnlich betrunken wie er von all den neuen Plänen und Ideen. Wir bestellen uns ein Taxi, was wir nie tun, und enden irgendwie zu Hause im Gäste-WC. Wir haben verrutschten Sex zwischen Waschbecken und Toilette, was wir auch noch nie hatten. Ich fühle mich leicht, so leicht wie seit meinem siebten Geburtstag nicht mehr.

Irgendwie schaffen wir es ins Bett. *Dream big*, denke ich, bevor ich einschlafe.

Jo stößt sich mit den Füßen vom Boden ab und schaukelt noch ein Stückchen höher. Ich glaube, ich belasse es beim sanften Hin-und-her-Schwingen über dem Boden, mir ist nämlich schon etwas schwummerig im Bauch. Das muss ich unbedingt trainieren. Kann doch nicht wahr sein, dass man mit Anfang vierzig schon zu alt ist, um zu schaukeln!

Wir haben uns seit langer Zeit mal wieder im Rheinpark getroffen, und es sind sogar alle Kinder mitgekommen. Allerdings sind wir die Einzigen auf dem Spielplatz. Mia und Maja holen Eis, und der Rest, also Emmi, Lukas und Luis, ist mit Stuntscootern und Longboards auf der Halfpipe unterwegs. Weil man an der Rampe aber nirgends sitzen kann und es sowieso nicht empfehlenswert ist für Mütter, sich die gewagten Sprünge anzugucken, sind Jo und ich auf der Schaukel gelandet.

Um uns herum spielen kleine Kinder im Sand, und bisher hat uns niemand die Schaukel streitig gemacht.

Jo bremst und kommt abrupt neben mir zum Stehen.

»Bernd macht jetzt also einen Motorradführerschein, und ihr kauft einen Hof im Grünen, damit du endlich die Schuhe bekommst, die du schon immer wolltest – Gummistiefel?!«

»Du hast die Alpakas vergessen. Wir wollen zwei Alpakas haben.«

»Da muss ich dir abraten. Die sind teuer in der Haltung.

Nimm lieber die Ziegen. Die sind auch robuster – gesundheitlich.«

Sie greift sich an die Stirn.

»Mir ist schwindelig.«

»Mir auch.«

Wir schauen uns an und grinsen.

»Wippe?«, schlägt Jo vor.

Mir wäre eher nach einer Bank, aber die sind alle von jungen Müttern besetzt, die froh sind, mal drei Sekunden irgendwo zu sitzen, ohne einen Schaufelkrieg schlichten oder ein verlorenes Schnuffeltuch suchen zu müssen.

Da Jo und ich gleich schwer sind, geht das Wippen richtig gut.

»Ich finde, du könntest mich mal ein bisschen loben«, sage ich, als ich oben bin. Sie verlagert ihr Gewicht so, dass ich oben in der Luft hängen bleibe. »Ich soll dich loben für eine Liste voller Schnapsideen? Oder was habt ihr da gesoffen, Tequila?«

Ich nehme die Hände vom Haltegriff und verschränke meine Arme. Jo wackelt unten auf der Wippe herum, um mich dazu zu zwingen, mich wieder festzuhalten.

»Joooho«, sag ich fordernd.

»Wie viel Tage willst du oben bleiben?«, fragt sie und grinst mich an.

Eine Frage aus unserer Kindheit. Ich habe nie gehört, dass sich das die Kinder heute fragen, wenn sie wippen. Normalerweise nannte man dann sein Alter. Sieben, acht, neun, je nachdem, wie alt man war. »Dreiundvierzig«, sage ich. Und wir wippen Dreiundvierzigmal schweigend hin und her, weil man das so machen muss.

Als wir damit fertig sind, halten wir die Wippe im Gleichgewicht.

»Ich bin froh, dass du es Bernd endlich gesagt hast, Franzi. Das war mutig und das einzig Richtige.«

Ich werde rot vor Freude über das Kompliment, auch wenn

ich es eingefordert habe. Ich schau Jo dankbar an, aber ihr Gesicht passt nicht richtig. Sie sieht aus, als hätte sie mein Auto zu Schrott gefahren. Fragend gucke ich zu ihr rüber. Der Holzbalken waagerecht in der Luft mit uns darauf, Füße knapp über dem Boden. Bestimmt ein gutes Training für irgendwelche Bauch- oder Rückenmuskeln.

»Ich schlafe mit einem anderen Mann«, sagt sie. Wir verlieren die Balance, ich lande unsanft auf dem halben Autoreifen unter dem Balken.

Genau in diesem Moment kommen Mia und Maja mit dem Eis. Sie haben erst die kleinen Geschwister auf der Rampe beliefert, und jetzt sind wir dran. Wir steigen eine nach der anderen von der Wippe. Ich fühle mich steif und betäubt von dem Satz, der gerade gefallen ist. Jo vermeidet Blickkontakt und setzt sich mit ihrem Eis auf ihre Jacke, die sie auf der Wiese ausbreitet. Ich setze mich neben sie. Mia und Maja rahmen uns von links und rechts ein, futtern fröhlich ihr Eis und quatschen in einer Tour, was gut ist, weil dann nicht so auffällt, dass zwischen Jo und mir gespannte Stille liegt.

Die Mädchen tauschen ihre Eisbecher hin und her, um auch die Sorten der anderen zu probieren. Ich lasse Mia auch von meinem Eis naschen. Esse mechanisch meine Schoko-Karamell-Mischung, die ich sonst liebe, und versuche, einen Blick von Jo zu erhaschen, die ihr Eis in eine Rührpampe verwandelt hat und jetzt mehr oder weniger abwartet, bis es schmilzt.

Die Becher der Mädchen sind leer, und die zwei fegen wie ein Tornado über die Seilbahn, um dann oben auf dem Spielhügel coole Fotos von sich zu machen, die sie auf Instagram einstellen können.

Ich gucke Jo an, die sich endlich von ihrer Eissuppe trennt und zurückschaut.

»Mit wem?«, frage ich.

»Mit Majas Nachhilfelehrer.«

»Nein.«

Sie nickt. Ich kenne Majas Nachhilfelehrer nicht, habe aber sofort Bilder im Kopf von einem schüchternen Neunzehnjährigen, den Jo in der Besenkammer zwischen ihrer üppigen Oberweite in Sachen Leben unterrichtet. Ich summe die Melodie von Mrs Robinson vor mich hin, obwohl das völlig unpassend und doof ist.

»Er ist achtundvierzig, Franzi.«

»Ach so.«

Ein neues Bild taucht vor mir auf. Ein Lehrertyp im Norwegerpulli mit Lesebrille und angegrauten Haaren, der Jo über die Mathebücher hinweg schmachtende Blicke zuwirft.

»Rede – wann, wie, wie oft, warum?!«

Ich mache flatternde Bewegungen mit meinen Armen, um anzudeuten, dass ich dringend mehr Informationen brauche. Jo ist leider gar nicht in der Stimmung für große Erzählungen. Trotzdem legt sie nach einem tiefen Seufzer dann los.

»Er ist Majas Nachhilfelehrer und auch bei mir im Pilates-Kurs. Ein unscheinbarer, netter Typ. Deshalb dachte ich mir auch nichts dabei, als er mich eines Tages fragte, ob wir noch etwas trinken gehen, nach Pilates, zusammen. Es war nett, sehr nett, und es wurde zur Gewohnheit.«

Ich komme nicht ganz mit.

»Der Sex?!«

»Nein! Dass wir gemeinsam etwas trinken gehen.«

»So weit, so harmlos. Und dann?«

»Dann wurde es jedes Mal greifbarer, dass wir eigentlich mehr wollen als nur eine Rhabarberschorle. Tja, und dann hat er mich eines Tages gefragt, ob wir nicht mal bei ihm zu Hause etwas trinken wollen. Wäre ja gleich um die Ecke, und ich könnte für Maja noch ein Übungsblatt mitnehmen.«

Sie schaut mich schuldbewusst an.

»Mir war klar … mir war alles klar. Aber ich ging mit. Ich wollte das.«

»Wie …« Ich suche nach Worten, sage dann aber einfach nur noch mal fragend: »Wie?«

»Direkt hinter der Wohnungstür. Als hätte jemand einen Schalter umgelegt, fielen plötzlich alle Hemmungen. Es war schnell und gut. Nicht berauschend, aber okay.«

»Und es blieb nicht bei diesem einen Mal …?«

»Nein.«

»Seit wann?«

»Seit drei Wochen.«

Ich atme tief aus. »Also, er ist nett, und der Sex ist gut … aber du bist nicht verliebt?«

Sie zuckt mit den Achseln. »Das komplett abzustreiten wäre wohl gelogen. Aber ich habe mir nicht wirklich erlaubt, mich auch noch in Markus zu verlieben.«

Markus. Der Name sitzt jetzt mit uns zusammen auf der Wiese. In langen schlanken Buchstaben. Gleich bestellt er eine Rhabarberschorle.

»Hat er Familie?«

Sie schüttelt den Kopf.

»Jo, wie krass!«

Sie nickt. »Was mache ich jetzt?«, fragt sie mich.

Plötzlich sind die Rollen vertauscht. Jo ist nicht mehr die, die mit ruhiger Lässigkeit ihr Leben meistert und mir zwischendurch erklärt, wie ich doch meins wieder auf die Reihe kriegen soll. Vielleicht geht es jedem so, und das ganze Leben ist einfach eine einzige Baustelle, die nie wirklich fertig wird. Nur ab und zu gibt es mal für ein paar Wochen einen Baustopp, bis wieder irgendwo etwas kaputtgeht oder angebaut werden muss.

»Du hast mehrere Möglichkeiten. Die einzige Möglichkeit, die du nicht hast, ist vermutlich die, die du gerne wählen würdest.«

Sie schlägt die Hände vors Gesicht, aber ich fahre fort.

»Du kannst dich von Mike trennen und mit Markus zusammen sein. Du kannst die Sache mit Markus beenden und bei Mike bleiben. Dann kannst du dir noch überlegen, ob du es Mike gestehst oder nicht. Oder du trennst dich von beiden und lebst mit einem Pferd zusammen«, schließe ich, um etwas Humor in die Sache zu bringen.

Jo springt nicht darauf an. »Welche Möglichkeit gibt es denn noch, die ich nicht wählen darf?«

»Du kannst nicht weitermachen wie bisher und eine Affäre mit ihm haben.«

Sie vergräbt sich wieder, diesmal in ihrer Armbeuge.

»Also, du kannst natürlich schon, aber damit riskierst du alles. Deine Ehe und deine Familie.«

Ich schaue zu den beiden Mädchen rüber, die auf dem Hügel jede Menge Spaß haben beim Bilderschießen.

»Wieso erfahre ich das überhaupt erst jetzt?«, frage ich etwas gekränkt.

»Du warst ja ziemlich mit deinem eigenen Chaos beschäftigt. Man sagt einer Freundin nicht, dass man eine Affäre hat, wenn die gerade mit nächtlichen Panikattacken zu tun hat!«

Ich weiß nicht, was ich sagen soll. Ich habe das Gefühl, überhaupt nicht angemessen auf Jos Offenbarung zu reagieren. Müsste ich mich nicht schreiend über die Wiese wälzen?

»Irgendwie schockiert mich das gar nicht. Ist das schlimm?«, frage ich Jo ehrlich.

Sie wuschelt sich energisch ihre Mähne zu einem Knoten zusammen. »Ich bin ganz froh. Eine Moralpredigt hätte ich jetzt gar nicht brauchen können. Obwohl du natürlich recht hast, dass es so nicht weitergehen kann.«

»Liebst du Mike?«

Sie schüttelt unwirsch den Kopf. »Ich mag die Frage nicht!«

»Warum?«

»Weil sie nicht automatisch eine Lösung beinhaltet. Ja, ich liebe ihn. Und nein, ich bin nicht glücklich momentan in unserer Beziehung. O Gott, ist das alles billig. Unzufriedene Ehefrau fängt Affäre an mit Nachhilfelehrer ihrer Tochter«, textet Jo eine Klatschpressenüberschrift.

»Ähnlich peinlich wie bei mir: Unzufriedene Ehefrau schmeißt hin und versucht, durch Topflappenhäkeln auf dem Land glücklich zu werden.«

Ich rupfe etwas Klee aus dem Gras. Mia und Maja sind nicht mehr zu sehen. Eigentlich müssten wir auch mal nachschauen, was der Rest unserer Kinder auf der Rampe macht. Aber wir bleiben einfach sitzen.

»Ich dachte immer, du seist so zufrieden. Ich hab dich so beneidet um deine Ausgeglichenheit.«

»Tja. Vielleicht bin ich so ausgeglichen, weil ich mit einem anderen Kerl schlafe.«

»Das warst du vorher auch.«

Jo sieht so schön aus mit ihren langen, lockigen Haaren und den weiblichen Formen. Ihr Top mit dem großen U-Boot-Ausschnitt ist etwas verrutscht und gibt einen Teil ihrer Schulter frei. Kein Wunder, dass ihr Markus hin und weg ist von dieser Frau.

»Und ihr kauft jetzt echt einen Hof?«

Ich zucke mit den Schultern. »Sagen wir mal, es ist ein schöner Traum von uns. Bernd findet die Idee gar nicht so schlecht, wie ich befürchtet hatte. Jetzt müssen wir prüfen, ob das alles realistisch wäre. Wie viel so ein Hof kostet, was wir für unser Haus bekommen würden, wie viel Lena dazu beisteuern kann und will.«

Jo beobachtet mich aufmerksam. »Auch wenn noch nichts in trockenen Tüchern ist, dir geht es besser, viel besser!«, stellt sie fest.

Ich muss lächeln, ob ich will oder nicht.

»Und ich sitze mitten drin im Schlamassel.«

Seufzend steht sie auf und wirft ihren Eisbecher weg. Ich schäme mich ein bisschen, dass eigentlich nichts mein gutes Gefühl trüben kann. Auch nicht Jos Affäre.

Ich muss an Bernd und mich denken und an Lena. Haben wir nicht auch eine Art Affäre? Ist es auch dann eine Affäre, wenn der Partner davon weiß und mitmacht?

Wenn wir wirklich zusammen einen Hof kaufen, dann wird Lena nicht nur ab und zu mal präsent sein in unserem Leben. Gehen wir dann auch regelmäßig mit ihr ins Bett? Und Linus? Macht dann mit? Wollen wir das? Will ich das? Teile ich Bernd dann mit Lena?

Oder war das nur ein einmaliges Erlebnis, um unsere Vergangenheit zu feiern?

All die Fragen purzeln plötzlich unangemeldet in meinen Kopf. Sie fliegen herum wie Bienen auf der Suche nach einem Landeplatz. Aber mein Grundgefühl ist ein ruhiger, tiefer See. Da sie nirgends landen können, fliegen sie schließlich wieder weg. Einerseits möchte ich mich gerne Jo anvertrauen. Andererseits nicht. Ich bin ganz froh, als alle Kinder plötzlich hinter dem Hügel auftauchen. Die Sonne steht schon tief. Zeit, nach Hause zu fahren.

Kapitel 16

Die nächsten Tage sind schwierig. Ich muss im alten Büro alles packen und eigentlich parallel im neuen Büro Lotti mit meinen Aufgaben vertraut machen. Lotti heißt eigentlich Charlotte Schneckenberg, und ihr Name sagt ziemlich viel über ihre Lerngeschwindigkeit aus.

Mir ist das Ganze unheimlich unangenehm. Den Mitarbeitern beider Firmen hat Bernd mitgeteilt, dass ich aus »privaten Gründen« nicht weiter seine rechte Hand sein kann. Die Blicke, die ich kassiere, sagen alles. Die einen vermuten, wir haben uns getrennt, die anderen glauben, eins unserer Kinder sei drogensüchtig. Ich weiß nicht, was mir lieber ist.

Ich gehe Werner aus dem Weg, der mit mir zum Kistenpacken verdammt ist und seinen Unmut natürlich nicht für sich behalten möchte. Nachdem ich viermal in kürzester Zeit gehört habe, dass das nun wirklich nicht in seinen Aufgabenbereich fällt und er Wichtigeres zu tun habe, als hier die Computer abzubauen, flüchte ich in die Rumpelkammer. Da muss schließlich auch gepackt werden. Und wenn einem IT-Mann schon das Abbauen der Computer zu viel ist, wird er froh sein, wenn er nicht auch noch leere Essigreinigerflaschen und Papierstapel packen muss.

Der Wischmopp saust mir entgegen, sobald ich den kleinen, muffigen Raum betrete. Ein Blick über die Regale sagt mir, dass hier noch sehr viel Arbeit wartet. Meine Kartons werden gar nicht reichen. Andererseits braucht man für den Müll hier auch eher einen Container als Umzugskartons. Ich beschließe, nur das Wichtigste einzupacken und alles andere auf den Müll zu werfen. Am besten zum Sperrmüll, direkt vor der Tür.

Hier in dem kleinen Kabuff überfällt mich plötzlich die Angst, dass ich gerade mein altes Leben wegschmeiße und vielleicht gar kein Neues bekomme.

Bernds und meine Liste zu schreiben war so leicht. Genauso leicht wie damals vor zwanzig Jahren in New York. Aber wie schwer wird es sein, die Punkte darauf auch umzusetzen? Von der ersten Liste habe ich gerade mal drei Dinge geschafft … in zwanzig Jahren. Geht es vielleicht gar nicht darum, sich alle Wünsche und Träume, die man hat, zu erfüllen? Vielleicht ist so eine Liste eher nur eine Richtung, in die man gehen möchte. Eine Art Wegweiser. Ein Navi, das einem nur eine Himmelsrichtung anzeigt. Und ob man die nun über die Autobahn oder über Feldwege erreicht. *Who cares?*

Grübelnd stehe ich unter der flackernden Glühbirne, die nur ein paar Zentimeter über meinem Kopf schwebt.

Ich fürchte, so einfach wie mit einem Navi ist es nicht. Wenn man nicht auch aktiv etwas für seine Träume tut, dann bleiben sie eben auf der Strecke. Und mit sechzig werde ich dann wieder sentimental auf unsere Liste blicken und denken: Wann bin ich wo falsch abgebogen?

Ich beschließe, jetzt und hier, in diesem kleinen, muffigen Raum, aktiv zu sein, nicht rumzusitzen und zu warten, dass mir jemand ein neues Leben vorbeibringt. Als Erstes ziehe ich mir meinen Ärmel über die Hand und schraube die heiße Glühbirne richtig in ihre Fassung. Kein flackerndes Licht mehr, na also. Ein erster Schritt.

Was kann ich als Nächstes hier verbessern?

Mein Blick fällt auf die eingetrockneten Lappentiere, die ich nie mitgenommen und gewaschen habe. Ich schüttle sie vom Eimerrand und drehe den Eimer um, um einen Sitzplatz zu haben. Jetzt liegen sie vor meinen Füßen herum. Ich nehme den Edding, mit dem ich die Kisten beschrifte, und male einem gelben Schwamm große Augen. Jetzt sieht er aus wie eine fette, gelbe Raupe. Ich nenne ihn Randolph. Randolph Witherow Slocum. Ein vornehmer Schwamm. Ein Schwamm mit englischer adliger Vergangenheit. Randolph braucht einen Freund. Ich beuge mich zu einem sehr schmutzigen Mikrofasertuch runter, das irgendwann einmal blau war. Für Augen ist kein Platz, deshalb bekommt es nur eine Nase. Da kann es mal riechen, wie dreckig es ist. Das Nasentuch nenne ich Boltswani. Boltswani niest dreimal und schnüffelt dann an Randolph herum, der kitzelig ist und mit einer tiefen Schwammlache herumkichert. Ich finde, die beiden brauchen eine Frau an ihrer Seite. Eine alte grüne Spülbürste bekommt ein paar Haare aufgemalt und auch Augen, damit sie sehen kann, mit wem sie es hier zu tun hat. Ich nenne sie Ludmilla. Ludmilla fängt sofort an rumzunölen, dass Boltswani sich nicht wie ein Hund benehmen kann, schließlich sei er ein Lappen, und Lappen hätten nicht an Schwämmen herumzuschnüffeln, schon gar nicht an adligen Schwämmen, die Randolph Witherow Slocum heißen. Ich bereue sofort, dass ich ihr einen Mund gemalt habe, aber das ist jetzt schwer wieder rückgängig zu machen, vor allem weil sie ziemlich hyperaktiv ist und nölend von Regal zu Regal springt. Vielleicht hilft sie mir beim Packen, wenn ich ihr noch Arme male.

Mein Handy klingelt. Es ist Jo.

»Was machst du?«, fragt sie. Sie klingt aufgeregt.

»Ich erfinde gerade ein kleines Lappenensemble. Eigentlich sollte ich hier die Rumpelkammer zusammenpacken.«

»Lass alles stehen und liegen, ich habe einen Hof für euch!«

»Was?« Ich stehe schnell von meinem Eimer auf und stoße mir dabei den Rücken an einem Regalbrett.

»Oioioioi, das tat weh«, sagt Ludmilla. »Was steht sie auch so hektisch auf?!« Die Spülbürste soll die Klappe halten, ich telefoniere!

»Wo? Was für ein Hof, Jo?«

»Er ist perfekt! Zum einen ist er gar nicht weit von euch, und dann ist er einfach hinreißend schnuckelig. Du flippst aus! Mit Stall und allem. PERFEKT!«

»Woher weißt du, ob der zu verkaufen ist?« Ich reibe mir meinen schmerzenden Rücken.

»Die Schwester einer Pferdebesitzerin, von meinen Patienten, will verkaufen. Ich hab sofort an dich gedacht und bin mitgefahren. Jetzt steh ich hier und ... was laber ich dich voll – kannst du kommen? Sofort?«

Ich dreh mich einmal hilflos im Kreis mit Blick auf das ganze Chaos, von dem noch nicht ein einziges Teil eingepackt ist.

»Ich komme. Sims mir die Adresse.«

Im Auto erst fällt mir auf, dass ich Werner gar nicht informiert habe. Egal, soll der ruhig denken, ich packe in der Rumpelkammer. Dabei bin ich auf dem Weg in mein neues Leben! Es heißt ja immer, sobald du deine Einstellung änderst, kommen die Dinge von ganz allein. Ob ich Bernd anrufen soll? Nein, ich warte lieber ab und schaue erst mal selbst, ob der Hof was ist. Jo hat so begeistert geklungen, dass ich jetzt ganz aufgeregt bin. Ganz ruhig, sage ich mir. Es ist der erste Hof, den ich mir angucke. Es ist ziemlich unwahrscheinlich, dass der gleich ein Treffer ist.

Ich schaffe es nicht wirklich, meine innere Begeisterung abzubremsen, und schicke Lena eine SMS.

Ich fahre fast bei uns zu Hause vorbei, jetzt kann ich die Zeit stoppen, wie weit der Hof entfernt liegt. Die Kinder wissen nämlich noch nichts von unseren Plänen und sind sicher leichter dafür zu begeistern, wenn sie nicht die Schule wechseln müssen. Ich fahre durch Stotzheim, ich glaube, da habe ich mal vor Ewigkeiten ein Kleid zur Reinigung gebracht. Mein Navi führt mich wieder raus aus dem Dorf. Ich muss den Scheibenwischer anmachen, weil es angefangen hat zu nieseln. Kein gutes Wetter für eine Besichtigung. Nach ein paar Kilometern biege ich in einen kleinen Feldweg ein. »Sie haben Ihr Ziel erreicht«, informiert mich das Navi. Weit und breit nur Wiese. Tolles Ziel. Ich fahre weiter auf dem schmalen Feldweg, eine kleine Anhöhe hinauf. Dahinter ist links etwas zu sehen. Das muss er sein! Ein Holzzaun und eine aufgeregt winkende Jo. Schnell schaue ich auf die Uhr: Zehn Minuten von zu Hause bis hier. Mit großen Gesten winkt sie mich dahin, wo ich parken soll, neben einem Haufen Schrott, der schon halb von Wiese überwachsen ist. *Nice*. Etwas gedämpft in meiner Erwartung, steige ich aus.

Jo umarmt mich und stellt mir eine dunkelhaarige, dünne Person vor.

»Das ist meine Freundin Franziska Bergmann, Franzi, das ist Frau Kajinski, die Besitzerin hier.«

Sie macht bedeutungsvolle Augen, was wohl so viel heißen soll wie: »Benimm dich bloß!«

Frau Kajinski und ich schütteln Hände.

»Ich bin jetzt einfach mal so spontan hergefahren. Die Idee mit dem Hof ist noch ziemlich neu, und wir sind noch gar nicht so weit in unserer Planung …«, versuche ich von Vornherein alle Erwartungen etwas zu dämpfen. Jo schüttelt wütend mit dem Kopf, aber Frau Kajinski nickt verständnisvoll.

»Das ist bei uns ganz ähnlich. Mein Mann hat ein Jobangebot in Hamburg, und jetzt sind wir von einem Tag auf den anderen in der Situation, dass wir verkaufen müssen oder wollen. Als Vermieter eignen wir uns, glaub ich, nicht.« Sie lacht.

Ich möchte ihr gerne aufmerksam zuhören, aber das ist etwas schwierig, weil Jo mir ständig wilde Zeichen macht. Sie ist wohl ziemlich begeistert von dem Hof, den ich jetzt langsam gerne auch mal sehen möchte. Ein paar Bäume versperren den Blick auf das Wohnhaus. Keine Kastanien übrigens, wie ich enttäuscht registriere. Mein Blick fällt auf ein verwittertes Vogelhäuschen an einem Pfahl. Es ist mir sofort sympathisch, und mein Herz macht zum ersten Mal einen kleinen Satz. Einen von vielen in der nächsten Stunde.

Frau Kajinski redet und redet, obwohl wir im Nieselregen stehen, und ich nicke und nicke, und Jo wedelt und wedelt. Irgendwann kürze ich das seltsame Schauspiel ab.

»Entschuldigung, ich müsste mal auf die Toilette, wäre das möglich?«

Toiletten sind in Wohnhäusern, und genau das will ich endlich sehen. Frau Kajinski beeilt sich, »Ja, natürlich« zu sagen, und geht jetzt schnell vor uns her.

»Das Landhaus ist genial, Franzi, genial!«, zischt Jo mir zu, die aufgeregt neben mir herrennt. Wir umrunden die Bäume, und endlich sehe ich das Haus. Ich bleibe kurz stehen, um es zu betrachten. Es ist ein Haus, wie Kinder es malen. Mit einem spitzen Dach. Kein Schuhschachtelhaus. Die ganze Fassade ist mit Efeu bewachsen. Wie schön!!! Frau Kajinski interpretiert meinen Blick falsch.

»Ich weiß, das Efeu. Manche sagen, es macht das ganze Mauerwerk kaputt, und das Ungeziefer haust darin. Aber ich kann Ihnen versichern, dass es das Haus zusätzlich dämmt, und uns haben die Vögel, die darin nisten, nie gestört. Man muss nur die Fenster geschlossen halten, wenn die Kleinen flügge werden, im Juni, aber sonst ist das wirklich nicht störend.«

Ich will etwas sagen, aber Jo, die mich viel besser lesen kann, raunt mir zu: »Keine Begeisterung, nur nicken!« Ich tue, was sie sagt, und nicke freundlich.

Dann betreten wir das Haus. Drei kleine Stufen führen zur dunkelgrünen Eingangstür. Rechts und links vom Eingang stehen Blumentöpfe mit pinkfarbenen Geranien. Der Flur ist dunkel. Kaum Licht, dunkle Dielenbretter. Alles ist mit Schuhen vollgestellt, was mich an zu Hause erinnert.

Frau Kajinski öffnet eine Tür. »Bitte«, sagt sie.

Ich versteh nicht, was sie meint. Jo schubst mich in den Raum.

Stimmt, ich musste ja angeblich auf die Toilette. Das Gäste-WC, in dem ich jetzt stehe, ist klein und schwarzweiß gefliest.

Ich gehe wirklich schnell auf die Toilette, damit ich nicht in einer halben Stunde muss. Auf einem kleinen Tischchen stapeln sich Segelzeitschriften. Aha, etwas Vorfreude auf Hamburg? Segeln lässt es sich in Köln und Umgebung tatsächlich schlecht. Das Waschbecken ist weiß und muschelförmig, aber ich verliebe mich in den Wasserhahn, der so antik aussieht und sich ganz leicht auf- und zudrehen lässt. Ich finde kein Handtuch und trockne mir die nassen Hände an meiner Jeans ab. Ich hab Herzklopfen, als ich langsam beginne zu verstehen, dass wir hier leben könnten.

Aufgeregt trete ich aus dem Gäste-WC. Frau Kajinski zeigt uns den Rest, nicht ohne sich in jedem Zimmer dafür zu entschuldigen, dass nicht aufgeräumt ist. Von Raum zu Raum nimmt meine Aufregung zu. Bald bin ich die, die Jo anstupst, um lautlos GENIAL mit den Lippen zu formen.

Wir gehen erst an einem Zimmer vorbei, das so vollgestellt ist mit Kram, dass man schwer abschätzen kann, wie groß es eigentlich ist. Höflich werfen wir nur einen kurzen Blick rein und gehen weiter ins Wohnzimmer. Mir rutscht ein »Wow« raus, als ich den großen, luftigen Raum betrete. Die Fenster sind etwas zu klein für die Wände, die sicher an die drei Meter hoch sind. Alles ist etwas durcheinander möbliert, die Höhe des Raumes wird nirgends unterstrichen oder genutzt.

»Da könnte man Bücherregale bis zur Decke bauen«, sage ich leise zu Jo und zeige auf eine Ecke.

»Ja! Mit einer Leiter!«

Ich bin so in Gedanken, dass ich nicht aufpasse, wohin ich laufe, über den Couchtisch stolpere und unfreiwillig auf dem Sofa lande.

»Das ist aber bequem«, sage ich zu Frau Kajinski, die hektisch ein paar Klamotten vom Boden aufhebt.

»Das alte Ding. Kommt vielleicht noch auf den Sperrmüll, bevor wir umziehen.«

Ich stehe auf und schaue es mir an. Es ist ein Dreisitzer mit abgewetztem braunem Leder. Große Armlehnen rechts und links, zwischen denen man sich sicher und geborgen fühlt. Ich wünschte, wir hätten so was gekauft statt Gortan.

Ich will mich eigentlich noch mal auf das Sofa setzen, aber Jo macht eine Kopfbewegung, die heißt: »Komm, weiter!«

Durch einen Holzrahmen ohne Tür gelangen wir in die Wohnküche. Frau Kajinski warnt uns vor der hohen Schwelle, über die ich sicher sonst gestolpert wäre.

Der Küche sieht man ihre Jahre an, die sie auf dem Buckel hat. Aber ich sehe außer dem großen Tisch, der hier steht, noch etwas sehr Interessantes.

Mein Zeigefinger zeigt aufgeregt auf den Kamin, und Jo nickt begeistert.

Ich wollte immer schon einen Kamin haben. In einer Mietwohnung hatte ich mal einen Kachelofen. Das fand ich schon herrlich. Dieser Kamin ist weiß verputzt. Auf dem Boden gibt es ein Fach, in dem Holz gestapelt liegt. Beim Anblick der Holzscheite habe ich sofort den Geruch von Bratapfel im Kopf. Bestimmt macht man jeden Abend Bratäpfel, wenn man einen Kamin hat. Also nicht unbedingt jetzt im Sommer, aber in der kalten Jahreszeit.

Eine knarzende Treppe führt in den zweiten Stock, in dem es zwei Zimmer gibt und ein kleines Bad mit Dusche. Hier sind die Decken niedriger als im Erdgeschoß. Das Bad ist, wie das Gäste-WC auch, schwarzweiß gefliest, und auch hier gibt es einen schönen, antiken Wasserhahn.

Noch ein Stockwerk höher ist man unter dem Dach. Holzdecke, offene Balken, Holzdielen. Alles dunkel. Die Decke müsste man weiß streichen, denke ich. Ein großer Raum und wieder ein kleines Bad mit Dusche, in dem es kuschelig warm ist. Ich schaue mich nur kurz um, weil ich es unhöflich finde, in Frau Kajinskis Bad zu stehen. Stattdessen trete ich ans Fenster. Man kann in den Garten gucken und blickt direkt in die Zweige eines Kastanienbaums. Ich weiß nicht, warum, aber plötzlich schießen mir Tränen in die Augen, und ich muss etwas länger als geplant am Fenster stehen bleiben.

Plötzlich weiß ich, das hier wird unser Schlafzimmer.

Morgens aufwachen und auf den Kastanienbaum gucken. Kein Leben mehr im Keller, sondern auf Augenhöhe mit der Baumkrone.

Danach ist der Garten dran, und ich kann die Kastanie einmal berühren. Umarmen wäre jetzt etwas peinlich, das mach ich dann, wenn der Hof uns gehört. Leise prasselt der Regen auf die Blätter. Ich fahre mit meiner Hand über die ribbelige Rinde. So nah am Stamm werde ich nicht nass. Mein Blick streift durch den Garten. Viele Blumen gibt es hier nicht, nur ein kleines wildes Staudenbeet versucht, zwischen Bergen von Unkraut ein paar Blüten hervorzubringen. Aber ich sehe den Garten, wie er einmal sein wird. Mit Hortensienbeeten, Stockrosen und Lavendel neben dem Gewächshaus, das ich bauen werde. Und natürlich muss eine Schaukel in den Baum. Ich schaue noch oben, um zu gucken, welcher Ast sich dafür eignen würde. Jo zieht mich weiter. Wir wandern durchs nasse Gras, das dringend einmal gemäht werden müsste. Das macht man natürlich nicht mal eben in einer halben Stunde wie in unserem Minigarten. Meine braunen Stiefel färben sich dunkel von der Feuchtigkeit. Heute Nachmittag kaufe ich mir Gummistiefel, beschließe ich. Egal, ob wir diesen Hof kaufen oder nicht.

»Was ist das?«, frage ich mit Herzklopfen und zeige auf ein niedliches Minihäuschen im Fachwerkstil.

»Das Gästehaus. Wir benutzen es aber nicht richtig. Es ist mehr so Abstellkammer, und mein Sohn hat sich hier einen Bandproberaum eingerichtet.«

Sie öffnet die Tür, und wir betreten das kleine Haus. Zwischen Gitarren, Keyboard und Schlagzeug stehen alte Sofas, die muffig riechen. Aber ich sehe schon Terrassentüren, die man hier einbauen kann, und Lenas tolle Kaffeemaschine auf der kleinen Küchenzeile. Eine Treppe ohne Geländer führt hoch unters Dach. Dunkle Holzbalken trennen das Zimmer in verschiedene Teile. Es gibt sogar ein Badezimmer, auch wenn das ziemlich oll ist. Ein Haus für Lena, aus dem man jede Menge machen kann!

Ich bin hin und weg.

Als Frau Kajinski uns dann den Stall zeigt, in dem zwei Esel stehen und Hühner, kann ich einfach nicht mehr nur freundlich nicken.

»Das ist so toll hier!« Begeistert streichele ich die weichen Nasen der Esel.

»Die sind schon verkauft und werden nächste Woche abgeholt. Nach Hamburg können wir sie nicht mitnehmen. Bin ganz froh, ist ja doch viel Arbeit mit den Viechern«, sagt Frau Kajinski, muss sich aber von uns abwenden, als sie sieht, wie wir die Tiere streicheln.

»Haben sie Namen?«, frage ich.

»Bonnie und Clyde«, sagt sie leise und verlässt schnell den Stall. Kurze Zeit später hören wir sie Nase putzen und schauen uns an.

»Die Arme!«, sagt Jo. »So schöne Tiere!«

Ich hab auch Mitleid mit ihr, aber mein Gehirn ist total damit beschäftigt, in Gedanken alles umzubauen und einzurichten und anzupflanzen. Da ist gerade nicht mehr viel Kapazität für Empathie. Darum überlasse ich es Jo, draußen ein bisschen mit Frau Kajinski zu plaudern, während ich mich an die Stalltür lehne und mir vorstelle, hier jeden Morgen unsere Tiere zu begrüßen. Vielleicht könnten wir auch einen Esel haben?

Ob Bernd das alles hier genauso begeistern wird wie mich? Und Lena? Lena sicher. Aber wir brauchen einen Realisten, der die Leitungen in der Wand prüft und uns sagt, ob wir hier einen Haufen Schrott kaufen. Ein Geldgrab, mit dem man nie glücklich wird.

Ich trete aus dem trockenen Stall in die feuchte Luft.

Während wir zurück zum Haus gehen, sagt Frau Kajinski:

»Also, wenn Sie Interesse haben, das Finanzielle, das macht alles mein Mann. Damit hab ich nix zu tun.«

Ich wechsle einen Blick mit Jo.

»Hat Ihr Mann denn gesagt, was er für den Hof hier haben möchte?«

Wie aus der Pistole geschossen, nennt sie uns eine Summe, die zwar hoch ist, aber nicht völlig unbezahlbar klingt.

»Aber das macht alles mein Mann«, wiederholt sie, um klarzumachen, dass sie nicht bereit ist, mit uns zu verhandeln. Ich bin ganz froh darüber. »Bei uns macht das auch mein Mann«, sage ich und lächele sie an. »Dann können sich ja unsere Männer mal unterhalten. Ach ja, und meiner müsste den Hof natürlich auch noch sehen ... vorher ...«

»Sie können jederzeit vorbeikommen. Rufen Sie einfach an!«

Ich speichere mir noch ihre Nummer in mein Telefon, dann sind wir alle nass, und Jo und ich steigen schnell in mein Auto.

»Und?!!« Jo sieht mich erwartungsvoll an.

Ich halte mir die Hände vor den Mund und mache ein quietschendes Geräusch.

»Ich flippe aus, Jo. Ich flippe aus. Das IST es. Es ist perfekt!«

»Hab ich doch gesagt!«

»Das tolle Haus mit dem Kamin in der Küche, das Wohnzimmer, so groß, da kann Lukas Fußball drin spielen, wenn es regnet – und das schöne Zimmer unterm Dach und das Gästehaus und ... der Kastanienbaum im Garten! Und es ist so nah, die Kinder könnten an ihren Schulen bleiben! Das ist ... ich meine, das ... das ist unser Hof!«

Sie nickt erst so euphorisch, dass ich Angst kriege, sie verrenkt sich gleich den Hals, dann umarmt sie mich.

»Also, wenn ihr ihn nicht nehmt, kaufe ich ihn! Ich bin nämlich eigentlich unendlich neidisch, weißt du das?«

Als Antwort umarme ich sie gleich noch mal.

»Ich muss Bernd anrufen!«

Ich suche kopflos nach meinem Handy. Jo nimmt es aus der Mittelkonsole und hält es mir hin.

»Hier. Erst telefonieren, dann tief durchatmen. Dann erst losfahren. Versprochen?! Ich muss nämlich los!«

»Ich hab dich lieb, Jo.«

Sie macht eine unwirsche Handbewegung und verlässt fluchtartig mein Auto und stapft zu ihrem Landrover rüber.

Ich wähle mit zitternden Fingern Bernd aus meinen Favoriten im Handy. Es klingelt.

»Geh ran!«, beschwöre ich ihn.

»Franzi? Gott sei Dank! Werner hat mich gerade angerufen, er kann dich nirgends finden, wo bist du?!«

Ich schaue auf den Holzzaun neben mir, an dem unten im Gras kleine Butterblumen wachsen.

»Zu Hause, Bernd, ich glaube, ich bin endlich zu Hause.«

Kapitel 17

Ich hab eine heulende Jo am Telefon und mich deshalb im Bad oben eingeschlossen.

»Aber das war richtig, mit ihm Schluss zu machen.«

Sie schnieft und sagt dann heulend: »Aber es fühlt sich nicht so an. Gar nicht! Es tut weh, und wenn ich mir vorstelle, dass ich ihn nicht mehr sehen kann, dann …«

»Das ist doch normal! War doch klar, dass du das nicht gefühlskalt abhaken kannst. Das wär doch auch gruselig!«

Sie putzt Nase.

»Das ist einfach ein Liebeskummer. Der geht auch wieder vorbei.«

»Nein«, sagt Jo trotzig.

»Doch. Ganz bestimmt.«

»Wann?«

Ich atme aus. »Das weiß ich nicht. Aber ich bin da für dich, okay?«

»Auch wenn ich ihn doch wieder treffe?«, fragt sie kleinlaut.

Ich überlege kurz, was ich sagen soll.

»Immer. Aber jetzt mach doch einen Schritt nach dem anderen. Trink einen Schnaps.«

»Haben wir nicht.«

»Dann trink irgendwas anderes. Und dann schläfst du drüber, und morgen sehen wir weiter. Ich ruf dich an, ja?«

»Okay«, sie schnüffelt.

Wir legen auf, und ich schaue leise bei Lukas ins Zimmer. Er schläft schon. Ich hauche ihm einen Kuss auf die Wange, und er wirft sich unwillig brummend auf die andere Seite. Bernd und Mia liegen im Wohnzimmer vor dem Fernseher. Ich gehe in die Küche und mache uns einen Tee. Bernd kommt und umarmt mich von hinten.

»Wann sagen wir es den Kindern?«

»Wenn alles in trockenen Tüchern ist«, brummt er in mein Ohr. Ich gieße seufzend das kochende Wasser in die Kanne. Die Teebeuteltiere bringen sich wie immer schnell in Sicherheit. Meine Befürchtung, Bernd könnte nicht so begeistert sein von dem Hof wie ich, war ganz umsonst. Er hat bei der Besichtigung fast meine Hand zerquetscht. Das große Haus mit dem Kamin fand er toll, aber letztendlich gewann der Garten, mit dem Gästehaus, dem Stall und dem blauen Schuppen. Immer wieder machte er die schwere Schiebetür auf und zu.

»Hier kommt dann mein Motorrad rein«, sagte er mit glänzenden Augen, wie ein kleiner Junge. »Und ein Aufsitzrasenmäher!«

Witzigerweise stand der schon auf der Liste, die wir an dem Abend beim Mexikaner gemacht hatten.

Mir wäre es zwar lieber, Bernd würde keinen Motorradführerschein machen und keine Maschine kaufen, mit der er sich eventuell um den nächsten Baum wickelt, aber ich verstehe, dass Männerwünsche sich von Frauenwünschen unterscheiden. Wenn wir unser Leben Nummer drei wirklich wagen wollen, dann gehören seine Träume genauso dazu wie meine.

Das Ehepaar Kajinski ließ uns etwas Zeit, allein über das Grundstück zu wandern. Meine neuen roten Gummistiefel leuchteten bei jedem Schritt durch das hohe Gras, und ich wählte extra ein paar Wege, die noch etwas feucht waren. Mit einem Blick auf seine Mokassins stellte Bernd fest:

»Ich brauch auch andere Schuhe!«

»Andere Schuhe, um in ein anderes Leben zu gehen.«

»Was bist du heute symbolisch! Kommt jetzt gleich noch etwas Poetisches? Mit Nebel, der durch hohe Gräser wabert und die Verwirrung deiner inneren Welt darstellt?«, ärgerte er mich.

Ich schubste ihn und lief schnell zum Kastanienbaum, um mich hinter seinen Stamm zu retten.

Bernd schlich sich von der anderen Seite an, schnappte und küsste mich. Etwas widerstrebend ließ ich es geschehen. Es war mir peinlich, so von den Kajinskis gesehen zu werden, die ja jederzeit wieder auftauchen konnten. Als wir uns voneinander lösten, sah er mich an und sagte feierlich: »Ja, ich will mit dir diesen Hof kaufen. Also lern lieber mal, wie man einen verdammt guten Apfelkuchen backt!«

Ich bewege die Teebeutel im heißen Wasser hin und her.

Bernd stoppt mich. »Die müssen quellen.«

»Sagt wer?«

»Ich.«

»Warum können wir es den Kindern noch nicht sagen?«, frage ich.

Für mich ist die Sache so gut wie sicher. Lena kam mit Linus angeflogen, und beide sind ausgeflippt, als sie alles gesehen haben. Noch vom Hof aus hat Lena ihren Architektenfreund angerufen. Der zeichnet jetzt schon Pläne für das Gästehaus. Bernd und Linus haben sich auch sehr gut verstanden und immer gemeinsam mit den Augen gerollt, wenn Lena und ich zusammen planten, wo wir welche Staude hinpflanzen und welche Gartenmöbel man wo bestellen sollte und ob nun blauweiß gestreifte Sitzkissen besser wären oder rotweiß karierte.

Ich weiß, dass meine Phantasie viel zu schnell ist und blauweiß gestreifte Sitzkissen wirklich das Allerletzte sind, was man planen muss, aber da sind Lena und ich uns einfach sehr ähnlich: Wir sehen es vor uns. Ich rieche den Apfelkuchen, und Lena kann schon eine Katze auf ihrem Arm spüren, wenn wir unter dem großen Kastanienbaum stehen. So was können die Männer nicht verstehen, die lieber ausmessen, kalkulieren und über geeignete Dachziegel fachsimpeln.

Seltsamerweise ging es nur darum, ob wir diesen Hof tatsächlich kaufen sollten, nie haben wir diskutiert, ob wir denn auch alle vier zusammen wohnen wollen. Vielleicht liegt es an den klar getrennten Wohnhäusern oder daran, dass es für Lena und Linus ja auch nur eine Art Wochenendhaus wird. Oder, und an diese Version möchte ich am liebsten glauben, Lena und ich sind so enthusiastisch bei dem Gedanken, einen gemeinsamen Hof zu besitzen, dass unsere Männer sich davon einfach mitreißen lassen, ohne es in Frage zu stellen.

Bernds Zurückhaltung den Kindern gegenüber macht mich etwas misstrauisch. Hat er es sich doch anders überlegt? Hat er Zweifel?

»Lena und Linus haben den Umbau des Gästehäuschens praktisch schon angeleiert, und wir müssen uns überlegen, ob wir auch noch etwas umbauen wollen. Was ist mit der Idee, im Wohnzimmer größere Fenster einzubauen? Und warum sollen Mia und Lukas nicht auch die Vorfreude genießen und mitplanen?« Ich schau ihn forschend an.

»Schatz, die Finanzierung steht noch nicht. Ohne Geld kein Hof. Und ob wir dann noch irgendwelche Fenster einbauen, hängt ganz simpel davon ab, ob unser Budget reicht.«

Er erklärt mir das, als wäre ich fünf Jahre alt. Aber ich denke, ich weiß jetzt, woher seine Zweifel kommen.

»Bernd. Hast du Angst, am Ende fällt dein Motorrad samt Führerschein hintenüber?«

Er weicht meinem Blick aus und bewegt jetzt selbst die Teebeutel hoch und runter.

»Der ganze Hof ist eigentlich schon ein Wahnsinn, zusätzlich zur neuen Firma. Dann auch noch so eine große Anschaffung wie ein Motorrad … der Führerschein wird auch noch mal zweitausend Euro kosten …«

Ich nehme ihm energisch die Teebeutel aus der Hand und werfe sie in die Spüle. Dann lege ich ihm beide Arme um den Hals.

»Wir kriegen das schon hin. Zur Not verdiene ich das Geld für deinen Motorradtraum!«

Er schaut mich zweifelnd an, schluckt aber die Frage »Wie denn?« herunter. Er kehrt mit einer Schokolade bewaffnet zu Mia zurück auf das Sofa. Ich brauche noch drei Tassen. Als ich den Schrank öffne, stehen da alle Teebeuteltiere in einer Reihe und halten Schilder hoch:

»**Wie denn?**«, steht auf jedem Schild.

»Das weiß ich noch nicht. Aber das werde ich herausfinden.«

Ich nehme die Tassen heraus, und die kleinen Tiere stürzen schnell zur Seite, um nicht über den Rand zu fallen.

Ich hab mich gerade zu Mia und Bernd auf Gortan gesetzt, als mein Handy mit einem Geräusch anzeigt, dass eine SMS eingegangen ist. Ich stehe wieder auf und schaue nach, von wem sie ist.

Jo schreibt: »Franzi, ich kann das nicht. Er ruft dauernd an. Bin jetzt drangegangen und treffe ihn schnell. Hab Mike gesagt, ich bin bei Dir …«

Es behagt mir ganz und gar nicht, dass Jo mich als Alibi benutzt. Andererseits bin ich ganz klar ihre Freundin, nicht ihre UND Mikes. Trotzdem läuft die ganze Sache in eine ungute Richtung. Wenn sie Markus wieder trifft, dann sicher nicht, um das Schlussmachen zu bestätigen.

»Verdammt nochmal, Jo«, tippe ich in mein Handy, lösche es aber wieder, als mir auffällt, dass ich eigentlich ein bisschen neidisch bin.

Jetzt trifft sie irgendwo in der Dämmerung ihren Lover. An einer Straßenecke, vielleicht vor einer geschlossenen Bäckerei. Sie werden sich in die Arme fallen und lange so stehen bleiben. Dann wird er ihr in die Augen schauen und wissen, es ist noch nicht vorbei. Sie wird ihn an die Hand nehmen und hinter sich her in eine Minigasse ziehen, zwischen zwei Häuser, die so nah aneinanderstehen, dass tagsüber nur ein paar Kinder diesen engen Durchgang als Geheimweg nutzen. Atemlos wird sie in der Mitte der Gasse stehen bleiben und sich zu ihm umdrehen. Eine braune, lockige Strähne in ihrem Gesicht. Markus' dunkle Augen werden noch dunkler werden.

»Ich kann nicht ohne dich leben, Jo. Ich kann es einfach nicht«, wird er sagen und sie dabei an beiden Handgelenken packen. Sie wird zu Boden schauen, um nicht in Tränen auszubrechen, und dann aber entschieden sagen:

»Es geht nicht, Markus. Wir dürfen uns nicht mehr treffen.«

Er wird weiter ihre Handgelenke festhalten, und sie wird versuchen, sie freizubekommen. Ein kurzes Gerangel könnte entstehen, bei dem sie mit dem Rücken zur Wand endet. Er presst ihre Hände rechts und links von ihrem Kopf an die Wand. Es tut weh. Der Schmerz und die Kraft, mit der er sie festhält, sind wie eine offene Tür für die Lust, die sie plötzlich durchflutet. Sein Gesicht ist nur ein paar Zentimeter von ihrem entfernt. Ihr Herz rast genauso schnell wie seins. Seine Lippen sind so nah an ihren. Sie hört, wie schnell sein Atem geht. Seine Verzweiflung hat sich in wilde Lust verwandelt. Er will sie. Unbedingt. Jetzt und hier. Langsam, viel zu langsam beginnt er sie zu küssen, ohne dabei den Schraubstockgriff an ihren Händen zu lockern. Sie lässt es hungrig geschehen, wünscht sich mehr davon. Er hält inne, weicht etwas zurück, ihr Körper folgt ihm, aber sie sagt: »Nicht.«

Er küsst sie wieder, und sie stöhnt, weil ihr Körper sich unter seinen Küssen verselbständigt.

»Wir ... dürfen ... das ... nicht ...«, flüstert sie, während sie versucht, ihn nun heftiger zu küssen. Er hält sich immer noch zurück, obwohl sein Schwanz jetzt hart ist wie eine Eisenstange. Wieder hält er schwer atmend inne. Er gibt ihre Hände frei und hält seine hoch über den Kopf, als würde sie mit einer Waffe auf ihn zielen.

»Okay«, sagt er mit rauer Stimme. »Lass uns aufhören«, als

ob beide nicht schon längst über den Punkt hinaus wären, das überhaupt entscheiden zu können.

»Ja«, haucht Jo und öffnet seinen Gürtel. »Lass uns aufhören.«

Sie schließt die Hand fest um seinen Penis. Er stöhnt laut auf, greift an ihren Po und zieht sie zu sich heran. Sie trägt praktischerweise einen Rock, also muss er nur darunter greifen und ihr den Slip herunterziehen. Oben ist viel mehr im Weg, darum reißt er ihre Bluse auf. Für Knöpfe ist jetzt keine Zeit mehr. Sie schlingt ein Bein um seine Hüfte, stellt sich auf die Zehenspitzen.

»Wir sollten wirklich aufhören«, seufzt er.

Sie nickt, unfähig, etwas zu sagen. Endlich gibt er sich seiner Lust hin und alle Selbstkontrolle auf.

»Franzi, warum stehst du hier im Flur im Dunkeln an der Wand?«

Ich tauche langsam aus meiner Sexphantasie auf. Bernd guckt mich fragend an.

»Lass uns spazieren gehen!«, sage ich eindringlich.

»Jetzt? Im Dunklen?«

Ich ziehe mir wortlos Schuhe an. Er folgt verwirrt meinem Beispiel.

»Mia muss ins Bett«, sagt er.

»Mia, geh ins Bett!«, rufe ich ins Wohnzimmer. »Papa und ich gehen 'ne Runde spazieren.« Ich warte ihre Antwort nicht ab, sondern schiebe Bernd schnell aus der Tür.

»Ich hab noch keine Jacke an!«, protestiert er.

»Du brauchst keine Jacke«, sage ich und marschiere los. Er folgt mir. »Wohin gehen wir?«

»Gibt es hier in der Nähe eine enge, dunkle Gasse?«

»Nicht, dass ich wüsste. Was willst du in einer engen, dunklen Gasse?«

»Vögeln.«

»Klar, was auch sonst«, sagt er ungläubig und folgt mir jetzt aber schon etwas motivierter.

Ziellos laufe ich weiter.

»Tut es auch eine Garage?«, fragt Bernd und zeigt auf eine Reihe von Garagen. Bei einer wurde das Tor versehentlich nicht geschlossen.

Als wir näher kommen, sehen wir auch, warum, es befindet sich nur Müll in der Garage. Alte Holzpaletten, Kartons und Autoreifen. Ziemlich unsexy. Sicher wohnen auch Ratten darin. Ich schüttele den Kopf, und wir gehen weiter.

»Warum willst du plötzlich mit mir in einer engen Gasse vögeln?«, will Bernd wissen.

»Jo hat eine Affäre.«

»Echt? Mit wem?«

»Mit dem Nachhilfelehrer von Mia. Und sie trifft ihn gerade jetzt.«

»Wo?«, fragt er und sieht sich um, als könnten die beiden hier irgendwo stehen.

»Keine Ahnung!« Mir fällt ein, dass ich ja Jos Alibi bin, und hoffe, Mike ruft nicht gerade bei uns zu Hause an.

»Ich hatte nur die Phantasie, sie würden es in einer engen, dunklen Gasse treiben.«

»Mmmm«, macht Bernd, »erzähl mir mehr …«

Wir kommen an einer Fabrikhalle vorbei. Spontan biege ich ab und gehe an der Halle vorbei. Kurze Zeit später befinden wir uns auf der Rückseite der Halle, die mit einem Rolltor verschlossen ist. Es ist ziemlich dunkel hier. Ratlos bleibe ich stehen. Bernd schaut sich um und bückt sich, um das Rolltor hochzuschieben.

»Das ist doch bestimmt verschlossen.«

Ich bereue inzwischen, dass wir beide ohne Jacken losgegangen sind. Die ganze Idee mit der Gasse kommt mir jetzt bescheuert vor. Es ist dunkel, kalt und ungemütlich hier. Wir sollten nach Hause gehen ins Bett.

Zu unserem Erstaunen lässt sich das Rolltor etwas nach oben schieben. Nicht so viel, dass man drunter durchlaufen könnte. Man müsste schon robben.

»Halt fest!«, sagt Bernd, und ich tue, was er verlangt. Bevor ich etwas sagen kann, hat er sich auf den Rücken gelegt und sich, wie in einem Gangsterfilm, geschickt unter dem Tor durchgerollt.

»Spinnst du? Das ist Einbruch, komm wieder raus«, zische ich, das schwere Tor in beiden Händen.

»Lass los. Ich hab es. Jetzt du!«

Ich will protestieren, mache dann aber einfach, was er sagt. Auf der anderen Seite ist es etwas stickig, aber angenehm warm. Ein Notausgangschild wirft ein schwaches Licht auf viele Regale. Bernd lässt das Rolltor los, das sich quietschend schließt. Er packt meine Hand und hilft mir hoch. Mir ist das alles unheimlich, aber er zieht mich hinter sich her bis zu einem Stapel Styroporplatten. »Du wolltest vögeln, also lass uns vögeln«, sagt er und küsst mich. Ich schiebe ihn ein Stück von mir weg.

»Was, wenn einer kommt?«, sage ich zaghaft.

»Das ist ja gerade der Kick«, antwortet er und verschränkt seine Finger in meinen. »Außerdem steht das auf unserer Liste. Sex an ungewöhnlichen Orten.«

»Stimmt gar nicht.«

Er fängt wieder an, mich zu küssen.

»Dann schreibe ich es drauf«, haucht er mir ins Ohr.

Ich gebe meinen Widerstand auf und erwidere seinen Kuss.

Es läuft anders als in meiner Gassenphantasie. Bernd ist mir so vertraut. Jede Bewegung von ihm vorhersehbar, bis er mich plötzlich unerwartet auf den Stapel neben uns setzt.

»Hände hier hin«, befehle ich und platziere seine Hände rechts und links von mir auf der Platte. »Da bleiben sie, bis ich sage: Go!«

Er grinst mich unter seinen langen, lockigen Ponyfransen an.

»Oookay«, sagt er.

Von meinem bequemen Stapelplatz aus tue ich jetzt alles

Mögliche mit ihm und seinem besten Freund, um ihn aus der Reserve zu locken. Er bleibt tapfer bei meiner Anweisung. Irgendwann keucht er:

»Machen wir das jetzt mal umgekehrt?«

Sanft platziert er jetzt meine Hände auf seinen Schultern.

»Hier bleiben sie«, murmelt er und berührt mich dann überall dort, wo er mich schon die letzten Minuten dringend berühren wollte.

Es ist ein sehr schönes Spiel, auch wenn ich letztendlich verliere und meine Hände von seinen Schultern nehme, weil ich völlig vergesse, wo sie eigentlich bleiben sollten.

Ich wache auf und weiß erst mal gar nicht, wo ich bin. Ich habe von Bernd geträumt, wir hatten Sex. Meine Hand tastet nach ihm, ich fühle seinen Körper ganz dicht neben mir. Ich ertaste weiche Haare, die so gar nicht zu Bernd passen. Langsam rinnt der Schlaf aus meinem Gehirn und gibt meine Zellen wieder frei. Ich erinnere mich jetzt, dass Bernd in Deutschland ist, und ich bin … bei Lena im Bett. Einen kurzen Augenblick dachte ich, der Körper neben mir gehört vielleicht einem anderen Mann. Ich richte mich langsam auf, was keine gute Idee ist, denn jetzt rollen in meinem Kopf schwere, dicke Kugeln schmerzhaft aneinander. Wir haben gestern Abschied gefeiert. Unser kleiner Clan mit Cinzia, Big Pit, dem Russen, der Amerikanerin und Daniel. Daniel hat mir irgendetwas zum Abschied geschenkt, aber ich kann mich gerade nicht erinnern, was es war. Wo waren wir überhaupt? Wir waren zuerst im *Roses*, dann in einer Salsa Bar … danach ist meine Erinnerung nur noch bruchstückhaft. Glücklicherweise bin ich nur mit Lena im Bett gelandet. Ich stehe ganz langsam auf und schleiche in Zeitlupe zum Bad.

Nachdem ich mir ganz viel Wasser ins Gesicht gespritzt und noch mehr davon getrunken habe, bin ich in der Lage, nach Aspirin zu suchen. Ich schüttele vier Tabletten aus der Dose,

nehme zwei und kehre mit einem Glas Wasser in der Hand ans Bett zurück, in dem Lena gerade stöhnend aufgewacht ist. Ich reiche ihr zwei Aspirin und das Wasser.

»Wie viel Uhr ist es?«, fragt sie mit einer Stimme, die noch nicht ihre ist.

»Halb elf.«

»O Gott. In sieben Stunden bist du weg.«

Ich bin beeindruckt, dass sie das in ihrem Zustand so schnell ausrechnen kann. Ich spüre in mich hinein, um herauszufinden, was ich empfinde. In sieben Stunden bin ich weg.

Aufregung macht sich kribbelig in der Bauchgegend bemerkbar. Sieben Stunden, ich hab noch so viel vor!

»Steh auf, wir gehen frühstücken!«

»Ein letztes Mal!«, jammert Lena und hält sich stöhnend den Kopf, der sich vermutlich ähnlich schmerzhaft anfühlt wie meiner.

Ich setze mich neben sie auf das Bett und nehme ihre Hand.

»Hör auf, so was zu sagen. Ich will diesen Tag noch mit dir genießen, und das schaffe ich nicht, wenn du ständig solche Sachen sagst.«

Ihre Augen füllen sich mit Tränen, aber sie nickt. Es ist nur ein kleines Nicken, aber ich weiß, dass daran der dicke Kopf schuld ist.

Im Seven A ist alles wie immer. Eine sympathische Kellnerin mit Pferdeschwanz und Namensschild, auf dem »Daisy« steht, setzt uns an einen kleinen Tisch. Wir nehmen Platz auf den schwarzen Stühlen. Trubelig lärmt alles lauter als sonst um uns herum. Wir studieren die Speisekarte, die wir eigentlich auswendig kennen. Natürlich bestellen wir Waffeln mit Erdbeeren und Sahne.

Ein letztes Mal Waffeln essen in New York. Lena weiß zwar noch nicht, wie lange sie noch bleiben wird, aber es ist klar, dass ich sie nicht besuchen werde. Die Flüge sind viel zu teuer.

Beide wissen wir, dass es unsere Freundschaft in dieser Form nie wieder geben wird. Natürlich werden wir uns schreiben und telefonieren, aber selbst wenn Lena wieder in Deutschland ist, werden wir uns nicht mehr so regelmäßig sehen wie bisher. Sie möchte es in Berlin als Schauspielerin versuchen. Nach New York geht nur Berlin, meint sie.

Ich fliege heute Abend über London nach Düsseldorf. Dort wird Bernd mich abholen, und dann bleibe ich erst mal bei ihm in der Wohnung in Köln. Ich kenne Köln gar nicht. Ich glaube, ich bin einmal durchgefahren und stand ewig auf einer Brücke im Stau. Köln ist für mich der Dom und Viva TV und Stau auf Brücken. Bernd. Ich werde ihn endlich wiedersehen, ihn unendlich lang umarmen. Bei diesem Gedanken wird mir vor Freude ganz warm im Bauch, und ich muss eine Weile warten, bis ich wieder weiteressen kann.

Ich werde jeden Tag mit ihm zusammen sein und jede Nacht neben ihm einschlafen. Ich werde mir eine super Schauspielagentur suchen und richtig Karriere machen, und wenn Lena aus New York kommt, habe ich vielleicht schon ein paar Kontakte. Vielleicht verzichtet sie dann ja auf Berlin und kommt doch zu mir nach Köln, wer weiß.

All diese Dinge gehen mir während des Frühstücks durch den Kopf. Wir reden nicht. Ab und zu begegnen sich unsere Blicke, und dann schaffen wir ein kleines Lächeln.

Nach dem Frühstück geht es uns beiden besser. Das Aspirin wirkt, und bei Lena kommt die alte Energie zurück.

»Okay, Prinzessin, was willst du machen?«

Sie funkelt mich unternehmungslustig an. Gepackt habe ich Gott sei Dank gestern schon. Alles steht bereit in Lenas Wohnung, mein kleines Apartment habe ich unter Tränen besenrein verlassen. Winnie kommt nächste Woche und löst die Wohnung auf, verkauft alle Möbel und holt ihren restlichen Kram. Vielleicht wird sie auch noch ein paar Monate bleiben, die New-York-Verrückte.

»Ich möchte zum Empire State Building.«

Lena ist erstaunt, sagt aber sofort »Okay« und winkt lässig ein Taxi herbei.

Lena bittet den Taxifahrer, über die Fünfzehnte Straße zu fahren. So kommen wir an unserer Schule vorbei, die jetzt nur noch Lenas Schule ist. Ich winke der roten Tür zu und bleibe tapfer. Wir sehen den Coffeeshop, in dem wir uns kennengelernt haben.

»Da müssen wir nachher auch noch hin!«, sagt Lena enthusiastisch.

Ich drücke ihre Hand. Sie hält sie fest, bis wir am Empire State Building ankommen.

New York zieht an mir vorbei. Ich sehe gelbe Taxis und viele, viele Menschen, die sich wie ein Fluss auf den Gehwegen bewegen und wie auf Kommando an den roten Ampeln stehen bleiben, um sich dann gemeinsam wieder in Bewegung zu setzen. An jedem dritten Block steht ein Hotdog-Verkäufer mit seinem silbernen Wagen. Seltsam, dass ich kein einziges Mal so eine Wurst gegessen habe. Habe ich da was verpasst?

Der Wind zerwühlt uns die Haare, als wir auf der Fifth Avenue aussteigen und auf den Eingang des Empire State Building zusteuern. Wir bleiben stehen und gucken nach oben. Steil ragt das riesige Gebäude vor uns in den Himmel.

»Willst du auch hoch?«, fragt Lena.

»Ja klar, sonst macht das doch keinen Sinn.«

Ich war schon ein paarmal oben. Es kostet zwar Eintritt, und manchmal muss man eine Weile anstehen, aber es fühlt sich dort oben an wie Manhattan pur. Einmal habe ich sogar eine Szene mit Daniel dort oben geprobt, weil sie auf der Aussichtsplattform spielt. Wir haben Glück und müssen nicht lange warten, bis wir in den großen, goldenen Aufzug steigen dürfen. Der Liftboy macht seine üblichen Sprüche, dann fahren wir achtzig Stockwerke hoch, während unser Magen auf der dritten Etage hängen bleibt. Für die restlichen sechs Stockwerke nehmen wir nicht, wie alle anderen, den zweiten Aufzug, sondern laufen. Es ist schön, wenn man so ein bisschen außer Atem auf der Aussichtsplattform ankommt.

Hier oben ist es, wie immer, windig und kühl. Lena und ich treten vorsichtig an die dicke brusthohe Brüstung und blicken durch das Gitter auf New York.

Von hier aus sieht man gut, dass Manhattan eine Insel ist.

Wie ordentlich die City von oben aussieht. Auf jeder Karte kann man sehen, dass alles quadratisch angeordnet ist, die Orientierung ist also einfach hier, sogar für mich. Aber wenn man das dann so in echt sieht, ist es trotz allem erstaunlich. Wir können das Chrysler Building mit seiner schönen schuppigen Spitze sehen und den Central Park. Da habe ich Bernd zum ersten Mal gesehen. Mein Herz klopft ein bisschen schneller bei diesem Gedanken.

»Zehn Dinge, für die du dich bei ihr bedanken willst«, fordert Lena und zeigt auf die Stadt.

Mir gefällt die Vorstellung, dass New York eine »Sie« ist.

Ich denke nach und lege beide Hände auf die Brüstung. Mein Ziehen in den Beinen setzt ein wegen der Höhe.

»Danke für die Waffeln!«, rufe ich und versuche, die Leute um uns rum zu vergessen.

»Danke für die Nächte! Danke für all die Burger und French Fries! Danke für Urban Outfitters! Danke für die vielen lustigen Szenen! Danke Lee Strasberg! Danke, dass wir die Fahrt mit Killer-Hasan überlebt haben! Danke für die Stunden auf dem Dach in unseren Luftsesseln!«

»Noch zwei«, sagt Lena.

Da muss ich nicht überlegen. »Danke, dass ich Bernd kennengelernt habe. Und danke für Lena!«, schreie ich, so laut ich kann, gegen den Wind. Jetzt laufen bei uns beiden die Tränen.

»Danke für Franzi!«, schreit Lena über die Brüstung. Dann umarmen wir uns und heulen eine Weile.

Weil wir jetzt sowieso schon sentimental sind, trinken wir als Nächstes einen Chai Tea Latte in »unserem« Coffeeshop.

»Was hast du vor die nächsten Wochen hier?«, frage ich Lena, als wir uns in den weichen Sesseln gegenübersitzen.

»Ich werde versuchen, dich zu vergessen«, sagt sie grinsend, »und mir dann einen reichen Kerl aufreißen, um noch etwas High Society zu erleben. Außerdem werde ich jetzt die Lieblingsschülerin von McAlister, du bist ja weg!«

»Und du musst dich um Daniel kümmern, den vererbe ich dir!«

Lena rümpft die Nase. »Der hat ja gestern vielleicht rumgeheult. Was hat er dir eigentlich geschenkt?«

Ich zucke die Schultern. »Ich habe überhaupt keine Erinnerung daran und habe es vermutlich auch irgendwo liegen gelassen.«

»Guck doch mal in deinen Jackentaschen nach!«

Ich tue es und ertaste tatsächlich eine kleine Schachtel. Ich ziehe sie aus der Tasche. Sie ist so lang wie mein Zeigefinger, aus grauer Pappe, ohne Aufschrift. Ich öffne sie und erinnere mich im selben Moment wieder an das Geschenk. Es ist ein silbernes Medaillon an einer feinen, langen Kette.

Lena macht einen staunenden O-Mund.

»Ist da ein Foto von ihm drin?«, fragt sie.

Ich schüttele den Kopf und reiche es ihr, damit sie es öffnen kann. Sie fingert eine Weile an dem kleinen Verschluss herum und macht dabei so typische Bewegungen, dass mir mein Herz weh tut. Der Verschluss geht auf. Das Medaillon ist leer, aber es ist etwas eingraviert.

»New York 1995«, liest sie vor. Sie klappt es wieder zu und lässt es in meine geöffnete Hand fallen. Wie eine leichte Schlange schmiegt sich die Kette an meine Handfläche. Das Medaillon ist warm von Lenas Fingern. »Das ist ein richtig schönes Geschenk«, sagt sie beeindruckt.

»Finde ich auch!«, sage ich.

»Wirst du es tragen?«, fragt sie.

»Nein, aber ich werde es aufheben.«

Unser Chai ist ausgetrunken, und langsam wird die Zeit knapp. Ich möchte noch ein paar letzte Dinge kaufen.

Unser Zeitmanagement ist leider alles andere als perfekt. Plötzlich wird es verdammt knapp, um zum Flughafen zu fahren, und so rennen wir am Ende, mit Tüten bepackt, drei Blocks weit, um endlich ein Taxi zu erwischen.

Während der Fahrer mit laufendem Motor unten wartet, sprinten Lena und ich die Treppe hoch, um mein Gepäck zu holen.

Ich quetsche den Inhalt der Tüten in meinen Koffer. Ein Geschenk verstecke ich unter Lenas Kopfkissen, als sie nicht hinschaut. Es ist ein ganz weiches, riesiges Männershirt. Das kann sie zum Schlafen anziehen. Lena schläft immer in übergroßen Männershirts. Ich habe das gleiche auch für mich gekauft, und so gelingt es uns vielleicht, uns im Traum zu treffen.

Meine Reisetasche verhakt sich in der Küche an einem Stuhl. Lena rennt schon laut polternd mit meinem Koffer die Treppe herunter, da schleicht Heidi aus ihrem Zimmer.

Wortlos geht sie an mir vorbei.

»Heidi«, sie dreht sich erstaunt um. »Ich weiß, was du getan hast, und ich zeig dich an, wenn du Lena nervst. Lass sie in Ruhe!«

Sie macht kurz große, erschrockene Augen und sagt dann irgendetwas Böses im Wiener Slang. Ich soll mich schleichen oder so. In Wahrheit hab ich überhaupt keine Ahnung, was Heidi jemals alles getan hat oder auch nicht, aber es fühlt sich einfach gut an, so einen Satz zum Abschied rauszuhauen.

Als ich am Taxi ankomme, ist mein Koffer schon hinten verstaut. Der Fahrer wirft die Tasche dazu, und jetzt ist der Zeitpunkt gekommen, sich von Lena zu verabschieden. Obwohl ich seit Wochen die Tage rückwärts zähle und heute die Stunden, bin ich überhaupt nicht darauf vorbereitet.

Wir haben keine Zeit, der Fahrer sitzt schon ungeduldig im Wagen. Wir halten uns gegenseitig fest an unseren Unterarmen und wollen uns noch so viel Wichtiges sagen.

»Werd glücklich mit Bernd, Franzi, er ist es!«

Ich nicke. »Lena …« Ich heule jetzt und kann eigentlich gar nichts sagen. »Pass auf dich auf, Lena. Mach keinen Scheiß ohne mich!«

Sie lächelt unter Tränen. *»Take care!«*

Wir umarmen uns wie zwei Ertrinkende. Ein letztes Mal atme ich ihren Zimtgeruch ein.

Als ich mich löse, weint sie hemmungslos. *»You – grow up!«*, sage ich und steige selber heulend in das Taxi.

Der Fahrer fädelt sich ungerührt in den fließenden Verkehr ein. Wir fahren zügig zum John-F.-Kennedy-Flughafen, während mein Herz in der Upper West Side hängen bleibt.

Mechanisch gebe ich mein Gepäck auf. Hinter der Sicherheitskontrolle kaufe ich mir noch eine Flasche Wasser. Als ich an der Kasse die Döschen mit Lippenbalsam sehe, nehme ich eins mit.

Am Gate schmiere ich mir die Lippen damit ein so wie Lena immer. Meine Lippen brennen danach genauso wie meine Augen.

Um zum Flugzeug zu gelangen, muss ich durch einen langen Gang. Mit jedem Schritt entferne ich mich von meinem Leben in New York. Ich hätte nicht gedacht, dass mir das so schwerfallen wird. All die Tage hatte ich nur Bernd im Kopf und unser Wiedersehen. Jetzt frage ich mich, wie ich in Köln neu anfangen soll, wenn mein Herz gar nicht mit ankommt, weil es sich einfach weigert, New York und Lena zu verlassen.

Still heule ich bis zum Flugzeug. Meine Taschentücher sind inzwischen nasse Fetzen. Vor mir dreht sich eine ältere Frau, so um die dreißig, um und reicht mir eine ganze Packung Taschentücher. *»Here you are, Darling.«* Ich forme lautlos: »Thank you«, weil das *Darling* in ihrem Satz eine neue Tränenflut in mir auslöst. Wer wird mich in Köln »Darling« nennen oder, wie Lena, »Prinzessin«?

Ich richte mich an meinem Platz auf meinen 0,3 Quadratmetern ein, so gut es geht. Meine Jacke benutze ich als Decke. In der Jackentasche steckt immer noch das Medaillon. Das Flugzeug setzt sich in Bewegung. Ein letztes Mal Blue Hour in New York. Blinkende Lichter zeigen die Startbahn an. Das Flugzeugt stoppt und schaltet die Turbinen ein. Das Licht in der Kabine erlischt. Ich nehme das Medaillon in die Hand und klappe es auf. »New York 1995«, lese ich. Jetzt setzt sich der große Jumbojet wieder in Bewegung. Erstaunlich schnell gewinnt er an Geschwindigkeit, um sich dann mühelos in die Luft zu schwingen.

Bye-bye, New York. Millionen Lichter unter uns. Bye-bye, Lena. Die ersten Wolkenfetzen ziehen am kleinen Fenster vorbei. Dann sehe ich eine Weile nur Watte. Wir tauchen auf in einer anderen Welt. Der Sonnenuntergang hat den Wolkenteppich unter uns rot gefärbt. Der Druck, der mich in den Sitz gepresst hat, lässt nach. Ich lege mir die Kette mit dem Medaillon um den Hals. Das kleine kalte Ding an der Brust fühlt sich dort genau richtig an. Vielleicht muss Bernd einfach ein paar Tage warten, bis auch mein Herz angekommen ist.

Kapitel 18

»Wie sehe ich aus?«

Bernd fummelt nervös an seinem Schlips herum.

»Du siehst wunderbar aus, mein Schatz!«, sage ich, ohne hinzugucken, weil ich gerade dabei bin, mir einen wackeligen Lidstrich zu ziehen. Beim linken Auge ging das perfekt, aber jetzt, beim rechten, bekomme ich es überhaupt nicht hin. Überlege, ob ich den linken Strich jetzt wieder mit einen Q-Tip entferne oder weiter an der krüppeligen rechten Linie bastle.

»Ist doch bescheuert. Ich zieh die wieder aus!«

Entschlossen reißt Bernd sich seine Krawatte vom Hals. »Ich bin der neue Chef, und ich entscheide: Der neue Chef trägt keine Krawatten!«

Fragend sieht er mich dabei an. Mit wilden Haaren steht er vor mir, schwitzend vor Aufregung.

Plötzlich schäme ich mich, dass ich Jo und Lena erzählt habe, wie wenig Lust ich habe auf den heutigen Abend. Es ist sein Abend. Und ich liebe diesen Mann.

Ich ordne seinen Jackettkragen und fahre liebevoll über seine Schultern. »Du siehst super aus ohne Krawatte!«

Ich küsse ihn auf den Mund. Sein Körper bleibt sperrig.

»Meinst du, der Albermann nimmt mir das nicht übel, wenn ich …«

Ich küsse ihn noch mal, diesmal zärtlicher, fordernder. Er sträubt sich noch, will eine Antwort. Ich küsse weiter, bis seine Lippen weich werden und er mich nah an sich heranzieht.

»Ich glaube, dem Albermann sind ganz andere Sachen wichtig, und deinen Mitarbeitern auch.«

Er löst sich von mir. Uns beiden ist bewusst, dass ich von »seinen« Mitarbeiten gesprochen habe, nicht mehr von »unseren«. Heute feiert die Firma offiziell die Fusion. Es ist seltsam, an Bernds Seite zu sein, obwohl ich das Boot verlassen habe. Wir wissen beide noch nicht so genau, wie wir damit umgehen sollen. Ich fürchte mich vor den Fragen der anderen, vor ihren Blicken. Aber gerade ist der neue Chef wichtiger, und der hat auch Angst vor dem Abend. Ich drücke seine Hand.

»Wir schaffen das! Und du solltest es genießen! Du bist da, wo du hinwolltest.«

Er senkt den Blick. »Ich wollte da mit dir hin ...«

Ich ignoriere meinen sich zusammenziehenden Magen und sage: »Ich bin hier.« Unsere Blicke treffen sich. Er drückt meine Hand ganz fest und nickt.

Als wir die Treppe herunterkommen, sitzen Mia und Lukas in Jacken und Schuhen vor dem Fernseher.

»Na endlich!«, sagt Mia und macht aus.

Lukas wirft sich nach hinten aufs Sofa. »Muss ich denn mit?«

Ich könnte ihn knutschen für diesen Satz. Es tut so gut, die Aufmerksamkeit auf ihn zu lenken. Ein nölender neunjähriger Sohn ist so viel besser als eine dreiundvierzigjährige Ehefrau, die nach langen Jahren aus dem Familienbetrieb aussteigt, gerade zu dem Zeitpunkt, an dem ihr Mann sie am meisten braucht. Übereifrig stelle ich Lukas eine Cola in Aussicht und verspreche ihm, dass er auf meinem Handy spielen darf, sollte es im Restaurant wider Erwarten langweilig werden.

Entnervt von der Parkplatzsuche, kommen wir leicht verspätet bei dem schicken Italiener an. Hier war meine erste Begegnung mit Herrn Albermann. Damals war ich überrascht, wie sympathisch er ist. Aber damals wusste er auch noch nicht, dass mein Herz gar nicht an Dichtungsringen hängt.

Seit ich aus der Firma ausgestiegen bin, habe ich ihn noch nicht persönlich getroffen. Ich habe es bisher immer geschafft, ihm aus dem Weg zu gehen. Ich fürchte mich davor, was er zu mir sagen wird. Ich will nicht die Enttäuschung in seinen Augen sehen.

Zu spät für Rescue-Tropfen. Bernd ist schon durch die Tür und Lukas auch. Aber irgendjemand muss doch bitte meine Hand halten, wenn ich da reingehe. Leicht panisch stolpere ich hinterher, da spüre ich plötzlich, wie sich schmale Finger in meine schieben. Mia lächelt mich auf Augenhöhe an. Meine distanzierte Große, die sich sonst ständig im Reich der Teenager befindet, rettet mich und betritt an meiner Seite das Restaurant, ihre Hand fest in meiner.

Wir laufen direkt Herrn Albermann in die Arme.

»Gleich zwei so hübsche junge Frauen! Wem darf ich denn zuerst aus dem Mantel helfen?«

Mia kichert, und ich würde schrecklich gerne auch kichern, belasse es aber bei einem Lächeln. Herr Albermann hängt erst würdevoll Mias Sweatshirtjacke an die Garderobe und hilft dann mir aus meinem Mantel. »Ich freu mich sehr, dass Sie heute mit der ganzen Familie dabei sind«, sagt er herzlich.

»Das ist doch selbstverständlich«, höre ich mich piepsen. Fällt mir denn nichts Besseres ein?

»Mama hat ewig im Bad gebraucht. Ich glaube sie war sehr aufgeregt.«

Ich weiß, Mia möchte helfen, aber nun ist es noch peinlicher für mich. Ich werde rot. Herr Albermann löst die Situation mit einem schallenden Lachen. Dann sagt er leise zu mir: »Machen Sie sich keine Gedanken. Sie tun das Richtige. Ich wünschte, meine Frau hätte mehr für sich als für die Firma gelebt …«

Wieder weiß ich nicht, was ich sagen soll. Ich drücke seinen Arm und sage leise: »Danke.«

Dann wird es höchste Zeit, sich in den Trubel zu werfen. Alle sitzen schon am Tisch und stehen auf, als wir dazukommen. Es gibt ein wirres Durcheinanderbegrüßen, und unsere Kinder werden bestaunt, als wären sie aus purem Gold.

Stühle werden gerückt, Champagner wird bestellt, die Kinder bekommen Saft. Herr Albermann hält eine kleine Rede, dann ist Bernd dran. Er spricht von Teamgeist und gemeinsamer Zukunft. Auch wenn ich weiß, dass meine Entscheidung, nicht mehr in der Firma mitzuarbeiten, richtig war, quetscht mir jedes dieser Wörter meinen Magen ein.

Lukas möchte jetzt endlich seine Cola, aber offensichtlich ist der offizielle Teil noch nicht vorbei. Als Bernd fertig ist mit seiner Rede, erhebt sich Herr Albermann noch einmal. Das halbe Team springt mit ihm auf und verschwindet eifrig. Was ist hier los?

»Liebe Familie Bergmann, um ein paar Ecken haben wir erfahren, dass Sie nun auch privat große Pläne haben. Eine Finca mit einer Weide voller Ziegen war mal der Traum von Gerda und mir. Ich muss sagen, Sie haben mich jetzt mit Ihrem Hof, den Sie kaufen wollen, sehr inspiriert. Ich hoffe, ich werde genauso mutig sein wie Sie und mir bald meinen Traum von der Finca erfüllen. Und da ich in Erfahrung gebracht habe, dass auch ein noch leerer Stall zu Ihrem Anwesen gehört, haben mein Team beziehungsweise Ihr Team und ich für die ersten Bewohner auf Ihrem Hof gesorgt.«

Dann passiert alles auf einmal. Mia und Lukas bestürmen mich mit Fragen. »Mama? Wir kaufen einen Hof? Mit einem Stall? Darf ich dann ein Schwein?«

»Spinnt ihr? Ihr könnt doch keinen Hof kaufen, ohne uns zu fragen! Wo bitte ist der, Mama??!!!«

Gleichzeitig kommt die Belegschaft tatsächlich mit zwei kleinen weißen Ziegen in das Restaurant. Herr Albermann überreicht mir feierlich ein Bund Möhren, das oben noch grüne Blätter hat, wie einen Blumenstrauß.

»Sie haben noch keine Namen«, erklärt mir Lotti, die Schnecke, die meinen Job übernimmt. »Sie sind aus einem Streichelzoo, deshalb sind sie auch sehr zutraulich.«

Ich beuge mich zu der Ziege hinunter, die sofort meine Möhren entdeckt hat und beginnt, sich energisch das grüne Ende einzuverleiben. Lukas ist aufgesprungen und umarmt die andere Ziege, die nur still hält, weil sie dabei mit der Schnauze nah am Tisch ist und das Brot riechen kann, das in unmittelbarer Nähe steht. Alle streicheln die Ziegen und reden durcheinander. Von jeder Seite kommen gutgemeinte Tipps. Die Ziegen sollten nicht allein bleiben, eine kleine Herde von fünf Ziegen wäre optimal, und sie brauchen natürlich viel Auslauf, und der Stall muss gut belüftet sein, und wir sollten darauf achten, dass sie nicht zu viel Getreide fressen, weil sie sonst Durchfall bekommen.

Bernd und ich schauen uns in dem ganzen Trubel etwas hilflos an. Ich kann nicht anders, ich muss lachen. Es ist so skurril, hier beim schicken Italiener mit weißen Tischtüchern und Champagner zwei Ziegen mit Möhren zu füttern. Ein großes, albernes Lachen bahnt sich seinen Weg. Herr Albermann schaut mich glücklich an. Ich zeige auf die bizarre Szenerie. Er stimmt ein, und gemeinsam stehen wir da und lachen über unser Leben. Es steckt so viel Hoffnung in diesem unvernünftigen Geschenk. Zwei Ziegen und noch kein Hof. Wo sollen wir die beiden bloß so lange unterbringen? Und wie bekommen wir sie jemals aus diesem Restaurant wieder raus? Die eine frisst inzwischen das Brot vom Tisch. Lukas hat ihr seinen Stuhl angeboten, den sie mit den Vorderhufen dankend bestiegen hat. So kommt sie besser an die Schale ran. Wie transportiert man überhaupt Ziegen? Passen sie in den Kofferraum? All das geht mir zwar durch den Kopf, aber ich lache einfach so lange, wie ich kann mit Herrn Albermann. Beide lachen wir uns die Angst weg, lachen und hoffen wie zwei Kinder, dass am Ende schon alles gut wird.

Wir haben doch mehr gemeinsam, als ich dachte, und erstaunlicherweise auch ähnliche Ziele.

Der Besitzer des Restaurants ist glücklicherweise eingeweiht und stört sich gar nicht an dem Chaos, welches wir veranstalten. Mit großen Gesten serviert er jetzt Bruschetta für alle und verschlimmert damit die ganze Situation. Die Brotziege springt jetzt nämlich ganz auf den Tisch, weil sie denkt, man hätte ihr endlich nach dem ollen Brot den Hauptgang serviert, der zwar etwas ungemütlich auf dem hohen Teil steht, aber so ist das nun mal mit Futter. Man muss sich bemühen. Die andere Ziege möchte sich auch gerne bemühen und versucht jetzt, an allen vorbeizukommen, um sich auch einen Platz auf dem Tisch zu sichern, und zwar bevor ihr Kumpel die ganze Bruschetta allein gefressen hat.

Vom Nachbartisch springt ein großer Mann auf und kommt uns zu Hilfe. Mit sehr energischen Handgriffen zerrt er das eine Tier vom Tisch, während Bernd versucht, die andere Ziege gar nicht erst auf den Tisch zu lassen. Beide meckern empört, als sie dann auch noch das Restaurant verlassen sollen und zurück zu ihrem kleinen Anhänger geführt werden. Warum sollen sie in dem kleinen dunklen Loch stehen, wenn es in dem großen hellen Raum so herrliche Dinge zu fressen gibt? Ich locke sie mit dem Rest meiner Möhren schließlich doch die Rampe hoch in den Anhänger.

Ziemlich erschöpft kehren wir an den Tisch zurück, den der Rest vom Team mit Hilfe von zwei Kellnern wieder einigermaßen hergerichtet hat.

Ich schleppe die Kinder mit zu den Toiletten, um uns die Hände zu waschen. Bernd eilt uns hinterher. Mia und ich quetschen uns mit den Jungs zusammen in die Herrentoilette, in der niemand außer uns ist.

Während wir alle gemeinsam Hände waschen, erklären wir den Kindern in ein paar Sätzen, wo der Hof ist und warum wir ihnen noch nichts davon erzählt haben.

»Wie wahrscheinlich ist es denn, dass wir ihn kaufen?«, will Mia wissen. »Achtzig Prozent«, sagt Bernd.

»Neunzig«, sage ich.

»Haben wir denn so viel Geld?«, will Lukas wissen. »Und kann ich ein Schwein haben?«

»Jetzt haben wir erst mal zwei Ziegen«, erinnere ich ihn.

»Ihr hättet trotzdem was sagen müssen. Wenigstens mir. Wie weit ist es denn von da zu meiner Schule? Muss ich dann sehr viel früher los?«

Bernd hebt die Hände. »Ich weiß, das ist jetzt schwer, aber lasst uns alle Fragen morgen klären, okay? Jetzt sollten wir einfach nur diesen Abend hier hinkriegen.«

»Und ganz dringend was essen!«, füge ich hinzu.

Am Tisch erwartet man uns schon. Ich denke, jetzt bin ich dran mit einer kleinen Rede. Ich stehe auf und sage: »Bitte warten Sie jetzt nicht länger mit dem Essen, ich spreche erst weiter, wenn jeder hier etwas Bruschetta auf dem Teller hat, falls uns die Ziegen überhaupt noch etwas übrig gelassen haben …«

Ich warte, bis alle sich etwas genommen haben, und fahre dann fort: »Ich danke Ihnen allen ganz herzlich. Wir haben noch nie so ein, äh, lebendiges Geschenk bekommen und sind beide begeistert. Das war eine schöne und ungewöhnliche Idee! Jetzt hoffen wir, dass beides klappt, die neue Firma und der neue Hof, und dann sind Sie alle bald herzlich eingeladen zum nächsten Teamessen bei uns im Garten!«

Alle stoßen an. Wir trinken, essen und reden. Lukas bekommt endlich seine Cola, und als auf die Bruschetta dann Pizza und Spaghetti folgen, fragt Bernd mich leise: »Alles okay?« Ich lege ihm unter dem Tisch die Hand auf sein Knie, und er nimmt sie und drückt sie. Wir grinsen uns an. Es fallen keine Wörter mehr, die meinen Magen einquetschen.

Herr Albermann fährt am Ende eines sehr langen Abends die Ziegen persönlich bis zu uns nach Hause, weil unser Auto keine Anhängerkupplung hat. Wie gut, dass wir das alte Spielhäuschen der Kinder im Garten nie abgebaut haben. Das wird jetzt eben mal zum Stall umfunktioniert und mit Heu und Stroh aus dem Anhänger ausgelegt.

»Hier könnt ihr gut schlafen«, sagt Mia liebevoll zu den beiden müden Ziegen, die sich widerstandslos da hineinführen lassen.

Wir verabschieden Herrn Albermann, der uns alle vier umarmt, und haben dann nur noch einen Wunsch.

»Ich will ins Bett«, sagt Lukas.

»Dass wir das mal von dir hören würden ...«, gähnt Mia.

Ich erlasse beiden das Zähneputzen, weil ich selbst kaum noch dazu in der Lage bin. Mein rechter Arm ist so schwer, als hätte ich damit den ganzen Abend zwei Ziegen spazieren geführt.

Seufzend fallen Bernd und ich ins Bett. »Der spinnt, der Albermann«, murmelt er.

»Deshalb passt er ja zu uns«, sage ich und kuschele mich zu Bernd unter die Decke. Ein paar Wie-soll-das-alles-gehen-Gedanken versuchen noch, zu mir auf das Kopfkissen zu klettern. Aber ich schließe einfach die Augen und drehe mich so heftig um, dass sie alle rückwärts auf die Matratze purzeln. Bis sie es schaffen wieder hochzuklettern, schlafe ich schon.

Am nächsten Morgen liege ich eine Weile bewegungslos da und muss erst mal ordnen, was in meinem Kopf Wirklichkeit und was Traum war. Zwei Ziegen haben unser Sofa Gortan gefressen. Das habe ich vermutlich geträumt, aber die Ziegen gibt es wirklich, wenn ich mich richtig erinnere. Stimmen dringen in unser Kellerschlafzimmer. Zwei begeisterte Stimmen, die meiner Kinder. Unser Fenster ist auf Kippe, die beiden müssen im Garten sein. Bernd schläft noch. Ich husche leise aus dem Schlafzimmer. Oben im Wohnzimmer finde ich einen grauen Kapuzenpulli von Bernd, den zieh ich mir über mein Nachthemd, bevor ich zu den Kindern und ihren neuen Haustieren in den Garten gehe. Es ist noch vor neun Uhr, und ich weiß nicht, wann ich Mia das letzte Mal um diese frühe Uhrzeit an einem Samstag wach erlebt habe. Sie hockt im Gras und macht mit ihrem Handy hundert Bilder von der einen Ziege.

»Mama! Ich hab ihr beigebracht, wie man die Tür vom Spielhäuschen öffnet!«

Lukas strahlt und kommt mit der anderen Ziege, die er wie einen Hund am Halsband festhält, aus dem Häuschen. »Jetzt können sie ganz allein im Garten spazieren gehen! Fritzi ist echt schlau!«

»Fritzi?« Ich hocke mich neben Mia ins Gras. Die Fotomodellziege kommt und schnuppert neugierig an mir herum. Als ich sie streicheln will, weicht sie zurück.

»Du musst sie einfach so nehmen, Mama, schau!« Lukas schnappt das Ziegenmodell, indem er einfach einen Arm um sie schlingt, und streichelt sie zwischen den Hörnern am Kopf. Das scheint sie zu mögen, sie hält ganz still. Ich bin fasziniert, wie Lukas in der kurzen Zeit hier zum Ziegenhirten geworden ist.

»Aber Fritzi kann sie nicht heißen. Das ist doof«, sagt Mia und macht ein Bild von ihrem Bruder mit der Ziege, das sie ganz automatisch an mein Handy, das noch in meiner Handtasche schläft, weiterleitet. Mia macht das mit allen Bildern, von denen sie weiß, dass ich sie gerne haben würde, so. Es ist eine Art Sprache der Liebe von Teenagertöchtern, man muss sie nur verstehen.

»Das sind zwei Böcke, glaube ich. Die brauchen männliche Namen.«

»Fritzi kann doch auch ein Mann sein«, verteidigt Lukas seinen Namen.

»Nein, lass sie uns doch irgendwie cooler nennen, Crazyhorse, oder Devilushion.«

»Was sind das denn für Namen?«

»Von YouTubern«, erklärt Mia.

Wenn ich mir die Ziegen so anschaue, werde ich plötzlich

an ein Bild erinnert. Ein Schwarzweißfoto vom Schauspielguru Lee Strasberg, das war auf irgendeinem Buch hinten drauf, das wir alle lesen mussten, damals in New York. Sein Name stand damals für die Verwirklichung von Träumen. Die Ziegen sehen ihm irgendwie ähnlich.

»Sie heißen Lee und Strasberg!«, verkünde ich den Kindern in einem Ton, der keinen Widerspruch duldet.

»Das bestimmst du einfach so?«, sagt Mia.

»Ja. Ihr dürft dafür eure Kaninchen nennen, wie ihr wollt.«

»Unsere Kaninchen?«

»Wir bekommen Kaninchen? Echt jetzt?!« Lukas ist gleich außer sich vor Freude. Bernd und ich haben nie Tiere erlaubt. Keine Zeit, kein Platz dafür, waren unsere Argumente. Aber auf einem Hof haben jetzt eine Menge Tiere Platz, und ich habe neuerdings auch Zeit, weil ich keine Gummiringe mehr bestellen muss.

Ich stehe auf und hole ein grünes Geschenkband, das binde ich der Fotomodellziege um den Hals. »Du bist jetzt Lee«, sage ich zu ihr. »Gefällt dir das?«

»Dürfen wir Papa wecken?«, fragt Lukas.

»Ja! Wir wollen den Hof sehen! Können wir noch vor dem Frühstück hinfahren?« Mia hüpft aufgeregt hoch und runter, wie sie es manchmal noch tut, wenn etwas ganz aufregend für sie ist, so als wäre sie sechs.

»Ja, weckt Papa, aber ich muss Frau Kajinski erst mal anrufen, ob …«

Mir hört keiner mehr zu. Außer den zwei Ziegen, die immer zutraulicher werden. Eine möchte gerne den Kindern ins Haus folgen. Ich erwische sie gerade noch am Popo und zieh sie zurück in den Garten. Empört meckert sie und rennt buckelnd weg.

Die Kajinskis sagen zu, obwohl sie mitten im Umzugsstress stecken. Unser Frühstück, welches wir auf der Terrasse starten, müssen wir nach kurzer Zeit nach drinnen verlegen, weil die

Ziegen alles versuchen, um auch etwas von unserem Toastbrot abzubekommen. Für sie sind Menschen vor allem dazu da, sie zu füttern. So kennen sie das aus dem Streichelzoo, aus dem sie kommen. Wir setzen unser Frühstück also drinnen fort und werden von Lee und Strasberg durch die Scheibe sehr genau dabei beobachtet.

Den Hof noch mal mit den Kindern anzusehen ist ein wirklich schönes Erlebnis. Lukas will sofort im Gästehaus einziehen, und Mia träumt von einem Pony im Stall, der inzwischen leer ist. Bonny und Clyde sind schon ausgezogen.

»Bernd«, ich ziehe ihn zu mir unter den großen Kastanienbaum. »Wir können jetzt nicht mehr zurückrudern. Die Kinder flippen aus, sie lieben es hier. Das verzeihen sie uns nicht, wenn wir ihnen den Traum hier wieder wegnehmen.«

»Ich weiß«, nickt er. »Den Termin mit der Bank haben wir nächste Woche, da kommt auch die Maklerin mit dem Gutachter, der unser Haus schätzt. Das war einfach etwas ungeschickt vom Albermann, damit jetzt schon rauszuplatzen.«

»Er wusste ja nicht, dass die Kinder noch nichts wissen«, verteidige ich ihn. »Ich will auch nicht mehr zurück. Es ist traumhaft hier.«

Ich lehne mich an den Baumstamm und schließe die Augen. Vögel zwitschern über mir. Als ich sie wieder öffne, sehe ich Bernds Blick.

»Ich weiß. Ich such mir einen Job«, sage ich, bevor er etwas sagen kann. Dieses Thema ist immer noch empfindlich. Bernd versteht nicht ganz, warum ich aus seiner gut laufenden Firma aussteige, um mir dann irgendwo einen vielleicht schlechter bezahlten Job zu suchen. Dass ich auch Geld verdienen muss, damit wir uns das alles leisten können, ist uns beiden klar. Ich schaue auf meine roten Gummistiefel. Da sitzen wieder die Teebeuteltiere mit ihren Schildern. »WELCHEN JOP?«, steht auf den Schildern. »Job schreibt man mit b«, sage ich leise zu ihnen.

Dann folge ich Bernd ins Haus. Wir nutzen den Termin, um noch ein paar Dinge mit den Kajinskis zu besprechen. Im Wohnzimmer stehen schon eine Menge Kisten. Bernd und ich dürfen auf dem alten, bequemen Sofa sitzen.

Herr Kajinski ist ein kleiner Mann, der sehr viel redet und jeden zweiten Satz mit »Andererseits« beginnt. Ganz ohne vorher ein Einerseits zu benutzen. »Andererseits ist es ja auch ganz gut, dass wir einen Monat Zeit für den Umzug haben, so müssen wir nicht alles auf einmal machen.«

»Eigentlich bräuchten wir einen Container, um nicht mit dem ganzen Müll umzuziehen«, sagt Frau Kajinski.

Ich meine zu sehen, dass sie dabei auf das Sofa blickt, und möchte gerne fragen, ob wir es vielleicht behalten könnten. Aber während ich noch überlege, wie ich das formulieren soll, verstreicht der Moment, und Herr Kajinski redet schon vom Hamburger Immobilienmarkt, der so überteuert sei, dass man da andererseits gar nicht hinziehen sollte.

Auf dem Rückweg ist Lukas gar nicht mehr zu bändigen. In einer Tour erzählt er alles, was er auf diesem Hof machen will und welche Tiere er haben möchte (immer noch ein Schwein) und überhaupt. Der ganze kleine Neunjährige glüht vor Begeisterung. Mia ist viel stiller, will auch auf keinen Fall mit in den Baumarkt, sondern gleich nach Hause. Bernd deutet das falsch. Als er Mia rausgelassen hat und wendet, meint er betroffen: »Unsere Große ist wohl nicht so begeistert von der Hofidee …«

»Doch, ich denke schon.«

Er schaut mich erstaunt an. »Woran machst du das fest?«

»Sie wollte schnell nach Hause, weil sie dort Internet hat. Und das braucht sie, um all ihren Freundinnen zu schreiben, wie genial der Hof ist. Hast du nicht gesehen, dass sie alles fotografiert hat?«

»Und warum sagt sie kein Wort?«

»Weil sie vierzehn ist.«

Wir gucken uns an und lachen, weil wir gemeinsam diese seltsame Metamorphose erleben, die aus einem Kind plötzlich einen Teenager macht, der manchmal so fremd wie ein Alien ist in seinen Handlungen.

Im Baumarkt wollten wir eigentlich ein paar Bretter besorgen, um unseren wackeligen Maschendrahtzaun zu verstärken. Aber wir schaffen es gar nicht bis dorthin. Mia ruft uns an und erklärt, es sei leider keine Ziege mehr im Garten.

»Wir kommen, such schon mal die Nachbargärten ab!«

»Nee, ich dachte eigentlich, ich guck jetzt erst mal Fernsehen.«

Ein paar Sekunden lang kann ich ihre Antwort nicht einordnen.

»O Mama! Spaß!«, sagt Mia und legt dann auf.

Bernd wendet illegal bei durchgezogener Mittellinie und, zu Lukas' großer Freude, mit quietschenden Reifen das Auto.

Zu Hause finden wir einen heruntergetrampelten Zaun vor. Keine Mia, keine Ziegen. Im Kühlschrank keine Möhren. Die hat sie vermutlich schon alle mitgenommen, um die zwei zu locken. Kluges Kind.

Bernd und Lukas wollen gerade losrennen, da kommt Mia ihnen außer Atem entgegen. »Sie sind nirgends! In keinem Nachbargarten! Ich hab alles abgesucht.«

Sie schwenkt kraftlos die Möhren in der Hand durch die Luft, um anzudeuten, wo sie überall schon war. Lukas und Bernd nehmen daraufhin ihre Fahrräder und schwärmen aus. Ich starte Ziegengroßalarm und rufe Jo an, die zwanzig Minuten später mit der kompletten Familie anrückt.

Sogar Mike ist dabei, in Wanderschuhen. Vielleicht denkt er, dass er so ein besseres Gespür für die Ziegen bekommt und sie findet, wenn seine Füße in ordentlichem Schuhwerk stecken. Oder er hat vor, sich durch Hecken zu schlagen und über Mauern zu klettern. Ich bin dankbar für jede Hilfe.

Wir teilen uns auf. Lukas, Luis, Bernd und Mike suchen die

Straße runter links und Maja, Mia, Emmi, Jo und ich die Straße hoch rechts nach den dummen Ziegen.

»Wo stecken die bloß? Ich dachte Ziegen sind so Weidetiere. Was machen die denn jetzt hier auf Langstreckenläufer?«, frage ich Jo.

»In freier Wildbahn können die ziemliche Strecken zurücklegen.«

»Das ist hier aber nicht so empfehlenswert. Hier sind überall Straßen!«, sagt Emmi, als wüssten wir das nicht.

Wir lassen die Kinder etwas vorgehen. »Wie lief es mit Markus?«, flüstere ich. Jo schaut mich nur kurz an, und ich weiß schon Bescheid. Meine Gassenphantasie war wohl gar nicht so weit hergeholt.

»Aber ich glaube, Mike ahnt was. Er weicht mir gar nicht mehr von der Seite«, wispert sie mir zu.

»Und was machst du jetzt?«, frage ich leise.

Sie zuckt mit den Schultern. »Keine Ahnung. Im Chaos überleben. So wie du mit den Ziegen.«

Mein Handy klingelt. Hoffentlich sind es die Männer mit guten Nachrichten.

Es ist Lena. »Hallo, Prinzessin, wie geht es euch?«

»Lena, du ich kann gerade ganz schlecht. Lee und Strasberg sind weg. Wir müssen sie unbedingt finden, bevor sie unter ein Auto kommen.«

»Lee und Strasberg? Wovon redest du?«

Lena weiß natürlich noch gar nichts von unseren neuen Haustieren. Wir haben sie ja noch keine vierundzwanzig Stunden, ich hatte noch keine Gelegenheit, es ihr zu erzählen. Seltsamerweise aber in der kurzen Zeit schon die Gelegenheit, die zwei direkt zu verlieren.

»Egal, dann nehme ich mir ein Taxi. Ich bin in Köln, beziehungsweise sogar schon in Hürth am Bahnhof! Überraschung!!!«

»Du bist hier?«

»Lena ist hier?«, fragt Mia aufgeregt, die unser Gespräch mitbekommen hat.

»Ja, seid ihr zu Hause?«

»Nein, wir rennen durch die Nachbarschaft und suchen Lee und Strasberg, das sind zwei Ziegen, die wir gestern Abend geschenkt bekommen haben. Die sind …«

»Zwei kleine weiße Ziegen?«

»Woher weißt du das?«

»Sie spazieren hier gerade am Bahnhof lang.«

»Halt sie fest, Lena. Wir kommen!« Ich renne los.

»Die Ziegen sind am Bahnhof! Mia, ruf Papa an!«

»Ja, schnell, bevor sie eine S-Bahn nehmen«, witzelt Maja.

Alle rennen mir nach und quetschen sich in unser Auto. Mir wäre es lieber, nur mit Jo zu fahren, ohne die Kinder. Aber alle sind wild entschlossen, dabei zu helfen, Lee und Strasberg wieder einzufangen.

Ich fahre wie eine Wilde, angefeuert von vier kreischenden Mädchen. Jo gehört leider auch dazu. Ich parke quer, einfach auf dem Bürgersteig.

Als ich aussteige, sehe ich sofort die blonde Frau, die eine Ziege hinter sich herzerrt. Lena mit Lee.

Wo, zur Hölle, ist Strasberg? Mein Blick schweift über den Grünstreifen. Mia entdeckt ihn vor mir und sprintet los.

Lena ist ganz rot im Gesicht. »Mein Gepäck steht da oben irgendwo … hoffentlich noch«, schnauft sie und zeigt auf eine Treppe.

Jo läuft los, um sich um Lenas Koffer zu kümmern.

»Der hier ließ sich gut fangen, aber der andere Typ … immer, wenn ich gerade nah dran war, ist er wieder weggeflitzt. Und ich konnte diesen ja nicht loslassen. Und der will dauernd fressen!«

Ich umarme sie. Meine gute Lena. Ganz egal, in welche Situation man sie wirft, sie ist voll da. Mit ganzem Köpereinsatz, bereit, irgendwelche Ziegen zu retten, auch wenn ihr dafür das ganze Gepäck geklaut wird.

Uns bleibt nicht viel Zeit für Wiedersehensfreude. »Mama! Strasberg haut immer ab! Ich hab Angst, er rennt auf die Straße!«

Ich lasse Lena los und flitze zu Mia, Maja und Emmi rüber, die zu dritt versuchen, den frechen kleinen Ziegenbock einzufangen. Der grast scheinbar gemütlich, schielt aber mit einem Auge ganz genau auf die Mädchen, und sobald sie ihm zu nahe kommen, hoppelt er mit ein paar Sprüngen geschickt weiter.

»Möhren«, kommandiere ich. Mia gibt mir das zerrupfte Bündel.

»Hinsetzen«, die Mädchen gehorchen verwundert. Ich teile schnell jedem eine Möhre aus.

»Essen!«, befehle ich. Ich werde ja wohl noch eine Ziege austricksen können.

Meine Tochter versteht sofort, was ich vorhabe. Genau dieses Futterneidspiel haben wir früher zusammen für Lukas inszeniert. Angeblich begeistert, haben wir beide uns um Karotten, Paprika und Gurken gestritten, um sie ihm schmackhaft zu machen. Betont genussvoll knabbern die Kinder ihre Möhren.

Ich gehe in die Hocke und wende Strasberg den Rücken zu, dann beiße ich auch geräuschvoll in meine Möhre. Mia macht mir ein Zeichen, das bedeutet, Strasberg beißt an. Neugierig kommt er näher, um zu gucken, was die Herde da wohl so Leckeres frisst. Ganz aus Versehen halte ich meine Möhre samt Grün zur Seite und schaue in die andere Richtung. Strasberg schleicht sich von hinten an mich heran und zupft vorsichtig am Grün. Ich tue so, als würde ich es nicht bemerken. Jetzt will er das schmackhafte Zeug unbedingt haben. Er wird dreister, zieht sich das ganze Grün rein und vergisst aufzupassen. Ich schnappe ihn am Halsband.

»Hab ihn!«, schreie ich.

Applaus von allen Seiten. Die Jungs sind inzwischen auch hier und klatschen Beifall. Froh, dass den zwei dicken weißen

Typen nichts passiert ist. Irgendwie haben wir sie alle schon richtig gerne.

Männer und Kinder nehmen die Autos. Jo, Lena und ich bieten an, mit den Ziegen nach Hause zu laufen, so haben wir etwas Zeit zum Quatschen.

Ich bin tatsächlich etwas aufgeregt, ob sich meine zwei Freundinnen verstehen. Es ist das erste Mal, dass sie aufeinandertreffen.

Nach ein paar Straßen merke ich, dass meine Sorge völlig umsonst war. Lena und Jo laufen einträchtig nebeneinanderher und reden, als würden sie sich seit Jahren kennen. Lee läuft wie ein Hund neben Jo her, immer mir und Strasberg nach.

Als wir zu Hause ankommen, weiß Lena alles von Jos Affäre. Im Garten erwartet uns eine kleine Party. Bernd hat mit den Kindern Eis geholt und entweder nebenher auch noch Kaffee gemacht oder tatsächlich Mike dazu bewegen können, unsere Kaffeemaschine zu bedienen.

Ziegen einfangen macht ganz schön müde. Das finden auch Lee und Strasberg, die sich, sobald wir im Garten ankommen, in den Schatten unter den kleinen Apfelbaum legen. Die Kinder verteilen sich auf dem Rasen. Wir uns auf den Terrassenstühlen.

Mit Kaffee in der Hand und einer Sonnenbrille im Gesicht schau ich unsere kleine Herde an. Luis und Lukas essen um die Wette, was sonst. Emmi, die immer ein bisschen übrig ist, weil Bernd und ich ja leider kein Mittelkind zu bieten haben, werden von Mia gerade Zöpfe geflochten. Mia würde ihren Bruder jederzeit in eine kleine Schwester eintauschen und tüddelt gerne mal an Majas jüngerer Schwester rum. Maja langweilt das. Ihr wäre es lieber, Emmi würde so wie früher mit den Jungs spielen. Es ist schön, zu beobachten, wie die fünf immer älter werden.

Lena kommt mir plötzlich so alleine vor. Ob sie sich seltsam fühlt zwischen uns Familien? Ich beobachte sie heimlich. Sie redet mit Jo, Mike und Bernd über den Hof und erzählt, was sie alles am Gästehaus umbauen will. Ich freu mich, dass sie einfach unangekündigt gekommen ist.

Lukas reißt mich aus meinen Gedanken: »Mama, was ist jetzt mit dem Zaun?« Er zeigt auf die heruntergetrampelte Stelle.

»Den müssen wir reparieren«, sage ich und schaue Bernd dabei an. Nicht dass mein Mann in so was Experte wäre, aber ein paar Dinge kann er ruhig auch mal machen.

»Wieso stellt ihr die Ziegen eigentlich nicht schon in den Stall auf dem Hof?«, fragt Jo. »Der steht doch leer, oder?«

»Ja, aber wir haben ihn ja noch gar nicht gekauft.«

»Aber so gut wie!«, mischt sich Lena ein. »Es gibt doch sogar schon einen Notartermin, oder?«

»Ja, in drei Wochen etwa. Unsere Finanzierung steht zwar noch nicht, und die Maklerin hat noch nicht mal ansatzweise unser Haus gesehen, aber hey, der Termin, um einen Hof zu kaufen steht!« Bernd prostet uns mit seinem Kaffee zu.

»Oh, in drei Wochen?« Lena guckt seltsam.

»Sag jetzt nicht, dass du da in Dubai bist, Lena. Sag es nicht!«

»Nein, ich bin nicht in Dubai, ich ... hab da nur irgendwann ein Casting. Kinohauptrolle, das wäre so genial ...«

»Wann?«

»Tja, wenn ich das schon wüsste ...«

»Lena, du weißt aber, dass wir den Hof nicht kaufen können, wenn du beim Notartermin nicht dabei bist! Du wirst ins Grundbuch eingetragen, ohne dich geht es nicht!«

»Ja, ja, klar, ich komme auf alle Fälle, das wird schon passen.«

Oje. Ein Das-wird-schon-Passen ist nicht das, was ich hören will. Ich kenne Lena, und ich weiß, dass die Arbeit bei ihr an erster Stelle steht. Ein Casting für eine Kinohauptrolle ... dafür würde sie ihre eigene Hochzeit sausen lassen.

»Hallo? Können wir mal zu meiner Frage zurückkommen?« Jo klopft mit ihrem Plastiklöffel an ihren leeren Eisbecher. »Warum nicht die Ziegen schon im Stall parken?«

»Weil uns der Hof eben noch nicht gehört. Ich weiß nicht, ob das nicht ein bisschen unverschämt ist, dann schon Tiere da zu parken. Wir müssten ja auch jeden Tag mehrmals hinfahren und hängen dann den Kajinskis auf der Pelle.«

»Also, reparieren wir erst mal den Zaun!«, Bernd steht auf. »Mike, komm, nächster Stopp Baumarkt!« Mike steht unwillig auf. Ich glaube, er hatte gar nicht vor, heute noch einen Zaun instand zu setzen.

Jo grinst, und als die beiden weg sind, sagt sie: »Bernd ist klasse. Ich muss mir das mal abgucken, wie er mit Mike redet. Morgen sage ich auch mal: ›So, Schatz, nächster Stopp Spülmaschine, du kannst schon mal das Geschirr ausräumen, bevor du die Wäsche machst!‹« Sie kugelt sich bei der Vorstellung, Mike im Wäschekeller zu sehen.

Die Kinder trollen sich nach und nach ins Haus. Wir bleiben allein im Garten mit den Ziegen, die tief und fest schlafen. Die Sonne knallt vom Himmel. Es wird richtig heiß. Ich ziehe meine Schuhe aus und lasse eine Plastikwanne mit kaltem Wasser aus dem Gartenschlauch volllaufen. Jo und Lena befreien auch ihre Füße, und dann rücken wir uns unsere Stühle so zurecht, dass wir zu dritt mit den Zehen im Wasser planschen können.

»Was hat Markus, was dein Mike nicht hat?«, will Lena von Jo wissen.

Jo setzt ihre nassen Füße auf den Rand der Plastikwanne.

»Das kann ich so nicht beantworten. Die Frage ist eher, was hat meine Beziehung mit Markus, was meine Ehe mit Mike nicht hat.«

Wir nicken und warten gespannt was kommt.

»Irgendwie Leichtigkeit …«

Lena und ich seufzen synchron. »Leichtigkeit – Freiheit – Begeisterung«, sagen wir beide feierlich.

Jo wird eingeweiht in unseren Glückscode, den wir bei Lena zu Hause in Berlin herausgefiltert hatten.

»Und wie erreicht man das?«, will sie wissen.

»Indem man sich einen Traum erfüllt«, sage ich.

»Indem man überprüft, was man wirklich will, sein Leben neu justiert«, sagt Lena.

»Indem man mutig ist und aus einer Jobsituation aussteigt, die einem so zusetzt, dass man nachts glaubt, man hätte einen Herzanfall ...«, ergänzt Jo und klopft mir auf die Schulter.

»Indem man zulässt zu sehen, dass manche Entscheidungen nicht mehr rückgängig zu machen sind ...«, sagt Lena leise.

»Welche?«, fragt Jo.

»Dreiundvierzig Jahre lang nie wirklich darüber nachgedacht zu haben, ob man Kinder möchte, in dem Glauben, man hätte noch ewig Zeit, sich das zu überlegen ...«

»Hättest du denn jetzt gerne welche?«, fragt Jo ganz direkt.

Ich halte die Luft an. Ich bin froh, dass ich diese Frage nicht gestellt habe.

Lena schaut auf ihre Zehen, bewegt sie unter Wasser.

»Ich weiß es nicht. Ich kann mir ein Leben mit Kindern so wenig vorstellen. Wenn ich eure sehe, denke ich, wie schön das ist, aber die sind ja auch schon groß. Jetzt mit einem Baby anzufangen ... ich weiß nicht. Andererseits kann ich mir auch nicht vorstellen, niemals Kinder zu haben. Aber hätte nicht irgendwann mal der Wunsch kommen müssen? Der echte, große Wunsch nach einem Baby? Hattet ihr das?«

Wir nicken beide.

»Ich nie.« Sie klingt traurig.

»Dann ist doch alles gut«, sagt Jo.

»Solange ich nicht darüber nachdenke, ja.«

»Vielleicht sollten wir den Glückscode erweitern«, sage ich. »Leichtigkeit – Freiheit – Begeisterung – und vor allem, nicht darüber nachdenken!«

Damit sind alle sehr einverstanden.

Den Rest des Tages kommen wir auch nicht mehr zum Nachdenken. Mit vereinten Kräften verstärken wir den Zaun, besorgen noch mehr Heu und kochen dann für die ganze Bande »Spaghetti à la Lena«.

Als Jo mit Familie nach Hause fährt, ist es schon dunkel.

Lena verschwindet mit Mia in ihrem Zimmer. Bernd bringt Lukas ins Bett, und ich setze mich mit einem Tee raus zu den Ziegen unter den kleinen Apfelbaum. Der dünne Stamm ist eine unbequeme Lehne. Durch das Fenster kann ich Gortan sehen. Ich nehme mir vor, morgen die Kajinskis anzurufen und zu fragen, ob sie ihr Sofa gerne dalassen wollen. Und Gortan stellen wir dann bei ebay rein. Natürlich ist es total bescheuert, sich für viertausend Euro ein neues Sofa zu kaufen, das man dann wenige Monate später für nicht mal die Hälfte des Preises verscheuert. Aber noch bescheuerter ist es, viertausend Euro auszugeben und dann als Strafe für immer auf einem unbequemen Gortan zu sitzen.

Lee kommt und schnuppert an meinen Haaren. Seine Barthaare kitzeln so schön, darum halte ich ganz still. Ich streichele ihn vorsichtig am Hals, und er lässt es geschehen. Es tut gut, eine Ziege anzufassen. Sie fühlt sich nicht seidig weich an, aber ganz warm. Seit die beiden da sind, wird unser Traum vom Hof im wahrsten Sinne des Wortes greifbar.

In der Nacht träume ich, jemand hätte einen riesigen Zaun um unser Kellerbüro gebaut, und ich könnte es darum nie wieder verlassen. Alles was mir blieb, waren zwei Kaffeepads, aber ich konnte die Kaffeemaschine nicht finden. Das Wurmwesen quatschte mich erst voll, ich müsste dringend das Lager aufräumen, aber ich kam gar nicht bis dorthin, weil sich auf dem Flur riesige Berge von Papier stapelten. Das Wurmwesen benutzte seine Augen als Sprungspiralen und sprang einfach über den Zaun. Ich blieb zurück mit der irrwitzigen Frage, wie man mir jetzt das bei ebay ersteigerte Sofa hierhin liefern würde, an einen Ort, den ich nie mehr verlassen kann und an dem mich keiner je erreichen wird.

Kapitel 19

Seit zehn Minuten steht die Straßenbahn jetzt hier rum, und nix passiert. Keine Durchsage, und, was mich noch wahnsinniger macht, keinen der Fahrgäste scheint das groß zu stören. Alle lesen weiter Zeitung, tippen weiter auf ihren Handys rum und hören weiter Musik aus ihren bunten, seltsam dicken Kopfhörern. Ich fahre so selten mit den öffentlichen Verkehrsmitteln, wie ich nur kann. Das liegt nicht nur an meinem Reisepech, durch das jede Bahn automatisch sofort Verspätung hat, sobald ich drinsitze. Ich mag es einfach nicht. Ich möchte nicht den Achselschweiß von dem Typ mit Rucksack riechen müssen, und ich will auch nicht hören, wie sich drei Teenager darüber unterhalten, wie »hobbylos« und »bedummt« ihre Lehrer sind. Ich mag das Festhaltenmüssen an den mit Viren verseuchten Griffen nicht, und überhaupt alles ist mir zuwider. Jedenfalls in Köln. In anderen Städten finde ich es nicht so schlimm, die U-Bahn zu nehmen.

Mein Auto ist in der Werkstatt, und so bleibt mir leider keine andere Wahl. Ich muss zum Ebertplatz und bei der Bankfiliale die letzten Details unserer Finanzierung besprechen. Viel lieber hätte ich das mit Bernd zusammen gemacht, aber der hat heute ein sehr wichtiges Meeting mit neuen Kunden. Unser Haus wurde geschätzt. Die Summe ist okay, obwohl ich heimlich mehr erwartet hätte. Die Maklerin meinte, wir bieten es jetzt einfach mal für etwas mehr an und schauen, ob sich da was tut.

Es haben auch schon ein paar Leute angerufen, die erste

Besichtigung soll am Wochenende stattfinden. Lena und ich halten uns über jeden Schritt per SMS auf dem Laufenden. Ihr spontaner Besuch bei uns war viel zu kurz, aber sehr schön. Bei dem Gedanken, dass ich bald einfach zu ihr rüberlaufen kann, wenn ich ihr etwas erzählen möchte, wird mir ganz warm. Jo, die mir anfangs noch skeptische Fragen stellte, ob wir das denn wirklich wollen, so eng aneinanderzuwohnen, selbst wenn es immer nur für kurze Zeit sein wird, weil Lenas und Linus' Leben ja hauptsächlich in Berlin stattfindet, hat, nachdem sie Lena kennenlernte, jetzt ein gutes Gefühl. Vielleicht ist das kindisch, aber es ist mir wichtig, Jos Segen zu haben.

Die Bahn steht weiter still. Ich versuche, mich zu entspannen auf meinem hässlichen, engen Sitzplatz am Fenster.

Eine Szene aus dem Film *Die Studentin* fällt mir ein. Sophie Marceau sitzt da ständig in der Bahn und fährt müde, aber glücklich von einem Treffen mit ihrem Liebsten zur Uni. Wunderbar sieht sie aus, wie sie sich da so an die Scheibe lehnt und nichts um sich herum wahrzunehmen scheint.

Ich lehne probeweise meine Stirn an die Scheibe, glaube nicht, dass das besonders wunderbar aussieht bei mir. Dunkle Haare müssten mich dazu bauschend umgeben, aber in der Spiegelung sehe ich nur meine platten blonden Fransen. Ich muss dringend mal wieder zum Friseur. Die ganze coole Frisur ist längst rausgewachsen. Abschalten kann ich auch nicht, weil mir schräg gegenüber einer sitzt, der die ganze Zeit telefoniert.

Ich kann gut verstehen, was er sagt, und es gelingt mir überhaupt nicht, das Gespräch auszublenden und müde, aber glücklich vor mich hinzulächeln.

Es geht um einen Charakter, der mehr Pep braucht, aber gleichzeitig liebenswert rüberkommen soll.

Ich schiele auf die Unterlagen, die der Mann auf dem Schoß hat. Sieht aus wie ein kleines Drehbuch. Mit einem Stift kritzelt er auf dem Rand herum. Ich höre weiter zu und kann mir langsam zusammenreimen, dass es um eine Radiocomedy geht.

Die Hauptakteure sind wohl ein ganzer Besteckkasten. Die Gabel fängt was mit dem Löffel an, obwohl sie doch schon immer dem Messer versprochen war. Dabei scheint der Mensch am anderen Ende der Leitung Wortspiele zu mögen. Der Mann mir gegenüber notiert sich in Stichworten:

- Kriegt was hinter die Löffel
- Löffelt die Suppe selber aus
- Löffelchen liegen
- auf Messers Schneide
- aufgabeln

Dann horcht er eine Weile nur in den Hörer hinein und versucht dann, die Gabel zu charakterisieren, die wohl nicht genug Pep hat und auch noch einen Namen braucht.

Ludmilla, die Spülbürste, fällt mir ein. Die Gabel braucht eine Macke, ganz klar. So wie Ludmilla muss sie vielleicht an allen immer rumkritisieren …

Der Mann hat jetzt aufgelegt und starrt auf sein Drehbuch. Ob ich was sagen soll? Wie leite ich das ein?

»Ludmilla«, hör ich mich plötzlich sagen. Der Mann schaut mich irritiert an, ist sich nicht sicher, mit wem ich spreche, da kein Handy an meinem Ohr klebt.

»Die Gabel könnte Ludmilla heißen. Ihre Zinken hat sie oben zu einer Turmfrisur geknotet«, ich knülle mir mit beiden Händen die Haare hoch, um ihm zu zeigen, wie Ludmilla aussieht. »Und dann ist sie zwar scharf auf den Löffel, aber es nervt sie, wie löffelig er immer daherschlurft. Völlig ohne Körperspannung. Er bekommt also jedes Mal von ihr eins auf den Löffel für seine schlechte Haltung. Genau wie die Kuchengabel, die Ludmilla auch nicht gerade genug steht. Die verpflichtet sie immer, sich drei Salatblätter auf die Zinken zu legen und, ohne sie dabei aufzuspießen, quer über den ganzen Tisch zu transportieren …«

Ich unterbreche mich, merke, dass ich ins Geschichtenspinnen gekommen bin, ohne abzuwarten, ob der Mann überhaupt irgendetwas von mir hören will. Er starrt mich weiter an.

»Entschuldigung.« Ich spüre, wie ich rot werde. »War nur eine Idee.«

»Nein, das ist – wie war das … löffelig daherschlurfen, zu wenig Köperspannung …«

Er notiert meine Ideen hastig auf der Rückseite des Drehbuchs. Ich wiederhole noch mal, was ich gesagt habe, und er schreibt eifrig mit.

»Was ist mit dem Messer?«, fragt er.

»Das Messer, das ist so ein arroganter Typ. Der glaubt, er sieht spitze aus und ist megascharf …« Der Mann kichert, nickt und schreibt.

»Das Messer liebt das Risiko, hat aber eine Schwäche, die er vor allen anderen verstecken muss …«

»Welche?« Er beugt sich gespannt vor.

»Butter!«, sage ich.

»Butter? Wieso Butter?«

»Er fürchtet sich vor Butter. Die Konsistenz von Butter macht ihm Angst. Butter, die ihn schleimig überzieht, ihn blind macht, orientierungslos. Er kann auf keinen Fall mit Butter in Berührung kommen, und das ist ein Problem, so als Messer!«

»Eine Schwäche ist gut, das ist sehr gut … aber Butter?«

»Lass es Marmelade sein, oder Nutella. Wenn es Nutella ist und er bei einer Familie wohnt, bei der es immer nur sonntags Nutella gibt, fängt er donnerstags schon an zu schwitzen vor Angst.«

»Alle wundern sich immer, warum das Messer so nass ist«, steigt er darauf ein.

Ich nicke und fahre fort: »Er muss immer neue Ausreden finden, und es steht auf Messers Schneide, dass es herauskommt, wie sehr er sich vor Nutella fürchtet, er der coole, scharfe Typ!«

Der Mann schreibt alles in Stichworten untereinander. Die Bahn ist inzwischen weitergefahren, und er hätte längst aussteigen müssen. Er schaut hoch und bemerkt, dass er los muss. Hastig sammelt er seine Sachen zusammen.

»Sie sind ein Genie!«, sagt er und reicht mir seine Visitenkarte.

»Rufen Sie mich unbedingt an, ich bin Producer in einem Tonstudio und suche ständig Talente wie Sie – vielleicht könnten Sie sogar die Gabel sprechen? Haben Sie zufällig eine Schauspielausbildung?«

Meine Wurmwesen klatschen alle Beifall und reichen mir rote Rosensträuße. Sie halten Schilder hoch, auf denen steht:

»Ja, bravo, *you made it*, Franzi!!!«

Meine Phantasie geht mit mir durch. In Wirklichkeit sammelt der Mann nur hastig seine Sachen zusammen, wirft mir ein »Danke« zu und springt aus der Bahn. Ludmilla, die Gabel, den Löffel mit der schlechten Haltung und das scharfe Messer mit der Angst vor Nutella nimmt er mit. Ich bleibe allein zurück. Ohne Visitenkarte, ohne Job, ohne Rosen, und sogar alle Wurmwesen sind verschwunden.

»Ja, ist doch klar, was du jetzt machst!«

Mit Lenas Stimme am Ohr versuche ich, nebenher Abendbrot zu machen. Dabei muss ich mir das Handy zwischen Kopf und Schulter einklemmen, um beide Hände frei zu haben, damit ich Tomaten schneiden kann.

»Ach ja? Was mach ich denn jetzt? Jeden Tag dieselbe Straßenbahn nehmen in der Hoffnung, den Producer wieder zu treffen? Und dann?«

»Nein, du Tröte. Du bewirbst dich!«

»Aber ich weiß doch gar nicht, wie der heißt und wo der arbeitet. Ich weiß ja nicht mal, ob er überhaupt was zu sagen hat!«

»Doch nicht bei ihm! Du bewirbst dich – überall!«

»Wo, überall?«

Das Handy droht aus der Halsklemme rauszurutschen. Ich

mache schlangenartige Bewegungen, um es wieder zurückzuschieben, weil ich es mit den Händen, die voller Tomatensaft sind, nicht anfassen kann. Es gelingt mir nicht, und es landet krachend auf den Fliesen. Ich wische mir die Hände ab, hebe es vorsichtig hoch und stelle erleichtert fest, dass es nicht kaputt ist. Nur die Verbindung zu Lena ist weg.

»Mia!« Ich reiße ihre Zimmertür auf. »Komm her und mach Abendbrot. Tomaten hab ich schon geschnitten. Mach noch Mozzarella dazu und schneide eine Paprika klein oder was dir sonst noch einfällt.«

»Immer ich, nie mal Lukas …«

»Lukas hat vor einer Stunde die ganze Spülmaschine aus- und eingeräumt. Übrigens ganz ohne zu jammern.«

Ich drehe mich um und wähle im Gehen Lenas Nummer. Ohne Hallo fährt Lena fort, als sei unser Gespräch nie unterbrochen worden:

»Du bewirbst dich einfach bei allen Kreativagenturen in Köln. Und bei allen Tonstudios zusätzlich als Sprecherin. Und dann guckst du mal, was dabei rumkommt.«

Ich sage nichts und lass mir das, was sie gesagt hat, durch den Kopf gehen.

»Franzi? Okay, was ist das Problem?«

»Ich weiß gar nicht, wo ich anfangen soll …«

Ich will nicht, dass Mia unser Gespräch mithört. Sie ist jetzt in der Küche und schneidet brav Mozzarella klein. An ihrer Körperhaltung kann ich genau erkennen, dass sie gespannt zuhört, was ich rede. Ich haste schnell den Gang entlang zu ihrem Zimmer, husche rein, schließe die Tür und setze mich auf ihr Bett. Das wird im neuen Zuhause auch anders. Da wird es ein schönes Zimmer unter dem Dach geben, das meins ist. Nicht unten im Keller, wo ich nie Empfang habe.

Ich mache es mir zwischen Schulsachen und Mädchenzeitschriften bequem. Jetzt kann ich reden.

»Also ich weiß gar nicht, wie ich mich bewerben soll. Ich

habe ja kein Material. Ich habe nie eine Radiocomedy geschrieben und weiß auch gar nicht, wie so was geht. Und als Sprecherin braucht man doch sicher eine Sprechprobe, eine Art Sprachdemoband?«

»Mein Gott, du bist ausgebildete Schauspielerin. Du schickst einfach einen Lebenslauf, übertreibst mit allem ein bisschen, schreibst ein knackiges Anschreiben, schickst ein Spitzenbild von dir mit …«

»Ich hab kein Spitzenbild von mir …«

»Dann lass eins machen!«

Ich seufze.

»Prinzessin, was ist denn los?«

»Ich weiß auch nicht, aber ich hab einfach Angst, es könnte genauso laufen wie bei meinen Schauspielcastings. Was, wenn mich einfach keiner will?«

»Das Risiko musst du eingehen. Aber es ist doch schon mal ganz phantastisch, dass du jetzt weißt, was du machen willst! Und offensichtlich hast du da ein Talent, sonst hätte der Typ nicht jedes Wort von dir mitgeschrieben!«

»Aber warum hat er mir denn keinen Job angeboten?«

»O Franzi! *Grow up*! Weil es so nicht läuft! Leider nicht! Niemand spricht einen auf der Straße an und fragt, ob man nicht gern Supermodel werden möchte! Keiner sieht dich beim Bäcker und denkt, genau die Frau für die nächste Hauptrolle in meinem Kinofilm! Das passiert einfach nicht im echten Leben!«

»Doch. Das passiert schon. Aber immer nur anderen!«

Ich weiß, ich höre mich jetzt jammerig an. Ich nehme mir eins von Mias weichen Fellkissen und lege es mir auf den Schoß.

»Ich weiß jetzt, warum unser New-York-Glückscode nur mit Anfang zwanzig funktioniert«, sage ich und streichle das Kissen, als wäre es eine Katze.

»Da bin ich ja mal gespannt …«

»Weil Freiheit, Leichtigkeit, Begeisterung und Nicht-so-viel-darüber-Nachdenken sehr einfach ist, wenn man noch nicht so viel Lebenserfahrung hat. Wir dachten, alles wäre möglich. Wir hatten noch nicht erlebt, wie es ist, wenn Dinge einfach nicht klappen. Wenn einem das Leben dazwischenkommt.«

»Ja. Da hast du absolut recht. Und jetzt ist die Aufgabe, Freiheit, Leichtigkeit, Begeisterung trotz, oder besser gesagt, mit der gesammelten Lebenserfahrung umzusetzen. Du weißt jetzt, dass du da sicher keine offenen Türen einrennst, wenn du dich bewirbst. Aber *so what*! Du weißt auch, was du kannst! Du hast so viel Phantasie, Franzi. Bastian Balthasar Bux sieht alt aus neben dir! Jetzt schnapp dir einen imaginären Fuchur und flieg los!«

Ich muss lächeln, weil sie auf *Die unendliche Geschichte* anspielt. Damals in New York war das eins unserer gemeinsamen Lieblingsbücher aus der Kindheit.

»Essen!«, schreit Mia aus der Küche.

»Ich muss Schluss machen. Vielen Dank Lena, gut, was du alles gesagt hast!«

»Sehr gerne. Und morgen leitest du alles in die Wege. Fototermin, Lebenslauf, alles, versprochen?«

Ich verspreche es.

Nach dem Essen suche ich *Die unendliche Geschichte.* Ich glaube, mich zu erinnern, dass es rot ist. Nach einigem Suchen finde ich es. Ich nehme es in die Hände und puste den Staub oben herunter. Ich schlage es auf. Auf dem Deckblatt sind kleine Einhörner und Vögel zu sehen. Als Kind habe ich mich gefragt, warum, denn in der Geschichte kommen weder Einhörner noch Vögel vor. Plötzlich fällt mir ein Spiel ein, das ich früher manchmal gespielt habe. Mit geschlossenen Augen schlage ich wahllos irgendeine Seite auf und tippe mit dem Finger auf eine Zeile. Ich öffne die Augen und lese:

»Was du nicht wünschst, ist für dich unerreichbar. Und es

genügt auch nicht, nur von einem Ort fortgehen zu wollen. Du musst zu einem anderen hinstreben. Du musst dich von deinen Wünschen führen lassen.«

Es funktioniert also noch. Fast jedes Mal bekam ich so eine für mich passende Zeile. Ich muss mich von meinen Wünschen führen lassen, und ich brauche dabei ein Ziel. Gut. Mein Ziel ist es, einen Job zu finden, in dem ich kreativ sein kann. Mein Gott, klingt das dämlich. So geht das nicht. Ich muss das anders formulieren. Mein Ziel ist es, einen Job zu finden, bei dem ich Dinge erfinden darf. Das gefällt mir schon besser, aber immer noch nicht wirklich. Mein Ziel ist es, einen Job zu finden, bei dem ich Franzi sein darf. Das ist es. Her mit Fuchur, ich will eine Runde ums Haus fliegen.

Nach dem Abendessen möchte Bernd noch mal ins Büro fahren. Er muss noch einiges für die neuen Großkunden zusammenstellen, und es gibt keine Franzi mehr, die solche Dinge macht. Lotti kann man wohl nicht abends ins Büro bestellen. Er gibt mir einen Kuss auf den Mund und verschwindet. Ich bin hin- und hergerissen zwischen Erleichterung, dass ich solche Sachen nicht mehr am Hals habe, und schlechtem Gewissen, weil er das jetzt selbst machen muss. Die Kinder haben halbherzig den Tisch abgeräumt und sich schnell in ihre Zimmer getrollt. Ich stelle die Spülmaschine an und wische die Krümel vom Tisch.

Das kleine Wurmwesen taucht aus dem Nichts auf und springt auf meinen Lappen:

»Wieso, er hat doch auch kein schlechtes Gewissen, dass er nicht die Hausaufgaben der Kinder kontrolliert und Lukas nichts vorliest, oder?«

»Aber wenn du es so formulierst, komme ich mir vor wie eine alte Hausfrau.«

Ich schüttele es vom Lappen runter, um ihn auszuwaschen.

Das Wurmwesen setzt sich auf den Wasserhahn.

»Bist du das nicht?«, fragt es und lässt seine Stielaugen baumeln.

Ich wringe den Lappen aus.

»Ich will das nicht sein.«

»Dann sei, was du willst.«

Sehr weise. Wenn es doch so einfach wäre. Bevor ich sein kann, was ich will, bin ich erst mal Hausaufgabenkontrolletti bei Lukas, Englischlernmahnfigur bei Mia und Ziegenfütterin im Garten.

Lee und Strasberg kommen jetzt, wenn ich sie rufe. Allerdings sieht unser Garten jeden Tag schlimmer aus. Wäre mir ja egal, aber der Besichtigungstermin für unser Haus steht an, und ich fürchte, da machen sich heruntergetrampelte Büsche und abgefressene Stauden gar nicht gut.

Ich klopfe Strasberg ausgiebig auf die Seite. Klopfe so lange, bis ich genug Mut gesammelt habe, um meine Bewerbungen anzugehen.

Statt den Fernseher anzuschalten, als die Kinder im Bett sind, googele ich »Fotoshooting Köln günstig«. Wenn ich mich bewerben will, brauche ich wirklich ein gutes Bild.

Eine Flut von Ergebnissen. Ich klicke mich durch Premium-Fotoshootings, Tiershootings, Babyshootings, Erotikshootings. Es ist uferlos.

Ich gebe »Bewerbungsfotos« ein. Jetzt bekomme ich Seiten, auf denen mir lang und endlos erklärt wird, wie wichtig Bewerbungsfotos sind und dass man nie eine zweite Chance erhält für den ersten Eindruck, und überhaupt kann es deshalb gar nicht teuer genug sein.

Seufzend gebe ich »schöne Bilder Köln günstig« ein und stoße auf ein interessantes Inserat bei ebay-Kleinanzeigen. Ein Fotograf mit dem wundervollen Namen »Frank Blume« bietet zu einem günstigen Preis ein zweistündiges Fotoshooting an. Ohne lange zu zögern, schreibe ich ihm eine Mail mit meinem Anliegen. Kurze Zeit später kommt schon eine Antwort. Der hat wohl echt nix zu tun, der Herr Blume. Ob er gut ist? Seine Facebookseite sieht ganz ordentlich aus. Schöne Bilder macht er tatsächlich. Hoffentlich sind die auch von ihm.

Herr Blume schlägt mir einen Termin gleich morgen vor. Das kommt mir irgendwie unseriös vor.

Ich trage meinen Laptop zu Mia ins Zimmer.

»Stör ich?«

»Nein, komm rein«, sagt sie, ohne den Blick von ihrem Handy zu nehmen, auf dem sie herumtippt. Ich setze mich auf die Bettkante. Sie hält das Handy so, dass ich das Display nicht sehen kann, tippt zu Ende und legt es weg.

»Was kann ich für dich tun?«, fragt sie wie eine Erwachsene.

»Guck mal«, ich halte ihr den Laptop hin. »Bei dem Typ kann ich morgen ein Fotoshooting machen für Bewerbungsfotos. Aber ich weiß nicht, ob der gut ist. Kommt mir alles ein bisschen seltsam vor.«

Mia fühlt sich jetzt geehrt, dass ich sie um Rat frage. In ihrem Schlafshirt, auf dem vorne eine Katze zu sehen ist, die einen Hut trägt, auf dem DAMN steht, richtet sie sich aus ihrer halb liegenden Position auf zum Sitzen. Sie nimmt mir den Laptop aus der Hand und tippt eine Weile auf ihm herum. Mit gerunzelter Stirn klickt sie ein paar Seiten an. Ich warte gespannt ab.

»Also ...«, sagt sie schließlich. »Dieser Frank ist Bildbearbeiter und hat auf der Fachhochschule Köln Medientechnik studiert. Auf Instagram hat er ein paar sehr schöne Bilder, guck!«

Sie dreht den Bildschirm zu mir und klickt dann eins nach dem anderen an, weil sie mir das wohl nicht zutraut. Ich sehe ein paar hübsche junge Damen, schön in Szene gesetzt auf einer grünen Wiese. Ob er das auch mit einer mittelalten Dame in seinem Studio hinkriegt?

Mia rät mir zu, und ich mache den Termin fest, morgen, fünfzehn Uhr, bei ihm zu Hause in seinem Studio.

Sein Studio entpuppt sich als eine Ecke in seinem winzigen Wohnzimmer. Frank Blume sieht aus wie ein Gartenzwerg. Er ist einen ganzen Kopf kleiner als ich, mit Vollbart und einer sehr tiefen, klingenden Stimme, die er nur sparsam einsetzt. Ich setze mich vorsichtig auf das Sofa, auf dem drei Chihuahuas Fangen spielen. Während der nächsten zwei Stunden krieg ich mit, dass die Minihunde »Dicker«, »Kurzer« und »Langer« heißen.

Gartenzwerg Blume räumt erst mal ewig Kram von der einen Ecke des kleinen Zimmers in die anderen Ecken. Dann gräbt er zwei Stative aus, die eine lange weiße Stoffbahn halten müssen. Er rollt die Bahn aus, und ich soll mich draufstellen. Irgendwo neben mir hat er etwas aufgehängt, das aussieht wie ein Regenschirm, der Licht macht. Er hält sich allerdings nicht damit auf, das Licht zu messen, geschweige denn irgendetwas einzustellen. Er klettert auf den Couchtisch, um auf meine Augenhöhe zu kommen, und knipst los. Ich finde es schwierig, nicht ständig auf das Rudel winziger Hunde zu gucken, sondern in die Kamera.

Er gibt mir kaum Anweisungen, also mach ich mal ein Gesicht, von dem ich glaube, es könnte ganz nett aussehen. Er knipst schweigend. Ruft zwischendurch nur ab und zu die Hunde zur Ordnung, die vom Sofa auf den Sessel hin und her springen und dabei mit albern hohen Stimmen herumkläffen.

Nach einer Weile ist er fertig. Setzt sich an seinen Computer, muss dafür erst mal den Stuhl freiräumen. Ich bleibe hinter ihm stehen und schau mir die Bilder an, die er auf den Bildschirm lädt.

Eine Schildkröte, die erschrocken guckt und verlegen lächelt. Das geht gar nicht! Das kann ich besser!

»Lass uns noch mal welche machen!«, fordere ich den Fotografen auf. Bereitwillig nimmt er die Kamera und klettert wieder auf den Tisch. Ich stell mich wieder auf den langen weißen Stoff und atme tief durch. Ich versuche, den Gartenzwerg zu vergessen. Es gibt nur noch die Kamera und mich. Langer, Dicker und Kurzer haben es sich jetzt auf der Couch gemütlich gemacht und schlafen eingeringelt. Das einzige Geräusch ist das leise Klicken von dem »Regenschirm«, der jedes Mal, wenn Frank ein Bild macht, eine Lichtdusche auf mich herunterregnen lässt. Ich denke an den neuen Job, den ich haben will. Ein Job, in dem ich Franzi sein darf. Herausfordernd schau ich in das schwarze Objektiv, und der Gartenzwerg drückt ab.

Diese Bilder werden besser. Kein verlegenes Lächeln mehr, aber leider immer noch viel zu viel Schildkröte. Ich sehe aus wie fünfzig, das kommt durch das harte Licht.

Der Fotograf ist eine ganze Ecke unter dreißig, deshalb kann ich ihm jetzt nicht mit meinen Falten kommen. Das ist wirklich zu peinlich.

Ich hoffe einfach, dass unter all den Bildern eins ist, auf dem mein Schildkrötenhals nicht so schlimm aussieht.

Er verspricht, mir die Bilder in eine Dropbox zu laden, nachdem er sie noch etwas bearbeitet hat. Ob ich mich damit auskenne, fragt er. Ich sehe zwar wirklich sehr alt aus auf seinem Bildschirm, bin es aber nicht! Ich bestätige ihm also meine Dropboxkenntnisse, bezahle sein Honorar und bin weg.

Etwas enttäuscht steige ich ins Auto. Frank war wirklich nett, und am Ende mochte ich sogar sein durchgeknalltes kleines Rudel. Kurzer hat mir zum Abschied zärtlich in den Daumen gebissen, aber ich bin mir nicht sicher, ob ich von diesen Bildern wirklich eins nehmen kann für meine Bewerbungen.

War eigentlich klar, dass man für diesen Preis kein professionelles Fotoshooting bekommt.

»Das ist alles nicht so leicht, weißt du«, erkläre ich meinem Wurmwesen auf dem Beifahrersitz. »Dieser ganze Glückscode mit dem Leichtigkeitsscheiß. Es ist eben kaum was leicht.«

Das Wurmwesen schaut mit wackelnden Stielaugen aus dem Fenster.

»Du bist 'ne alte Memme!«, sagt es schließlich.

»Wie bitte?«

»Ja, ’ne alte Memme«, wiederholt es. »Bei der kleinsten Schwierigkeit wirst du überall dünn und brüchig und stellst sofort alles in Frage.«

»Stimmt doch gar nicht. Was hab ich denn in Frage gestellt?«

»Ob du dich überhaupt bewerben sollst.«

»Hab ich nicht.«

»Es macht wenig Sinn zu lügen, wenn man eigentlich mit sich selber spricht«, sagt das Wurmwesen und verpufft.

Kapitel 20

»Was machen wir jetzt?«, frage ich in die Runde. Die ganze Familie steht ratlos um unseren kleinen Apfelbaum herum, der ungesund nackt aussieht. Lee und Strasberg haben ihn sorgfältig geschält. Die komplette Rinde ist vom Stamm genagt.

»In vier Stunden ist die Besichtigung. So können wir den Baum nicht lassen!« Bernd klingt gestresst.

»Ja, dann kleben wir die Rinde doch einfach wieder dran, Papa!«, sagt Mia sarkastisch.

»Keine Chance«, sagt Lukas, der die Möglichkeit ernsthaft durchdenkt. »Die Rinde ist ja weggefressen. Wir könnten ihn anmalen …«

»Franzi, wir brauchen eine Lösung!«, sagt Bernd nachdrücklich, als hätte ich die Rinde vom Baum genagt.

»Dann finde eine«, sage ich zu ihm. »Fahr ins Gartencenter und kauf irgendeinen Stammschutz, ich räume mit den Kindern das Haus auf.«

Die Kinder folgen mir wortlos nach drinnen, während Bernd im Garten bleibt und weiter sorgenvoll den Baum anstarrt. Durch die Scheibe kann ich sehen, wie er mit den zwei Ziegen schimpft, die ihm belustigt zuhören.

Wir hätten die Ziegen längst auf dem Hof im Stall unterbringen sollen. Aber es steht zurzeit so viel auf unseren To-do-Listen, dass keiner dazu kam, mit den Kajinskis zu sprechen, geschweige denn einen Transport zu organisieren. Außerdem will ich die Viecher in meiner Nähe haben. Wann immer mir alles zu viel wird, gehe ich in den Garten und lasse mich von ihnen zärtlich beknabbern. Ich vergrabe meine Finger im Ziegenfell und atme ihren Tiergeruch ein. Sie riechen nach Heu und nach Ziege eben. Lukas geht es genauso. Jeden Tag, wenn er von der Schule nach Hause kommt, geht er in den Garten. Die beiden hören ihn schon, wenn er am Haus vorbeigeht.

»Leute, ich bin wieder da!«, ruft er und tobt mit ihnen durch den Garten. Sie spielen Wild-hin-und-her-Rennen und Fangen. Das Ganze endet mit einer Schmuseeinheit. Lukas sitzt dann irgendwo und zieht sich mit Hilfe von Apfelstückchen eine Ziege auf den Schoß. Genüsslich kauend steht das Tier dann still da. Lukas unter ihm, seinen Kopf gegen den warmen Ziegenkörper gelegt. Ich weiß, er erzählt ihnen all seine Sorgen. Besonders Strasberg kuschelt gerne mit ihm.

Ich verteile Aufgaben, und die Kinder legen los. Ich staune, wie gut sie aufräumen können, wenn es um etwas geht. Beide können es, wie wir, gar nicht mehr abwarten, auf den Hof zu ziehen, und wissen, was von dem Besichtigungstermin heute abhängt.

Wir wirbeln zu dritt durchs Haus. Schließlich muss es ja in allen Zimmern gut aussehen. Bernd fährt tatsächlich zum Gartencenter und kommt wieder mit einer hässlichen gelben Hülle, die er völlig unprofessionell an den Stamm bindet.

Ich habe keine Zeit zum Kritisieren, der ganze Waschkeller hängt noch voller Unterhosen, die ich den potentiellen Käufern nicht präsentieren will.

»Mama! Es hat geklingelt!« Bitte nicht. Sie dürfen nicht eine halbe Stunde zu früh kommen, das geht einfach nicht. Ich reiße in der Hektik den ganzen Wäscheständer um und höre oben schon Stimmen. Eine Stimme, die ich gut kenne, Jo!

»Was machst du hier?«, frage ich außer Atem, weil ich die Treppe hochgerannt bin.

»Feintuning«, sagt sie geheimnisvoll und schleppt einen Korb in die Küche, Ich folge neugierig, obwohl ich dringend die Unterhosen unten im Waschkeller vom Boden sammeln müsste. Jo zaubert zwei große schöne Vasen mit langen, edlen Blumen darin hervor.

»Gerbera«, sagt sie würdevoll und platziert eine Vase auf dem Esstisch und eine auf der Küchenzeile. »Als Echo«, erklärt sie.

Ich nicke anerkennend. Dann holt sie aus dem Korb ein Backblech mit rohen Plätzchen. »Was wird das?«, frage ich mit einem Blick auf unsere nackten Beine. Es ist ein heißer Julitag. Ich glaube nicht, dass irgendjemand heute Lust auf Plätzchen haben wird. Jo schiebt sie unbeirrt in meinen Backofen und stellt ihn an. Super Idee, falls es jemand bei den dreißig Grad im Haus zu kalt wird, kann er sich dann in der Küche bei vierzig Grad aufwärmen.

»Es geht um den Geruch.«

Ich mache ein verständnisloses Gesicht.

»Kennst du nicht diese Autosprays? Die versprüht man, und dann riecht der Wagen wie neu? Wenn ein Haus nach Kuchen duftet, dann assoziiert man damit Gemütlichkeit. Der Wohlfühlfaktor steigt.« Wissend verschränkt sie die Arme vor der Brust.

»Wohlfühlfaktor. Du solltest als Maklerin anfangen, Jo!«

»Nein, danke!«

Ich ziehe sie hinter mir her in den Waschkeller. Während wir zusammen Unterwäsche aufheben, will ich wissen, was mit Markus ist.

»Wir sehen uns wieder heimlich«, gesteht sie. »Es tut so gut. Ich schaffe es nicht, damit aufzuhören.«

»Und Mike?«

»Mike ist seltsam liebevoll. Als würde er was ahnen.«

»Hast du vor, ihm was zu sagen?«

»Wenn ich ihm das erzähle, ist er weg. Hundertpro.«

Ich klappe den leeren Ständer zusammen. Das Podest, auf dem die Waschmaschine steht, hätte man noch absaugen müssen, aber dafür ist es jetzt zu spät.

»Ach, Jo«, sage ich, weil ich sonst nichts weiß und jeden Moment die Maklerin mit den Leuten kommen kann. »Irgendwann wirst du es wissen.«

Sie nickt tapfer und kämpft mit den Tränen. »Ich bin einfach eine dumme …«

Sie hält inne.

»Ach, du Scheiße, die Plätzchen müssen raus!«

Oben riecht es schon leicht verbrannt, und die Plätzchen sind alle sehr, sehr dunkel. Rauchschwaden kommen mir entgegen, als ich die Backofentür aufreiße. In dem Moment klingelt es an der Tür. Mia und Bernd kommen aufgeregt in die Küche gerannt.

»Sie sind da!«

Ich stelle das Blech mit den braunen Klumpen auf die Spüle und ziehe mir rasch die Topflappenhandschuhe aus.

»Macht dich sympathisch, wenn du nicht backen kannst«, macht Jo mir Mut, schnappt sich ihren Korb und verschwindet schnell durch den Garten.

Spät abends liegen Bernd und ich erschöpft im Dunkeln auf Gortan. Acht Familien haben wir durch unser Haus geschleust und zweitausend Fragen beantwortet, obwohl wir wirklich nicht auf alles vorbereitet waren.

»Hättest du geahnt, dass jemand wissen möchte, wie viele Sekunden es im Januar dauert, bis warmes Wasser aus dem Hahn kommt?«

»Nein. Aber ich war sehr erstaunt, dass du beantworten konntest, welches Dämmmaterial in unseren Wänden steckt!«

Bernd grinst. »Das wusste ich gar nicht. Ich hab mir einfach eins ausgedacht. Ich glaube nicht, dass es Holzsteinwolle wirklich gibt.«

»Herr Bergmann! Du bist voller ungeahnter Qualitäten …«

Meine Hand wandert langsam von seinem Knie Richtung Schritt hoch. Er lässt es geschehen. Ich beginne seine Oberschenkelinnenseite zu massieren und setze mich dazu auf seinen

Schoß. Er schließt die Augen. Im nächsten Moment klingelt sein Handy. Er nimmt es von der Sofalehne. »Albermann, da muss ich drangehen«, sagt er bedauernd.

Er nimmt das Gespräch an. Ich höre nicht auf mit der Massage und bewege meine Finger immer weiter nach oben, bis ich durch die Jeans seine Erektion berühre. Während ich unten an ihm rumspiele, bemüht sich Bernd oben am Handy, eine normale Stimme zu behalten. Sein Kampf gegen die Lust macht mich an. Ich öffne erst den Gürtel, dann die Knöpfe seiner Hose. Bernd schüttelt den Kopf und spricht weiter mit Herrn Albermann über die Ziele, die sie sich bis Ende des Jahres gesetzt haben. Er schiebt meine Hand weg, als ich seinen Schwanz aus der letzten Stoffbarriere hole. Ich ziehe mir Oberteil und BH aus und streife mit meiner Brust sanft seinen Arm, der das Handy hält. Mit seiner freien Hand beginnt Bernd jetzt meine Brust zu liebkosen.

»Da müssen wir noch einmal in Ruhe drüber sprechen«, sagt er ins Handy und hält es dann ein Stück weg, weil er scharf einatmen muss, als ich jetzt die Massage an seinem Teil weiterführe.

Wir kennen unsere erogenen Zonen ziemlich gut, und es dauert nicht besonders lange, bis wir uns gegenseitig an einen Punkt bringen, an dem es nicht mehr möglich ist, nebenher noch ein ernsthaftes Telefongespräch zu führen. Bernd greift mir zwischen die Beine unter meinen Rock, und ich atme erregt in sein freies Ohr.

»Herr Albermann, ich muss jetzt leider … Schluss machen«, bringt Bernd mühsam hervor.

Ich höre wie Herr Albermann sagt: »Eine Sache noch …«

Bernd hält das Mikro zu und stöhnt. Ich habe jetzt mein Höschen ausgezogen und setze mich langsam, ganz langsam von oben auf ihn drauf. Herr Albermann redet und redet, und jetzt hat nicht nur Bernd Mühe, nicht zu laut zu atmen, sondern auch ich. Ich lasse Bernd in mich hineingleiten.

»Leg – einfach – auf«, flüstere ich jedes Wort einzeln im Takt zu unseren Bewegungen. Bernd versucht es, findet die Taste nicht. Ich weiß, ich sollte kurz innehalten, damit er das Gespräch beenden kann, aber ich kann nicht mehr aufhören, mich auf ihm zu bewegen. Schließlich schafft Bernd es, das Gespräch zu unterbrechen. Wir dürfen uns endlich gehen lassen.

Danach liegen wir unbequem nebeneinander.

»Das Sofa ist furchtbar«, sage ich in die Dunkelheit hinein.

»Du weißt wirklich, was ein Mann nach dem Sex hören will«, albert Bernd und kitzelt mich.

»Findest du nicht?«

»Doch«, er seufzt. »Wir haben uns ein schweineteures, schweineungemütliches Sofa gekauft.«

»Was hältst du von dem alten Sofa der Kajinskis?«

»Ich wollte gar nicht über Sofas sprechen, Franzi.«

»Worüber möchtest du denn sprechen, Bernd?

»Über uns. Und über Lena und Linus. Ich mach mir Gedanken, wie das wird, wenn wir so zusammenleben.«

Ich weiß genau, welchen Teil des Zusammenlebens er meint. Ich bin positiv überrascht. Ich dachte, ich sei die Einzige, die sich darüber Sorgen macht.

»Was wäre denn deine Wunschvorstellung?«, frage ich vorsichtig.

Er spielt mit meinen Haaren. Zwirbelt sie durch seine Finger.

»Ich möchte nicht, dass Lena eines Tages zwischen uns steht«, sagt er statt einer Antwort.

»Inwiefern?«, will ich wissen.

»Ich möchte nicht, dass du denkst, ich vergleiche Lena und dich.«

»Tust du das denn nicht automatisch?«

Wieder gibt er mir keine Antwort auf meine Frage.

»Für mich ist das so: Es geht um dich und mich. Ich liebe

dich und Sex mit dir. Wenn Lena dazukommt, ist sie nur so was wie ein Spielzeug von uns, verstehst du, was ich meine?«

»Ja.«

»Das war von Anfang an so.«

»Von Anfang an? Du meinst in New York?«

Er nickt.

»Wie ist das für sie?«, fragt er.

Ich denke nach.

»Ich kann es nicht mit Sicherheit sagen. Aber ich vermute, sie würde dem zustimmen. Es ist ein Spiel. Ein schönes Spiel.«

»Ein gefährliches Spiel?«

»Das kommt drauf an, was wir daraus machen.«

»Ich will einfach, dass du weißt, dass ich nichts von Lena will. Du bist meine Frau, immer gewesen.«

Ich drehe mich zu ihm und gebe ihm einen ganz sanften Kuss auf die Lippen.

»Kannst du mir das einfach immer wieder sagen? Vielleicht muss ich es noch ein paarmal hören.«

»Geht klar.« Er küsst mich zurück.

Ich schlinge die Arme um ihn und drücke ihn so fest, bis wir beide keine Luft mehr bekommen.

Die nächsten Tage kann ich ganz viel von meiner To-do-Liste abhaken.

Ich fahre zu den Kajinskis und bringe meine Anliegen vor. Sie sind ganz froh darüber, dass sie das riesige Sofa nicht entsorgen müssen, und sie haben auch nichts dagegen, dass Lee und Strasberg schon in den Stall einziehen. Jo hilft mir beim Ziegentransport mit einem Pferdeanhänger, den sie mit ihrem Landrover locker ziehen kann.

Wir richten den beiden den Stall gemütlich ein und schleppen einen Arm Heu nach dem anderen rein.

Es riecht so gut nach Sommer. Die Kajinskis sind inzwischen umgezogen, das bedeutet, die Ziegen sind hier ganz allein und darauf angewiesen, dass wir jeden Tag zweimal kommen. Lukas war ganz traurig heute Morgen, als er sich vor der Schule von ihnen verabschiedet hat. Auch mir werden sie fehlen, wenn ich in den Garten gucke.

Ein kleines vergessenes Radio hängt im Stall, ich schalte es an, und erstaunlicherweise funktioniert es.

»Jo, ich hab mich entschieden, mich zu bewerben.«

Ich erzähle ihr von dem Mann in der Bahn, der all meine Ideen aufgeschrieben hat, von dem Gespräch mit Lena und von meinem seltsamen Fotoshooting mit Gartenzwerg Blume und seinen drei Chihuahuas.

»Du sahst aus wie eine Schildkröte?« Jo findet das witzig.

»Aber weißt du was, einen Tag später schickte er mir die Bilder beziehungsweise den Link zu der Dropbox, und ich muss sagen, er hat sie super bearbeitet!«

»Echt? Lass sehen!«

Es dauert eine Weile, bis ich mit meinem Handy die Seite öffnen kann. Ich reiche es Jo, und sie klickt sich mühsam durch die Bilder, weil man immer warten muss, bis sich das nächste aufbaut.

»Das hier ist gut, auf dem siehst du aus wie …«

»Pscht!«, fahre ich sie an und stelle das Radio lauter. Sie schaut mich fragend an, weil kein gutes Lied läuft, sondern nur piepsiges Stimmengequatsche.

»Die Gabel!«, sage ich aufgeregt! »Das ist meine Radiocomedy!«

Wir lauschen gespannt dem Dialog zwischen Gabel und Messer. Mir gefällt die Stimme der Gabel nicht, aber ansonsten ist es richtig gut. Das Messer kommt wunderbar arrogant rüber.

Viel zu schnell ist es vorbei.

»War das dein Ding? Von dem Mann in der Bahn?!«

Ich nicke stolz.

»Das war gut! Was ist das für ein Sender?«

»Keine Ahnung, warum?«

»Ja, Franzi, kapierst du denn nicht? Jetzt kannst du dich direkt bewerben, bei dem Typ!«

Endlich verstehe ich, was sie meint. Ich kenne den Radiosender nicht, googele also die Frequenz.

»Antenne Hürth, nie gehört«, sage ich.

»Egal, ruf da an!«

»Und was sag ich?«

»Jetzt stell dich doch nicht an wie ein Baby, mein Gott! Ich hole noch den Rest aus dem Anhänger, und wenn ich zurückkomme, hast du alle Infos, die du brauchst, klar?«

Klar. Wenn Jo das so sagt, dann ist das so. Ich wähle die angegebene Nummer und frage mich durch. Als Jo wieder da ist, kann ich ihr stolz eine Adresse präsentieren.

»Die Comedy wird nicht von Antenne Hürth selbst produziert, sondern vom Tonstudio Frontlight.«

»Klingt wie ein Antiflohmittel für Hunde.«

Ich hör gar nicht auf sie. »Na los, fahr mich nach Hause, damit ich alles wegschicken kann!«

Sie lacht und klopft Lee und Strasberg zum Abschied. Ich gebe Lee verstohlen einen Kuss. »Bis heute Abend, Jungs!«

Im Auto frage ich nach Markus und bekomme nur ganz knappe Antworten. Betont fröhlich quatscht Jo davon, dass ich jetzt Karriere mache als Gabelregisseurin und wie gut und mutig es von mir war, Bernd zu sagen, dass ich aus seiner Firma aussteigen will.

»Jo«, sage ich sanft. »Möchtest du Mike sagen, dass du eine Affäre hast?«

Sie schüttelt den Kopf. Ihre Fröhlichkeit bröckelt. Sie stellt das Autoradio lauter, dann wieder leiser. Ich warte ab.

Plötzlich fährt sie rechts ran und steigt aus. Sie stapft einfach drauflos, klettert über einen Zaun und hastet die Weide entlang. Ich schnalle mich ab und renne ihr hinterher. Das Auto bleibt mit gestecktem Schlüssel und zwei weit geöffneten Türen an der Landstraße stehen.

Jo rennt jetzt eine kleine Anhöhe hoch, also, was man im Kölner Raum so Anhöhe nennt. Ich hab trotzdem Mühe, hinterherzukommen. Oben bleibt sie stehen. Kurze Zeit später bin ich bei ihr.

»Ich kann das nicht!«, bricht es aus ihr heraus. Sie weint und redet gleichzeitig und ist dabei gar nicht so leicht zu verstehen. »Ich liebe Mike nicht mehr. Das war aber alles okay so, bis ... bis Markus kam. Und jetzt, jetzt fühle ich mich ... es ist, als hätte er eine Tür aufgemacht, die ganz lange verschlossen war, und jetzt kann ich sie nicht mehr schließen. Ich kann nicht! Aber ich kann es auch Mike nicht sagen. Ich kann doch den Kindern nicht den Vater wegnehmen. Alles läuft doch gut, nur ich ... ich weiß nicht. Das mit Markus, wie kann sich etwas so gut anfühlen, wenn es falsch ist?«

Sie schaut mich mit schwimmenden Augen an.

»Vielleicht ist es nicht falsch.«

»Aber dann, dann muss ich vier Menschen verletzen, die, die mir am wichtigsten sind! Wie kann das richtig sein?«, fragt sie heftig.

Ich habe keine Antwort auf diese Frage. Hilflos stehe ich neben meiner weinenden Freundin. Alles, was ich tun kann, ist umarmen. Ihre Haare kitzeln in meinem Gesicht.

Um uns herum ist es unpassend friedlich. Die Landstraße mit unserem verlassenen Auto mit Anhänger liegt einsam da. Etwas entfernt von uns grasen ein paar Kühe. Die Sonne scheint, es riecht nach Wiese.

Zu Hause kommt es mir seltsam unwichtig vor, eine Bewerbung abzuschicken. Ich mache es, um etwas zu tun zu haben. Ich rufe Jo noch mal an, weil ich wissen will, ob sie gut nach Hause gekommen ist. Sie klingt ganz gefasst und hat jetzt einen mutigen Plan. Im Sommerurlaub will sie mit Mike reden und dann mal sehen, was passiert. Ich sage ihr, dass das eine sehr gute Idee ist. Sie fahren jedes Jahr in ein kleines Ferienhäuschen nach Dänemark. Wenn man so etwas überhaupt irgendwo besprechen kann, dann zwischen Meer und Dünen.

Ich lege auf und betrete den leeren, abgefressenen Garten. Lee und Strasbergs Abwesenheit ist viel lauter, als ich vermutet hätte. Meine Augen suchen die zwei Ziegen, obwohl ich weiß, dass sie nicht mehr hier sind.

»Wann ziehen wir um?«, fragt Lukas, der unbemerkt nach Hause kam und jetzt neben mir steht.

»Wenn wir in den nächsten Tagen unser Haus verkaufen, machen wir sofort den Notartermin fest. Und wenn da alles gut geht, können wir in den Sommerferien umziehen.«

»Gleich am Anfang der Sommerferien?«, fragt Lukas aufgeregt.

Das wäre in einer Woche. »Nein, ich denke nicht, dass es so schnell geht.«

»Och, Mann. Ich kann das nicht mehr abwarten so lange!«

»Ich auch nicht, Lukas, ich auch nicht …!«

Seit drei Jahren stehe ich jetzt schon an diesem Kofferband. Mein Koffer kommt und kommt nicht. Es warten kaum noch Passagiere mit mir auf ihr Gepäck, weil alle ihre Sachen schon haben.

Ich hätte mich auf der Toilette mit dem Zähneputzen gar nicht beeilen müssen. Immer wieder gucke ich zum Ausgang. Ich kann es einfach nicht abwarten, durch diese Tür zu gehen und Bernd zu sehen. Hoffentlich ist er auch da!

Wir sind pünktlich gelandet, alles lief glatt, und jetzt bremst mich dieses dämliche Gepäckband hier aus, weil es meinen Koffer nicht ausspuckt.

Ich konnte keine Minute schlafen im Flugzeug. Viel zu viel rauschte durch meinen Kopf. Ich vermisse Lena jetzt schon. Ohne sie fühle ich mich so unvollständig. So viele schöne Dinge fielen mir während des Fluges ein, die wir zusammen erlebt haben. Und dann gibt es den sehnsüchtigen Teil in mir, der es

nicht abwarten kann, ein neues Leben anzufangen. Ein Leben mit Bernd. Endlich wird die Lücke gefüllt, aber gleichzeitig ersetzt durch eine neue. Die Lenalücke. Aber sie kann ja auch nicht ewig in New York bleiben, das ist viel zu teuer. Ein Semester noch, dann ist sie auch wieder in Deutschland. Ich schaue auf die Digitaluhr. Zehn Uhr. Für mich ist es noch mitten in der Nacht. Ich bin supermüde und gleichzeitig aufgekratzt wach. Wenn jetzt nicht gleich mein Scheißkoffer kommt, geh ich ohne.

Ich schließe meine Finger fest um das kleine Medaillon um meinen Hals. Ich stelle mir vor, alle meine Erinnerungen hier in meiner Hand zu halten. Lena und ich in New York. Unser allererstes Treffen im Coffeeshop. Wie sie mich vor dem Diner morgens um fünf auf der Straße geküsst hat. Ein Kuss von einer Frau mit Kirschgeschmack. Lena und ich auf den Dächern der Stadt. Lena und ich auf Partys. Wir beide auf der Bühne, wenn alles stimmte und wir gemeinsam fliegen konnten. Wir zusammen in den Drogen- und Sexhöllen Manhattans. Unsere WOOOSH-Abende im *Roses*. Lucky Charms. Ich hab mir keine Lucky Charms mitgenommen, verdammt!

Das Sheryl-Crow-Konzert im Central Park. Bernd. Auch er ist ein Teil meiner New-York-Erinnerungen. Die besten Wochen meines Lebens mit Lena und Bernd zusammen. Die Nacht zu dritt. Die Geräusche der Stadt. Das Weeep-Wep-Weeep der Sirenen. Der Geruch von Waffeln. Der Wind zwischen den Häuserblocks. Immer nur ein kleines Stück vom Himmel sichtbar.

Ich komme wieder, New York, *I promise*.

Endlich, endlich, mein Koffer!

Ich reiße ihn vom Gepäckband. Er ist viel zu schwer. Mir ist heiß. Laufe los auf die Tür zu. *Nothing to declare*. Der Boden ist ganz glatt. Schiebetüren, die sich öffnen. Eine Wand unbekannter Gesichter. Kurze Panik, er könnte nicht da sein. Dann entdecke ich ihn, an eine Säule gelehnt. Renne los, während mein Magen irgendwo zurückbleibt. Ich fliege in Bernds Arme und löse mich auf.

Kapitel 21

»Wo bleibt sie denn?« Bernd fährt sich nervös durch die Haare.

»Ich hab keine Ahnung«, sage ich und starre hilflos auf mein Handy, welches mir außer der Uhrzeit gar nichts mitteilt.

Wir sitzen auf braun gepolsterten Wartestühlen vor dem Raum herum, in dem wir gleich unser neues Leben unterschreiben wollen. Die Kajinskis, Bernd, Lena und ich. Leider fehlt Lena.

Als der Käufer für unser Haus feststand, ging alles ganz schnell. Wir hatten Glück, den bestätigten Notartermin noch am letzten Schultag zu bekommen, bevor der Notar in den Urlaub fährt. Ich hatte alles genau mit Lena besprochen. Alles war klar, sie freute sich, wir freuten uns, dann gestern Abend plötzlich ihre seltsame SMS: »War klar, morgen ist das Casting für die Kinohauptrolle!! ☹«

»Ihr habt das doch besprochen, oder? Sie hat doch gestern noch mal gesagt, dass sie kommt, Franzi, oder?«

In Gedanken gehe ich noch mal unser Telefongespräch durch:

»Was soll das heißen, morgen ist das Casting? Lena, morgen müssen wir den Kaufvertrag unterschreiben. Die Kajinskis kommen extra aus Hamburg angereist. Du kannst da nicht fehlen, ohne dich ist der Vertrag nicht gültig!«

»Das weiß ich. Aber ich muss dir nicht erklären, was eine Kinohauptrolle bedeutet. Ich weiß einfach nicht, was ich machen soll.«

»Lena, wenn die dich wirklich wollen, dann casten die dich auch übermorgen noch!«

Sie schweigt. »Und es gibt keine Möglichkeit den Termin zu verschieben?«

»Ja, doch klar. In sechs Wochen. Wir haben nur leider gerade unser Haus verkauft, ich steh dann mit zwei Kindern, die es gar nicht mehr abwarten können, auf der Straße, und unsere Ziegen, die ... Lena, du schwingst morgen deinen Arsch nach Hürth!«

Sie schweigt. »Versprich es mir. Versprich, dass du kommst.«

Sie atmete tief durch: »Ich verspreche es.«

»Zehn Uhr am Rathaus. Bunsenstraße 12. Zehn Uhr!!!«

Ich schaue noch mal auf die Uhr. Es ist halb elf.

»Ruf sie noch mal an!«, fordert Bernd. Ich wähle zum zwanzigsten Mal Lenas Nummer.

»Der gewünschte Gesprächspartner ist zurzeit nicht erreichbar. *The person you have called is temporarily not available.*«

Das ist kein gutes Zeichen. Gar kein gutes Zeichen. Ein verdammt schlechtes Zeichen. Wäre sie auf dem Weg, wäre sie doch erreichbar!

Die Kajinskis rutschen ungeduldig auf ihren Stühlen herum. Frau Kajinski versucht immerhin ein Lächeln, während ihr Mann sich mit verschränkten Armen genervt nach vorne beugt.

Die Sekretärin des Notars kommt jetzt zum zweiten Mal, um uns abzuholen.

»Leider fehlt immer noch unsere Partnerin, aber sie müsste jeden Moment hier sein«, schwindelt Bernd.

»Herr Jessen ist ein vielbeschäftigter Mann. Wenn Ihre Partnerin nicht bis Viertel vor elf hier ist, kann der Termin heute leider nicht mehr zustande kommen.«

Sie klackert auf ihren Absätzen den Gang zurück und hinterlässt vier entsetzte Menschen.

»Ich versuche, die Nummer von Linus rauszukriegen. Wir müssen irgendetwas unternehmen.«

Während Bernd in Aktionismus ausbricht und die Kajinskis

jammern, was sie alles umgelegt und abgesagt haben, um es heute nach Hürth zu schaffen, während in Hamburg Kinder und unausgepackte Kisten auf sie warten, bin ich wie gelähmt. Das heiße Öl, das ich schon lange nicht mehr gespürt habe, verbrennt mir mit Wucht meine Eingeweide.

Verzweifelt gehe ich durch die Glastür nach draußen, suche mit den Augen die Straßen ab nach Lena, nach einer blonden Frau, nach meiner Herzensfreundin, die mich doch nicht so im Stich lassen kann. Ich weiß, wie wichtig ihr die Schauspielerei ist. Sie steht an erster Stelle in ihrem Leben, noch vor Linus. Vermutlich kann man so einen Job nur so machen, von ganzem Herzen. Trotzdem kann ich nicht glauben, dass sie mich hier stehen lässt. Mich, Bernd, Mia und Lukas.

Ich fange an zu beten. Lieber Gott, lass sie kommen. Bitte lass sie kommen.

Bernd steht plötzlich neben mir. Er sieht blass aus.

»Wenn Lena nicht kommt, ist der Hof weg. Herr Kajinski sagt, dann verkauft er an andere Interessenten. Er sagt, das ist ihm zu blöd hier mit uns.«

Ich schaue verzweifelt auf die Uhr. Zwanzig vor elf.

Bitte. Bitte, bitte, bitte, lass sie kommen. Lass unseren Traum jetzt nicht platzen. Lass ihn nicht enden in der beschissenen Bunsenstraße 12.

Ein Taxi fährt vor. Wir schreien beide auf vor Erleichterung, als Lena aussteigt und die Treppe zu uns hochrennt.

Keine Zeit für Begrüßungen oder Fragen. Wir rennen zu den Wartestühlen. »Sie ist da!«, schreie ich den Gang entlang. Die Sekretärin klackert auf uns zu.

»Tut mir leid. Es ist bereits zehn vor elf, und es ist uns unmöglich, alle Folgetermine so weit nach hinten zu schieben. Ich kann Ihnen gerne einen neuen Termin für September geben, wenn Sie das wünschen.«

Wir starren sie an. Macht sie Witze? Sie sieht nicht so aus, als würde sie jemals in ihrem Leben Witze machen. Ihre kalten

Augen schauen uns durch ihre randlose Brille hindurch unbeteiligt an.

»Das können Sie doch nicht machen …« Bernd sucht nach Worten.

»Wünschen Sie jetzt einen Termin im September oder nicht?«

Herr Kajinski stöhnt und sagt: »Familie Bergmann, das war es, hat mich sehr gefreut, wir verkaufen jetzt an jemanden, der nicht eine knappe Stunde zu spät kommt und uns sinnlos aus Hamburg anreisen lässt.«

»Sprich mit ihnen«, sagt Lena streng zu Bernd und zieht mich an der Hand zu der Tür, auf der Dr. T. Jessen steht.

»Ich entschuldige mich, du überzeugst ihn, dass der Termin heute noch stattfinden muss!«, ordnet sie an und stürmt mit mir im Schlepptau in das Zimmer, ohne anzuklopfen.

»Halt, Sie können da nicht rein!«, ruft die Sekretärin von hinten.

Ein Herr mit grauen Schläfen und einem tadellosen Anzug schaut erstaunt auf, als wir bei ihm ins Büro stürmen. Er nimmt die Brille ab und bleibt hinter seinem großen Schreibtisch sitzen. Lena bittet um Entschuldigung und stupst mich in die Seite, und ich lege los, bereit, die Rede meines Lebens zu halten, wenn es sein muss.

»Herr Jessen! Wir brauchen diesen Termin heute! Haben Sie jemals eine Liste gemacht mit Dingen, die Sie gerne machen oder erreichen wollten in Ihrem Leben? Eine Liste, auf der Sie all Ihre Träume notierten, mit großen Hoffnungen und der Zuversicht, die man nur als junger Mensch haben kann?«

Ich glaube, etwas Interesse in seinem Gesicht zu sehen. Lena übernimmt und spricht schnell weiter.

»Wir haben so eine Liste gemacht vor zwanzig Jahren und uns jetzt gemeinsam entschieden, unser Leben noch mal neu zu justieren …«

Herr Jessen unterbricht sie jetzt. »Meine Damen, beruhigen Sie sich doch. Ich kann Sie ja verstehen, aber leider warten noch andere Menschen heute auf einen Termin, der ihnen vielleicht auch sehr viel bedeutet.«

Er steht auf und reicht mir ein Taschentuch. »Das ist doch kein Grund zu weinen!«

»Doch, ist es!«, schluchze ich. »Man muss an seinen Träumen hängen, Herr Jessen, und zwar mit ganzem Herzen. Wissen Sie warum? Weil man sie sonst nicht erreichen kann! Weil man sonst von zehn Dingen, die man damals hoffnungsvoll aufgeschrieben hat, nur drei erreicht.«

Ich höre auf zu weinen, meine Stimme wird fest und klar

»Ich weiß nicht, wovon Sie einmal geträumt haben, was Sie einmal sein wollten. In einer Zeit, als Sie noch nicht hinter einem dicken Schreibtisch saßen und in Ihrem Schrank keine Anzüge hingen. Aber wenn Sie damals, als Sie so alt waren wie mein neunjähriger Sohn, davon träumten, ein Held zu sein, die Welt zu retten in einem Supermankostüm, dann ist heute, hier und jetzt der Zeitpunkt, es zu tun! Retten Sie unseren Traum!«

Seine Mundwinkel zucken etwas. Er seufzt. Sieht auf die Uhr und sagt: »In einer Minute nebenan!«

Ich bin so erleichtert, als Herr Jessen vor uns sitzt und mit seiner Notarstimme Seite für Seite des Kaufvertrages vorliest. Bernd sitzt rechts von mir, hält meine Hand, und ich halte mit meiner Linken Lenas Hand fest, die auf meiner anderen Seite sitzt. Immer wieder muss ich sie anschauen. Sie ist gekommen, hat ihr Kino-Casting sausen lassen. Spät, aber wir haben es geschafft.

Herr Jessen liest uns alles deutlich und langsam vor. Man merkt, dass er den ganzen Tag nichts anderes tut. Sein Anzug sitzt perfekt. Nur seine Krawatte verrät, dass er gerade eigentlich gar kein Notar ist, sondern ein Superheld. Ein klitzekleiner Supermananstecker pinnt mitten auf der eleganten dunkelblauen Krawatte. Bernd und Lena haben ihn auch bemerkt, und wir grinsen uns alle drei an. Eine feierliche Stimmung erfasst mich.

Vielleicht fühlt man sich genau so, wenn man von einem Superhelden gerettet wird.

Am Ende, als wir alle unterschrieben haben, sagt er: »Mögen Ihre Träume in Erfüllung gehen.«

Wir bedanken uns überschwänglich bei ihm, wofür er eigentlich schon keine Zeit mehr hat. Er eilt den Gang entlang, und ich bin mir sicher, dabei keinen Fußkontakt zum Boden zu sehen. *Superman* kann schließlich fliegen.

Wir stoßen unter unserem Kastanienbaum an. Die Kinder bekommen Limonade, wir Erwachsenen Champagner. Lee und Strasberg springen durch den Garten.

»Auf unser neues Zuhause!«, sagt Mia feierlich.

»Auf unser Leben Nummer drei!«, sage ich und schaue Bernd an. Er beugt sich vor und küsst mich.

»Auf Lee und Strasberg«, sagt Lukas, »die gerade unseren Streuselkuchen von der Picknickdecke fressen!«

Bernd und er sprinten los und retten, was zu retten ist. Dann kommen wir endlich zum Trinken. Lena und ich stürzen unser Glas runter, was bei Champagner keine gute Idee ist. Sie gibt bei der Hälfte auf. »Ich glaube, ich muss mich übergeben«, sagt sie blass und hält sich den Bauch. Sie sieht überhaupt ziemlich mitgenommen aus.

Wir legen uns zu zweit auf die Decke und schauen in die grünen Blätter über uns. Die Kastanie bereitet schon in kleinen Knospen ihre Früchte für den Herbst vor. Nach einer Weile geht es Lena besser, und ich will jetzt endlich wissen, was los war.

»Wo, zur Hölle, bist du gewesen?! Warum hast du nicht angerufen?!«

»Ich hab nicht angerufen, weil Linus heute Morgen um halb fünf meine Handtasche überfahren hat. Da war mein Handy drin. Totalschaden. Ich hatte die Handtasche blöd auf den Boden gestellt, um hinten meinen Koffer einzuladen, und dann vergessen, sie aufzuheben, weil wir so spät dran waren. Beim Ausparken hat Linus sie dann voll erwischt. Ich bin dann ohne Handy in den Zug gestiegen. Meine Fahrkarte war aber leider im kaputten Handy. Der Zugbegleiter war total unfähig und wollte, statt mir irgendwie zu helfen, noch vierzig Euro wegen angeblichen Schwarzfahrens. Da bin ich dann etwas ausgeflippt, woraufhin er mich am nächsten Bahnsteig rausgeworfen hat. Also musste ich den nächsten Zug nehmen, und zack war ich zu spät. Es tut mir so leid. Ich dachte, ich sterbe in dem Taxi auf dem Weg zum Rathaus.«

»Ich dachte auch, ich sterbe. Ich hatte echt Angst, du kommst nicht.«

Sie dreht sich auf die Seite und schaut mich an: »Das hättest du mir zugetraut, Prinzessin?«

Zum Glück muss ich nicht antworten, weil in diesem Moment Lukas auf mich draufspringt.

»Mama, wann ziehen wir hier ein? Morgen?«

Wir haben den Umzugswagen nächste Woche bestellt, was eigentlich schon Wahnsinn ist, weil wir noch keine einzige Kiste gepackt haben und, ja, auch noch ein paar Dinge hier auf dem Hof umbauen wollten oder wenigstens noch alles streichen. Immerhin haben wir schon die Umzugskartons im Keller. Ein Berg brauner Pappe.

»Der Umzugswagen kommt nächste Woche Mittwoch«, sage ich zu Lukas, der sich gerade zwischen Lena und mich in die Mitte quetscht.

»Och nö! Das ist ja wieder so lange. Ich warte jetzt nicht mehr. Wir haben den Schlüssel, der Hof gehört uns, dann zieh ich eben zu Lee und Strasberg in den Stall!« Er verschränkt seine Arme und bekommt seine typische stachelige Aura, die er immer hat, wenn er sauer ist.

»Wie wäre es denn, wenn wir heute schon umziehen?«, fragt Bernd und setzt sich zu uns.

»Wie soll das denn gehen?«, will ich wissen.

»Ich fahr einfach für jeden eine Matratze rüber, und dann campen wir im leeren Haus. Zum Packen fahren wir jeden Tag ins alte Haus, aber wir wohnen schon hier.«

»Jaaa!«, schreit Lukas und zappelt mit den Beinen rum.

»Hier ist noch gar keine Küche drin. Wir haben nicht mal einen Kühlschrank«, gebe ich zu bedenken.

»Dann bestellen wir jeden Tag Pizza!«, sagt Mia begeistert.

Ich schaue von Lukas zu Mia und dann zu Bernd.

»Von mir aus.«

Lukas fällt mir um den Hals. »Ich kann es doch selbst nicht abwarten«, flüstere ich ihm zu. Als er mich loslässt, sehe ich, dass Lena Mia irgendetwas ins Ohr sagt.

Die Fahrt zum alten Haus dauert keine zehn Minuten. Die Kinder lassen alle Scheiben runter und singen laut mit zu einem Song, der im Radio läuft. »Count on you« von Bruno Mars.

Während die Kinder den Refrain singen, umarmt mich Lena von hinten. Sie hat uns nicht hängenlassen. Eine heimliche Träne verirrt sich auf meinem Gesicht. Niemand sieht sie, außer meinem kleinen Wurmwesen, das auch gleich ganz wässrige Stielaugen bekommt. Ich kann auf Lena zählen, auch wenn ich heute etwas länger zählen musste als bis drei.

Bernd parkt den Wagen in der Einfahrt. Ich gehe als Letzte durch die Haustür. Wie seltsam. Von einem Moment auf den anderen ist es nicht mehr unser Zuhause. Der vertraute Flur, Gortan, das Esszimmer, alles fühlt sich plötzlich anders an. Ich weiß nicht, ob es dem Rest meiner Familie ähnlich geht. Alle springen los, um die nötige Übernachtungsausrüstung zusammenzupacken. Bernd schleppt unsere Matratzen aus dem Kellerschlafzimmer hoch. Lukas wirft einen Stapel Decken in den Flur. »Ich schlaf im Stall«, verkündet er. Lena ist mit Mia in ihrem Zimmer verschwunden.

Mein Handy piepst. Jo simst: »Hat alles geklappt? Sitzen im Auto Richtung Norden. Wünsch mir Glück!«

Ich antworte: »War ganz schön knapp, aber Superman hat

uns gerettet. Dir viel Mut. Wenn alle Stricke reißen, seid Ihr jederzeit herzlich willkommen auf unserem Hof!« Dahinter tippe ich ein paar Herzen.

»Mama, du stehst im Weg! Warum packst du nichts?« Mia schleppt mit Lena ihre große Matratze mit allem Zubehör an mir vorbei, ich hab keine Ahnung, wie Bernd das alles ins Auto kriegen will.

»Franzi?«, Bernd kommt mit dem Telefon in der Hand zu mir. »Da ist ein Anruf für dich drauf«, er reicht mir den Hörer. Ich tippe die Menü Taste und höre den Anrufbeantworter ab. Erwartungsvoll bleibt Bernd neben mir stehen.

Ich stelle auf laut. Eine Frauenstimme sagt viel zu schnell ihren Namen, aber den ihrer Firma verstehe ich: Frontlight. Ich soll am Dienstag zu einem Vorstellungsgespräch vorbeikommen. Ich schlage mir die Hand vor den Mund und starre Bernd an. Er hebt mich hoch und wirbelt mich einmal im Kreis rum. Als er mich absetzt, fliegt mir Lena, die mitgehört hat, um den Hals.

»Wie genial ist das denn?!«, quietscht sie. »Ich wusste, das klappt! Ich wusste es!«

»Moment, das ist ja erst mal nur ein Vorstellungsgespräch. Das heißt ja noch nichts.«

»Nicht rumunken, genießen!«, belehrt mich Lena.

Zum Genießen bleibt mir leider nur wenig Zeit. Ich lasse mich vom Packwahn meiner Familie anstecken, und bald fährt Bernd die erste Fuhre mit Lukas rüber, der eingequetscht, aber glücklich auf dem Beifahrersitz thront. Er muss dreimal fahren, bis alles, was wir für eine Nacht brauchen, drüben ist.

»Es muss ja eh alles rüber«, sagt Mia klug und kann gar nicht mehr aufhören, Dinge einzupacken. Weil Lena ihr hilft, ist sie klar im Vorteil. Wenn die zwei so weitermachen, ist Mias Zimmer heute Abend komplett verpackt.

»Ich brauch 'ne Pause!« Stöhnend lässt sich Lena auf Gortan sinken.

Sie sieht echt fertig aus. Ich fülle zwei Gläser mit Wasser und setze mich neben sie.

»Was ist jetzt mit deiner Hauptrolle?«

Sie zuckt mit den Schultern. »Weiß ich nicht. Meine Agentin war richtig sauer, dass ich da heute nicht hingegangen bin, aber du hast schon recht, wenn sie mich wirklich wollen, casten sie mich auch nächste Woche noch.«

»Das tut mir leid, dass du da jetzt so einen Ärger hast.«

Sie trinkt ihr Glas leer und schaut mich seltsam an. »Irgendwie hat das gerade gar nicht so eine große Bedeutung.«

Wir werden unterbrochen von Bernd, der plötzlich vor uns steht und verkündet, jetzt würde er eine »Menschenfuhre« machen und uns alle ins neue Zuhause fahren. Mit tausend Taschen, Kisten und Tüten quetschen wir uns zu fünft ins Auto.

Lena kichert plötzlich, weil sie sich an ihren Umzug in New York erinnert. Wir erzählen den Kindern die Geschichte von Killer-Hasan und lachen uns weg.

»Und du hast deinen ganzen Kram einfach im Park gelassen?«, fragt Mia ungläubig und umarmt ihre Tüten auf dem Schoß.

»Ja, und das war ein super Gefühl!«, bestätigt Lena.

»Hast du das deiner Mama erzählt? Also, meine schimpft immer, wenn ich mal eine Tüte irgendwo stehen lasse!«, sagt Lukas, und wir lachen alle.

Vor der Haustür stehen immer noch die zwei Töpfe mit Geranien. Die werde ich demnächst mal neu bepflanzen. Feierlich reicht Bernd mir den Schlüssel.

»Franzi, der Schlüssel zu deinem Leben Nummer drei!«

Ich nehme ihn, halte ihn kurz in meiner Hand. Ein ganz normaler, kleiner Haustürschlüssel. Als ich ihn nehme, um ihn in das Schloss zu stecken, wird er plötzlich groß, und weil er so alt und verrostet ist, klemmt er ein wenig im Schloss. Mit einem lauten Knirschen öffnet sich die Tür, die jetzt drei Meter hoch ist und die wir alle zusammen aufdrücken müssen. Quietschend gibt sie nach. Eine Wand aus Spinnweben müssen wir durchbrechen, um unser neues Refugium zu betreten.

»Mama, nun geh rein, die Tüten sind schwer!«, beschwert sich Mia hinter mir.

Die Tür ist wieder eine normalgroße Haustür, und ich ziehe den normalkleinen Schlüssel mühelos aus dem Schloss. Innen ist es tadellos sauber. Die Kajinskis haben das Haus mehr als besenrein hinterlassen. Im leeren Wohnzimmer steht das Sofa mit einem kleinen Zettel an der Lehne, auf dem steht: »Herzlich Willkommen, Familie Bergmann!«

Irgendwie werde ich aus den Kajinskis nicht wirklich schlau. Mal sind sie unheimlich nett, mal seltsam unnahbar, und heute Morgen wollten sie spontan an jemand anders verkaufen, als der Notartermin zu platzen drohte.

Ich setze mich schwungvoll auf unser neues Sofa. Es fängt mich auf und hält mich fest. Ich liebe es! Ich werfe mich längs auf den Rücken und hopse mit dem Popo hoch und runter. Dazu singe ich: »Ja, ja, ja, ja, jaaa, o ja!«

»Mama, alles in Ordnung bei dir? Bedummungsalarm?«

Mia schleppt an mir vorbei ihre Tüten ins Wohnzimmer. »Kann ich die erst mal hier lagern?«

»Nix, direkt in dein Zimmer!«, kommandiere ich liegend. Sie stöhnt und schleppt den ganzen Kram wieder zurück.

»Du hast eine Tüte vergessen!«, rufe ich ihr nach.

»Die muss da stehen, nicht reingucken.«

Ich bin viel zu glücklich, um mich wegen einer Tüte aufzuregen. Während alle ihren Kram in die richtigen Zimmer schleppen und sich sinnvoll betätigen, gehe ich in den Garten. Die Sonne geht langsam unter. Es muss schon nach neun sein. Wir müssen dringend irgendwo Pizza holen oder bestellen. Aber zuerst muss ich etwas anderes tun.

Ich trete ganz nah an den Kastanienbaum heran und schlinge meine Arme um seinen Stamm. Die raue Rinde an meinem Gesicht, bleibe ich eine Weile so stehen. Es ist, als könnte ich eine Art Herzschlag fühlen, den des Baumes oder meinen. »Danke«, flüstere ich. »Vielen Dank!« Es ist mein kleines Gebet hier im Sonnenuntergang, mit einer Kastanie im Arm. Die Ziegen schauen neugierig zu mir rüber. »Ich weiß, ich bin seltsam«, sage ich laut, damit sie mich hören können.

Später sitzen wir im Garten und feiern, bis es so dunkel ist, dass man das Haus nicht mehr sehen kann, und Lena aufsteht, um etwas zu verkünden. Die Kinder wollen immer wieder die Supermangeschichte von Herrn Jessen hören, und wir erzählen sie gerne.

»Woher wusstest du eigentlich, dass er auf *Superman* steht?«, fragt Bernd.

»Das wusste ich nicht. Das war nur einfach der einzige Held, der mir einfiel!«

»Ihr wart brillant!«, sagt Bernd und umarmt uns beide.

»Hört mal, ich hab noch eine Überraschung für euch, zum Einzug. Der kam jetzt etwas plötzlich, deshalb muss ich ein bisschen improvisieren. Und ich brauche Strom, wir müssten also reingehen.«

Lukas und Mia stehen auf. »Gebt uns drei Minuten Vorsprung!«, sagt Mia zu Bernd und mir.

Wir bleiben im Dunklen auf der Decke zurück.

»Und?«, fragt er. »Ist es so, wie du es dir vorgestellt hast, damals, als du *einen Hof im Grünen* auf deine Liste geschrieben hast?«

»Nein. Und ja. Die Wirklichkeit ist immer anders.«

»Das klingt jetzt aber enttäuschend, finde ich.«

»Nein, gar nicht. Es ist nur anders. Realer eben. Es gibt Mücken und Pizza mit frischen Tomaten. Es riecht nach Sommer. Der Wind rauscht im Kastanienbaum. Wegen der Blätter über uns können wir die Sterne im Sitzen nicht sehen, nur im Stehen. Mein linker Fuß hat gerade eine ganz weiche Stelle im Gras gefunden. Ich glaube, da wächst Moos. All diese Details habe ich nicht erträumt, aber letztendlich machen die es aus.«

»Das hast du schön gesagt.« Er streichelt meinen Arm.

»Schaffst du es ohne mich in der Firma?«

Es dauert einen Tick zu lange, bis er antwortet. »Ja, klar.« Dann fügt er hinzu: »Aber du fehlst.«

Ein Stich in den Bauch, immer noch. Mir fehlen die Worte, darum sprechen meine Hände und liebkosen seine Schulter.

»Ich verdien für dich das Motorrad!«, verspreche ich ihm.

»Verdient man so viel als Gabel?« Wir lachen.

»Du weißt gar nicht genau, als was ich mich beworben habe, stimmt's?«

»Nein«, gibt er zu »Aber ich freu mich darauf, abends von dir zu hören, wie dein Tag war, wenn jeder aus seinem Büro kommt.«

Vom Haus schreit Lukas: »Ihr könnt kooommmeeen!«

Wir springen beide auf und laufen zum Haus. Im Wohnzimmer sind zwei Kerzen angezündet. Mia serviert uns einen Drink.

»Das ist Apfelsaft, sollte aber eigentlich Kirschsmoothie sein«, erklärt sie.

Im gleichen Moment tönt Sheryl Crow durch den Raum aus Mias CD-Player, der in einer Ecke angeschlossen ist. »Strong enough to be my man.«

Lena trägt eine Kerze, die ihr Gesicht beleuchtet, und bleibt vor uns stehen, als wollte sie uns vermählen.

»Liebe Franzi, lieber Bernd! Unsere Freundschaft hat in New York begonnen, an einem Freitagabend, als Franzi auf dem Sheryl-Crow-Konzert einen schönen, blonden Mann entdeckte. Ich bin so froh, dass wir uns jetzt nach all den Jahren wiedergefunden haben und einen weiteren Punkt auf unserer Liste abhaken dürfen, den gemeinsamen Hof im Grünen!«

Die Kinder applaudieren.

»Ich hab ein Geschenk für euch, leider konnte ich es euch

nicht ausdrucken, dabei hab ich mir das so toll vorgestellt, ich wollte sie euch in einem Umschlag überreichen, eigentlich zwei Umschläge … aber das war jetzt alles so spontan, und …«, sie atmet tief ein, »… ich schenke euch zwei Tickets für ein Sheryl-Crow-Konzert.«

»Ohhh!«

»In New York!«

Mein Ohhh verlagert sich spontan eine Oktave höher.

»Na ja, und jetzt würdet ihr den zweiten Umschlag auspacken, in dem die Tickets sind …«

Das Ohhh reicht nicht mehr, also hüpfe ich dazu.

Bernd sagt: »Du spinnst Lena, das können wir nicht annehmen!«

»O doch, ihr müsst! Weil Linus und Lena in der Zeit auf uns aufpassen, und sie hat versprochen, dass sie jeden Tag Pfannkuchen macht!«, schreit Lukas.

»Außerdem rauchen wir jede Menge Joints und trinken Alkopops, Mama!« Mia grinst mich an.

Wir umarmen Lena, die Kinder springen von hinten auf uns drauf. Ein dickes Knäuel Freundschaft, denke ich.

Der Tag war einfach zu viel. Ich kann keine Sekunde schlafen auf meiner Matratze auf dem Boden. Bernd schnarcht friedlich vor sich hin. Jo ist in meinen Gedanken. Ich wünsche ihr so viel Mut.

Ich stehe auf, um einmal bei Mia und Lukas in die Zimmer zu gucken. Lukas wollte letztendlich doch nicht bei den Ziegen im Stall schlafen. Es ist ganz ungewohnt, eine Treppe runter- statt hochzuschleichen.

Beide schlafen.

Aber im Wohnzimmer treffe ich eine, die wach ist. Lena lächelt, als sie mich sieht. Schweigend holt sie Gras aus ihrer Tasche und bastelt geschickt eine Tüte. Wir setzen uns auf die kleine Treppe, die zum Garten führt. Lena reicht mir den Joint, und ich zünde ihn an und inhaliere vorsichtig. Der Mond ist hinter ein paar Wolken zu sehen.

»Eigentlich hat sich gar nichts verändert«, sage ich zufrieden. »Wir sind noch genauso bescheuert wie früher.«

»Ja, aber anders bescheuert«, sagt Lena. »Wir sind weiser.«

Ich muss kichern. Der Joint wirkt. »Weiser bescheuert, ja?«

Sie nickt.

Ich reiche ihr den Joint. Sie nimmt ihn, zieht aber nicht dran.

»Ich muss eine Runde aussetzen.«

Ich verstehe nicht, was sie meint.

»Versprich mir, dass es großartig wird.«

Ich verstehe auch diesen Satz nicht.

»Meinst du, Mia will Patin werden?«

Langsam sickert eine Ahnung, wovon sie spricht, in mein Gehirn. Ich lösche den Joint an der Treppenstufe.

»Versprich mir, dass ich es nicht bereuen werde.«

Ich schaue ihr direkt in ihre braunen, funkelnden Lena-Augen. Ich lege zärtlich eine Hand auf ihren Bauch und flüstere: *»You – grow up!«*

Herzlichen Dank an:

- Meine Schwester, die mich mit so guten Büro- und New-York-Geschichten versorgte. (How de fuck did I end up in a Limo?!)

- Sanne, die der Figur Lena ihre Sinnlichkeit und noch ein paar andere schöne Details lieh.

- Tina (die Pferdeosteopathin) für fachliche Beratung bei den Tierszenen.

- Die Glücklichen, die wirklich Ziegen besitzen und mich im »Ziegenforum« eifrig beraten haben. Eines Tages möchte ich unbedingt auch welche!

- Meine New Yorker Gang, die ich auf der Schauspielschule kennenlernte. Wie ihr seht, habe ich euch nie vergessen. ☺

Judith Pinnow
Läuft da was?
Roman
Band 03046

Vermutlich bin ich einfach untervögelt,
und er ist achtundzwanzig und wahnsinnig sexy

Warum ist es so verdammt schwer, vierzig zu werden? Die Moderatorin Annabel hat alles, was man sich im Leben wünschen kann. Der gefürchtete runde Geburtstag naht und damit die Frage: War es das jetzt? Kann man Mutter dreier Kinder sein und sich selbst trotzdem nicht verlieren? Kann man glücklich verheiratet sein und sich trotzdem in einen jüngeren Mann verlieben? Plötzlich steht Annabels Leben kopf.

»Ein besseres Gute-Laune-Buch gibt's zurzeit nicht!«
TV Movie

Das gesamte Programm gibt es unter
www.fischerverlage.de

fi 03046 / 1

Judith Pinnow
Die Phantasie der Schildkröte
Roman

Edith ist Versicherungsangestellte, extrem strukturiert, Single und wohnt allein in einer kleinen Wohnung in Köln. Ihr Leben verläuft in sehr engen Bahnen. Tagsüber arbeitet sie bei einer Versicherung, abends schaut sie Fernsehen. Außer zu ihrer Mutter, mit der sie sich pflichtschuldig einmal im Monat trifft, um sich von ihr kritisieren zu lassen, hat sie kaum Kontakte. Das ändert sich, als sich eine Zehnjährige in ihr Leben drängt und ihr Aufgaben stellt. Auf dem Weg zu sich selbst muss Edith merkwürdige Dinge erledigen, aber vor allem lernen, sich anderen Menschen zu öffnen.
Ein zärtlicher, poetischer Roman über die Kraft des Wünschens.

416 Seiten, gebunden

Weitere Informationen finden Sie auf
www.fischerverlage.de

AZ 8105-3035/1

Judith Pinnow
Die Prophezeiung der Giraffe
Roman

Ganz plötzlich gibt es eine Serie merkwürdiger Veränderungen im Leben der völlig unauffälligen Grundschullehrerin Hanna: Aus ihren Wasserhähnen fließt Mineralwasser, und sie bekommt Pakete mit Sachen, die sie nie bestellt hat. In ihrem Garten zieht eine Unbekannte in einen Wohnwagen ein. Nicht zu vergessen die Giraffe, die sie in ihrem Vorgarten dabei ertappt, wie sie mit langem Hals die Blätter von ihrer Kugelrobinie frisst. Hannas beste Freundin Svenja, die einen Hang zur Romantik hat, weiß, dass diese Häufung von seltsamen Ereignissen etwas zu bedeuten hat. Jetzt muss Hanna nur noch herausfinden, was – und wie sie diese magische Serie stoppen kann.

416 Seiten, gebunden